9. Rüya

DOĞAN KİTAP TARAFINDAN YAYIMLANAN DİĞER KİTAPLARI

Kemik Saatler
Jacob De Zoet'in Bin Sonbaharı
Bulut Atlası
Siyah Kuğu Parkı
Hayalet Yazılar

9. RÜYA

Orijinal adı: Number 9 dream

Yazan: David Mitchell
İngilizceden çeviren: Pınar Aslan

1. baskı / 2007
3. baskı / Mayıs 2017 / ISBN 978-605-09-4241-5
Sertifika no: 11940

Kapak tasarımı: Geray Gençer
Baskı: Ana Basın Yayın Gıda İnş. San. Tic. A.Ş.
B.O.S.B. Mermerciler Sanayi Sitesi 10. Cad. No. 15 Beylikdüzü - İSTANBUL
Tel: (212) 422 79 29
Sertifika No: 20699

Doğan Egmont Yayıncılık ve Yapımcılık Tic. A.Ş.
19 Mayıs Cad. Golden Plaza No. 3 Kat 10, 34360 Şişli - İSTANBUL
Tel. (212) 373 77 00 / Faks (212) 355 83 16
www.dogankitap.com.tr / editor@dogankitap.com.tr / satis@dogankitap.com.tr

9. Rüya

David Mitchell

Çeviren: Pınar Aslan

DOĞAN KİTAP

Keiko için

"Gerçeği gömmek rüyalardan kurtulmaktan çok daha kolaydır."

Don Delillo, *Americana*

Bir

□

Panoptikon

"Her şey çok basit. Ben senin adını biliyorum, sen de bir zamanlar benimkini biliyordun: Eiji Miyake. Evet, *o* Eiji Miyake. İkimiz de meşgul insanlarız Bayan Kato, neden doğrudan konuya girmiyoruz? Babamı bulmak için Tokyo'ya geldim. Adını ve adresini biliyorsunuz. Ve bana bu bilgileri vereceksiniz. Hemen *şimdi*." Veya bunun gibi bir şeydi. Kremadan bir samanyolu kahvemde dağılıyor ve etraftaki sesler dikkatimi çekiyor. Tokyo'da ilk sabahım ve şimdiden kendimi geride bırakmaya başladım. Jüpiter Kafe öğle yemeği kahkahaları, cuma planları ve tabak tıngırtılarıyla dolup taşıyor. Robotlar veya robot gibi çalışanlar telefonlara havlıyor. Kadın robotlar daha kadınsı olmak için seslerini yumuşatıyorlar. Kahve, balıklı sandviç, deterjan, buhar. PanOptikon'un girişini caddenin karşısından görebiliyorum. Gotik tarzındaki zirkonyum gökdelenin görüntüsü pek güzel. Üst katları bulutlar tarafından gizlenmiş. Sımsıkı kapağın altında Tokyo adeta buharlaşıyor - 34 santigrat derece ve yüzde 86 nem. Bunu Panasonic marka büyük dijital ekran söylüyor. Tokyo o kadar büyük ki şehri tamamen göremeyebilirsiniz. Uzaklık yok burada. Ne ararsanız hemen yanınızda – dişçiler, anaokulları, dans salonları... Yollar ve kaldırımlar o kadar kalabalık ki ayağa kalkmış gibi görünüyor. Venedik'in suları çekilmiş hali gibi. Uçaklar, aynalı binaların üzerinde uçuyor. Kagoşima'nın büyük olduğunu düşünmüştüm hep, ama Şincuku'nun bir caddesinden bile daha küçük aslında. Bir sigara yakıyorum –Kool marka, kuyrukta önümdeki bisikletlinin tercihi– caddeyi ve Omekaido Bulvarı ile Kita Caddesi'nin kesiştiği yerden geçenleri seyrediyorum. Çizgili robotlar, dudağı piercing'li bir kuaför, gün ortasında sarhoş olmuş insanlar, kucaklarında çocuklarıyla ev kadınları. Tek bir insan bile yerinde durmuyor. Nehirler, kar fırtınaları, trafik, baytlar, nesiller, dakikada binlerce yüz. Yakuşima dakikada binlerce yüz demek. Bütün bu insanların üzerinde "aile" yazan, anılarla dolu kutuları vardı. İyi atışlar, kötü atışlar, ürkütücü şekiller, sevimli resimler, bulanık melekler, buruşturulmuş negatifler – önemli değil, hepsi yeryüzüne kim sayesinde geldiklerini biliyor. Akiko Kato'yu bekliyorum. PanOptikon'a en yakın restoran Jüpiter Kafe. Sandviç ve kahve için buraya uğraması çok daha akıllıca olur. Seni tanıyacağım, kendimi tanıtacağım ve ilahi adaletin benim yanımda olduğuna ikna edeceğim seni. Hayaller gerçeğe nasıl döner? İç geçiriyorum. Pek dönmez. İstediğimi almak için kalene hücum etmek zorunda kalacağım. İyi değil bu. PanOptikon gibi büyük bir binanın başka çıkışları, kendi restoranları vardır. Sen muhtemelen yemekleri köleleri tarafından getirilen bir imparatoriçe olmuşsundur. Öğle yemeği yediğini de kim söyledi? Belki kahvaltı olarak yediğin insan kalbi, akşam yemeğine kadar tutuyordur seni. Kool'umu atalarının kalıntılarının arasına gömüyorum, kahvem bittiğinde gözlemimi sonlandırmaya karar veriyorum. Seni ele geçirmeye geliyorum, Akiko Kato. Jüpiter Kafe'de üç garson kız var. Biri –patron– kocasını şikâyetleriyle zehirlemiş, kraliyet ailesine mensup bir dul gibi gevrek; diğeri eşek gibi anırıyor, üçüncünün arkası bana dönük ama hayatımda gördüğüm en güzel boyna sahip. Dul, Eşek'e kuaförünün başarısızlıkla sonuçlanan evliliğinden bahsediyor. "Karısı artık fantezileri için yeterli olmayınca onu güverteden aşağı fırlattı." Mükemmel boyunlu garson lavaboda müebbet cezasını çekiyor. Dul ve Eşek onu dışlıyorlar mı, yoksa o mu onları dışlıyor?

PanOptikon katbekat kayboluyor – bulutlar on sekizinci kata kadar indi. Uzaklara baktığımda sis daha da aşağı iniyor. Kâğıt peçetede kaç gün yaşadığımı hesaplıyorum: Dört artıkyılı da dahil edince 7.290. Saat bire beş var ve robotlar Jüpiter Kafe'den ayrılıyorlar. Sanırım, saat birde küçük ofis hücrelerinden başka bir yerde olurlarsa bir şeylere dönüşeceklerinden korkuyorlar. Boş kahve fincanım kırıntı hendeklerinin arasında duruyor. Doğru. Akrep bire gelince, PanOptikon'a gideceğim. Gergin olduğumu itiraf ediyorum. Gerginlik iyidir. Savunma Ofisi'nden bir acemi asker avcısı geçen sene liseme gelmiş ve hiçbir savaş biriminin korkuya bağışıklık kazanmış asker istemeyeceğini söylemişti; korkmayan askerler, savaşın ilk beş dakikasında birliklerinin yok olmasına sebep oluyormuş. İyi bir asker, korkusunu kontrol eder ve duyularını keskinleştirmek için kullanır. Bir kahve daha? Hayır. Duyularımı keskinleştirmek için bir Kool.

Saat biri beş geçiyor – zaman geldi. Kül tablam doldu, taşıyor. Sigara kutumu sallıyorum, son bir tane kalmış. Bulutlar *PanOptikon*'un dokuzuncu katında. Akiko Kato, havalandırmalı ofisinin penceresinden sise bakıyor. Benim onu hissettiğim gibi o da beni hissedebiliyor mu? Bugünün o hayat değiştiren günlerden biri olduğunu söyleyebilir mi? Son, son, son bir sigara; sonra "gerginliğim" "cesaretsizliğe" dönmeden hücum edeceğim. Jüpiter Kafe'ye geldiğimde yaşlı bir adam vardı. Vidboy'unu elinden bir an olsun bırakmadı. Ders kitaplarımdaki Laozi'ye benziyor: Kel, çılgın, sakallı. Diğer müşteriler içeri girip bir şeyler sipariş ediyorlar, yemeklerini birkaç dakikada yedikten hemen sonra gidiyorlardı. Hep böyledir zaten. Ama Laozi gitmiyor. Garsonlar kız arkadaşı tarafından ekilmiş biri veya onları evlerine kadar takip etmek için bekleyen bir sapık olduğumu düşünüyor olmalılar. Fonda "Imagine"in iğrenç bir versiyonu çalmaya başlıyor ve John

Lennon mezarında uyanıp ters dönüyor. İnanılmaz ötesi kötü. Bu kâbusu kaydeden hainler bile nefret etmiştir. İki hamile kadın içeri girip limonlu buzlu çay sipariş ediyorlar. Laozi öksürüyor ve vidboy ekranındaki balgamı tişörtünün koluyla siliyor. Dumanı içime kadar çekiyorum ve burun deliklerimden dışarı sızdırıyorum. Tokyo'nun temizlenmek için büyük bir sele ihtiyacı var. Mandolin çalan gondolcular Ginza'da sandallarını sürüyorlar. "Dinle" diyor Eşek Dul'a, "karıları öylesine açgözlü ve küçük yaratıklar ki ellerine geçen, başlarına gelen her şeyi hak ediyorlar. Evlenirken hayalleri seninki kadar büyük bir adam seçtiğinden emin ol." Kahvemin köpüklerini içime çekiyorum. Fincanımda ruj izi var. Fincanın bu bölümünden içmenin bir yabancıyla öpüşmek anlamına geleceğini iddia eden hukuki bir dava açmayı düşünüyorum. Bu da öpüştüğüm kızların sayısını üçe çıkarırdı, ulusal ortalamanın hâlâ altındayım. Öpüştüğüm kadını bulmak için etrafa bakıyorum; zeki, diri ve parıldayan boyunlu garsonu görüyorum. Saç kuyruğundan bir tutam çıkmış, ensesine değiyor. İç gıcıklıyor. Fincandaki morla pembe arası rengi kadının rujuyla karşılaştırıyorum. Her halükârda dolaylı delil. Fincanın porselen moleküllerdeki ruj atomlarını dağıtarak kaç kez yıkandığını kim bilir? Ayrıca kendisi gibi görmüş geçirmiş bir Tokyolunun bir cep bilgisayarı hafızasını dolduracak sayıda hayranı vardır. Dava düşmüştür. Laozi vidboy'una homurdanıyor. "Kahrolası, kahrolası, *kahrolası* biyoborglar. Her biriniz kahrolun." Kahvemden son yudumları alıyorum ve beysbol şapkamı takıyorum. Gidip üreticimi bulma zamanı.

□

PanOptikon'un lobisi, taştan bir balinanın göbeği gibi, beni tamamen yutuyor. Yerdeki sensörler ayaklarımı algılıyor ve beni resepsiyondaki boş bölmeye yönlendiriyor. Arkamda bir kapı kapanıyor, gizli karanlığı mühürlüyor. Takip ışığı beni baştan ayağa tarıyor ve kimlik panelimdeki numarayı sisteme tanıtıyor. Bir ışık geliyor üzerime ve yansımam bana bakıyor. Kesinlikle uygunum. Tulum, beysbol şapkası, alet çantası ve dosya. Buz gibi soğuk bir kadın görünüyor ekranda. Kusursuz ve simetrik bir güzel. Yakasındaki kimlik kartında GÜVENLİK yazısı parlıyor. "Adınızı ve mesleğinizi söyleyin" diyor. Ne derece gerçek olduğunu merak ediyorum. Bugünlerde bilgisayarlar insanlaşıyor ve insanlar bilgisayarlaşıyor. Korkmuş hödüğü oynuyorum.

"İyi günler. Adım Ran Sogabe. Altınbalık dostuyum."

Kadın kaşlarını çatıyor. Mükemmel. Demek ki gerçek. "Altınbalık dostu mu?"

"Reklamımızı görmediniz mi bayan?" Reklam müziğini söylüyorum. "Balık dostlarımıza yem tedarik ediyoruz..."

"Neden PanOptikon'a giriş yapmak istiyorsunuz?"

Şaşırmış görünüyorum. "Osugi ve Kosugi'nin akvaryumuna hizmet veriyorum, bayan."

"Osugi ve *Bo*sugi."

Dosyamı kontrol ediyorum. "Kimlik kartı işte burada."

"Alet çantanızdaki şüpheli nesneleri tarıyorum."

"Almanya'dan yeni geldi, bayan. Bu iyonik florokarbon ürünü gösterebilir miyim acaba? PH dengesinin mükemmel akvaryum ortamı için ne kadar önemli olduğunu eminim biliyorsunuzdur. Bu küçük mucizeyi kullanmanızı sağlamak için ülkenize gelen ilk akvaryumbilimciler olduğumuzu düşünüyoruz. Belki bir tanıtım..."

"Sağ elinizi tarayıcıya yerleştirin, Bay Sogabe."

"Sanırım huylandıracak bu beni."

"O sol eliniz."

"Pardon."

Yeşil İZİN VERİLDİ yazısı görünmeden önce asırlar geçti.

"Giriş kodunuz nedir?"

Kadın uyanık. Gözlerimi kırpıştırıyorum. "Biraz düşüneyim: 313 - 636 - 969."

Buz kadının gözleri yanıp söndü. "Giriş kodunuz geçerli." Öyle de olmalıydı. Bu dokuz rakam için Tokyo'nun en iyi serbest çalışan hacker'ına bir servet ödemiştim. "Temmuz ayı için. Ağustos ayında olduğumuzu hatırlatmak isterim."

Kahrolası serseri hacker'lar. "Ah, ne garip." Biraz zaman kazanabilmek için kasıklarımı kaşıyorum. "Bu giriş kodu bana Bayan..." Dosyama bir bakış atıyorum. "Akiko Kato tarafından verildi, kendisi Osugi ve Kosugi'de avukattır."

"*Bo*sugi."

"Her neyse. Şimdi. Giriş kodum geçerli değilse içeri girememem, değil mi? Yazık. Bayan Kato paha biçilemez Okinava gümüşbalıklarının niçin dışkı zehirlenmesinden öldüğünü öğrenmek isterse, onu size yönlendirebilirim. İsminiz neydi?"

Buz kadın sertleşiyor. Tutucu kişiler blöfe duyarlı oluyor. "Giriş kodunuzu kontrol ederek yarın yine gelin."

Surat asıp başımı sallıyorum. "İmkânsız! Bölgemde kaç balık olduğunu biliyor musunuz siz? Geçmişteki çalışmalarımızda al gülüm ver gülüm politikasını izliyorduk ama kalite yönetimi önem kazandığından beri her işi saat hesabıyla yapıyoruz. Bir randevu kaçarsa balık fosfat yemlere dönüşür. Ben size bu gereksiz açıklamaları yaparken Metropolitan Şehir Ofisi'ndeki doksan melekbalığı oksijensizlikten ölme tehlikesiyle karşı karşıya. Kızmayın ama yasal feragat formumuz için isminizi almak zorundayım, bayan." Ağırbaşlı ve ciddi bir tavır takınıyorum.

Buz kadın gözlerini kırpıştırıyor.

Merhamet gösteriyorum. "Neden Bayan Kato'nun sekreterini aramıyoruz? Randevum olduğunu doğrulayacaktır."

"Zaten aradım." Şimdi endişelenmeye başlıyorum. Hacker kullandığım adı da yanlış aldıysa, zaten işim bitik. "Ama randevunuz yarın."

"Doğru. Çok doğru. Randevum yarındı. Ama Balık Bakanlığı tüm endüstriyi ilgilendiren bir uyarıda bulundu dün gece. Bir grup hastalıklı Tayvanlıdan bulaşan ebola virüsü gümüşbalığı salgınına neden oldu. Havalandırma borularından geçip solungaçlara yerleşiyor ve... iğrenç bir görüntüye sebep oluyor. Balıklar tam anlamıyla şişiyor ve iç organları dışarı fırlıyor. Bilim insanları çare bulmak için çalışıyorlar ama bu aramızda kalsın..."

Buz kadın konuşmaya başlıyor. "Geçici izin iki saatle sınırlıdır. Danışma bölmesinden turbo asansöre ilerleyin. Ayaklarınızı yerdeki sensörlerden ayırmayın yoksa alarmların devreye girmesine sebep olursunuz, bu da içeri izinsiz girdiğiniz anlamına gelir. Asansör otomatik olarak seksen birinci kattaki Osugi ve Bosugi'ye çıkacak."

"Seksen birinci kat, Bay Sogabe" diyor asansör. "Size yine hizmet etmeyi dört gözle bekliyorum." Kapılar saksı bitkileri ve eğrelti otlarının bulunduğu sanal bir yağmur ormanına açılıyor. Telefon sesleri ötüşüyor her yerde. Abanoz bir masanın ardındaki genç bir kadın gözlüklerini çıkarıp temizleyici sprey sistemine yerleştirdi. "Güvenlik Bay Sogabe'nin geleceğini bildirdi."

"Durun, tahmin edeyim! Kazuyo, Kazuyo, değil mi?"

"Evet, ama..."

"Ran'in sana neden PanOptikon Meleğim dediği anlaşılıyor!"

Resepsiyon görevlisi bunu yutmuyor. "Sizin isminiz nedir?"

"Ran'in çırağı Joji. Benden size hiç bahsetmediğini söylemeyin bana! Genelde Harajuku bölgesinde çalışıyorum ama bu ay onun bölgesi olan Şincuku'ya da bakıyorum, çünkü kendisi genital sıtma oldu."

Yüzü düşüyor. "Pardon?"

"Ran size hiç bahsetmedi mi? Yani, bu yüzden onu suçlayamam ki! Patron hastalığının sadece ağır bir grip olduğunu düşündü, bu yüzden randevularını iptal etmedi. Hiç kimseye söylemedi." Hafifçe gülümseyip etrafta video kamera arıyorum. Görünen hiçbir kamera yok. Diz çöküp alet çantamın kapağını açıp kadının yaptıklarımı görmesini engelliyorum ve gizli silahımı birleştirmeye başlıyorum. "Buraya gelmek için çok uğraştım, anlarsınız ya. Yapay zekâymış! Yapay aptallık. Bayan Kato'nun ofisi koridorun sonunda, değil mi?"

"Evet ama, bakın Bay Joji. Sizden retina taraması istemek zorundayım."

"Tarama insanı huylandırıyor mu?" Bitti. Alet çantamı kapatıyorum ve ellerim arkamda masasına yaklaşıp aptalca gülümsüyorum. "Nereye bakmam gerekiyor?"

Tarayıcıyı bana çeviriyor. "Merceğe."

"Kazuyo." Yalnız olup olmadığımızı kontrol ediyorum. "Ran bana söylemişti, anlarsın ya, doğru mu?"

"Ne doğru mu?"

"On birinci ayak parmağın?"

"On birinci *ne*?" Ayaklarına baktığı an tüm Çin ordusunu yere sermeye yetecek kadar sakinleştirici mikro taneciği boynuna enjekte ediyorum. Kayıt defterinin üzerine çöküyor. Eğlenmek için James Bond gibi oyunlar yapıyorum.

Üç kez tıklatıyorum. "Altınbalık dostu geldi, Bayan Kato!"

Gizemli bir sessizlik. "Girin."

Koridorda tanık olmadığından emin olduktan sonra içeri süzülüyorum. Akiko Kato'nun gerçek odası hayalimde canlandırdığıma yakın. Kareli bir kilim. Bulut gibi eğri büğrü bir pencere. Eski moda dosya dolabının kapladığı bir duvar. Uzun uzun bakılamayacak kadar zevkli tablolarla dolu bir başka duvar. İki yarımay kanepenin ortasında, içinde bir grup Okinava gümüşbalığının mercan bir saray ve batık bir gemi etrafında dolaştığı küre bir akvaryum oturuyor. Akiko Kato'yu en son dokuz yıl önce gördüm ama hiç yaşlanmamış. Güzelliği her zamanki gibi soğuk ve duyarsız. Masadan kafasını kaldırıp bana bakıyor. "Sen her zamanki balıkçı değilsin."

Kapıyı kilitliyorum ve anahtarı silahımla beraber cebime atıyorum.

Beni baştan aşağı süzüyor.

"Ben balıkçı değilim zaten."

Kalemini masaya bırakıyor. "Ne *halt ettiğini...*"

"Her şey çok basit. Ben senin adını biliyorum, sen de bir zamanlar benimkini biliyordun: Eiji Miyake. Evet, o Eiji Miyake. Doğru. Aradan yıllar geçti. Bak. İkimiz de meşgul insanlarız Bayan Kato, neden direkt konuya girmiyoruz? Babamı bulmak için Tokyo'ya geldim. Adını ve adresini biliyorsunuz. Ve bana bu bilgileri vereceksiniz. Hemen *şimdi*."

Akiko Kato söylediklerimi düşünürken gözlerini kırpıştırıyor. Sonra gülüyor. "Eiji Miyake?"

"Ben komik bir şey göremiyorum."

"Luke Skywalker değil? Zax Omega da değil? İşe yaramaz konuşmalarınızın korkunç bir itaat hali yaratacağı birine mi indirgiyorsunuz beni cidden? 'Adalı bir çocuk hiç tanımadığı babasıyla tanışmak için tehlikeli bir işe girişiyor.' Düşlerini terk eden adalı çocuklara ne olur biliyor musun?" Alaylı bir acımayla başını sallıyor. "Arkadaşlarım bile benim Tokyo'daki en zehirli avukat olduğumu söylüyorlar. Sen de buraya gelip, gizli müvekkilimin bilgisini alabilme konusunda gözümü korkutabileceğini sanıyorsun, öyle mi? *Lütfen*!"

"Bayan Kato." 7.65 mm. Walther PK tabancamı çıkarıp zarifçe döndürüyorum ve kadını nişan alıyorum. "Bu odada babama ait bir dosya var. Dosyayı bana verin. *Lütfen*."

Kızmış gibi görünmeye çalışıyor. "Beni tehdit mi ediyorsun?"

Emniyet mandalını açıyorum. "Umarım. Ellerinizi görebileceğim şekilde kaldırın."

"Yanlış senaryoyu ele geçirmişsin, yavrum." Telefonu eline alıyor ve telefon plastik bir yıldız patlamasıyla dağılıyor.

Kurşun, kurşungeçirmez cama çarpıp çok parlak renkli papatyaların bulunduğu bir resme saplanıyor. Akiko Kato gözlerini patlatarak deliğe bakıyor. "Seni barbar! Van Gogh'umu mahvettin! Bunu ödeyeceksin!"

"Bu, senin şu ana kadar kazandığından çok daha fazla eder. Dosya. Şimdi."

Akiko Kato homurdanıyor. "Güvenlik otuz saniye içinde burada olacak."

"Ofisindeki sistemi biliyorum. Casus ve kurşun geçirmez. Dışardan haber gelemez, dışarı haber çıkamaz. Boş tehditler savurmayı kes ve *dosyayı* bana ver."

"Büyükannen ve dayılarınla Yakuşima'da portakal topluyor olabilirdin şu an, çok güzel bir hayatın olabilirdi."

"Tekrar sormak istemiyorum."

"Keşke her şey bu kadar basit olsaydı. Ama anlarsın ya, babanın kaybedecek çok şeyi var. Gayrimeşru çocuğunun –bu sen oluyorsun– haberlerinin sızması siyasi çevrelerde yüzlerin kızarmasına neden olur. Bu yüzden avukat tutarken yapılan bir gizlilik anlaşmamız var."

"Yani?"

"Yani, batırmaya çalıştığın küçük ve rahat bir tekne."

"Ah, anlıyorum. Babamla tanışırsam ona şantaj yapamayacaksın."

"'Şantaj' hâlâ en iyi sivilce losyonunu aramakta olan biri için davalık bir kelimedir. Babanın avukatı olmak ketumluk gerektirir. Ketumluk nedir duydun mu hiç? Nezih vatandaşları eli silahlı suçlulardan uzak tutar ketumluk."

"Dosyayı almadan bu ofisten ayrılmayacağım."

"Çok beklemen gerekecek. Sandviç söylerdim ama telefonumu vurdun."

Zamanım yok buna. "Peki, peki, belki bunu yetişkinler gibi halledebiliriz." Tabancamı indiriyorum, Akiko Kato küstah bir gülümsemeyle zaferini kutluyor. Sakinleştiriciler boynuna gömüldü. Uykusu okyanus kadar derin, sandalyesine yaslanıyor.

Hız her şeydir. Ran Sogabe parmaklıkları gibi Akiko Kato parmaklıklarını soyup bilgisayarına giriyorum. Vücudunu köşeye yuvarlıyorum. Uyanacak olması hoş değil diye düşünüyorum devamlı. Bilgisayardaki dosyalar şifrelenmiş ama dosya dolabındaki kilitlerin üstesinden gelebilirim. Miyake için Mi. Adım listede gözüküyor. Çift tık. Eiji. Çift tık. Duyduğum mekanik ses beni umutlandırıyor ve duvardaki bir çekmece yarıya kadar açılıyor. İnce metal bölmeleri araştırıyorum. MİYAKE-EİJİ-BABALIK. Dosya altın gibi parlıyor.

"Bırak onu."

Akiko Kato ayak bileğiyle kapıyı kapıyor, kaşlarımın arasındaki noktaya Zuvre Lone Eagle .440 doğrultuyor. Afallamış bir halde sandalyesinde uyumakta olan Akiko Kato'ya bakıyorum. Kapıdaki Akiko Kato'nun yüzünde geniş ve buruk bir gülümseme var. Dişlerinde zümrütler, yakutlar var. "O bir biyoborg, aptal! Android! *Bıçak Sırtı*'nı izlemedin mi hiç? Geldiğini gördük! Ajanımız, hani şu kendisine sigara aldığın adam var ya, seni Jüpiter Kafe'de gördü. Vidboy'u PanOptikonana bilgisayarına bağlı bir kamera. Şimdi yavaşça diz çök ve tabancanı yerden kaydırarak bana gönder *Yavaşça*. Sinirlendirme beni. Zuvre bu uzaklıktan yüzünü öyle bir dağıtır ki annen bile seni tanıyamaz. Ama bu konuda hiç de iyi olduğu söylenemez zaten, öyle değil mi?"

Alayı duymazlıktan geliyorum. "Davetsiz misafire destek kuvvetler olmadan yaklaşmak aceleciliktir."

"Babanın dosyası çok hassas bir konu."

"Yani biyoborgun doğru söylüyordu. Babamın sana ödediği sus payını kendine saklamak istiyorsun."

"Asıl derdin iş ahlakının uygulanabilirliği değil, seni omlet yapmamam konusunda beni nasıl ikna edeceğin olmalıdır." Gözlerini benden ayırmadan Walther'ımı almak için eğiliyor. Elimdeki metal dosyayı ona doğrultup açıyorum. Kapağa yerleştirilmiş bubi tuzağı gözlerinde patlıyor. Çığlık atıyor, ben yere kapanıyorum, Zuvre'si patlıyor, cam çatırdıyor, sıçrayıp kafasına vuruyorum, silahını elinden kapıyorum –bu arada yine patlıyor– etrafında dönüp aparkatla kanepeye seriyorum onu. Gümüşbalıkları fışkırıp kilime dağılıyor. Gerçek Akiko Kato hareketsiz yatıyor. Babamın mühürlü dosyasını tulumumun içine saklıyorum, alet çantamı alıp çıkıyorum. Koridorun kilimine yayılan lekenin üzerinden kapıyı yavaşça kapatıyorum. Ağır ağır asansöre ilerlerken ıslıkla "Imagine"i çalıyorum. Bu kolay olan kısımdı. Şimdi PanOptikon'dan canlı çıkmak zorundayım.

Yağmur ormanına çökmüş resepsiyon görevlisinin etrafında robotlar dolaşıyor. Garip. Nereye gidersem gideyim bilinçsiz kadınlar bırakıyorum ardımda. Asansörü çağırıyorum ve endişeleniyorum. "Dayım buna 'iğrenç bina sendromu' diyor. İster inan ister inanma balıklar da aynı şekilde etkileniyor." Asansör geliyor ve yaşlı bir hizmetçi paldır küldür dışarı çıkıyor, etraftaki kuru kalabalığa çarparak ilerliyor. Asansöre biniyorum ve içeri kimse giremeden aşağı inebilmek için kapa düğmesine basıyorum.

"O kadar ecele etme!" Cilalı bir bot kapanan kapılar arasına giriyor ve güvenlik görevlisi kapıları ayırıyor. Çok iri ve burun delikleri boğanınkilere benziyor. "Zemin kat, oğlum."

Düğmeye basıyorum ve düşmeye başlıyoruz.

"Anlat bakalım" diyor Boğa, "endüstriyel ajan falan mısın?"

Kan ve adrenalin garip sesler çıkararak dolaşıyor vücudumda. "Ne?"

Boğa ciddiyetini bozmuyor. "Hızlıca kaçıp kurtulmaya çalışıyordun, değil mi? Bu yüzden neredeyse asansör kapısına sıkışmama neden oluyordun."

Ah. Şaka. "Evet." Alet çantama hafifçe vuruyorum. "Altınbalık konusunda ajanlık yapıyorum."

Boğa homurdanarak gülüyor.

Asansör yavaşlıyor ve kapılar açılıyor. Boğa önden gitmeme izin verecek gibi durmasa da "Önce siz" diyorum. Yan kapının arkasında kayboluyor. Yerdeki sensörler beni güvenlik bölmesine yönlendiriyor. Buz kadına bakıyorum. "İçeri girerken de dışarı çıkarken de sizi görüyorum, öyle mi? Bu kesinlikle kader."

Gözleri tarayıcıya kilitlenmiş. "Standart prosedür böyle."

"Ah."

"Görevlerinizi yerine getirdiniz mi?"

"Tamamen, teşekkürler. Biz Altınbalık Dostları on sekiz yıllık iş yaşamımızda ihmal nedeniyle tek bir balığı bile kaybetmediğimizi söylemekten gurur duyuyoruz, hanımefendi. Ölenlerin hepsine otopsi yapıp ölüm nedenini araştırıyoruz. Bu neden genelde yaşlılık oluyor. Veya yıl sonu partileri sezonunda müşteri kaynaklı alkol zehirlenmesi. Eğer işiniz yoksa akşam yemeğinde daha fazlasını anlatırım."

Buz kadın bana dönüyor. "Hiçbir ortak yanımız yok."

"İkimiz de karbon temelliyiz. Bugünlerde bunu yabana atamazsın."

"Beni alet çantanızda neden bir Zuvre .440 olduğunu sormamam için bıktırmaya çalışıyorsanız, çabalarınızın boşuna olduğunu söylemeliyim."

Ben profesyonelim. Korku beklemeli. Nasıl, *nasıl*, nasıl bu kadar aptal olabildim? "Bu kesinlikle imkânsız."

"Silah Akiko Kato adına kayıtlı."

"Aaaa!" Kıkırdıyorum, alet çantamı açıp silahı çıkarıyorum. "Bundan mı bahsediyorsunuz?"

"Evet, ondan bahsediyorum."

"Bu?"

"O."

"Bu, şey için..."

"Evet?" Buz kadın alarma yöneliyor.

"*... bunun için*!" Cam ilk kurşunla çatlıyor –alarm çalıyor– ikinci kurşun çatlağı büyütüyor –gaz sesi duyuyorum– üçüncü kurşun camı kırıyor ve camın içinden geçiyorum –bağırarak ve koşarak– Takla atıp yanıp sönen sensörlerin bulunduğu yere düşüyorum. Kadınlar ve erkekler çok korkmuş bir halde yere çöküyorlar. Her yerde ses ve sivrilikler var. Giriş koridorundan gelen güvenlik görevlilerinin botları ses çıkarıyor, ses bu yoldan geliyor. Çifte emniyet mandalını açıyorum, Zuvre'yi devamlı plazma ateş konumuna getiriyorum ve güvenlik görevlilerinin geldiği yola fırlatıp girişe dalıyorum. Patlamadan önce üç saniye var, bu fazla zamanım olmadığı anlamına geliyor; patlama ayaklarımı yerden kesiyor, beni döner kapıya çarpıyor ve merdivenlerden yuvarlıyor. Kullanıcısını havaya uçurabilen bir silah – Zuvre'lerin üretiminin piyasaya sürülmesinden dokuz hafta sonra durdurulmasının nedeni çok açık. Arkamda kaos var, duman ve serpintiler. Çevremdeyse dehşet, trafik kazaları ve en ihtiyaç duyduğum şey var: Korku dolu kalabalık. "Deli!" diye bağırıyorum çılgınca. "Kendini kaybetmiş bir deli! Bomba! El bombası var! Polisi arayın! Helikopter gerek! Her yerde helikopterler olmalı! Her yerde!" Topallayarak en yakın süpermarkete giriyorum.

Hâlâ plastik poşetinde olan yeni evrak çantamdan babamın dosyasını çıkarıyorum ve bu anı gelecek için zihnime kaydediyorum. 24 Ağustos, ikiye yirmi beş var; Tokyo'ya geleli henüz yirmi dört saat olmadı ve ben bekâr yatağı kadar lekeli bir gökyüzünün altında, biyoborg taksinin arkasında, Yoyogi Parkı'nın batısından dolaşırken babamın gerçek kimliğini keşfediyorum. Fena gitmiyor. Kravatımı gevşetiyorum. Arkamdaki sandalyede bacaklarını sallandıran Anju'yu hayal ediyorum. "Görüyor musun?" diyorum ona dosyayı göstererek. "İşte burada. Adı, yüzü, evi, kim olduğu, ne olduğu. Yaptım işte. Bizim için." Taksi kenara çekiliyor ve bir ambulans yanımızdan geçip gidiyor. Başparmağımla mührü açıyorum ve dosyayı çıkarıyorum. EİJİ MİYAKE. BABASININ KİMLİĞİ. Derin bir nefes alıyorum ve uzak şeyler yakınlaşıyor.

Sayfa bir.

Uçucu mürekkep havayla temas ettiği anda beyazlığa dönüşüyor.

◆

Laozi vidboy'una homurdanıyor. "*Kahrolası* biyoborglar. Her biriniz kahrolun." Kahvemden son yudumları alıyorum, beysbol şapkamı takıyorum ve zihinsel olarak hazırlanıyorum. "Kaptan, söylesene" diyor Laozi karga gibi sesiyle, "acaba yedek sigaran var mı?" Ona Mild Seven'ımın boş kutusunu gösteriyorum. Kederli bir bakış fırlatıyor bana. Benim de sigaraya ihtiyacım var zaten. Gergin geçecek bir görüşmem var. "Buralarda bir otomat var mı?" "Şurada" başıyla işaret ediyor, "şu makinelerin arasında. Ben Carlton içerim." Bin yenlik bir banknotu daha bozdurmak zorundayım. Para Tokyo'da buharlaşıyor. Rüyalarımdan birinde adı Walther PK olan gerçek Akiko Kato'yla yüzleşmeden önce bir kahve daha söyleyerek adrenalimi yükseltebilirim. Telepati kuruyorum. Garson! Evrendeki en güzel boyna sahip olan! Bardak yıkama makinesini boşaltmayı bırak, tezgâha gel, bana hizmet et! Bugün telepati konusunda başarılı değilim. Gelen Dul oluyor. Bu kadar yakınlaşınca burun deliklerinin, o küçük yarıkların saç kurutma makinesi fişi büyüklüğünde olduğunu görüyorum. Kahve için teşekkür ettiğimde nahoş bir şekilde başını sallıyor, sanki müşteri ben değilim de o. İçeceğimi dökmemeye çalışarak yavaşça pencere kenarındaki koltuğuma gidiyorum, Carlton kutusunu açıyorum ama plastik çakmağımdan ateş çıkaramıyorum. Laozi, Mitty's adlı bir bardan alınmış kibrit kutusunu uzatıyor. Önce kendi sigaramı, sonra onunkini yakıyorum; yeni bir oyuna odaklanıyor. Timsah derisi gibi sert parmaklarıyla aldığı sigaradan derin bir nefes çekiyor ve sadece sigara tiryakilerinin anlayacağı minnettar bir bakış atıyor bana. "Milyonlarca kez teşekkürler, Kaptan. Gelinim evden gideyim diye devamlı dırdır ediyor ama ona zaten öleceğimi söylüyorum, neden doğanın işine karışıyor ki?" Hislerini anladığımı gösteren garip bir ses çıkarıyorum. Bu bitkiler gerçek olamayacak kadar kusursuz görünüyor. Çok gür ve çiçekli. Güvercinler, kargalar, sıçanlar, hamamböcekleri ve avukatlar dışında kimse gelişmiyor Tokyo'da. Kahveme şeker atıyorum, kaşığı kahvenin üstünde tutup sütü yavaaaaaaşça damlatıyorum. Süper kıta Pangaea kıtalara ayrılmadan önce bütün olarak dönüyor. Tokyo'da paramın yettiği tek eğlence kahveyle oynamak. Kapsülümün üç aylık kirası, Portakal Dayı ve Paçinko Dayı için çalışarak biriktirdiklerimi silip süpürdü ve beni tavuk-yumurta bilmecesiyle baş başa bıraktı: Çalışmazsam Tokyo'da kalamam ve babamı arayamam, ama çalışırsam babamı ne zaman arayacağım? *İş*. Güneşi engelleyen bir tepe gibi. Satılabilir iki yeteneğim portakal toplamak ve gitarım. En yakın portakal ağacına muhtemelen beş yüz kilometre uzağım ve hayatımda asla biri için gitar çalmadım. İşkolik olmanın asıl sebebini şimdi anlıyorum. Sebep şu: Ya çalışırsın ya da boğulursun. Tokyo sizi banka hesabı gelir giderlerine dönüştürür. O hesabın büyüklüğü nerede yaşayacağınızı, hangi arabayı süreceğinizi, nasıl giyineceğinizi, kime yalakalık yapacağınızı, kiminle beraber olup evleneceğinizi, derede mi jakuzide mi yıkanacağınızı söyler size. Ev sahibim çok kıymetli Buntaro Ogiso kirayı artırırsa sigortam yok. Sahtekâr bir adama benzemiyor, ama sahtekâr adamlar sahtekâra benzemez zaten. Babamla karşılaştığımda –en fazla bir iki hafta içinde– ona ayaklarım üzerinde durabildiğimi, onun eline bakmayacağımı kanıtlamak istiyorum. Dul, acıların kadını gibi iç geçiriyor. "Bunun kalan son kahve filtresi olduğunu mu söylemek istiyorsun?"

Mükemmel boyunlu garson başını evet anlamında sallıyor.

Eşek konuşmaya katılıyor. "En son mu?"

"En en son" diye onaylıyor benim garson.

Dul inanamayarak başını sallıyor. "Bu nasıl olur?"

Eşek yan çiziyor. "Perşembe günü sipariş vermiştim."

Mükemmel boyunlu garson omuz silkiyor. "Gelmesi üç gün sürüyor."

"Umarım" diye uyarıyor Dul, "bu kriz yüzünden Erikosan'ı suçlamıyorsundur?"

"Umarım saat beşte kahve filtremizin bitmek üzere olduğunu söylediğim için sen de beni suçlamıyorsundur. Sadece söylemem gerektiğini düşünmüştüm." Çıkmaz. "Biraz nakit alıp kahve filtresi almaya gitsem mi?"

Dul dik dik bakıyor. "Vardiya süpervizörü benim. Bu gibi kararları ben veririm."

"Ben gidemem" diye sızlanıyor Eşek. "Bu sabah saçımı perma yaptırdım ve her an yağmur yağmaya başlayabilir."

Dul mükemmel boyunlu garsona dönüyor. "Gidip bir kutu kahve filtresi almanı istiyorum." Kasayı açıp beş bin yenlik banknot çıkarıyor. "Faturayı sakla ve para üstünü tamı tamına getir. Fatura çok önemli yoksa kayıtlarımı mahvedersin."

Mükemmel boyunlu garson lastik eldivenlerini ve önlüğünü çıkarıyor, şemsiyesini alıp tek bir kelime etmeden çıkıyor.

Dul gözlerini kısıyor. "Bu küçük hanımın tavırları hiç hoş değil."

"Hoş olmayan, lastik eldivenleri!" diyor Eşek. "Sanki el kremi reklamlarında oynuyor."

"Günümüz öğrencileri çok nazlı. Ne okuyordu bu?"

"Züppeloji."

"Bulutların üzerinde yaşadığını sanıyor."

Omekaido Bulvarı'nı geçmek için trafik ışıklarında bekleyen kızı izliyorum. Bu Tokyo'nun havası atmosfer ötesi. Şu an fırın sıcaklığında, ama gökyüzü her an yağmur yağdıracak gibi duran kara bulutlarla kaplı. Ki-Kita Caddesi'nin ortasındaki adada bekleyen yayalar bunu hissediyor. Nero'nun Pizza Dükkânı'nın dışında bekleyen iki genç kadın da, yaşlılar taburu da hissediyor. Çam ağaçları, bülbüller, e minör, gök gürrrrrrültüsü! Gökyüzünden yeryüzüne bas bir ses çıkararak atlayan gök gürrrrrrültüsü. Anju gök gürültüsünü, doğum günümüzü, ağaç tepelerini, denizi ve beni severdi. Gök gürlediği zaman hınzırca gülümserdi. Yağmur damlaları görülmeden önce "şşşşş" duyulur, "şşşşşşş" hayali yaprakları titretir, kaldırımları lekeler, araba tavanlarına düşer, tenteleri takırdatırlar. Benim garson mavi, kırmızı ve sarı renkli büyük bir şemsiye açıyor. Yeşil ışık yanıyor; yayalar ceket ve gazetelerinin yetersiz koruması altında ileri atılıyor. "Sucuk gibi ıslanacak" diyor Eşek neşeyle. Hiddetli yağmur Omekaido Bulvarı'nın uzaklarını siliyor. "Islansın veya ıslanmasın, kahve filtresine ihtiyacımız var" diye cevap veriyor Dul. Benim garson kayboluyor. Umarım kuru bir yer bulur. Jüpiter Kafe birbirine iyi davranan tatil mültecileriyle doluyor. Yıldırım düşüyor ve Jüpiter Kafe'nin ışıkları da yıldırımla aynı anda sönüp yanıyor. Bütün mülteciler "Aaaaaa!" diye bağırıyor. Kibrit alıp bir Carlton daha yakıyorum. Bu fırtına geçene kadar gidip Akiko Kato'yla yüzleşemem. Ofisine girdiğimde sucuk gibi ıslanmış bir sıçan gibi ürkütücü görünürüm. Laozi kıkırdıyor, tıkanıyor ve nefes almaya çalışıyor. "Vay be, 1971'den beri böyle yağmur görmedim. Dünyanın sonu geldi galiba. Televizyonda izlemiştim."

□

Bir saat sonra, Kita Caddesi ile Omekaido Bulvarı'nın kesiştiği yerde kontrol edilemez nehirler akıyor. Yağmur çok şiddetli. Yakuşima'da bile bu kadar şiddetli yağmur yağmaz. Tatil havası kaçtı, müşterilerin üzerine ölü toprağı serilmiş sanki. Jüpiter Kafe'nin zeminini de su bastı; hepimiz tabureler, tezgâh ve masalar üzerinde oturuyoruz. Dışarıda, trafik durma noktasında ve köpüklü sular altında kaybolmak üzere. Altı kişilik bir aile birbirlerine sokulmuş bir halde bir taksi durağının çatısında bekliyor. Bir bebek feryat figan ağlıyor ve bir türlü susmuyor. Grup dinamikleri müşterileri organize etmeye çalışıyor; üst kata çıkmak, oldukları yerde kalmak, askeri helikopterler, El Nino, ağaçlara tırmanmak, Kuzey Kore'den gelen işgal kuvvetleri hakkında konuşuluyor. Bir Carlton daha içiyorum ve hiçbir şey söylemiyorum: Gemiyi karaya oturtmaya çalışan çok fazla kaptan var. Taksi ailesi üç kişiye indi. Suda bulunmaması gereken nesneler daireler çizerek yüzüyor. Birinde radyo var ama şiddetli cızırtı dışında bir kanala ayarlayamıyor. Su cama dayanmış, şimdi yarıya kadar geliyor. Posta kutuları, motosikletler, trafik ışıkları su altında kalmış. Bir timsah çarpıyor cama, sonra da burnunu dayıyor. Hiç kimse çığlık atmıyor. Keşke birileri bağırsa. Timsahın ağzının kenarında bir şey kıpırdıyor – bir el. Timsahın gözleri her birimizin üzerinde dolaşıyor ve en son bende kalıyor. Bu gözleri biliyorum. Gözler parıldıyor, hayvan kuyruğunun bir hareketiyle uzaklaşıyor. "Tokyo, Tokyo" diyor Laozi gülerek. "Yangın olmasa deprem olur. Deprem olmasa bomba patlar. Bomba patlamasa sel gelir." Dul tünediği yerden bağırıyor karga sesiyle. "Kafeyi boşaltma zamanı geldi. Önce kadınlar ve çocuklar." "Nereye gideceğiz?" diye soruyor kirli bir yağmurluk içindeki adam. "Dışarı bir adım atarsan, akıntı seni Guam'ın ötesine götürür." Eşek en güvenli yer olan kahve filtresi rafından bağırıyor. "İçeride kalalım da boğulalım." Hamile kadın göbeğindeki şişliğe dokunuyor ve "Hayır, şimdi değil, şimdi değil" diye fısıldıyor. Bir papaz alkol problemini hatırlıyor ve cep şişesinden büyük bir yudum alıyor. Laozi bir gemici şarkısı mırıldanıyor. Ağlayan bebek susmuyor. Selin en güçlü kollarından birinde sürüklenen bir şemsiye görüyorum; kırmızı, mavi ve sarı bu şemsiyeyi yükselip alçalan, şiddetle sarsılan, nefes nefese kalmış garsonum takip ediyor. Bir an düşünmüyorum. Cama koşup hâlâ su seviyesinin üzerinde olan üst pencereyi açıyorum. Mülteciler "Yapma" diye bağırıyor hep bir ağızdan, "ölürsün." Beysbol şapkamı frizbi oynar gibi Laozi'ye fırlatıyorum. "Bunun için geri döneceğim." Spor ayakkabılarımı çıkarıyorum ve uzanıp pencereden atlıyorum; sel beni şiddetli bir hızda darbeleyen, suyun altına itip yüzeye çıkaran efsanevi bir güç. Yıldırımla aydınlanan Tokyo Kulesi'ni tanıyorum, yarısına kadar suyun içinde. Ben sürüklenirken binalar batıyor. Ölü sayıları milyonları bulmuş olmalı. Sadece fırtınanın kalbindeki PanOptikon'a bir şey olmamış. Denizdeki dalgalar ve rüzgârın uğultusu çılgın bir orkestra gibi. Şemsiye ve garson bazen yakın, bazen uzak. Yüzeyde daha fazla kalamayacağımı düşündüğümde, şemsiye teknesinde bana doğru gelen garsonu görüyorum. "Kurtarıcıya dönüştün" diyor elimi tutarken. Gülümsüyor, arkama bakıyor ve suratında anlatılamaz bir korku ifadesi beliriyor. Arkama bakıyorum ve yaklaşan timsahın ağzını görüyorum. Elimi garsonunkinden kurtarıyorum, şemsiyeyi tüm gücümle itiyorum, arkamı dönüp ölümümle yüzleşiyorum. "Hayır!" diye bağırıyor garson normal olarak. Güçlüyüm ve sessizim. Timsah şahlanıp suya dalıyor, şişko vücudu ve kuyruğu kayboluyor. Sadece korkutmaya mı çalışıyordu beni?

"Çabuk" diye bağırıyor benim garson ama dikenli dişler sağ ayağımı ısırıyor ve beni dibe çekiyor. Timsaha vuruyorum ama bu ağaca vurmaktan farksız. Aşağı, daha da aşağı; vuruyorum, uğraşıyorum ama sadece yaralı baldırımdan fışkıran kan bulutunu yoğunlaştırmayı başarıyorum. Pasifik'in tabanına ulaşıyoruz, burası fena halde kentleşmiş; sonra timsahın beni Jüpiter Kafe'nin önünde boğmayı düşündüğünü anlıyorum, hem karada hem suda yaşayan hayvanlarda ince alay anlayışı olduğunu kanıtlıyor bu timsah. Müşteriler ve mülteciler dehşetle bakıyorlar. Fırtına geçmiş olmalı, çünkü her yerde yüzme havuzu maviliği ve parıltı var, bir yerlerde *Lucy in the Sky with Diamonds* çaldığına yemin edebilirim. Timsah beni Akiko Kato gözleriyle izliyor, şişkin cesedimin bir inde saklanacağı ve ilerleyen haftalarda atıştırılacağı düşüncesinin komik yanını görmemi istiyor. Güçsüzleştikçe hafifliyorum. Laozi'nin son Carlton'ımı almasını ve şapkamı çıkararak selam vermesini izliyorum. Sonra kendini gözünden bıçaklıyor gibi yapıyor ve timsaha bakıyor. Bir düşünce su yüzüne çıkıyor. Dün ev sahibim anahtarları bana vermişti – ön kapı anahtarı 8 santim uzunluğunda ve çakı görevi görebilir. Hedefe ulaşmak hiç kolay değil ama timsah kestiriyor, böylece anahtarı gözkapaklarına batırma talimleri yaptığımı ve batırdığımı göremez. Batır, bastır, fışkırt. Timsahlar bağırıyor, su altında bile. Çene kilitleniyor ve canavar daireler çizerek dolanıyor. Laozi alkışlar gibi yapıyor, ama üç dakikadır su altındayım ve yüzey ulaşılamaz derecede uzak görünüyor. Takatsiz bir halde yukarı itiyorum kendimi. Beynimden azot fışkırıyor. Kımıldamadan uçuyorum ve okyanus şarkı söylüyor. Bir yüz görünüyor, taş balinadan birileri arıyor beni, saçı yüzeyde dalgalanan garsonum yaşayanlara sadık. Gözlerimiz son kez buluşuyor ve sonra ölümümün güzelliğinden etkilenmiş bir halde yavaş, kederli daireler içinde batıyorum.

Günün ilk kırmızı ışığı, şafağın saçının ilk lülesini aydınlattığında Yasukuni Tapınağı'nın rahipleri sandal ağaçlarından hazırlanmış cenaze ateşimi yakıyor. Yaşayan anılarım içinde en görkemlisi cenazem, bütün millet yas tutuyor. On binlerin gelip saygı gösterisinde bulunmaları için Kudanşita etrafında trafik yönü değiştiriliyor. Alevler vücudumu yalıyor. Büyükelçiler, çok çeşitli akrabalar, üst düzey devlet görevlileri, siyahlar içinde Yoko Ono. Güneş günü tamamen aydınlatınca vücudum ışık saçıyor. İmparator hazretleri anne babama teşekkür etmek istemiş, onlar da yirmi yıl sonra ilk defa bir araya gelmişler. Gazeteciler nasıl hissettiklerini soruyorlar bizimkilere ama ikisi de konuşamayacak kadar duygu dolu. Asla bu derece şatafatlı bir cenaze istemedim ama kahramanlık kahramanlıktır. Ruhum küllerimle beraber yükseliyor; televizyon helikopterlerinin ve güvercinlerin arasında asılı kalıyor. Tapınağın, altından savaş gemisinin geçebileceği kadar devasa kapısında dinleniyorum, insan kalplerine yeni bakış açısının tadını çıkarıyorum, ölümün bahşettiği bir yetenek.

"O ikisini asla yalnız bırakmamalıydım" diye düşünüyor annem.

"O üçünü asla yalnız bırakmamalıydım" diye düşünüyor babam.

"Acaba depozitoyu vermesem olur mu" diye düşünüyor Buntaro Ogiso.

"Ona adını bile sormadım" diye düşünüyor benim garson.

"Keşke John burada olabilseydi" diye düşünüyor Yoko Ono. "Bir ağıt yakardı."

"Velet" diye düşünüyor Akiko Kato. "Yaşam boyu başarılı olacak biri vakitsiz öldü."

◆

Laozi kıkırdıyor, tıkanıyor ve nefes almaya çalışıyor. "Vay be, 1971'den beri böyle yağmur görmedim. Dünyanın sonu geldi galiba. Televizyonda izlemiştim." Konuşmasından hemen sonra duruyor sağanak yağış. Hamile kadınlar gülüyorlar. Sanırım bebekleri hakkında bir şeye. Karında keseyle geçen dokuz ay boyunca bebekler ne hayal ediyor? Su mu, bataklık mı, savaş alanı mı? Rahimdeki insanlar için, hayal edilen ve gerçek olan birbirinin tıpatıp aynısıdır herhalde. Dışarıda, yayalar şüpheli gözlerle yukarı bakıyor ve avuç içleriyle yağmurun yağıp yağmadığını kontrol ediyorlar. Şemsiyeler kapanıyor. Tiyatro dekorlarındakilere benzeyen bulutlar dağılıyor. Jüpiter Kafe'nin kapıları açılıyor ve benim garson torbasını sallayarak geri geliyor. "Acele etmeseydin" diye homurdanıyor Dul. Benim garson filtre kutusunu tezgâha koyuyor. "Marketteki kuyruklar. Öyle uzun sürdü ki." "Gök gürültüsünü duydun mu?" diye soruyor Eşek ve ben onun o kadar da kötü bir insan olmadığını, sadece Dul'un etkisi altında kalmış zayıf bir tip olduğunu düşünüyorum. "Tabii ki duydu!" diyor Dul homurdanarak. "Otane Teyzem bile duydu gök gürültüsünü ki kendisi dokuz yıl önce öldü." Param, Dul'un vasiyeti kurcalayıp Otane Teyze'yi merdivenlerden ittiğini söylüyor. "Fiş ve paranın üstü, sakıncası yoksa. Genel merkez beni örnek bir muhasebeci biliyor ve bu ünümü lekelemeye hiç niyetim yok." Benim garson fişi ve bozuk para yığınını uzatıyor Dul'a. Ondaki kayıtsızlık çok güçlü bir silah. Saat iki otuzu gösteriyor. Kül tablasında kürdanla yıldızlar çiziyorum. Düşüncelerim bana ofisine çıkmadan önce Akiko Kato'nun PanOptikon'da olup olmadığını kontrol etmem gerektiğini söylüyor; sekreterinin yanından paldır küldür geçip odasına girdikten sonra bilgisayar ekranında "Perşembe döneceğim" yazılı bir post-it bulursam tam bir aptal gibi hissederim kendimi. Bayan Kato'nun kartvizitini cüzdanımda taşıyorum. Bu kartı on bir yaşındayken büyükannemin yanmaz kutusundan ödünç almıştım; büyü yapmayı, bu kartı da totem olarak kullanmayı düşünüyordum. AKİKO KATO. AVUKAT. OSUGİ VE BOSUGİ. Şincuku'da bir adres ve telefon numarası. Kalp atışlarım hızlanmaya başladı bile. Kendimle bir anlaşma yapıyorum: Bir buzlu kahve, son bir Carlton ve sonra telefon edeceğim. Benim garson tezgâha gelene kadar bekliyorum sonra gidip kahvemi ve şükranlarını alıyorum. "Bardaklar!" diye bağırıyor Dul sertçe, benimle konuştuğunu zannediyorum. Tezgâha Eşek geliyor ve benim garson lavaboya dönüyor. Kafeindeki ODing tehlikesiyle karşı karşıyayım ama fikrimi şimdi değiştirirsem aptal gibi görüneceğim. "Buzlu kahve lütfen." Laozi biyoborglar tarafından yeniden öldürülene kadar bekliyorum, sonra da bir Carlton karşılığında bir kibrit alıyorum. Bir badem tanesini ortadan ikiye bölmeye çalışıyorum ama badem tırnağımın içine giriyor.

"İyi günler. Osugi ve Bosugi."

Sesime otorite katmaya çalışıyorum. "E-vet..." Sesim, penisimdeki kıllar ergenlik çağına yeni girmiş gibi çatlıyor. Kızarıyorum, öksürmem gelmiş gibi yapıyorum ve beş oktav aşağıdan başlıyorum. "Akiko Kato bugün çalışıyor mu acaba?"

"Kendisiyle konuşmak mı istiyorsunuz?"

"Hayır. Ben aslında... Evet. Evet, lütfen."

"Neye evet, efendim?"

"Akiko Kato'yu bağlar mısınız lütfen?"

"Kimin aradığını öğrenebilir miyim efendim?"

"Yani, ofisinde mi öyleyse?"

"Kimin aradığını öğrenebilir miyim efendim?"

"Bu" –felaket– "gizli bir görüşme."

"Gizliliğin en üst düzeyde tutulduğuna güvenebilirsiniz ama kimin aradığını öğrenmek zorundayım, efendim."

"Benim adım, ee, Taro Tanaka." Ortalık isimlerinden en ortalık olanı. Aptal.

"Bay Taro Tanaka. Anlıyorum. Neden aradığınızı öğrenebilir miyim?"

"Bazı yasal konular."

"Daha açık konuşabilir misiniz Bay Tanaka?"

"Hayır, gerçekten."

Kısa bir iç geçirme. "Bayan Kato şu an ortaklarıyla bir toplantıda, bu yüzden telefon bağlayamam. Ama numaranızı ve şirketinizi bildirir, kısaca probleminizi anlatırsanız sizi daha sonra aramasını sağlayabilirim."

"Doğal olarak."

"Şirketiniz hangisi Bay Tanaka?"

"Of..."

"Bay Tanaka?"

Boğuluyorum ve kapatıyorum.

Üslup D eksi. Ama Akiko Kato'nun ağında saklandığını biliyorum artık. PanOptikon bulutlara ulaşmadan önce yirmi yedi kat sayıyorum. Sana duman üflüyorum Akiko Kato. Kyuşu'nun güneyinde bulunan sisli bir dağ adasındaki sisli bir hatıra olan Eiji Miyake'yle yaşamana otuz dakikadan az kaldı. Benimle tanışmayı düşündün mü hiç? Yoksa ben bazı belgelerde geçen bir isim miyim sadece? Kahvemdeki buzdağları eriyip çatlıyor. Şeker ve krema kabından dolduruyorum; sıvıların girdap olup karışmasını izliyorum. Hamile kadınlar bebek dergilerini karşılaştırıyorlar. Benim garson masadan masaya gidip kül tablalarını kovaya boşaltıyor. *Buraya gel, benimkini boşalt.* Gelmiyor. Dul telefonda, sürekli sırıtıyor. Kita Caddesi'nden karşıya geçen bir adam çekiyor dikkatimi: Aynı adamı üç dakika önce aynı yerde gördüğüme yemin edebilirim. Adama odaklanıyor, çamur sıçratan kalabalık arasında yaptıklarını izliyorum. Karşıya geçip trafik ışığı adamın yeşil yanmasını bekliyor. Sonra Omekaido Bulvarı'na geçip adamın yeşil yanmasını bekliyor. Sonra Kita Caddesi'ne geçiyor. Bekliyor, sonra yine Omekaido Bulvarı'na geçiyor. Bu şekilde bir, iki, üç dönmesini izliyorum. Özel dedektif mi, biyoborg mu yoksa deli mi? Güneş her an bulut perdesini delebilir. Buzları elimdeki kaşıkla dürtüp kahvemi içiyorum. Sidik torbam dikkate alınmayacak gibi değil. Kalkıp tuvaletin kapısına doğru ilerliyorum, kapı kolunu çeviriyorum; kilitli. Kafamın arkasını kaşıyıp utangaç bir halde yerime dönüyorum. İçerideki ofis kadını çıkınca başka tarafa bakıyorum ki tuvalet kapısının kolunu zorlayanın ben olduğumu anlamasın. Bu yüzden tuvalete lise üniformalı uslu bir kız giriyor ve on beş dakika sonra iri göğüslü, makyajlı ve mini etekli bir cinsel obje olarak çıkıyor. Yerimden kalkıyorum ama bu sefer de anne ve çocuğu koşarak önüme geçiyor. "Acil durum!" diyerek gülümsüyor anne bana, ben de anlayışla gülümsüyorum. Yaklaştıkça uzaklaştığın o rüyalardan birinde miyim ben? "Bana bak" diye feryat ediyor sidik torbam, "hemen harekete geç yoksa olacaklardan ben sorumlu değilim!" Kapının orada bekleyip kumulları düşünmeye çalışıyorum. Tokyo'nun kısırdöngülerinden biri daha: Tuvaleti kullanabilmek için sidik torbanı dolduran içeceklerden almak zorundasın. Yakuşima'da arkasına işeyeceğim bir ağaç bulmak yeter. Anne ve çocuğu sonunda çıkıyor, ben de içeri girmeyi başarıyorum. Nefesimi tutup kilidi çevirmeye çalışıyorum. Kapağı kaldırıp üç kahve işiyorum. Nefessiz kalıyorum, nefes almak zorundayım – çok da kokmuyormuş. İdrar, margarin, kimyasal lavanta. Klozet bununla silinmiş. Lavabo, ayna, boş bir sabunluk. Birkaç siyah nokta sıkıyorum, kendime farklı açılardan bakıyorum: Ben, Eiji Miyake, Tokyolu. Kendimi mi kandırıyorum yoksa şüphelendiğim gibi her kahkaha, miyavlama ve boğuk bakış bana mı yöneltiliyor? Güzel sivilce günü. Kyuşu bronzluğum gidiyor mu? Yansımam dik dik bakma oyunu oynuyor. Kazanıyor, başka yere ilk bakan ben oluyorum. Volkanik siyah nokta zincirleri üzerinde çalışmaya başlıyorum. Biri kapıyı çalıyor ve kapı kolunu çeviriyor. Jöleli saçımı düzeltip kilidi açıyorum.

□

Kapıyı çalan Laozi'ymiş. Beklettiğim için bir özür mırıldanıyorum ve daha fazla gecikmeden PanOptikon'a saldırmaya karar veriyorum. Derken Akiko Kato bu düşüncemin hemen üzerine geliyor. İşte tam orada, aramızda sadece beş milimetre cam ve en fazla bir metre hava var. Tesadüf dileklerim tam da umudumu yitirmişken gerçekleşti. Yavaş çekimde başını çeviriyor, bana bakıyor ve yürümeye devam ediyor. Geçici inançsızlık dengemi bozuyor. Akiko Kato uzun adımlarla onun geldiğini gören trafik ışığı adamın yeşil yandığı kesişme noktasına yürüyor. Hayallerimde yaşlanmamıştı, gerçekte yaşlanmış ama hafızam şaşırtıcı derecede dikkatli. Kurnaz ifade, kartal burun, soğuk güzellik. *Git!* Kapıların açılmasını bekliyorum, sonra koşup...

Beysbol şapkası, seni aptal!

Jüpiter Kafe'ye girip şapkamı alıyorum ve yeşil adamların yanıp söndüğü kesişme noktasına koşuyorum. Havalandırmanın altında geçen iki saatten sonra öğlen sıcağına maruz kalan derimin çatırdayıp patladığını hissedebiliyorum. Akiko Kato karşı kıyıya ulaşmış bile; risk alıp koşuyorum, çizgi ve çamur göletlerinin üzerinden atlayarak. Motosikletli polisler hızlanıp elleriyle işaretler yapıyorlar, trafik adam kırmızı oluyor, bir otobüsten sert bir korna yiyorum, ama tek bir motorun yoldan çıkmasına neden olmadan son şeride zıplayabiliyorum. Avım PanOptikon'un merdivenlerine ulaşmış. İnsan akıntısında kalabalığa çarparak ilerliyorum; insanlardan hakaret topluyor, etrafa özür saçıyorum –Akiko Kato içeri girerse onunla tarafsız bölgede görüşme şansını kaybedeceğim. Ama Akiko KatoPanOptikon'a girmiyor. Şincuku İstasyonu'na doğru yürümeye devam ediyor– yetişip oyalamalıyım onu, ama ona caddede aniden yaklaşmanın sorunuma daha az sıcakkanlı yaklaşmasına neden olacağını düşünüyorum. En nihayetinde ondan bir iyilik istiyorum. Onu takip ettiğimi düşünecek – haklı olacak. Ya ben açıklama yapamadan her şeyi yanlış anlarsa? Ya "Tecavüzcü!" diye bağırmaya başlarsa? Ancak kalabalığa karışıp kaybolmasına da izin veremem. Yetişkin Eiji Miyake'nin yüzünü bilmediğini göz önünde bulundurarak belli bir uzaklıktan takip edeceğim onu. Arkasına bir kez bile bakmıyor – neden baksın ki? Üzerlerinden su süzülen cılız ağaç sırasının yanından geçiyoruz. Akiko Kato uzun saçlarını arkaya atıyor ve güneş gözlüklerini takıyor. Bir altgeçit bizi tren yolunun altına alıyor; trafik ve insan dolu, güneşli Yasukuni Caddesi'ne çıkıyoruz; burası bar ve gitar ezgileri çalan cep telefonu dükkânlarıyla dolu. Gerçek hayatta insanları takip etmek çok zor. Baldırımı bir bisiklete çarpıyorum. Güneş, yağmurla yıkanmış merceğiyle yola buhar ütüsü yapıyor. Ter tişörtümü tenime yapıştırıyor. Akiko Kato, doksan dokuz çeşit dondurma satan bir dükkânı geçtikten sonra dönüyor ve yan yola sapıyor. Bir butiğin dışındaki kadın ormanını aşıp onu takip ediyorum. Güneş yok, tekerlekli bölmeler ve yangın merdivenleri var. Chicago'da bir film seti. Sinemaya benzeyen bir yerin dışında duruyor ve arkasına dönüp takip edilmediğinden emin olmaya çalışıyor; adımlarımı sıklaştırıp acelem varmış gibi yapıyorum. Yanından geçerken gözlerimi ondan kaçırıp beysbol şapkamı daha da indiriyorum. Arkamı dönüyorum, Akiko Kato Ganymede Sineması'na girmiş. Burası çok daha iyi günler gördü. Bugünkü gösterim PanOptikon adlı bir film. Poster –çığlık atan Rus bebekleri– film hakkında hiçbir şey söylemiyor bana. Tereddüt ediyorum. Canım sigara istiyor ama paketi Jüpiter Kafe'de bıraktım, ben de alkollü şekerle idare ediyorum. Film on dakika içinde başlayacak. İçeri giriyorum, kapıyı çekmem gerekirken itiyorum. Bomboş lobide sadece rengârenk döşeme var. Basamağı görmüyorum, takılıyorum ve neredeyse ayağımı burkuyorum. Her yerde ucuz fiyaka ve kötü koku var. Kederli bir avize kahverengi ışık saçıyor. Gişedeki kadın rahatsız olduğunu belli ederek iğne işini kenara koyuyor. *"Evet?"*

"Burası, şey, sinema mı?"

"Hayır. Yamato Savaş Gemisi."

"Ben müşteriyim."

"Ne mutlu size."

"Şey. Film? Ne hakkında?"

İğnenin ucuna iplik geçiriyor. "Masada 'Film Özetleri Satılır' yazısı görüyor musun?"

"Ben sadece..."

Bir aptalla uğraşıyormuş gibi iç geçiriyor. "Masada 'Film Özetleri Satılır' yazısı görüyor musun, görmüyor musun?"

"Görmüyorum."

"Peki, lütfen söyle bana, neden böyle bir yazı olmadığını zannediyorsun?"

Onu vururdum ama Walther PK'mı son fantezimde bıraktım. Çıkıp giderdim ama Akiko Kato bu binada bir yerlerde. "Bir bilet, lütfen."

"Bin yen."

Bugünkü bütçem gidiyor işte. Bana bir piyango bileti veriyor. Her yerde sıva parçaları var. Buranın yıllar önce kapanması gerekirdi. Kadın nakışına dönüyor ve beni ☞PERDE BU TARAFTA – İDARE MERDİVEN BOŞLUĞUNDA MEYDANA GELECEK KAZALARDAN SORUMLU DEĞİLDİR☞levhasının şefkatiyle baş başa bırakıyor. Dik merdivenler doğru açılarla alçalıyor. Cilalı duvarlarda film posterleri var. Tek bir tanesini bile bilmiyorum. Her merdivenin sonuncu olmasını bekliyorum ama asla olmuyor. Yangın olması durumunda, seyircilerden sessizce siyahlaşmaları rica ediliyor. Burası sıcaklaşıyor mu? Birden tabana varıyorum. Acıbadem kokusu alıyorum. Yaralı kafası kemoterapi hastalarınınki gibi tıraş edilmiş olan bir kadın çıkıyor önüme. Gözlerimiz buluştuğunda gözbebeklerinin tamamen boş olduğunu görüyorum. Boğazımı temizliyorum. Kadın hareket etmiyor. Yanından sıvışmaya çalışıyorum, elleri mani oluyor. İşaret, orta, yüzük ve serçe parmakları eriyip birbirleriyle kaynaşmış ve at ayağı gibi olmuş. Bakmamaya çalışıyorum. Biletimi alıp yırtıyor. "Patlamış mısır?"

"Almayayım, teşekkürler."

"Patlamış mısır sevmez misin?"

"Hayır, çok sevmem patlamış mısırı."

Sözlerimi tartıyor. "Patlamış mısırı sevmediğinizi itiraf etmeyi reddediyorsunuz yani?"

"Patlamış mısır sevdiğim veya sevmediğim bir şey değil."

"Neden benimle oyun oynuyorsun?"

"Oyun oynamıyorum. Öğlen çok yedim. Bir şey yemek istemiyorum."

"Yalan söylemenden nefret ediyorum."

"Beni biriyle karıştırıyor olmalısınız."

Başını hayır anlamında sallıyor. "Bu uzaklıktan asla karıştırmam."

"Tamam, tamam, biraz patlamış mısır alayım."

"Mümkün değil. Hiç kalmadı."

Bir türlü isabet ettiremiyorum. "Peki, neden almamı teklif ettiniz?"

"İyi düşün. Hiç etmedim ki. Filmi izlemek istiyor musun, istemiyor musun?"

"Evet." Bu sinir bozucu olmaya başlıyor. "Filmi izlemek istiyorum."

"O zaman neden zamanımı boşa harcıyorsun?" Perdeyi açıyor. Sinemada toplam üç kişilik bir nüfus var. Ön sıradaki Akiko Kato'yu tanıyorum. Yanında bir adam var. Koridorun sonunda bir adam var, tekerlekli sandalyede ve galiba ölmüş. Boynu geriye düşmüş, ağzı açılmış, kafası yerinden oynamış gibi ve vücudu hareketsiz. Sinemanın gece mavisine boyanmış tavanına bakan gözlerini takip ediyorum. İkiliye kulak misafiri olabilecek kadar yakınlaşmayı umarak, orta koridordan aşağı iniyorum. Projeksiyon odasında bir gümbürtü kopuyor ve saklanmak için eğiliyorum. Silah ya da beceriksizce açılan patates cipsi paketi. Ne Akiko Kato ne de arkadaşı bakıyor arkaya; ben de bir iki sıra arkalarına saklanıyorum. Işıklar sönüyor ve perde dikdörtgen bir ışık huzmesi üzerinde yükseliyor. Ehliyet kursu reklamı: Ya reklam çok eski ya da ehliyet kursu sadece 70'lerden kalma kıyafet ve saç şekillerini benimsemiş öğrencileri kabul ediyor. Fon müziği de *YMCA* şarkısı. Sonra, tüm müşterilerine kalıcı gülümsemeler aşılayan Apollo Şigenobo isimli bir plastik cerrahın reklamı çıkıyor. Yüz düzeltme ameliyatları hakkında konuşuyorlar. Kagoşima Sineması'ndaki "Gelecek Program"ları izlemekten keyif alırım –film izlemenin sıkıcılığını azaltıyorlar– ama burada hiç fragman yok. Titanyum bir ses filmi anons ediyor: PanOptikon. Yönetmen, ismini telaffuz edemediğim biri; en yakın olduğu kıtayı bile bilmediğim bir şehirdeki film festivalinde ödül almış. Giriş yok, müzik yok. Film doğrudan başlıyor.

Kışı yaşayan siyah-beyaz bir şehirdeki bir omnibüs kalabalıkları yüklenmiş. Orta yaşlı bir yolcu izliyor. Yoğun kar, savaş zamanı gazete satıcıları, karaborsacıyı döven polisler, boş dükkânlarda ifadesiz yüzler, yanmış bir köprü iskeleti. Araçtan inen adam şoföre yol soruyor; gökyüzünü gizleyen büyük duvarı gösteren bir baş işareti geliyor. Adam yürüyor ve kapıyı arıyor. Bombaların açtığı çukurlar, kırık şeyler, vahşi köpekler. Kıllı bir delinin ateşle konuştuğu daire şeklinde bir enkaz. Adam sonunda ahşap bir kapı buluyor. Eğilip kapıyı tıklatıyor. Açan yok. Bir ipten sarkarak duvar bölmesinde kaybolmuş teneke bir kutu görüyor ve ona konuşuyor. "Kimse yok mu?" Altyazılar Japonca, dil tıslama ve çatallaşmadan ibaret. "Ben Doktor Polonski. Hapishane müdürü Bentham beni bekliyor." Teneke kutuyu kulağına dayıyor ve boğulan denizcileri duyuyor. Kapı kendiliğinden kasvetli bir avluya açılıyor. Doktor eğilerek içeri giriyor. Garip bir şarkı rüzgârda eko yapıyor. "Emrinizdeyim, Doktor." Çok kısa boylu bir adam eğilerek selam veriyor ve Doktor Polonski irkiliyor. "Bu yoldan, dilerseniz." Kar taneleri ceviz büyüklüğünde. Büyülü sözler yayılarak ölüyor ve yeniden yükseliyor. Toadling'in kemerindeki anahtarlar şıngırdıyor. Kâğıt oynayan nöbetçileri ve kafes labirentini geçiyorlar. "Sizin yolunuz" diyor karga gibi sesiyle. Doktor sert bir hareketle eğiliyor, tıklatıp güvenlik ofisine giriyor.

"Doktor!" Hapishane müdürü yaşlı ve sarhoş. "Oturun."

"Teşekkürler." Doktor Polonski küçük adımlarla yürüyor; döşeme sadece çıplak değil, döşeme tahtalarının yarısı çıkmış. Doktor bir okul sandalyesine oturuyor. Hapishane müdürü uzun bir bardakta bulunan sıvının içindeki fıstığın fotoğrafını çekiyor. Müdür Bentham açıklıyor. "Barda yenen çerezlerin kanyak soda içinde gösterdiği etkileri araştırdığım bir tez üzerinde çalışıyorum."

"Gerçekten mi?"

Müdür kronometresini kontrol ediyor. "Senin zehrin nedir Doktor?"

"Görevdeyken içmiyorum. Teşekkürler."

Müdür kanyak şişesindeki son damlayı bir yumurtalığın içine boşaltıyor ve şişeyi döşeme tahtaları arasına fırlatıyor. Uzaklardan bir çatırtı ve şıngırtı geliyor. "Çin çin!" Müdür yumurtalığına tıklatıyor. "Sevgili Doktor, izin ver konuya gireyim. Hemen, yani, acilen. Doktorumuz Koenig Noel'den önce veremden öldü, Doğu'daki savaş yüzünden hâlâ yerine biri gelmedi. Hapishaneler savaş zamanında öncelikli değildir, politik suçlu barındıranlar dışında. Büyük umutlarımız vardı. Ütopik bir hapishane, içeride bulunanların zihinsel yeteneklerini artıran, hayal güçlerinin onları özgürleştirmesini sağlayan bir yer. Ve..."

"Bay Bentham..." diye bölüyor Dr. Polonski. "Acilen?"

"Acil olan..." müdür geriye yaslanıyor, "Voorman sorunu."

Polonski küçük sandalyesinde hareketleniyor, kanyak şişesinin yanına gitmekten korkuyor. "Voorman, buradaki bir mahpus mu?"

"Elbette Doktor. Voorman, Tanrı olduğunu iddia eden mahkûm."

"Tanrı."

"Her biri kendinin Tanrısı ama Voorman hapishane nüfusunu bu sanrıyı paylaşma konusunda ikna etti. Onu hücreye aldık ama işe yaramadı. Gelirken şarkıyı duydunuz mu? Voorman'ın ilahisi. Kargaşadan korkuyorum, Doktor. İsyandan."

"Bir sorununuz olduğunu anlıyorum ama nasıl?"

"Sizden Voorman'ı incelemenizi istiyorum. Delirmiş gibi mi yapıyor yoksa gerçekten aklını mı kaçırdı, bundan emin olun. Gerçekten delirdiğine karar verirseniz onu bir akıl hastanesine postalayabilirim, biz de rahatça evlerimize gidebiliriz."

"Voorman neden hüküm giydi?"

Warden Bentham omuz silkiyor. "Geçen sene dosyaları yakacak olarak kullandık."

"Mahkûmları ne zaman serbest bırakacağınızı nereden biliyorsunuz?"

Müdür afallıyor. "Serbest bırakmak? Mahkûmları?"

Akiko Kato arkasına bakıyor. Zamanında saklanabiliyorum, sanırım. Sıranın dibindeki gümüş renkli ekran ışığı havuzunun içinde bir sıçan duruyor. Döşemeye tırmanmadan önce bana bakıyor. "Umarım" diyor Akiko Kato'nun arkadaşı yumuşak bir sesle, "bu acildir."

"Dün Tokyo'da bir hayalet görüldü."

"Beni hayalet hikâyesi anlatmak için mi çağırttın savunma departmanından?"

"Hayalet sizin oğlunuzdu, sayın parlamento üyesi."

Babam da benim gibi yıldırım çarpmışa döndü.

Akiko Kato saçını arkaya atıyor. "Ve sizi temin ederim hayalet oldukça hayatta. Tokyo'da ve sizi arıyor."

Babam uzun süre bir şey söylemiyor. "Para mı istiyor?"

"Kan." Akiko Kato kendini asacağı ipi uzatırken ben uygun zamanı beklemeyi seçiyorum. "Söylemem gerekenleri süsleyemeyeceğim. Oğlunuz kokain bağımlısı ve çalınan çocukluğu için sizi öldüreceğini söyledi bana. Çok fazla arızalı genç gördüm ama korkarım oğlunuz iki ayaklı bir psikoz. Tek istediği de siz değilsiniz. Sizi kız kardeşine olanlar dolayısıyla cezalandırmak için önce ailenizi yok edeceğini söylüyor."

Voorman'ın hücresi pislikten bir saray. "Peki, Bay Voorman..." Doktor Polonski sinekli dışkıların üzerinden atlıyor. "Tanrı olduğunuza ne kadar süredir inanıyorsunuz?"

Voorman'ın üzerinde deli gömleği var. "İzin verin ben de size aynı soruyu sorayım."

"Ben Tanrı olduğuma inanmıyorum." Ayakkabısının altında bir şey çatırdıyor.

"Ama psikiyatr olduğunuza inanıyorsunuz."

"Doğru. Tıp fakültesinden yüksek onur derecesiyle mezun olup mesleğimi icra etmeye başladığımdan beri psikiyatrım." Doktor ayağını kaldırıyor, seğiren bir hamamböceği tabanına yapışmış. Tabanını yıkık duvara sürtüyor.

Voorman başıyla onaylıyor. "Ben de mesleğimi icra etmeye başladığımdan beri Tanrı'yım."

"Anlıyorum." Doktor not almak üzere duruyor. "Mesleğiniz neyi içeriyor?"

"Genel olarak bakım ve koruma. Kâinatımda."

"Yani kâinatımızı siz mi yarattınız?"

"Tamamen. Dokuz gün önce."

Polonski bu sözü tartıyor. "Hatırı sayılır ölçüde kanıt bu kâinatın dokuz günden daha yaşlı olduğunu gösteriyor."

"Biliyorum. Kanıtı da ben yarattım."

Doktor karyolanın karşısına oturuyor. "Ben kırk beş yaşındayım Bay Voorman. Geçen bahara veya çocukluğuma ait anılarımın muhasebesini nasıl tutuyorsunuz?"

"Anılarını seni yaratırken yarattım."

"Yani kâinattaki her şey sizin hayallerinizin ürünü mü?"

"Tamamen. Sen, bu hapishane, Atbaşı Nebula."

Polonski yazmakta olduğu cümleyi bitiriyor. "İş yükünüz oldukça fazla olmalı."

"Senin minik beyin lobunun –gücenmek yok– algılayabileceğinden de fazla. İyi bir şey değil tabii, her atomu hayal etmek zorundayım, yoksa her şey 'püf' olur gider. 'Tekbenci'nin sadece *kendisi* vardır, doktor." Polonski kaşlarını çatıyor ve not defterinin yerini değiştiriyor. Voorman iç geçiriyor. "Kuşkucu yaklaşımınızı anlıyorum, doktor. Böyle olmanızı ben sağladım. İddialarımı doğrulamak için tarafsız bir inceleme teklif edebilir miyim?"

"Aklınızdan neler geçiyor?"

"Belçika."

"Belçika?"

"Belçikalıların bile görmezden geleceğini sanmıyorum, ya siz?"

Babam hiçbir şey söylemiyor. Başını eğmiş. Kafası tamamen saçlı, kellik konusunda endişelenmeme gerek yok. Bu, karanlık, lezzetli ve beklenmedik bir olaylar dizisi. Burada bulunduğumu, Akiko Kato'nun yalancı bir yılan olduğunu her an açıklayabilirim; avantajımı bir süre daha korumayı ve önümdeki savaş için silahlarımı oluşturmayı seçiyorum. Akiko Kato'nun telefonu çalıyor. Çantasından çıkarıp açıyor ve "Sonra ararım, meşgulüm" dedikten sonra yerine koyuyor. "Parlamento üyesi. Genel seçimlere dört hafta var. Yüzünüz Tokyo'daki her seçim panosuna asılacak. Her gün televizyona çıkacaksınız. Gözden uzak kalınacak bir zaman değil bu."

“Keşke oğlumla tanışabilseydim...”

“Kim olduğunuzu öğrenirse mahvolursunuz.”

“Herkesin mantıklı bir yanı vardır.”

“Çocuğun karınızın kürk askısı kadar uzun bir sabıkası var – adam yaralama, hırsızlık, uyuşturucu. Kokain bağımlılığı var. Muhalefetin ne yapacağını düşünün. ‘İktidarın Terk Edilmiş, Sabıkalı Aşk Çocuğu ‘Onu Öldüreceğim!’ Diye Yemin Ediyor.’”

Babam titrek karanlıkta iç geçiriyor. “Öneriniz nedir?”

“Politik ölümünüze sebep olmadan önce problemi çözün.”

Babam kadına doğru dönüyor. “Şiddetten bahsetmiyorsunuz, değil mi?”

Akiko Kato sözlerini dikkatle seçiyor. “Bugünü önceden gördüm. Planlar işliyor. Şehirde kazalar oluyor ve bazı kimseleri tanıyan kimselerin kazaların vaktinden önce olmasını sağladıklarını biliyorum.”

Babamın cevabını bekliyorum.

Polonski ailesi, kapısı ve avlusu olan eski bir evin üçüncü katında yaşıyor. Kadın aylardır doğru düzgün ne uyumuş ne de yemek yemiş. Solgun ateş loş ışıkta titriyor. Bir tank konvoyu gürültüyle geçiyor. Bayan Polonski kütük gibi ekmeği kör bıçakla dilimliyor ve balık çorbasını kepçeyle tabaklara dolduruyor. “Hâlâ Boorman adlı mahkûmu mu düşünüyorsun?”

“Voorman. Evet, hâlâ onu düşünüyorum.”

“Seni bir hâkimin işini yapmaya zorluyorlar, çok mantıksız.”

“Beni endişelendiren bu değil. Bu şehirde hapishane ve akıl hastanesi arasında çok az fark var.” Küçük bir havuç parçasını kaşığıyla esir ediyor.

“Seni endişelendiren ne peki?”

“Adam hayal gücünün efendisi mi, kölesi mi? Belçika’yı çay saatine kadar yok edeceğine yemin etti.”

“Belçika diğer bir mahkûm mu?”

Polonski yemeğini çiğniyor. "Belçika."

"Yeni bir peynir türü mü?"

"Belçika. Ülke. Fransa ve Hollanda arasında. Belçika."

Bayan Polonski başını düşünceli bir şekilde sallıyor.

Kocası kızgınlığını gizlemek amacıyla gülümsüyor. "Belçika."

"Bu bir şaka mı, hayatım?"

"Hastalarımla ilgili hiç şaka yapmadığımı bilirsin."

"'Belçika.' Lüksemburg'un bir eyaleti ya da köyü belki de?"

"Atlasımı getir!" Doktor Avrupa haritasını açıyor ve yüzü ciddileşiyor. Fransa ve Hollanda arasında Walloon Lagünü adlı bir koy var. Polonski çarpılıyor. "Bu olamaz. Olamaz. Olamaz."

"Oğlumun cinayet işleyebileceğine inanmayı reddediyorum" diye ısrar ediyor babam. "Sizinle tanışınca sinirleri bozulmuş olmalı, hayal gücünüz yaptıklarını ve söylediklerini yeniden yazıyor."

"Avukatım ben" diye cevap veriyor Akiko Kato. "Hayal kurayım diye para almıyorum."

"Oğlumla tanışıp her şeyi anlatabilsem..."

"Kaç defa daha söylemeliyim Sayın Vekil? Sizi öldürecek."

"Yani ölüm fermanını mı imzalamalıyım?"

"Gerçek ailenizi seviyor musunuz?"

"Nasıl bir soru bu?"

"O halde onları korumak için atmanız gereken adımlar açık ve net."

Babam başını hayır anlamında sallıyor. "Bu çılgınlık!" Saçını parmaklarıyla tarıyor. "Doğruca sorabilir miyim sorumu?"

"Patron sizsiniz" diyor Akiko Kato patron sesiyle.

"Gizlilik anlaşmamızın hesaplarınızda bir etkisi var mı?"

Akiko Kato çok kızıyor. "Bu tür bir ima beni kızdırır."

"İtiraf etmelisiniz ki..."

"Bu tür bir ima beni öylesine kızdırır ki sessiz kalmamın fiyatı ikiye katlanır."

Babam neredeyse bağırıyor. "Kim olduğumu unutmayın, Bayan Kato!"

"Kim olduğunuzu biliyorum Sayın vekil. Kaybedebileceği bir krallığı olan bir adam."

Zamanı geldi. Babamın ve hayatını idare eden yılan kadının iki sıra arkasında ayağa kalkıyorum. "Affedersiniz." Suçlu, şaşkın ve dikkatli bir halde arkalarına dönüyorlar. "Ne?" diye tıslıyor Akiko Kato. Ona, babama, ona ve babama bakıyorum. İkisi de tanımıyor beni. "Evet? Ne istiyorsun?" Yutkunuyorum. "Her şey çok basit. Ben senin adını biliyorum, sen de bir zamanlar benimkini biliyordun: Eiji Miyake. Evet, *o* Eiji Miyake. Doğru. Uzun yıllar geçti aradan..."

Voorman'ın hücresinin penceresinde uzun sarkıtlar var. Voorman'ın göz kapakları yavaşça, çok yavaşça açılıyor. Bombacılar yakınlardaki hava sahasına üşüşüyorlar. "Günaydın, doktor. Bugünkü seansta alacağınız notlarda Belçika var mı?"

Üvendireli nöbetçi kapıyı çarparak kapatıyor. Polonski bunu duymazlıktan geliyor. Gözleri karanlık ve şişmiş.

"Dün gece uyuyamadınız mı doktor?"

Polonski mesleğinin verdiği sakinlikle çantasını açıyor.

"Şeytani düşünceler!" Voorman dudaklarını yalıyor. "Tıbbi düşünceniz bu mu doktor? Ben deli değilim, hasta numarası yapan biri de değilim ama şeytanım? Ruhumdaki şeytanın çıkarılması mı gerek?"

Polonski mahkûma dik dik bakıyor. "Sizce buna gerek var mı?"

Voorman omuz silkiyor. "Şeytanlar, şeytani hayallere sahip insanlardır."

Doktor oturuyor. Sandalye gıcırdıyor. "Güçleriniz olduğunu düşünürsek..."

Voorman gülümsüyor. "Söyle, doktor, söylesene."

"Tanrı'nın deli gömleği giymiş bir halde hapishanede ne işi var?"

Voorman güzelce esniyor. "Tanrı siz olsaydınız ne yapardınız? Günlerinizi Hawaii'de golf oynayarak mı geçirirdiniz? Hiç sanmıyorum. Topun deliklere gireceği bu kadar kesinken golf oynamak çok sıkıcı. Hayat öylesine cansız akıp gidiyor."

Polonski artık not almıyor. "Peki, zamanını nasıl geçiriyorsun?"

"Sizde arıyorum eğlenceyi. Savaşı düşün. Al sana komedi."

"Ben dindar biri değilim, Bay Voorman..."

"Bu yüzden seni seçtim."

"... ama nasıl bir Tanrı savaşı eğlenceli bulur?"

"Sıkılmış bir Tanrı. Evet. İnsanlar hayal etme yeteneğine sahip, bu yüzden beni eğlendirmek için yeni yollar hayal edebilirsin."

"Lüks hücrenizde hangilerini izlemeyi tercih ediyorsunuz?"

Yandaki karakoldan silah sesleri duyuluyor. "Lüks ve sefalet, ölümsüzsen neden umurunda olsun ki? Ben hapishaneleri seviyorum. Hapishaneleri açık demir madenlerine benzetiyorum. Mahkûmlar besili cemaatten daha eğlenceli ayrıca. Sen de beni eğlendiriyorsun, doktor. Görevin deli olduğumu veya numara yaptığımı kanıtlamak. Ama sen benim sınırsız gücümü kanıtlıyorsun."

"Bu tür bir şey kanıtlanmadı."

"Doğru, Doktor Zorölüm, doğru. Ama korkma, müjdeler vereyim. Yer değiştireceğiz. Sen zaman, yerçekimi, dalgalar ve atomlarla oynayabilirsin. Zavallı insanların birbirlerinden farklı olmak adına yaptıklarını izleyebilirsin. Senin adına öldürülen serçeleri, yağmalanan kıtaları görebilirsin. Şimdi. Ben de karını istem dışı gülümsetecek ve hapishane müdürüyle beraber içki içeceğim."

"Siz hastasınız Bay Voorman. Belçika numarası beni çok şaşırttı ama..."

Doktor Polonski donuyor.

Voorman Fransız ulusal marşını çalıyor ıslıkla.

Kare atlıyor.

"Zaman geçti" diyor doktor. "Gitmeliyim."

Mahkûm tıkanıyor. "Ne..."

Doktor yeni kaslarını esnetiyor.

Mahkûm çığlık atıyor. *"Ne yaptın bana?"*

"Konuşmayı mantıklı bir yetişkin gibi sürdüremezseniz bu görüşmeyi sonlandıracağım."

"Beni yerime koy, seni canavar!"

"Püf noktalarını yakında öğrenirsin." Doktor çantasını kapatıyor. "Balkanlara dikkat et. Sorunlu bölge."

Mahkûm bağırıyor. *"Nöbetçiler! Nöbetçiler!"* Kapı gıcırdayarak açılıyor ve doktor üzgünce başını sallıyor. Nöbetçiler üvendireleriyle kriz geçirmekte olan hastaya yaklaşıyorlar. "O hilekârı tutuklayın! Gerçek Doktor Polonski benim! O ise önceki gece Belçika'yı yok eden bir şeytan!" Nöbetçilerin vücuduna 5.000 volt elektrik verdiği mahkûm feryat edip bükülüyor. "Durdurun bu iğrençliği! Karımı taciz edecek!" Prangalı ayakları gürültüyle zemine çarpıyor. Tak, tak, tak.

◆

Siyah noktalarımı rahat bırakmalıydım; şimdi kanatlı yengeç saldırısına uğramış bir kurbanın cildine sahibim. Biri kapıyı çalıyor ve kapı kolunu çeviriyor. Jöleli saçımı düzeltip kilidi açıyorum. Kapıyı çalan Laozi'ymiş. "İçeride amma kaldın, Kaptan." Özür diliyorum ve PanOptikon'a saldırı saatinin yaklaştığına karar veriyorum. Son bir Carlton'dan hemen sonra.

Beklettiğim için bir özür mırıldanıyorum ve daha fazla gecikmeden PanOptikon'a saldırmaya karar veriyorum. Derken Akiko Kato bu düşüncemin hemen üzerine geliyor. İşte tam orada, aramızda sadece beş milimetre cam ve en fazla bir metre hava var. Tesadüf dileklerim tam da umudumu yitirmişken gerçekleşti. PanOptikon'un yanındaki binanın bir yüzüne büyük bir ekran yerleştiren işçileri seyrediyorum. Mükemmel boyunlu garson vardiyasını bitirmiş –saat üçe altı var– üniformasını çıkarmış. Mor bir kazak ve beyaz pantolon giymiş. Fena halde havalı gözüküyor. Dul, sigara otomatının orada nutuk çekiyor benim garsona; o sırada Eşek yardım zilini çalıyor – Dul, benim garsonun konuşmasını bölüp aniden bastıran müşteri kalabalığının siparişlerini almaya koşuyor. Mükemmel boyunlu garson sabırsızca saate bakıyor. Cep telefonunun titreştiğini hissediyor ve konuşmak için benim olduğum yöne dönüyor, kimse duymasın diye de eliyle ağzını kapatıyor. Yüzü aydınlanıyor, kıskanıyorum ve kırılıyorum. Farkına varamadan yanında durduğu otomattan başka bir sigara markası seçiyorum. Başkalarının konuşmalarını gizlice dinlemek yanlıştır ama tesadüfen kulak misafiri olduysam kim beni suçlayabilir ki? "Tamam, tamam, Nao'yu verir misin?" Naoki erkek mi, yoksa Naoko kız mı? "Ben biraz geç kalacağım, bensiz başlayın." Neye başlasınlar? "Yağmur inanılmazdı, değil mi?" Boştaki eliyle piyano çalıyor. "Evet, oraya nasıl gelineceğini biliyorum." Nereye? "162 No.lu oda. Sadece iki haftamız kaldığını biliyorum." Neye iki hafta kaldı? Sonra bana bakıyor ve onu izlediğimi görüyor. Sigara seçmem ve fiyatlara bakmam bekleniyor. Bir reklamda avukata benzeyen bir kadın Salem içiyor. "Hayal gücüne kapılıyorsun yine. Yirmi dakika sonra görüşürüz. Hoşça kal." Telefonunu cebine atıp boğazını temizliyor. "Hepsini anladınız mı, yoksa kaçırdığınız kısımların üzerinden geçmemi ister misiniz?" Benimle konuştuğunu anlayınca dehşete kapılıyorum. Öylesine hızlı kızarıyorum ki duman kokusu alıyorum. Ona bakıyorum; otomat bölmesinden Salem'imi almak için diz çöküyorum. Kız sinirli değil ama ciddi ve sert. Sinirini etkisiz hale getirirken onurumu da koruyabileceğim sözcükleri arıyorum. "Ah"la başlıyorum. Bakışları acımasız. "*Ah*" diye tekrar ediyor. Yutkunuyorum ve kauçuk bir bitkinin yapraklarına dokunuyorum. "Merak ediyordum da" diye çırpınıyorum, "acaba bu bitkiler şey mi, yapay mı yani." Bakışları öldürücü bir ışın gibi. "Bazıları gerçek. Bazıları sahte. Bazıları pislik dolu." Dul konuşmasını bitirmek üzere geri dönüyor. Ben de sürünerek kahveme dönüyorum. Büyük bir kamyonun altında kalmak istiyorum ama gidip babamın avukatına müşterisinin adını ve adresini sormadan önce son bir Salem içmek de istiyorum. Laozi dik bir şekilde yürüyerek geri geliyor. "Çok ye, çok sıç, çok yaşa, az hayal kur. Söyle bana Kaptan, fazla sigaran var mı?" Bir kibritle iki sigara yakıyorum. Mükemmel boyunlu garson Jüpiter Kafe'den kaçabildi sonunda. Omekaido Bulvarı'ndaki çamur göletlerinin üzerinden bir ceylan gibi sıçrıyor. Dürüst olmalıydım. Bir yalan söyle ve güvenilirliğin iflas etsin. Unut onu. Benim kulvarımda değil. Tokyo Üniversitesi'nde müzik okuyor ve adı Naoki, mesleği de orkestra şefliği olan bir sevgilisi var. Ben işsizim ve liseden mezun olmamın tek sebebi öğretmenlerin geçmişime bakıp bana acımış ve mezun olmam yönünde oy vermiş olmaları. O iyi bir aileden geliyor; gerçek yağlıboya tabloların ve CD-ROM ansiklopedilerin olduğu bir odası var. Yönetmen babası kızının Naoki'yle yatmasına izin veriyor, çünkü Naoki'nin parası, yeteneği ve kusursuz dişleri var. Benim ailem yok, Kita Senju'da kutu büyüklüğünde bir kapsülde gitarımla uyuyorum. Dişlerim bozuk değil ama düzgün de değil. "Ne kadar güzel ve genç bir yaratık" diyerek iç geçiriyor Laozi, "Keşke senin yaşında olsaydım, Kaptan..."

Korkup kaçmayarak ve Kita Caddesi'nde ambulans tarafından ezilme tehlikesi geçirdikten sonra bile doğruca Şincuku İstasyonu'na devam ederek şaşırtıyorum kendimi. Trafik ışıkları Yakuşima'da sadece görüntü için vardır – buradaysa ölmek ve yaşamak anlamına geliyor. Dün otobüsten indiğimde Tokyo havasının ceplerin içi gibi koktuğunu fark ettim. Bugün dikkatimi çekmedi bu. Galiba ceplerin içini de kokluyorum. PanOptikon'un merdivenlerini çıkıyorum. Gökyüzüne uzanıyor. Son yedi yılda bu anı o kadar çok hayal ettim ki sonunda geldiğine inanamıyorum. Ama geldi. Döner kapı yavaşça dönüyor. Buz gibi hava kollarımdaki tüyleri ürpertiyor, kışın bu kadar soğuk olsa ısıtıcıyı açarlar. Mermer zemin kirece yatırılmış kemik kadar beyaz. Bronz saksılarda palmiye ağaçları var. Tek bacaklı bir adam cilalı zeminde koltuk değneğiyle yürüyor. Kauçuk gıcırdıyor, metal şıngırdıyor. Çançiçekleri ne kadar büyük görünüyor, bebekleri yutabilecek büyüklükteler. Ayakkabımın sol teki garip bir ses çıkarıyor. Dokuz görüşmeci birbirinin tıpatıp aynısı olan deri koltuklara oturmuş bekliyorlar. Benim yaşlarımdalar, klon olabilirler. Robot klonlar. "Ne aptal ses" diye düşünüyor hepsi. Asansöre ulaşıyorum ve Osugi ve Bosugi Hukuk Bürosu'nun tabelasını arıyorum. Kazanacaklarına odaklan. Bugün akşam yemeği saatinde baba evimin zilini çalıyor olabilirim. "Nereye gittiğini sanıyorsun, evlat?"

Arkama dönüyorum.

Danışmadaki görevli dik dik bakıyor. Robot klonların on sekiz gözü bu tarafa bakıyor. "Okuma öğretmediler mi sana?" Parmaklarıyla bir tabelaya tıklatıyor. ZİYARETÇİLER RESEPSİYONA UĞRAMADAN GİREMEZ. Geri dönüp özür dileyerek eğiliyorum. Kollarını bağlıyor. "Evet?"

"Osugi ve Bosugi'de işim var. Avukatlarla."

Şapkasına PANOPTİKON GÜVENLİĞİ yazısı işlenmiş. "Gösterişe de bakın. Randevun tam olarak *kiminle*?"

"Randevum mu?"

"Randevun. Randevu diye bir şey vardır ya hani."

On sekiz robot klon burun deliği havadaki aşağılamayı kokluyor.

"Ben, şey, Akiko Kato'yla görüşmeyi umuyordum."

"Akiko Kato bu şerefe nail olduğunu biliyor mu?"

"Tam olarak değil, çünkü..."

"Yani randevunuz yok."

"Bakın..."

"Hayır, sen bak. Burası süpermarket değil. Hassas işlerin yürütüldüğü özel bir bina. Paldır küldür içeri giremezsin öyle. Burada bulunan şirketlerde çalışmayan, randevusu olmayan ya da burada olmak için geçerli bir sebebi olmayan hiç kimse binemez bu asansörlere. Anladın mı?"

On sekiz robot klon kulağı, taşra aksanıma kulak kabartıyor.

"Siz randevu almama yardımcı olur musunuz peki?"

Yanlış yol. Görevli heyecanlanıyor ve bir klon kıs kıs gülerek ateşi körüklüyor. "Sen dinlememişsin beni. Ben güvenlik görevlisiyim. Resepsiyon görevlisi değilim. Ben aylakları, satıcıları ve ayaktakımını *dışarıda* tutmak için alındım işe. *İçeri* almak için değil."

Hasar kontrolü. "Sizi kızdırmak istememiştim, ben sadece..."

Hasar kontrolü için çok geç. "Dinle evlat." Görevli gözlüklerini çıkarıp siliyor. "Aksanından buralı olmadığın anlaşılıyor, bu yüzden Tokyo'da işlerin nasıl yürüdüğünü anlatırken iyi dinle beni. Ben gerçekten sinirlenmeden çık git. Bayan Kato'dan randevu al. Doğru zamanda, randevudan beş dakika önce gel. Yanıma gel ve adını söyle. Osugi ve Bosugi'deki resepsiyon görevlisiyle görüşüp randevunu doğrulayayım. Sonra, işte o zaman asansörlerden birine adım atmana izin vereyim. Anlaşıldı mı?"

Derin bir nefes alıyorum.

Görevli hışırdatarak gazetesini açıyor.

Yağmur sonrası ter ve kirlilik Tokyo'yu yapışkanlaştırıyor. İnanılmaz sıcak çamur göletlerini buharlaştırarak kurutuyor. Sokak çalgıcısı o kadar kötü şarkı söylüyor ki, geçenlerin adamın paralarını çalmak veya gitarını kafasında kırmak gibi ahlaki sorumlulukları var. Şincuku'daki denizaltı istasyonuna ilerliyorum. Kalabalık uyumsuz adımlarla ilerliyor; sıcak onları dövmüş, baygınlaştırmış sanki. Babamın kapı zili Tokyo rehberimin koordinatları arasında kayboldu. Kulağımın içinde ulaşamadığım bir yerlerdeki küçücük bir kulak kiri parçası beni deli ediyor. Bu şehirden nefret ediyorum. Kemik parçalayan kendo kılıcı gibi bir koridordan geçiyorum, çığlıklar pencere parmaklıklarından kaçıyor. Kaldırımda bir çift ayakkabı var, sanki sahibi birden buhara dönüşüp uçmuş gibi. Kaynamakta olan bir hayal kırıklığı, bir tür yorgun suçluluk hissediyorum. Gizli bir anlaşmayı bozdum. Kiminleydi bu anlaşma? Otobüs ve kamyonlar yolları tıkıyor, yayalar boşluklardan sıvışıyor. Dinozor çağımı yaşarken dinozorların neslinin tükenmesinin sebebinin gübre dağları içinde boğulmaları olduğunu iddia eden bir teori okumuştum. Tokyo'yu A'dan Z'ye anlama sırasında bu teorinin saçma olmadığını düşünüyorum. Duvarlarındaki reklamlardan, kapsüllerinden, tünellerinden, musluk suyundan, denizaltılarından, her köşesindeki GİRİLMEZ ve her kapısındaki ÜYE OLMAYAN GİREMEZ tabelalarından nefret ediyorum. Yemin ederim. Nükleer savaş başlığına dönüşüp bu gübre yığını şehri yeryüzünden silmek istiyorum.

İki

Kayıp eşya

On bir yaşındaysanız Gök Gürültüsü Tanrısı'nın başını paslı bir testereyle kesmek pek de kolay değildir. Testere işlemez oluyor. Sarsılarak testereyi kullanmaya çalışırken, neredeyse düşüyorum Gök Gürültüsü Tanrısı'nın omuzlarından. Bu yükseklikten düşersem omurgamı kırarım. Tapınağın dışında siyah bir kuş şarkı söylüyor koyu morlar içinde. Asfalt Dayı'nın beni sırtında taşıması gibi, bacaklarımı Tanrı'nın kaslı gövdesine sarıyorum. Testereyi boynuna sürtüyorum. Devamlı, hiç durmadan. Ahşap, tahta gibi sert ama sıyrık derinleşerek yarığa dönüşüyor, yarık da oluğa... Ter gözlerimi yakıyor. Ne kadar çabuk, o kadar iyi. Evet, bu yapılmalı ama yakalanmanın anlamı yok. Bunun için insanı kesinlikle hapishaneye koyarlar. Testere kayıyor ve başparmağımı kesiyor. Gözlerimi tişörtüme silip bekliyorum. İşte acı nabız atışlarıyla geliyor. Deri pembeleşiyor, kırmızıya dönüyor ve kan fışkırıyor. Parmağımı yalıyorum ve madeni on yen tadı geliyor ağzıma. Adil bir ödeme. Tam ben Gök Gürültüsü Tanrısı'na Anju'ya yaptıklarının bedelini ödetirken. Testereyle kesmeye devam ediyorum. Olduğum yerden yüzünü göremiyorum ama nefes borusunu kestiğim an ikimiz de şiddetle sarsılıyoruz.

◆

İki Eylül Cumartesi şimdiden bir saat yaşlandı. Jüpiter Kafe gözlemimin üzerinden bir hafta geçti. Kita Senju'da trafik akıcı. Karşıdaki apartmanların arasındaki yarıktan Tokyo ayını görebiliyorum. Çinko ve endüstriyel; üzerinde fren izleri var. Kapsülüm, boks eldiveninin içi kadar boğucu. Vantilatör sıcaklığı artırıyor. O kadınla görüşemeyeceğim. Mümkün değil. Bu kadar zamandan sonra ne olduğunu düşünüyor? Yolun karşısında, duvarında Fujifilm yazılı iki saat bulunan bir fotoğraf stüdyosu var. Soldaki saat gerçek zamanı gösteriyor; sağdakiyse fotoğrafların hazır olacağı zamanı yani kırk beş dakika sonrasını. Küçük perdelerim gümüşümsü sodyum beyazlığında pislik gibi gözüküyor. Kirişler çatırdıyor, kablolar cızırdıyor. Bendeki uykusuzluğun sebebinin bu bina mı olduğunu düşünüyorum. Bank Dayım "iğrenç bina sendromu" diyor buna. Altımda, Akan Yıldız kepenklerini indirmiş; gecenin geçmesini bekliyor. Rutini geçen hafta öğrendim: Buntaro on ikiye on kala reklam posterini içeri sürüklüyor ve çöpü çıkarıyor; on ikiye beş kala TV'yi kapatıyor ve fincanıyla tabağını yıkıyor; şimdilerde bir müşteri koşarak gelebilir bir videoyu teslim etmek için; Buntaro gece yarısından hemen sonra kasayı açıp günlük hasılatını sayıyor. Üç dakika sonra kepenkler kapanır, motosikletine binen Buntaro gider. Bir hamamböceği yapışkanlı kâğıttan kurtulmaya çalışıyor. Kaslarım yeni işimden dolayı ağrıyor. Kedinin kâsesini atmalıydım sanırım. Kâseyi saklamak hastalıklı bir durum, artık gerçeği biliyorum. Fazladan süt ve iki kutu kaliteli kedi maması. Çorba gibi bir şeylere karıştırsam yenir mi acaba? Kedi birden mi öldü, yoksa ölümü düşünerek mi uzandı yola? Oradan geçen biri, kedinin acısını dindirmek için kafasına bir şeyle vurdu mu? Kediler trafik kazası geçiremeyecek kadar boyutlararası gözükür ama hep bu tür kazalar geçirirler. Her zaman. Kediyi saklayabileceğimi düşünmek çılgıncaydı. Büyükannem kedilerden nefret eder.

Yakuşima Adası'nda yaşayanlar bekçi olsunlar diye zincirli köpekler beslerler. Kedilerse şanslarını denemek zorundadır. Kum kapları, kedilerin ne zaman içeri alınacağı, ne zaman dışarı çıkarılacağı, ne gibi vitaminlere ihtiyaçları olduğu hakkında hiçbir şey bilmiyorum. Ve benimle yaşamaya başladığında ona olanlara bakın: Miyake laneti yine baş gösteriyor. Anju ağaçlara kedi gibi tırmanırdı. Puma gibi.

❖

"Çok, çok, çok yavaşsın!"

Sabah sisinin ve yumuşak yaprakların içinden bağırıyorum. "Bir şeylere takıldım!"

"Korkuyorsun!"

"Korkmuyorum!"

Anju haklı olduğunu bildiğinde attığı o kahkahasından atıyor. Ormanın dibine daha çok var. İçi çürümüş dallara takılmaktan korkuyorum. Anju hiç endişelenmez çünkü ben onun yerine de endişelenirim. Yolunu ağaçtan ağaca hoplayarak buluyor. Kalın ağaç kabuğunda patileriyle, düz ağaç kabuğunda pençeleriyle tutunacak yerler keşfediyor. Geçen hafta on birinci doğum günümüzdü, ama Anju tırmanma ipine sınıfımızdaki bütün oğlanlardan daha hızlı tırmanabiliyor, keyfi yerindeyse kesirleri çarpabiliyor, ikinci sınıf metinlerini okuyabiliyor ve Zax Omega maceralarını kelimesi kelimesine anlatabiliyor. Wheatie'ye göre bunun sebebi Anju'nun anne karnında daha çok beyin hücresi yakalamış olması. Sonunda tişörtümü kurtarıp başı dönen üç parmaklı tembel hayvan hızıyla kız kardeşimin peşinden tırmanıyorum. Dakikalar sonra en üst dalda buluyorum onu. Bakır tenli, ince yapılı, yosun lekeli, dikenli, kaba kumaştan kıyafetli, saçını kuyruk yapmış. Bahar meltemi dalgaları ağaçlara vuruyor. "Ağacıma hoş geldin" diyor. "Fena değil" diyorum ama aslında "fena değil"den daha iyi. Daha önce bu kadar yükseğe tırmanmamıştım hiç. Buraya gelebilmek için dik kayalıkları tırmandık, manzara müthiş. Gri yüzlere benzeyen dağlar, dik ve yamaçlı vadi boyunca kıvrılarak akan yeşil nehir, asma köprü, çatı ve elektrik kablolarının karmaşası, liman, kereste depoları, okulun futbol sahası, taş ocağı, Portakal Dayı'nın çay tarlaları, bizim gizli sahilimiz ve dibindeki kayalar, balinaya benzeyen kayada kırılan dalgalar, uyduların yerleştirildiği uzun Tanegaşima Adası, orkestra gibi sesler çıkaran bulutlar, denizin gökyüzünü mühürlediği zarf. Baş ağaç tırmanıcı olarak kendimi haritacı tayin ediyorum. "Kagoşima şurada..." Kendimi bırakıp parmağımla göstermekten korkuyorum, bu yüzden sadece başımla onaylıyorum. Anju gözlerini kısarak uzaklara bakıyor. "Sanırım Wheatie'nin şilteleri havalandırdığını görebiliyorum." Büyükannemizi göremiyorum ama Anju'nun "Nerede?" diye sormamı beklediğini biliyorum ve sormuyorum. Dağlar içeri doğru yükseliyor. Miyanora Tepesi gökyüzüne değiyor. Dağ kabileleri sığınakta yaşar; kaybolan turistlerin başını keser, kafataslarından kadeh yaparlar. Pullu bir kappanın[1] yaşadığı yerde havuz var; kappa yüzenleri yakalar, yumruğunu kıçlarına sokar ve kalplerini çıkarıp yer. Yakuşima Adası'nda yaşayanlar turist rehberi olmadan dağlara çıkmazlar. Cebimde bir yumru hissediyor ve hatırlıyorum. "Şampanya bombası ister misin?"

"Tabii ki."

Anju birden maymun gibi çığlık atıyor, atlıyor ve önümde asılı halde sallanıyor paniklememe gülerek. Korkan kuşlar dağılıyor. Bacaklarıyla üstündeki dala tutunuyor.

Ağzımdan sadece "Yapma!" çıkıyor.

1. Japon mitolojisinde vampiri andıran şehvet düşkünü yaratıklara verilen isimdir. Efsane, minyatür ve resimlerde yeşil-sarı renkte, maymun görünümlü, balık veya timsah pullarıyla kaplı olarak tasvir edilir. (ç.n.)

Anju sırıtıyor ve kollarını kanat gibi kullanıyor. "Yarasa Anju."

"Anju! Yapma!"

İleri geri sallanıyor. "Kanını emmmmek isssstiyorum!" Kuyruğu açılıyor ve saçları aşağı dökülüyor. "Merak etme. Bu sondu."

"Öyle sallanma. Dur!"

"Denizanası Eiji, denizanası Eiji!"

Düştüğünü, daldan dala çarptığını hayal ediyorum. "Dur artık!"

"Tersten daha da çirkinsin. Sümüklerini görebiliyorum. Boruyu sabit tut."

"Önce geriye sallan."

"Hayır. Ben daha önce doğduğum için benim söylediklerimi yapmak zorundasın. Bağları sabit tut." Kâğıtlı şeker çıkarıyor, kâğıdı açıp atıyor ve denizin yeşilliğine karışmasını izliyor. Bana bakarak şekeri ağzına götürüyor ve yavaşça geri sallanıyor. "Amma da çelimsizsin!"

"Düşersen Wheatie beni öldürür."

"Çelimsiz."

Kalp atışlarım giderek yavaşlıyor.

"Öldüğün zaman ne olur?" Tipik Anju.

Ayakları üzerinde durduğu sürece umurumda değil. "Ben nereden bileyim?"

"Herkes farklı bir şey söylüyor. Wheatie bakir topraklara gidip atalarınla bahçelerde gezindiğini söylüyor. Sıkıcı. Okuldaki Bay Endo toprağa dönüştüğünü söylüyor. Peder Kakimoto bu hayatta nasıl olduğuna göre değiştiğini söylüyor; ben meleğe veya boynuzlu ata dönüşmek isterdim, ama sen sinek veya mantar olarak geri döneceksin."

"Sen ne düşünüyorsun?"

"Öldüğün zaman seni yakıyorlar, değil mi?"

"Evet."

"Yani dumana dönüşüyorsun, öyle mi?

"Öyle galiba."

"O zaman oraya gidersin." Anju kendini bırakıyor ve iki eliyle güneşi kucaklıyor. "Yükseğe, daha da yükseğe. Uçmak istiyorum."

Endişe akbabası sıcak su kaynağı üzerinde yükseliyor.

"Uçakla mı?"

"Pis kokan bir uçakta uçmak isteyen kim?"

Şampanya bombamı soğutuyorum. "Uçakların pis koktuğunu nereden biliyorsun?"

Anju kendi şampanya bombasını çatırdatıyor. "Uçaklar pis kokuyordur. Aynı havayı içlerine çeken bütün o insanlar. Yağmurlu zamanlarda erkeklerin soyunma odası gibi, ama yüz kat daha fazlası. Hayır, ben sadece uçmaktan bahsediyorum."

"Jetpack'le olduğu gibi mi?"

"Jetpack diye bir şey yoktur."

"Zax Omega'nın var."

Anju derin bir nefes alıyor. "Zax Omega diye bir şey de yoktur."

"Limandaki yeni binayı Zax Omega açtı!"

"Oraya da jetpack'le mi geldi?"

"Hayır" diye itiraf ediyorum, "taksiyle geldi. Ayrıca sen uçamayacak kadar ağırsın."

"Sky Castle Leputa uçabiliyor, hem de taştan o."

"Eğer ben Zax Omega'yı alamıyorsam sen Sky Castle Laputa'yı asla alamazsın!"

"O zaman Güney Amerika akbabası. Onlar benden ağır ve uçuyorlar."

"Akbabaların kanatları var. Sende kanat göremiyorum."

"Hayaletler kanatları olmadan uçabiliyor."

"Hayaletler ölüdür."

Anju şampanya bombasının şarapnellerini temizliyor dişlerinden. Ne düşündüğünü anlayamadığım ruh haline girmiş yine. Yaprakların gölgesi ikiz kız kardeşimi saklıyor. Anju'nun bazı kısımları çok parlak, bazı kısımları o kadar karanlık ki Anju orada değilmiş gibi.

◆

Mastürbasyon yapmak genelde uykumu getiriyor. Normal miyim? On dokuz yaşında olup da uykusuzluk çeken birini tanımadım hiç. Savaş suçlusu, şair veya bilim insanı değilim; aşk acısı bile çekmiyorum. Şehvet acısı çekiyorum, evet. Beş milyon kadının bulunduğu bir şehirdeyim, cinsel açıdan en verimli çağlarıma yaklaşıyorum, kadınların kendilerini koruyuculu zarflar içinde çıplak olarak bana göndermeleri gerekiyor ama ben cüzzamlı kadar yalnızım. Bakayım. Aşk karavanını bu gece kim kullanıyor? Bira reklamı için giydiği ıslak giysisiyle Zizzi Hikaru, glam-rock'çı Yuki Çiyo, Jüpiter Kafe'deki garson, *Zax Omega ve Kırmızı Veba Gezegeni*'ndeki böcekkadın. En iyisi eski Zizzi'ye geri döneyim. Mendil bulmak üzere etrafıma bakınıyorum.

Cinsel ilişki sonrası Mild Seven'ımı yakmak için kibrit bulmak üzere etrafıma bakınıyorum, ama gaz sobasını kullanmak zorunda kalıyorum. Boğazlanmış Godzillamla hiç olmadığım kadar uyanığım. Zizzi beni hayal kırıklığına uğrattı bu gece. Zamanlama anlayışı yoktu. Benim için çok mu genç kalıyor artık? Fujifilm 01.49 diyor. Şimdi ne yapayım? Duş mu alsam? Gitar mı çalsam? Geçen hafta gelen iki çığır açıcı mektuptan birine cevap mı yazsam? Hangisini yapsam? En kolayını yapayım en iyisi: Akiko Kato'yla görüşme konusunda başarısız olduktan sonra ona yazdığım mektuba gelen cevap. Tek sayfalık mektup plastik poşetin içinde, Diğeriyle beraber kutuda. Rafa, Anju'nun yanına koydum ama bana gülmeye devam ediyor. Geldi... Ne zaman geldi? Salı. Buntaro zarfı bana uzatırken üzerini okudu. "Osugi ve Bosugi Hukuk Bürosu. Avukat kızların peşinden mi koşuyorsun? Dikkatli ol, evlat, yoksa kendini hassas yerlerine çarpan emirlerle karşı karşıya bulursun. Avukat esprimi duymak ister misin? Kedibalığı ile avukat arasındaki fark nedir? Tahmin et bakalım. Bilemedin mi? Bir tanesi pulludur, dipte yaşar ve pislik emer; diğeri de kedibalığıdır." Bu espriyi bildiğimi söyleyip kapsülüme giden video kutusu dolu merdivenleri hızla çıkıyorum. Olumsuz bir cevap beklediğimi söylüyorum kendime ama Akiko Kato'dan gelen "Hayır"ın bu derece tokat etkisi yaratmasını beklemiyordum. Mektubu zaten ezbere biliyorum. En iyi cümleleri şöyle: *Müşterinin kişisel bilgilerini ifşa etmek hiçbir sorumlu avukatın cesaret edemeyeceği bir ihanettir.* Ve süper final. *Müşterimin almayı özellikle istemediği mektubu da ekte göndererek isteğinizi geri çevirmek zorundayım.* Şüpheye yer yok. Cevaba da gerek yok. *Sonuç olarak, yasal sürecin başlatılmasının babanızla ilgili bilgilerin ifşa edilmesini gerektirdiğini düşünerek araştırmalarınıza bu aşamada yardım etmem çıkar çatışmasına neden olacaktır. Bu konunun peşini bırakmanızı ve bu mektubun durumumuzu açıklaması açısından yeterli olmasını diliyorum.* Mükemmel. A Planı öldü.

Ueno'daki yeraltı istasyonu müdürü Bay Oyama çivi gibi, kel bir kafaya ve mükemmel bir Adolf Hitler bıyığına sahip. Bugün salı, Ueno İstasyonu'nun kayıp eşya ofisindeki işimde ilk günüm. "Senin hayal edebileceğinden çok daha meşgulüm" diyor gözlerini önündeki kâğıtlardan ayırmadan, "ama girdileri yönlendirmeyi kendimce vazife edindim." Cümleleri arasında kilometrelerce sessizlik var. "Kim olduğumu biliyorsun." Kalemi sürtünme sesi çıkarıyor. "Sen..." kâğıdını kontrol ediyor, "Eiji Miyake'sin." Bana bakıyor, onay bekliyor. Başımla onaylıyorum. "Miyake." Adımı yiyeceklere katılan katkı maddelerinden biriymiş gibi heceliyor. "Daha önce portakal çiftliğinde çalışmışsın" kâğıtlarını karıştırıyor, el yazımı görüyorum, "Kyuşu'nun güneyindeki önemsiz bir adada. Çobanlar gibi." Oyama'nın üstünde seçkin atalarının portreleri duruyor. Onların her sıkıcı günün sabahında dirilip ofise geldiklerini ve söylendiklerini hayal ediyorum. Bu ofis uzun süre güneşte kalıp solmuş kartoteks kokuyor. Bir bilgisayar vızıldıyor. Golf sopaları parıldıyor. "Seni kim aldı işe? Sasaki kadın mı?" Başımla onaylıyorum. Kapı tıklanıyor ve sekreter elinde çay tepsisiyle içeri giriyor. "Stajyeri yönlendiriyordum Bayan Marui!" Oyama dehşet verici bir tıslamayla konuşuyor. "On otuz beş çayım on kırk beş çayı oldu, değil mi?" Gerilen Bayan Marui özür dileyerek hafifçe eğiliyor ve çekiliyor. "Şu pencereye git, Miyake, dışarı bak ve bana ne gördüğünü anlat."

Dediğini yapıyorum. "Cam silen bir adam, efendim."

Adam ince alaya bağışıklık kazanmış. "Cam silen adamın *altında*."

Terminus Oteli'nin gölgesinde gelip giden trenler. Öğle yolcuları. Hamallar. İşçi, kaybolan, geç kalan, birini bekleyen, beklediği gelen, temizlikçi. "Ueno İstasyonu, efendim."

"Söyle bana, Miyake. Ueno İstasyonu nedir?"

Bu soruyla tuzağa düşürüldüm.

"Ueno İstasyonu..." Oyama o ciddi konuşmasına başlıyor yine, "*olağanüstü* bir makinedir. Bu topraklardaki en doğru saattir. Ve bu ateş ve hırsız geçirmez ofis sinir merkezlerinden biridir. Bu masadan... hemen hemen her şeye ulaşabilirim. Ueno İstasyonu bizim hayatımızdır, Miyake. Sen ona hizmet edersen o da sana hizmet eder. Planlı, programlı bir kariyer vaat eder. Bu saatte bir çark dişlisi olma ayrıcalığına sahipsin. Ben de seninki gibi düşük bir pozisyonda başladım: Ama dakiklik, çalışkanlık ve doğrulukla..." Telefon çalıyor ve ben var olmayı kesiyorum. Oyama'nın yüzü daha yüksek bir watt'ta ışıldıyor. Sesi ışık saçıyor. "Efendim! Ne büyük bir mutluluk... Evet... Gerçekten... Oldukça. Mükemmel bir teklif. Ben de ekleyebilir miyim ki... Evet, efendim. Gerçekten... Üyelik komisyonunda mı? Mükemmel... Müthiş... Ben de acaba... Haklısınız, efendim. Cumaya mı ertelendi? Çok doğru... Nasıl bir performans gösterdiğimizi sizden duymayı dört gözle bekliyorduk, efendim. Teşekkürler, efendim, gerçekten... Peki ben..." Oyama yerine koyduğu ahizeye bakakalıyor.

Birkaç saniye sonra kibarca öksürüyorum.

Oyama bana bakıyor. "Nerede kalmıştım?"

"Çark dişlisi ve doğruluk, efendim."

"Doğruluk." Ama aklı artık burada değil. Gözlerini kapatıp burnunun köprüsünü tutuyor. "Deneme süren altı ay. Martta Japon Demiryolları sınavlarına girme şansın olacak. Evet, Sasaki kadın seni işe aldı. Benim örnek aldığım biri değil. Şu kadın-adamlardan biri. Evlendikten sonra bile işi bırakmayanlardan. Kocası öldü; üzücü tabii, ama insanlar ölür işte, kadın da tazminat olarak bir erkek işine terfi olmayı bekliyor. Evet, Miyake. Aksan sorununu hallet. Ulusal radyonun spikerlerini dinle. Kafanı meşgul eden saçma düşüncelerden kurtul. Benim zamanımda liseler kaplan terbiye ederdi. Şimdiyse tavus kuşu besliyorlar. Çıkabilirsin."

Kapıyı kapatırken eğilerek selamlıyorum onu ama boşluğa bakıyor. Dışarısı bomboş. Tepsiyi görüyorum. Kapağını kaldırdığım çaydanlığın içine tükürüyorum, bu yaptığıma kendim de şaşırıyorum. Sebep, iş hayatından kaynaklanan stres olmalı.

❖

Kayıp eşya ofisi çalışmak için idare eder. Japon Demiryolları'nın hoş olmayan üniformasını giymek zorundayım, ama tam altıda paydos oluyor ve Ueno İstasyonu Umejima'dan Kita Senju hattının sadece birkaç durak uzağında, Akan

Yıldız'ın yanında. Altı aylık deneme sürem boyunca haftalık alacağım, bana uyar bu. Şanslıyım. Bu işi bana Buntaro buldu. Geçen hafta cuma günü PanOptikon'dan döndüğümde bir arkadaşından burada iş bulunabileceğini duyduğunu söyledi, acaba ilgilenir miydim? Elbette, dedim. Farkına varamadan Bayan Sasaki'yle iş görüşmesi yaparken buldum kendimi. Ciddi bir ihtiyar, büyükannemin Tokyo versiyonu; kendisiyle yarım saat kadar konuştuktan sonra bana iş teklif etti. Sabahları dosyalama yaparak geçiriyorum; seferler sonlandığında kondüktör ve temizlikçiler tarafından toplanan parçaları zaman, saat ve tren adı yazarak sınıflandırıyor, sonra da doğru metal rafa yerleştiriyorum. Kayıp eşya bürosunun sorumlusu Bayan Sasaki yandaki ofisinde değerli parçalarla – cüzdanlar, banka kartları, mücevherler– ilgileniyor. Suga beni arkadaki ofiste depolanmış daha az değerli parçalarla ilgili eğitiyor. "Burada pek gün ışığı yok, değil mi?" diyor Suga. "Ama gelen eşyadan hangi ayda olduğumuzu anlayabilirsin. Kasımdan şubata kayak takımları. Martta diplomalar. Haziranda düğün hediyeleri. Temmuzda yığınla mayo gelir. Hafif bir yağmur yüzlerce şemsiye getirir. En ilham verici iş değil ama garajda oradan oraya koşuşmak veya pizza dağıtmaktan iyidir bence." Öğlenleri tezgâhta geçiriyorum; mal sahiplerini bekliyor, telefonlara bakıyorum. İşten çıkış saatleri en yoğun zamanlar oluyor ama işim öğleden sonra neredeyse dinlendirici. Düzenli gelen tek ziyaretçi hafızam oluyor.

❖

Yapraklar o kadar yeşil ki adeta mavi. Ben ve Anju bakış oyunumuzu oynuyoruz: birbirimize bakıyoruz, karşıdakini güldüren veya başka yere bakmasını sağlayan kazanıyor. Suratımı aptal şekillere sokuyorum ama Anju etkilenmiyor. Kleopatra gözlerinden bronz kıvılcımlar çıkıyor. Gözlerini benimkilere yaklaştırıp kocaman açarak kazanıyor, hep kazanır zaten. Anju yüksekteki dalına dönüyor ve bir yaprağın arkasından güneşe bakıyor. Sonra güneşi eliyle saklıyor. Baş ve işaretparmağı arasındaki o ağımsı minik perde yakut renginde parlıyor. Denize bakıyor. "Dalga geliyor."

"Gidiyor."

"Geliyor. Baksana senin kayan su altında."

Benim aklım mucizevi futbol hareketlerinde.

"Kaya hakkında söylediklerine gerçekten inanırdım."

Bisikletliler ve dalgıçların sesleri.

"Öylesine saçmalardın ki."

"Öyle mi?"

"Sihirli olduğunu söylerdin ya."

"Nasıl sihirli?"

"O kaya sağırların duymasını sağlardı."

"Sihirli olduğunu söylemedim asla."

"Söyledin. O kayanın bir zamanlar balina olduğunu, Gök Gürültüsü Tanrısı'nın onu taşa çevirdiğini, büyüdüğümüzde bir gün kayaya yüzerek gidip ayak bastığımızda büyünün bozulacağını, bize minnettar kalacağını ve bu yüzden bizi istediğimiz yere hatta anne ve babaya götüreceğini söylemiştin. Bunun olduğunu o kadar çok hayal ettim ki bazen görebiliyordum, teleskoptan görür gibi. Annenin incilerini taktığını, babanın arabasını yıkadığını."

"Ben böyle bir şey söylemedim."

"Söyledin. Bugünlerde kayaya yüzeceğim."

"O kadar uzağa yüzmen imkânsız. Kızlar, erkekler kadar iyi yüzemez."

Anju hafifçe kafama vuruyor. "Ben oraya kolayca yüzebilirim."

"Sadece rüyalarında. Çok uzak."

"*Senin* rüyalarında." Dalgalar gri balinanın ayaklarında kırılıyor.

"Belki de gerçekten balinadır" diyorum. "Fosil balina."

Anju homurdanıyor. "Aptal bir kaya işte. Balinaya benzemiyor bile. Gizli sahile gittiğimizde kayaya kadar yüzebileceğimi göstereceğim, kayanın üstüne çıkıp güleceğim sana!"

Kagoşima feribotu ufukta sürünüyor.

"Yarın bu saatlerde..." diye başlıyorum.

"Evet, evet, yarın bu saatlerde Kagoşima'da olacaksın. Feribota yetişmek için çok erken kalkacaksın, Kagoşima ortaokuluna saat onda varacaksın. Üçüncü sınıflar, ikinci sınıflar ve yaşıtların. Sonra dokuz katlı bir otelin restoranına gidip Bay İkeda sana neden kaybettiğinizi anlatırken yemek yiyeceksin. Pazar sabahı da geri geleceksin. Milyonlarca kez anlattın bana, Eiji."

"Kıskanıyorsan ne yapayım?"

"Kıskanmak mı? Çamurlu bir sahada hava dolu bir topun peşinde koşan on bir ter kokulu çocuğu mu kıskanacağım?"

"Futbolu severdin eskiden."

"Sen de şiltemizi ıslatırdın eskiden."

Of. "Kıskanıyorsun, çünkü ben Kagoşima'ya gidiyorum, sen gidemiyorsun."

Anju sessiz kalıyor.

Ağaç çatırdıyor. Anju'nun dikkatinin bu kadar çabuk dağılmasını beklemiyordum. "Beni izle" diyor. Ayağa kalkıyor, ayaklarını açıyor, sabit duruyor, ellerini arkaya alıyor...

"Kes şunu" diyorum.

Ve kız kardeşim kendini boşluğa bırakıyor

Ciğerlerimde bir çığlık patlıyor

Anju yanımda parlıyor

ve gülerek aşağıdaki bir dala düşüyor, sonra daha aşağıdaki bir dala iniyor. Yapraklar arasında kaybolmasından sonra bile kahkahasını duyuyorum.

◆

Fujifilm saat ikinin gelip geçtiğini söylüyor. Dakikalarla dolu bir gece, ama her dakika bir bir geçiyor. Kapsülüm ıvır zıvır dolu. Sözlükte "ıvır zıvır"a bakın, Akan Yıldız'ın üzerindeki kapsülümün resmini göreceksiniz. Ivır zıvır imparatorluğunda kılıksız bir sömürge. Eski bir televizyon, taş gibi bir şilte, piknik masası, Buntaro'nun karısının verdiği mutfak aletlerinin bulunduğu bir tepsi, mantar deneylerinin bulunduğu fincanlar, krom garnitürlerin bulunduğu gürleyen bir buzdolabı. Vantilatör. Buraya Buntaro tarafından bırakılmış *Screen* dergilerinin oluşturduğu yığın. Yakuşima'dan getirdiğim bütün kıyafetlerimle dolu bir sırt çantası, Discman'im, Lennon CD'lerim ve gitarım. Buraya geldiğim gün Buntaro gitarıma şüpheyle baktı. "Bunu amfiye bağlamayı düşünmüyorsun, değil mi?" "Hayır" diyorum. "Akustik takıl" diye uyarıyor. "Yüksek sesle müzik çalarsan atılırsın. Sözleşmede var bu." Onunla görüşmeyeceğim kesinlikle. Beni babamı aramaktan vazgeçirmeye çalışacak. Hamamböceği kaç yıl yaşar merak ediyorum. Yapışkanlı tuzağın adı "hamamböceği moteli"; pencereleri, kapıları ve yanlarında çiçekleri var. Hain hamamböcekleri altı kollarıyla el sallıyorlar: "Buyrun, içeri gelin!" Soğan aromalı bir yem keseciği var içeride; körilisi, karides salatalısı ve etlisi de bulunabilir Tokyo süpermarketlerinde. İçeri girdiğimde hamamböceği karşıladı beni. Korkmuş taklidi bile yapmadı. Hamamböceği sırıttı. Bakalım son gülen kim olacak! Ben! Hayır, o! Uyuyamıyorum. Yakuşima'da gece uyku demektir. Yapacak başka bir şey yoktur. Gece Tokyo'da uyku demek değil. Serseriler alışveriş merkezlerinde cirit atıyor. Garsonlar esnemelerini bastırıp patronlarının Rolex'lerine bakıyorlar. Yakuza mafyası terk edilmiş binalarda çatışıyor. Benden oldukça genç liseliler aşk otellerinde seks âlemleri düzenliyorlar. Yukarıdaki dairede, benim gibi uyuyamayan biri sifonu çekiyor. Başımın arkasındaki borudan gürültüyle su geçiyor.

Geçen çarşamba, Ueno İstasyonu'nda robot olarak çalıştığım ikinci gündü. Öğle arasında, kabinde bir Salem tüttürerek güzelce rahatlıyorum. Kapının açıldığını, fermuarın indirildiğini ve porselen pisuara akıtılan idrarın ahenkli seslerini duyuyorum. Sonra ses geliyor; Suga bu, üniversiteye gideceği için yarı zamanlı işini bu hafta sonu devralacağım bilgisayar manyağı. Burada tek başına olduğunu düşünüyor besbelli. "Affedersiniz, siz Suga mısınız? Bu seslerden siz mi sorumlusunuz?" Sesi gerçek sesi değil, çizgi film sesi gibi; bu sesi çıkarabilmesi için ses tellerini tahriş edecek kadar titretmesi gerekir. "*Hatırlamak* istemiyorum, *hatırlamak* istemiyorum, *hatırlamak* istemiyorum. Hatırlatma bana. Hatırlatamazsın. Hatırlatamayacaksın. *Unut*! *Unut*! *Unut* bunu!" Sesi sakinleşiyor, burnundan çıkıyor yine. "Benim hatam değildi. Herkesin başına gelebilirdi. Herkesin. Dinleme onları."

İçinden çıkılamaz bir durumdayım. Şimdi çıkarsam ikimiz de çok utanacağız. Uyurken bir sırrını mırıldandığını duymuş gibi hissediyorum kendimi. Ama burada kalırsam bir şeyler daha ortaya çıkabilir. Şimdi ne söyleyecek? Cesedi banyoda nasıl doğradığını ve nasıl parça parça çöpe attığını mı? Dinlediğimi duyarsa kulak misafiri olmuşum gibi gözükecek. Öksürüyorum, sifonu çekiyorum ve pantolonumu yukarı çekmeden önce uzun süre bekliyorum. Kabinimden çıktığımda Suga'yı göremiyorum. Ellerimi yıkayıp dergi stantlarının yanından ofisime dönüyorum. Bayan Sasaki bir müşteriyle ilgileniyor. Suga arkada öğle yemeğini yiyor, ben de ona Salem uzatıyorum. Hayır diyor, sigara içmiyor. Unutmuşum, dün söylemişti bana. Aynaya gidip gözüme bir şey kaçmış gibi davranıyorum. Ona çok iyi davranırsam hafızasını boşaltırken kendisini dinleyenin ben olduğumu çakabilir.

Arkadaki teslimat gişesinde Suga sandalyeye kurulmuş, *MasterHacker* adlı bir dergi okuyor. Suga'nın garip bir fiziği var: Göbek tarafında aşırı kilolu ama kalçası neredeyse yok. Uzun sarkık ET kolları. Egzaması var. Yüzü ilaçla tedavi edilmiş ama ellerinin arkası dökülmüş, bu yüzden önkollarını saklamak için bu sıcakta bile uzun kollu tişörtler giyiyor. Öğle trenlerinden toplanan bir araba kayıp eşya arkada beni bekliyor. Suga aptalca gülümsüyor. "Yani Yardımcı İstasyon Amiri Oyama'yla karşılaştın, öyle mi?" Başımla onaylıyorum. Suga dergisini bırakıyor. "Seni yıldırmasına izin verme. Anlattığı kadar önemli biri değil. Bence gidici. Bayan Sasaki personelde büyük bir değişim olacağını söyledi geçen hafta. Benim umurumda değil. Gelecek hafta IBM'de stajım başlıyor. Öbür hafta da üniversiteye dönüyorum. Kendi lisansüstü araştırma ofisim olacak. İşim olmadığında gelip beni görebilirsin. Kraliyet Üniversitesi, kat dokuz. Çhanomizu'nun yanında. Senin için bir kroki çizebilirim. Ön masaya gidip beni aramalarını sağlarsın. Lisansüstü alanım bilgisayar sistemleri, ama sen, ben ve kayıp eşya arasında bütün bu akademik saçmalık bir çeşit örtü..." *MasterHacker*'ı sallıyor. "Japonya'da çalışan en iyi beş hacker'dan biriyim. Birbirimizi tanıyoruz. Bilgi alışverişinde bulunuyoruz. Sistemlere girip imzamızı bırakıyoruz. Grafiti sanatçıları gibi. Japonya'da giremeyeceğim *hiçbir* sistem yok. Pentagon'da Kutsal Kâse isimli gizli bir web sitesi var – Pentagon'un ne olduğunu biliyorsun, değil mi, Amerikan Savunma Kuvvetleri Merkezi. Bu site en iyi bilgisayarcılar tarafından korunuyor. Eğer Kutsal Kâse'yi hack'lersen bu onlardan daha iyi olduğun anlamına gelir, siyah giyen adamlar kapına gelip sana iş teklif ederler. Ben de böyle yapacağım. Kraliyet Üniversitesi dünyadaki en hızlı modemlere sahip. O bebeklere ulaştığımda her şey hallolmuş demektir. Sonra, vaay, genelde Tokyo olarak bilinen bu bok çukurundan çıkarım. İşte mutluluk bu. Siz enayiler beni asla göremeyeceksiniz."

Çalışırken bir yandan da *MasterHacker* okumakta olan Suga'yı izliyorum. Metindeki her sütunun sonuna geldiğinde kaşlarını kaldırıyor. Suga'nın neden hiç konuşmadığını merak ediyorum. Suga'yı ne mutlu eder? Bu çok garip, burada sadece babamı bulana kadar kalacağımı hatırlayınca, Tokyo'yu neredeyse seviyorum. Başka bir gezegende tatildeyim sanki, oranın yerlisi bir uzaylıymışım gibi tanıtıyorum kendimi insanlara. Burada kalabilirim belki. Turnikenin önündeki adama Japon Demiryolları kartımı göstermeye bayılıyorum. Kimsenin burnunu başkasının işine sokmamasını seviyorum. Reklamların her hafta değişmesi hoşuma gidiyor – Yakuşima'da on yılda bir değişir reklamlar. Trenle her gün Kita Senju'dan Ueno'ya gitmeyi seviyorum: Yokuştan inip yeraltına girdiği ve denizaltı haline geldiği yeri çok seviyorum. Farklı hızdaki denizaltıların yanımızdan geçip gitmesine ve bunun insana geri geri gidiyormuş hissi vermesine bayılıyorum. Karşı penceredekilerin bakışlarını seviyorum, aynı anda hatırlanan iki hikâye gibi. Kita Senju sabahları inanılmaz derecede kalabalık oluyor. Tren hız değiştirdiğinde uyanamamış bütün robotlar sallanıp sendeliyor. Genelde sadece sevgililer ve ikizler birbirine bu kadar yaklaşır. Denizaltılarda hiçbir karar vermek zorunda olmamayı seviyorum. Boğuk sesler hoşuma gidiyor. Tokyo küçük parçalardan meydana gelmiş büyük bir makine. Robotlar sadece kendi parçalarının ne işe yaradığını biliyor. Bense Tokyo'nun ne işe yaradığını merak ediyorum. Ne yaptığını... Burası ve Ueno arasındaki istasyonları biliyorum. En yakın çıkıştan çıkabilmek için nerede durmam gerektiğini öğrendim. Asfalt Dayı, "İlk kompartımana binme, tren kaza yaparsa ilk kompartıman kâğıt gibi buruşur; ayrıca trenin durduğu yerde çok dikkatli ol, arkadan bir el seni aşağı itebilir" der. Ter, parfüm, yiyecek, şehir kirliliği, kozmetik kokusu karışımını seviyorum. İnsanların yüzlerini anılarına sızacak kadar dikkatli inceleyebilmeyi seviyorum. Denizaltılar robot taşır, kafatasları hatıra taşır ve bir insan için bok çukuru olan yer bir başkası için cennet olur.

❖

"Eiji!" Anju tabii ki. Ay ışığı UFO kadar parlak, hava büyükannemin oturma odalarını dezenfekte etmek için kullandığı sinek kovucular yüzünden baş döndürücü. Anju büyükannemi uyandırmamak için fısıldıyor. "Eiji!" Yüksek pencere eşiğine oturmuş, bacaklarını karnına çekmiş. Bambu gölgeleri tatami[2] ve solgun fusuma[3] üzerinde sallanıyor. "Eiji, uyuyor musun?"

"Evet."

"Ben seni izliyordum. Benim erkek halimsin. Ama horluyorsun."

Kızmamı sağlayıp beni uyandırmak istiyor. "Hayır, horlamıyorum."

"Kusan bir domuz gibi horluyorsun. Bil bakalım neredeydim."

Bırak uyuyayım. "Helada."

"Çatıda! Balkon direğine tırmanabilirsin. Yolu buldum ben. Orası öyle güzel ki. Aya yeterince bakarsan hareket ettiğini görebiliyorsun. Uyuyamadım. Sinir bozucu bir sivrisinek uyandırdı beni."

"Sinir bozucu bir kız kardeş de beni uyandırdı. Futbol maçım var yarın. Uyumam gerek."

"Güçlenmek için gece yarısı atıştırmasına ihtiyacın var. Bak."

Yanında bir tepsi var. Pirinç keki, soya sosu, japonturpu

2. Japon mimarisinde odaların kaplandığı hasır yer döşemesi. (ç.n.)

3. Japon mimarisinde ince tahtadan yapılmış, kâğıt kaplamalı sürgülü kapı. (ç.n.)

turşusu, fıstıklı kurabiye, çay. Belanın yaklaştığını görüyorum. "Eğer Wheatie öğrenirse çok..."

Anju mimikleri ve sesiyle Wheatie taklidi yapıyor. "Kemiklerini annene borçlu olabilirsin küçük hanım ama kafanın içindekiler tamamen benim *eserim* olacak!"

Her zamanki gibi gülüyorum buna. "Mutfağa tek başına mı indin?"

"Hayaletlere onlardan biri olduğumu söyledim, onlar da inandılar!" Anju zıplayıp sessizce ayaklarımın dibine geliyor. Direnmenin yersiz olduğuna karar verip kalkıyorum ve turptan bir ısırık alıyorum. Anju da yanıma geliyor ve pirinç keki dilimini soya sosuna batırıyor. "Rüyamda uçuyordum yine. Bu sefer havada kalabilmek için *gerçekten* çabalamam gerekiyordu. Amaçsız yürüyen birçok insan ve annenin yaşadığı çizgili büyük bir sirk var. Sivrisinek beni uyandırdığında sirki basmak üzereydim."

"Düşme konusunda dikkatli ol."

Anju yiyeceğini çiğniyor. "Ne?"

"Rüyanda düşüp yere çarptığını görürsen yatağında ölebilirsin gerçekten."

Anju çiğnemeye devam ediyor. "Kim demiş?"

"Bilim insanları söylüyor."

"Saçmalık."

"Bilim insanları kanıtladı bunu!"

"Rüyanda düşüp yere çarptığını görsen ve ölsen, rüyanda düştüğünü gördüğünü kim nereden bilecek?" Söylediğini düşünüyorum. Anju sessizce zaferini kutluyor. Kurbağa sesleri duyuluyor, milyonlarca marimba[4] sesi gibi. Uzaktaki deniz hâlâ uyuyor. Pirinç keklerini art arda yiyoruz. Anju birden kullandığını hiç hatırlamadığım bir sesle konuşuyor. "Yüzünü hiç hatırlamıyorum artık, Eiji."

4. Tahta çubuklar üstüne vurularak çalınan bir çalgı. Tahta çubukların altında sesi geniş bir alana yaymak için borular vardır.

"Kimin yüzünü?"

"Annenin. Sen hatırlıyor musun?"

"O, hasta. Özel bir hastanede."

Anju'nun sesi dalgalanıyor. "Ya doğru değilse bunlar?"

Ne? "Tabii ki doğru!" Bıçak yutmuş gibi hissediyorum kendimi. "Fotoğraflarda göründüğü gibi görünüyor."

"O fotoğraflar çok eski." Neden şimdi? Anju gözlerini geceliğine silip uzaklara bakıyor. Dişlerini gıcırdattığını duyuyorum. "Bu öğleden sonra sen futbol antrenmanındayken Wheatie toz deterjan almam için Bayan Tanaka'nın dükkânına yolladı beni. Bayan Oki ve Kagoşima'dan gelen kız kardeşi de oradaydı. Dükkânın arka tarafındaydılar ve beni görmediler, ben de konuştukları her şeyi duydum."

Bıçak mideme ulaşıyor. "Ne duydun?"

"Bayan Oki 'Miyake kız tabii ki buraya gelmez' dedi. Bayan Tanaka da 'Buraya gelmeye hakkı yok' dedi. Bayan Oki 'Cesaret edemez. İki çocuğunu büyükanne ve dayılarına bıraktı, Tokyo'da hayallerinin erkekleriyle hayallerinin evlerinde yaşıyor, hayallerinin arabalarını kullanıyor' dedi, sonra beni gördü." Bıçak dönüyor. Anju ağlıyor, hıçkırmaktan nefessiz kalıyor.

"Ne oldu?"

"Yumurtaları düşürdü ve dışarı koştu."

Bir kelebek ay ışığında boğuluyor.

Anju'nun gözyaşlarını siliyorum. Damlalar öylesine ılık ki. Anju beni itip yere çöküyor. "Bak" diyorum, söyleyecek bir şeyler ararken. "Bayan Oki, Kagoşima'dan gelen kız kardeşi ve Bayan Tanaka kendi çişini içen cadılar."

Anju ona uzattığım japonturpu turşusunu reddediyor. Sadece mırıldanıyor. "Yumurta kırığı. Her yerde yumurta kırığı vardı."

◆

Fujifilm 02.34 diyor. Uyu. Uyu. Uykulu hissediyorsun kendini. Gözkapakların çooooook ağır. Pek sanmıyorum. Bırak uyuyayım. Lütfen. Yarın çalışmam gerekiyor. Bugün. Gözlerimi kapıyorum ama boşluğa düşen bir vücut görüyorum. Taklalar atıyor. Hamamböceği hâlâ yapışkanla savaşıyor. Hamamböceklerinin, beyinleri daha tehlikeyi algılayamadan bacaklarının koşma durumuna geçmesini sağlayan sensörleri vardır. Bilim insanları böyle bulguları nasıl elde ediyorlar? Hamamböcekleri daha lezzetli bir şey bulamazlarsa kitap bile yiyebilir. Kedi hamamböceğinin canına okurdu. Kedi. Kedi yaşamın ve ölümün sırrına ermiş. Çarşamba akşamı işten eve dönüyorum. Buntaro "Ofiste günün güzel geçti mi, evlat?" diye soruyor soğuk kahvesini içerken. "Fena değil" diyorum. Buntaro kahvesinin son damlalarını içiyor. "Çalışma arkadaşların nasıl?" "Çok fazla çalışanla tanışmadım henüz. Suga, yerine geçeceğim adam ve sanal suçlu olduğuna inanıyor. Patronum Bayan Sasaki beni pek sevmiyor sanki ama ben onu seviyorum. Onun patronu Bay Oyama o kadar gergin ki gıcırdamadan konuşabildiğine şaşırıyorum." Buntaro soğuk kahvesinin kutusunu çöpe basket atar gibi atıyor ve bir müşteri, iade etmek üzere bir video yığınıyla geliyor. Kapsülüme çıkıp, şilteme çöküyorum ve Akiko Kato'nun mektubunu yüzüncü kez okuyorum. Şehre çöken karanlık odamı doldururken gitar çalıyorum. Mali gücüm aydınlatma aletlerine yetmiyor, elimde sadece önceki kiracının dolabın dibine attığı eski bir lamba var. Birden kendime itirafta bulunmaya karar veriyorum: Bütün hayatım boyunca gerçekleştirmeyi düşündüğüm boş umut, yani Tokyo'ya gelip babamı eninde sonunda bulacağım düşüncesi gülünç aslında. Üzücü. Gerçek beni özgür bırakmak yerine gitar çalmamı engelleyecek kadar üzüyor, ben de şiltemi sandalyenin üzerine koyup geçen hafta çöpte bulduğum televizyonu açıyorum. Bu televizyon işe yaramaz halde. Yeşil gösterdiği şeyler açık mor, mavi gösterdikleriyse aslında pembe. 5 kanal bulunuyor, altıncı da karıncalı. Programlar da işe yaramaz. Olası bir depremde tüm siyahların, Hispaniklerin ve Korelilerin zıvanadan çıkıp etrafı talan edeceklerini, insanların ırzına geçip her yeri yağmalayacaklarını söyleyen Tokyo valisini izliyorum. Kanalı değiştiriyorum. Bir çiftçi domuzların nasıl kendi dışkılarını yiyerek şişmanladığını anlatıyor. Kanalı değiştiriyorum. Tokyo Giants, Hiroşima Carp'ı yenmiş. Buzdolabından indirimli suşi kutusunu alıyorum. Kanalı değiştiriyorum. Yarışmacılara henüz izledikleri bir kısa film hakkındaki detaylarla ilgili soruların sorulduğu bir hafıza oyunu başlıyor. Göz ucumda saklanan bir gölge hayal ediyorum. Bana doğru atılıyor ve yemeğimi yarıda kesiyorum.

"Aaaah!"

Siyah bir kedi duruyor ayaklarımın ucunda. Ağzını kocaman açarak esniyor. Kuyruğu beyaza batmış gibi. Tasması ekose kumaştan. Nabzım sakinleşmeye çalışırken "Kedi" diye söyleniyorum gereksizce. Bir çıkıntıdan balkonuma atlayıp sineklikteki yırtıktan girmiş olmalı. "Kaybol!" Kedi en serinkanlı müşteridir. İnsanların hayvanlara gözdağı vermek için yaptığı gibi ayağımı kuvvetlice yere vuruyorum, ama Kedi bu numarayı daha önce görmüş. Suşime bakıp dudaklarını yalıyor. "Bak" diyorum kediye, "gidip buzdolabı artıklarla dolu bir ev kadını bul." Kedi cevap veremeyecek kadar sakin. "Bir tas süt" diyorum, "sonra gidersin." Sütü tasa doldurur doldurmaz mideye indiriyor kedi. Biraz daha. "Bu son tas, anlaştık mı?" Kedi sütünü kibarca içerken hayvanlarla konuşmaya ne zaman başladığımı merak ediyorum. Son suşimin son lokmasını ağzıma götürmemi izliyor. Bu yüzden sonunda ben kraker yiyorum; o ise taze sarıkuyruk, ahtapot ve morina yumurtası yiyor.

Ueno İstasyonu'ndan ayrılırken park girişinden çık, konser salonunu ve müzeleri geç, çeşmenin etrafından dolaş ve çalılığın oraya gel. Burada, ahşap direklere tutturulmuş gök mavisi plastikten oluşan çadırlarda evsiz insanlar yaşar. En iyi çadırlarda kapı bile vardır. Resim Kadın burada yaşıyordur sanırım. Perşembe günü öğle tatilimden hemen önce teslimat gişesine geliverdi. Haftanın en sıcak günüydü. Asfalt erimiş çikolata kadar yumuşaktı. Başörtüsünü sıkıca bağlamıştı, rengi ve deseni olmayan uzun bir etek ve eski spor ayakkabıları giymişti. Kırk, elli, altmış yaşındaydı; yıpratıcı, insanı bir garip gösteren havanın ardından yaşını tahmin etmek zordu. Suga kadının geldiğini gördü, aptalca sırıttı, öğle tatilinde olduğunu söyledi ve kendisini kamçılamak üzere tuvalete kaçtı. Evsiz kadın, bana Yakuşima'daki çiftçilerin karılarını hatırlatıyor ama bu gerçekle ilişkisini kesmiş gibi. Gözleri tam olarak odaklanamıyor. Sesi çatallı ve boğuk. "Kaybettim."

"Neyi kaybettiniz?"

Ayaklarına bakarak mırıldanıyor. "Size onları veren oldu mu?"

Elim tezgâhtaki not kâğıtlarına gidiyor. "Kaybettiğiniz nedir?"

Bana bakıyor. "Resimlerim."

"Resimleri mi kaybettiniz?"

Cebinden bir soğan çıkarıyor ve kahverengi çıtır kabuğu soyuyor. Parmakları yaralı ve siyah.

Yine deniyorum. "Resimleri trende mi, istasyonda mı kaybettiniz?"

Kadın hâlâ ürkek. "Eskileri geri almıştım..."

"Bana biraz daha bilgi verseniz çok yardımı olurdu."

Soğanı yalıyor. "Ama yenileri henüz alamadım."

"Resimler değerli miydi?"

Kadın soğanı ısırıyor. Soğan kütürdüyor.

Yan ofisten Bayan Sasaki çıkıyor ve Resim Kadın'a selam veriyor. "Kavurucu bir sıcak var, değil mi?"

Resim Kadın ağzında soğanla geviş getirirken konuşuyor. “Saatleri kaplamak için ihtiyacım var onlara.”

“Resimleriniz bugün burada yok maalesef. Belki yarın bulursunuz onları. Şinobazu havuzunun oraya baktınız mı?”

Resim Kadın kaşlarını çatıyor. “Resimlerim ne yapsın ki orada?”

Bayan Sasaki omuz silkiyor. “Kim bilir? Böylesi sıcak bir günde serin kalan nadir yerlerden biri orası.”

Kadın başıyla onaylıyor. “Kim bilir...”

Uzaklaşırken onu izliyorum. “Her zaman gelen bir müşteri midir?”

Bayan Sasaki tezgâhta doğruluyor. “Günlük programının bir parçasıyız. Ona karşı nazik davranmakla bir şey kaybetmeyiz. ‘Resimlerinin ne olduğunu anladın mı?”

“Aile albümü gibi bir şey, sanırım.”

“Ben de ilk anlamını düşünmüştüm önce.” Bayan Sasaki çok dikkatli konuşuyor, hep böyle konuşur. “Ama anılarından bahsediyor galiba.” Kadının titrek ışıkta kaybolmasını izliyoruz.

Ağustosböcekleri aralıklarla ötüyor. “Hepimiz anılarımızdan ibaretiz.”

❖

Ay hareketlendi. Anju çayını yudumluyor, sakinleşti. Bense uyumayla uyanma arasındayım. Annemizin yüzünü hatırlamak için elimden geleni yapıyorum. Kullandığı bir parfümü hatırladığımı sanıyorum ama emin olamıyorum. Anju’nun yanıma yerleştiğini hissediyorum. Hâlâ düşünüyor. “Onu son görüşümüz Kagoşima’daki Para Dayı’nın evindeydi. Yakuşima’dan son kez ayrılmıştık.”

“Gizli sahilin doğum günü. İki sene önce miydi?”

“Üç. İki yıl önce lastik botun doğum günüydü.”

"Birden gitti. Bütün hafta kalacaktı ama birden buradan yok oldu."

"Sana bir sır vereyim mi?"

Yine uyanmıştım. "Gerçek bir sır mı?"

"Ben artık küçük bir çocuk değilim. Tabii ki gerçek bir sır."

"Devam et o halde."

"Wheatie kimseye söylemememi söyledi, sana bile."

"Neyi?"

"Gittiği gün. Anne'den bahsediyorum."

"Bu sırrı üç yıl boyunca mı sakladın? Ben hasta olduğu için gittiğini sanmıştım."

Anju esniyor, benim ne düşünüyor olduğumu ya da ne düşündüğümü umursamıyor.

"Anlatsana."

"O gün hastaydım. Sen de futbol antrenmanındaydın. Aşağıdaki masada ödevimi yapıyordum. Anne tempura[5] yapmaya başladı." Anju'nun sesi güçsüzleşti. Ağlamasını tercih ederim. "Sulu hamurun içine garip bir şeyler attı."

"Ne gibi garip şeyler?"

"Yenilemez şeyler. Saati, mum, çay poşeti, ampul. Ampulü yağa atınca patladı ve o da güldü. Yüzüğünü attı. Her şeyi miso yapraklarıyla dolu bir tabağa yerleştirdi ve önüme koydu."

"Ne dedin?"

"Hiçbir şey."

"O ne dedi?"

"Oyun oynadığını söyledi. Ben 'Sen sarhoşsun' dedim. O da 'Hepsi Yakuşima'nın suçu' dedi. Neden alkol almadan oyun oynayamayacağını sordum. Pişirdiği yemekleri neden sevmediğimi sordu. İyi bir kız olup yemeğimi yememi söyledi. 'Bu şeyleri yiyemem' dedim.

O da kızdı. Bazı ziyaretlerinde ne kadar korkutucu oldu-

5. Japon mutfağına ait, içinde sebzeli deniz ürünlerinin bulunduğu hamur kızartması. (ç.n.)

ğunu hatırlıyor musun? Nasıl göründüğünü hatırlamıyorum ama bunu hatırlıyorum."

"Sonra ne oldu?"

"Para Yenge geldi ve onu odasına götürdü. Duydum." Anju yutkundu. "*Ağlıyordu.*"

"Anne ağlıyor muydu?"

"Para Yenge geldi ve bu olanları herhangi birine, sana bile söylersem doktorun Anne'yi alacağını söyledi." Anju kaşlarını çatıyor. "Ben de kendime unutturdum bunu. Ama aslında unutmadım."

Bir baykuş ötüyor.

Uyumam gerek.

Anju yavaşça sarsılıyor.

Uzaklarda bir köpek havlıyor, gerçekten veya bana öyle geliyor.

"Yarın Kagoşima'ya gitme, Eiji."

"Gitmem gerek. Savunmadayım."

"*Gitme.*"

Anlamıyorum. "Neden ama?"

"İyi, git o zaman. Umurumda değil."

"Sadece iki gün."

Anju hafifçe vuruyor bana. "Yetişkinlerin yaptıklarını yapabilecek tek kişi sen değilsin!"

"Ne demek istedin şimdi?"

"Ben biliyorum, sen tahmin et."

"Ne yapacaksın?"

"Futbol maçından döndüğünde görürsün!"

"Söylesene!"

"Duyamıyorum seni! Kagoşima'dasın!"

"Söyle!" Endişeleniyorum.

Sesinde kin var. "Göreceksin. Göreceksin."

"Senin ne yaptığın kimin umurunda?"

"Bu sabah incili yılanı gördüm!"

Kız kardeşimin yalan söylediğini biliyorum. İncili yılan, büyükannemizin bizi korkutmak için anlattığı aptalca bir masal. Yılanın o doğmadan önce Miyake deposunda yaşadığını ve sadece yaklaşan bir ölüme karşı uyarıda bulunmak için ortaya çıktığını söylemişti büyükannem. Anju ve ben buna inanmaktan yıllar önce vazgeçtik ama büyükannemiz asla fark etmedi. Anju'nun beni incili yılanla korkutabileceğini düşünmesine kızıyorum. Mart gecesi kuşunu dinliyorum ve şarkısının sözlerini hatırlamaya çalışıyorum. Devamlı şaşırıp yeniden başlıyor. Bu kuşu her yıl yeniden hatırlıyorum, ama yağmurlu mevsimlerde yine unutuyorum onu. Sonra kız kardeşimle aramı düzeltmeye çalışıyorum ama ya uyumuş ya da uyuma taklidi yapıyor.

◆

Fujifilm ben farkına varamadan saat üç sınırını geçmiş. Şafağa iki saat var daha. Yapışkan bir ağ gibi olan bu gece sadece üç çeyrek uzunlukta. Sonra bütün gün işte yorulacağım. Bayan Sasaki beni cumartesinin daha sakin olmak yerine daha yoğun geçeceği konusunda uyardı; çünkü işle ev arasında gidip gelen insanlar eşyaları konusunda cuma gecesi dışarı çıkanlardan veya hafta sonu alışverişe gidenlerden daha dikkatlidir ve çoğu insan eşyasının kayıp olduğunu bildirmeye gelmek için cumartesiyi bekler. Sanırım basın da Bay Oyama hakkında bir şeyler öğrenmek için etrafta dolaşıyor olacak. Zavallı adam. Davul derisinden geçen bir kurşun gibi ani ve sert çalıyooor telefon. Bu ses beni suçluluk duygusu ve korkuyla sarsıyor. Telefon çalıyoooooor. Garip. Bu numarayı daha geçen hafta aldım. Kimse bilmiyor ki. Telefon çalıyooor. Belki de bir sapık tuşlara rastgele basıyor. Cevap verirsem daha olanların farkına bile varamadan banyomda bulurum sapığı. Kesinlikle açmayacağım telefonu. Telefon çalıyooor. Buntaro mu acaba? Belki de acil durum? Ne gibi bir acil durum? Telefon çalıyooor. Bir dakika. Osugi ve Bosugi'de birileri numaramı biliyor, belki Akiko Kato yırtmadan önce birileri mektubumu okudu ve durumumla ilgili tarif edilemez bir empati duydu. Sonra babamı aradı, babam da beni arayabilmek için karısının uyumasını bekledi. Evinin arka tarafında kızarak fısıldıyor, "Açsana!" Telefon çalıyooor. Şimdi karar vermeliyim. Hayır. Bırakayım çalsın. Açsana! Şiltemden fırlayarak kalkıyorum, ayağım açılır kapanır çamaşır askısına takılıyor, ayak parmağım gitar kutusuna çarpıyor ama ahizeye doğru hamle yapıyorum. "Alo?"

"Korkma şimdi, Nero geldi!" Bir adam şarkı söylüyor.

"Alo?"

"Korkma şimdi, Nero geldi!" Biraz kızmış bir adam.

"Evet, sanırım bunu daha önce söyledin."

"Bu aptal reklam müziğini ben yazmadım!" Yağcı bir ses.

"Ben de yazmadım."

"Dinle genç adam bu numarayı arayıp 'Korkma şimdi, Nero geldi!' şarkısını söyleyen ilk iki yüz kişinin bir orta boy pizzayı bedava alabileceklerinin yazılı olduğu broşürler bırakmışsın ofisimize. Ben de böyle yaptım. Her zamanki Kamikaze'den istiyorum: Mozzarella, muz, bıldırcın yumurtası, midye, acı biber ve mürekkepbalığı mürekkebi. Acı biberi doğrama. Biberleri emmeyi seviyorum. Konsantre olmamı sağlıyor. Yani ben ilk iki yüzün içinde miyim, değil miyim şimdi?"

"Şaka mı bu?"

"Olmasa iyi olur. Bütün gece mesaiye kalınca kurt gibi acıkıyorum."

"Sanırım yanlış numara çevirdiniz."

"İmkânsız. Nero'nun Yeri değil mi orası?"

"Değil."

"Emin misin?"

"Evet."

"Yani gece saat üçte evi mi aradım ben?"

"Evet."

"Çok, çok üzgünüm. Ne diyeceğimi bilemiyorum."

"Önemli değil. Ben de uyuyamamıştım zaten."

"Amma da patronluk tasladım! Senin akılsız bir pizzacı olduğunu düşünmüştüm."

"Önemli değil. Ama garip bir pizza seçiminiz var."

Garip bir kahkaha patlatıyor. Düşündüğümden daha yaşlıymış. "Ben icat ettim. Nero'da Kamikaze diyorlar buna – telefondaki kız aşçıya söylerken duydum. Sırrı muz. Diğer malzemeleri bir arada tutuyor. Her neyse, daha fazla tutmayayım seni. Bir kez daha özür dilerim. Yaptığım mazur görülemez. Görülemez." Telefonu kapatıyor.

❖

Yalnız uyanıyorum. Bir pencere dolusu yıldız eriyip gitmiş. Anju'nun şiltesi toplanıp yığın haline gelmiş. Her zamanki Anju. Çatıya çıkmış olabilir mi? Sinekliği açıyorum. "Anju? Anju?" Rüzgâr bambuları hafifçe hareket ettiriyor, kurbağalar vıraklıyor. Güzel. Küsmek istiyorsa küssün. On beş dakika sonra giyinmiş ve kahvaltımı etmiş bir halde, spor çantam ve Anju'nun Asfalt Dayı'nın verdiği harçlıkla aldığı yeni beysbol şapkamla Anbo Limanı'na giden patikada yürüyorum. Kagoşima feribotunu fırlatma rampasındaki bir uzay gemisi gibi görüyorum ve heyecanlanıyorum. İşte o gün geldi. Tek başıma Kagoşima'ya gidiyorum ve aptal kıskanç kız kardeşimin ondan bir geceliğine ayrıldığım için suçlu hissetmeme neden olmasına izin vermeyeceğim. Bunu reddediyorum. Dün gece annem hakkında söyledikleri konusunda nasıl emin olabilirim ki? Son zamanlarda garip davranıyordu. Koyu morluğa bir meteor çarpıyor. Koyu morluk meteoru geri itiyor. Sonra süper bir fikir geliyor aklıma. Hayatım boyunca aklıma gelen en süper fikir bu. Çalışacağım, çok çalışacağım ve yirminci doğum günümde Japonya milli takımında Brezilya'ya karşı dünya kupası finali oynayacağım. Altmışıncı dakikada Japonya sekiz-sıfır yenik durumda olacak ve ben gireceğim oyuna; uzatma dakikalarının sonunda arka arkaya üç "hat trick" yapmış olacağım. Bütün dünyada televizyon ve gazetelere çıkacağım. Annem o kadar gurur duyacak ki içmeyi bırakacak ama dahası babam beni görecek, tanıyacak ve takımın bombasıyla tanışmak için havaalanına gelecek. Tabii ki Anju ve annem de orada bekliyor olacaklar, biz de tüm dünya izlerken bir araya geleceğiz. Ne kadar mükemmel. Ne kadar açık. Yetenek ve umutla yanıp tutuşuyorum. Anbo'da bir ışık var ve asma köprüden geçerken bir kıvılcım görüyorum. Bir somon balığı sıçrıyor.

Nehrin genişleyip koya dönüştüğü yerde vadi dik ve dardır. Wheatie ve Anbo'daki yaşlılar buraya Boğaz der. Burası en korkutucu yerdir ama ben korkmam. Anju'nun bana tuzak kurmasından hem korkuyorum, hem de istiyorum bunu. Çam ağaçları arasındaki yüzler aslında orada değil. Yağmurlu mevsimlerde patikanın su altında kaldığı yerde, Gök Gürültüsü Tanrısı'nın tapınağının bulunduğu tepeye giden patikanın başlangıcında bir tori kapısı bulunur. Wheatie bizi orada oynamama konusunda uyarır. Jomon sedirleri dışında, Gök Gürültüsü Tanrısı'nın Yakuşima'daki en yaşlı canlı olduğunu söyler. Ona saygısızlık yaparsan suyun yanından geçerken bir tsunami gelir ve seni alıp götürür. Anju büyükbabamıza yani annemin babasına da böyle mi olduğunu sormak istiyordu, ama bunu yapmayacağı konusunda söz aldım ondan. Bayan Oki sınıfımızdaki bir çocuğun hendekte boğulduğunu söyledi. Her neyse, köylüler Gök Gürültüsü Tanrısı'nı sınav, para, evlilik gibi küçük şeyler için rahatsız etmezler; bunlar için Kakimoto Baba'nın bankanın yanındaki yeni tapınağına giderler. Ama bebek sahibi olmak, balıkçı teknelerini kutsamak, ölümlere teselli bulmak için Gök Gürültüsü Tanrısı Tapınağı'nın merdivenlerini tırmanırlar. Bunu hep tek başlarına yaparlar.

Zax Omega saatime bakıyorum. Çok zamanım var. Dünya Kupası'na giden yol bugün Kagoşima'da başlıyor, bu yüzden alabileceğim her yardıma ihtiyacım var. Babamı bulmak çok önemli. Anju ve benim için daha önemli bir şey yok. Bir an daha düşünmeden spor çantamı yosunlu bir kayanın arkasına koyuyorum ve mükemmel beynimin verdiği enerjiyle çamurlu merdivenleri tırmanmaya başlıyorum.

◆

Ahizeyi yerine koyuyorum. Garip adam, devamlı özür diledi. Belki bu telefon konuşması uyuyamama büyüsünü bozar. Vücudum ne kadar yorgun olduğunu anlayacak ve kapanacak. Sırtüstü yatıp yukarı bakıyorum ve tavan kiremitlerinde hangilerini kullandığımı unutana kadar satranç hamleleri yapıyorum. Sonra yeniden başlıyorum. Üçüncü denememde yaptığımın saçma olduğu düşüncesi galip geliyor. Uyuyamıyorsam mektubu da düşünebilirim. Diğer mektup. Büyük mektup. Ne zaman geldi? Perşembe. Dün. Yani dünden önceki gün. Bitkin bir halde Akan Yıldız'a gidiyorum. Dokuz numaralı platformda otuz altı bowling topu bırakılmıştı; bu, kayıp eşya ofisine en uzak platform. Suga kaybolma rolünü oynamıştı, bu yüzden bütün topları ofise sürüklemek zorunda kaldım. Bu toplar daha sonra onları Tokyo Merkez İstasyonu'nda bekleyen bir takım tarafından teslim alındı. Olasılık kanunlarının kayıp eşya konusunda farklı işlediğini öğreniyorum. Bayan Sasaki bir keresinde portbagajında sırt çantasına doldurulmuş bir iskelet buldu. Bir tıp fakültesi öğrencisi profesörünün veda partisinden sonra trende unutmuştu. Her neyse, terlemiş bir halde Akan Yıldız'a gidiyorum; Buntaro tezgâhın arkasındaki taburesine kurulmuş, yeşil çaylı dondurmasını kaşıklıyor, bir yandan da büyüteçle bir kâğıda bakıyor. "Selam ahbap" diyor. "Oğlumu görmek ister misin?" Garip, çünkü Buntaro bana çocuğu olmadığını söylemişti. Sonra bana mürekkepten siyah olmuş bir sayfa gösteriyor. Mağrur ev sahibime kaşlarımı çatarak bakıyorum. "Ses ötesi taramaların mucizeleri!" diyor. "Rahmin içinde!" Buntaro'nun göbeğine bakıyorum, o da bana dik dik bakıyor. "Çok komik. İsmine karar verdik. Aslında karım verdi bu kararı ama ben de onayladım. Kararımızı bilmek ister misin?"

"Tabi" diyorum.

"Kodai, 'Ko' deniz yolculuğu, 'dai' de mükemmel demek. Yani Mükemmel Deniz Yolculuğu."

"Bu gerçekten güzel bir isim" diyorum ona, gerçekten böyle düşünüyorum.

Buntaro Kodai'ye farklı açılardan bakıyor. "Burnunu gördün mü? Bu da ayağı. Şirin, değil mi?"

"Çok şirin. Şu bodur şey ne?"

"Sence erkek olduğunu nereden biliyoruz, parlak zekâ?"

"Ah, pardon."

"Sana bir mektup daha geldi. Sana özel bir posta kutusu ayarlardım ama o zaman kiracılarımın özel mektuplarını açma zevkinden mahrum kalırdım. Al işte." Bana Miyazaki Postanesi'nde damgalanmış ve Kagoşima'daki Para Dayı tarafından gönderilmiş düz beyaz bir zarf uzatıyor. Kenarını yırtıp katlanmış üç sayfayı açıyorum. Ekranda helikopterler çarpışıyor ve binalar patlıyor. Bruce Willis gözlüklerini çıkarıyor ve gözlerini kısarak bu cehennem görüntüsüne bakıyor. İlk satırı okuyup mektubun kimden geldiğini anlıyorum. Ceketimin cebine koyup merdivenleri çıkıyorum; Buntaro'nun yüzümdeki şok ifadesini görmesini istemiyorum.

❖

Gök Gürültüsü Tanrısı Tapınağı'nın merdivenlerinde, yukarıdan sarkan örümcek ağları yırtılıp yüzüme yapışıyor. Şireli örümcekler. Sendeliyorum ve dizlerim çamurlanıyor. Ölü çocukların bu merdivenlerde yaşadığına dair hayalet hikâyelerini unutmaya çalışıyorum ama bir şeyi unutmaya çalışıyorsanız zaten hatırlamışsınız demektir. Devasa eğrelti otları kuleler oluşturuyor üstümde. Yerdeki çatlakların arasında tatlı su yengeçleri dolaşıyor. Bir karaca sıçrayarak geliyor ve fundalıkta kayboluyor. Bense planım meyve verir vermez babamla bir araya geleceğimize odaklanıp koşuyor, koşuyorum ve birden en yüksekteki tapınağa geliyorum. Kilometrelerce uzağı görebiliyorum. Dağlar yükselip göğü delerek sarsılıyor. Işık denizi pürüzsüzleştiriyor. Yakuşima feribotunun pencerelerini görebiliyorum. Heyecanla çana yaklaşıp izin alacağım bir yetişkin arıyorum etrafta. Daha önce bir Tanrı'yı uyandırmamıştım. Wheatie, her yeni yılın ilk gününde zodyak tılsımımızı değiştirmek için Anju ve beni liman tapınağına götürür ama bu akrabalar ve komşuların başımızı okşadığı eğlenceli bir durumdur. Buysa gerçek bir şey. Bu tam anlamıyla mucize. Sadece ben ve küflü yatağındaki Gök Gürültüsü Tanrısı. Çanı çalan ipi yakalıyorum...

İlk çan sesi ormanı patlatmak, sülünleri korkutmak için.

İkinci çan sesi kanatlı savaşçıları türbülansta yalpalatmak için.

Üçüncü çan sesi demir kapıları sonsuza dek kapamak için.

Küskünlük yerindeki Anju'nun çanı duyup duymadığını merak ediyorum. Yarın geri geldiğimde çanları çalanın ben olduğumu söyleyeceğim ona. Asla itiraf etmeyecek ama cesaretim onu etkileyecek. Bu onun hep hayal ettiği bir şeydir. Tapınağa gelense benim. Gök Gürültüsü Tanrısı kaşlarını çatıp dik dik bakıyor. Yüzü kin, tayfun ve kâbus karışımı. Artık kaçamam. Uyandı. Attığım bozukluk bağış kutusuna düşüyor, üç kez alkışlayıp gözlerimi kapıyorum. "Günaydın,

Gök Gürültüsü Tanrısı. Adım Eiji Miyake. Vadi yolunun sonundaki evde, büyük Kavakami çiftlik evinde Anju ve Wheatie ile birlikte yaşıyorum. Ama siz bunu zaten biliyorsunuzdur muhtemelen. Yardım istemek için uyandırdım sizi. Japonya'daki en iyi futbolcu olmak istiyorum. Bu çok çok büyük bir şey, bu yüzden lütfen taksi şoförüne verdiğiniz dört kolludan bana da vermeyin."

"Peki karşılığında sen ne vereceksin?" diye soruyor sessizlik.

"Ünlü bir futbolcu olduğumda geri dönüp tapınağınızı yeniden yaptıracağım. O zamana kadar, istediğiniz her şeyi verebilirim size. Ne isterseniz alın. Bana sormanıza bile gerek yok."

Sessizlik iç geçiriyor. "Ne olursa mı?"

"Ne olursa."

"Ne olursa mı? Emin misin?"

"Ne olursa dedim ve ciddiyim."

Sessizlik dokuz gün dokuz gece iç geçiriyor. "Tamam."

Gözlerimi açıyorum. Gösteri uçaklarının izleri pembe ve altın rengi. Dalışları tahminlere göre oluyor. Anbo Limanı'ndaki Kagoşima feribotu tek bir boynuz gibi ses çıkarıyor ve gelen arabaları görebiliyorum. Ormanın milyonlarca saati kanat çırpıyor, fırlıyor, çığlık atıyor ve feryat ediyor. Koşuyorum, ölü çocuk hayaletlerinin güneşin ilk ışıklarında eridiği çamurlu merdivenlerden aşağı uçuyorum adeta.

◆

Miyazaki Dağı Kliniği
25 Ağustos

Merhaba Eiji,

Nereden başlasam? Önce aksi bir mektup yazdım, sonra acıklı bir mektup; sonra da "Merhaba, ben senin annenim, tanıştığımıza memnun oldum" şeklinde başlayan nüktedan bir mektup yazdım. Sonra "Üzgünüm" diye başlayan bir mektup yazdım. Şu an hepsi odamın diğer tarafındaki çöp kutusunun yanında buruşturulmuş halde duruyor. Ben karavana bir atışım.

Yaz çok sıcak geçiyor, değil mi? Bu yıl yağmur yağmadığında böyle olacağını anlamıştım zaten. (Gerçi Yakuşima'da hâlâ yağmur yağıyordur. Ne zaman yağmur olmaz ki orada.) Evet, şu an yirmi yaşında olmalısın. Yirmi. Yıllar ne kadar hızlı geçiyor. Benim gelecek ay kaç yaşına gireceğimi bilmek ister misin? Söylenemeyecek kadar çok. Sinir hastaları ve alkol problemi olanların tedavi edildiği bu yerdeyim. Kyuşu'ya geri gelmeyi hiç istemedim ama en azından buradaki dağ havası insanı rahatlatıyor. Terapistim sana mektup yazmamı tavsiye etti. İlk başta istemedim ama o benden de ısrarcıdır. Bu yanlışmış gibi geliyor – sana yazmak istiyorum ama bu kadar zaman sonra hiç yazmamak çok daha kolay. Ama bir hikâyem var. (Gözlerimin önünden geçen bir film şeridi aslında). Terapistim hikâyemin canımı acıtmasını sadece sana anlatarak durdurabileceğimi söylüyor. Şimdi eğer hoşuna giderse, bencillik yapmadan yazıyorum. Başlıyoruz.

Bir zamanlar bebek sen ve bebek Anju'yla Tokyo'da yaşayan genç bir anneydim. Evin kirasını baban ödüyordu ama bu hikâye ne o ne de Anju hakkında. Bu hikâyenin konusu sensin ve benim. O günlerde güzel bir hayat yaşıyormuşum gibi geliyordu bana; büyük şehrin modern kısmında dokuz katlı bir apartmanın teras katı, balkonda çiçekler ve çamaşırlarını karısının yıkadığı zengin bir sevgili. Sen ve Anju'nun Yakuşima'dan ayrılırkenki planlarımın bir parçası olmadığınızı itiraf etmeliyim. Ama yirmi yıl önceki hayatım, annemin (büyükannenizin) benim için (her zamanki gibi bana danışmadan) planladığı Şintaro Baba evliliği sonucu sürdüreceğim portakal çiftliği ve boş ada hayatından daha iyi gibi görünüyordu. İnan bana, şu an da çeyrek asır önce olduğu gibi zevzek ve serseri olduğundan eminim.

Bunu yazmak kolay değil.

Çaresizdim. Yirmi üç yaşındaydım ve herkes bana güzel olduğumu söylüyordu. Genç annelerin tek arkadaşı diğer genç annelerdir. Genç anneler eğer onlara uymazsan dünyanın en şirret kabilesi olabilir. Benim "ikinci kadın" olduğumu duyunca ahlaka aykırı olduğuma karar verdiler ve beni attırmak için apartman yöneticisine dilekçe verdiler. Baban bunu engelleyebilecek kadar güçlüydü ama sonrasında hiçbir genç anne benimle konuşmadı. Senin de bildiğin gibi Yakuşima'da kimsenin senden haberi yoktu (henüz) ve bunu bilen bakışlarla yaşama düşüncesi bile çok fazlaydı.

O sıralar baban manken bir metres edindi. Bebek, seksi bir aksesuar değildir kadında. İkizlerse seksiliği iki katı azaltır. Çirkin bir sondu; inan bana, detayları bilmek istemezsin. (Belki istersin ama ben hatırlamak istemiyorum.) Ben hamileyken her şeyimle ilgileneceğine yemin etmişti. Bense saf bir goncaydım ve sadece paradan bahsettiğini anlayamamıştım. Tüm zayıf erkekler gibi, kafası karışmış rolü oynadı ve herkesin onu affedeceğini düşündü. Her şeyi avukatları halletti ve onu bir daha hiç görmedim. (Görmek de istemedim zaten.) Evinde oturmama izin vardı ama satamazdım; balon ekonomisi dönemiydi ve evin değeri her altı ayda iki katına çıkıyordu. Bu senin birinci doğum gününden kısa süre sonraydı.

İyi bir kadın değildim. (Çok iyi bir kadın olmadım asla ama en azından şimdi biliyorum bunu.) Bazı kadınlar anne olmadan önce bile anne olmuş gibi anneliğe kaptırırlar kendilerini; bense anne olduğum zaman bile annelik yapamıyordum. Küçük çocuklardan hâlâ nefret ederim. Evden uzak olabilmek için babanızın sizin için gönderdiği nafakanın tümünü Filipinli kaçak dadıya harcıyordum. Kafelerde oturur, gelen geçeni izlerdim. Bankalarda çalışan, çiçek aranjmanları yapan, alışveriş eden yaşıtım kadınlar. Hamile kalmadan önce beğenmediğim bütün o küçük ve sıradan şeyler.

İki yıl geçti. Başka bir barda işe başladım ama usanmıştım. Zengin patronumu kafeslemiştim ama eve her gelişimde sen ve Anju zengin patronların terk ettiğini hatırlattınız bana. (Bebek bezleri, feryat ederek ağlamalar ve uykusuz geceler.) Bir sabah sen ve ben evde yalnızdık; senin ateşin vardı, bu yüzden dadı Anju'yu anaokuluna götürmüştü. Mahallemizdeki anaokuluna değil tabii genç anne mafyası anaokulu yetkililerine sizi okula alırlarsa protesto edeceklerini söylemişti çünkü. Biz de sizi başka bir semte götürmek zorunda kaldık. Sen feryat ederek ağlıyordun. Belki ateşten dolayı, belki de Anju olmadığı için. Bütün gece çalışmıştım, bu yüzden votkayla birkaç ilaç aldım ve seni öylece bıraktım. Sonrasında hatırladığım kapımı çaldığındı – o zaman yürüyordun tabii. Migrenim uyumama izin vermiyordu. Kendimi kaybettim. Gitmeni söyledim sana bağırarak. Sonra sen tabii ki daha çok bağırdın. Ben çığlık attım. Sonra sessizlik oldu. Sonra senin o kelimeyi söylediğini duydum. Anaokulundan öğrenmiş olmalıydın.

"Babacığım."

İçimde bir şeyler koptu.

Sakince seni balkondan atmaya karar verdim.

Yeni mürekkep, yeni kalem. Kalemim oldukça dramatik bir yerde bitti. Evet. Sakince. *Seni balkondan atmaya karar verdim.* O zamandan beri bu beş kelime hayatımızı anlatıyor. Bu kelimelerin yaptıklarımı gösterdiğini söylemiyorum, hiç de değil. Seni balkondan atmayı istediğimi söylemiyorum. Seni balkondan atacaktım. Gerçekten. Bunu yazmak çok zor.

Böyle de oldu. Yatak odamın dışarı doğru açılan kapısını hızla açtım; merdivenlerin başına gelip gözden kaybolana kadar cilalı ahşap döşemede sürükledim seni. Olduğum yerde kaldım ama düşmeni engelleyemezdim, insanüstü bir çaba gösteremezdim ki. Düştüğün zaman hemen ağlamadın. Duydum düşüşünü. Merdivenlerden aşağı düşen bir kutu kitap hayal ettim. Sen de öyle bir ses çıkardın. Çığlık atmanı bekledim, bekledim, bekledim. Birden zaman kendini yakalamak için üç kat hızlandı. Yerde yatıyordun ve kulağından kan fışkırıyordu. Hâlâ gözlerimin önünde o halin. (Hâlâ merdivenlerden ne zaman insem gözlerimin önünde.) Şoka girmiştim. Hızır acildekiler gevelememi durdurmak için bana bağırmak zorunda kaldılar. Sonra telefonu yerine koyduğumda ne göreyim? Yerde oturmuş parmaklarındaki kanı yalıyordun.

Hızır acildekiler çocukların bazen bez bebekler gibi yumuşadığını söylediler. Bu seni ciddi yara almaktan kurtarmıştı. Doktor şanslı bir çocuk olduğunu söyledi ama benim şanslı bir kadın olduğumu söylemek istedi. Nefesimdeki votka tırabzanlara tırmandığın hikâyesini bastırmıştı. Aslında hepimiz şanslıydık. Seni öldüreceğimi biliyordum ve hayatımın geri kalanını hapiste geçirebilirdim. Sonunda bunu yazabildiğime inanamıyorum. Üç gün sonra dadının aylığını ödedim ve sizi büyükannenizi görmeye götürdüğümü söyledim ona. Seni ve Anju'yu yetiştirmeye zihinsel açıdan uygun değildim. Gerisini biliyorsun zaten.

Bunu bana sempati duyman veya beni affetmen için yazmıyorum. Hikâye bütün bunların ötesinde. Ama hatıralar beni şimdi bile uyanık tutuyor ve bu hatıraları hafifletmenin bildiğim tek yolu onları sana göstermek. İyileşmek istiyorum. Yani...

Buruşukluklardan da anlayabileceğin gibi bunu buruşturup çöpe attım. İsabet ettirmeye çalışmamıştım ama tahmin et ne oldu? Kenarlara değmeden tam içine düştü. Kim bilir? Belki bu da batıl inançların işe yaradığı anlardan biridir. Fikrimi değiştirmeden önce gidip Doktor Suzuki'nin kapısının altından atacağım bunu. Bana ulaşmak istersen, mektubun üstündeki numarayı ara. Sana kalmış. Dilerim...

Fujifilm saat dördü geçiyor. Annenin seni öldürmeyi istediğine verilecek uygun tepki nedir? Üç yıl hiç görüşmedikten sonra. Annemin oralarda bir yerlerde olmasına, pek yakın olmamasına alışığım. Her şey acısızdı bu şekilde.

Şimdi bir şeyin yerini değiştirirsem, başladığım yere dönmekten korkuyorum. Düşünebildiğim tek plan Hiçbir Şey Yapmama Planı. Eğer bu harekete geçememe korkusuysa cevabım kauçuk damgalı bir Harekete Geçememe Korkusu. Başa çıkamadığım, babamın "hiçbir yerde" olmaması; annemin "bir yerlerde" olması değil. Kelimelere dökemesem de ne demek istediğimi biliyorum. Hamamböceği hâlâ çabalıyor. Bunu görmek istiyorum. Buzdolabının yanına geliyorum – gece çok nemli. Motel, elime aldığım an çırpınmaya başlıyor. Hamamböceği panikliyor. Bir yanım onu özgür bırakmak istiyor, diğer yanım hemen ölmesini diliyor. İçeri bakmak için zorluyorum kendimi. Bisiklet çeviren duyargalar ve kızgınlıkla hareket eden kanatlar! O kadar tiksindirici ki moteli düşürüyorum, kafa üstü düşüyor. Şimdi hamamböceği baş aşağı ölüyor, zavallı parlak mendebur; ama motele dokunmak istemiyorum. Moteli ters çevirmek için bir şeyler arıyorum. Hamamböceğinin kardeşi içeride olabilir diye dikkatlice çöp kutusuna bakıyorum ve kedinin bisküvilerinin içinde olduğu buruşturulmuş kutuyu buluyorum. Perşembe günü mektubu okuduktan sonra bir yere koydum ve ne kadar olduğunu bilmediğim bir süre boyunca hiçbir şey yapmadım. Kedi geldiğinde mektubu tekrar okumak üzereyim. Hemen kucağıma atlayıp omzunu gösteriyor. Kurumuş kan ve yumuşak deri bir kısım kürkünün oyulduğunu gösteriyor. "Kavga mı ettin sen?" Bir an için mektubu unutuyorum. İlk yardım, hele kedi ilk yardımı hakkında hiçbir şey bilmiyorum ama yarayı dezenfekte etmem gerektiğini düşünüyorum. Tabii ki antiseptik gibi kullanışlı bir şey bende bulunmaz, bu yüzden aşağı inip Buntaro'ya soruyorum.

Buntaro sonlara yaklaşan *Titanik*'i insanların kilometre uzunluğundaki güverteden düştüğü sahnede durduruyor. Caster kutusundan bir sigara alıyor ve bana da bir tane vermeden yakıyor. "Sakın söyleme. Kahramanımız, gizemli avukattan her şeyin bittiğini söyleyen bir mektup daha aldıktan sonra çok üzülür ve kendi bağırsaklarını çıkarmaya karar verir ama elindeki tek şey tırnak makasıdır..."

"Yaralı bir kedi var elimde."

Buntaro'nun gözleri bulutlanıyor. "Ne var ahbap?"

"Yaralı bir kedi."

"Apartmanımda hayvan mı besliyorsun?"

"Hayır. Sadece aç olduğu zaman geliyor."

"Ya da tıbbi ilgiye ihtiyaç duyduğu zaman?"

"Küçük bir sıyrık sadece. Üstüne biraz dezenfektan sürmek istiyorum da."

"Eiji Miyake, hayvan doktoru."

"Lütfen, Buntaro."

Söyleniyor ve bir süre tezgâhın altını karıştırıyor. Ayakları altında bir karmaşaya sebep olarak tozlu kırmızı bir kutu çıkarıyor ve bana uzatıyor. "Tatamime kan dökülmese iyi olur."

"Seni kıl herif, devamlı söylenen asalak, her kiracıyı yeni tatami için tırtıkladın ama aslında tatamiyi 1969'dan beri değiştirmedin, değil mi?" olmuyor ev sahibime ve bana iş bulan velinimetime verdiğim cevap. Bunun yerine uysalca başımı sallıyorum. "Artık kanamıyor. Sadece temizlenmesi gereken küçük bir yarası var."

"Nasıl bir kedi bu? Karım sahibini biliyordur belki."

"Siyah, beyaz patiler ve kuyruk; ekose kumaştan gümüş zilli tasması var."

"Sahibi, ismi yazmıyor mu?"

Başımı hayır anlamında sallıyorum. "Teşekkürler." Kutuyu alıp sıvışıyorum.

"Çok bağlanma" diye bağırıyor Buntaro arkamdan merdivenlere. "Sözleşmendeki 'Evde kaktüs dışında bir şey beslenemez' cümlesini hatırla."

Arkamı dönüp ona bakıyorum. "Ne sözleşmesi?"

Buntaro pis pis sırıtıyor ve alnına vuruyor.

Kapsülümün kapısını kapatıp kediye katılıyorum. Güvercinağacı kremi canını acıtıyor olmalı, Wheatie yaralarımıza sürdüğünde benim ve An-ju'nun canını hep acıtırdı. Ama kedi ürkmüyor bile. "Kızlar kavgalara karışmamalı" diyorum ona. Pamuğu atıp, kutuyu Buntaro'ya geri veriyorum. Kedi yukatamın[6] içine kuruluyor. Garip. Kedi kendisine bakmam konusunda bana güveniyor; diğer bütün insanlara değil, bana.

Teslimat gişesinde bir kafa beliriyor. Sahibi on bir yaşlarında cılız bir kız; üzerinde Mickey ve Donald'lı eşofman, saçında da kırmızı kurdele var. Gözleri çok büyük. "İyi günler" diyor. "Tabelaları takip ettim. Burası kayıp eşya ofisi mi?"

"Evet" diyorum. "Bir şey mi kaybettiniz?"

"Annemi" diyor. "Benim iznim olmadan geziniyor hep."

Sabırsızlanıyorum. "Yardımcı olayım." Ne yapayım? Suga "kayıp çocuk" bölümünü atlamış, şu anda da Ueno müştemilatında valizini topluyor. Bayan Sasaki öğle tatilinde. Bir yerlerde bir anne sinir krizi geçirerek koşuyor, tren tekerleklerini ve çocukları kaçıran organ mafyasını düşünüyor. Heyecanlanıyorum. "Neden tezgâha oturmuyorsun?" diye soruyorum kıza. Kız tezgâha tırmanıyor. Tamam. Şimdi ne yapayım? "Bana adımı sormayacak mısınız?" diye soruyor kız.

"Tabii ki soracağım. Adın nedir?"

"Yuki Çiyo. Annemi büyük hoparlörden çağırmayacak mısınız?"

6. Yukata, genellikle pamuklu, keten ya da kenevir kumaştan yapılan, resmi olmayan yaz kimonosudur. (ç.n.)

"Tabii ki çağıracağım."

Yan ofise geçiyorum. Bayan Sasaki buradaki ilk günümde hoparlör çağrı sisteminden bahsetmişti ama Suga onu nasıl kullanacağımı göstermedi. Şu anahtarı çevir, şu tuşa bas. Umarım. "Konuş"un altında yeşil bir ışık yanıp sönüyor. Boğazımı temizleyip mikrofona eğiliyorum. Boğazımı temizleme sesim Ueno'yu dolduruyor. Yuki Çiyo adını duyunca kendini kucaklıyor.

Sıkıntıyla kavruluyorum. Yuki Çiyo bana bakıyor.

"Evet Yuki, kaç yaşındasın sen?"

"On. Ama annem yabancılarla konuşmamamı söylüyor."

"Ama benimle zaten konuştun."

"Sadece annemi çağırmanız için."

"Seni sadakatsiz kurbağa yavrusu!"

Henüz kendisini göremeden Oyama'nın bu tarafa gelmekte olduğunu duyuyorum. Ayakkabıları, anahtarları. "Sen! Miyake!"

Kesin faka bastım. "İyi günler..."

"Bana 'İyi günler' deme! Ne zamandan beri genel anons yapma kararını sen veriyorsun?"

Boğazım kuruyor. "Ben bilmiyordum..."

"Fren kablosu kopuk bir trenin aceleyle Ueno'ya girdiğini düşün!" Gözlerinden ateş fışkırıyor. "Benim tren boşaltma anonsu yapmakta olduğumu düşün!" Damarları şişiyor. "Bir bomba ihbarı aldığımızı düşün!" Beni işten atacak mı? "Ve sen, *sen* benim uyarımı, kaybolan kızın annesini ikinci kattaki kayıp eşya ofisine çağıran anonsunla baltalıyorsun!" Tekrar dolmak için ara veriyor. "Sen, *sen* düzeni gençlik keşmekeşiyle bozuyorsun!"

"Tra-la-la!" Leopar derili bir kadın tezgâha geliyor.

"Anne!" diyerek el sallıyor Yuki Çiyo.

"Canım, sen böyle kaçınca anneciğin çok üzülüyor biliyorsun! Bu genç adama sorun çıkarttın mı bakalım?" Yanındaki Oyama'yı itekliyor ve çantalarını tezgâha koyuyor. Hayat dolu, kurnaz bir gülümseme. "Çok, çok üzgünüm genç adam. Ne diyebilirim ki? Ne zaman alışverişe gitsek Yuki bu oyunu oynar, değil mi, canım? Kocam bunun kızımızın geçmekte olduğu bir evre olduğunu söylüyor. Bir yeri imzalamam gerekiyor mu?"

"Hayır, bayan."

Oyama için için kuduruyor.

"Sizi oyaladığı için bir şeyler yapmama izin verin."

"Hayır, bayan, gerek yok."

"Çok sevimlisin." Oyama'ya dönüyor. "Çok güzel! Bir hamal var burada!"

Yüzümdeki sırıtma titreşimini biraz geç durduruyorum. Oyama nükleer hiddet yayıyor. "Hayır, bayan, ben istasyon müdür yardımcısıyım."

"Ah. Bu elbiseler içinde hamal gibi gözüküyorsunuz. Hadi, Yuki."

Annesi önden giden Yuki bana dönüyor. "Benim yüzümden fırça yediğin için üzgünüm."

Oyama bana daha fazla fırça atamayacak kadar kızgın. "Sen, Miyake, *sen*, bunu unutmayacağım! Bu *rezaleti* hemen bugün disiplin komitesine rapor edeceğim!" Ve fırtına uzaklaşıyor. Bu işte hâlâ çalışıp çalışmadığımı merak ediyorum. Arka ofisten Suga çıkıyor. "Sinir bozucu insanlar konusunda çok yeteneklisin, Miyake."

"Bütün bu olaylar olurken sen orada mıydın?"

"Durumu kontrol altına almış gibiydin."

Suga'yı öldürmek istiyorum, bu yüzden hiçbir şey söylemiyorum.

❖

Feribottayım! Anju'yla defalarca izlediğimiz feribottayım şimdi! Güverte bir o yana bir bu yana sallanıyor ve rüzgâr feribotu yana yatırabilecek kadar güçlü. Yaşadığım büyük şehir Yakuşima yavaş yavaş ama gerçekten küçülüyor. Bay İkeda askeri dürbünüyle sahili gözetliyor. Martılar havada süzülerek gemiyi takip ediyor. İkinci sınıf öğrencileri feribot batarsa ne olacağını tartışıyor, cankurtaran sandalları için dövüşmek zorunda kalacağız. Diğerleriyse televizyon izliyor ya da işi olmayanların giremeyeceği yerlere giriyorlar. Bir çocuk tuvaletlere kusuyor. Motor gürlüyor. Benzin kokusu alıyorum. Geminin su püskürten dalgaları kırarak ilerleyişini izliyorum. Futbolcu olmaya karar vermemiş olsaydım denizci olurdum. Gök Gürültüsü Tanrısı'nın tapınağını arıyorum ama çoktan sabah güneşine gizlenmiş. Keşke Anju burada olsaydı. Bugün ne yapacağını merak ediyorum. En son ne zaman bir arada olmadığımızı hatırlamaya çalışıyorum. Mümkün olduğunca geriye gitmeye çalışıyorum ama hiç ayrı kalmamışız. Yakuşima bir ahır büyüklüğünde şimdi. Yeni adaların doğup batmasını izliyorum. Yakuşima'yı başparmağım ve işaretparmağımın "o"suna sığdırabiliyorum. Dişim sallanıyor. Bay İkeda da güvertede. Rüzgârın ve motorun sesini bastırmaya çalışarak "Sakurajima" diye bağırıyor bana ve ileriyi gösteriyor. Volkanın büyüyüp gökyüzünün üçte birini kaplamasını izliyorum. Yarık krater gökyüzünün diğer üçte birini kaplayan katı bulut dumanları püskürtüyor. "Kül tadını alabilirsiniz" diye bağırıyor Bay İkeda "İşte şurası da Kagoşima!" Hemen geldik mi? Yolculuğun üç saat sürmesi gerekirdi. Zax Omega saatime danışıyorum ve neredeyse üç saat geçtiğini görüyorum. İşte Kagoşima. Amma da büyük! Köyümüz Anbo'yu limandaki iki iskele arasına sığdırabilirsiniz. Kocaman binalar, büyük vinçler, üzerlerinde hiç duymadığım yer isimlerinin yazdığı devasa şilepler. Sanırım buraya en son geldiğimde hafızam silindi. Belki de geceydi. Burası dünyanın başladığı yer. Anju'ya anlatmak için sabırsızlanıyorum. Bayılacak. Bayılacak.

◆

Fujifilm'e göre, saat dört, on beş dakika önce kaydı gitti. Şu an tek umudum en azından birkaç saat uyuyabilmek, böylece işte ölü gibi olacağıma bayılmış gibi olurum. Dün Suga'nın işteki son günüydü, yani bütün gün tek başıma olacağım. Düşüşü hâlâ görebiliyorum. Hamamböceği sessiz. Kaçtı mı acaba? İntikam almayı mı planlıyor? Her hamamböceğinin bir yerlerde saklanan doksan akrabasının olduğu söylenir. Döşemenin altında, oyuklarda, dolapların arkasında. Şiltelerin altında. "Zavallı anneciğim" diye düşüneceğimi sanıyor. "Tamam, biz üç yaşındayken bizi dayımıza bırakıp gitmiş olabilir, ama geçmişe mazi derler. Hemen bu sabah telefon edeceğim ona." İmkânı yok! Unut bunu! Tokyo'nun karıştığını duyabildiğimi hayal ediyorum. Boynum kaşınıyor. Kaşıyorum. Sırtım kaşınıyor. Kaşıyorum. Kasıklarım kaşınıyor. Kaşıyorum. Tokyo uyanırsa uyku umudu kalmaz. Vantilatör sıcaklığı artırıyor. Bana nasıl böyle bir mektup yazabilir? Yatağa girdiğimde yorgundum. Ne oldu?

"Son cumam" diyor Suga. "Ne mutluluk. Yarın özgürlük. Bng üniversiteye geri dönmelisin, Miyake. Doğru düzgün yaşamak için gerekli parayı kazanmak için şart bu." Aslında dinlemiyorum onu –bu, annemin beni üç yaşımdayken dokuzuncu kattan atmaya karar verdiğini öğrenişimden sonraki sabah– ama o kelimeyi söyleyince konuşmak zorunda kalıyorum. "Neden hep bu sözcüğü kullanıyorsun?"

Suga şaşırmış görünüyor. "Hangi sözcüğü?"

"Bng."

"Özür diliyorum" diyor Suga ama sesi pek özür diliyor gibi görünmüyor. "Unutmuşum."

"Neyi unuttun?"

"Çoğu arkadaşım netten. Diğerleri de hacker zaten. Biz de kendi dilimizi kullanıyoruz. 'Bng' 'bana göre' demek. 'Bence' gibi. Süper kısaltma, değil mi?"

Telefon çalıyor. Suga bakıyor; ben cevaplıyorum.

"Kendimizden memnun muyuz, Miyake?" Tanıdığım bir ses bu, kötülük sızıyor.

"Bay Oyama?"

"Onlar için çalışıyorsun, değil mi?"

"Ueno İstasyonu'nu kastediyorsunuz, değil mi, efendim?"

"Rol yapmayı kes! Ne diyorsam onu demek istiyorum! Danışmanlar için çalıştığını biliyorum!"

"Hangi danışmanlar, efendim?"

"Sana kesmeni söyledim. Seni biliyorum ben! Üzerine vazife olmayan şeyleri öğrenmek üzere ofisime girdin. Aşırmak, keşfetmek için buradaydın. Küçük oyununu biliyorum. Sonra dünden önceki günkü olayını da biliyorum. Dosyalarım fotokopi çekilirken dışarı çıkmam içindi bütün bunlar. Her şey üst üste geldi. Evet. İnkâr et. Sıkıysa inkâr etsene!"

"Yemin ederim, bir yanlışlık var Bay Oyama..."

"Yanlışlık mı?" diye bağırıyor Oyama. "Doğru söylüyorsun! Tehlikelerle dolu hayatının en büyük hatası! Ben Ueno'ya senin doğduğun yıldan beri hizmet ediyorum! Ulaştırma Bakanlığı'nda arkadaşlarım var! İtibarlı bir üniversiteye gittim!" Sesinin daha fazla yükselebileceğine inanamıyorum ama yükseliyor. "Efendilerin Akita'da cehennemin dibindeki iki katlı ve kâğıttan yataklı bir derin dondurucuda 'yeniden yapılandırılabileceğimi' düşünüyorsa, çok yanılıyorlar! Uşaklık yaptığım yıllar çok geride kaldı!" Nefesi kesiliyor, hızlı hızlı nefes alıyor ve son saldırıya geçiyor. "Ueno'nun standartları vardır. Ueno'da bir düzen vardır! Senin her şeyi bildiğini sanan aşağılık parazitlerin savaş istiyorlarsa size istediğinizi vereceğim, *siz*, hepiniz çapraz ateşte kalacaksınız!"

Telefonu kapatıyor.

Suga bana bakıyor. "Ne konuşuyordunuz?"

Neden ben? Neden hep ben? "Hiçbir fikrim yok."

❖

"Bunu nazikçe nasıl söyleyebilirim?" Bay İkeda devre arasındaki kısa konuşmasında bir o tarafa bir bu tarafa yürüyor. "Çocuklar. Gerçekten çok, çok kötüsünüz. Allak bullaksınız. Standart bile değilsiniz. Aslında hayvanlar bile sizden daha iyi oynar. Utanç verici. Yolculuk sırasında harcanan benzine yazık oldu. Bir grup miyop ve sakat miskinsiniz, takım değilsiniz. Rakip takım bize dokuz fark atmamışsa bunun için elimizdeki *mucizeye* teşekkür etmeliyiz, bu mucizenin adı Mitsui." Mitsui sakız çiğniyor ve despotluğun tadına varıyor. O yetenekli ve atak bir kaleci; bu ataklığını sahada zorbalığa götürecek hayal gücünden yoksun olması büyük şans. Mitsui'nin babası Yakuşima'da adı çıkmış bir alkoliktir, bu yüzden kalecimiz küçük yaşlardan beri buralardan kaçış planları yapıyor. İkeda devam ediyor. "Daha medeni bir çağda yaşıyor olsak seppuku[7] yapmanız konusunda ısrar ederdim. Tabii kaybedersek başlarınızı utançla tıraş ettireceksiniz. Savunma oyuncuları. Bay Mitsui'nin kahramanca oyununa rağmen düşman üst direği kaç kez geçti? Nakamori?"

"Üç kez, efendim."

"Diğerleri?"

Ilık portakalımı emiyor, baldırlıklarımı düzeltiyor ve düşman takımın konuşmasını izliyorum; onların koçu gülüyor. Burası erkek ve spor ayakkabı kokuyor. Hava bulutlandı. Volkan püskürecek gibi. "Miyake? Diğerleri?"

7. Düşmanın eline geçen ya da gurur kırıcı bir olaya sebep olan samurayların törensel bir şekilde intihar etmesi. (ç.n.)

"Ah, iki kez, efendim" diye tahminde bulunuyorum.

"Ah, iki kez. Ah, evet. Nakayama, orta saha 'sahanın ortası' demektir, 'penaltı bölgesinin ortası' değildir. Hücum düşmana gol atmak için saldırmak anlamına gelir. Kaleci topa kaç kez dokunmak zorunda kaldı? Nakamura?"

"Çok fazla değil, efendim."

İkeda şakaklarını ovuyor. "Bir kez bile değil, *aslında* efendim! Bir kez bile değil! Üç ayrı amigo kızdan üç ayrı randevu aldı! Beni dinleyin! Maçı videoya çekiyorum! Çocuklar. Yarın benim doğum günüm. Bana golsüz bir maç verirseniz bu mutsuzluğumu ömrünüzün sonuna kadar hatırlarsınız. İkinci yarıda rüzgâr bizim tarafımızda. Göreviniz içeri girmek ve dışarıda tutmak. Bir şey daha. Sakın penaltı vermeyin. Dün gece düşman koçu sarhoş ettim, o da penaltı atışlarını yapan çocuğun tek bir penaltı bile kaçırmadığını söyledi. Hiç kaçırmamış. Ve unutmayın, küçük ciğerlerinizin pörsüdüğünü hissederseniz, video kameramın sizi izlediğini ve yaptıklarınızın karşılığının erkek erkeğe verileceğini unutmayın."

◆

Hakem ikinci yarı için düdüğünü çalıyor. Üç saniye sonra kaybediyoruz topu. Hemen Tanrı'yla anlaşmamı hatırlıyorum. Fos çıktı. İkeda'nın video kamerasında iyi çıkmak için elimden geleni yapıyorum: Etrafımda dönüyorum, "pas" diye bağırıyorum, homurdanıyorum ve mümkün olduğunca kaçıyorum toptan. "Al ve git!" diye bağırıyor İkeda. 4-3-3 sisteminden 10-0-0'a dönüyoruz; penaltı bölgemiz vuruşların, çığlıkların ve küfürlerin atış alanı haline geliyor. Görülmeye değer bir yaralanmış rolü yapıyorum ama kimse bakmıyor. Mitsui arka arkaya mükemmel kurtarışlar, cesaret isteyen hamleler, sıçrayışlar yapıyor. "Pozisyonunuzu alın!" diye bağırıyor İkeda. Keşke Mitsui kadar iyi olabilseydim. Çok yakında yerel gazetelerin spor sayfalarına çıkardım. Düşman takım arka arkaya hücum ediyor ve savunma şansımızı zorluyor. Meltem rüzgâra dönüşüyor. Cesaret edip hava topuna çıkıyorum ve kazanıyorum ama top kafama çarpıp geçiyor, bizim tarafa gidiyor. Bir yerlerde taça çıkarmam gerek topu ama hakem faul atışı için çalıyor düdüğünü, neden bilmiyorum, İkeda bunu bana ödetecek. Yıldız forvetlerimiz Nakatani ve Nakamura birbirlerine yumruk attıkları için sarı kart gördüler. Etrafımda dönüyorum ve top kafamdan zıplıyor. Korner. "Geri zekâlı!" diye bağırıyor İkeda. Ağırlığımın iki katı, katil bakışlı bir canavarla dirsek dirseğe savaşacağım. Sallanan dişim birden daha da sallanmaya başlıyor. Mitsui dalış yaparak kurtarıyor. Düşman savunma oyuncularından biri kanat oyuncumuz Nakata'ya pirinç topu atıyor, kızan arkadaşımız da düşmana vuruyor. Nakayama uçan tekmeyle havalandırıyor topu –rüzgâr topu uçuruyor– hepimiz arkasından coşkuyla bağırıyoruz. "Pozisyonunuzu alın!" diye bağırıyor İkeda. Dişim bir sakız parçası sayesinde yerinde kalabiliyor. Düşman çekiliyor gibi görünüyor. Biz saldırıyoruz. Askeri marşlar duyuyorum. Düşman savunma oyuncuları bu tarafa doğru geliyor –top onlarda– tuzak! Tuzak mıydı bu? "Kaslarınızı çalıştırın!" diye bağırıyor İkeda. Nefesim kesildi ama gol sonrası muhakemede biraz olsun merhamet görmeyi dileyerek geriye koşuyorum. Mitsui saldırı saati gelmiş bir uçak gibi kükreyerek koşup açıyı daraltmaya çalışıyor. Düşman forvet topu patlatmadan önce bir an için ayak parmaklarının emrinde tutuyor –kemiklerin çatırdadığını duyuyorum– zamanında duramayarak vücutların üzerinden atlıyorum –kramponlarım bir kafatası derisine takılıyor– momentum beni ileri itiyor ve düşünmeden boş kaleye dalıp topu gol çizgisinin hemen önünde tutabilmek için ellerimle yakalıyorum.

Sessizlik.

Hakemin düdüğü kulaklarımda çınlıyor. Mitsui'ye kırmızı, bana sarı kart, sedye ve forvetin hastaneye götürülmesi, İkeda'dan küfürler, düşmana verilen penaltı ve takım için bir diğer problem. Kalecimiz yok. Küfür kasırgasıyla İkeda geliyor ve ateş arabasında homurdanıyor. "Ellerini pek güzel kullanıyordun demin, Miyake. Kaleye geç bakalım." Takım arkadaşlarım teklifi hemen benimsiyor. Kurbanlık koyunlar cevap veremez zaten. Usulca kaleye geçiyorum. Dizlerim ve uyluklarımdaki deri zımparalanmış sanki. Düşman duvar penaltı bölgesinde. İki tarafımda da ölçülemez uzaklıklar var. Düşman golcü zevkten dört köşe olmuş, fare kuyruğu gibi lülesini parmakları arasında gezdiriyor. Davul sesleri duyuyorum. Sesler yavaşlıyor. Islık çalınıyor. Dünya duruyor. İşte golcü geliyor. Gök Gürültüsü Tanrısı. Hatırlıyor musun beni? Anlaşmamız vardı.

◆

Suga çekmecesini sırt çantasına boşaltıyor. Polis sirenleri duyuyorum. Bu ne zamandı? Daha dün. Ueno'nun iki tarafını bağlayan uzun koridor kayıp eşya bürosundan geçiyor, bu yüzden bu koridor hep kalabalıktır, ama tuhaf bir karmaşanın yaklaştığını duyuyoruz ve görebilmek için tezgâhtan uzanıyoruz. Bir TV ekibi geçiyor; bir sunucu, gözlüklü ve dik saçlı bir Japon televizyonu kameramanı, mikrofonu taşıyan bir adam ve el arabası gibi bir şeyi götüren genç bir adam. Saçma sapan haberler yapan yerel televizyon habercilerine benzemiyorlar. İş üstünde oldukları duygusu üzerlerine gelenlerin yolu açmasına neden oluyor. "Biraz daha araştırma yapmaya değer gibi görünüyor" diyor Suga. "Burada kal, Miyake. Skandal kokusu alıyorum." Uzaklaşıyor ve telefon çalıyor. "Kayıp eşya bürosu mu? Ben bir arkadaşın peruğu için aramıştım." İnliyorum. Elimizde yüzlerce peruk var.

Şansımıza payetli bir metalci peruğuymuş, böylece Suga'nın dönmesinden önceki beş dakikada bulabiliyorum. "Oyama delirmiş!" Dedikodu Suga'yı hararetlendirmiş. "Sigortaları atmış. Hem de işteki son günümde!"

"Oyama mı?" Telefon konuşmamızı hatırlıyorum.

"Bugün bir rapor iletilmişti. Tokyo'daki Japon Demiryolları yetkilileri onu işten atmaya karar vermişti. Tokyo'daki bütün istasyonlar yeni yönetici tarafından yeniden örgütleniyor ve Oyama dokunulamayan eski düzenin simgesi. Harvard İşletme Fakültesi'nde on yıl ders vermiş olan danışman bu haberi ona müdür yardımcılarının önünde verdi. 'Görevden alma semineri' gibiydi."

"Acımasızca."

"Sonrasında olanlar kadar acımasızca değil. Oyama yayı eline alıyor..."

"Yay mı?"

"Evet, yayı alıyor ve danışmanın göğsüne doğrultuyor. Haberleri duymuş olmalı. Bir müdür yardımcısı dışında herkesin dışarı çıkmasını söylüyor, insan kalbine saplanan bir ok görmek istemiyorlarsa tabii. Çılgınlık. Sonra Oyama kalan müdür yardımcısına ip atıyor ve danışmanı sandalyeye bağlamasını söylüyor. Sonra yardımcıya da çıkmasını söylüyor. Güvenlik oraya gitmeden önce Oyama kapıyı içeriden kilitliyor."

"Ne istiyor?"

"Henüz kimse bilmiyor. Polisi aramışlar, haberciler de o yüzden geldi. Direktör yukarıda habercileri uzaklaştırmaya çalışıyordu, ama ne olursa olsun akşam haberlerine çıkacağız! Çok heyecanlı. Umarım özel tim ve kurşun geçirmez yelekli aracılar hemen buraya gelir. Ueno'da böyle heyecan verici şeyler olmaz hiç. Ulusal haberler!"

❖

Sola düşüyorum ve topun sağa gittiğini biliyorum. Zemin nefesimi kesiyor, kemiklerim çatırdıyor, düşman gürlüyor. Dişimi tükürüyorum. İşte orada, artık benim bir parçam değil. Beyaz, ucu kanlı. Neden kalkayım? Kalkmayacağım. Maçı, arkadaşlarımı, futbolu, ünümü, babamla karşılaşma ümitlerimi, Anju dışında her şeyi kaybettim. Yakuşima'dan hiç ayrılmamalıydım. Adalılar bu utancımı hep hatırlayacak. Şimdi geri nasıl dönebilirim ki? Kalenin pisliğinde yatıyorum; şimdi burada hıçkırarak ağlasam, nasıl...

"Kalk, Miyake!" Nakamori bu, takımın kaptanı.

Yukarı bakıyorum. Fare kuyruğu saçlı çocuk başını ellerinin arasına almış. Düşman çekiliyor. Hakem penaltı bölgesini gösteriyor. Ben gole bakıyorum. *Boş*. Top nerede? Ne olduğunu anlıyorum. *Top auta çıktı*. Gök Gürültüsü Tanrısı saçımı okşuyor. Teşekkürler. Oh, teşekkür ederim. Topu vurmak üzere yerleştiriyorum. Bu doğaüstü varlık şansımın yirmi beş dakika daha yaver gitmesini sağlayabilir mi? Lütfen. "İyi kurtardın" diyor düşman forvetlerden biri. "Pozisyonunuzu alın!" diye bağırıyor İkeda. "Hadi, hadi!" Bizim takımda dost bir yüz arıyorum ama topu ona atarım diye kimse benimle göz göze gelmiyor. Ne yapacağım? Rüzgâr şiddetleniyor. "Bak" diyorum Gök Gürültüsü Tanrısı'na, "sadece bu oyunda Matsui gibi iyi bir kaleci olmama izin ver. Geleceğim senin olsun. Beni daha şimdi kurtardın biliyorum. Ama lütfen sırtını dönme bana. Lütfen. Lütfen." Birkaç adım geri gidiyorum, dönüp üç kez derin nefes alıyorum ve topa vuruyorum. Mükemmel, temiz, güçlü, roket gibi hızlı bir vuruş. Gök Gürültüsü Tanrısı topu ev yüksekliğine çıkarıyor ve ileri sahaya atıyor. Top düşman forvetlerin üzerine düşüyor. Düşman savunma oyuncuları top atışının yapıldığından habersiz kendi sahalarında koşuşturuyorlar. Bazı izleyiciler aptal aptal bakınıyor. Bazı oyuncular da topun nerede olabileceğini araştırıyor. Düşman kaleci de bir kızla fotoğraf çektiriyor ve harekete geçmesi gerektiğini anlayamadan top yere düşüyor. Panikle ileri atılıyor. Top kalecinin üzerinden sıçrıyor ve güney rüzgârı onu dosdoğru ağlara yolluyor.

◆

Kita Senju İstasyonu'ndan Akan Yıldız'a yürümek genelde dinlendirirdi beynimi ama Oyama'yı ince çizgili takım elbiseli ve kırmızı askılı bir yöneticinin kafasına doğrulttuğu yayıyla ofisine kapanmış halde düşünmemek imkânsız. Suga işten sonra da orada kaldı ama ben uzaklaşmak istedim. Suga'ya hoşça kal bile demedim. Akan Yıldız'da Buntaro televizyona yapışmış, bir yandan da meyveli dondurma kaşıklıyor. "Vay, vay, Miyake, sen felaket tellalısın." "Ne demek istiyorsun?" "Televizyona bak! Sen orada çalışmaya başlayana kadar Ueno'da böyle bir şey olmamıştı." Kendimi beysbol şapkamla serinletirken ekrana bakıyorum. Terminus Oteli'nden çekildiğini sandığım görüntülerde Oyama'nın ofisinin içine zum yapılıyor. Storlar kapalı. *Ueno İstasyonu Kuşatma Altında.* "Şu an kesinlikle" diyor bir polis, muhabir grubuna, "içeri zorla gireceğimiz bir operasyon söz konusu değil." "Yalancıktan güvenlikmiş hissi veriyor insana" diyor Buntaro. "Bu Oyama nasıl bir tip? Çıldırmanın eşiğinde bir adam gibi mi? Yoksa gösteri yapmaktan hoşlanan biri mi?"

"Bilmem... Sadece mutsuz." Çaydanlığına tükürdüm. Yukarı çıkıyorum.

"İzlemeyecek misin?"

"Hayır."

"Bu arada kedin. Kedi."

Aşağı bakıyorum. "Sahibini buldun mu?"

Buntaro'nun bir gözü televizyonda. "Hayır, ahbap, ama kedi annesini buldu. Sana bahsetmediği gizli bir ikizi varsa bilemem tabii. Büyük tesadüf. Bu sabah bisikletle buraya gelirken Lawson'un aşağısındaki kanalizasyonda ne göreyim? Etrafında sinekler uçuşan ölü bir kedi. Siyah, beyaz patili ve kuyruklu, ekose kumaştan gümüş zilli tasma, tam senin anlattığın gibi. Sivil sorumluluğumu yerine getirip belediyeyi aradım ama birileri benden önce aramış. Böyle şeyler bu sıcakta ortalıkta bırakılamaz."

Bu yaşanılmış en kötü gün.

"Her kötülüğün habercisi olduğum için üzgünüm."

İkinci en kötü, demek istiyorum.

"Sadece bir kedi" diye mırıldanıyorum. Kapsülüme girip oturuyorum ve Dunhill'lerimin kalanını içmek dışında bir şey yapmak istemiyorum. Televizyon izlemek istemiyorum. Kita Senju'dan gelirken bir kâse makarna ve bir sepet yumuşak çilek almıştım ama iştahım kayboldu. Akşamla dolan caddeyi dinliyorum.

❖

Öbür gün feribot bizi geri götürdüğünde Yakuşima asla eskisi kadar büyük olamıyor. Bugün güneş ışığıyla dolu parlak bir gün ve bu da sonsuz adanın maket gibi görünmesine yol açıyor. Rıhtımda Anju'yu arıyorum; onu bulamadığımda sevincimin azaldığını itiraf etmeliyim. Anju küsme konusunda çok yeteneklidir ama otuz altı saatlik bir küskünlük kız kardeşim için bile uzun bir süre. Spor çantamın fermuarını açıyorum; kupanın kahramanı parlayarak geri dönüyor. Gök Gürültüsü Tanrısı'nın zirvedeki tapınağını arıyorum ve bu sefer hemen görüyorum. Yolcular iskele tahtasına dökülüyor, takım arkadaşlarım bekleyen arabalara binerek kayboluyor. Onlara el sallıyorum. Bay İkeda elini omzuma koyuyor ve gerçekten gülümsüyor. "Seni eve bırakayım mı?"

"Hayır, teşekkürler, efendim, kız kardeşim beni karşılamaya gelecek."

"Tamam. Hemen yarın çalışmaya başlıyoruz. İyi iş çıkardığını tekrar söylemeliyim, Miyake. Oyunu lehimize çeviren sendin. Üç-sıfır! Üç-sıfır!" İkeda intikamla parıldıyor hâlâ. "Bu, o geri zekâlı koçun şişman yüzünden kibir, pislik ve hor görmeyi sildi. Çaresizliğini kameraya çektim!"

Limandan ana caddeye çıkarken, köprüden geçerken ve vadinin başına gelene kadar hep aynı taşı tekmeliyorum. Taş her emrime itaat ediyor. Pirinç tarlaları güneşi yansıtıyor. İlk yusufçukları görüyorum. Bu uzun bir yolun başlangıcı. Sonunda dünya kupası var. Terk edilmiş ev boş anahtar delikleriyle bana bakıyor. Tori kapısını geçiyorum ve koşarak Gök Gürültüsü Tanrısı'nı görmeye gitmeyi düşünüyorum ama ilkönce Anju'yu görmek istiyorum. Ayaklarımın altındaki asma köprü titriyor. Altımdan küçük balık kümeleri geçiyor. Anju evdedir, öğle yemeği için büyükannemize yardım ediyordur. Endişelenecek bir şey yok. Ön kapıyı açıyorum. "Ben geldim!"

Anju'nun ayak sesleri...

Hayır, bu sesler sadece evin eskiliğinden kaynaklanıyor. Ayakkabılara bakarak büyükannemin de evde olmadığını söyleyebilirim. Asfalt Dayı'yı görmeye gitmişlerdir, yeni liman binasında beni Bay İkeda'yla konuşurken görememiş olabilirler. Bir bardak süt alıyorum kendime ve sedire uzanıyorum. Gözkapaklarımın içinde volkanın üzerinden kıvrılarak gelen ve direğin altından geçen futbol topunun parabolünü izliyorum.

❖

"Miyake!" Bağıran tabii ki Buntaro. Kafamı çok hızlı kaldırıyorum ve boyun kaslarım acıyor. Biri kapsülümün kapısını yumrukluyor. "Çabuk aç! Hadi! Çabuk!" Hemen aşağı iniyorum, müşteriler Buntaro'nun televizyonunun etrafına toplanmış. Oyama'nın ofisinin dışı, rayların oradan çekilmiş. *Ueno İstasyonu Rehine Krizi Merkezi'nden canlı.* Çekim gece kamerasıyla yapılmış; ışık turuncu, karanlıksa kahverengi. Neler olduğunu sormama gerek yok, çünkü yorumcu zaten söylüyor. "Storlar açıldı! Pencere de açılıyor ve... biri, Bay Oyama... Evet, o... Pencereden çıkanın kesinlikle Bay Oyama olduğunu söyleyebilirim... Şu an dışarı çıktı... Arkasında ışık var... Lütfen bekleyin... Şu an bilgi alıyorum..." Radyo cızırtıları duyuluyor. "Danışman... yara almamış! Polis ofise girdi! Ya kapıyı kırdılar ya da... Oyama sözünü tutmanın gururuyla gözüküyor... Ama şimdi soru... Kesinlikle atlamayı düşünmüyor... Penceredeki yüzün polis memuru olduğunu söyleyebilirim, Oyama'yı ikna etmek için konuşuyor... Çok rahatsız bir adamla iletişim içinde şu an... Ona şunu söylüyor olacak..."

Oyama atlıyor.

Oyama artık hayatta değil ama henüz ölmedi de.

Vücudu taklalar atarak uzun, uzun bir süre düşüyor.

◆

Koridordaki ayak sesleri uyandırıyor beni. Gözlerimi açıyorum, kupam masanın üzerinde parlıyor, bütün öğle boyunca rüya görmediğimin kanıtı bu kupa. Akşamın loş ışığı annemin ve dayılarımın çocukluklarını geçirdiği eski ahşap odayı aydınlatıyor. İşte büyükannem ve Yakuşima'nın dört polis memurundan biri olan Bay Kirin. Endişeli bir sesle "Ben geldim" diyorum. "Kazandık."

Büyükannem bunu umursamıyor. "Anju bir yere gideceğini söyledi mi sana?"

"Hayır. Nerede o?"

"Yalan söylüyorsan ben, ben, ben..."

Bay Kirin büyükannemi nazikçe oturtuyor ve bana dönüyor.

"Eiji..."

Hasta olmak istiyorum. "Anju'ya ne oldu?"

"Anju kaçtı galiba..."

Daha fazlasını biliyor.

"Bana söylemeden kaçmaz. Asla yapmaz bunu."

Büyükannemin sesi titriyor. "Peki, sana ne dedi? Dün akşam Asfalt Dayı'ya gideceğini söylemişti. Dayı bugün öğlen arayıp Anju'nun neden fikrini değiştirdiğini sordu bana. Eğer bu ikinizin tezgâhladığı bir oyunsa ikinizin de başı belada demektir!" Bay Kirin sedirin öbür ucuna oturuyor. "Düşünmeni istiyorum, Eiji. Gitmiş olabileceği gizli bir yer var mı?"

Önce ağaçları düşünüyorum. Sonra iğrenç bir eminlikle kayayı düşünüyorum. Misilleme yapmak için. Mayosu... Yukarı koşuyorum. Dolabımızı açıyorum. Doğru düşünmüşüm, mayosu yok. Gök Gürültüsü Tanrısı'na ettiğim yemini hatırlıyorum. *İstediğiniz her şeyi verebilirim size. Ne isterseniz alın.* Yatak odası kapısının çerçevesini Bay Kirin dolduruyor. "Ne oldu Eiji?" Her şey yıkılmadan önce kelimeleri ağzımdan çıkarabiliyorum. "Denize bakın."

◆

Fujifilm saatin neredeyse beş olduğunu söylüyor. Küçük tuvaletimin aynasından bir robot bana şaşkın şaşkın bakıyor. Sigara istiyor canım. Dunhill paketi boş, ama ütü masasının altında bir tane buluyorum. Ocakta yaktığım sigaramı içmek üzere balkona çıkıyorum. Şafak taslaklar çizip etrafı renklendiriyor. Tokyo yakında ve uzakta kükrüyor. Evet, bu Bay Oyama'nın sonu oldu. Zamanı bitti ve atladı. Kahve fincanındaki küfü yıkayıp kahve yapıyorum kendime. Anju'nun fotoğrafını balkona götürüyorum, kahvemi içerken bana arkadaşlık ediyor. Annemden gelen mektubu düşünüyorum, anlaşma istiyor sanki. Anlaşmalı mıyım onunla? Bugün çamaşır yıkamalıyım. Hamamböceği moteline bakıyorum – tekrar bakıyorum. Hamamböceği kaçmış. Bir bacak ve hamamböceği bokunun lekesi kalmış geride. Çamaşırlarımı çıkarıp yığın halinde yere bırakıyorum. Gitarımı akort ediyorum ve birkaç "bossa nova" ritmi tıngırdatıyorum ama bu güneşli havalar benim hislerimi yansıtmıyor. Çok güzel, anne. B Planım sensin. Babamı nasıl bulabileceğimi söylersen istediğini vereceğim sana. Saat neredeyse altı. Erken ama kliniklerdeki insanlar erken uyanır. Konu da bu ya. Fikrimi değiştirmeden önce numarayı çeviriyorum.

"Günaydın. Miyazaki Dağı Kliniği."

"Günaydın. Mariko Miyake'nin odasını bağlar mısınız, lütfen?"

"Korkarım bu mümkün değil."

"Çok mu erken aradım?"

"Çok geç. Bayan Miyake dün akşam ayrıldı."

Of, hayır. "Emin misiniz?"

"Eminim. Anı olarak havlularımızdan bile aldı."

"Bakın, ben oğluyum. Onunla konuşmam lazım. Acilen."

"Eminim öyledir, ama misafirlerimiz buradan ayrılmaya karar verdikleri an asla etrafta oyalanmazlar."

"Adres bıraktı mı size?"

Kontrol etmeye bile gerek duymuyor. "Hayır."

"Nasıldı?"

"Psikoloğuyla konuşmanız daha iyi olur..."

"Psikoloğu mesaisine kaçta başlıyor?"

"Bayan Suzuki kimseye hastası hakkında bilgi vermez. Hastasının oğlu bile olsa."

Keşke dün arasaydım, keşke, keşke. "Onu tanıyor muydunuz?"

"Bayan Miyake'yi mi? Tabii ki. Personel hemşiresiyim ben."

"Bana iyi olup olmadığını söyleyebilir misiniz?"

"İyiden kastınızın ne olduğuna göre değişir."

"Gerçekten çok yardımcı oldunuz. Çok teşekkürler."

İronime hemen karşılık veriyor. "Benim için zevkti, efendim."

Klik, dıtt, klik, dıııııttttttt.........

◆

B Planı suya düştü. Denizaltılar çalışıyor ve tamamen uyanığım ama işe gitmek için de çok erken. Ne geceydi ama. Dinlendirmek yerine hırpaladı. Sonra Buntaro, saat on bir ve gece yarısı arasında sigara içmek için çağırdı beni. Bir süre konuştuk. Neredeyse kan emici ev sahibim olduğunu unuttum. Discman'ime *Plastic Ono Band* yerleştirdim ve bir an için şilteme uzandım. Derinden gelen ziller ve ritimler.

Bir patırtı rüyalarıma girdiği sırada *Plastic Ono Band* çoktan bitmişti. Başta su damlatan bir boru olduğunu düşünüyorum ama sonra hemen yanıma yerleştiğini hissediyorum. Gözlerimi açıyorum. "Selam." Sesim karga gibi. "Senin öldüğünü düşünmüştüm." Esniyor, ne düşünmekte olduğum veya ne düşündüğümle ilgilenmiyor. Bronz kıvılcımlı Kleopatra gözleriyle bana bakıyor.

❖

Gök Gürültüsü Tanrısı'nın boynundaki teller yırtılıyor, çatırdıyor ve çığlık atıyor. Bense boynunu hâlâ tutuyorum; bu kadar erken gevşeyeceğini düşünmemiştim hiç. Kopuyor, testere ses çıkararak ilerliyor, yer değiştirmeye çalışırken çok uzaklaşıyorum, dengemi kaybedip sırtı ile tapınak duvarı arasına düşüyorum. Uzun süre düşüyormuşum gibi geliyor. Tapınağın duvarı nefesimi alıyor bedenimden. Omurgam kırılmıyor ama bir saat içinde yürüyen bir çürüğe dönmüş olacağım. Düşmanımın başı ağaçlar arasında yuvarlanıyor ve duruyor, tam bu tarafa bakıyor. Nefret, intikam, kıskançlık, öfke, hepsi bir arada bükülüp, sıkıştırılmış. Burun deliklerinden birinde benim kanım var. Ağaçlardan hiç ses gelmiyor. Yetişkin yok, polis arabası yok, büyükanne yok. Siyah kuş gitmiş. Sadece uzaklardaki okyanusun kayalara çarpıp patlaması duyuluyor. Tanrılar birleşti, bugünden sonra bana karşı bir komplo hazırlığı içinde olacaklar hep. Hayatımı şans olmadan sürdüreceğim artık. Öyle olsun. Ayağa kalkıyorum. Başı bebek gibi kucağıma alıyorum ve kayalıkların kenarına götürüyorum. Dalga balinaya benzeyen kayanın sırtında kırılıyor ve her yere su sıçrıyor. Bir, iki, üç – aşağıda Gök Gürültüsü Tanrısı'nın yaralı başını izliyorum. Beyaz bir tacın içinde kayboluyor. Şimdi ben de kaybolmalıyım.

Üç

♋

Bilgisayar oyunları

Beysbol sahasının karşısına park edilmiş sıradan bir minibüse tıkılan babamı görüyorum bir an. Her yerde tanırım onu. Arka camı yumrukluyor ama minibüs çoktan kapılardan geçti ve Tokyo'nun dumanlı karmaşasında kayboldu. Havalı devriye aracıma atlıyorum, beysbol şapkamı çıkarıp rafa bırakıyorum. Zizzi bana naneli bir gülücük atıyor ve görüntüden çıkıyoruz. Üstümüzden lavanta bulutları geçiyor. Silahımı acı biber bir öğrencide test ediyorum, ama bir kereliğine her şey tam da göründüğü gibi oluyor. Siyah bir Cadillac'ın açılır kapanır tavanı açılıyor ve karides marides *Bam* çetesi fırlıyor dışarı! Her yerde kabuklar ve kıskaçlar var. Arka camı patlatıyorum ve araç boya kutusu kıvılcımlarıyla patlıyor. Minibüs aniden havaalanı yoluna sapıyor. Alt geçitte bir ambulans kesiyor yolumuzu; neşterle iş üzerinde olan bir doktor kaportamıza fırlıyor. Gözleri *Bam* diye dışarı fırlamış. Çıldırmış! *Bam*! Kaportada kusmuk var *Bam*! Adam sersemlemiş ama *Bam* ölmeyi reddediyor! İlan tahtasına yapıştı. *Silahı yeniden dolduruyorum.* "Sen benim Top Gun'ımsın" diye mırıldanıyor Zizzi. Tam zamanında havaalanına varıyor ve babamın beyaz Cessna tipi bir uçağa sürüklendiğini görebiliyoruz. Babamı kaçıranlara ateş etmeye cesaret edemiyorum, çünkü ıskalayabilirim. Büyük bir *çelikopter* güneşin yörüngesinde dönüyor ve zombi yumurtaları kitleler halinde dünyaya iniyor. Bir kısmını havada yok etmeyi başarıyorum ama bu ölüm askerleri kum gibi ve çok hızlı hareket ediyorlar. "Zax, tatlım!" diyor Zizzi. "McDonald's'ta mega silah var." Altın kemerleri bombalıyorum ve yirmi üçüncü yüzyılın en hızlı ateş bazukasını alıyorum. Kullandığım an bir mırıltı duyuluyor; hemen sonrasında yol titreyen ciğerlerle dolu bir halde. Silahımı *çelikopter* benzin kamyonlarının olduğu yere kafa üstü çakılana kadar üst üste ateşliyorum. Yüksek oktanlı benzinin fuşya renkli patlamaları dünyayı aydınlatıyor. "Daha yolumuz var, Zax! Şimdi babanı kaçıranları laboratuvarlarına kadar takip etmeliyiz." Cessna'nın izinden yükseliyoruz; olayı uzatmamak için emniyet mandalını açık tutuyorum. Yeraltına giriyoruz. Kanalizasyonlar sessiz. Fazla sessiz. Suda büyük bir patlama oluyor, ip gibi dokuz boyna asılı dokuz baş çıkıyor. *Bam*! Lahana gibi ortadan ikiye ayrılıyorlar. *Silahımı yeniden dolduruyorum*. Ama geri kalan parçalardan iki baş daha çıkıyor ortaya. "Pişir şu kelleleri!" diyerek çığlık atıyor Zizzi. Ben de canavarın gövdesine nişan alıp bomba fırlatıcımı devreye sokuyorum. *Güüüüüüm*! Hiç durmayan çilek renkli atışlarım sayesinde iki büklüm oluyor. Zambak beyazı bir Lilith *Bam*! Ve tarih oldu. Sanal eşekarısı sürüsü geliyor, *bambambambambam, silahımı yeniden dolduruyorum*. Elim acıyor. Tünel daralıyor ve çıkış olmadığını anlıyorum. Görünmez bir demir kapı açılıyor gıcırdayarak; yüzünü göremediğim bir bilim adamı var karşımda. "Oğlum! Buldun beni! Sonunda!" Rahatlıyorum ve silahı tuttuğum elimi gevşetiyorum. "Tam zamanında geldin..." Takma sakalını çıkarıyor ve evrak çantası el bombasına dönüşüyor. "Ölme zamanın gelmişti!" Kasvetli karanlıktan gelen mermiler saplanıyor vücuduma. *Bambambambambambam*! Ateş ediyorum ama hilekâra nişan alamıyorum ve çoğu kez ıskalıyorum. Sıçrayan kanlar ekranı dolduruyor. "Zax" diye yalvarıyor kız kardeşim, "beni burada bırakma, devam etmek için bir jeton at. Lütfen, canım, şimdi bırakma beni."

♋

"Tatlım" diyor yapmacık bir ses omzumun üstünden, "şimdi bırakma beni!" Silahımı değiştiriyorum ve alkışlayan seyircimi görmek üzere arkamı dönüyorum. İlk düşüncem oyun salonlarında zaman harcayamayacak kadar havalı olduğu. Benden büyük; atkuyruğu ve küpesi var. Popstar gibi iyi görünüyor. "Yeraltına ilk inişin, değil mi?" Gerçek sesi Tokyolu olduğunu gösteriyor.

Başımı evet anlamında sallıyorum. Gerçek dünya kayıp gidiyor.

"Benim ilk seferimde de böyle olmuştu, yeraltına ilk inişimde."

Bilgiler siliniyor, vampir uluyor, jeton düşüyor, aynı bilgisayar oyunu müziği. "Ah."

"Babanı görüyorsun ve gardını indiriyorsun. Pis bir tuzak! Gelecek sefer karşındaki yumurta kafayı hemen vur. Onu vurmak için dokuz atış yeter."

"Ölüp eğlenceni bozduğum için üzgünüm."

Omuz silkmelerin en öylesine olanı. "İlk jetondan itibaren lanetlenirsin. Sonu ertelemek için para verirsin ama uzun vadede hep bilgisayar oyunları kazanır."

Son yarım Marlborom kül tablasında sönmüş. "Çok derin bir açıklama."

"Aslında yukarıda havuz kenarında sevgilimi bekliyordum. Galiba onu-hep-endişe-içinde-beklet oyununu oynuyor. Ben de beni bulamamış olabileceğinden şüphelendim, o yüzden dışarıda bekliyordum. Seni gördüm, *Zax Omega ve Kırmızı Veba Gezegeni*'ne takılıp kalmıştın, burada durup izlemek zorundaydım. Konsantre olduğun zaman dilini çıkardığını biliyor muydun?"

"Hayır."

"Aslında iki kişilik bir oyundur bu. Benim bitirmem bile on beş gün sürdü."

"Servete mal olmuştur."

"Hayır. Babamın dağıtımcı olan bir adamı var."

Hayır cevabı huzurlarımızda. "Umarım sevgilin hemen gelir."

"O kaltak hemen gelse iyi eder. Yoksa canlı canlı derisini yüzeceğim."

Şibuya'da cumartesi gecesi köpük ve terden ibarettir. Uykusuz gecemden bir hafta sonra keşfe çıkmaya karar veriyorum. Mutluluk mahallesi çok sıcak, bir kibrit her yeri tutuşturabilir. Bank Dayı geçen sene Kagoşima'daki barına götürmüştü beni ama o bar burasıyla kıyaslanamaz. Fiyatları da öyle. Robotlar durmadan içiyor, kravatlar gevşetilmiş, yakalar açılmış. Kadın robotlar üniformalarını omuz çantalarına tıkıştırmışlar. Benim de bir robot haline geldiğimi düşünürsek robotlara çok fazla beddua ediyorum. Ama aslında ben sadece robot gibi davranıyorum. Belki de herkes bu şekilde başlıyordur. Tıpkı Bay Oyama gibi. Sevgililer buluşmuş. Amerikalılar ve güzel kadınlar güneş gözlükleri takmış. Mükemmel boyunlu garsonumun, oyun salonundaki seyircim gibi erkek arkadaşlarının telefonlarıyla dolu bir defteri olduğuna bahse girerim. Büyük bir COCA-COLA İÇİNİZ şelalesi, magma kızıllığı ve kutsal beyazlık. Şampanya bombası çekip yürümeye devam ediyorum. Hostesler yaşlı şirket müdürlerini taksilere bindirip el sallıyorlar. Sarı ışıklı bir restoranda herkes birbirini tanıyor. Bir yerlerdeki alışveriş merkezinin broşürlerini dağıtan tavşan kızlarla kuşatılmış dev bir Moğol savaşçı geçiyor. Selofan yağmurluk ve taytlar giymiş kızlar gece kulüplerinin dışındaki cam bölmelerde oturuyor, havadan sudan konuşup yüzde on indirim kuponları dağıtıyorlar. Yirmi üçüncü yüzyıl ürünü mega silahımla kalabalıkları aştığımı hayal ediyorum. Bulutlar, ışıklar ve lazerler yüzünden şeker renginde görünüyor. Afrodit'in Sabun Dünyası'nın dışında bir fedai ilan tahtasına asılmış kız resimlerine bakıyor. "Bir numara Rus – klas ve uyumlu. İki, Filipinli – dikkatli ve iyi eğitimli. Sonraki Fransız – daha fazla konuşmaya gerek yok. Brezilyalı sütsüz çikolata renginde ve dolgun. Beş numara İngiliz, beyaz çikolata. Altıncı sosisin vatanı Almanya'dan. Korelilerde bir gram yağ yok. Sekiz numarada siyahi ikizler var ve dokuz – ah dokuz numarada sıradan ölümlülerin idrak edebileceğinin ötesinde bir şey var." Fedai beni aptal aptal bakarken yakalıyor ve kahkaha atıyor. "Şimdi git ve on yıl sonra yaz ikramiyeni al da gel evlat." Elektronik eşya dükkânının önünden geçerken televizyonda elektronik eşya dükkânının önünden geçen tanıdık bir yüz görüyorum. Duruyor, televizyona bakıyor, yarı şaşkın ve diğer insanlara nasıl göründüğü konusunda dehşete düşmüş biraz. Bir paket Marlboro alıyorum. Makarnacının kırmızı fenerlerinin yanından geçerken dışarı verilen mutfak kokuları geliyor burnuma ve birden ne kadar aç olduğumu hatırlıyorum. Camdan içeri bakıyorum; benim paramın bile yetebileceği kadar yağlı görünüyor. Sürgülü kapıyı açıp boncuk şeritleri arasından dükkâna giriyorum. Gürültülü bir mutfağın bulunduğu dumanlı bir hücre. Yeşil soğanlı kızarmış tofu ve noodle sipariş ediyorum, cam kenarına oturup gelen geçeni izliyorum. Yemeğim geliyor. Bir bardak buzlu su alıyorum kendime. Doğum günün kutlu olsun, Eiji Miyake. Buntaro bana bir sürü kart verdi bu akşam – dört teyzemden dört kart. Beşinci zarf, Miyake'yi Bul kampanyasını yürüten istenilmeyen mektuplar bakanlığından geliyordu yine. Bir Marlboro yakıyorum ve mektubu tekrar okuyup bunun ileri mi, geri mi, yoksa yana mı atılan bir adım olduğunu anlamak için çıkarıyorum.

Tokyo
8 Eylül

Eiji Miyake,

Ben senin babanın karısıyım. <u>İlk</u> ve <u>tek</u> karısı, gerçek karısı. Osugi ve Bosugi'deki muhbirim kocamla iletişime geçmek istediğini söylüyor bana. Buna nasıl cesaret edersin? Utancın öğretilmediği ilkel bir şekilde mi yetiştirildin sen? Ama bir şekilde bu günün geleceğinden şüphelenmiştim hep. Demek babanın forslu statüsünü öğrendin ve para istiyorsun. Şantaj kötü insanlar tarafından yapılan kötü bir şeydir. Ama şantaj gösteriş ve kolay kandırılabilir kurbanlar gerektirir. Sende ikisi de yok. Muhtemelen zeki olduğuna inanıyorsundur ama Tokyo'da zekâsı gübreye bulanmış açgözlü bir taşra çocuğundan başka bir şey değilsin. Kocamı ve kızlarımı koruyacağım. Annenin yaptıkları için kâfiden fazlasını ödedik. Belki bunlar annenin fikridir? O tam bir sülük. Sen de çıbansın. Sana söyleyeceğim çok basit: Kocamı tehdit etmeye cesaret edersen, yüzünü ailemden birine gösterir veya tek bir yen istersen deşilecek bir çıbansın.

Noodle'larımı ayırarak çorbayı içiyorum. Bir ejderha dünyanın çevresinde kuyruğunu yakalamaya çalışıyor. Şimdi. Reşit olduğum doğum günümde kelimelerin altını çizmeyi çok seven paranoyak bir üvey anne ve birkaç da üvey kız kardeş geliyor hediye olarak. Ne yazık ki mektubun babamı bulma konusunda yardımı olmayacak; imza yok, adres yok ve Tokyo'nun kuzeyinden postalanmış. O bölgede yaşayan biri tarafından yazıldığını varsaysak bile araştırma üç milyon kişiyi kapsıyor. Üvey annem aptal değil. Olumsuz tutumu da başka bir engel. Öte yandan, itmek için bana dokunmaları gerek. Ayrıca babam mektubu kendi yazmadı; en kötü ihtimalle bu benimle tanışma konusunda hâlâ bir karara varamadığı anlamına geliyor. En iyi ihtimalle de onunla iletişime geçmek istediğim kendisine söylenmedi. Bu sırada beysbol şapkamın kafamda olmadığını fark ediyorum. Bu alabileceğim en kötü doğum günü cezası. Bu şapka Anju'nun hediyesiydi. Düşünüyorum – oyun salonunda başımdaydı. Restorandan çıkıp mutluluk arayanların içinden geçerek geri gidiyorum.

♋

Zax Omega ve Kırmızı Veba Gezegeni hâlâ para istiyor ama beysbol şapkam gitmiş. *Street Fighter* makinesini yumruklayan öğrenci kalabalığını, *2084*'ün etrafında toplanmış çocukları, kızların etrafını sardığı yüzü ünlülerin yüzüyle değiştirme makinesinin yanını ve mah-jong oynayan işçilerin tıka basa doldurduğu yolu araştırıyorum. Garip. Bütün bu insanlar gerçek dünyaya yeniden girebilmek için psikolog ve kliniklere para döken anneme benziyor: Bütün bu insanlar fantastik dünyaya yeniden girebilmek için Sony ve Sega'ya para döken bana benziyor. Gıdılı çalışanı anahtarlarını sallamasından tanıyorum. Kulağına doğru bağırmak zorundayım. Kulak kiri kokusu alıyorum. "Şapka bırakan oldu mu size?"

"Ne?"

"Yarım saat önce beysbol şapkamı bıraktım burada."

"Neden?"

"Unuttum!"

Lütfen bekleyiniz, işleminiz yapılıyor. "Neden bıraktığını mı unuttun?"

"Boş ver."

Seyircimi hatırlıyorum. Yukarıda havuzun kenarında, demişti. Merdivenlere dönüp yukarı çıkıyorum. Ani sessizlik ve kasvet sudan kaynaklanıyor olmalı. Okyanus mavisi altı masanın üçü dolu. Uzakta tek başına görüyorum onu, başında da beysbol şapkam var. Şapkamın arkasındaki delikten atkuyruğunu çıkarmış. Cebine bir şey koyuyor, yukarı bakıyor ve beni görüyor. "Geri geleceğini düşünmüştüm. Bu yüzden arkandan koşmadım. Kafamdakini kazanmak ister misin?"

"Hemen çıkarıp vermeni tercih ederim."

"Eğlence bunun neresinde?"

"Eğlence yok, çünkü şapka benim."

Beni süzüyor. "Doğru." Şapkamı gösterişli el hareketleriyle veriyor. "Seni kızdırmak istemedim. Bu gece pek kendimde değilim."

"Boş ver. Şapkamı kurtardığın için teşekkür ederim."

Dürüstçe gülümsüyor. "Rica ederim."

Benim sıram. "Kaç dakika geç kaldı sevgilin?"

"'Geç kalmak' ne zaman 'ekmek' olur?"

"Bilmem. Doksan dakika?"

"O halde o kaltak beni gerçekten ekti. Ve bu masa için saat ona kadar para ödemek zorundayım." Atkuyruğuyla oynuyor. "İşin yoksa biraz bilardo oynayalım."

"İşim yok. Ama bahse giremeyecek kadar yolsuzum."

"Oyun başına bir sigarayı karşılayabilir misin?"

Beni bilardo oynamayı teklif edecek kadar ciddiye aldığı için gururlanıyorum. Tokyo'ya geldiğimden beri yegâne arkadaşlarım kedi, hamamböceği ve Suga oldu. "Olur."

Yuzu Daimon son sınıf öğrencisi, hukuk okuyor, Tokyolu ve tanıdığım en iyi oyuncu. Gerçekten mükemmel. Geçen hafta *Bekâr*'ı seyrettim. Daimon, Paul Newman'ın oynadığı karakteri mahvederdi. Nezaket göstererek birkaç oyun kazanmama izin veriyor ama saat on itibariyle U dönüşlü ve tam isabet vuruşlarıyla yedi oyun öne geçmiş durumda. İstekaları verip kazandıklarımızı içmek üzere masamıza oturuyoruz. Plastik çakmağım bozuluyor: Daimon'un başparmağından bir kıvılcım yükseliyor. Çok güzel bir şey bu. "Platin" diyor Daimon.

"Servete mal olmuştur."

"Yirminci doğum günü hediyemdi. Daha çok çalışmalısın." Daimon başıyla masayı işaret ediyor. "İyi izliyorsun oyunu."

"Lisedeki beden eğitimi hocam gibi konuştun."

"Ah, lütfen. Söylesene Miyake. Ekildiğim için cumartesinin bana borcu olduğuna karar verdim. Bara gidelim ve kendimize kız bulalım, ne dersin?"

"Teşekkürler. Beni pas geç."

"Kız arkadaşın asla öğrenemez. Tokyo çok büyük."

“Hayır, ondan değil...”

“Yani bir yerlerde seni bekleyen bir kadın yok mu?”

“”Hayali bir kadın bile yok, ama...”

“Gay olduğunu mu söylemeye çalışıyorsun bana?”

“Bildiğim kadarıyla hayır ama...”

“Bekârlık yeminin mi var? Bir mezhebe mi bağlısın?”

Ona cüzdanımın içindekileri gösteriyorum.

“Ne olmuş yani? Hesabı ödemeyi teklif ediyorum.”

“Seni sömüremem. Zaten masayı ödedin.”

“Beni sömürüyor olmazsın. Söyledim ya sana, avukat olacağım ben. Avukatlar asla kendi paralarını harcamazlar. Babamın harcanmayı bekleyen çeyrek milyon yenlik bir konukseverlik hesabı var, yoksa bu miktar bütçe olarak yeniden değerlendirilir. Yani görüyorsun ya, reddederek ailemizi zor bir duruma düşürüyorsun.”

Amma çok para. “Senelik mi bu miktar?”

Daimon ciddi olduğumu görünce gülüyor. “*Aylık*, mankafa!”

“Babanı sömürmek seni sömürmekten de kötü.”

“Bak, Miyake, ben sadece bir iki biradan bahsediyorum. En fazla beş. Ruhunu satın almaya çalışmıyorum. Hadi ama. Doğum günün ne zaman?”

“Gelecek ay” diye yalan söylüyorum.

“O zaman önceden verilen bir doğum günü hediyesi olarak gör bunu.”

Bar tezgâhının arkasında Noel Baba var, kırmızı burunlu geyik elinde temizlik beziyle tuvaletten çıkıyor ve masanın üzerindeki eski şapkaların tozunu alıyor. Tavanda dans eden kar tanelerini izliyor, Bakire Meryem tarafından yakılmış Marlboro içiyorum. Yuzu Daimon, duyguları kamçılayan Noel ilahileriyle tempo tutuyor. “Burası Mutlu Noeller Barı’dır.”

“Ama bugün Eylül’ün dokuzu.”

"Burada her gece aralığın yirmi beşidir. Bu durumu hatun çeken mıknatıs olarak adlandırıyoruz."

"Saflığıma ver ama sevgilin askıya mı alındı?"

"Sen saftan daha fazlasısın. Yakuşima denen yer hangi yılda sıkışıp kaldı? O kaltak ekti beni. Biliyorum. Sözleşmiştik. Orada olmak isteseydi olurdu ama şu an yeni doğmuş bir bebek kadar bekârım, o da benim için süprüntü gibi. Süprüntü. Hemen arkanı dönüp bakma ama sanırım bayan teselli kaynaklarımız geldi. Köşede, şömineyle ağaç arasındalar. Biri kahverengi deri, diğeri vişneçürüğü kadife giymiş."

"Mankene benziyorlar."

"Ne olmuş yani?"

"Bana iki kez bakmazlar. Bir kez bile bakmazlar ya."

"Sana içki alacağımı söylemiştim, egonu rahatlatamam."

"Ben ciddiyim."

"Saçmalıyorsun."

"Giydiklerime bir baksana."

"Konserlerde sahne müdürü olarak çalıştığını söyleriz."

"Sahne müdürü olarak çalışacak kadar zeki değilim."

"Metallica konserleri için sahne müdürü olarak çalıştığını söyleyeceğiz."

"Ama onları tanımıyoruz ki."

Daimon yüzünü elleri arasına alıp kahkaha atıyor. "Miyake, ah, Miyake. Barlar ne içindir? Bütün bu insanların sidiğe benzeyen kokteyllere fahiş fiyatlar ödemesinden zevk aldığını mı sanıyorsun? Biranı bitir. Düşmanı içten fethetmek için viskiye ihtiyacımız var. Artık 'ama' yok! Kadifeli olana bak. Giydiği yeleğin bağlarını dişlerinle açarken hayal et kendini. Basit bir evet veya hayır yeter: Onu istiyor musun?"

"Kim istemez ki? Ama..."

"Noel Baba! İki büyük Kilmagoon! Buzlu!"

Bitişik masalarına geçtiğimizde "Tecavüzden sonra" diyor Daimon yüksek sesle, "dünyaları altüst oluyor. Yerle bir. Yemek yemeyi kesiyor. Telefon kullanmıyor. Alakadar olduğu tek şey ölmüş oğlunun bilgisayar oyunları. Arkadaşım sabahları işe giderken kadını hep tabancaya yapışmış bir halde on altı inçlik Sony'de adam öldürürken buluyor. İşten döndüğündeyse kadın yerinden bir santim bile kıpırdamamış oluyor. Bulaşıklar hâlâ masanın üzerinde; kadın umursamıyor. *Bambambambambam! Silahını yeniden dolduruyor.* Gerçek dünyada polis dosyayı kapatıyor – gecenin bir yarısı dağın başında tecavüz? Unut bunu! Çoğu adam bunun ne tür bir deneyim olduğunu anlayamaz... Bazen bizim cinsiyet konusunda umutsuzluğa düşüyorum, Miyake. Neyse. Böyle dokuz ay geçiyor. Kadın evden bir kez bile çıkmıyor. Adam endişeden delirecek hale geliyor; sen Yeniden Beatles turundan döndüğünde ne halde olduğunu hatırlıyorsundur. Sonunda bir psikiyatra danışıyor. Deli doktoru, kadının toplumla bütünleştirilmesi gerektiğini yoksa bencil otizme yakalanma riski olduğunu söylüyor. Şimdi, bu çift üniversite orkestrasında tanışmış; kadın ksilofon, adam trombon çalıyormuş. Adam *Sergideki Fotoğraflar* için iki bilet alıp kadın gelmeyi kabul edene kadar şansını deniyor. Sigara alır mısın?"

Buraya oturduğumuzda bir kül tablası olduğuna yemin edebilirim.

Daimon Kahverengi'ye "Pardon?" diyerek dönüyor. "Alabilir miyim?"

"Tabii."

"Çok teşekkürler. Konser gecesi kadın sakinleştirici alıyor, giyiniyorlar ve lüks bir yere gidip mum ışığında yemek yiyorlar sonra da ön sıradaki yerlerini alıyorlar. Trompet çalmaya başlıyor. Bilirsin ya..." Daimon açılışı canlandırıyor. "Ve kadın donuyor. Gözleri *buz* gibi. Tırnaklarını kan çıkana kadar adamın uyluklarına batırıyor. Titremeye başlıyor.

Utanç şöyle dursun, adam kadını krize girmeden önce dışarı çıkarmak zorunda. Fuayeye çıktıklarında kadın olanları anlatıyor. Orkestrada büyük zili çalan adamın kendisine tecavüz eden kişi olduğuna yemin ediyor."

Kahverengi ve Kadife'nin dinlediklerini fark ediyorum.

"Ne düşündüğünü biliyorum. Neden polise gitmediler? On davadan dokuzunda yargıç kısa etek giyen kadının tecavüzü istediğine karar veriyor ve tecavüzcü bir özür formu imzalayarak beraat edebiliyor. Kadın adama eğer intikamını almazsa kendini Tokyo Hilton'un tepesinden atacağını söylüyor. Şimdi. Adamı tanıyorsun. Avanak bir tip değil. Görevini yapıyor; ruhsatsız susturuculu bir silah ve eldiven alıyor. Bir akşam, orkestra Beethoven'in *Beşinci Senfoni*'sini çalarken zil çalan adamın dairesine giriyor; adam kristal hayvanlarıyla beraber yaşıyor. Buldukları, karısının anlattıklarını destekliyor. İnternetten indirilmiş pornografik görüntüler, uyuşturucu madde, tavandan sarkan kelepçeler, fazlaca kullanılmış ve patlamış bir şişme Marilyn Monroe. Yatağın altına saklanmış. Gece yarısından sonra zilci eve geliyor, telesekreterindeki mesajları dinliyor, duş alıyor ve yatağa giriyor. Arkadaşımın dramatik zekâsı var. 'Canavar bile yatağının altına bakmalıdır.' *Bam* bambam!"

"Ne hikâye ama."

"Daha bitmedi. Kahrolası çakmağım çalışmıyor. Bir saniye..."

Daimon halihazırda pahalı çantasını açmakta olan Kahverengi'ye doğru eğiliyor. "Rahatsızlık verdiğim için çok üzgünüm; çok teşekkürler." Kadın çakmağıyla önce onun sigarasını yakıyor, sonra bana dönüyor. Ben de başımla teşekkür ediyorum utanarak. "İntikam en iyi ilaçtır. Yerel gazeteleri hatırlıyorsundur. 'Zilciyi Kim Öldürdü?' Başarılı bir cinayet planlamayla ilgilidir ve polis hiçbir ipucu bulamıyor. Karısı birkaç gün içinde iyileşiyor. Körlere öğretmenlik yapmaya başlıyor yine. Bilgisayar oyunlarını bırakıyor. Ve baharda Saito Kinen Orkestrası Yokohama'ya geliyor, bu sefer kadın ön sıradan bilet alma konusunda ısrar ediyor. Eskiden olduğu gibi ama bu defa çok daha mutlu. Adam vicdanını rahatlatabiliyor – daha sert polisleri olsa devletin de dağıtacağı adaleti dağıtmış. Giyiniyorlar, lüks bir yerlerde mum ışığında yemek yiyorlar, sonra da ön sıradaki yerlerini alıyorlar. Yaylı çalgılar giriyor ve kadın donuyor, gözleri *buz* gibi. Nefes alıp vermesi düzensizleşiyor. Adam kadının bir çeşit kriz geçirdiğini düşünüyor ve onu hemen lobiye çıkarmayı başarıyor. '*Ne* oldu?' diye soruyor. 'İkinci çellist! İşte o! Bana tecavüz eden adam o!' '*Ne*? Geçen sene öldürdüğüm zilci değil miydi?' Kadın adam deliymiş gibi sallıyor başını. 'Ne saçmalıyorsun sen? Dedelerimin mezarı üzerine yemin ederim ki tecavüzcü ikinci çellist, intikamımı almazsan kendimi elektrikle öldürürüm."

"İnanılmaz gibi bir şey!" diyor Kahverengi heyecanla. "Adam ne yapıyor?"

Daimon dönüyor, Kahverengi bacak bacak üstüne atıyor ve biz de dörtlü oluyoruz. "Polise gidiyor. Zilci cinayetini itiraf ediyor. Mahkemeye çıkarıldığında karısı aralarında balıkçılık bakanının da bulunduğu dokuz kişiyi daha tecavüzle suçluyor."

Kadife çok şaşkın. "Bütün bunlar gerçekten oldu mu?"

"Yemin ederim" Daimon dumanı halkalar halinde üflüyor, "her kelimesi doğru."

Noel Baba'ya sipariş verip yerime döndüğümde Daimon'un kolunun Kahverengi'nin sandalyesinde olduğunu görüyorum. "Evet, doğru." Kahverengi dilini dudaklarında gezdiriyor. "Noel Baba'nın yardımcısı gibi bir şey." Yüzü kozmetiğe bulanmış ve sünger gibi görünüyor. Kadife bana doğru dönüyor. Fısıldıyor ve Godzilla uyanıyor. "Yuzu-kun bana müzik işinde olduğunuzu söyledi." Terle karışmış parfüm kokusunu alıyorum. "Ben de modellik yapıyorum, şu an Tokyo'nun en büyük estetik merkezi zinciri için çekimler yapıyoruz." Bana yaslanıyor, bir işaret bekliyor ve Godzilla o dehşet verici kafasını kaldırıyor. Daimon çakmağını masada döndürüyor. Bu akşam Anju'yu hiç düşünmemiştim, şu ana kadar.

♋

İlk köşeyi Daimon'un Suzuki 950'sinden bir saniye geç döndükten hemen sonra Kadife bana sarılıyor. Benim Yamaha 1000 şaha kalkıp hızlanıyor. Bombeli stadyum, yüksek sesli müzik ve büyük Bridgestone zeplini: Kadife'nin elleri odaklanmamı zorlaştırıyor. Daimon makineye hızla vuruyor, Kahverengi'nin gürültüyü bastıran seslerini duyuyorum. "Hadi!" Kadife kulağıma fısıldıyor, sadece benimle konuşuyor ve fısıltısı iç kulağımın kıvrımlarında çıplak dolaşan bir hayalet gibi. Yamaha'nın benzin deposu kadar dolu ve sert hissediyorum. Kahverengi çığlık atıyor. "Gerçekten daha da güzel! Baş döndürücü gibi bir şey!" Daimon kıza yaslanıyor. "Gerçekten daha da gerçek" diye mırıldandığını duyuyorum. Daimon'u takip ediyorum ve düzlükten inerken neredeyse geçiyorum onu ama Kahverengi de benim ekranımı izliyor ve Daimon'a hızımı nasıl kesebileceğini söylüyor. "Yakaladık seni!" diye gülüyor kız. 180 kilometre hızla giderken Kadife'nin elleri her yerimde, yoldaki yağ yüzünden kayıyorum; arka tekerlek ön tekerlekle aynı yere geliyor ama yolda kalmayı başarıyorum. Hayvanat bahçesinin içinden geçiyoruz; koşan zebraların uçuşan yelelerini görüyorum. Kahverengi, Amerikan ulusal marşı müziğiyle çalan telefonunu çıkarıp açıyor, nerede olduğu ve ne derece inanılmaz bir gece geçirdiği hakkında bir konuşma yapıyor. Bankanın bulunduğu virajı Yamahamla inanılmaz bir hızda dönüp Daimon'un yanına geliyorum, dip dibeyiz. "Söylesene Miyake, bu da diğerleri kadar geçerli ve saçma bir erkeklik gösterisi, değil mi?" Ona yan yan bakma riskini alıyorum. "Sanırım öyle." Hınzırca sırıtıyor. "Yirmi birinci yüzyıl düellosu gibi" diyor Kahverengi, telefonunu yerine koyarken. "Kesinlikle!" diyor Kadife. "Miyake seni ezip geçecek, öyle değil mi Miyake?" Bir şey söylemiyorum ama küçük parmağını göbek deliğime sokuyor ve "Evet" demezsem daha da ileri gitmekle tehdit ediyor. "Anlaşıldı" diye cevap veriyor Daimon ve üzerime geliyor. Kontrolü kaybedip karşıdan gelen JOMO petrol kamyonuna çarpınca Kadife çığlık atıyor. *Baaaaaaaaaaaaaaaaaaaaaaaaaaaaam!* Eğlence amaçlı patlama sona erdiğinde Daimon ve Kahverengi uzaklaşıp nokta kadar oluyorlar. "Kötü kazaydı" diyor Daimon. Yamaham ikinci viteste kekeliyor. "Zalim!" diye gülüyor Kahverengi. "Artık bize yetişmesi imkânsız gibi bir şey." Daimon bana bakıyor. "Zavallı Miyake. Unutma bu sadece bir oyun." Kadife artık daha az sıkı sarılıyor bana. Yaratıcı zekâmdan çok iki bira üzerine içilen iki viski sayesinde ilginç bir fikir geliyor aklıma. Yamahamla U dönüşü yapıyorum ve evet, saat yönünün tersine sürebileceğimi keşfediyorum. "Kalan Süre" çoğalıyor. Hayvanat bahçesindeki zebralar geri geri koşuyor. Bu programı Suga kadar çılgın biri yazmış olmalı. Kadife'nin elleri yaptığımı onayladığını gösterircesine meme uçlarımı çimdikliyor. Başlangıç çizgisini geçiyoruz. "Atılan Tur Sayısı"nda "1" yazıyor. Asma köprüyü yırtarak geçiyorum; boşlukta ilerlerken motosiklet taklalar atıyor ve uzaktaki rampaya indiğimizde sendeliyor. İşte Suzuki'sindeki Daimon'u görüyorum. "Nasıl ya?" Daimon cümlesine "Seni kahrolası sinsi" diye başlıyor. Aynamdan direksiyonu kırdığını görüyorum ve bulutsuz bir gecedeki dolunay gibi yusyuvarlak ön farına çarpıyorum. Patlama olmuyor. Motosikletlerimiz olduğu yerde kalıyor, müzik duruyor ve ekranlar kapanıyor.

◆

"Kazanmamaya alışık değilim." Daimon bana öyle bir bakıyor ki arkadaş olmasak endişeleneceğim. "Aslında anlaşılamaz bir orospu çocuğusun, Miyake."

"Zavallı Daimon. Unutma bu sadece bir oyun."

"Tavsiyeni yesinler." Daimon gülümsemiyor. "Sıkletinin üzerindekilere yumruk atma."

Kahverengi garip bir ses çıkarıyor. "Yol nereye gidecekti peki?"

"Sanırım" Kadife motosikletten iniyor, "Miyake oyunu bozdu, tebrikler."

Daimon da motosikletinden iniyor. "Hadi gidelim."

"Nereye gibi?" diyor Kahverengi motosikletten inerken.

"Beni tanıdıkları küçük ve sessiz bir yere."

"Biliyor musunuz" diyor Kahverengi, "burun kıllarını kısaltmak yerine koparırsanız kan damarlarınızdan birini patlatıp ölebilirsiniz." Mutluluk mahallesine giderken Daimon orayı sanki kendi yaratmış gibi önderlik ediyor bize. Buraları bilmiyorum ve Şincuku metrosuna giden yolu tek başıma bulmak zorunda kalmamayı umut ediyorum. Kalabalık öncekine göre biraz azaldı, burada mutluluk arayanlar daha çekirdek bir grup. Yüksek ses yüzünden zonklayan spor bir araba geçiyor yavaşça. "Lotus Elise 111S" diyor Daimon. Kahverengi'nin telefonunda *Auld Lang Syne* çalıyor, ama kız on kere "Alo?" diye bağırmasına rağmen arayanı duyamıyor. Açık bir kapıdan caz sesleri geliyor. Tamamen aykırı tiplerden oluşan bir kuyruk var kapının önünde. Kazandığımız kıskanç bakışlar beni eğlendiriyor. Kadife'nin elini tutmak için canımı bile veririm. Ama elimi iterse de can veririm. Eğer elimi tutmak istemişse ve ben anlamamışsam ölürüm. Daimon bize Los Angeles'taki travestilerle ilgili yanlış anlaşılmalar hakkında uzun bir hikâye anlatıyor ve kızlar kahkahaya boğuluyor. "Ama LA gerçekten tehlikeli bir yer gibi" diyor Kahverengi. "Herkesin silahı var. Yurt dışında güvenli tek yer Singapur." "Hiç LA'ye gittin mi?" diye soruyor Daimon. "Hayır" diyor Kahverengi. "Yani hiç gitmediğin bir yer yine hiç gitmediğin bir yerden daha az mı tehlikeli?" Kahverengi gözlerini deviriyor. "Bir yeri bilmek için oraya gitmen gerektiğini kim söylüyor? Televizyon ne güne duruyor?" Daimon cevap vermiyor. "Bunu duydun mu Miyake? İşte bu kadın mantığıdır." Kahverengi ellerini havaya kaldırıyor. "Çok yaşa kız gücü!" Bar tezgâhlarının tabelalarıyla dolu bir pasaja iniyoruz, burada bir asansör bekliyor. Kahverengi hıçkırıyor. "Kaçıncı kat?" Asansörün kapıları kapanıyor. Soğuk beni ürpertiyor. Daimon düşünüyor ve keyfi yerinde olmaya karar veriyor. "Dokuz. Maça Kızı. Mükemmel bir fikrim var. Hadi evlenelim." Kahverengi gülümsüyor ve 9'a basıyor. "Kabul ediyorum! Maça Kızı. Garip bir bar ismi." Değişen kat numaraları olmasa asansörün hareket ettiğini fark edemezsiniz. Kahverengi, Daimon'un yakasındaki tüyleri topluyor. "Güzel ceket." "Armani. Tenimle temas eden şeyler konusunda çok titiz davranırım. Bu yüzden seni seçtim, Tanrıçam benim." Kahverengi gözlerini devirip bana bakıyor. "Hep böyle midir, Miyake?" "Ona soramazsın" diyerek gülümsüyor Daimon. "Miyake sana doğruyu söyleyemeyecek kadar iyi arkadaşımdır benim." Dört yansımamızın dört yansımasına bakıyorum. Uzay gemisi vızıltısı sessizliği. "Burada çok uzun süre kalırsan" diyorum, "hangisinin gerçek sen olduğunu unutursun." Gong sesi duyuluyor ve asansörün kapıları açılıyor. Ben, Kadife ve Kahverengi devrilecek gibi oluyoruz. Çatısında bulunduğumuz bina o kadar yüksek ki, Tokyo kaybolmuş. Burası bulutlardan, rüzgârdan da yüksek. Yıldızlar dürtülebilecek kadar yakın. Etrafımızda bir meteor dönüyor. Orion'un arkasında bir perde görüyorum ve illüzyonu anlıyorum – en fazla on metrekarelik minyatür bir gökevindeyiz. Bir gong sesi daha duyuluyor ve altıntop bir şafak yerden yükselerek kubbenin kenarlarını aydınlatıyor. "Bu" diye iç geçiriyor Kahverengi, "gerçekten inanılmaz gibi bir şey." Kadife sessiz ama etkilenmiş görünüyor. Daimon el çırpıyor. "Miriam! Gördüğün gibi uzak duramadım."

Pamuklu kumaştan bir kimono giymiş ve geyşa makyajı yapmış bir kadın perdeden dışarı süzülüyor. Zarifçe eğilip selam veriyor. Rugan saç tokasından gün batımı rengindeki terliklerine kadar son derece zarif. "İyi akşamlar Bay Daimon." Sesi çok yumuşak. Makyaj ardındakini gizliyor ama hareketlerinden yirmili yaşlarında olduğu sonucuna varıyorum. "Bu beklenmedik bir mutluluk."

"Biliyorum, Miriam, biliyorum. Bu gece acayip bir tatile çıkacağını da biliyorum ama şu an buradasın. Evet. Yeni gelinimle tanış." Kıkırdayan Kahverengi'yi öpüyor, kız da adama yanaşıyor. "Bu çapkının bunları sarhoş olduğu için yapmadığını söyle bana."

"Kimden bahsediyorsunuz... Bay Daimon'dan mı?"

"Şu diplomasiyi duyuyor musun, Miyake? Miriam tam bir profesyoneldir. İyi niyetli bir profesyonel."

Kadın bana bakıyor.

"Babanız Bay Daimon bu gece burada değil, Bay Daimon."

Daimon iç geçiriyor. "Ah bu benim babam. *Yine* Çizumi'yle mi çiftleşiyor? Hem de bu yaşta? Ne kadar şişmanladığını fark eden oldu mu? Fazla bagajdan bahsediyorum. Çizumi size yaşlı Bay Daimon'un üzerindeki pislikten bahsediyor mu, Miriam? Randevuya gizli mi geliyor yoksa? Ah, görüyorum ki cevap vermeyeceksin. Neyse, burada değilse ben de şirin karıcığımı eğlendirebilirim..." Kahverengi'yi belinden sarıyor. "Hem de Daimon'un özel odasında. Tabii ki bu geceki cümbüşün faturası Bay Mahrem'e kesiliyor."

"Tabii ki Bay Daimon; Mama-san, babanız Bay Daimon'a fatura gönderecek."

"Neden bu kadar resmisin Miriam? 'Yuzu-çan'a ne oldu?"

"Sizden misafir defterini imzalamanızı rica edeceğim Bay Daimon."

Daimon elini sallıyor. "Her neyse."

Hemen asansöre binip gitmemi söyleyen sesi dinlemiyorum, çünkü bir bahanem veya açıklamam yok. Alkol hâlâ başımı döndürüyor ama Daimon'da tehlikeli bir şeyler seziyorum. Zaman geçiyor. Daimon bizi toplayıp götürüyor, Daimon'a sığınıyoruz. "Bakir toprak bizi bekliyor."

Miriam bizi perdelerle örtülü bir sürü odanın arasından geçiriyor, hangi yoldan geldiğimizi unutuyorum. Her bir perdeye okunamayacak kadar eski bir kanji[8] alfabesi işlenmiş. Sonunda 1930'lardan beri değişmemiş, kumaşla kaplı bir odaya giriyoruz. Penceresiz duvarlara antik şehirlerin bulunduğu kilimler asılmış. Masif deri sandalyeler, maun ağacından ve pirinçten yapılmış boş bir bar, çok yavaş sallanan bir sarkaç, mumu sönmek üzere olan bir şamdan. Paslı kafesin kapısı açık. İçindeki papağan biz yanından geçerken kanatlarını açıyor. Kahverengi, cilalanmış rugan gibi ciyaklıyor. Yaşlı adamlar kümeler halinde oturmuş, alçak sesle ve yavaş hareketlerle gizli şeyler konuşuyorlar. Karanlık odada duman var. Kızlar ve kadınlar bardakları doldurup sandalyelerin kolçaklarına oturuyorlar. Burada bulunmalarının sebebi eğlenmek değil, hizmet etmek. Simya, bütün renkleri kızların kimonolarına vermeyi başarmış. Safran sarısı, çivit mavisi, uğurböceği kırmızısı, zeytin yeşili. Tavandan sarkan vantilatör yoğun havayı hareket ettiriyor. Dehşet verici aspidistra'nın[9] gölgesinde bir piyano kendi kendine bir serenat çalıyor. mmm

"Vay be" diyor Kadife.

8. Çince yazı karakterlerine Japoncada verilen isim. (ç.n.)

9. Zambakgillerden, genellikle saksıda yetiştirilen, yaprakları doğrudan doğruya topraktan çıkan bir süs bitkisi. (ç.n.)

"Ürkünç gibi" diyor Kahverengi.

Büyükannemin briyantinine benzeyen güçlü bir koku hapşırmama neden oluyor. "Bay Daimon!" Rujunu kalınca sürmüş bir kadın çıkıyor barın arkasından. "Ve arkadaşları! Bende!" Tavus kuşu tüyleriyle süslü bir başlık ve pullarla işlenmiş eldivenler giymiş, unutulmuş bir aktris gibi süzülüyor. "Ne sağlıklı ve canlı görünüyorsunuz! Bu, kanınız taze olduğu için!"

"İyi akşamlar, Mama-san. Cumartesi için pek sakin burası."

"Cumartesi oldu mu? Günler ne çabuk geçiyor."

Daimon, horoz ötüşü gibi bir kahkaha patlatıyor. Kahverengi ve Kadife kendilerini soyacak adamların hayal gücünün olduğu her yere yakışırlar ama kot pantolonum, tişörtüm, beysbol şapkam ve spor ayakkabılarımla ben kendimi krallara layık bir düğündeki lağımcı kadar garip hissediyorum. Daimon omzumdan tutuyor. "Canım kardeşimi ve kral eşlerini babamın odasına götürmek istiyorum."

"Sayu-çan size odayı göstersin..."

Daimon kadının sözünü kesiyor. Hınzırca gülümsüyor. "Ama Miriam boş."

Daimon ve Mama-san arasında bir şeyler dönüyor. Miriam çaresizce uzaklara bakıyor. Mama-san başını evet anlamında sallayıp yüzünü hemen kaldırıyor. "Miriam?" Miriam arkasına dönüp gülümsüyor. "Çok mutlu olurum, Bay Daimon."

"Çoğunlukla üstü açılan koyu lacivert Porsche Carrera 4'ümü kullanıyorum. Porsche'a zaafım var. Yakından bakınca, kıvrımları diz çökmüş itaatkâr bir kadınınkilere benziyor." Miriam şampanyalarımızı doldururken Daimon onu seyrediyor. Kadife diz çöküyor. "Peki sen, Eiji?" Mükemmel. "Eiji" safhasına geldik. "Ben daha çok iki tekerlekli araçlar kullanırım." Kadife yapmacık hareketlerle "Harley kullandığını söyleme bana" diyor. Daimon havlar gibi bir kahkaha atıyor. "Nasıl da tahmin ettin? Miyake'nin Harley'yi, nasıl söylesem, konserler arasındaki özgürlük gibi, öyle değil mi? Rock yıldızları o kadar problemli oluyorlar ki inanamazsınız. Sevgilileri, hayranları, davulcuları... Miyake hepsiyle ilgilenmek zorunda. Mükemmelsin Miriam, hiç damlatmadın. Çok çalışıyorsun sanırım. Söylesene, kaç yıldır garson olarak çalışıyorsun burada?" Miriam lambanın ışığında hayalet gibi duruyor ama hâlâ asil. Odada samimi ve sıcak bir hava var. Kadın parfümü, kozmetik ve yeni serilmiş tatami kokusu alıyorum. "Hadi ama Bay Daimon. Kadınlar yıllardan asla bahsetmezler."

Daimon atkuyruğunu açıyor. "Yıllar, öyle mi? Vay be. Burada çok mutlu olmalısın. Evet, herkesin şampanyası doldurulduğuna göre iki kere kadeh kaldırmak istiyorum."

"Nee şeye içiyoruz?" diye soruyor Kahverengi.

"Birincisi: Miyake'nin de bildiği üzere, verdiği sözleri asla tutmayan bir sürtükten yeni ayrıldım."

"Nasıl bir kadından bahsettiğini tam olarak biliyorum" diyerek başını sallıyor Kahverengi.

"Birbirimizi çok iyi anlıyoruz." Daimon iç geçiriyor. "Waikiki'de mi, Lizbon'da mı, yoksa Pusan'da mı evlenelim?"

Kahverengi, Daimon'un küpesiyle oynuyor. "Pusan mı? Kore'nin tuvaleti olan Pusan mı?"

"Zehirli küçük ülke" diye onaylıyor Daimon. "Küpe senin olabilir."

"Süper. Özgürlüğe içelim." Kadehlerimizi tokuşturuyoruz.

Kadife "İkinci kadehi neye kaldıracaksın?" diye soruyor krizantemlerle oynarken.

Daimon Kahverengi'ye ve Kadife'ye bakıyor. "Gerçek Japon kadınlığının çiçeğine olabilir. Miriam, sen kadınsın, böyle şeylerden anlarsın. Eşim olacak kadında ne gibi özellikler aramalıyım?"

Miriam düşünüyor. "Söz konusu siz olunca körlük, Bay Daimon."

Daimon kanamayı durdurmak için ellerini kalbine koyuyor. "Ah, Miriam. Şefkatine ne oldu bu gece? Miriam böyle biridir, Miyake. Su kuşuna sevgililerinden daha şefkatli davrandığını duymuştum."

Miriam hafifçe gülümsüyor. "Su kuşlarının daha güvenilir olduğunu duymuştum."

"Güvenilir mi dedin? Muhtaç olmasın o? Neyse. Miyake ve benim Tokyo'daki en şanslı adamlar olduğumuzu düşünmüyor musun sen de?"

Bir an için bana bakıyor. Bense uzaklara bakıyorum. Gerçek isminin ne olabileceğini merak ediyorum. "Ne kadar şanslı olduğunuzu sadece siz bilebilirsiniz" diyor. "Hepsi bu kadar mı Bay Daimon?"

"Hayır, Miriam, hepsi bu kadar değil. Biraz ot istiyorum. Hazır karma karışımı. Uyuşturucunun beni ne kadar acıktırdığını biliyorsun, bu yüzden yarım saat sonra yiyecek bir şeyler getir."

Odada balkona açılan bir fusuma var. Gecenin karanlığında Tokyo yükseliyor. Dört hafta önce dayım, Portakal Dayım çay tarlasında toprak frezesini tamir ederken ona yardım ediyordum. Bir de şimdiye bak. Altı katlı bir KIRIN LAGER BİRASI kutusu dolup dolup boşalıyor. İmparatorluk Sarayı'nın bulunduğu ışıksız gölün karşısındaki PanOptikon'un tepesinde uçak uyarı ışıkları göz kırpıyor. Samanyolu'nun iki tarafındaki Altair[10] ve Vega[11] da göz kırpıyor. Trafik sesi giderek azalıyor. Kadife balkondan sarkıyor. "Kilometrelerce uzak" diyor kendi kendine. Saçları sıcak rüzgârda hafifçe dalgalanıyor. Vücudunda sadece bakarak hissedebildiğim bir sürü kıvrım var. "Söylemek isterim

10. Kartal Takımyıldızı'nın en parlak ve gökyüzünün de on ikinci en parlak yıldızıdır. Çıplak gözle görülebilen en yakın yıldızlardandır. (ç.n.)

11. Dünya'dan yaklaşık 26 ışık yılı uzakta olan Vega, belirgin bir mavi ışıkla parlar ve gökyüzünün en parlak beşinci yıldızıdır, çıplak gözle görülebilir. (ç.n.)

ki" diyor bütün bunları bana altın tabakta sunan arkadaşım Daimon, "Bogota'daki genelevlerde görülebilecek en mükemmel esrarlı sigarayı sardım."

"Bunu nasıl biliyorsun ki?" Kahverengi sigarayı yakmak için eğiliyor.

"Bende bir sürü var." Ceketini çıkarıp bir kenara atıyor. Tişörtünde *Olayları olduğu gibi görmeyiz, olduğumuz gibi görürüz* yazıyor, ben daha önce böyle bir şey duymadım.

Kadife daha da sarkıyor. "Şunlar gemi mi, ada mı? Şuradaki ışık kümeleri."

Daimon tırabzanların içinden ışık kümelerine bakıyor. "Islah edilmiş topraklar. Yeni havaalanı."

Kahverengi bakıyor. "Hadi, oraya gidip Porsche'unun ne kadar hızlı olacağını görelim."

"Yok, görmeyelim." Daimon sigarayı ışıklandırıyor, içine çekip dışarı veriyoooor... Kahverengi eğiliyor ve Daimon sigarayı kızın ağzına götürüyor. Para Dayı bana uyuşturucu ve Kadife'ye attığım tek bir bakışta görebildiğim ama görmezlikten geldiğim Tokyo hakkında katı bir nutuk çekmişti. Kahverengi, dumanı burun deliklerinden açılan bir yay gibi çıkarırken dudaklarını büzüyor. "Size." Daimon çakmağından çıkan kıvılcıma bakıyor, "bu çakmağın tarihe tanıklık ettiğini söylemiş miydim? İşgal sırasında General Douglas MacArthur'a aitti." "Sen öyle diyorsan kesin öyledir gibi bir şey" diyor Kahverengi alaycı bir tavırla. "Öyle diyorum ama boş ver. Bana bir zabuton[12] ve kahve kremalı bal teknemi getir, bu güzelliğin ciğerlerine dolmasına izin ver, Tierra del Fuego'ya gidip Patagonya'da nüfusu patlatırız." Kahverengi tatami odasından minder getirmeye gitmişken çantasındaki cep telefonu *Ay Işığı Sonatı*'nı çalıyor. Daimon derin bir şekilde iç geçiriyor. "Sinir bozucu!" Ve sigarayı bana

12. Japonya'da oturmak için kullanılan minderdir. (ç.n.)

uzatıyor. Ben Kadife'ye veriyorum. Daimon kraliyet ailesine mensup bir asil taklidi yaparak telefona cevap veriyor. "İyi akşamlar, efendim." Kahverengi gülerek içeri giriyor. "Benim o!" Daimon kızı bacakları arasına sıkıştırıyor. Tuzağa düşmüş kız gülerek kıvranıyor. "Hayır, çok üzgünüm. Onunla konuşamazsınız. Erkek arkadaşı mısınız? Gerçekten mi? Size öyle mi söyledi? Çok yazık. Bu gece onunla ben yatacağım, anlarsın ya, şimdi git ve porno kirala, üzgün hıyar seni. Ama önce beni dikkatle dinle; ölümün de

böyle olacak" diyor ve telefonu balkondan aşağı fırlatıyor.

Kahverengi'nin gülüşünün fişi çekildi.

Daimon kocaman gülümsüyor.

"Benim telefonumu balkondan attın!"

Daimon kesik kesik gülüyor. "Senin telefonunu balkondan attığımı biliyorum."

"Birinin kafasına düşebilir."

"Evet, bilim insanları cep telefonlarının beyne zararlı olduğu konusunda uyarıyor bizi."

"Benim telefonum!"

"Of, alırım ben sana bir tane daha. On tane daha alırım."

Kahverengi çeşitli faktörleri kafasında tartıyor. "En yeni modelini mi?"

Daimon zabutonu alıyor, arkasına yaslanıyor ve gangster gibi konuşuyor. "Fabrikasını alırım, yavrrrum." Kahverengi, dudaklarını küçük bir kız gibi sarkıtıyor ve şampanya kadehini kulağına götürüyor. "Baloncukları duyabiliyorum." Kadife, kulak memelerimi parmakları arasına alıyor, dudaklarımı kendininkilerle mühürlüyor ve marihuana dumanı içime giriyor. Çalıntı çikolata, erimiş ve yumuşak. "Ohohohohoho" diyor Daimon, "siz ikiniz, ne yapıyorsanız içeride yapın. Zıpçıktılar beni –ve yeni eşimi– bir kez daha solladı galiba." Gözlerimi açıyorum, nefessiz kalıp öksürüyorum. Kadife beni dürtüyor, ben de içeri geçiyorum.

"Sen oraya otur" diyor alçak masanın uzaktaki köşesini işaret ederek. Ateşli bir papaz, cüppe giymiş bir köpek. Kızın önkolları terden dolayı parıldıyor. Mumu üfleyerek söndürüyor. Ağır ağır ve sırayla nefesler alıyoruz sigaradan, hiç konuşmuyoruz. Parmak uçlarımız birbirine değebilir. Onunkilerde elektrik var. Robot ya. Karanlık şehrin parıltısında Kadife'nin kâğıt içinden geçen görüntüsünü ana hatlarıyla görebiliyorum. Bana dokunmuyor, tavırları o söyleyene kadar ona dokunmamam konusunda uyarıyor beni. Sigaranın ışıklı ucu kirli havada dolaşıyor. Bazen kendim oluyorum, bazen pek kendim değilim. İnciler, ay taşı, diş minesi. Bir yer/zaman uyumsuzluğu keşfediyor kol ve bacaklarım. Karanlıkta, göğüslerini, saçını ve yüzünü tek tek inceleyip bir araya getiriyorum. Şimdi hapşırsam Godzilla donumun içinde patlardı muhtemelen. "Hep içer misin bunu?" Sözleri dumandaki burgular gibi. "Yirminci doğum günümden beri." Nakış, bakış ve vazoda eğilerek selam veren bir krizantem. "Kaç yaşındasın yolcu?" Gür ve sağlıklı saçlarının sesini bile duyuyorum. "Yirmi üç, ya sen?" Keskin kar taneleri heyecanlanıyor. "Bugün bir milyon yaşıma girdim." Kadife'den bir çığlık, Daimon'dan da hırrrrrlama. Kadife ve ben hiç sesimiz çıkmasa da kaburgaları çatlatacak kadar çok gülüyoruz. Sonra neden güldüğümü unutuyorum ve tekrar kalkıp oturuyorum. "Ellerini masanın üzerinde tut" diye uyarıyor beni sertçe, "Ellerini her yere sokan adamlardan nefret ederim." Birkaç denemeden sonra dudaklarımız buluşuyor ve dokuz gün dokuz gece öpüşüyoruz.

Balkonu ayıran fusuma sürülerek açılıyor. Kadife ve ben sıçrayıp ayrılıyoruz. Ay ışığında Daimon duruyor; gövdesi çizgili, bir vampir türü olan tavşan Miffy rujla göğsünü boyamış sanki. Göğüs uçları Miffy'nin ihtiraslı gözbebekleri. "Miyake! Uçtun mu, öldün mü? Değiştirmek ister misin?"

Koridorun Şoji kapısı sürülerek açılıyor. Girişte, Miriam duruyor; elinde yapışkan inciler, küp doğranmış karpuz ve soyulmuş meyvelerin bulunduğu bir tepsi var. Profesyonel kayıtsızlık kontrolü ele geçirmeden önce şaşkınlık, kızgınlık ve kin duyuyorum. "Miriam! Yiyecek! Havyar var, değil mi? Bu kadının en iyi yönlerinden biri zamanlamasıdır Miyake." Kadın terliklerini çıkarıyor, hızla gelip tepsiyi masanın üzerine bırakıyor. "Affedersiniz." Çekiliyor. "Ah, Miriam, seni affetmeme gerek yok, hem de seninle ilgilenen güçlü ve hatırlı patronların varken." Domuzcuk Kahverengi geliyor, üstünü başını düzeltirken fusuma çerçevesini düşmemesi için destekliyor. Miriam'ı görüyor. Hizmetçilere emir vermeye alışık. "Bayanlar tuvaletini göster bize!"

Daimon Eiji'yle konuşuyor ama Eiji onu dinlemiyor, çünkü kafası kendini demonte ediyor. Kahverengi ve Kadife zamanın başlangıcından beri tuvaletteler. "Doğu Şincuku'da parkın yanındaki sakin bir aşk otelini kullanıyorum. Dört yıldızlı otelleri seviyorum, çünkü mutfaktan taze yiyecek sipariş edebiliyorsun." Eiji tedirgin. Daimon onu inceliyor. "Hâlâ para konusunda mı endişeleniyorsun?" Eiji hayır anlamında sallamak istediği başıyla yanlışlıkla evet diyor. "Para babamda çok fazla olan tek şeydir." "Kızlar" diye düşünüyor Eiji, "ne kadar doğru, onlarla sadece..." Daimon arkadaşının düşüncelerini duyuyor, gömleğinin düğmelerini ilikliyor ve parmağını sallıyor. "Bunlar kesinlikle ayrılmaz ikili, Miyake. Ya ikisi de sevişecek partner bulur ya da evlerindeki lavanta kokulu yatak odalarına giderler. Şimdi döneklik edersen Michael Jackson'ın Budokan'da çalmak için aldığı paradan sonraki en yüksek ücreti mastürbasyon için ödemiş olacağım. Ve seninki en azından problem çözücü zekâya sahip. Benimkinin beyin olması gereken yerinde moda kavramı var." Eiji bir şey söylemek üzere ancak konuşmaya başlamadan hemen önce söyleyeceklerini unutuyor. "Kızlar bilgisayar oyunları gibidir, Miyake. Ödersin, oynarsın, gidersin." Eiji minnettar. Bu minnetini ifade etmeye çalışıyor ama sözcükleri kâğıt bardağa düşen sayısız yağmur damlası gibi; evrene doğru yol alırken çılgınca kayıyorlar, Eiji de vazgeçiyor. Başka bir hostes kahve getiriyor. "Sen de kimsin?" diyor Daimon. Hostes eğilerek selam veriyor. "Aya-çan, Bay Daimon. Miriam-san rahatsızlandı." Daimon kızmaya başlıyor. "Hemen Mama-san'a koş ve Daimon'un babasının kim olduğunu ve istersem ne kadar geçimsiz biri olabileceğimi hatırlat ona..." Ancak sesi giderek alçalıyor. Bir krizantemin çiçeğini sıkıyor ve taç yapraklarını koparıyor. "Söylediklerimi unut, Aya-çan. Bunu Miriam'ın hayaletine ver ve saygılarımı ilet." Çiçekten geri kalanları kadına veriyor, Eiji bunun hoş bir hareket olduğunu düşünüyor. Eiji taksinin ön koltuğunda oturuyor. Daimon iki cariyesiyle arkaya oturuyor. Cadde boş, geniş bir köprüden geçiyorlar. Fuayede, atlas küresini tutuyor, Daimon yanan ve yanmayan odaları ve fiyatları gösteren ekrana bakıyor, düğmelere basıyor ve anahtarları alıyor. Bir asansör yolculuğu daha. Daimon Eiji'yi dudaklarından öpüyor ve arkadaki odaya fırlatıyor. On saniyelik bir duş ve paralı kanalda sıradan bir porno film. Dokuz çeşit prezervatif. Dışarıda pembe bir "H" yanıp sönüyor. Saplı çiçekler, ayçiçekleri. Kahverengi geliyor, bal rengi tenini sarı bir havluya sarmış, biraz uyuşmuş gibi, seks kucaklarının efsanevi havuzu gerçekmiş, perdeyi çekiyor, gözlerini kapa diyor, yatağa geliyor, tenini çıkarıyor, meyveler kabarıyor, tamam ama oraya dokunamazsın, dala takılıyor, tamam, o hep böyle değiş tokuş eder mi? Arkadaşın? Yuzu Daimon? Nasıl bir isim Yuzu, meyve ismi gibi? Öyle galiba. Sessiz ol. Erimiş adi çikolata, parmak ısırtan karın bölgesi, yosun tutmuş kuytular, sinirle itmek, sana oraya dokunma demiştim, Godzilla çekiliyor, sırtımızdan ter nehirleri akıyor, yükselen, alçalan, tekrar yukarı kalkan teknik alet edevat, *işte orada*, Godzilla fikrini değiştiriyor, köklerini daha güçlü salıyor, dalları her yeri mahvediyor, çarşafların dalgalı maviliğinde yüzen kız ayaklarıyla bulduğu pistonu parmaklarıyla tutuyor, nefessiz kalmış ve uyuşmuş kız nefes alıyor, sonra tekrar dalıyor, ürküp kaçıyor, ama *evet* hiç ama hiçbir yüzey *yok* ki ve *evet* ve altında ve *hayır* ve yüzeyde ve *evet* ve altında ve yüzeyde ve altında *varabileceğin* ve *varabileceğin* eğer dibe vurmadan hemen önce uyanmazsan

◆

Yuvarlak bir yatakta uyanıyorum, atılmış bir oyuncak kadar yalnızım. Bu aşk oteli pembenin tapınağı. Şeker pembesi değil, sakatat pembesi. Perdeler güneşle lekelenmiş. Matkap ve karga sesiyle trafik gürültüsü duyuyorum. Vazodaki kurumuş ayçiçekleri boyunlarını bükmüş. Başım tapınaktan tapınağa dönüyor. Dilim tuzlanıp güneşte kurutulmuş ve üzerine yaban gelincikleri pislemiş. Boğazıma jeolog çekiçleri vurulmuş. Dizlerim ve dirseklerim sürtünmeden dolayı yanmış. Kasıklarım karides kokuyor. Çarşaflar dolanmış, altlarında kurumuş kan var. Rütbesi alınmış iki bakire. *O* kasık tıksırması seks miydi yani? Bakir topraklara giden Altın Köprü filan değildi o. Islak bir bataklığa giden asma köprüydü. Kimse sana rütbe de vermiyor. Bu oda toplum dokusu gibi – aşk otelleri metreküp başına en yüksek seks oranına sahip olmalılar... Nereden sonra? Paris. Sigara arıyorum; kutu boş. Her yere baktıktan sonra, yavaşça uykuya dalıyorum. Telefon çalıyoooor. Bahse girerim yan odadan Daimon arıyor.

"Günaydın efendim, resepsiyondan arıyorum." Canlı ve samimi bir adam.

"Ah, günaydın."

"Odanızın rezervasyonunun saat yediye kadar olduğunu hatırlatmak için aramıştım..."

Saatim yatağın yanında: 6.45. "Peki."

"Yediden sonra, saat hesabı yapılır."

"Peki, hemen çıkıyorum."

"Ödemeyi nakit mi kredi kartıyla mı yapacaksınız?"

"*Ne*?"

"Bayan arkadaşlarınız ayrılırken ödemeyi nasıl yapacağınızı bilmediklerini söylediler. Mini bardan bir şey almadığınız ve odayı on beş dakika içinde terk ettiğiniz takdirde, iki odanın geceliği elli beş bin yen ediyor."

Soğuk şok bağırsaklarımı sıkıyor.

Hâlâ canlı ama daha az samimi. "Yani nahoş bir yanlış anlamanın olup olmadığını kontrol etmek için arıyorum."

Kusmanın faydası olur mu?

"Sorun yok, değil mi, efendim?" Üstü kapalı tehdit.

"Hayır, yok. Nakit ödeyeceğim, sanırım. Hemen aşağı geliyorum."

"Sizi girişteki lobide bekliyoruz, efendim."

*

Yapışkan kıyafetlerimi giyiyorum ve Daimon'un odasına dalıyorum. Kimse yok. Benim odama benziyor burası, tek fark aynaya krem gibi bir şeyle yazılmış – "SADECE BİR BİLGİSAYAR OYUNU" harfleri. Daimon, seni en çok izlenen yayın saati pisliği. Miyake, seni salak. Kotumun ceplerini yokluyorum ve bozukluklar halinde 630 yen buluyorum. Bu gerçek olamaz. Uyanmaya çalışıyorum. Başaramıyorum. Bu kesinlikle gerçek. 54.370 yen açıktayım. Dokuz dakika içinde mükemmel bir plan yapmam gerek. Alternatifleri düşünürken tuvalete oturup sıçıyorum. Bir: "Beraber geldiğim arkadaşım bütün masrafları babasının hesabından ödeyeceğine söz vermişti." Yakuza kralı parmak uçlarını birleştiriyor. "Eiji Miyake, kayıp eşya bürosunda mı çalışıyorsun? Güvenilirlik gerektiren bir görev. Hafta sonlarını nasıl geçirdiğini öğrenen işverenlerin ne yapardı acaba? Bu durumu onlara bildirmenin bir vatandaşlık görevi olduğunu düşünüyorum, bu masrafları *hoş* olduğunu pek söyleyemeyeceğim *görevlerle* telafi etmeye gönüllü olursan o başka." İki: "Buntaro! Yardım et! Aşk oteline hemen elli beş bin yen getirmen gerek yoksa kendine başka bir kiracı bulmak zorunda kalacaksın." Onu ikilemde bırakacak bir seçim değil. Üç: "Yakuza kralı keskin bıçağını yalar. Kendisine sunulan hizmetlerin parasını ödemeden otelimden kaçmaya kalkışan hırsız *bu* demek." Şiş gözlerimin bulunduğu kanlı başımı kaldırıyorum. Dilim tıraş kabında duruyor.

Keşke krizlerin üzerine de sifon çekilebilseydi.

Filmlerde insanlar çatıya açılan pencerelerden kaçar. Pencereyi açmaya çalışıyorum ama tasarım aşamasında açılmak isteneceği düşünülmemiş, aman neyse, binaların yanından sürünerek aşağıya inemem zaten. Pis caddelerdeki insanları görüyorum ve hepsini kıskanıyorum. Yangın mı çıkarsam? Alarmın ve yağmur sisteminin devreye girmesine neden olur muyum? Bir şeyler yaptığımı düşünmek için yangın alarmlarını koridorun sonuna kadar takip ediyorum. "Yangın durumunda duman alarmı bu kapıyı otomatik olarak kilitleyecektir." Asfalt Dayı aşk otellerinin insanların kaçmasını önlemek için tasarlandığını söyler – asansör sizi dosdoğru resepsiyona götürür hep. Filmlerdeki insanlar başka ne yaparlar? "Arka kapıdan" diye tıslarlar. "Arka kapı" nerede? Koridorun sonuna gidiyorum. "Acil durum merdiveni. Çıkış yok." Arka kapılara mutfağın içinden geçilerek gidilir. Testisleri iltihaplanasıca Daimon'un mutfaktan bahsettiğini hatırlıyorum belli belirsiz. Otel mutfakları en alt katta olur. Kapıdan çıkıp merdivenleri inmeye başlıyorum. Aptalca bir şey yaparak tırabzanlardan aşağı bakıyorum. Zemin kat, pul büyüklüğünde. Oyama kaçış rotası. Elimden geldiğince hızlı ve sessiz olmaya çalışıyorum. Beni burada yakalarlarsa ne diyeceğim onlara? Asansörlerde kapalı alan korkusuna kapıldığımı. Zemin kata iniyorum. Cam bir kapı resepsiyona açılıyor. İrice resepsiyonist orada duruyor. Eski sumocu beni bekliyor. Merdivenler bir kat daha devam ediyor, ya merhamet için yalvarırım ya da risk alıp bir kat daha aşağı inerim. Resepsiyonist gözlerini kısmış, büyük defterine bir şeyler yazıyor. O ve merhamet ayrı dünyalara ait. Cam kapının yanından akıp gidiyorum. Atlas heykeli ve küresi resepsiyonistin beni görmesini engelliyor ve merdivenlerden inip SADECE PERSONEL yazılı bir kapıya yöneliyorum. Lütfen açılsın. Açılmıyor. Tüm ağırlığımı veriyorum. Sarsılarak açılıyor. Çok şükür. İleride borular ve sigorta kutularıyla dolu bir koridor var. Dipte önüne kurulama bezi yığılmış bir kapı var. Kolunu çevirdiğim kapıyı itiyorum. Hiçbir şey olmuyor. Ağırlığımı veriyorum. Kapı kilitli. Daha da kötüsü üst kattaki cam kapının açıldığını duyuyorum; SADECE PERSONEL kapısını da kapatmadım. "Hey! Kimse var mı orada?" Bu Bay Sumo. Başımdan aşağı kaynar sular dökülüyor. Ne yapabilirim? Kilitli kapıyı umutsuzca tıklatıyorum. Bay Sumo'nun ayak seslerini duyuyorum merdivenlerde. Yine tıklatıyorum. Birden kilit dönüyor, kapı hızlıca açılıyor ve aşçı karşımda duruyor, arkasında ince doğranmış, kaynayan bir mutfak var. "*Sen*" diye homurdanıyor, gözlerini şeytandan almış, "yeni kremacı olsan *iyi edersin.*"

Ne?

"Yeni kremacı olduğunu söyle bana."

Bay Sumo neredeyse burada.

"Evet, yeni kremacı benim."

"Gel buraya!" Beni içeri çekiyor, arkamdan kapıyı kapatıyor ve kilitliyor, bu sabah şansım ilk defa yaver gidiyor. Aşçının şapkasına *Şef Aşçı Bonki* yazısı işlenmiş. "İşinin ilk gününe avare bir halde *kırk beş dakika geç gelerek* ne yapmaya çalışıyorsun? *Mutfağıma girerken şu beysbol şapkasını çıkar.*" Arkasındaki aşçı ve yamaklar insan kurban etme törenini izliyorlar. Şapkamı çıkarıp eğilerek selam veriyorum. "Çok özür dilerim." Krema, buhar, koyun eti ve gaz. Pencere veya kapı göremiyorum. Buradan nasıl çıkabilirim? Şef Aşçı Bonki homurdanıyor. "Patron *hayal kırıklığına uğradı*. Ve patron hayal kırıklığına uğrarsa *biz* de hayal kırıklığına uğrarız. *Çok* zorlu bir gemideyiz biz." Birden en yüksek sesiyle bağırıyor ve kalan sinirlerimi de tahrip ediyor. "Ve gemiyi terk etmeye çalışan tayfaya ne yaparız?" Mutfak çalışanları hep bir ağızdan "Köpek balıklarına veririz! Köpek balıklarına veririz! Köpek balıklarına veririz!" diye bağırıyor. Bay Sumo'ya teslim olmayı ciddi ciddi düşünüyorum. "Beni takip et, kremacı. Patron seni tetkik edecek." Parlayan tezgâhlar, tava ve süzgeç dolu raflar arasında sıkışıp kaldım. Bir kapı. Lütfen bir yerlerde bir kapı olsun. "Patron rezil başlangıcını affederse, mutfağa buradan girip çıkacaksın." Bay Sumo kilitli kapıya çoktan varmış olmalı. Bütün bu bıçaklar endişelendiriyor beni. Burnu düşük bir çocuk diş fırçasıyla karoları siliyor, şef onu gereksiz yere tekmeliyor. Egzoz, öğütücü ve bıçak bileyleyici torna tezgâhı sesiyle dolu daracık bir ofise geliyoruz. Ofisin öte tarafında açık bir kapı var, basamaklar çöp torbalarıyla dolu bir avluya açılıyor. Şef kapının çerçevesini tıklatıp bağırıyor. "Yeni kremacı işe başlamak üzere geldi patron." Torna tezgâhının sesi kesiliyor.

"Sonun*da*." Patron arkasını dönmüyor. "Gönder bakalım şu serseriyi içeri." Sesi cüssesine göre çok yüksek. Şef arkada durup beni öne itiyor. Patron arkasını dönüyor. Sadece küçük ağzını gösteren kaynak maskesini çıkarmıyor. Elinde öküzü hadım edebilecek kadar keskin bir satır var. "Bizi yalnız bırak Şef Aşçı Bonki. Kapıya da levhayı as." Ofisin kapısı kapanıyor. Patron bıçağı dilinde deniyor. "Bu küçük aldatmacayı neden uzatıyorsun?"

"Efendim?"

"Öküz Kurbağası Jeremiah'ta bana çok iyi hizmet eden kremacı değilsin sen, değil mi?"

Yalan söyle, çabuk ol! "Ah, değilim evet. Ben onun kardeşiyim. O hastalandı ama tayfayı yarı yolda bırakmak istemedi bu yüzden yerine beni gönderdi." Fena değil.

"Ne mükem*mel* fedakârlık." Patronda ilerleme var. İyi değil.

Kapı sırtıma dokunuyor. "Kıvanç duyarım" diyorum. Bir yerlerde kapı mı yumruklanıyor?

"*Ben* kıvanç duyarım. *Ben*, dedim sana. Dokun şuna. Krema yayılmış."

Maskesinin camında kremacı olsa ne yapacağını düşünen yüzümü görüyorum. "Bu işte siz en iyisiniz, patron." Kargaşa mutfakta seyrek olan bir durum. Onun yanından avluya açılan kapıya ulaşmak imkânsız. Nefesinde ciğer kokusu var. "Yoğur. Krema narindir. Dilimle. Evet, işte böyle. Krema yumuşaktır. Çok yumuşak. Kendine gelecektir. Ah evet. Krema kendine gelecektir." Dört dolma parmak yüzümde dolaşıyor.

Bir çığlık. "Oy!"

"Sıkıcı. Sıkıntı verici." Patron bir gözetleme deliğini kamufle eden bir perdeyi kaldırıyor. Ağzı kapanıyor. Satırını alıyor, beni kenara itiyor, kapıyı hızla açıyor ve dışarı çıkıyor. "Kerhane haşaratları!" diye bağırıyor. "Sizi uyarmıştım!" Aşçı yardımcılarını tezgâhlara fırlatan Bay Sumo'ya bakıyorum. "Sizi uyarmıştım!" diye bağırıyor patron. "Sizi kusursuz gemime karanlık yerlerden uçuk ve frengi getiren serserilere ne olacağı konusunda uyarmıştım!" Satırını savuruyor. Vereceği zararı görmek için ayakaltında dolaşmanın anlamı yok; kapıdan çıkıyorum, plastik çöp poşetlerinin üzerinden hoplayarak ve kargaları dağıtarak avluyu geçiyorum, arka caddeye geliyorum, yedi buçuğa kadar durmadan zikzaklar çizip arkama bakıyorum.

Yedi kırkta birden nerede olduğumu biliyorum. Omekaido Bulvarı burası. Şu zirkonyum gökdelen de PanOptikon. Şincuku'ya doğru biraz daha yürüyorum ve Kita Caddesi'yle kesiştiği yere geliyorum. Jüpiter Kafe. Bu sabah zaten kızartma gibiydi. Ne kadar param olduğunu kontrol ediyorum. Ueno'ya yürürsem, Kita Senju'ya metroyla gidip hafif bir kahvaltı edebilirim. O kadar hafif ki hapşırsam uçar.

Jüpiter Kafe klimayla dondurulmuş. Kahve ve ananaslı kek alıyorum, pencere kenarındaki koltuğuma oturup penceredeki hayaletimsi yansımamı inceliyorum: Saçları terden yapışmış, uyuşturucu ve seks kokan, gırtlağında Afrika kadar büyük bir aşk ısırığı bulunan yirmi bir yaşındaki Eiji Miyake. Kyuşu bronzluğundan robot matlığına dönen cildim dönüşümünü tamamladı. Mükemmel boyunlu garson bu sabah çalışmıyor; beni bu halde görse yaygara koparır, doksan yıl birden yaşlanır ve kuruyup kepek tırnak yığınına dönüşürdüm. Benden başka tek bir müşteri daha var, o da makyaj çantasını karıştırırken bir yandan da moda dergisi okuyan bir kadın. Bir kadını okşamayı hayal bile etmeyeceğime yemin ediyorum. Keyifle ananaslı kekimi yerken NHK binasındaki ekrana bakıyorum. Roket atarlar, yanan şehirler. Nokia'nın yeni telefonu. Dışişleri bakanı sözde Nanking Katliamı'ndaki aşırılıkların solcuların vatanseverliği yok etmek için hazırladığı bir komplo olduğunu söylüyor. Zizzi Hikaru saçını İnci Nehri şampuanıyla yıkıyor. Sinek kaplı iskeletler Afrika'daki bir şehri sezdirmeden kuşatıyor. Nintendo gururla *Evrensel Askerler*i sunuyor. Yolcu otobüsünü kaçırıp üç kişinin boğazını kesen çocuk her şeyi göze çarpmak için yaptığını söylüyor. Kuru bir öksürük duyana kadar hep dışarı bakıyorum. Laozi'nin geldiğini görmemişim. Parliament sigarasını çıkarıyor ama çakmağını kaybetmiş. "Selam Kaptan." Çakmağımı ona ödünç veriyorum. "Günaydın." Aşk ısırığımı fark ediyor ama bir şey söylemiyor. Önünde bir ekran var, kitap boyutunda ve yirmi üçüncü yüzyılda tasarlanmış. "Yepyeni Vidboy3; 1 milyon çözünürlük, dört gigabayt, mükemmel ses sistemi, Socrates yapay zekâ çipi. Oyun geçen hafta piyasaya sürüldü: *Sanal İnsanlar.* Gelinimden hediye." Laozi sandalyesinde doğruluyor. "Bunaklığı engellemesi için doktor önerdi bunu." Kül tablasını aramıza kaydırıyorum. "Ne iyi etmiş." Laozi külünü silkiyor. "Geri zekâlı oğlumu arayıp pirinç tarlalarımı süpermarkete satmasını söyleyen sen misin? Evlatlık görevini nasıl da yerine getirdi ama! Öldüğüm zaman vergiciler üşüşmesin diye topraklarımı o hınzıra verdim ve bu (makineyi gösteriyor) bana yaptığı ödeme. Helaya gitmem gerek, bu yaşta sızıntı çok oluyor. Ben yokken deneme sürüşüne çıkmak ister misin?" Vidboy'unu tezgâhın üzerinde kaydırarak bana gönderiyor ve tuvalete gidiyor. Beysbol şapkamı çıkarıyorum, oyuna girip BAŞLA'ya basıyorum. Ekran aydınlanıyor.

♋

Sanal İnsanlar'a hoş geldiniz
(Her hakkı saklıdır)

Görüyorum ki yeni bir kullanıcısınız. Çevrimiçi isminiz nedir?

> eiji miyake

Sanal İnsanlar'a kayıt olduğunuz için tebrikler, Eiji Miyake. Artık hiç yalnız kalmayacaksınız. Lütfen ilişki türünü seçiniz. Arkadaş, Düşman, Yabancı, Sevgili, Akraba.

> akraba

Pekâlâ, Eiji. Bugün hangi akrabanla tanışmak istersin?

> babam tabii ki

Peki. Yüzünü üç saniye içinde dijital ortama aktaracağım, lütfen ayrılmayın. Göz şeklinde bir ikon yanıp sönüyor; ekrana yerleştirilmiş bir mikrolens de kırmızı yanıp sönüyor. Okey ☝ retinanızı kaydederken lütfen beklemeye devam edin. Bir duvar, bir zemin ve bir tavan beliriyor. Bir kilim, zemini girdap gibi kaplıyor. Bahar rüzgârlarında uçuşan mor goncalara bakan bir pencere çıkıyor ortaya. Güçsüz yağmur damlalarının sesini bile duyuyorum. Oda çok kasvetli. Solda beliren lamba rahatlatıcı sarı bir ışık yayıyor. Kanepe zikzaklı. Kanepenin ortasında babam var; sağ ayağını sol dizinin altına almış, bu duruş ona hava katıyor ama rahat değil. Program benim burnumu ve ağzımı almış, gıdı ve hafif dökük saçlar eklemiş. Gözleri dünyanın hâkimiyetini ele geçirmesine çok az kalmış deli bir bilim insanından alınmış. Kırışıklıkları simetrik. Siyah bir ropdöşambr giyiyor; cildi parlıyor, belli ki yataktan kalkalı beş dakikadan fazla olmamış. Babam ekrana doğru eğiliyor, bu sırada ekranda bir şarap kovası beliriyor; babam kovanın içindeki şişeyi çıkarıp üstündeki yazıyı okuyor. "Chablis, 1913." Sakin, berrak, kalın bir ses; hava durumu sunmak için ideal. Kendine bir bardak şarap dolduruyor, şarap tadımını gösteriye dönüştürüyor ve dudaklarını büzerek içiyor. Göz kırpıyor. Diş minesi parıldıyor. "Evine hoş geldin, evlat. Hatırlatsana bana, olur mu, ne kadar oldu görüşmeyeli?"

> hiç görüşmedik

Kaşları kalkıyor. "O kadar oldu mu yahu? Zaman su gibi akıyor. Birbirimize anlatmamız gereken ne çok şey var. Seninle çok iyi anlaşacağız. Okuldan bahsetsene bana."

> bıraktım. 20 yaşındayım

Şarabını yudumluyor, bir süre dilinde tutuyor ve elini saçlarının arasında gezdiriyor. "Öyle mi evlat?" Aramızdaki ekrana doğru eğiliyor. Çözünürlük mükemmel; ürkerek hafifçe geri gidiyorum. "Üniversiteye gidiyorsun, değil mi? Arkada gördüğüm yer kafe mi?"

`> üniversiteye başvurmak istemedim. ne param ne de parayı ödeyecek ailem var`

Babam arkasına yaslanıyor ve kolunu koltuğun arkasına atıyor. "Öyle mi evlat? Bu beni üzdü. Eğitim mükemmel bir şeydir. Peki zamanını nasıl geçiriyorsun?"

`> rock yıldızıyım`

Kaşları kalkıyor. "Bu söylediğin gerçek mi evlat? Anlat bana. Şöhretli ve paralı bir rock yıldızı mısın gerçekten, yoksa hâlâ şansının dönmesini bekleyen serseri milyonlardan biri misin?"

`> çok başarılıyım. Bütün dünyada tanınıyorum`

Göz kırpıyor ve diş minelerini parıldatarak gülümsüyor. "Büyüğünle bu kadar zaman sonra tanışmanın zor olduğunu biliyorum evlat, ancak dürüstlük her zaman en iyisidir. Eğlence dünyasında bu derece ünlüysen, nasıl oldu da seni *Time* dergisinde hiç göremedim?"

`> mahremiyetimi korumak için takma adla müzik yapıyorum`

Şarabından kalanı yudumluyor. "Sana inanmadığımdan değil ama takma adını söyler misin bana, evlat? Arkadaşlarıma ve banka müdürüme rock yıldızı oğlumdan gururlanarak bahsetmek istiyorum!"

`> john lennon`

Babam dizine vuruyor. "Gerçek John Lennon 1980 yılında Mark Chapman tarafından öldürüldü, bu yüzden salladığını biliyorum!"

`> konuyu değiştirmemin sakıncası var mı?`

Birden ciddileşiyor, kadehini masaya koyuyor. "Baba oğul

konuşması yapma vakti geldi. Duygularımızdan korkmamalıyız artık. Aklından geçenleri söyle bana."

> kimsin sen?

"Babanım, evlat!"

> insan olarak kim olduğunu soruyorum?

Babam kadehini tekrar dolduruyor. Yıldırım gökyüzünü aydınlatıyor, ağaçlardaki çiçekler cama yapışıyor. Gri üzerindeki mor, titanyum beyazı üzerindeki siyaha dönüşüyor. Sanırım program ihtimal dahilinde olmayan veya genel sorulara cevap vermek için zamana ihtiyaç duyuyor. Babam kahkaha atıyor ve ayaklarını birleştiriyor. "Peki, evlat, bu önemli bir soru. Nereden başlamamı istersin?"

> nasıl bir adamsın?

Babam sol ayağını sağ dizine koyuyor. "Bir bakayım, Japonum. Gelecek yıl elli yaşıma gireceğim. Mesleğime gelince aktör değilim. Hobilerim şnorkelle dalmak ve şarap tadımıdır. Ama korkma, bütün bu ayrıntılar ilişkimiz ilerledikçe aydınlanacak; yakın zamanda beni tekrar ziyarete geleceğini düşünüyorum. Seni çok özel biriyle tanıştırmak istiyorum. Ne dersin?

> olur

Ekran sağa gidip şarap kovasını geçiyor. Bir kadın –otuzlu yaşlarda?– yerde oturuyor ve sigarasından aldığı nefeslerin arasında *Norwegian Wood*'u mırıldanıyor. Erkek gömleği giymiş, biçimli bacaklarında siyah tozluklar var. Uzun saçları beline kadar geliyor. Gözlerini benden almış. "Selam Eiji." Sesi çok yumuşak ve beni gördüğüne memnun. "Kim olabileceğimi tahmin edebiliyor musun?"

> pamuk prenses?

Babama gülümseyip sigarasını söndürüyor. "Espri anlayışını babandan almışsın. Ben senin annenim."

> ama canım annem, sen babamı 17 yıldır görmüyorsun

Program bu beklenmedik girdiyi işleme koyarken fırtına cama kafa atıyor. Annem bir sigara daha yakıyor. "Evet, tamir etmemiz gereken birkaç kırık vardı, kabul ediyorum. Ama şimdi çok iyi geçiniyoruz."

`> yani sonunda sana para verecek enayi kalmadı, öyle mi?`

"Böyle söylemen canımı acıtıyor, Eiji." Sanal annem arkasını dönüp gerçek annem gibi titreyerek ağlamaya başlıyor. Bir özür yazıyorum ama önce babam cevap veriyor. Ciddi ve tiyatral bir tavırla uyarıyor beni. "Burası ev genç adam, otel değil! Medeni bir şekilde konuşamıyorsan kapının nerede olduğunu biliyorsun!" Programın benim için meydana getirdiği sanal çifte de bak! Onlar da gerçekliğin kendileri için ürettiği sanal çocuğa bakıyorlar şaşkınlıkla. Ağaçların çiçekleri herhangi bir mevsime özgü olmayan havada uçuşuyorlar.

◆

"Selam. Wakey! Kimse yok mu?" Jüpiter Kafe'deki bir adam öylesine yüksek sesle bağırıyor ki sanal fırtınanın sesini bastırıyor. "Paranın üstünü yanlış verdin, kızım!" Programdan kopup neler olduğunu görmek için arkamı dönüyorum. Lekeli tişörtlü, kır saçlı bir robot mükemmel boyunlu garsona homurdanıyor – mükemmel boyunlu garson buraya ne zaman geldi? Garson da adama bakıyor, şaşkın ama telaşlı değil. Eşek bulaşıkları yıkıyor, karışmıyor, ama benim garson bu domuza karşı kibar olmaya çalışıyor. "Bana beş bin yenlik banknot verdiniz, efendim."

"Bana bak kızım! Sana on bin yenlik banknot verdim! Beş değil! On!"

"Efendim, çok eminim ki..."

Adam arka ayakları üzerinde şahlanıyor. "Beni yalan söylemekle mi suçluyorsun kızım?"

"Hayır efendim, sadece yanlış yapabileceğinizi söylüyorum."

"Feminist misin sen? Frijit olduğun için mi eksik verdin para üstünü?"

Kuyruktaki müşteriler tedirgin oluyor ama hiç kimse bir şey söylemiyor.

"Efendim, ben..."

"On binlik verdim sana, kürtaj kovası seni! Para üstünü ver! *Hemen*!"

Kasayı açıyor. "Efendim, burada on binlik banknot yok ki zaten."

Domuz salyalar akıtarak ve dişlerini sivrilterek konuşuyor. "Demek kasadan para da çalıyorsun!"

Belki esrar beni uyuşturdu, belki de *Sanal İnsanlar* gerçeklik duygumu yitirmeme neden oldu ve ben kendimi birden yürüyüp adamın omzuna vururken buluyorum. Adam arkasına dönüyor. Yüzünde alay ve hor görme var. Domuz düşündüğümden çok daha iri ama artık kaçmak için çok geç, bu yüzden ilk saldıran ben oluyorum. Yüzüne kahve fırlatıyorum ve burnuna tüm gücümle kafa atıyorum. Gözlerimde Noel ağaçlarının ışıkları dönüyor. Domuz "Aaaaaa!" diye bir ses çıkararak geri çekiliyor. Kan burnundan sızıp parmaklarına akıyor. Kendimi ondan gelecek atağa hazırlıyorum ve el yordamıyla ona atabileceğim bir şeyler arıyorum. Alnımdaki acı, sesimin çatallı çıkmasına neden oluyor. "*Hemen dışarı çık yoksa lanet olası dişlerini elimdeki bu...*" elimde ne olduğuna bakıyorum, "*küllükle parçalarım*!" Bunu yapabileceğimi göstermek için deli gibi görünmeliyim, Domuz polis konusunda mırıldandıktan ve kırık bir sesle tehditler savurduktan sonra geri çekiliyor. Müşteriler bizi seyrediyor. Laozi yavaşça omzuma vuruyor. "İyi iş çıkardın, Kaptan." Eşek, iş arkadaşının yanına geliyor, pek endişelenmiş. "İyi misiniz? Olanları bilmiyordum..." Mükemmel boyunlu garson kasayı sert bir hareketle kapatıyor ve bana bakıyor. "Ben de halledebilirdim."

"Biliyorum" diye cevap veriyorum. Noel ağaçlarının ışıkları cızırdıyor.

"Ama yine de teşekkürler." Bana ihtiyatlı bir gülücük atıyor, böylece Noel ağaçlarının ışıkları patladığında dikkatimi acıdan başka bir yere yöneltebiliyorum. Arkama yaslanıp oturuyorum ve başımı bir süre için acı kontrol altına alıyor.

Annemin Tokyo'da kaldığı süre boyunca Jüpiter Kafe'ye gelip gelmediğini merak ediyorum. Belki ben ve Anju doğduktan sonra, tam da bu sandalyede oturarak Akiko Kato'dan davet bekledi. PanOptikon robotları pazarları da çalışıyor. Binaya devamlı girip çıkan birileri var. Başarısızlıkla sonuçlanan girişimimin üzerinden iki hafta geçti ve babam hâlâ Tokyo'da kayıp. Babam şu an varoşlarda yaşayan biri de olabilir, yandaki masada spor sayfasını okuyan şu adam da... İki sandalye ilerde oturan Laozi garip oyununa takılmış. "Selam." Mükemmel boyunlu garsonun elinde kahve kabı var. "Kahve alır mısınız?"

"Param kalmadı maalesef."

"Şirketten olsun. Güvenlik hizmetlerinize karşılık olarak."

"O zaman alırım. Teşekkürler."

Fincanıma kahve dolduruyor. Onu izliyorum. Bana "Başınız nasıl?" diye soruyor.

Dirseklerimi masaya yaslayıp aşk ısırığımı kapatmak için boğazımı elimle kapatıyorum. "İyi."

"Başka bir şey?"

"Başka bir ne?"

"Bir kek daha alır mısınız? Parasını ben ödeyeceğim."

"İsteğim, eğer sizin için de sakıncası yoksa adınızı öğrenmektir." Acı beni hayal bile edemeyeceğim kadar cesurlaştırıyor.

İhtiyatlı gülümsemesi bir saniye geç geliyor. "Ay İmajo."

"Ay İmajo." Ne havalı bir ad.

"Sizinki?"

"Eiji Miyake." Pek havalı değil.

"Eiji Miyake" diyor Ay İmajo ve ben kendimi çok, çok daha iyi hissediyorum. Alnımdaki şişliğe bakıyor. "Birine kafa attığınızda çok acımıyor mu?"

"Ne yaptığınızı biliyorsanız acımıyor. Öyleymiş."

"Yani insanlara her gün kafa atan tiplerden değil misiniz?"

"Hayır, bu ilk kafa atışımdı."

"Tarihi bir olay." Kesişme noktasındaki ışık yeşil yanıyor; trafik vızıldayarak ve duman çıkararak kaynaşmaya başlıyor. "Sizi daha önce nerede gördüm ben, Eiji Miyake?"

"Fırtınanın olduğu gün. İki hafta önce. Siz benim telefon konuşmanızı dinlediğimi sanmıştınız ya da bana öyle gelmişti. Vardiyanız bitmişti. Burada iki saattir oturuyordum ben."

"Evet." Ay İmajo başıyla onaylayarak geçmişi düşünüyor. "Hatırlıyorum."

"Kahrolası, kahrolası, *kahrolası* biyoborglar!" Laozi, vidboy 3'e homurdanıyor.

"Moladayım. Burada oturmamın bir sakıncası var mı?"

Sakıncası olur mu? "Tabii ki." Hem çok mutluyum hem de hayal kırıklığı yaşıyorum: Aşk otelinde bir yabancıyla geçirdiğim geceden kalmayım; mükemmel boyunlu garson yanıma oturuyor. "Evet" diyor. "Onunla görüştünüz mü?"

"O kim?"

"Fırtınanın olduğu gün kimi bekliyorsanız işte."

"Hayır, henüz görüşemedim."

"Kız arkadaşınız mı?"

Bir an Akiko Kato'yu düşünüp boş veriyorum. "Akrabam."

"Ne kadardır bekliyorsunuz onu?"

"Üç hafta..."

"Tokyo'ya geleli üç hafta mı oldu?"

"Nereden biliyorsunuz?"

Yanakları belirginleşiyor ve gözleri hilal gibi oluyor. Bu tip gülüşlere bayılırım. "Aksanınızdan. Altı ayda kaybolur. Nereden geliyorsunuz?"

"Geldiği yeri duyduğunuzu sanmıyorum."

"Söyleyin."

"Yakuşima. Bir ada..."

"Kuzey Kyuşu'da doğu yarımküredeki en eski canlı olan Jomon sedirlerinin yetiştiği yer. Peki Tokyo'yu, bu zor şehri nasıl buldunuz?"

Tokyo, bu zor şehir. Ne demeli şimdi? "Sürprizlerle dolu. Bazen kasvetli, çoğu zaman garip. Düz yürüyemiyorum. Hep insanlara çarpıyorum."

"Yürümeyi düşünmemelisiniz. Yemeği ağzına atmak gibi, düşünürsen beceremezsin. Akrabanızın buradan geçtiğini nereden biliyorsunuz?"

"Bilmiyorum aslında. Nasıl biri olduğunu da bilmiyorum."

"Uzak akrabanız mı?"

"Sizi sıkmak istemem."

"Sıkılmışa benziyor muyum? Neden telefon rehberine bakmıyorsunuz?"

"İsmini bile bilmiyorum ki."

Ay İmajo kaşlarını çatıyor. "Peki, o sizin ismini biliyor mu?"

"Evet."

"Özel ilan sütunlarına ilan verin. 'Eiji Miyake'nin akrabaları, lütfen bu adresle iletişime geçiniz.' Böyle bir şey işte. Belki akrabanız okumaz ama birileri okur. Kararsız görünüyorsunuz."

Bu konuyu düşünüyorum.

Ay İmajo beni inceliyor. "Ne?"

Of, Ay İmajo'nun beni incelemesi hoşuma gidiyor. "Hiçbir fikrim yok."

Yine o mahcubiyetle karışık gülüş. "Hangi konuda hiçbir fikriniz yok?"

"Neden bunu daha önce düşünemeyecek kadar salak olduğum konusunda hiçbir fikrim yok. Hangi gazetelere ilan vereyim?"

"Kyuşu'nun çılgını seni" diyor Buntaro Akan Yıldız'da, "Gözlerin kardaki sidik delikleri gibi." Ev sahibim böğürtlen kanına bulanmış buzlu dondurma yiyor. Ekranda siyah takım elbise giymiş bir adam çölde yürüyor. Bir gitar çalılarla beraber dönerek uzaklara gidiyor. Siyah takım elbisenin kuru temizlemeye, adamın duş alıp tıraş olmaya ihtiyacı var. "Günaydın. Bu filmin adı ne?"

"*Paris, Teksas*. Wim Wenders'ın filmi." Buntaro dondurmasının son lokmasını eline damlamadan önce ağzına atıyor. Bir süre daha izliyorum. Paris'te, Texas'ta pek bir şey olmuyor. "Biraz yavaş bir film, değil mi?"

Buntaro elini yalıyor. "Bu varoluşçu bir klasiktir ahbap. Hafızasını kaybetmiş bir adam koca göğüslü bir kadınla tanışır. Neyse. Senin gecen nasıl geçti? Hafızanı mı kaybettin, büyük göğüs mü buldun? Beni kandıramazsın, biliyorsun ya. Ben de gençtim bir zamanlar. İş bitirici bir tipsin sen, hakkını vermek zorundayım. Bu büyük ve kötü şehre geleli iki hafta oldu ve şimdiden mis kokulu seksin peşindesin."

"Birkaç arkadaşla karşılaştım da."

"Tabii tabii. Arkadaştan bahsetmişken devasa bir hamamböceği gördüm."

"Ev sahibimle aldık onu."

"Cidden tüysüz bir sıçan olduğunu düşündüm önce. Sonra boynuzlarını oynattı. Ezmek istedim ama havalanıp merdivenleri çıktı. Ben 'Tanrı aşkına, bu da ne böyle?' diyemeden dairenin kapısının altında kayboldu. Belki senin aç kedicik yemiştir onu. Belki de o senin aç kediciği yemiştir."

"Aç kediciğimi dışarı çıkmadan önce beslemiştim." Buntaro'nun kapsülümde kedi beslediğim düşüncesine alıştığını görmek güzel.

"İşte! Demek buluşma önceden planlanmış bir şeydi!"

Başım zonkluyor. "Rahat bırak beni" diye yalvarıyorum. "Lütfen."

"Seni rahatsız mı ediyorum? Doluyu boşalt, boşu doldur, kaşınanı kaşı. Uyumun üç anahtarı. Ama şu boynundaki kırmızı leke de ne?"

Hücum savunmadır. "Pantolonunun fermuarı açık."

"Kimin umurunda? Ölü kuş yuvadan ayrılamaz ki."

"Kuş ölmüş olamaz. Karına baksana."

"Kuş öldü. Karıma baksana."

"Ne?"

"Bir gün ne demek istediğimi anlayacaksın, oğlum."

Tam yukarı çıkacakken üç liseli çocuk içeri giriyor. En öndeki lider bana "*Sanal İnsanlar* var mı?" diye soruyor.

"Ben böyle bir şey duymadım" diyor Buntaro. "*Homo*'nun devamı mı?"

"Ne diyorsun be?"

"Bilgisayar oyunu" diye açıklıyorum. "Geçen hafta çıktı."

İkinci lider beni duymazlıktan geliyor. "*Zyqorum'un Palası* var mı?"

"Bilgisayar oyunu yok. Sadece film var."

"Size söylemiştim" diyor lider ve bölük dışarı çıkıyor.

"Rica ederim, baylar." Buntaro dükkândan çıkmalarını izliyor. "Miyake, güvenilir kaynaklardan öğrendiğime göre –*Bebek ve Sen*, başka bir şey değil– Japonya'da babalar çocuklarıyla günde ortalama on yedi dakika zaman geçiriyorlar. Çocuklarsa günde ortalama doksan beş dakikalarını bilgisayar oyunları oynayarak geçiriyorlar. Elektronik babaları olan bir nesil geliyor. Kodai doğduğunda, uyumadan önce hikâyelerini ailesinden dinleyecek, saçma sapan sapıkça bilgisayar oyunlarından değil. Kodai koşarak gelip bilgisayar oyunu istediğinde ona vereceğim kocaman 'Hayır' cevabını şimdiden hazırlıyorum."

"Ya ağlayarak gelip, babası çok cimri olduğu için ona bilgisayar almayı reddettiğinden sınıftaki çocukların kendisiyle konuşmadığını söylerse?"

"Ben..." Buntaro kaşlarını çatıyor. "Bunu hiç düşünmemiştim. Senin baban ne yapmıştı?"

"O ülkenin diğer ucundaydı."

"Peki ya annen?"

Küçük bir yalan diğerini getiriyor. "Futbol kulübündeydim ben. Her neyse, benim duş almam gerek." Kapsülüme çıkıyorum, duş alıyorum –kurulandığımda çoktan bir duş daha gerektirecek kadar terlemiş oluyorum– ve şilteme uzanıyorum. Uyku gelmiyor. Aklımda hep Ay İmajo var. O boynu, o gülüşü. Adımı söylüyor. Kalkıp gitar çalmaya çalışıyorum ama parmaklarım hamlamış. Hamamböceği motelini kontrol ediyorum. Sadece bir misafir var: Bir yavru. Hamamböceği moteldeki misafirperverliği herkese anlatmış anlaşılan. Kedi geliyor ve su kabını kurutuyor. Kabı dolduruyorum ama tekrar sonuna kadar içiyor.

Sonra *Tokyo Akşam Postası* almak için dışarı çıkıyorum. Ueno'ya metroyla gidiyorum ve ilan formunu doldurmak için parkta sessiz bir köşe buluyorum. Defalarca yanlış yapıyorum – üvey annemi kışkırtacak veya para istediğimi düşünmesine sebep olacak bir şey yazmamam çok önemli. Sonunda C Planı'nı beğeniyorum: Kısa ve basit bir mesaj. Yarın öğle tatilimde yollarım. Şampanya bombası emiyorum. Ueno Parkı aileler, çocuklar, çiftler, yaşlılar ve yabancılarla dolu. Brezilyalılara benzeyenler ve Çinliler var, her ulusun kendi bölgesi var. Müze gezenler, fotoğrafçılar, kaykaycılar. Ağaçlarda ağustosböcekleri, ağaçların altında bebekler ve ağaçların ötesinde bir lunapark. Yağlı güvercinler. Gösteri motorcuları uzakta bir yerlerde turluyorlar. Hava pamuk helva gibi; tütsülenmiş, vıcık vıcık ve haşlanmış ahtapot aromalı. Aşağı yürüyorum, ördekleri besleyen insanları seyretmek için Şinobazu havuzuna gidiyorum. Bir ağaca yaslanıp *Mind Games*'i discman'ime yerleştiriyorum. Bu, eylül ayında şimdiye kadar görülmüş en sıcak gün. Bulutları izliyorum. İşte Resim Kadın görünmez arkadaşıyla bir şeyler tartışarak geliyor. Ay İmajo'ya çıkma teklif etmek için cesaretimi toplayıp toplayamayacağımı merak ediyorum. Kâğıt poşetten çıkardığı ekmek kırıntılarıyla ördekleri besleyen genç bir kadını seyrediyorum. Oturduğu bankta kütüphaneden alınmış kitaplar var. Uykuya dalar gibi oluyorum. Kadın bisikletiyle yanıma geliyor, benimle konuşmak istiyor sanki. Yüzümü inceliyor. Discman'imdeki "Stop" düğmesine basıyorum ve parkın sesleri bastırıveriyor. "Hayır" diyor sonunda, "bu, o tesadüflerden biri olamaz."

"Pardon?"

Nefretle ve inanamayarak başını sallıyor. "Daimon beni gözetliyor."

Doğruluyorum. "Sen de kimsin?"

İfadesi çok sert. "Bu saçmalığa gerek yok."

Ha?

Tıslayarak konuşurken bir yandan da hareket çekiyor. "Söyle ona gitsin kendini becersin. Evlilik fantezilerini gonca liselilere yuttursun! Ona beş para etmez biri olduğunu, ülkemin son savaşın bitiminde Japon sömürgesi olmaktan çıktığını söyle! Hele bir arasın, telefon numaramı değiştireceğim! Evime gelirse yüzüne çatal saplarım! Yuzu Daimon'a söyle çamurlarda sürünsün de ölsün! Bunların hepsi senin için de geçerli tabii!"

Ördekler vaklıyor.

Birden her şeyi anlıyorum. Bu kadın Miriam, Maça Kızı'ndaki hostes! Dün akşam Yuzu Daimon'la buluşmak için oyun salonuna gelmeyen kadın. Daimon'a bu kadından intikam almak için yardım ettim ben. Bu korkunç bir durum. "Yemin ederim ki..." diye başlıyorum, "ben, ben bilmiyordum, şu anda da seni gözetlediğim falan yok. Ben..." Ördekler kanat çırpıyor. "Ben hiçbir şey anlamadım, yani, yanlış anlaşılma söz konusu, burada olacağınızdan haberim yoktu, nasıl bilebilirdim ki? Daimon'u doğru dürüst tanımıyorum bile..."

Bir, hintinciri ağaçları garip sesler çıkararak ışıklanıyor. İki, jeton düşüyor ve kadının hayalarıma tüm gücüyle vurduğunu anlıyorum. Üç, acının meyveleri üstüme yağınca kıvranarak yere düşüyorum. Dört, havuzu donduracak kadar soğuk sesini duyuyorum. "Ben senin kim olduğunu *çok iyi* biliyorum, Eiji Miyake. Yaşamak için yalan söyleyen bir sülüksün sen. Tıpkı baban gibi." Bisikletine doğru yürüyor. Acıyı duymazlıktan gelip son cümlesini tekrar dinlemeye çalışıyorum. "Bekle!" Bisikletine binmiş gidiyor. Yalpalayarak kalkıyorum. "Bekle!" Gidiyor, ördek havuzu ile kayık havuzunun arasındaki geçitte şimdi. Koşmaya çalışıyorum ama acı nefesimi kesiyor. "Miriam! Bekle!" Yanlarında çocuk arabaları olan anneler dönüp bakıyor, motorcu çocuklar beni izleyip gülüşüyorlar. Ördekler bile gülüşüyor. "*Miriam*!" Yere kapanıyorum, yenildim. Miriam'ın seraplar ve çeşmeden fışkıran sular arasında kayboluşunu izliyorum. Babamı tanıyor! Umudu hissetmek ama bir yandan da acıyla haykırmak istiyorum. Yerime dönüyorum, hintinciri dalları arasında uzanırken bir şey buluyorum: Miriam'ın beni sakatlarken düşürdüğü bir kitap. Ne kitabı bu? Tek bir kelimesini bile okuyamıyorum ki. Kitap Korece.

◆

Şibuya'nın arka sokaklarında hemen kayboluyorum. Dün ve bugünün arasında yıllar var sanki. Bu dar caddelerin ve parlak gölgelerin oluşturduğu kafesle dün gecenin pembe mahallesi çok farklı şehirler. Kediler ve kargalar çöpleri karıştırıyor. Köşelerde bira fabrikasının kamyonları var. Taşma borularından su fışkırıyor. Şibuya'da gece kuşağı uyku veriyor, iki perde arasında çıkan adi bir komedyen gibi. Gözlerim levhalar arasında kayboluyor: Vahşi Orkide, Yamayo Nadeşiko, Mac's, Dickens, Yumi-çan's. Maça Kızı'nı bulsam bile aramanın verdiği yorgunluk onu görmemi muhtemelen engelleyecek. Akan Yıldız'dan çıkarken saatimi yanıma almamışım ve öğlenin ne hızla geçtiği hakkında hiçbir fikrim yok. Ayaklarım acıyor ve ağzımda toz tadı var. Çok sıcak. Beysbol şapkamı yelpaze gibi kullanarak serinlemeye çalışıyorum. Yaşlı bir Mama-san üçüncü kattaki penceresinde kadife çiçeklerini suluyor. Ona baktığımda beni boş gözlerle izlediğini görüyorum.

Telefon kulübesi seks safarisi gibi ve hiç yıkanmamış pantolon kokuyor. Tokyo'da seks mangası[13] almanıza gerek yoktur, en yakın telefon kulübesine koşmanız yeter. Bunu bilsek ben ve kuzenlerim şimdiye bir servet biriktirmiş olurduk. Hayal edebileceğim bütün şekil ve boyutlar, hatta daha da fazlası. Üçlü, dörtlü, S&M,[14] lise revüsü, seksenliklere özel gümüş servis. "Danışma hattı" diye cevap veriyor bir kadın.

"Hangi şehir?"

"Tokyo."

"Hangi bölge?"

"Şibuya."

"İsim lütfen?"

Bayan Manila Gündoğumu iki plaj topu üzerinde somurtuyor. Hayır, bunlar kesinlikle...

"İsim lütfen?"

Bunlar kesinlikle gerçek olamaz...

"İsim lütfen!"

"Pardon. Bir barı bulmaya çalışıyorum da. Maça Kızı."

13. Japon çizgi roman veya animasyonlarına verilen isimdir. (ç.n.)

14. Sadizm ve mazoşizm. (ç.n.)

"Maça Kızı... Bir saniye, lütfen." Klavye sesleri.

Bayan Köpüklü Krema topuklu ayakkabılarındaki kremayı yalıyor.

Klavye sesleri. "Maça Ası... Queer Sauna... Üzgünüm, kayıtlarda yok."

"Emin misiniz? Dün gece yerinde duruyordu. Numarası değişmiş olabilir mi acaba?"

Gündelikçi Kadın'ın elinde süpürgesi var, konuşma balonunda da "Aşağı! Yukarı! Salla bütün sorunları!" yazıyor.

"Alınan bütün yeni numaralar da kayda geçer."

"Yani Maça Kızı kayıtlarınızda yoksa..."

"Kendi isteği üzerine telefon rehberine kaydedilmemiştir."

Garip. "Hangi bar telefon numarasını saklamak ister ki?"

"Çok özel bir bar, sanırım. Üzgünüm, size yardım edemem."

"Olsun. Denediğiniz için teşekkürler."

Telefonu kapatıyorum. Çocuk yazısı gibi bir yazıyla yazılmış büyük bir kart görüyorum. Üzerinde telefon numarası yok. "Benimle sevişmek istersen, dışarıda bekliyorum." Etrafıma bakıyorum. Camın öte tarafından gözlerimin içine bakıyor. Yaşı kaç? On altı mı? On beş mi? On dört mü? Gözlerinde hasara uğramış bir bakış var. Dudaklarını hafifçe cama bastırıyor. Hemen oradan kaçıyorum, Hamamböceğinden bile hızlıyım.

Polis kulübesinin kapısı sıkışmış. Açmak için kapıyı tüm gücümle itiyorum. Eski Aum Şinrikyo[15] Mensupları Aranıyor posterleri, 110'u Arayın posterleri, Polis Olun ve Japonya'ya Hizmet Edin posterleri. Almayayım, teşekkürler. Kartoteksler. Tüm kamu binalarında görülebilecek siyah-beyaz saat. CitiBank takvimi, ağır ağır çalışan vantilatör nedeniyle hışırdıyor. Polis ellerini kafasının arkasında birleştirip arkaya yaslanmış, dalmış gitmiş. Tek gözünü açıyor. "Evlat?"

15. 1987'de Shoko Asahara tarafından kurulmuş, amacı dünyayı ele geçirmek olan tarikat. 20 Mart 1995'te Tokyo metrosuna sarin gazı saldırısı düzenlemişler, 12 kişinin ölümüne sebep olmuşlardır. (ç.n.)

"Affedersiniz. Bir bar arıyordum."

"Bar mı arıyorsun? Sözcüklerin ağzının kenarından sızıyor."

"Evet."

"Herhangi bir bar işini görür mü? Yoksa belli bir barı mı arıyorsun?"

"Belli bir barı arıyorum."

"Belli bir barı arıyorsun."

"Evet."

Nefes alması o kadar uzun sürüyor ki dünyanın sonu geliyor. Diğer gözünü de açıyor. Kan çanağı iki göz. Uzun bir sessizlik. Öne geliyor, sandalyesi gıcırdıyor ve yavaşça masasının üzerindeki bir haritayı açıyor ve baş aşağı çeviriyor.

"İsim nedir?"

"Eiji Miyake."

Uzun bir bakış. "Senin ismin değil sivri zekâ. Barın ismi."

"Ah, pardon. Maça Kızı."

Polis odaklanıp haritaya kapanıyor. "Bu bara sık mı gidersin?"

Yutkunuyorum. "Hayır. Dün gece gittim."

Bir şeyler saklıyormuşum gibi kaşlarını çatarak bakıyor bana. "Biri mi götürdü seni?"

Başımla onaylıyorum. "Evet."

Bana başka bir açıdan bakıyor. "Ve sen yeniden gitmek istiyorsun? Neden?"

"Orada çalışan bir arkadaşla konuşmam gerek."

"Orada çalışan bir arkadaşla konuşman gerek. Kaç yaşındayım demiştin?"

"Ben bir şey demedim."

"Demediğini biliyorum, sivri zekâ. Bu yüzden sordum. Kaç yaşındasın?"

Bu da ne böyle? "Yirmi yaşındayım."

"Kimlik."

Sinirle cüzdanımı açıp ehliyetimi uzatıyorum. Polis ehliyetimi dikkatle inceliyor. "Eiji Miyake, Kagoşima bölgesinde yaşıyor. Çalışmak için mi geldin Tokyo'ya?" Başımı evet anlamında sallıyorum. Okuyor. "Doğum tarihi, 9 Eylül. Yirmi yaşına dün girdin, öyle mi?"

"Öyle."

"Yani bara girerken alkol alma yaşının altındaydın. Öyle mi?"

"Maça Kızı'na dün gittim. Doğum günümde."

"Bara dün gittiğini söyledin. Doğum gününde."

"Tek istediğim barın adresi, memur bey."

Bir süre yüzümü inceleyip ipucu arıyor. Sonunda ehliyetimi veriyor. "O halde tek tavsiyem sözde adresi sözde arkadaşınızı arayarak almanız. Benim haritada Maça Kızı diye bir yer yok." Son. Memur yüzümü ezberlemeye çalışırken eğilerek selam verip kapıyı kapatmaya çalışıyorum.

Yenilgiyi kabul ediyorum. Bacaklarım kopup düşecek gibi. Şibuya'daki her sokak ve vadiden en az iki kere geçtim ama Maça Kızı artık burada yok. Bir kutu Calpis, bir paket Seven Stars alıyorum ve merdivene oturuyorum. Daimon'u oyun salonunda bulabilir miyim acaba? Hayır. Beni görmemek için bir süre oyun salonuna gelmeyecektir. Keşke Miriam babamı tanıdığını dün gece söyleseydi. Adımı nereden biliyordu? Çünkü Daimon adımı pek çok kez söyledi. "Miyake"yi daha çok kullansa da... Beni Daimon kaydettirdi, kadın kanji alfabesiyle yazılmış "Eiji"yi de görmüş olmalı. Babam benden bahsetmiş demek ki. Calpis'ten büyük bir yudum alıyorum ve bir Seven Star yakıyorum. Demek babam bu özel kulüplerde cirit atıyor; hakkında bildiğim tek şey, zengin olduğu. Dumanın ciğerlerimde dolaştığını hayal ediyorum, güneşli maden kuyularına toz doluyor. Şinobazu havuzunda Miriam'a rastlamak çok da garip bir şey değildi aslında. Ördekleri besliyordu – Tokyo'da ördekleri besleyebileceğin kaç yer var ki? Sigaramı Calpis kutusunun ağzında dengeliyorum ve Miriam'ın düşürdüğü kütüphane kitabını karıştırıyorum. Vay be. Babama hizmet etmiş bir kadın hayalarıma vurdu. Hayır. Bir şeyler yanlış. Bütün bu tesadüfler çok garip. Öyle olsa bile... Nasıl bir araya geldiklerini bulmak bir çeşit D Planı. Babamın da Daimon'un babası gibi hovarda olup olmadığını merak ediyorum. Ben onun sadık bir adam olduğunu düşünmüştüm hep. Tamam, onu bulmak için buradayım, yargılamak için değil. Sigara birden kutudan yuvarlanıp titreyerek sallanmaya...

... başlıyor ve yere düşüyor, yer inliyor, pencereler şarkı söylüyor, binalar sarsılıyor, kahretsin, ben sarsılıyorum, adrenalin sızıntısı var, bir milyon cümle ölüyor, asansörler duruyor, milyonlarca Tokyolu masaların altına ve kirişlere giriyor; ben de kıvrılıp top gibi oluyorum ve düşmekte olan duvarlardan kaçınmaya çalışıyorum. Bütün şehir ve ben herhangi birine *–herhangi birine–* (Tanrı'ya, tanrılara, kamiye,[16] atalarımıza, kim dinliyorsa işte) gösterişli dualar ediyoruz: Durdur bunu, durdur bunu lütfen, hemen şimdi durdur bunu, lütfen, lütfen, lütfen bu seferki büyük olmasın, bugün olmasın, *şimdi* olmasın, bir Kobe vakası daha yaşanmasın, bir 1923 daha yaşamayalım, bugün değil, burada değil. Calpis kupkuru yolda delta halinde akıyor. Buntaro yatay ve dikey olmak üzere iki tür sarsılma olduğunu söylemişti. Yatay olanlar çok zarar vermez. Dikey olanlarsa şehirleri yerle bir eder. Ama hangisi olduğunu nereden anlıyorsun? Kimin umurunda, yeter ki dursun!

Deprem duruyor.

Cenin pozisyonundan çıkıyorum, yeni doğmuş gibiyim ve şaşkınım, olanlara inanamıyorum. Sessizlik. Nefes al. Cennetten ferahlık yağıyor. İnsanlar bunun yerel bir sarsıntı mı yoksa Yokohama ve Nagoya'nın Japonya haritasından silin-

16. Japon kültüründe doğa tanrılarına verilen isimdir. Şinto inancına göre varlıkların ruhuna da kami denir. (ç.n.)

mesine neden olan bir deprem mi olduğunu anlamak için radyolarını açıyorlar. Calpis kutusunu düzeltip bir sigara daha yakıyorum. Sonra gördüğüme inanma konusunda kendime güvenemeyeceğim bir şeyle daha karşı karşıya kalıyorum. Oturduğum basamağın bulunduğu yolun öbür tarafı bir geçidin başlangıcı. Geçit bir binaya uzanıyor ve bir asansörle son buluyor. Asansörün yanında bir levha var. Levhanın üzerindeki No: 9'un yanında dümdüz bana bakan iki yamuk göz var. Bu gözleri biliyorum. Maça Kızı'nın gözleri bunlar.

Asansör gong sesiyle açılıyor. Projektörün yanında bir kova sabunlu su duruyor. Kaba pamuklu kumaştan giysiler giymiş bir kadın gökevindeki küçük delikleri kokteyl çubuklarıyla temizliyor. Katlanır merdivenden bana bakıyor. "Dokuzda açılıyoruz, efendim." Sonra giysilerimin ne kadar berbat durumda olduğunu görüyor. "Cep telefonu satıcısı bir salak daha mı? *Lütfen.*" Yani kibar konuşmayı da hak etmiyorum. "Miriam'la konuşmayı umuyordum."

Tepeden tırnağa inceleniyorum. "Siz kimsiniz?"

"Adım Miyake. Dün gece Yuzu Daimon'la buradaydım. Hostesimiz Miriam'dı. Ona bir tek soru sormam gerek. Sonra gideceğim."

Kadın başını olmaz anlamında sallıyor. "Bence hemen şimdi gideceksin."

"Lütfen. Sapık falan değilim. Lütfen."

"Miriam bu gece çalışmıyor zaten."

"Telefon numarasını alabilir miyim?"

Kokteyl çubuğunu bir deliğe sokuyor. "Bu sorunuz nedir acaba?"

"Özel bir soru."

Bugüne kadar hiç bu kadar fazla incelenmedim. Parmağıyla perde kapıyı aralayıp "Şiyori'ye sorsanız daha iyi olur" diyor.

Teşekkür edip sigara içilebilen odaya yöneliyorum. Kilimler toplanmış ve boş odalardaki camlara güneş ışığı yaslanmış. Tişört ve kot giymiş kadınlar oturmuş, höpürdeterek somen[17] yiyorlar. Nazik bir kadın mekanik bir papağanla uğraşıyor. Ben girince bütün konuşmalar kesiliyor. "Evet?" diye soruyor kızlardan biri.

"Girişteki kız Şiyori'yle konuşmamı söyledi."

"Benim." Kendine oolong çayı dolduruyor. "Ne istiyorsun?"

"Miriam'la konuşmam gerek."

"Bugün çalışmıyor."

Diğer bir kız yemek çubuklarını düzeltiyor. "Dün gece buradaydın sen. Yuzu Daimon'un misafirlerinden biriydin."

"Evet."

Havadaki elektrik kayıtsızlıktan düşmanlığa dönüşüyor. Şiyori, çayla ağzını çalkalıyor. "Yani şu küçük eşek şakasının nasıl sonuçlandığını öğrenmek için seni yolladı, öyle mi?" "Anlamıyorum" diyor bir diğeri, "kıza böyle davranmaktan nasıl zevk alabilir?" Diğer bir kızsa ağzında bir şeyler çiğnerken "Bence Miriam'ın seninle aynı odada olmak isteyeceğini düşünüyorsan çıldırmışsındır."

"Aralarında bir şey olduğunu bilmiyordum."

"Demek çılgın olduğun kadar körsün de."

"Tamam. Hem körüm hem de çılgınım. Ama lütfen, Miriam'la bir şey konuşmam gerek."

"Neymiş bu kadar acil olan?"

"Size anlatamam. Bana söylediği bir şeyle ilgili."

Papağanla uğraşan kadın tornavidayı bıraktığında kadınlar susuyorlar. "Miriam'la konuşmak istiyorsan kulübe üye olmak zorundasın." Kadının Mama-san olduğunu hatırlıyorum. "Aday üyeler, kulüpten çıkarılmış Yuzu Daimon dışındaki üyelerden dokuz oy almak zorundadır. Başvuru ücre-

17. Japon mutfağında kullanılan çok ince bir makarna çeşidi. (ç.n.)

ti üç milyon yendir – bu ücret asla iade edilmez. Seçici kurul başvurunuzu kabul ederse ilk yıllık ödeme dokuz milyon yendir. Bu ücreti ödedikten sonra Miriam'a istediğinizi sormakta özgürsünüz. Bu arada, Yuzu Daimon'a şehirden bir süre için ayrılırsa akıllıca davranmış olacağını söyleyin. Bay Morino çok gücendi."

"Bir not bırakabilir miyim?"

"Hayır. Hemen çıkıp gidebilirsiniz."

Ağzımı açıyorum...

"'Hemen çıkıp gidebilirsiniz' dedim."

Şimdi ne olacak?

"Masanobu Suga?" Kraliyet Üniversitesi'ndeki danışma görevlisi boş bakıyor. "Öğrenci mi? Pazar günü saat dörtte muhtemelen kahvaltı ediyordur kendisi!"

"Araştırma görevlisi. Bilgisayar bölümünde."

"Bu durumda yataktan bile kalkmamıştır."

"Sanırım odası dokuzuncu katta."

Meslektaşı eğilip "Pul pul" diyor.

"Ay o mu! Evet. Dokuz'a on sekiz."

Bir asansör daha. Üçüncü katta kapılar açılıyor ve birkaç öğrenci biniyor. Kendimi davetsiz misafir gibi hissediyorum. Onlar konuşmalarına devam ediyorlar. Öğrencilerin sadece felsefe, mühendislik veya aşkın kutsal mı yoksa sadece cinsellik mi olduğu gibi konulardan konuştuğunu sanırdım: Bunlar *Zax Omega ve Kırmızı Veba Gezegeni*'ndeki suyılanını en kolay nasıl geçebileceklerini tartışıyorlar. Bu benim lisemde üst düzey öğrencilerin konuştuğu konuydu. Öğrencilere suyılanına kıvılcım atıcıyla saldırmalarını söyleyecek cesareti topluyorum ama dokuzuncu katın kapıları açılıyor. Üniversitelerin geniş ve tek katlı olduğunu düşünürdüm hep. Ama Tokyo'da küçük ve çok katlılar. Koridor bomboş. Bir sola bir sağa yürüyüp oda numaralarını çözmeye çalışıyorum.

Belki de bu giriş sınavının bir bölümüdür. Sonunda "Masanobu Suga. Buraya giren tüm Microsoft'çular, umudu dışarıda bırakın" yazısını görüyorum. Kapıyı tıklatıyorum. "Girin!" Kapıyı iterek açıyorum. Hava koltuk altı kokuyor, camdaki Doreamon çarşafı odayı fena halde soğuk ve karanlık bir yer yapmış. Bongo, elkitapları, dergiler, bilgisayar parçaları, parçaların içinde geldiği kutular, bir Zizzi Hikaru posteri, içinde kök bulunan bir demlik, "Bulut Dokuzdan Vulva İstilacıları" isimli manganın bütün sayıları, bitmiş yemek kutularının oluşturduğu yığın ve kâğıt dosyalardan oluşmuş dağ. Suga, Ueno'daki kayıp eşya ofisinde kâğıt dosya olmayan ofislerde dolaşır dururdu hep. Şuradaki klavyesine kapanmış adam o işte. Patada-pat-pat-pat-pat-pat-patbip-bip-bip-bip-bip. "Kahretsin!" Dönüp ziyaretçisine bakıyor. Sonra Suga Ueno'dan ayrılalı sadece dokuz gün geçmiş olsa da yüz ve isim bilgilerime ulaşmaya çalışıyor. "Miyake!"

"Seni ziyaret edebileceğimi söylemiştin."

Suga kaşlarını kaldırıyor. "Ama gerçekten geleceğini hiç düşünmemiştim... Kayıp eşya işi nasıl gidiyor? Bayan Sasaki hâlâ bastığı toprağı donduruyor mu? Oyama'nın son dalışını gördün mü TV'de? Liseli çocuk tatil otobüsünü kaçırana kadar hep haberlerdeydi. Onu gördün mü? Çocuk yolcuların boğazlarını kesti. Oyama gibi dramatik bir şekilde intihar edeceksen haber değeri olan büyük olayların olmadığı bir zamanı seç."

"Suga, gelmemin nedeni..."

"Burada olduğum için şanslısın. Sandalye çeksene. Şeyin altında sandalye vardır, neyse, şu kutunun üzerine otur. IBM'den dün döndüm. Laboratuvarlarını görmelisin! İşçi sınıfının kıçını temizlemem için çağrı merkezine koydular beni. Büyük acı. Bense yenilikleri görmek için Ar-Ge departmanında olmak istiyordum. Kaçış planımı yapmam birkaç dakikamı aldı. Gelen ilk çağrı Akita'dan bir hödüktendi, üstüne alınma ama adamın aksanı seninkinden bile bozuktu. 'Bilğisayarımlan ilkili bir poroblemim var. Ekran garardı.' 'Peki efendim. İmleci görebiliyor musunuz?' 'O ne ki?' 'Nerede olduğunuzu söyleyen küçük ok efendim.' 'Ok felan görmüyom. Bişey görmüyom. Ekran garardı dedim ya.' 'Anlıyorum efendim. Monitörünüzde açık göstergesi var mı?' 'Nerde?' 'Monitörünüzde efendim. Ekranda. 'Açık' ışığı yanıyor mu?' 'Işık felağn yok, bişey yok.' 'Efendim, TV'nin fişi takılı mı?' 'Bilmem ki. Bişey göremiyom, dedim ya.' 'Kafanızı çevirdiğinizde bile bir şey göremiyor musunuz, efendim?' 'Nasıl görem ki? Burası gece gibi garanlık.' 'Belki ışıkları açsanız görebilirsiniz, efendim?' 'Yok açamam; elektrik şirketi gaçakları gontrol ediyo, yarın üçe gadar elektrik yok.' 'Anlıyorum efendim. Size iyi haberlerim var.' 'Öle mi?' 'Evet. Bilgisayarın içinde geldiği kutular duruyor mu?' 'Hiçbişeyi atmam.' 'Mükemmel. Bilgisayarı toplayıp aldığınız yere götürmenizi istiyorum.' 'Poroblem o gadar ciddi demek?' 'Korkarım öyle efendim.' 'Ne diyem onlara tükanda?' 'Beni dikkatle dinliyor musunuz, efendim?' 'Evet.' '*Onlara bilgisayar sahibi olamayacak kadar salak olduğunuzu söyleyin*!' Ve telefonu kapatıyorum."

"Kaçış planın bu muydu?"

"Çağrılarımın benden sorumlu olan guguk tarafından dinlendiğini biliyordum. Artı, benim çıkarılamayacak kadar değerli olduğumu bildiklerini biliyordum. Böylece süpervizörüm yeteneklerimin başka bir departmanda daha iyi değerlendirileceğini kabul etti. Ar-Ge departmanını önerdim ve oraya girdim. Miyake, şu elindeki şey de ne?"

"Ananas."

"Ben de öyle düşünmüştüm. Neden elinde ananas var?"

"Bu hediye."

"Ben bunların sadece konserve olduğunu sanırdım. Kime vereceksin bu ananası?"

"Sana."

"Bana mı?" Suga hayretler içinde. "Ne yapılır ki bununla?"

"İnsanlar bunu bıçakla dilimleyip... yerler."

Suga birden aydınlanıyor. "Hey, sağ ol. Öğle yemeği yemeyi unuttum. Bil bakalım, neredeyim?" Bilgisayarını işaret edip altılı kutusundan bira çıkarıyor; başımı bilmiyorum anlamında sallıyorum. "Fransız Nükleer Enerji Sitesi. Antihacker teknolojileri Demir Çağı'ndan kalma."

"Kutsal Kâse'nin Pentagon'da olduğunu düşünüyordum."

"Ah kahretsin." Suga her yere bira sıçratıyor. "Öyle zaten. Fransızlar zombi."

"Zombi mi? Pafisik'te nükleer test yapmalarının iğrenç olduğunu biliyorum ama..."

Suga başını hayır anlamında sallıyor. "Zombi. Hiçbir hacker direkt olarak kendi bilgisayarından çökertmez. Önce zombi bilgisayarı çökertiriz, oradan ava çıkarız. Genelde bir zombi bilgisayardan diğer zombiyi çökertiriz. Hedef ne kadar büyükse zombi o kadar çoktur."

Konuya gelme vakti. "Senden bir iyilik isteyeceğim. Hassas bir mesele."

"Neyi çökertmemi istiyorsun?"

Birasını yudumlarken bana bakıyor. Suga'da düşündüğümden çok fazlası var. İnsanlar hakkında çok çabuk karar veriyorum. Miriam'ın parkta düşürdüğü kütüphane kitabını çıkarıyorum. "Bu çok büyük bir istek ama Tokyo'daki bir kütüphanenin sitesine girip bu kitabı son ödünç alanın adresini bulabilir misin Suga?"

Suga biranın köpüğünü siliyor. "Şaka yapıyor olmalısın."

"Yapabilir misin?"

"Çişimi yaparken işemeyi de başarabilir miyim?"

Miriam'ın Korece ismi Kang Hyo Yeoun. Yirmi beş yaşında ve kütüphaneden üç kitap almış. Funabaşi'deki dairesine gitmek için şehirlerarası trene bilet alıyorum. Burası yoksul bir mahalle ama samimi gibi. Her şeyin boyasının yenilenmesi gerek. Tren istasyonunun yanındaki pastanede çalışan bir kadına Miriam'ın adresini nasıl bulabileceğimi soruyorum, bana bir harita çiziyor ve kurnaz bir tavırla göz kırparak hoşça kal diyor. Bir sürü bisiklet standını geçiyorum, köşeyi dönüyorum ve bir ay sonra ilk defa denizi görüyorum. Tokyo körfezinde deniz garip kokuyor. Rıhtımdaki kargo gemileri dört bacaklı ve baş aşağı boyunlu vinçler tarafından doldurulup boşaltılıyor. Pörsümüş asfalttan alev çıkıyor. Yakiniku[18] restoranı akşamı et ve mangal kömürü kokusuyla dolduruyor. Amatör bir grup *Sesten Hızlı Soykırım* adlı bir şarkıyı çalışıyor. Rıhtımın köşesinde bir taksi şoförü duruyor, adam sakin akşamda hayali golf sahasındaki delikleri izleyerek golf vuruşları çalışıyor. Pencereleri parmaklıklı bir tefeci dükkânı, temiz bir Çin restoranı, çamaşır otomatı, içki dükkânı, kriket sahası ve Miriam'ın apartmanı. Bu üç katlı eski bir bina. Seven Star'dan birkaç nefes alıyorum. Birinci kat zaten terk edilmiş. Çıkmakta olduğum metal merdivenler tangırdıyor. Küçük bir tayfun olsa bütün yapı Hokkaido'ya kadar uçar. İşte: 303 numara.

Kapı zincirinin arkasında yüzünü görüyorum.

Kapıyı kapatıyor.

Sıkıntıyla kapıyı yumrukluyorum. İçine mektup atılan aralıktan konuşmak için eğiliyorum. "Kütüphane kitabını getirdim. Parkta düşürdün. Daimon'la ilgisi yok. Miriam, onu tanımıyorum bile! Lütfen!" Cevap yok. Kafası abajurun içinde bir köpek geçiyor yanımdan. Köpeğin şişko sahibiyse birkaç adım arkadan geliyor nefes nefese. Bana bakıp kaşlarını çatınca gülesim geliyor. "Bob'un testisleri alındı. Bu, yalamaması gereken yerleri yalamaması için." Miriam'ın ya-

18. Japon mutfağında ızgara et ve bu etle yapılan yemekler. (ç.n.)

nındaki dairenin kapısını açıp kayboluyor. Miriam'ın kapısı açılıyor. Miriam sigara içiyor. Ben hâlâ ayakta değilim. Kapının zinciri hâlâ açılmamış. "Kitabın."

Kitabı alıyor. Sonra sessizce beni yargılıyor.

"Mesajımı Daimon'a ilettin mi?"

"Sana söylemeye çalıştım, Daimon'u tanımıyorum."

Hayal kırıklığıyla başını sallıyor. "Neden böyle söylüyorsun? Eğer seni gönderen Daimon değilse nereye gelmen gerektiğini nasıl öğrendin?"

"Adresini kütüphaneden aldım."

Bunu, yasadışı kısmı açıklamama gerek duymadan kabul ediyor. "Yani kitabı sadece iyilik yapmak için mi getirdin?"

"Hayır."

"Ne istiyorsun öyleyse?"

Kımıldıyor, sarı ışık yüzünün bir yanını aydınlatıyor. Daimon'un ona neden âşık olduğunu anlıyorum. Başka bir şey anlayamıyorum. "Gerçek babamın kim olduğunu biliyor musun?"

"Ne?"

"Ueno Parkı'nda babamdan onu tanıyormuşsun gibi bahsettin."

"Kulübün sık gelen bir üyesi o! Tabii ki onu tanıyorum."

Yutkunuyorum. "Adı ne?"

Kızgın ve şaşkın. "Senin baban Yuzu Daimon'un da babası."

C Planı basınçla çöküyor. "O mu söyledi bunu?" Yerle bir oluyor. "Plan" küçük bir yalan için şişirilmiş bir isim.

"Maça Kızı'na üvey kardeşi diye kaydettirdi seni. Babası –baban– aynı anda birkaç metresle yaşar, yani sen ilk değilsin."

Buna inanmakta zorlanarak uzaklara bakıyorum. Hayır, bütün bunlar inanılamayacak kadar basit.

Miriam sorguluyor. "Bütün bunlar Daimon'un uydurması mıydı?" Babam bilinmeyen milyonlara karışıyor yine. Ona cevap vermiyorum. Miyavlıyor gibi. "Bencil, aptal hödük... Sırf benden öç almak için... Dinle beni Eiji Miyake. Bana bak!"

Sigara izmaritini fırlatıyor. "Maça Kızı... sıradan bir yer değildir. Oraya tekrar gidersen başına kötü şeyler gelebilir. Of, kahretsin. Çok kötü olabilir. Daimon seni getirerek çok büyük bir kuralı çiğnemiş oldu. Erkek müşterilerin kan bağı vardır. Beni dinle. Oraya gitme, buraya da bir daha gelme. Şibuya'ya yaklaşma. Bu çok ciddi bir uyarı. Anlıyor musun?"

Hayır, anlamıyorum ama o kapıyı yine de kapatıyor. Bu, günün son anı. Havamda olsam gün batımı güzel olurdu. Çok katlı Warner Sineması'nda batmakta olan bir bilim kurgu filmi güneşi var. Hangi metro hattının insanı bu tür güneş batımlarına götürdüğünü ve hangi durakta inilmesi gerektiğini merak ediyorum. Geldiğim yolu geri gidip bir oyun salonu buluyorum. İçeride çocuklarla dolu büyük 2084 makineleri var. Bugün kötü bir gündü. Bin yenlik banknotu yüzlükler halinde bozduruyorum.

♋

Patlama sonucu etrafım foton ateşiyle doluyor ve son yoldaşım da düşmanın eline düşüyor. Gardiyanı görüş alanıma alıyorum ve onu yahni yapıyorum. Son yankı da kesiliyor. Ürkütücü bir sessizlik. Ateş sonunda durdu mu? Kırmızı kapıdan sonra sekiz devre. Gardiyanların ve esir olmuş asilerin arasından geçerken metal koridor tangırdıyor. Her şeyi anlıyorum. İşte hapishanenin kapısı. "Mahkûm Ned Ludd. Suç: Sanal Terörizm. Ceza: Müebbet Hapis." İçeride babam var, insanlığı OuterNet'in zulmünden kurtaracak adam. Gerçekliği tersine çevirecek devrim şimdi başlıyor. "Aç" pedalını ateşliyorum ve kapı yanlara açılıyor. Hücreye giriyorum. Karanlık. Kapı kapanıyor ve ışıklar açılıyor. OuterNet istihbarat subayları! Böyle eski silahlarla mı? Ateş açıyorum ama foton ateşim bitmiş. Bu hücre bir aldatmaca. Bir yerlerde yanlış tarafa döndüm. Bir yerlerde tabelayı okumadım. Gözlerimin önünde, "Enerji" derecem .01'e düşüyor. Hareket edemiyorum. Ayakta bile duramıyorum. Bir adam –bu adamı tanıyorum, sabahları soya çiftliğinde gördüğüm çiftçi bu– kravatını gevşeterek bana doğru yürüyor. "Adım Ajan-K00996363E. Oyuncu I81927271, Ned Ludd, oyuncular arasındaki antioyun eğilimlerini öğrenmek ve bu oyunların OuterNet için yarattığı tehlikeyi anlamak için OuterNet tarafından yaratılmış bir projedir. Provokatörlerimizin aşıladığı düşünce sistemine olan hassasiyetiniz programlanmanızda kusur olduğunun göstergesidir. İdeolojinin hayalleri yenemeyeceği düşüncesi çılgınlıktır. OuterNet, program DNA'nızı 972HIJ sayılı Oyun Üretimi Kanunu doğrultusunda değiştirecektir. Üzgünüm, I81, ama bu senin iyiliğin için." Yüzünü yaklaştırıyor. Yüzü tiksindirici değil. Merhametli ve affedici. "Oyun bitti."

Dört

Bakir topraklar

İşte böyle ölüyorum, gece yarısından birkaç dakika sonra Tokyo Limanı'nın güneyindeki bakir topraklarda. Hapşırıyorum ve sağ gözümdeki şişlik zonkluyor, neredeyse patlayacak. 17 Eylül Pazar. Ölümümü beklemiyordum diyemem. Hem de şu son on iki saatten sonra. Anju bana ölümün nasıl bir şey olduğunu gösterdiğinden beri trenlerde, asansörlerde, eczacı raflarında ölümü bekledim. Yakuşima'da büyürken kayalara çarptığını gördüm ölümün. Hep uzaktı bana. Ama şimdi kâbuslarda yaptığı gibi maskesini çıkardı. Benim asla uyanamayacağım bir kâbus uyanıyor. Beni tanıyan herkesten uzakta sırtüstü yatıyorum, yaşam seviyem sıfırda. Vücudum taranıyor, bu köprü kadar sıcağım. Gökyüzü yıldızlar, gece uçuşları ve uydularla dolu. Ne kasvetli, kumlu, anlamsız, olasılık dışı, zamansız ve aşağılık bir ölüm oldu bu. Baştan beri hileli olan kötü ve üzücü bir kumar. Ölmeden önceki son düşündüğüm şey, eğer bu nereye varacağı belli olmayan hikâye devam edecekse deneyci Tanrı'nın yeni bir maymuna ihtiyaç duyacağı. Ne çok yıldız var. Neden ki?

☯

Çarşamba günü gazetede çıkan ilanlarımın parasını ödemek üzere Ueno İstasyonu'nun yanındaki bankaya gidiyorum. Banka, Akasuka Bulvarı'nda yapacağım on dakikalık bir yürüyüş uzaklığında, ben de bir öksüz bisikleti ödünç alıyorum; bu, kayıp eşya ofisinin şirket arabası. Kimsenin çalmak istemeyeceği kadar eski ama öğle tatilimde sıcak dumanlar ve öldürücü yazla dolu bir yolda yapacağım çeyrek saatlik yürüyüşten kurtarıyor beni. Tokyo'da gölge yok, bütün yapılar sıcağı çekiyor. Bisikleti dışarıda park edip içeri giriyorum – öğle tatili olduğu için banka çok kalabalık ve bir sürü banka sesi çağıldıyor. Robotlar, telefonlar, yazıcılar, kâğıt, otomatik kapılar, mırıldanmalar ve sıkılmış bir bebek. D Planı için ödemeyi ATM'den yapmak çok daha ucuz, uzun numara dizisini yazarken tek bir yanlış bile yapmamam gerek tabii, yoksa param yanlış hesaba uçar. Sakince bekliyorum. Ekrandaki sanal gişe memuru eğilerek selam veriyor, elleri eteğinin üzerinde kenetlenmiş. "Lütfen bekleyiniz. İşleminiz gerçekleşiyor." Beklerken kayıp kartlar ve ucuza kredi alma konusundaki yazıları okuyorum. Sanal gişe memuruna tekrar baktığımda kadının yeni bir şeyler söylemekte olduğunu görüyorum. İnanamıyorum ve nutkum tutuluyor. "Baba sizi kısa süre sonra görecek, Eiji Miyake." Üç kere bakıyorum, mesaj hâlâ orada. Etrafıma bakıyorum. Biri bana eşek şakası yapıyor olmalı. Yan yana duran makinelerin başında zorluk çeken insanlara yardım etmek üzere bir gişe memuru duruyor, yüzümdeki ifadeyi görünce hızla bana doğru gelmeye başlıyor. Üzerinde sanal meslektaşıyla aynı üniforma ve ifade var. Şaşkınlıkla ekranı işaret ediyorum. Parmağını ekranda gezdiriyor. "Evet efendim. İşleminiz gerçekleştirildi. İşte kartınız, makbuzunuzu saklamayı unutmayın lütfen."

"Ama şu mesaja bakın!"

Sesi Minnie Mouse gibi. "'İşlem gerçekleştirildi. Lütfen kartınızı ve makbuzunuzu almayı unutmayın.' Sorun yok, efendim."

Ekrana bakıyorum. Doğru söylüyor. "Ama başka bir mesaj

daha vardı." Israr ediyorum. Eşek şakacıyı görmek için etrafıma bakınıyorum. "Mesajda da benim adım vardı."

Gülüşü gerginleşiyor. "Böyle garip bir şey olamaz, efendim."

Kuyruktaki insanlar konuşmaya başlıyor. Bense çırpınıyorum. "Ben de biliyorum ne kadar garip olduğunu! Yoksa neden..." Sarı kol bandı olan bir üniforma geliyor. Benden sadece birkaç yaş büyük ama çoktan Kaptan Kendini Beğenmiş olmuş, şirket finansmanı konusunun samurayı. "Teşekkürler, Bayan Vakayama." Altında çalışan kadına yol veriyor. "Ben görevli müdürüm, bayım. Sorun nedir acaba?"

"Biraz para transfer ettim..."

"Makine herhangi bir hata mı verdi?"

"Bir mesaj çıkıverdi ekranda. Özel bir mesaj. Bana özel."

"Mesajın size özel olduğu sonucuna nasıl vardığınızı sorabilir miyim, efendim?"

"Adım vardı mesajda."

Kaptan Kendini Beğenmiş bir eğitim seminerinde öğrendiği sıkıntılı kaş pozisyonunu alıyor. "Bu "Mesaj" tam olarak ne diyordu, efendim?"

"Babamın beni görmek istediğini söylüyordu."

Kuyruktaki ev kadınlarının merakla ve öfkeyle birbirlerine baktıklarını hissediyorum. Kaptan Kendini Beğenmiş, deliyle dalga geçen doktorun oldukça iyi bir taklidini yapıyor. "Sanırım makinemizin şaşırtıcı ve okuması zor karakterler kullanması muhtemeldir, efendim."

"Bankada çalışmıyorum ama okuma yazma biliyorum, teşekkürler."

"Tabii ki." Kaptan Kendini Beğenmiş iş kıyafetlerimi süzüyor. Sıkıldığını göstermek için boynunun arka tarafını kaşıyor. "Tek söylediğim, ya bir yanlışlık oldu ya da Tokyo Bankası, hatta bildiğim kadarıyla Japon bankacılık tarihinde görülmemiş bir olaya şahit oldunuz."

Kartımı cüzdanıma koyuyorum ve Ueno İstasyonu'na gidiyorum. Bütün gün o kadar gerginim ki Bayan Sasaki ne olduğunu soruyor. Ateşim çıktı diye yalan söylüyorum, o da bana ilaç veriyor. Çay molamda istasyonun gelir gider hesaplarını gösteren ama para vermeyen ATM'sini kullanıyorum. Olağanüstü hiçbir şey olmuyor. Bir şeyler anlamak için kayıp eşya bürosuna gelenlerin yüzlerini inceliyorum. Hiçbir şey yok. Suga mı yaptı acaba diye düşünüyorum. Ama Suga babamı bilmiyor. Tokyo'da kimse babamı bilmiyor. Babam dışında.

Denizaltı treniyle Kita Senju'ya giderken etrafa bakıyorum. Paranoya. Küçük bir kız dışında hiç kimseyle göz göze gelmiyorum. İstasyondan eve yürürken arkamda biri var mı diye yol aynalarını kontrol ediyorum. Süpermarketten yüzde on beş indirimli okonomiyaki[19] ve kedi için süt alıyorum. Kuyrukta "Buntaro" diye düşünüyorum. Kapsülümü Kagoşima'daki gitar hocamın Buntaro'nun karısının bir arkadaşını tanıması sayesinde bulmuştum – babamı öğrenmiş olabilir mi? Ama bilgisayar oyunları satan biri ATM ekranlarını kişisel telgraf sistemi için nasıl kullanabilir? Akan Yıldız'a gidiyorum ve şüpheliyi karısıyla telefonda konuşurken buluyorum, elini incelen saçlarında gezdiriyor. Kodai'nin gidebileceği anaokullarını konuşuyorlar. Bana başıyla selam veriyor ve eliyle konuşan ördek hareketi yapıyor. *Kafamın İçindesin* isimli korku filminden birkaç sahne izliyorum. Bir polis, en derin korkularını keşfettiği kurbanlarını bu korkularla dolu kâbuslar yaşatarak öldüren psişik bir katilin izini sürüyor. "Ne düşündüğünü biliyorum, ahbap" diyor Buntaro, ahizeyi yerine koyarken. "Kodai henüz doğmadı bile. Bu anaokullarının Grateful Dead'in gitar sololarından daha uzun bekleme listeleri var. Doğru anaokuluna girersen paletli yol seni doğru üniversiteye kadar götürür." İç geçirerek başını sallı-

19. Mücvere benzeyen, su ve un ilave edilmiş yumurtanın içine ahtapot, karides, et ve çeşitli sebzelerin ilave edilip sotelenmesiyle yapılan Japon yemekleri. (ç.n.)

yor. "Beni dinle. Eğitim Baba. Günün nasıldı? İliklerin çekilmiş gibi görünüyorsun." Buntaro bana sigara ikram ediyor ve kendini şüpheliler listemden çıkarıyor. İmkânsız gibi görünse de, kalan tek şüpheli şimdi muhtemel duruma düşüyor: Babam. Şimdi neredeyiz? E Planı.

Perşembe günü öğlen tatilinde aynı bankanın aynı şubesine gidiyorum ATM'yi denemek için. Aynı kadın görev başında; beni tanıdığı an göz göze gelmekten kaçınıyor. Kartımı sokuyorum, PIN kodumu giriyorum ve sanal gişe memuru eğilerek selam veriyor. İşte! "Hangi karanlık odanın çıkışı yoktur da sadece bir öncekinden daha karanlık odalara geçişleri vardır? Babanız cevabınızı bekliyor." Anlamaya çalışıyorum, bir çeşit uyarı mı bu? Minnie Mouse'a bakınıyorum ancak beni bekleyen Kaptan Kendini Beğenmiş oluyor. "Anlaşılamaz bir mesaj daha mı, efendim?"

"Eğer bu anlaşılamaz bir mesaj değilse" –seni alaycı pislik; parmak eklemlerimle ekrana hafifçe vuruyorum– "bana ne olduğunu söyleyin."

"Ah, efendim, biz Bill Gates değiliz, değil mi? Belki de mesaj size hesabınızda transfer etmek istediğiniz miktarın bulunmadığını söylüyordur?" Tabii ki ekran normale dönmüş, acınası banka hesabım. Etrafa bakıyorum biri beni izliyor mu diye. Şahit geldiğinde mesajı siliyor mu? Nasıl oluyor bütün bunlar? "Garip göründüğünü biliyorum" diye başlıyorum, nasıl devam edeceğimden emin değilim. Kaptan Kendini Beğenmiş sadece kaşlarını kaldırıyor. "Ama biri ATM'lerinizi müşterilerinizin keyfini kaçırmak için kullanıyor." Kaptan Kendini Beğenmiş devam etmemi bekliyor. "Bunun sizi endişelendirmesi gerekmez mi?" Kaptan Kendini Beğenmiş kollarını bağlıyor ve kafasını Ben-Tokyo'nun-en-iyi-üniversitelerinden-birine-gittim açısında eğiyor. Bir kelime bile söylemeden oradan ayrılıyorum. Dünkü gibi park edilmiş arabalardan ve yarı açık pencerelerden şüphelenerek kayıp eşya ofisine dönüyorum. Babam ismini benim ve Anju'nun doğum sertifikasından çıkaracak kadar sözü geçen bir insan ama bu kesinlikle başka bir kulvar. Günün geri kalanını unutulmuş şemsiyelere etiket yapıştırarak ve yirmi sekiz gündür burada tutulan eşyayı imha edilmeleri için ayırarak geçiriyorum. Üvey annem beni bu şekilde korkutmaya çalışıyor olabilir mi? Eğer bunu yapan babamsa neden beni aramak yerine bu eşek şakalarını yapıyor bana? Hiçbir şey mantıklı değil.

Cuma bizim gibi senenin ortasında işe alınan ve deneme süresinde olanların ödeme günü. Banka tıka basa insan dolu; makineye gelebilmek için dakikalarca beklemek zorunda kalıyorum. Kaptan Kendini Beğenmiş etrafta dolaşıp duruyor. Beysbol şapkamı iyice indiriyorum. Arkamdaki şapkası tüylü kadın durmadan hapşırıyor ve inliyor. Kartımı yerleştirip 14.000 yen istiyorum. Sanal gişe memuru gülümsüyor, eğilerek selam veriyor ve beklememi söylüyor. Buraya kadar her şey normal. "Babanız nefes alacak yerinizin kalmadığı konusunda uyarıyor sizi." Bunu bekliyordum zaten: Şapkamın güneşliğinden sabırsız insanlar kuyruğuna bakıyorum. Kim bu? İpucu yok, fikrim yok. Makine paramı fırlatıyor. Sanal banka memuru yine eğilerek selam veriyor. "Babanız size geliyor!" Hadi gelsin o zaman! Ne için bu şehirdeyim ki sanki? Sanal gişe memuruna yumruklarımla vuruyorum. "Tokyolu değilsiniz, değil mi?" Kaptan Kendini Beğenmiş tepemde. "Anladım, çünkü Tokyolu müşteriler makinelerimize zarar vermekten kaçınırlar." "Şuna bakın! İşte!" Ekranı gösterip küfrediyorum. Ne bekliyordum ki? "Lütfen paranızı ve kartınızı alın!" Bipliyor. Kaptan Kendini Beğenmiş'e bakarsam veya bir şeyler söylersem, canını acıtma isteğine karşı koyamayacağım ama kafatasımın öncekinin üstünden yedi gün geçmeden önce bir kafa atmayı daha kaldırabileceğini düşünmüyorum. Tartışma çıkarmaya hazır iç çekişi görmezden geliyorum, paramı, kartımı ve makbuzumu alıyorum ve basamakları bulabilmek umuduyla bankanın lobisinde dolanıyorum bir süre. Kuyruklar, mermer zemin, gişenin yeni müşteriye hazır olduğu sesleri. Bankalarda kimse kimseye bakmıyor. Sonra Kaptan Kendini Beğenmiş'i güvenlikle konuşurken görüyorum, benim bulunduğum yöne bakıyor. Hemen oradan sıvışıyorum.

Tokyo'nun en pejmürde noodle restoranı, banka ve Ueno arasında. Japonya'nın en pejmürde noodle restoranları da Tokyo'da bulunduğuna göre bu restoran muhtemelen dünyadaki en pejmürde noodle restoranı. Belli bir ismi veya rengi olamayacak kadar pejmürde. Burayı bana Suga söylemişti; olması gerektiği kadar ucuz, istediğin kadar buzlu su içebiliyorsun ve yirmi yıllık bir çizgi roman koleksiyonu var. Bisikletimi köşedeki dar yola park ediyorum, havalandırma çıkışından yanmış yağ kokusu alıyorum ve boncuk şeritlerin arasından geçerek içeri giriyorum. İçerisi kasvetli ve sinek dolu. Dört inşaat işçisi dört yağlı kâsenin başında sessizce oturuyor. Aşçı yıllar önce ölmüş sessiz bir adam. Tek ışık, böcek ölüleriyle beneklenmiş; duvarlar lekeler ve yağ damlalarıyla dekore edilmiş. Televizyonda siyah-beyaz bir Yakuza filmi var ama kimse izlemiyor. Bir gangster beton mikserine atılmış. Vantilatör kafasını bir oraya bir buraya döndürüyor. Aşçı titreyerek diriliyor ve doğrulup oturuyor. "Senin için ne yapabilirim evlat?" Yumurta ve soğan kızartması ile kepekli noodle istiyorum, tezgâhın yanındaki bir sandalyeye oturuyorum. Mesajda bugün diyordu. E Planı yolunda ilerlese de, başarısızlıkla sonuçlansa da yarın bu saatlerde her şeyi biliyor olacağım. Umutlarımın kapağını sıkı sıkı kapatmalıyım. Umutlarım kaynıyor. Babamdan başka kim olabilir ki? Noodle'larım geliyor. Üzerine biraz kırmızıbiber serpiyorum ve denizanası gibi yağın üzerinde dağılmasını seyrediyorum. Tadı hem iyi hem kötü.

Bisikletim dışarıdaki keskin ışıkta kaybolmuş. Dar yolu FBI'ın başkanlıkla ilgili konularda kullanacağı türden siyah bir Cadillac kapatıyor. Yolcu kapısı aralanıyor ve dikenli, beyaz saçlı ve birbirinden ayrı iki gözü etrafı 270 derece açıyla görebilen bir kertenkele kafasını dışarı çıkarıyor. "Bir şey mi arıyorsun?" Gözlerimi gölgeleyip ışıktan koruyabilmek için beysbol şapkamı çeviriyorum. Kertenkele Cadillac'ın tavanında uzanmış. Benim yaşlarımda. Kısa kollu yılan derisi gömleğinin bir kolundan ejderha kuyruğu girip kayboluyor, diğer kolundansa ejderha kafası çıkıyor.

"Bisikletim."

Kertenkele Cadillac'taki birine bir şeyler söylüyor. Şoförün kapısı açılıyor, yüzünün yan tarafında Frankenstein yarası olan güneş gözlüklü bir adam aşağı inip Cadillac'ın arkasına gidiyor ve ezilmiş metal parçaları topluyor. Getirip bana uzatıyor. "Bu senin bisikletin mi?" Önkolları bacaklarımdan daha kaslı ve eklemleri altınla dolu. O kadar büyük ki güneşi kapatıyor. Metal parçalarını şaşırmış bir halde bir an tuttuktan sonra düşürüyorum.

"Evet, öyleydi."

Kertenkele bu durumu tasvip etmiyor. "İnsanlar hiç düşünmeden tahrip ediyor." Frankenstein bisikletimi ayağıyla kenara itiyor. "Binsene." Parmağıyla Cadillac'ı işaret ediyor. "Baban seni almamız için gönderdi bizi."

"*Siz* babamdan mı geliyorsunuz?"

Frankenstein ve kertenkele bunu komik buluyor. "Başka kim olacak?"

"Babam size bisikletimi parçalamanızı da söyledi mi?"

Kertenkele dilini çıkarıp tükürüyor. "Hemen arabaya bin yoksa iki kolunu da burada kırıveririm, saygısız herif seni!" Trafik sıcaklığı ve gürültüyü sonraki kırmızı ışığa sürüklüyor. Başka şansım var mı ki?

Cadillac hava yastıkları üzerinde Sumida nehri köprüsünden geçiyor. Renkli camlar parlak güneşi durdururken klima içerideki havayı buzdolabında soğutulmuş bira sıcaklığında tutuyor. Ürperiyorum, tüylerim diken diken oluyor. Frankenstein arabayı kullanıyor; Kertenkele benimle beraber arkada, pop yıldızı gibi sere serpe uzanmış. Yakuzalar tarafından kaçırılmamış ve işimi kaybetmeyecek olsam bu yolculuk beni neredeyse eğlendirecek. Belki bir telefon bulup Bayan Sasaki'yi arayabilirim ve ona... Ne diyeceğim? Ona yalan söylemek yapmak istediğim son şey. Bayan Sasaki iyi biri. Bunların önemsiz olduğunu söylüyorum kendime, babam bana araba göndermiş. Bu kadar. Neden heyecanlanamıyorum? Kuzey Tokyo yanımızdan kayıp gidiyor. Bir petrokimya fabrikasının boruları kilometrelerce uzanıyor ve bu borulara düştüğü yeri delen kozalaklı ağaçlar eşlik ediyor. Büyük bir otomobil fabrikası. Kilometrekarelerce beyaz kaporta. Yani babam Yakuza. Mantıklı aslında. Para, güç ve nüfuz. Beyaz çizgiler, dalgalanan ağaçlar ve fabrika bacaları rüya gibi. Arabanın kontrol panelindeki saat 13.23'ü gösteriyor. Bayan Sasaki neden geç kaldığımı merak ediyordur. "Bir telefon etmem mümkün mü acaba?" Kertenkele bana hareket çekiyor. Şansımı zorluyorum: "Ben sadece..." Fakat Frankenstein arkasına dönüp "Kes sesini Miyake! Sürekli şikâyet eden çocuklara *dayanamıyorum*!" Babam bana statü kazandırmıyor. Tahminler yapmayı bırakmalı, oturup beklemeliyim. Paralı yola giriyoruz. Frankenstein en ileri vitese geçiyor ve Cadillac çevre yolunu en yüksek hızla kat ediyor: 13.41. Binalar konutlaşıyor, elektrik direkleriyle dolu dağlar bu yolu karmaşıklaştırıyor. Sağ tarafta deniz uzanıyor. Kertenkele esniyor ve bir sigara yakıyor. Hope içiyor. "Stil sahibi bir şeyde seyahat ediyorsun" diyor Frankenstein, benimle konuşmuyor. "Bu bebeklerin fiyatını biliyor musun?" Kertenkele, kurukafalı bir yüzükle oynuyor. "Çok fazla." Frankenstein dudaklarını yalıyor. "Çeyrek milyon dolar." Kertenkele "Bizim paramızla ne kadar?" diye soruyor. Frankenstein düşünüyor. "Yirmi iki milyon yen." Kertenkele bana bakıyor. "Duydun mu Miyake? Sınavlarını geçsen, bütün hayatın boyunca çalışsan, bütün ikramiyelerini biriktirsen ve dokuz defa dirilsen, sen de Cadillac'la gezebilirsin." Dümdüz ileri bakıyorum. "Miyake! Seninle konuşuyorum!" "Özür dilerim, sesimi kesmem gerektiğini düşünmüştüm." Kertenkele ıslık çalıyor ve sustalı bir çakı tıslayarak açılıyor. "Sözlerine dikkat et, mankafa." Çakı bileğime çarpıyor ve bıçak kol saatimin kasasını dilimleyerek iç organlarını boşaltıyor. Bıçak parmaklarına dönüyor. Kertenkelenin gözlerinden ateş çıkıyor, ağzımı açmaya cesaret edemiyorum. Galip geliyor ve iç gıcıklayıcı şekilde kesik kesik gülüyor.

*

Tokyo Limanı'nın dışındaki Xanadu bugün açılıyor. Çevre yolu çıkışında bir sarsıntı oluyor, koca bir Bridgestone zeplini büyük kubbenin üzerinde sürükleniyor. Boynumdaki bezler zonklamaya başlıyor. Valhalla gelecek yılın başlarında açılacak, Nirvana ve havaalanına giden tek yönlü demiryolu hâlâ yapılıyor. Trafik sıkışıyor. Çift kapılı otomobiller, aile arabaları, cipler, spor arabalar, çift kapılı otomobiller paralı yolda tampon tampona ilerliyor. Dünya bayrakları dalgalanıyor. Büyük bir bayrakta "Xanadu Bugün Açılıyor! Dünyada Aile Cenneti Burada! Dokuz Ekranlı Salon! Olimpik Yüzme Havuzu! Kripton Dans Salonu! Karaoke Salonu! Dünya

Mutfakları! Kaliforniya Plajı! Neptün Su Parkı! Pluto Paçinko Oyun Salonu! 10.000 –evet 10.000!– araçlık park yeri." Motosikletli bir polis bizi kollarıyla giriş yoluna yönlendiriyor. "Cadillac'lar her yere girmeni sağlar." Kertenkele bir Hope daha yakıyor. "Bizden biri" diyor Frankenstein cam açılırken. "Eski güzel günler geri döndü. Sen doğmadan bu lanet şehirdeki her lanet polis bizi tanımıştı." Cadillac dönüp yokuş yukarı güneşe doğru çıkıyor, renkli camlarıyla karanlık yıldıza benziyor. Tepeye çıkınca Xanadu'dan büyük metal bir plakayla ayrılmış bir şantiyeye giriyoruz. Çakıl yığınları, levha istifleri, beton mikserleri, kökleri çuvallarda olan küçük fidanlar. "Bütün o mutlu işçiler nerede?" diye soruyor Kertenkele. "Büyük açılış olduğu için tatil" diyor Frankenstein. Prefabrik konteynerlerin etrafından dolanınca Valhalla'ya geliyoruz. Bu, üçgen taş yığınlarının yükseltilmesiyle inşa edilmiş siyah cam bir piramit. Cadillac bir rampadan iniyor ve gölgeye giriyor, bariyerin önündeki bir durağa ilerliyor. Kapıcı kabininin penceresini açıyor. Doksan yaşlarında, ya sarhoş ya da Parkinson hastası. Frankenstein penceresini açıyor ve Frankenstein gözleriyle öfke saçıyor. Kapıcı devamlı selam veriyor ve eğiliyor. "Aç" diye gürlüyor Frankenstein, "şu lanet yolu." Kol kalkıyor ve kapıcı nefessiz kalana dek eğilerek selam veriyor. "Nereden kazıp çıkardılar bunu?" diye soruyor Kertenkele. "Hayvan mezarlığından mı?" Cadillac karanlığın içinde yol alıyor, dönüyor ve duruyor. Heyecandan titrediğimi hissediyorum. Gerçekten babamla aynı binada mıyım?

☯

"Dışarı" diyor Kertenkele.

Yağ, benzin ve briket kokan bir bodrum katı otoparkındayız. Bizimkinin yanında iki Cadillac park edilmiş. Gözlerimin ortama alışmak için biraz daha zamana ihtiyacı var – duvarları veya herhangi bir şeyi göremeyeceğim kadar karanlık burası. Frankenstein beni sırtımdan dürtüyor. "Yürüsene yavrukurt." Onu takip ediyorum; loş bir ışık topu titreyerek yanıp sönüyor. Açılır kapanır kapıda yuvarlak bir pencere var. Kapının ardındaysa yeni boya kokan ve ayak seslerimizle çınlayan kasvetli bir servis koridoru var. "Daha inşası bile bitmedi ve aydınlatmanın içine sıçılmış" diye yorum yapıyor Kertenkele. Diğer koridorlara bu koridordan gidiliyor. Korkmam gerektiği duygusu oluşuyor. Kimse burada olduğumu bilmiyor. Yanlış: Babam biliyor. Geldiğim yerleri zihnime kaydetmeye çalışıyorum: Bu yangın hortumundan sağa dön, ilan tahtasını geçtikten sonra dümdüz devam. Kertenkele erkekler tuvaletinin önünde duruyor. Kertenkele kapıyı açıyor. "İçeri gir."

"Tuvaletim yok."

"Soru sormadım."

"Babamı ne zaman göreceğim?"

Kertenkele aptalca sırıtıyor. "Ne kadar istekli olduğunu ona söyleyeceğiz." Frankenstein kapıyı ayağıyla açıyor, Kertenkele burnumu kıstırıyor ve beni içeri itiyor; ben dengemi sağlayamadan kapı üzerime kapanıyor. Şu an beyaz bir banyonun içindeyim. Yer seramikleri, duvar seramikleri, tavan, armatürler, lavabolar, klozetler, bölme kapıları her şey kar gibi kör edici beyaz. Pencere yok, çıkış yok. Kapı metal ve tekmeyle yıkılamayacak cinsten. Birkaç kez yumrukluyorum. "Hey! Beni burada ne kadar tutacaksınız?"

Arkamda sifon çekiliyor.

"Kim var orada?"

Bölme kapısının kilidi açılıyor ve kapı aralanıyor. "Bu sesi bildiğimi düşünmüştüm" diyor Yuzu Daimon kemerini bağlarken. "Ne zamanlama ama. Boşaltımın ortasında yakaladın beni. Bunun gibi kötü bir rüyada ne işin var senin?"

Yuzu Daimon aynadan beni izleyerek ellerini yıkıyor. "Soruma cevap verecek misin yoksa gardiyanımız beni almaya gelene kadar sessiz mi kalacaksın?"

"Sinirlisin sen."

Ellerini kurutucunun altında sallıyor ama bir şey olmuyor, o da tişörtüyle kuruluyor. Tişörtte dumanı tüten tabancasını indiren bir kız çocuğunun karikatürü var; kızın konuşma balonunda yazan *Demek öldürmek böyle bir his... Sevdim bunu.* "Anladım. Aşk oteli yüzünden hâlâ dargınsın bana."

"Çok iyi bir avukat olacaksın."

"Bu anti iltifat için teşekkürler." Arkasına dönüyor. "Bu mızıldanma kısmına devam edecek miyiz, bana neden burada olduğunu anlatacak mısın?"

"Babam getirdi beni buraya."

"Baban kim?"

"Henüz bilmiyorum."

"Bu ilgisiz olduğunu gösterir."

"Sen neden buradasın?"

"Kakamdan kurtulmak için. İstersen bakabilirsin."

"Neden? Onları da mı aşk otelinde bıraktın?"

"Çok komik, Miyake. Bu çok uzun bir hikâye."

Kapıya bakıyorum.

"Peki." Daimon lavaboya yaklaşıyor. "İstediğin sandalyeye otur."

Sandalye yok. "Ayakta duracağım."

Sifon doluyor ve sessizlik yüksek sesle iç geçiriyor.

"Bu eski moda bir vekâlet savaşı hikâyesi. Bir zamanlar Konosuke Tsuru adlı yaşlı bir despot varmış. İmparatorluğunun kökleri İşgal günlerine, pazarlara ve nargilelere kadar uzanırmış. Sen bunu...?" Başımı hayır anlamında sallıyorum. "Yarım yüzyıl sonra Konosuke Tsuru işi kabine üyeleriyle kahvaltı toplantıları yapmaya kadar ilerletmiş. Liderlerinin ekonomik durgunluğa karşı bulduğu tek çarenin dağ eteklerini betonla doldurmak ve ıssız adalara asma köprüler inşa etmek olduğu bir ülkede imparatorun uyuşturucudan inşaata her alanın bulunduğu kullanışlı portföyündeki ilgi alanları Tokyo'nun yeraltı dünyasını ve hamilerini genişletmiş. Ama ben konunun dışına çıktım. Konosuke'nin sağ kolu Jun Nagasaki'ymiş. Sol koluysa Ryutaro Morino'ymuş. İmparator Tsuru, Amiral Nagasaki ve General Morino. Dinliyor musun beni?"

Patronluk taslayarak başımı evet anlamında hafifçe sallıyorum.

"Tsuru doksan küsürüncü doğum gününde ciddi bir kalp krizi geçirmiş ve ambulansla Şiba-koen hastanesine götürülmüş. Bu olay bu senenin şubat ayında oluyor. Hassas bir dönemmiş, çünkü Morino ve Nagasaki, Tsuru tarafından astlarını denetim altında tutma mantığıyla birbirlerine düşürülmüş. Gelenekler Tsuru'nun bir vekil tayin etmesini gerektiriyormuş ama imparator inatçı keçinin tekiymiş ve çekilmeyi reddediyormuş. Nagasaki ilerlemesinin kaderi ve görevi olduğuna düşünerek yedi gün sonra kendi Pearl Harbor'ını sahnelemeye karar verir; kırmızı alarma geçmiş Morino kuvvetlerine değil de kutsal olduklarına inanan Tsuru kuvvetlerine saldırır. Tsuru'nun yüz kadar kilit adamı bir gecede, on dakika içinde temizlenir. Anlaşmak yok, bağışlamak yok, acımak yok." Daimon bana parmaklarıyla ateş ediyor. "Tsuru hastaneden sağ çıkmayı başarıyor; bir söylentiye göre golf sopalarıyla öldüresiye dövülmüş, bir başka söylentiye göre Singapur'a kadar kaçmış ama rahatsızlığı nüksetmiş. Tarih oldu. Şafak sökerken taht Nagasaki'ye geçmiş. Şu ana kadar herhangi bir sorun var mı?"

"Bütün bunları nereden biliyorsun?"

"Kolay. Babam Nagasaki'nin emrinde çalışan bir yağcı. Sonraki?" Terbiyesiz bir yalancıdan dobra dobra konuşmalar. "Burada ne yapıyorsun?"

“Bırak da devam edeyim. Bu bir Yakuza filmi olsaydı, Tsuru ihtilafından kurtulanlar Morino’yla bir olup onur savaşına girerlerdi. Nagasaki hukuku bozmuştu ve cezalandırılmalıydı, değil mi? Gerçek daha az heyecan verici. Morino değerli vaktini kararsızlıkla harcıyor. Tsuru’dan geri kalanlar rüzgârın hangi yönden estiğine bakıyor ve Nagasaki’nin af teklifine teslim oluyorlar. Hemen öldürülüyorlar ama boş ver. Mayıs geldiğinde, Nagasaki sadece Tsuru’nun Tokyo operasyonlarını değil Kore ve Triad çetelerini de kontrol altına almış oluyor. Haziranda Tokyo valisine torununa vaftiz babası seçme konusunda yardım ediyor. Morino, Nagasaki’ye krallığı bölmelerini teklif eden bir elçi gönderiyor. Nagasaki elçiyi elleri ve kolları olmadan geri gönderiyor. Temmuzda Nagasaki gücü artırmış, Morino ise sigorta parası için genelev sahiplerini korkutacak kadar düşmüş oluyor. Nagasaki Morino’nun bitişini izlemekten memnun, bu durumu adamın üzerine basarak ayakkabısını kirletmeye yeğliyor.”

“Neden bunların hiçbiri gazetelere çıkmıyor?”

“Siz düzgün Japonlar bir film setinde yaşıyorsunuz, Miyake. Sizler ödenmemiş ekstralarsınız. Aktörlerse politikacılar. Ama Nagasaki ve Morino gibi yönetmenleri asla göremezsiniz. Sahneden değil, kanatlardan yönetilen bir oyun bu.”

“Buraya nasıl geldiğini anlatacak mısın bana?”

“Morino’nun âşık olduğu kıza âşık oldum.”

“Miriam.”

Daimon’un maskesi düşüyor ve ilk defa gerçek yüzünü görüyorum. Kapı gürültüyle açılıyor ve Kertenkele giriyor. “Rahatımız yerinde mi bayanlar?” Çakısını açıyor, döndürüyor, yakalıyor ve Daimon’a doğrultuyor. “Önce sen.” Daimon gözlerini benden ayırmadan lavabo tezgâhından uzaklaşıyor, neler olduğunu anlayamıyor. Kertenkele dudaklarını yalıyor. “Sana ölüm öpücüğü vermenin zamanı geldi, Daimon.” Daimon karşılık olarak ona gülümsüyor. “Giyinirken düşündüğün yardım kuruluşuna para toplamak mı, yoksa bu şekilde mi gerçekten havalı göründüğüne inanıyorsun?" Kertenkele de ona gülümsüyor. "Hoş." Kertenkele yanından geçen Daimon'un nefes borusunu tutuyor, kafasını arkasından yakalıyor ve metal kapıya çarpıyor. "Rastlantısal şiddet beni tahrik ediyor" diyor Kertenkele. "Hoş bir şeyler daha söyle." Daimon kendini toparlıyor, kanayan burunla, tökezleyerek koridora çıkıyor. Kapı yeniden kilitleniyor.

Ya aklımı kaybediyorum ya da banyonun duvarları içe doğru bükülüyor. Zaman da bükülüyor. Saatim durmuş bu yüzden ne kadar süredir burada olduğum konusunda hiçbir fikrim yok. Hamamböceği yerde seyir halinde. Ellerimi birleştirip su içiyorum. Avunmak için sık sık oynadığım oyunu oynuyorum: Yansımamda Anju'yu aramak. Gözlerimin etrafında onun bakışını yakalarım sık sık. Yine bu oyunu oynamaya çalışıyorum, annemin yüzüne odaklan, bu yüzü benimkinden çıkar, kalan babamın yüzü olmalı. Babam Ryutaro Morino veya Jun Nagasaki olabilir mi? Daimon bizi buraya getirenin Morino olduğunu ima etti. Ama Morino'nun bittiğini de ima etti. Bir Cadillac sürüsüne sahip olamayacak kadar bitik. Bir şampanya bombası emiyorum. Boğazım acıyor. Bayan Sasaki, Oyama'nın hakkımda söylediklerinin doğru olduğunu düşünecek – ben güvenilmez bir aylağım. Hamamböceği tekrar ortaya çıkıyor. Son şampanya bombamı emiyorum. Kertenkele camdan beni izliyor; sıçrıyorum. "Beklediğin an geldi, Miyake. Baban seninle şimdi görüşecek."

Valhalla kocaman bir sayfiye oteli. Tamamlandığında Tokyo'nun en lüks oteli olacak. Zarif avizeler, yumuşacık kilimler, krem rengi duvarlar ve gümüş rengi aksesuarlar. Klimalar henüz takılmamış yani koridor güneşin merhametine sığınıyor, bütün bu camın altında otuz saniyede sırılsıklam terliyorum. Yoğun bir döşeme ve boya kokusu. Siteyi çevreleyen çitin ötesinde Xanadu'nun büyük kubbesini, avluları ve yapay nehirle yapay mağaraları görüyorum. Pencereler dışarıdaki dünyanın bütün renklerini çalıyor. Her şey savaş zamanı tonlarında. Hava çöl iklimi gibi kuru. Kertenkele 333 No.lu odanın kapısını tıklatıyor. "Baba, Miyake yanımda."

Hayret edilecek kadar aptalca hatamı anlıyorum. "Baba" "benim babam" demek değil, "Yakuza lideri" demek. Şu an her şey çok tehlikeli olmasa bütün gün gülerdim. Bir an sonra dışarı kalın bir ses geliyor. "Girin!" Kapının kilidi içeriden açılıyor. Lekesiz bir toplantı masasının etrafında sekiz adam oturuyor. Masanın başında elli yaşlarında bir adam oturuyor. "Çocuğu oturtun." Sesi zımpara kâğıdı gibi hararet verici. Büyük ve derin göz çukurları, etli dudaklar –genç aktörleri yaşlandırırken yapılan türden– benekli ve pul pul bir cilt ve gözünün ucunda yolunu kaybetmiş bir meme ucundan daha büyük bir siğil. Çok geç kalmış korkum zamanında geliyor. Bu ucube benim babamsa ben de pelüş hayvanım. Sanık sandalyesine oturuyorum. Tanımadığım tehlikeli insanlar tarafından yargılanıyorum ve suçlamanın ne olduğunu bile bilmiyorum. "İşte" diyor adam, "Eiji Miyake bu."

"Evet. Siz kimsiniz?"

◆

Ölüm bana seçme şansı veriyor. Ya beynime çok yakından atılan bir kurşun ya da otuz metreden düşmek. Frankenstein ve bu kara oyunun rejisörü hangisini seçeceğime dair bahse giriyorlar. Umudun ötesi paniğin ötesi. İşte Moğol geliyor bitmemiş köprüden. Sağ gözüm dün geceden dolayı hâlâ şiş. Evet tabii ki korkuyorum, saçma hayatım kısa süre sonra sonlanacağı için hayal kırıklığına da uğradım. Ama en çok uyanmamı engelleyen kâbusun ağırlığını hissediyorum. Kafesteki sığırım, mızrağın kafatasımdan geçmesini bekliyorum. Neden konuşayım? Niye yalvarayım? Tek kaçış karanlığa düşmekken neden kaçmaya çalışayım? Başım düşüşten sağ çıksa bile bedenim çıkamaz. Moğol tükürüyor ve ağzına yeni bir sakız atıyor. Silahını çıkarıyor. Anju'dan sonra defalarca boğulduğumu hayal ettim, ta ki gitarımı alana dek. O hayallerde korkunun üstesinden mücadeleyi bırakarak geldim, şimdi de öyle yapıyorum. Kırk saniyeden az zamanım var. Babamın fotoğrafını son bir kez açıp bakıyorum. Babam hâlâ kırışmamış. Evet, birbirimize benziyoruz. Bu durumda en azından gündüz düşüm doğru çıkıyor. Düşündüğümden şişman ama dur bakalım. Elmacık kemiklerine dokunuyorum ve bir yerlerde bunu bildiğini umuyorum. Bakir toprakların hemen aşağısında Kertenkele haykırıyor: "Gözcü!" *Bam!* Yaralıyı vurmak nasıl öleceğimden daha ilginç ona göre. "Titriyorsun, öyle mi?" *Bam!* "Silahlar! Bilgisayar oyunlarının geldiği son nokta!" *Bam!* Cadillac'lardan biri tekerleklerinde çığlıklarla hayata dalıyor. Babam fotoğrafta arabanın şoför koltuğunda oturuyor, Akiko Kato binerken ona ne söylediyse gülümsüyor. Siyah-beyaz bir gün geçti. En çok bu kadar yaklaşabildik. Yıldızlar.

☯

"Kimim ben?" Yakuza başı sorumu tekrarlıyor. Dudakları çok az hareket ediyor ve ses tonu ölü gibi. "Muhasebecim bana Bay Morino der. Adamlarım Baba derler. Abonelerim Tanrı derler. Karım Para der. Sevgililerimse İnanılmaz der." Espri dalgası. "Düşmanlarım kâbuslar yığını der. Sen 'Efendim' demelisin." Küllükteki purosunu alıyor ve tekrar ışıklandırıyor. "Otur. Davan zaten programın gerisinde." Bana söyleneni yapıyorum ve jürime bakıyorum. Big Mac'inden büyük ısırıklar almakta olan Frankenstein. Mayışmış bir adam, cildi kayış gibi; meditasyon yapıyor sanki, bir öne bir arkaya yavaşça sallanıyor. Bir kadın dizüstü bilgisayarını piyanist hızında kullanıyor. Maça Kızı'ndan Mama-san'ı hatırlatıyor bana; ama bu Maça Kızı'ndan Mama-san! Beni görmezden geliyor. Solda, Yakuza üyelerinin resimlerinden parçaların tanık ifadelerine göre birleştirilmesiyle oluşturulmuş üç tane resim oturuyor. Arada üflemeliler bölümü. Görüş alanıma girmeyen bir açıklıkta, bol bir yukata giymiş bir kız meyveli buz emiyor. Onunla göz göze gelmeye çalıştığımda gözden kayboluyor. Kertenkele sandalyeyi yanıma getiriyor. Ryutaro Morino strafor ıvır zıvır kutularının oluşturduğu yığının üzerinden beni izliyor. Nefes sesi, Dericeket'in sandalyesinin gıcırtıları, bilgisayar klavyesinin patada-pat-pat-patı. Ne bekliyoruz? Morino boğazını temizliyor. "Eiji Miyake, savunmanızı nasıl yapacaksınız?"

"Neyle suçlanıyorum?"

Kertenkele'nin bıçağı masanın kenarına derin bir yarık bırakıyor. Başparmağımdan bir santim ötede duruyor. "Neyle suçlanıyorum, *efendim*?"

"Suçluysanız suçu da bilirsiniz."

"Bu durumda suçsuz olmalıyım, *efendim*."

Meyveli buz kızın yan odada gülüştüğünü duyuyorum.

"Suçlu değil." Morino başını ağır ağır sallıyor. "O halde Dokuz Eylül Cumartesi günü neden Maça Kızı'nda olduğunu açıkla."

"Yuzu Daimon burada mı?"

Morino başıyla bir kez onaylıyor, yüzüm masaya çarpıyor, kolum kopmasına bir derece kalana kadar başımın üzerine çekiliyor. Kertenkele kulağıma hırıldayarak "Sence neyi yanlış yaptın?" diyor.

"Soruya cevap vermedim." Kolum bırakılıyor.

"Zeki çocuk." Morino göz kırpıyor. "Dokuz Eylül Cumartesi günü neden Maça Kızı'nda olduğunu açıkla."

"Beni oraya Yuzu Daimon götürdü."

"Efendim."

"*Efendim.*"

"Ancak geçen cumartesi burada Daimon'u tanımadığını söyledin Mama-san'a."

Mama-san bana bakıyor. "Seni uyarmıştım; şikâyet eden çocuklara dayanamıyorum. Biri bana Rusçada nasıl 'on beş milyar' dendiğini söyleyebilir mi?" Dericeket cevap veriyor. Mama-san yazmaya devam ediyor. Morino cevabımı bekliyor.

"Daimon'u tanımıyordum. Hâlâ da tanımıyorum. Oyun salonunda beysbol şapkamı unuttum, geri gittim, şapkamı o almıştı, bana verdi, konuşmaya başladık..."

"... ve devamı, hani derler ya, hikâye. Ama Maça Kızı titiz bir kulüptür. Yuzu Daimon seni üvey kardeşi diye kaydettirmiş. Bunun bir yalan olduğunu mu söylüyorsun?"

Sonuçların ne olacağını merak ediyorum.

"Sorumu duydun mu, Eiji Miyake?"

"Evet, yalandı. Efendim."

"Jun Nagasaki casusluk yapasın diye gönderdi seni diyorum ben."

"Doğru değil."

"Yani Jun Nagasaki ismini biliyorsun?"

"Bir saatten beri biliyorum evet. Sadece ismen."

"Bir hostesi rahatsız etmek için Yuzu Daimon'la Maça Kızı'na gittin; hostesi Miriam olarak biliyorsun."

Başımı hayır anlamında sallıyorum. "Hayır, efendim."

"Yuzu Daimon'la Maça Kızı'na kızı Jun Nagasaki'nin casus vatan hainleri çemberine katılmaya ikna etmek için gittin."

Başımı hayır anlamında sallıyorum. "Hayır, efendim."

Şiddet Morino'nun hareketsiz yüzünü lekeliyor. Sesi mutlak sıfır noktasında. "Miriam'la yatıyorsun. Küçük kızımla yatıyorsun."

Durum budur. Başımı hayır anlamında sallıyorum. "Hayır, efendim."

Frankenstein kaptaki kızarmış parçaları takırdatıyor. "Sonraki hokkabazlığın bu fotoğrafı açıklamak olacak." Üflemeliler bölümü fotoğrafı bana iletiyor. Eski bir apartman dairesinin A4 boyutlarında siyah-beyaz bir resmi. Mesafeyi ayarlayan mercek üçüncü kata odaklanmış, benim yaşlarımda bir çocuk kapının içinden bir şey uzatıyor. Kafası abajurun içindeki bir köpek saksıya işiyor. Miriam'ın dairesini ve kendimi tanıyorum. Bugün burada olmamın sebebi bu. Bu çok kötü. Hiçbir yalan beni buradan çıkartamayacak. Ama gerçek beni nereye götürecek? Morino parmaklarını çıtlatıyor. "Nefesimi tuttum. Hani öyle derler ya." Morino parmaklarını çıtlatıyor. Ağzım kum havuzu gibi. "Şimdi. Küçük kızımın evine neden gittin?"

Ueno Parkı'ndaki Şinobazu havuzundan Miriam'la konuşmamıza kadar her şeyi anlatıyorum. Atladığım tek şey Suga; kütüphane çökertmesini kendim yaptığımı iddia ediyorum. Morino yeni purosunun ucunu koparıyor. Bitiriyorum, hüküm havada asılı kalıyor. Kertenkele sandalyesinde dönüyor. "Baba?" Morino başıyla onaylıyor. "Bana doğru gelmiyor. Bilgisayarcı tipler para kazanmak için istasyonlarda bavul sürüklemez." Mama-san dizüstü bilgisayarını kapatıyor. "Baba. Miriam'ın sizin için çok önemli olduğunu biliyorum ama operasyonu devam ettirmek için acilen başka yerlerde olmamız gerekiyor. Özel mülke girme girişimlerinin çok çok gerisinde duran bu tanımlanamaz çocuk nasıl görünüyorsa öyle biri. Nagasaki bunun gibi bezli çocuklara casusluk yaptırmaz, hikâyesi Daimon'unkindeki boşlukları dolduruyor ve Miriam'a asla el uzatmadı."

Morino onu dinliyor. "Sen nerden biliyorsun?"

"Birincisi, son iki haftadır Miriam'ı Tokyo'daki en iyi dedektife takip ettirdin. İkincisi, ben de bir kadınım."

Morino aklımdan geçenleri okumak için gözlerini kısarak bana bakıyor. Ben gözlerimi yere indiriyorum, Frankenstein'in cep telefonu bipliyor. Cevap vermek üzere yan odaya geçiyor. Morino'nun başının arkasındaki manzarada bir zeplin yüzüyor. Onun üstündeki gün ışığının içinde bir uçak parıldıyor. Mama-san bilgisayarından bir disket çıkarıyor ve disketi içine koyduğu zarfı kapatıyor. "Yakında" diye havlıyor Frankenstein telefonuna, "yakında." Geri gelip sandalyesine oturuyor. Morino beni okumayı bitiriyor. "Eiji Miyake. Mahkeme seni suçlu buldu. Burnunu her yere sokan bir aptal olduğun için suçlusun. Zorunlu ceza hayalarının kesilerek çıkarıldıktan sonra ağzına tıkılması ve ağzının işbu uzuv mahkûm tarafından çiğnenip yutulana kadar bantlı tutulmasıdır." Jüriye bakıyorum. Kimse gülümsemiyor. "Ancak mahkeme men etme kanununa uyduğun sürece cezanı askıya alacak. Bir daha asla Maça Kızı'na gidemeyeceksin. Küçük kızıma asla yaklaşmayacaksın. Rüyalarında görsen bile ihlalinin farkına varırım ve cezan yürürlüğe konur. Kendimi yeterince ifade edebildim mi??"

Kokusunu aldığım özgürlüğü tatmaya cesaret edemiyorum. "Tamamen, efendim."

"Şimdi daha fazla zaman kaybetmeden o anlamsız hayatına geri döneceksin."

"Peki, efendim."

Mama-san ayağa kalkıyor ama Morino gitmeme izin vermiyor. "Yaşım senin yaşının yarısıyken Miyake, ben ve arkadaşlarım Şimane sahilinde kum kertenkelesi yakalardık, Miyake. Kum kertenkeleleri kurnaz hayvanlardır. Yakalarsın, kuyruğunu bırakarak kaybolur gider. Senin kuyruğunu bırakarak gitmediğini nerden bileyim?"

"Çünkü beni korkutuyorsunuz."

"Baban da korkardı benden, ama zamanında bana bir hayvanat bahçesi dolusu kuyruk bırakıp gitti."

Üflemeli çalgıcılar başlarını evet anlamında sallıyorlar. Meyvelibuz'un güldüğünü duyuyorum.

"Babam mı dediniz?"

Morino duman üflüyor. "Eveet. Biliyorsun ki baban dedim."

"Gerçek babam mı?"

"Eveet."

"Yani..."

"Yani annen Mariko Miyake'yi yirmi iki yıl önce düdükleyen kanlı canlı adam. Başka kim olacak ki?"

"Onu *tanıyor musunuz*?"

"Çok yakından değil. Mesleki ortamda ara sıra görüştük. Şaşırmış gibisin." Morino bocalamamı seyrediyor. "Yani ekibim yine tam on ikiden vurdu. Tanrım, kadın işini iyi yapıyor. Babanın kim olduğunu gerçekten bilmiyorsun, değil mi? Düşünmek gerekirse, böyle şeyler oluyor gerçek hayatta. Yarı öksüz bir çocuk hiç görmediği babasını aramaya Tokyo'ya gelir. Yani bankacılarıma gönderttiğim ATM mesajlarının *gerçek* babandan geldiğini mi düşündün?" Gülmüyor ama dudakları yavaşça yayılıyor. Kertenkele kıs kıs gülüyor. Morino evrak dosyasına hafifçe vuruyor. "Baban hakkındaki her şey burada." Dosyayı yelpaze gibi kullanarak serinlemeye çalışıyor. "Sen kaybolmuş gitmiştin ama ajanlarım her şeyi bulup meydana çıkarabilir. Seni araştırdım ve babanı da ortaya çıkardım. Şaşırdık. Yine de. Şimdi çekilebilirsin." Evrak dosyasını metal çöp kutusuna atıyor. Kertenkele ayağa kalkıyor ve sandalyeme vuruyor.

"Bay Morino?"

"Sen hâlâ burada mısın?"

"Lütfen evrak dosyasını bana verin."

Morino gözlerini kısarak Kertenkele'ye bakıyor ve kapıyı işaret ediyor.

"Efendim, bu bilgiye artık ihtiyacınız yoksa..."

"Hayır, ihtiyacım yok ama sana gereksiz yere acı vermek hoşuma gidiyor. Evlat sana lobiye kadar eşlik edecek. Arkadaşın ve akıl hocan Yuzu Daimon seni bekliyor. Kendini bitkin hissediyor. Şimdi hemen bu odadan çık yoksa uyuşana kadar dayak yer aşağı atılırsın." Kertenkele'yi takip ediyorum ve 333 babamın üstüne kapanmadan hemen önce çöp kutusuna son kez bakıyorum.

Ona olan kızgınlığımı göstermek için Yuzu Daimon'un yanından öylece geçip gitmeye niyetliydim. Bu, onu kanepeye yığılmış halde görmeden önceydi. Birkaç tanıdığımın öldüğünü biliyordum ama hiç gerçek bir ölü görmemiştim, öylesine solgun ve kaskatı ki. Siz ne yapardınız? Yüreğim aşırı heyecanlı mekanik bir kum torbası. Kol ve bacaklarını hareket ettirdikçe kanepe gıcırdıyor. Gözleri açık ve titriyor. Gözbebekleri etrafta dolaşıyor ve beni buluyor. "Peki, sana ne yaptılar?"

Bir şeyler garip bir şekilde çatırdıyor.

"Sana ne yaptılar, Miyake?"

Sonunda konuşabiliyorum. "Beni serbest bıraktılar."

"Bir günde iki mucize. Hiç dokunmadan mı?"

"Çok korkuttular ama dokunmadılar. Ama demin korktuğum kadar korkutamadılar beni. Öldüğünü sandım! Sana ne yaptılar?"

Daimon bunu duymazdan geliyor. "Neden Miriam'ın evine gittin? Neden?"

"Senin şafak kaçışından sonraki gün Ueno Parkı'nda tesadüfen karşılaştığımızda kütüphaneden ödünç almış olduğu bir kitabı düşürdü. Ben de onu götürdüm. Hepsi bu."

Bir gülüş ağzımın kenarlarını seğirtmeye çalışıyor.

"Sana ne yaptılar?"

"Bir litre kan."

Yanlış duydum galiba. "Kanının bir litresini mi aldılar? Bu..."

"Evet kan bankası paketlerinden çok daha fazla, evet... Yaşayacağım. Çünkü sadece ilk suçumdu bu."

"Ama kanınla ne yapacaklar ki?"

"Test yapmak, satmak, sanırım."

"Kime?"

"Miyake, lütfen. Yasadışı piyasalardan bahsetmeye mecalim yok."

"Hareket edebiliyor musun? Bence hastaneye gitmelisin."

Konuşmak Daimon'a çok pahalıya mal oluyor. "Evet, Doktor, çok doğru. Yakuza davasına ödeme olarak kanımın altıda birini verdim. Korkunç, değil mi? Evet, hâlâ ölmediğim için şanslı olduğumu biliyorum. Evet, katılıyorum oldukça yasadışı bir şey. Ama lütfen polisi aramayın, çünkü babam da işin içinde."

"Tamam, ama bu binada takılmak çok kötü bir fikir."

"Bir dakika, iki dakika, nefes alayım izin ver de."

Lobiye bakınıyorum. Çıkış, çıkmamıza izin verecek ama tekrar buraya giremeyeceğiz. Görüşme odasına giden koridor Kertenkele tarafından kilitlenmiş bir kafesle kapatılmış. Lobinin cam duvarları plastik örtülerle kaplanmış. Kaplamanın ucundan biraz yırtıyorum; şantiye, şantiyeyi çevreleyen çit ve California plajı sadece bir futbol topu atışı uzaklıkta. Güneşlenenler tahtalar üzerinde kızarıyor. Pasifik canavar filmlerindeki deniz kadar parlak ve durgun. Hapşırıyorum. Grip olmasın, şimdi olmasın, lütfen. Daimon'u götürmezsem komaya gireceğinden korkuyorum. "Ayağa kalkmaya çalış."

"Beni rahat bırak."

"Aileni aramak istiyorum."

Daimon doğrulup yarım oturuyor. "Hayır, hayır, kesinlikle hayır. Bu sefer inan bana. Ailemi aramak en, en kötü şey."

"Neden?"

Daimon sinekten kaçıyormuş gibi sallıyor kafasını. "Politika. Politika."

Şimdi ne peki? "Ne kadar paran var?"

"Beni rahat bırakırsan her yenim senindir."

"Beni ayartmaya çalışma. Xanadu'nun girişinin yanında taksi sırası gördüm. Sen ve ben oraya yürüyeceğiz. Ya şimdi pes edersin ya da beni on dakika bağırttıktan sonra pes edersin. Sana kalmış."

Daimon yine iç geçiriyor. "Harekete geçtiğin zaman pek buyurgan oluyorsun."

Kalabalığı yararak yürürken garip bakışlara hedef oluyoruz ama herkes Daimon'un küfelik sarhoş olduğu için omzuma yığıldığını sanıyor. Atomik eylül güneşi her yeri ışıkla dolduruyor. Japon Demiryolları tulumum terden yapış yapış. İnsanlar Xanadu'ya girip çıkıyor. Ortam gümüş rengi helyum balonları ve gösterişli müzikle dolu. Diyalog parçası kümeleri, mısır standından gelen duman. Metrelerce genişlikte bir gözlükte yansımamızı görüyorum. Çok kötü görünüyoruz. Dev siyah bir tavşan şapkadan cüce bir sihirbaz çıkarıyor ve dünya alkışlıyor. Bir yerlerde piyano ve yaylı sazlar çok güzel bir şeyler çalıyor. Daimon'un göğsünü şişirdiğini hissediyorum. "Hasta olmak mı istiyorsun?" diye soruyorum ona. "Hayır. Bugünün komik tarafına gülüyordum." Komik tarafın ne olduğunu merak ediyorum. "Hayatımı kurtarmış olmanın benim için ne kadar utanç verici olduğu hakkında en ufak bir fikrin var mı, Miyake?" Zax Omega yolumuza atlıyor, kendi bebeklerini satıyormuş. "Evet" diyorum, "durumu göz önünde bulundurursak çok küçük düşürücü olmalı, sanırım." Taksi sırasına ulaşana dek başka bir şey söylemiyor Daimon. Ayağını çekerken daha çok zorlanıyor, nefesi gittikçe düzensizleşiyor. Taksinin kapısı kendiliğinden açılıyor – güneyde kapıları hâlâ kendiniz açmak zorundasınız. "Kita Senju'yu biliyor musunuz?" diye soruyorum şoföre. Başını evet anlamında sallıyor. "İstasyondan beş dakika uzaklıktaki Tenmaya'yı biliyor musunuz?" Şoför başını evet anlamında sallıyor. "Gideceğimiz video dükkânı aynı caddede sağ tarafta..." Akan Yıldız'ın adresini karalıyorum. "Lütfen arkadaşımı oraya götürün." Şoför kararsız görünüyor, Daimon'un sarhoşluğuna karşın iyi para alacağı denklemini kurmaya çalışıyor. "Biraz güneş çarptı sadece. On dakika içinde kendine gelir." İyi para ağır basıyor ve taksi Daimon'u götürüyor. Geri dönüp geldiğim yola bakıyorum. Valhalla'da metal bir çöp kutusuna atılmış bir evrak dosyasıyla randevum var.

◆

Moğol yaklaşıyor. Loş ışıkta adam şeklinde bir delik. Neredeyse gülümsemesini görebiliyorum. Kovboy çizmeleri kalan saniyelerimi sayıyor. Kertenkele ve Cadillac farlarla savaş alanını veya başka bir yaşamdan olayları tarıyor. Morino ve Frankenstein hâlâ izliyor mu? Moğol'dan gözlerimi ayırırsam tekrar baktığımda katilimin yolu yarılamış olacağından korkuyorum. Adrenalinim ateşimle savaşıyor, korkunun verdiği enerjiyi kullanabileceğim bir yol yok. Bu vuruştan sonra yere çarptığımda miktarı ne olursa olsun adrenalin beni hayatta tutamayacak. Miktarı ne olursa olsun, adrenalin, gerçek ve canlı bir ücretli askeri gerçek ve yüklü bir silahla silahsızlandırmamı sağlamayacak. Kahretsin, hayır. Öldüm işte. Kim özleyecek beni? Buntaro gelecek cumartesiye yeni bir kiracı bulmuş olur. Annemse suç, kabahat ve votka döngüsüne girecek. Tekrar. Babamın ne hissedeceğini kim nereden bilecek? Üvey annem bunu kutlamak için yeni bir şapka alacak muhtemelen. Akiko Kato'nun birkaç evrak işi olacak. Kedi yeni bir yastık bulacak. Zaten sadece süt için geliyordu. Yakuşima'daki dayımlar, eşleri ve kuzenlerim haberlere çok şaşırıp perişan olacaklar tabii ki ve Tokyo'nun çok karışık bir yer olduğu, Japonya'nın eskiden olduğu gibi güvenlik kalesi olmadığı hakkında görüş birliğine varacaklar. Büyükannem haberleri boş bir yüz ve yarım gün sürecek bir sessizlikle karşılayacak. Sonra da "Kız kardeşi onu çağırdı, o da gitti" diyecek. Listem burada bitiyor. Bu da vücudumun geride kalacağını düşünerek yaptığım bir varsayım. Cesedimi diğerleriyle birlikte gelecekte otoyol olacak bir arsaya gömmek olayları biraz daha karmaşıklaştıracaktır. Buntaro bir hafta içinde kayıp olduğumu bildirecek, herkes omuz silkip annemin izinden gittiğimi söyleyecek. İşte silahını kontrol ederek geliyor. Bunların hepsi ne içindi? Anju'yu okyanus tutmuştu. Ben kendimi bıraktım artık. Yine hapşırıyorum. Şimdi hapşırıyorum! Neden umurumda olsun ki? Çekilmiş denizden gelen meltem içimi serinletiyor.

☯

Valhalla'ya yeniden girmeden önce bir saat kadar zaman öldürmeye karar veriyorum. Ueno'dan Bayan Sasaki'yi aramaya karar veriyorum ama sesini duyduğum an panikle veya utanarak telefonu kapatıyorum. Ya gerçekçi bir yalan söylemeliyim ona ya da dosdoğru gerçeği anlatmalıyım. İkisini de yapamam. Ben de Buntaro'yu arıyorum, onunla konuşmak daha kolay. Ev sahibim telefonu hemen açıyor. "Ne oldu bil bakalım, ahbap! Kodai gözlerini gerçekten açtı! Karımın karnında! Açtı! Düşünsene! Ve şunu da duymalısın: Başparmağını emiyor! Şimdiden! Doktor bunun bu kadar erken olmasının olağanüstü olduğunu söyledi. Hızlı gelişiyormuş, doktor öyle söyledi."

"Buntaro, ben..."

"Geçenlerde bir bebek videosu izliyordum. Annelik... olağanüstü bir şey. Embriyoların susayabileceğini düşünmüş müydün hiç? Susuyorlar! Amniyotik sıvıyı içip işiyorlar! Hiç bitmeyen bir Budweiser deposuna bağlanmak gibi. Tek fark amniyotik sıvının tadının daha güzel olması. Doğmayı beklemek saf mutlulukla geçen dokuz ay demek. Asla hesap ödemek zorunda kalmadığın bir bar gibi. Altmışların sonlarındaki gibi. Biz o zamanlardan hiçbir şey hatırlamıyoruz."

"Buntaro, bir arkadaşım..."

"Hamileliğin kadının içini nasıl yeniden düzenlediğini düşündün mü hiç? Üçüncü üç aylık sürenin sonunda rahim kaburga kemiğine değmektedir. Plasental memelilerde rahim gerçekten sağlamdır. Bu yüzden..." Akan Yıldız'daki bir kadın bütün gücüyle bağırıyor arkadan. "Bekle bir saniye, sesi kısacağım. *Rosemary'nin Bebeği*'ni izliyorum. Kodai'nin şeytanın oğlu olduğu ortaya çıkarsa diye birkaç tüyo alıyordum. Hastanedeki bir ebe diyor ki..."

"Buntaro!"

"Bir sorun mu var?"

"Çok üzgünüm ama kulübeden arıyorum ve kartım bitmek üzere. Bir arkadaşım taksiyle Akan Yıldız'a geliyor. Kan bağışladı, ama çok fazla kan almışlar ve biraz uzanmaya ihtiyacı var. Oraya geldiğinde odama götürür müsün lütfen? Sonra açıklarım. Lütfen."

"Pantolonlarının ütülenmesi de lazım mı? Masaj falan..."

Biplemeler. Mükemmel. Kapatıyorum.

Kız ve erkek arkadaşlardan oluşan bölük –çiftlerin beş yıl içinde dönüşeceği öfkeli genç aile taburundan hiç bahsetmiyorum– alışveriş merkezindeki bir podyuma sürüklüyor beni. Müzisyenler geçişli ve canlı bir müzik çalıyorlar. Mozart belki. Kendimi birden ön sırada buluyorum. Şişman bir çellist, iki zayıf kemancı, aptal bir viyolonist ve Yamaha marka kuyruklu piyano çalan bir kız. Köpek sahipleri zamanla köpeklerine benziyorlarsa müzisyenler de enstrümanlarına benziyorlar. Piyanistler dışında, bir insan nasıl piyanoya benzeyebilir ki? Karışıklık açısından belki. Kızın saçları yüzünü kaplıyor; nağmeleri ona bir Tanrı fısıldıyormuş gibi klavyeye abanmış. Piyanistin boynu mükemmel; kıvrımlı, pürüzsüz, gergin oyuklar ve tümsekler. Krem rengi ipekten bir elbise giymiş; ter lekeleri omurgasını ortaya çıkarıyor. Kızın ayakları çıplak. Müzik bitiyor ve herkes alkışlıyor. Yaylılar bölümü alkışların tadını çıkarıyor; piyanist sadece dönüp eğilerek selam veriyor. Ay İmajo. Bu gerçekten Ay İmajo. Saklanacak bir yer arıyorum ama el çantaları, pusetler ve eriyen dondurmalar tarafından çevrilmiş durumdayım. Ay İmajo tam da benim olduğum tarafa bakıyor ve yüzümde kızarma bombası patlıyor. O sırada baktığını ama görmediğini anlıyorum. Müziğin parlaklığı hâlâ gözlerini kamaştırıyor. Sonra bana –gerçekten– gülümsüyor ve kafa atar gibi yapıyor. Kocaman buketler taşıyan penguenler tarafından geriye itilmeden önce takatsizce el sallamayı başarıyorum. Boncuklara dolanmış dişi bir hipopotam çığlık atarak mikrofonun da haykırmasına neden oluyor. Xanadu'da oturabileceğim gölgeli bir köşe bulmak için geziniyorum. Müzik öğrencisi arkadaşlarının önünde Ay İmajo'yu utandırmak istemiyorum.

Valhalla güneşi gizliyor. Saatim dolduğunda çitteki bir boşluktan bitmemiş gölgenin içine süzülüyorum. Ana girişin ağzında sigara içen üç güvenlik görevlisi görüyorum ama tuğla yığınları, kablo tomarları ve su boruları arasından sıvışmak çok kolay. Valhalla'dan izleniyorsam başım belada demektir, Ay İmajo'yu görmemin bugünkü tesadüf kotasını doldurmuş olmasını umuyorum. Kablo tomarının yanından geçerken neredeyse sendeliyorum. Hayata açılan bu yol havalandırma kanalından Valhalla'ya girilmesini sağlıyor. Bir yılan için değil burası, Yılan. Güvenlikçilerin görüş alanından çıkarak piramidin dibine geliyorum ve içeriye girmek için bir yol arıyorum. İnşaat çok büyük, her kenarı yürümek beş dakika sürüyor. Otel lobisinin girişini geçiyorum ve kapıdan çıkarken bir şey koyup açık kalmasını sağlamadığım için lanet ediyorum kendime; içteki sürgüyü bir şekilde sıkıştırabilirdim. Yirmi dakika sonra ana girişe ve üç güvenlik görevlisinin oraya dönüyorum. Buharcı falan olarak içeri girmeyi düşünüyorum –hâlâ tulumumu giyiyorum ne de olsa– ama konuştuklarını duyacak kadar yaklaşıp da bir insanı felce uğratmanın en iyi yolunu tartıştıklarını anlayınca fikrimi değiştiriyorum. Frankenstein'in gündüz gelirken indiği kaldırım rampasına geri gidiyorum. Hafriyat makinesinin arkasından güvenlik locasını izliyorum. Pencereleri kesişen yolları görüyor ama rampanın yukarısını göremiyor. Duvara dayanarak yürürsem kimseye görünmeden ilerleyebilirim. Sonra sürünerek locayı geçebilirim belki de. En büyük tehlike ben rampadan aşağı inerken herhangi bir aracın çıkması. Ama koca otoparkta sadece üç Cadillac vardı. Sanırım.

İşe yarıyor. Yakalanmadan locaya ulaşıyorum. Güvenlik görevlisinin televizyonundan "Bu, Devler ve Ejderhalar arasında altmış bin kişinin izlediği bir savaş ve bu bunaltıcı günde ev sahibi takımdan Enoki, Kubbe'de ısınma hareketleri yaparken genç savaşçının tam da şu an aklından geçmesi gerekenleri tahmin edebiliyorum" konuşması duyuluyor. Domuz şiş kokusu alıyorum ve mikrodalga fırının biplediğini duyuyorum. Dizlerimin üstüne çöküp hemen geçiyorum; ayağım molozda kayıyor, bunu kesinlikle duydu ama ben devam ediyorum, önce kapıdan sonra bariyer kolunun altından geçiyorum; bağırış ve alarm sesleri duyacağımı düşünerek karanlığa karışıyorum. Bir kolonun arkasına koşuyorum, kalbim perküsyon çalıyor. Hiçbir şey olmuyor. Adam sağır herhalde. Şimdi davetsiz bir misafirim artık, izinsiz girdim buraya. Sakin ol. Çöplükten istenmeyen süprüntüyü alabilmek için binaya doğru yürüyorum. Üç Cadillac sırayla park edilmiş, bu iyi değil, ama babam metal çöp kutusunda güvende olduğu sürece otelde saklanacak bir yer bulabilir, asayiş berkemalken babamı kutudan çıkarabilirim. Gölgenin en karanlık taraflarında kalmaya çalışarak giriş kapısına ilerleyip içeri giriyorum. Bu yolu hatırlıyorum sanki. Burası hâlâ ıssız. Kano uzunluğundaki yılan da bu açılır kapanır kapı labirentinde dolaşıyor. Daimon'la içine atıldığım soğuk tuvaleti geçiyorum; yüksek bir kahkaha sesi duyuluyor aniden. Sinirlerim zıplıyor, ileri atılıyorum ve kahkaha koridora yayılırken köşeyi dönüyorum. Kahkaha beni sonraki üç dönüş boyunca takip ediyor. Sonra kesiliyor. Sonra yönünü değiştirip bana doğru geliyor. Geliyor mu? Panikle ters yöne dönüyorum – döndüğümü sanıyorum ve köşesine bir içecek makinesinin yerleştirilmiş olduğu çıkmaz sokağa geliyorum. Dinliyorum. İki adamın sesleri gittikçe yaklaşıyor. Belki içecek makinesinin yanına saklanabilirim; evet, yapabilirim bunu, kıvrılarak arkasına girmeye çalışıyorum ama ayağım kablo tomarına takılıyor. Bu sırada sesler makinenin önünde ortaya çıkıyor. Donup kalıyorum. Hareket edersem beni duyacaklar. Eğilip makinenin yanına bakarlarsa bacağımı görecekler. Hapşıracağımı hissediyorum. Bir transformatör batıyor sırtıma. Vızıldıyor ve ütü gibi sıcak.

"Vay, vay, vay, ne varmış burada."

"İthal Stella Artois birası. Tanrıların içeceği."

"Hemen bir kutu içmenin zamanı mıdır?"

"Neden olmasın? Ne öğrendim biliyor musun? Kakizaki AB Rh negatif."

"Vay vay, umarım kuruyana kadar kanatmışsınızdır onu. AB negatif doğru milyarder için sıvı yakuttur."

"Kurudan daha kuru oldu, o zavallı. Bunu bir merhamet göstergesi olarak değerlendiriyorum. Girintilerin ağzında boynundan bağlandığını duydun mu? Kahretsin, bu makine beş binlik almıyor. Daha küçük paran var mı?"

Şimdi hapşıracağım.

Bozuk paralar makineye atıldı. "Boynundan bağlandığını mı? Morino bant kullanılmasını söylemişti sanki."

"Kullandık ama Nabe çok fazla kıpırdandı. Morino yatıştırıcı yok diye emretmiş. Yani ya bağlayacaktık ya da yirmi beş santimlik çivilerle halledecektik işi. Kakizaki şanslı bir herif. Eti hindininkinden de beyaz, pek bir şey hissetmeyecektir."

Hapşırığım kayboluyor. Biralar makinenin bağırsaklarında dolaşıp dışarı çıkıyor. Adamlar biralarını açıp doğramacılık konusunda tartışmaya devam ederek uzaklaşıyorlar. Hapşırıyorum ve başımı makinenin yanına dayıyorum.

Saklanmak için bir yerler aramaya devam ederken tesadüfen 333 numaralı odayı buluyorum. Kulağımı kapıya dayıyorum. Kulak zarlarımı titreştiren nabzım dışında bir şey duymuyorum. Sanırım. Kapı kolunu kontrol ediyorum. Çok sıkı ama kilitlenmemiş sanki. Nefesimi tutup kapıyı çok az aralıyorum ve içeri bakıyorum. Evrak dosyasının bulunduğu metal çöp kutusunu görebiliyorum. Cam hafif aralanmış ve panjurların arasından hafif bir rüzgâr esiyor. Yan odayı hatırlayıp sürünerek içeri giriyorum. Kimse yok burada. Rahatlama duygusu beni ıslatıyor, zafer kazanmış olmaksa hortumla yıkıyor. Bu çılgınca riski almak meyvelerini verdi. Evrak dosyasını açıyorum ve acıyla inliyorum. Tek bir fotoğraf düşüyor yere, beyaz tarafı üste geliyor. Tükenmez kalemle bir şeyler yazılmış. *Arapların bir atasözü vardır: "Ne istersen al" der Tanrı, "ve karşılığını öde." Pluto Paçinko, Xanadu, şu an.* Çevirip resme bakıyorum. Kesin olan iki şey var. Bir: Kadın, Akiko Kato. İki: Şoför koltuğundaki adam, çenesinin köşesinden kaşlarının dikliğine varana kadar benim babam. Buna hiç şüphe yok.

Pluto Paçinko havası ter, duman ve gürültüyle o kadar yoğunlaşmış ki tavandaki disko topuna yüzebilirsiniz. Elli yıl beklemek yerine ciğerimi sigarayla hemen şimdi değiş tokuş edebilirim ama bir an bile gecikirsem Morino'yu kaçıracağım; korkarım şimdiye kadar en iyi planım olan F Planı da onunla beraber kayıplara karışacak. Aman neyse, sadece burada nefes alarak da bir gergedanı sakinleştirecek nikotini içime çekebiliyorum. Boş yer bekleyen müşteriler merdivenleri tıka basa doldurmuş. Yakuşima'da bir paçinko oyun salonunun sahibi olan en büyük dayım yeni açılan oyun salonlarının piyasada tutunabilmek adına makineleri kurcalayarak müşterilerin daha çok kazanmalarını sağladığını söylemişti. Her yerde bol miktarda bulunan gümüş topların patırtısı ve parıltısı kadın ve erkek robot dizilerini hipnotize ediyor. Xanadu'nun otoparkının bağırsaklarında kaç bebek yavaş yavaş pişirilerek öldürülüyor merak ediyorum. İşi olmayan giremez kapısını ararken ikinci turu atmaya başlıyorum. Zaman geçiyor. Pluto üniformalı bir kız buluyorum. "Hey! Baba'nın ofisi nerede?"

Kadın şaşırıyor. "Kimin ofisi, efendim?"

Kaşlarımı çatıyorum. "Müdürün!"

"Ah, Bay Ozaki mi?"

Gözlerimi deviriyorum. "Başka kim olabilir?"

Beni danışmanın arkasına alıyor, şifreli kapıya şifre giriyor ve kapıyı açıyor. "Bu merdivenleri çıkın, efendim. Sizi ben götürürdüm ama bu kattan ayrılmamam gerek."

"Ben de öyle ummuştum." Kapıyı kapatıyorum. Bir sürü kilit kapatılıyor üzerime. Dik merdivenler bir kapıya gidiyor. Sualtı sessizliği. Merdivenleri çıkıyorum ve Dericeket'in en üst merdivende durup sakince beni izlediğini görünce neredeyse düşüyorum. Elindeki silahı sallıyor. İlk kez gerçek bir silah görüyorum. Kapıyı gösteriyorum. "Girebilir miyim?" Bir şeyler çiğnemekte olan Dericeket kafasını hayır anlamında bir kez kaldırıyor. Kapıyı iki kez tıklatıp açıyorum.

Kapıyı açıyorum, bir adam havada uçuyor; odanın ötesindeki bir aynaya doğru uçuyor. Ayna alkışla ikiye ayrılıyor, adam görüntüden çıkıyor ve robot dolu oyun salonu ortaya çıkıyor. Görüntü titreşiyor. Ağzım açık kalıyor; bunu ben mi yaptım? Dinmek bilmeyen Paçinko gürültüsü ofisi dolduruyor. Morino beni masasının arkasından izliyor; parmağını ağzına, elini de kulağına koymuş. Sadece üç üflemeli çalgıcıyı –fırlatışı onlar gerçekleştirmiş– ve aşağıdan zincirleme reaksiyon patlak vermeden önce örgü örmekte olan Mama-san'ı tanıyacak kadar zamanım oluyor. Kaos, çığlıklar ve bağırışlar. Morino dirseklerini masaya dayamış. Memnuniyet tüm yüzünü kaplıyor. Çerçeveden sivri bir ayna parçası düşüyor. Dericeket kapıyı dışarıdan kapatıyor. İnsanlar çil yavrusu gibi dağılınca kasırga diner gibi oluyor. Kertenkele ve Frankenstein zararın ne kadar olduğunu görmek için çerçevenin içine bakıyor. Morino gözkapaklarıyla gülümsüyor gibi. "İyi zamanlama, Miyake. Savaş ilanıma şahit oldun. Otur."

Titriyorum. "Adam..."

"Hangi adam?"

"Pencereden attıkları adam."

Morino tahta bir kutuya bakıyor. "Ozaki mi? Ne olmuş ona?"

"Ambulansa" deyip yutkunuyorum, "ihtiyacı yok mudur?"

Morino kutuyu açıyor. Purolar. "Ben de öyle olmasını umuyorum."

"Ambulans çağırmayacak mısınız?"

"Mükemmel! Bir Monte Cristo. Ambulans çağırmak mı? Ozaki ambulans çağrılmasını isteseydi, Ryutaro Morino'nun ayakkabılarına işemenin sonuçlarını düşünürdü."

"Polis gelecek."

Morino puroyu burnunun altında gezdiriyor.

"Polis mi?" Frankenstein kaosun Pluto Paçinko'nun dışına taşmasını izliyor. "Polis senin dünyanda yaşar. Bizim dünyamızın polisliğini bizler yaparız." Kertenkele'ye başıyla işaret ediyor ve ikisi gidiyorlar. Şiddetin varlığı dayanılmaz bir şekilde midemi bulandırıyor. Mama-san'ın örgü şişleri birbirine çarpıyor. Borazancılar ara vermiş.

Morino sonunda puronun jelatinini çıkarıyor. "Purolar hakkında ne bilirsin ki? Hiçbir şey. O yüzden dinle ve öğren. Pırlantalı taçlar için Tiffany galerisi ne demekse puro için de Monte Cristo odur. Mükemmelliğiyle ünlüdür. Tamamen Küba'dan: Orada yetiştirildi, sarıldı ve paketlendi. Ozaki gibi bir sıçanın Monte Kristo'ya bakması bile küfürdür. Sana oturmanı söyledim."

Uyuşmuş bir halde emre uyuyorum. "Bilgi istediğin için buradasın. Doğru muyum?"

"Evet."

"Biliyorum. Bu bilgi bana çok pahalıya mal oldu. Ödemeyi nasıl yapmayı düşünüyorsun?"

Bu adamın birini kısa süre önce pencereden attığı gerçeğini görmezden gelmek için elimden geleni yapıyorum ve odaklanmaya çalışıyorum. "Size gerçekten minnettar olurdum..." Cümlem bitiyor.

Morino dilinin ucuyla puroya hafifçe dokunuyor. "Eminim, minnetin beş yıldızlı minnettir. Ama benim büyükşehir giderlerim var. Senin minnetin benim için pire boku değerinde. Başka şeyler dene..."

"Ne kadar?"

Morino masasından bir alet çıkarıyor ve puroyu sünnet ediyor. "Çocuklar için neden her şey hep para, para, para bu günlerde? Küçük mucize Japonya ahlaki ve manevi bir mezarlık haline geliyor. Hayır, Miyake. Paranı istemiyorum. Ayrıca çoğu güvercinin seninkinden daha çok geliri olduğunu biliyorum. Hayır. Teklifim şu. Ödemeni sadakatinle yapacaksın."

"Sadakatimle mi?"

"Burada eko mu oluyor?"

"Sadakatimi vermek ne anlama geliyor?"

"Aynı baban gibisin. Küçük düşünüyorsun. Sadakatin mi?

Düşüneyim. Sanırım günün geri kalanını beraber geçirebiliriz. Bowling oynarız. Köpek gösterisi izlemeye gideriz. ir şeyler yer, sonra da eski dostlarımızla bir araya geliriz. Gece yarısı olunca seni eve bırakırız."

"Ve karşılığında..."

"Karşılığında..." Parmaklarını yalıyor ve bir borazancı ona başka bir evrak dosyası uzatıyor. Morino dosyadaki sayfaları karıştırıyor. "Babanı alırsın. İsim, adres, meslek, özgeçmiş, kişisel tarih, renkli ve siyah-beyaz fotoğraflar, ayrıntılı telefon faturaları, banka hesapları, tercih ettiği tıraş jeli." Morino dosyayı kapatıp gülümsüyor. "Sen bana ve aileme birkaç saat ayırırsın ve tarihi araştırman başarıyla sonuçlanır. Ne dersin?" Aşağıdaki ıssız Paçinko katından cam çatırtıları ve elektrikli panjur sesleri geliyor. Şahit olduklarımı göz önünde bulundurarak "Hayır" demenin sadece evrak dosyasını reddetmiş olmaktan çok daha kötü sonuçları olacağını düşünüyorum.

"Tamam."

Sol dirseğimin hemen üzerine yumuşak ve ıslak bir şey batıyor. Acıyla bağırıyorum. Diğer bir borazancı beni tutuyor. Yüzünü benimkine yaklaştırıyor, burnumu ısırmak istiyormuş gibi ağzını kocaman açıyor. Nefesi havuz suyu gibi kokuyor. Başka tarafa yönelmeden önce ağzını yakından görebiliyorum, sonra olduğum tarafa geri geliyorum. Dili ucu kesilmiş bir kök gibi. Düzensiz bir gülüşü var. Borazancıların hepsi sessiz. Şırınga benim kanımla doluyor. Kolundaki şırıngaya kan dolan Morino'ya bakıyorum. Şaşırmama şaşırmış görünüyor. "Mürekkebe ihtiyacımız var."

"Mürekkep mi?"

"Sözleşme için. Ben yazıya inanırım." Şırıngalar alınıyor ve kolum serbest bırakılıyor. Morino şırıngaları fincana boşaltıyor ve kanlarımızı çay kaşığıyla karıştırıyor. Kolumdaki deliğe dezenfektan bastırılıyor. Bir borazancı Morino'nun önüne el yazısıyla yazılmış bir sayfa koyuyor ve patronuna bir yazı fırçası uzatıyor. Morino fırçayı kana batırıyor, derin nefes alıyor ve nazik hareketlerle *Sadakat, Görev* ve *İtaat* yazıyor. Kâğıdı okuyabileceğim şekilde bana çeviriyor. "Çabuk ol" diye emrediyor, ağzı gözlerinde sanki, "kan pıhtılaşmadan önce imzala." Fırçayı alıyorum, kana batırıp *Mi* ve *Yake* yazıyorum. Kırmızı çoktan kuruyup gübre rengine dönmeye başladı. Morino beni şüpheci bir bakışla izliyor. "Hattatlık. Yok olan bir sanat."

"Lisede mürekkeple çalışırdık."

Morino kuruması için üflediği kâğıdı sarıyor. Her şey hazır gibi görünüyor. Mama-san örgü şişlerini bırakıyor ve kâğıdı çantasına koyuyor. "Belki şimdi" diyor, "asıl konuya gelebiliriz Baba?"

Morino kan fincanını masaya koyuyor ve ağzını siliyor. "Bowling."

Bodrum katındaki bir alışveriş merkezi Xanadu'yu Valhalla ve Nirvana'yla birleştirecek. Burası kasvetli bir altgeçit hâlâ, işçi lambalarıyla aydınlatılıyor ve muşamba, tuğla, kalas, düz cam ile zamanından önce gelmiş ve puslu politen içinde sıkıştırılmış çıplak vitrin mankenleriyle dolu. En önde Morino var, elinde de megafon. Mama-san arkamdan yürüyor, borazancılar da arkasından geliyorlar. Başımın üstündeki güneş ışığıyla aydınlanan dünyada bir yerlerde, Ay İmajo Mozart çalıyor. Morino'nun kelimeleri karanlığın konuşması gibi. "Atalarımız Tanrılar için tapınaklar inşa ediyorlar. Bizse büyük mağazalar inşa ediyoruz. Gençken babamla iş için İtalya'ya gittim. Binaları rüyalarımda hâlâ görürüm. Japonya'da eksik olan şey megalomani." Burada hava serin ve rutubetli. Hapşırıyorum. Boğazım gerildi sanki. Sonunda boş asansöre ulaşabiliyoruz. *Valhalla'ya hoş geldiniz* diyor Thor;[20] bir elinde

20. Yıldırım ve Savaş Tanrısı. (ç.n.)

yıldırım, diğer elinde bowling topu var. Kontrplaktan yapılmış geçici bir kapıdan geçerek gündüzün mühürlendiği koca bir karanlığa giriyoruz. İlk başta yer de dahil olmak üzere hiçbir şey göremiyorum. Sadece boşluğu hissedebiliyorum. Morino'nun sigarasının duman izini ve ışığını takip ediyorum. Hangar mı burası? Uzakta kümelenmiş bir şeyler parıldıyor. Burası bir bowling vadisi. Kulvarların yanından geçiyoruz. Kaç kulvar olduğunu sayamıyorum bile. Dakikalar geçiyor gibi, ama bu imkânsız. "Yakuşima'da bowlinge gider miydin, Miyake?" Sesi bazen uzaktan bazen çok yakından geliyor. "Hayır" diye cevap veriyorum. "Bowling gençleri beladan uzak tutar. Ağaçlardan düşmekten veya akıntıda boğulmaktan daha güvenlidir. Bir keresinde babanla bowlinge gitmiştim. Baban çok sıkı bir bowling oyuncusudur. Ama golfte daha iyidir." Ona inanmıyorum ama yine de ilgiyle dinliyorum onu. "Hangi golf sahasında oynadınız?" Morino ucu ateşböceği gibi olan purosunu bana doğru sallıyor. "Gece yarısına kadar zerre söylemem. Anlaşma böyle. Sonra midene aldığı kadar detay indirebilirsin." Birden buradayız. Dericeket, Frankenstein, Kertenkele, Meyvelibuz. Mama-san oturup örgüsünü çıkarıyor. Morino dudaklarını şapırdatıyor. "Misafirlerimiz yerleştirildi mi?" Frankenstein ışıklı kulvarı işaret ediyor. Kulvarda lobut yerine cilalanmış üç insan kafası var. Ortadaki kafa hareket ediyor. Soldaki kafa kasılıyor. Burada olmamalıyım. Bu, kâbus gibi bir hata. Hayır. Bu bir çeşit sorgulama. Morino gerçek insanlara bowling topu fırlatacak kadar hasta değildir. O, savaşçı bir işadamı. "Baba" diyor Mama-san. "Söylemek zorundayım. Bu iğrenç bir hareket."

"Savaş savaştır."

"Peki ya retinaları?"

"Endişeni anlıyorum, gerçekten. Ancak ölü bir adamı kaderinden mahrum ederken vicdanım devreden çıkıyor."

"Morino!" diye bağırıyor Ortakafa boğuk sesiyle. "Orada olduğunu biliyorum!"

Morino megafonu dudaklarına götürüyor. Büyüyen sesi kum fırtınası gibi. "Güzel açılış günü için tebrikler, Bay Nabe." Yankılar uzakları tokatlayıp geri dönüyor. "Paçinko salonunda küçük bir yaygara koptu gibi ama şimdi ortalık durulmuştur eminim."

"Bizi bırakın! Hemen şimdi! Bu şehrin sahibi Jun Nagasaki'dir."

"Yanlış, Nabe. Jun Nagasaki bu şehrin sahibi olduğunu sanıyor. Ama ben asıl sahibi olduğumu biliyorum."

"Sen kahrolası bir *Zırdelisin*!"

"Ve sen de" diye bağırarak cevap veriyor Kertenkele, "kahrolası bir *ölüsün*!"

Megafon cızırdıyor. "Sen, Nabe, yürüyen bir lobotomi vakasıydın. Ölümün sana çok yakışıyor. Ama sen Gunzo, senin son taksiti alıp tropikal bölgelere kaçacak zekâya sahip olduğunu düşünüyordum."

Solkafa konuşuyor. "Canlıyken işine daha çok yararız, Morino."

"Ama ölüyken daha çok hoşuma gidiyorsunuz."

"Sana Nagasaki'nin malzeme tedarik hatlarını nasıl tıkayacağınızı gösterebilirim."

Morino megafonu sakızını mendile yerleştiren Dericeket'e uzatıyor. "İyi günler, Gunzo."

"Se*n* misin?"

"Zamanında ödeme yapan müşterilere bayılıyorum." Ağır bir yabancı aksanı var.

"İnanmıyorum!"

"Şu an içinde bulunduğun ikilemin sebebi inanma yeteneksizliğin."

Ortakafa bağırıyor. "O zaman sen de ölüsün, seni sıska Moğol boku!" Sıska Moğol boku megafonu Morino'ya uzatıyor, gülümsüyor ve ağzına yeni bir sakız koyuyor.

Solkafa çığlık atıyor, "Nagasaki'ye mesajını ben iletebilirim, Morino!" "Bizim ulağımız değilsin sen" diye bağırarak cevap veriyor Kertenkele, "sen mesajın kendisisin!"

"Kısa ve öz, evladım" diye yorumda bulunuyor Morino onaylayarak. "Açık ve net. Önce sen at." Lizard zarifçe eğilip selam veriyor ve en ağır bowling topunu seçiyor. Bunun sadece blöf olduğunu söylüyorum kendime. Burada olmamalıyım. Kertenkele kulvara doğru yürüyor ve atış için yerini alıyor. "Vur bizi, Morino!" diye bağırıyor Ortakafa. "Onurumuzla ölmemize izin ver!" Frankenstein "Sen onur hakkında ne bilirsin ki Nabe? 'Eğil!' demesinden daha kısa sürede Nagasaki'ye sattın deliğini." Kertenkele adım atıyor; bir, iki ve bam! Sapmadan dümdüz giden bir vuruş, bağırsaklarım düğümleniyor, uyanmaya, kendi iyiliğim için uzağa bakmaya çalışıyorum ama Ortakafa çığlık atınca salaklığımdan bakıyorum. Sağkafa, –sanırım Kakizaki– artık tanınmaz halde. Kusmak istiyorum ama bir şey gelmiyor. Dondum kaldım. Kakizaki kemik ve kanın içe göçmesiyle oluşmuş bir çukur. Borazancılar çılgınca alkışlamaya başlıyorlar. Solkafa şoka girmiş ve kapanmış. Ortakafa boğuluyor gibi nefes alıp veriyor, suratına kırmızı benekler püskürmüş. Kertenkele yeniden selam veriyor ve oturma yerlerine geri geliyor. "Süper teknik" diyerek onu övüyor Frankenstein. "Yeniden izleyelim mi?" Arkamı dönüp eğiliyorum, başımı dizlerimin arasına koyuyorum. Megafonun "Miyaaaakeeee!" diye bağıran sesi kulağımda patladığında sıçrıyorum. Kertenkele bowling kulvarını işaret ediyor. "Sen."

"Hayır."

Borazancılar bozulmuş ve şaşırmış taklidi yapıyorlar.

Morino sufle ediyor: "Evet. Bir anlaşma imzaladık."

"Cinayete suç ortağı olma konusunda bir şey söylememiştin."

"Anlaşman Baba'nın sana söylediği her şeyi yapmanı söylüyor" diyor Frankenstein.

"Ama..."

"Sorumluluk sahibi bir genç için ahlaki bir muamma" diye değerlendirme yapıyor Morino. "Atmak ya da atmamak. Atarsan derinlerdeki ikiyüzlü nefretine belli ölçüde zarar vermiş olacaksın. Atmazsan Akan Yıldız'da yangın çıkmasına ve ev sahibinin karısının on iki haftalık hamileyken düşük yapmasına neden olacaksın. Hangisi vicdanına daha ağır geliyor?" Beni bu şiddete kapatmak, asla konuşmayacağımdan emin olmak istiyor. Kilitlerin kapandığını hissedebiliyorum. Olay örgüsünde beni buradan çıkaracak bir dönüş olmasını umarak kalkıp en hafif topu seçiyorum. En hafif olan topu elime alıyorum. Çok ağır. Hayır. Yapamam bunu. Yapamam işte. Arkamda bir kahkaha duyuyorum. Arkama bakıyorum. Kertenkele sırt üstü yatıp bacaklarını ayırmış ve ceketinin içine bir balon sokulmuş. Balonun üzerine siyah tahta kalemiyle meme uçları, göbek çukuru ve üçgen şeklinde pübik kıllar karalanmış. Frankenstein onun yanında diz çöküp uzun bir bıçak indiriyor. "Hayır" diye bağırıyor Kertenkele yüksek perdeden, "Lütfen canımı acıtmayın, bayım, karnımda bebek var." "Üzgünüm Bayan Buntaro" diye iç geçiriyor Frankenstein, "ancak güçlü adamlarla anlaşmasını bozan kiracılar aldığınız için size de bu düşüyor." Kertenkele son ses bağırıyor, "Lütfen! Bebeğim, bebeğim! Acıyın bana!" Bıçağın ucu Bayan Buntaro'nun esnek göbeğine değiyor, Frankenstein diğer elini yumruk yapıyor ve *Bam*! Meyvelibuz dudaklarını sarkıtıp iç gıcıklayıcı bir kahkaha atıyor. Mama-san örüyor, Morino alkışlıyor. Karanlıkta asılı duran karışık yüzler ekrandan ve oturma yerlerinin ışıklarından parlıyor. Tek bir hareketle dönüp bana bakıyorlar. Son emri hangi asılı yüzün verdiğini anlayamıyorum. "At." Iskalamalıyım ama amacımın ıskalamak olduğunu belli etmemeliyim.

Burada olmamalıyım. Kafalardan özür dilemek istiyorum ama nasıl yapabilirim bunu? Nefes almaya çalışarak kulvarı adımlamaya başlıyorum. Bir, Sağölükafa'dan bir metre uzakta olan kanalı hedef alıyorum. İki, bağırsaklarım dolanıyor ve top elimden çok erken çıkıyor, zira parmaklarımdaki ter delikleri kayganlaştırdı. Oraya çöküyorum, hem izleyecek hem izleyemeyecek kadar rahatsızım. Top yön değiştirip kanala doğru gidiyor ve kulvarın üçte birini oluğun kenarında geçiyor. Sonra dönüp dümdüz Ortakafa'ya doğru ilerlemeye başlıyor. Ortakafa'nın yüzü birden değişiyor, topun yuvarlanması çılgın bir ses çıkarıyor ve arkamdaki borazancılar hep birlikte tempo tutarak bağırıyorlar. Ve ben gözlerimi kapıyorum. Arkadan hayal kırıklığına uğrayanların homurtuları geliyor. "Adamın sakallarını tıraş ettin" diye teselli ediyor Morino. Titriyorum ve kendimi durduramıyorum. "Bir daha bir daha izlemek ister misin?" diyerek pis pis sırıtıyor Kertenkele. Onu duymazdan geliyorum, yalpalayarak yürüyüp sondaki oturma yerine yıkılıyorum. Gözlerimi kapatıyorum. Parlayan ve pıhtılaşan kan.

"Döşemeleri temizleyin!" diye bağırıyor Frankenstein. "Özelliğim, bu yel değirmeni." Daha fazla homurdanma, aniden hızlanma ve roket hızıyla ilerleyen bowling topunun gök gürültüsü gibi sesini duyuyorum. Üç saniye sonra coşkulu alkışlar geliyor. "Parçalara ayrıldı!" diye bağırıyor Kertenkele. "Bravo!" diyor Morino alkışlayarak. Ortakafa üst üste çığlık atıyor ancak Solkafa korkunç bir şekilde sessiz. Göz kapaklarımın içinde kulvarın sonunu görebiliyorum. Gözlerimi daha da sıkı kapatıyorum ancak bu fazla abartılı renklendirilmiş görüntü hâlâ gözlerimin önünde. Bunu muhtemelen ölene kadar göreceğim. Bu çarpık ve gerçeklikle bağı olmayan öğlede burada olmamalıyım. Vücudum titremeyi kesmeyi reddediyor. Bir kez öğürüyorum, iki kez öğürüyorum ama bir şey gelmiyor. Öldürücü noodle'ın pis kokusu. En son ne zaman yedim? Haftalar önce. Yapabilecek olsam buradan hemen giderdim. Evrak dosyasını boş verirdim. Ama biliyorum ki beni bırakmayacaklar. Kasıklarımda bir el dolanıyor. "Şekerin var mı?" Meyvelibuz. "*Ne*?" Şampanya bombası mı? "Şekerin var mı?" Nefesi bozuk yoğurt kokuyor. Kertenkele saçından yakaladığı kadını çekiyor. "Seni küçük lanet *kaltak*!" Tokat, tokat, vuruş. Morino megafonu alıyor. Hayatta kalmayı başarabilen kafa hâlâ çığlık atıyor. "Bir anlaşma yapalım mı, Nabe?" Çığlıklar hafifleyip boğuk hıçkırıklara dönüşüyor. "Sonraki atışta zırıltını keserken, özgürsün. Tek bir ciyaklama bile olmayacak, dikkat et!" Nabe boğulur gibi nefes alıyor. Morino megafonu indirip Mama-san'a bakıyor. "Oynayacak mısın?"

"Benim bowling günlerim çok gerilerde kaldı." Örgü şişleri birbirine çarpıyor.

"Baba" diyor Dericeket, "bu oyunun esaslarını kavradım ben."

Morino başıyla onaylıyor. "Sen bizden birisin. Lütfen."

"Gunzo'yu temizleyeceğim. Ona hep gıcık olmuşumdur."

Sabit bir atış, Nabe'in korku nedeniyle titremesi ve böğürmesi. Alkış.

"Ah sevgili Nabe" diye bağırıyor Frankenstein, "ben kesinlikle ciyaklama duydum."

Kırık, yaralı ve bozuk bir "Hayır" sesi geliyor.

Morino ayağa kalkıyor. "Komik tarafından bakmaya çalış! Mizah ruhun ruhudur." Burada olmamalıyım. Morino acele etmiyor. "Yuk. Bu top kullanıldı zaten. Gunzo'nun veya Kakizaki'nin kafatası parçaları var." Nabe sessizce ağlıyor, sanki oyuncak ayısı kaybolmuş da kimsenin umurunda değil. Morino adımlıyor –bir, iki– bir gümbürtü duyuluyor, bowling topu uçuyor. Testere sesine benzeyen kısa bir çığlık. Çıt diye kırılan yemek çubukları. Ağır iki şey çukura yuvarlanıyor.

Üç Cadillac sol şeritten aşağı süzülüyor. Hiçbir yerdeyiz, şehir değil, taşra değil. Yan yollar, benzin istasyonları, depolar. Öğle günü tüketip akşam deliğine atıyor. Bowling kulvarında gördüğüm şeyle lekelendim. Şok geçip sinirlerim yaşama dönünceye kadar yanmak bile canımı acıtmayacak. Valhalla'ya asla dönmemiş olsam şu an bulunabileceğim yerleri düşünüyorum. Bir kafede İmajo'yla sohbet ediyor olabilirdim. Kediyi besliyor, Buntaro'yla tüttürüyor olabilirdim. Asfalt Dayı'nın motosikletiyle Yakuşima sahil yolunda dolaşıyor olabilirdim. Ağaçlıklı dağların arasından ay doğuyor. Burası neresi? Bilmem ne yarımadası. Frankenstein arabayı kullanıyor, Dericeket ön yolcu koltuğunda. Morino ve ben orta koltuktayız. Morino, puro dumanlı nefesler veriyor ve "operasyonlar" hakkında birçok telefon konuşması yapıyor. "Miriam hangi cehennemde?"den uzun sürmeyen bir sürü telefon ediyor. Arka koltukta Meyvelibuz Kertenkele'ye oral seks yapıyor. Tünele giriyoruz. Tavandaki ışıklar ön camdan içerideki insanları tarıyor. Tünelin tavanından devasa vantilatörler sarkıyor. Bu kâbusun içinde olmamalıyım. "Keşke bunu söylemeyi kessen" diyor Morino, bunu bana söylediği besbelli. "Sinirime dokunuyor. Hepimiz hak ettiğimiz kâbusu yaşarız." Frankenstein konuşmaya başladığında hâlâ bunu anlamaya çalışıyorum. "Benim kâbuslarım hep tünellerde geçiyor. Sıradan bir rüya görüyorum, korkunç olan hiçbir şey yok, sonra tünelin ağzını görüyorum ve 'Ah evet, işte kâbus başlıyor' diye düşünüyorum. Tünele giriyorum ve kâbus başlıyor. Tavanda asılmış insanlar. On yıl önce hakkından geldiğim bir adam geri geliyor ve silahım tutukluk yapıyor. Tünel nefes alamayacağım kadar küçük olana dek daralıyor." Meyvelibuz ağzını şapırdatıyor. Kertenkele hafifçe homurdanıp konuşmaya başlıyor. "Kâbuslarda asıl orman kanunları geçerlidir. Modern olan hiçbir şey yoktur. Oradan henüz çıkmışsındır, yalnız başınasındır; daha büyük, daha kötü ve daha şeytani bir şeylerin arayışındasındır. Dişlerine dikkat et!" Meyvelibuz'u tokatlıyor, kız hafifçe inliyor. Morino kül tablasına külünü silkiyor. "İlginç konu, çocuklar. Benim düşüncem kâbusun boşaltma valfi olduğudur. Seni gıdıklar, ama gülemezsin. Ve basınç büyür de büyür. Depo içindeki gaz gibi. Sürükleyici sohbetimize katmak istediğin bir şey var mı, Miyake?" Bu işkenceciye bakıyorum, onun için bunun da diğerleri gibi sıradan bir gün olup olmadığını merak ediyorum. "Hayır." Morino konuşmak için dudaklarına ihtiyaç duymuyor sanki. "Neşelen, Miyake. İnsanlar hep ölür. O üçü bana ihanet ettikleri an öldürmüşlerdi kendilerini zaten. Sen sadece cezanın verilmesine yardım ettin. Bir hafta içinde her şeyi unutmuş olursun. Derler ya, 'Zaman her şeyin ilacıdır.' Saçmalık bu. 'Unutkanlık her şeyin ilacıdır.'" Kertenkele dudaklarını memnuniyetle şapırdatarak boşalıyor. Meyvelibuz doğrulup oturuyor, ağzını siliyor. "Şeker!" Kertenkele söyleniyor ve bir şeyin fermuarını açıyor. "Senin silahın her yola gelebilmen. Apış aranı göster. Seni hemen burada kurşunlayayım. Konuşmak zorunda kalmadıkça konuşma." Dericeket konuşmaya başlıyor. "Benim memleketimde kâbusların topraklarını almaya gelen yabani atalarımız olduğu söylenir. Yumuşayan, şişmanlayan, modernleşen, uyanan bizler tarafından evcilleştirilmiş ve yaralanmış toprakları." Frankenstein çelik bir fırça çıkarıp saçlarını tarıyor, diğer elini de direksiyonda tutuyor. "Kim tarafından gönderilir?" Dericeket ağzına yeni bir sakız koyuyor. "Kâbuslar gerçekte olduğumuz kimse veya şey tarafından gönderilir. 'Nereden geldiğini unutma' der kâbus. 'Aslında kim olduğunu unutma.'"

Işıklı bir kaniş tabelada ebediyen hoplayıp zıplıyor. Küçük bir köpek papyonu takmış. Cadillac'ımız borazancılarınkiyle birleşiyor. Üçüncü Cadillac'ı ise işlerinden uzaklaşmış Mama-san almış. Adamlar silahlarını kontrol ediyor ve Frankenstein kapımı açıyor. "Güvenli ve güzel bir arabada seks seven bir peri kızıyla kalmayı tercih eder miydin?" Ne söylemem gerektiğine karar veremeden Kertenkele beysbol şapkama vuruyor. "Ne yazık. Kalamazsın." Dışarı çıkıp kaniş deposunun kapısına doğru yürüyoruz. Elektronik böcek öldürücü birkaç saniyede bir diken diken oluyor. Deponun içinden gümbürtüler, şişme ve düşme sesleri geliyor. Girişin gölgelerinde iki fedai beliriyor ve borazancılara yaklaşıyorlar. "İyi akşamlar, baylar. İlk olarak silahınız olup olmadığını sormalıyım. Kurallar böyle; onları güvenli bir yere kilitlerim. İkincisi otomobilleriniz listemizde yok. Kiminle berabersiniz?"

Borazancılar iki yana açılıyor ve aradan Morino geliyor. "Benimle."

Fedailer irkiliyorlar.

Morino dik dik bakıyor. "Bu gece köpek gösterisi olacağı gibi bir şeyler duydum."

İlk olarak daha iri olan fedai çekiliyor. "Bay Morino..."

"Eski Bay Morino, Bay Tsuru bittiği gün bitti. Artık benim adım Baba."

"Evet, Baba." Fedai cep telefonunu çıkarıp açıyor. "Bana bir saniye verirseniz sahneye yakın yerin siz ve grubunuz için temizlendiğinden emin olacağım..." Morino, Frankenstein'e işaret ediyor, Frankenstein adamı kalbinden bıçaklıyor. Bıçağı sonuna kadar saplıyor. Borazancılardan biri kafasını kuvvetle arkaya çekiyor ve muhtemelen boynunu kırıyor. Bütün bunlar her şeyi göremeyecek ve kurbanın ses çıkaramayacağı kadar hızlı oluyor. Diğer iki borazancı da ikinci fedaiyi alaşağı ediyorlar. Kertenkele elindeki silahla yaylım ateşine tutuyor her yeri ve düşmüş adamı öpüyor. Hayır, öpmüyor; fedainin burnunu ısırıyor ve koyu renk zerreler tükürüyor. Bu noktada başka yerlere bakıyorum. Gümbürtüler, hırıltılar, karartılar ve çürükler. "Bu sıçanları şu küfelerin arkasına atın" diye buyuruyor Morino. Öteye fırlamış cep telefonu çalıyor. Frankenstein telefonun tek bir kez üstüne basarak gövdesini çatırdatıyor. "Tayvan'ın lanet olası süprüntüleri. Artık hiçbir şey Japonya'da yapılmıyor ki." Kertenkele deponun kapısını açıyor. İçerisi saman ve et kokuyor. Yanlarına konserve köpek mamalarının yığıldığı çitler. Burası çok büyük bir yer. Uzaklardan alkışlar ve bağırmalar geliyor. Yolu borazancılar gösteriyor. Duraksıyorum ve burnumun dibindeki Frankenstein beni dürtüyor. "Durmak yok, Miyake. Saat gece yarısını vuruncaya kadar bizden birisin." İtaat ediyorum. Etmek zorundayım. Hayatta kalma içgüdümü yatıştırmak için yapabileceğim tek şey beysbol şapkamı indirmek. Yüzden fazla kişinin bulunduğu sesli kalabalıktan kimse bizim yaklaştığımızı fark etmiyor. Borazancılar dış duvarların yanından zorlukla ilerliyorlar. İnsanlar kızgınlıkla bağrışıp dururken Morino'yu görünce donup kalıyorlar ve koltuklarına çöküyorlar. Işıklandırılmış bir çukurun köşesine ulaşıyoruz. Gri bir bekçi köpeğiyle siyah bir Doberman birbirlerini tasmalarından çekiştiriyor, dişlerinden tükürük damlaları akıyor. Çukurun öte tarafındaki küfenin üzerinde bir adam duruyor. Adam kalabalığının ona bağırarak bildirdiği bahisleri aceleyle yazıyor. Tıraş edilmemiş büyük elmaslar yeleğinin askılarından sarkıyor. Arkamdaki Frankenstein ve önümdeki Morino'nun arasında kaldım –fazlasıyla güvendeyim– yani Morino'nun ceketinden silahını çıkarıp bekçi köpeğini kafasından vurmasını en iyi yerden izliyorum.

Sessizlik.

Bir leke ölü köpeğin kafasının etrafındaki çukuru yutuyor. Doberman eğitmeninin arkasında sızlanıyor. Borazancılar silahlarını çoktan kalabalığa doğrultmuş. Geri çekiliyorlar. Burada olmamalıyım. Bekçi köpeğinin eğitmeni konuşma yetisini yeniden kazanıyor. "Bay Nagasaki'nin en iyi köpeğini vurdunuz!"

Morino şaşırmış görünüyor. "Kimin en iyi köpeği?"

"Jun Nagasaki, siz, siz, siz..."

"Ah, o demek."

Eğitmen felç geçiriyor sanki. "Jun Nagasaki! Jun Nagasaki!"

"Bugün bu ismi çok fazla duydum. Bir daha söyleme."

"Jun Nagasaki derinizi yüzecek, siz, siz, siz..."

Morino nişan alıyor *Bam*! Eğitmen eğilip köpeğinin üzerine düşüyor. Kanları karışıp havuz oluyor. Morino Frankenstein'e dönüyor. "Uyardım. Dayı? Uyardım onu, değil mi?" Frankenstein başını evet anlamında sallıyor. "Kimse uyarmadığını söyleyemez, asla Baba." Kalabalık hâlâ beton zemine demir atmış durumda. Morino balgamını söktürüp nişan alıyor ve eğitmene tükürüyor. "Silahlar ve peri anneler. En çılgın dileklerinizi bile gerçekleştirebilir. Şimdi herkes buradan çıkacak. Sadece Yamada kalacak." Silahını küfenin üzerindeki adamın seviyesine indiriyor. "Sana bir şey söyleyeceğim, Yamada. Geri kalanlar çabuk çıkın! Gidin!" Borazancılar sırayla birer el ateş ediyor. Silahlı borazancıların başını çektiği kalabalık merdivenlerden ve çitlerden geçerek hızla dışarı çıkıyor; şafaktan önce vampirler bile bu kadar çabuk kaybolmaz. Bahisçi ellerini yukarıda tutuyor. Kertenkele çukura atlıyor ve eğitmenin kafasına ayağıyla vuruyor. Eğitmenin gözleri arasında şaka dükkânlarında satılan cinsten bir yara var. "İyi atış, Baba." Dışarıda arabaların ciyakladığını duyuyorum.,

Bahisçi yutkunuyor. "Beni öldüreceksen, Morino..."

"Zavallı Yamada-kun. Yine yanlış köpeği tuttun. Seni öldüreceğim ama bugün değil. Yeni efendine bir mesaj iletmen için ihtiyacım var sana. Nagasaki'ye bana hâlâ ödemediği savaş tazminatı konusunu konuşmak istediğimi söyle. Tam gece yarısında onu bekliyor olacağımı söyle. Yeni havaalanındaki terminal köprüsünde. Bakir topraklarda, Xanadu'nun ilerisinde. Hepsini hatırlayabilecek misin sence?"

◆

Moğol on adım ötede duruyor. Silahı elinde gizliyor. Bakir topraklardan gelen ışıklar ve silah sesleri çok çok uzaktan geliyor gibi görünüyor. Göğüs kafesimin içindeki kalbim de silah sesleriyle beraber atıyor. Tulumum çok pis kokuyor ve kaşındırıyor. Hayata dair son anılarım en aptalca olanlar. Kayıp eşya ofisinden kurtardığım sahipsiz bir Haruki Murakami romanı yarısı okunmuş bir halde Ueno'daki dolabımda duruyor, kurumuş kuyusunda ipsiz kalan adama ne oldu? Paçinko Dayı'nın bahçesinde badminton oynamaya çalışırken kahkaha atan annem, sarhoş ama en azından mutlu. Liverpool haccımı yapmadığıma pişmanım şimdi. Bir sabah kalkıp Anju ve benim şiltelerimin üzerinde kalem boyunda kar buluşum, erken gelen sonbahar sonucu yarıktan içeri girivermişlerdi. Hayatın aslında bu hırdavat mı? Adımı duyuyorum ama hayal gücümden kaynaklandığını düşünüyorum. Nefes alıp vermemi ve hapşırmamı kontrol altında tutmaya çalışıyorum. Dericeket'e daha önce hiç doğru dürüst bakmadım. Göreceğim son yüz seninki olacak. Ölümün yüzünün görüneceğini düşündüğün gibi değil. Oldukça sıradan, biraz tuhaf, efendisinin görmek zorunda bıraktığı olaylardan dolayı duyguya bağışıklık kazandığından gergin. Yap. Hayatım için yalvarmak çok adi olurdu. Peki son sözlerim ne olacak? "Keşke bunu yapmasan." Çok derin ve anlamlı. "Çömelmeni tavsiye ederim" diyor Dericeket.

"Çömelmek mi?" Çömelerek yapılan infaz tarzı. Neden ki?

"Yere çömel. Nasıl derler, cenin pozisyonu al."

Neden uğraşıyor ki? Ölüm ölümdür.

"Kendi güvenliğin için çömelmelisin" diye ısrar ediyor katilim.

Suratımı ölü doğmuş çocuk gibi asınca katilim bu ifadeyi hayır olarak alıyor.

Dericeket silahını hazırlıyor. "Peki, seni uyarmıştım."

Ne çok yıldız var. Neden ki?

Ton, abalon,[21] sarıkuyruk, somon yumurtası, palamut, yumurtalı tofu, insan kulağı memesi. Yüksek bir suşi yığını. Çiğ balıktaki herhangi bir bozukluğu yok etmek için wasabi soya sosuyla karıştırılmış. Wasabi sosu top top yapıp yapışkan ve karışık bir hale getiriyor. Bowling kulvarını düşünmeyi kesmeliyim. Kesmek zorundayım. Köpeklerden sonra tüm gece boyunca arabayla gittik, ya da bana öyle geldi, ama saat hâlâ 22.14'ü gösteriyor. Gitmeme yüz dakikadan biraz daha fazla var diyorum kendi kendime, ama iyi olan bir şeye inanmakta güçlük çekiyorum. İyiye gitmeden önce çok kötüleşecek bir gribe yakalanmak üzereyim. Boğazımdan aşağı su yuvarlıyorum ama karnım şişiyor. Nefes almak bile zor. Restoranı kendimiz için ayırttık. Bir aile vardı ama bizi gördükleri an tabanları yağladılar. Yaşlı garson sakin ama aşçı dışarıda duruyor, gizleniyor. Elimde olsa ben de öyle yapardım. Frankenstein bana bir sosis atıyor. "Suratın neden asık yavrukurt? Gören de aileni kaybettiğini düşünür." Kertenkele soya sosuna wasabi düşürüyor. "Belki de Goichi'nin yerinde kurşunladığım bekçi köpeğinin uzun zamandır kayıp olan babası olduğunu anlamıştır. Morino bana dönerek purosunun ucunu ışıklandırıyor. "Sırıt ve katlan! Mirasını hatırla! Sen kanunlara göre hareket eden bir Japon'sun! Yürütecin eğri büğrü olana, suyun cıva oksite dönene, bütün ülke bir kıyısından diğerine tamamen park yeri olana kadar sırıtır ve katlanırsın. Japonya'yı eleştirmiyorum. Seviyorum. Çoğu yerde en kaslı tipler efendilerinin emrine amadedir. Japonya'da biz kaslı tipler efendileriz. Japonya *bizim* çöplüğümüz. O yüzden sırıt. Katlan." Katlanmak zorunda kalabilirim ama kurtlar ve kuduzlar arasındaki bu it dalaşına sürüklendiğim için sırıtacak değilim. Düşünüp de sırıtabileceğim tek şey, biz bu restorandan ayrılana dek işlerin daha da

21. İstiridyeye benzeyen bir deniz kabuklusu. (ç.n.)

kötüleşemeyeceği. Kertenkele odanın köşesini işaret ediyor. "Baba!" Ağzı tükürükle parlıyor ve geviş getiriyor. "Benim gördüğümü siz de görün, karaoke makineleri var!"

"Mutlulukların en büyüğü." Morino, Frankenstein'e bakıyor. "Haydi şarkıyı salıverelim." Frankenstein nakaratı "I can't liiiiiiiiive, if living is without yoo-ooo-ooo, I can't giiiiiiiiive, I can't take anymoooooore" şeklinde devam eden İngilizce bir şarkı söylüyor. Borazancılar sesli harflere bastırarak havlıyorlar. Ses o kadar kötü ki suşinin kurtçuk fışkırtmasını gözlüyorum. Dericeket köşede bir bardak sütünü yudumluyor. O da buraya ait değil gibi görünüyor. Morino bize gergin bir tavırla hizmet eden yaşlı garsonu çağırıyor. "Şarkı söyle." Karşı çıkmadan "İçdenizin Kiraz Tomurcukları" isimli bir enka[22] söylüyor, şarkı onurunu kurtarmak için doksan dokuz mısra sonra ölen bir mah-jong kumarbazı hakkında. Kertenkele "Elektrot Ensest" adlı grubun aynı adlı şarkısını söylüyor. Şarkıda söz, nakarat veya akor değişimi yok. Kertenkele masaya çıkıp hindi dansı yaparken ve mikrofonla otuz bir çekerken borazancılar çılgınca alkışlıyor. Sonunda şarkı bitiyor ve Morino beni işaret ediyor.

"Hayır" diyorum açıkça. "Şarkı söylemem ben."

Dolu gibi yağan suşiler yüzüme çarpıyor. Borazancılar yuhluyorlar.

"Müzik sevmem."

"Saçmalık" diyor Morino. "Evcil hayvan dedektifim, evinde uyuşturucu bağımlısı Beatles'a ait olan yirmi tane CD, notaların bulunduğu bir dosya ve bir gitar buldu."

"Bunu nereden biliyorsunuz?"

"Kâbuslar işini yapıyor."

Yüzümdeki pirinçleri temizliyorum. "Siz benim evime mi girdiniz?"

22. Japon meyhanelerinde söylenen, fantezi müziğe benzeyen bir müzik türü. (ç.n.)

Morino bardağını garsonun doldurması için tutarak bekliyor. "Seni sanal yetim piç kurusu bebek kızıma dokunduğunu düşünsem, neye gireceğimi görürdün. O yüzden değerini bil."

"Karaokeden nefret ederim ve şarkı söylemeyeceğim."

Kertenkele garip bir taklidimi yapıyor. "*Karaokeden nefret ederim ve şarkı söylemeyeceğim.*" Sonra yumruğu gözümü dolduruyor ve masa tavan oluyor.

Kendime geliyorum. Zonklayan gözüm şarkı söylüyor sanki.

"Bütün gün bunu yapmak istedim." Kertenkele parmak eklemlerini hareket ettiriyor. "Baba sana şarkı söylemeni emretti."

Korkmalıyım ama kafamı hayır anlamında sallıyorum. Kan yok.

Frankenstein işaret ve yüzük parmakları arasına yemek yeme çubuklarını yerleştiriyor, geğiriyor ve çubuğu orta parmağıyla hareket ettiriyor. "Miyake sözleşme ihlali tehlikesiyle karşı karşıya, Baba."

Morino parmağını sallıyor. "Hoşgörülü olmak zorundasın. Kız kardeşi boğulduktan sonra asla eskisi gibi olmadı. İkisinin kendilerine ait bir ülkesi vardı. Kahretsin, kendilerine ait bir dilleri de vardı. Kız kardeşinin öldüğü gün Kagoşima'ya doğru yollanmış olması çok yazık, bencil herifin tekidir bu. Hey!" Garsona el işareti yapıyor. "Biraz daha edamame fasulyesi getir!" Nezle mikrobu beni öylesine uyuşturdu ki Morino'nun tam isabet tahminler yapma konusunda yeteneği mi yoksa zihinlerin bodrumuna girebileceği bir maymuncuğu mu var, anlayamıyorum. Her halükârda yemek çubuğumla gözlerini oymak istiyorum.

Cadillac saatine göre bakir toprakların çevre yoluna 23.04'te girdik. Otuz dakika sonra hâlâ gidiyoruz. Askeri bando müziği arabayı gümletiyor, ateş de beni gümletiyor veya ateş arabanın içinde, askeri bando müziği de benim içimde. Milimetreler kalmıştı katil olmama. Hâlâ milimetreler var. Aniden dönüp virajı almak beni gerçekten suçsuz yapabilir mi? Atıldım. Yapmak zorundaydım. Ama attım kendimi. Bir saat kaldı, sonra evrak dosyası benim olacak. Üstüne bir de süper bir mor göz. Tokyo Yakuza krallığının tahtına aday olan adamın silahlı bir orduyla gelmesini beklerdim ama hayır. Sadece bu iki Cadillac. Burnum kontrol edilemez bir şekilde akıyor, boynum düğümlenmiş sanki. Belki bir tür şeref düsturu bu iki düşmanı şiddetten kaçınma konusunda bir araya getiriyor. Veya bu bir intihar görevi, lütfen olmasın. Morino intihar saldırısı yapacak bir tip olsa bu yaşa gelemez, bu cüsseye sahip olamazdı diyorum kendime ama artık ne düşünmem gerektiğini bilemiyorum. Hiç kimse konuşmuyor. Morino galiba Maça Kızı'ndaki Mama-san'ı arıyor. "Miriam işe geldi mi? Evini aradım. Gelir gelmez beni cep telefonumdan aramasını söyle." Kertenkele ve Frankenstein Camel içerken, Morino purosunu içiyor. Sigara içmek isteyemeyecek kadar hastayım. Meyvelibuz uyuşturucu uykusunda mırıldanıyor. Deniz üstünde yürünebilecek kadar sakin ve gökyüzü tamamen yıldızlarla dolu. Birkaç santimden daha uzak olmayan dolunay otuzluk ampul gibi. Morino yine birilerini arıyor ama çağrısına cevap alamıyor. "Hemşirenin biri intihar eğilimli tiplerin dolunayda dışarı çıktıklarını söylemişti bir keresinde. İntihar eğilimi olanlar ve nedendir bilmem atlar." Sonunda duruyoruz ve sanırım borazancıların Cadillac'ına stratejik bir açı yaparak park ediyoruz. Arabadan iniyorum. Düğümlenmiş kaslarım acıyor. Bir şantiye daha. Tokyo'nun varoşları ya harabe ya da şantiye. Devasa istasyon binası hâlâ devasa bir tesis. Bilardo masası gibi dümdüz olan bakir toprak dağlara kadar uzanıyor. Ortadaki bölümlerinden biri olmayan bir köprü durduğumuz yerin her iki tarafından görünüyor. Çok yakındaki uyuşuk denizin sesini duvarların ötesinden duyabiliyorum. "Düşün Miyake." Daha parlak olan alevi dans ediyor. "O köprüyü yok edebilirsin." Avın ne olduğunu merak ediyorum. "Nagasaki muhaliftir, sen de kriterlere uymuyorsun. İnsanların çocuk yuvasından eleman aldığımı düşünmelerini istemem." Kertenkele kıs kıs gülüyor.

"Evrak dosyasını verecek misiniz bana?"

"Canımı sıkıyorsun! Gece yarısından önce vermeyeceğiz! Git şimdi!"

Birkaç adım atıyorum ve kayalıkların üzerinde duran Dericeket ıslık çalıyor. Bana çaldığını düşünüyorum ama bana değilmiş. "Dostlarımız geliyor. Dokuz araba."

"Dokuz." Frankenstein omuz silkiyor. "Daha çok olacağını ummuştum ama dokuz da fena değil."

Koşarak tepeye tırmanıyorum. Güvenli cennete en yakın şey köprü. Ayrıca içinde saklanabileceğim mükemmel bir hücre. Zirvenin bulunduğu yere birkaç metre kaldı. Sanırım otuz metre çıktım; burası baş dönmesinin ciğerlerimi kıstırıp hayalarımı güçten düşürmesine yetecek kadar yüksek. Köprünün korkuluğunun üstünden etrafı gözlüyorum ve Nagasaki'nin arabalarının durduğunu görüyorum. Morino'nun iki Cadillac'ını çevreleyen bir yarım daire şeklinde sıralanıyorlar ve tüm farlarını açıyorlar. Motorlarını durduruyorlar. Her arabadan dört adam iniyor; her adamda koruyucu yelek, kask ve otomatik tüfek var. Adamlar ateş etmeye başlıyorlar. Bugün ilk defa görmüyorum bunu, aksiyon filminin ortasına düştüğümü hissediyorum. Morino ve adamları güneş gözlüklerini takıyorlar. Silah yok, gece görüşü yok. Morino bir eliyle megafonu tutuyor, diğer elini cebine sokmuş. Yediye karşı otuz altı ağır silahlı adam. İki koruma tarafından korunan beyaz takım elbiseli bir adam sakince iniyor arabadan. Ateş emrini bekliyorum. Evrak dosyası yok. Bütün bunlar bir hiç içindi. Morino'nun sesi yankılanıyor bakir topraklarda, megafonu gece sesini sayesinde duyurabileceği bir iğne deliği sanki. "Jun Nagasaki. Son bir isteğin var mı?"

"Gerçekten şaşırmış bir haldeyim, Morino. Bu kadar kısa zamanda bu kadar dibe mi battın gerçekten? Tahtının sarsıldığı dedikoduları az bile. Beş yorgun kundakçı, bir eski silah satıcısı –seni ben öldüreceğim, Suhbataar, o kadar acı çekeceksin ki sen bile şaşıracaksın– ve köprüde saklanan silahsız bir oğlan." Güvenli cennetimde saklandığım yeter. "Geri dönmeni sağlayacak takımın *bu* mu? Yoksa sahilde bekleyen bir uçak gemin mi var? Beni bu heyecansız sonla birden şaşırtarak mı öldürmeyi düşünüyorsun?"

"Seni buraya kararımı bildirmek üzere çağırttım."

"Üçüncü devre frengi misin? Süper kahraman mısın?"

"Şerefinle özür dilemene izin veriyorum. Kendini öldürebilirsin."

"Bu saçma olmanın ötesinde çok kaba bir hareket, Morino. Doğru anlamış mıyım bak bakalım. Xanadu'nun açılış gününün *gerçekten* içine ediyorsun. Basını, Ozaki'nin kazayla düştüğüne ikna etmek, fıtık oluşmasına neden olacak bir hizmetti. Üç müdürüme kafatasları yumurta kabuğu gibi kırılana dek bowling topu atıyorsun, orijinal bir fikir ama son derece sinir bozucu. Sonra iki suçsuz fedaimi eski tarz yöntemlerle öldürüyor, en iyi köpeğimi kurşunluyorsun. Köpeğim, Morino, en çok acı veren oydu. Seni *amatör*. Tarz sahibi hiçbir iş bitirici hayvanlara *asla* zarar vermez."

"Tarz mı? Amerika'dan boklu hamburgerler ithal edip Vakayama'daki okul çocuklarını O-157'yle öldürmek ve turp çiftçilerini suçlamak için tarım bakanının kanişlerini kaçırmak mı '*tarz*'? Balon ekonomisi borçlarını ödemeyi reddederek rakamları şişirmek zorunda bıraktığın banka müdürlerine şantaj yapmak mı '*tarz*'? 'Hesabı ödeyin Sayın Yiyecek Üreticisi ya da ham ürünlerinizdeki jiletin hesabını verin' dümenine 'tarz' mı diyorsun sen?"

"Dünyanın 70'lerden sonra değiştiği gerçeğini anlayamaman, sen operasyon giderlerini Şincuku'daki bar sahiplerini korkutarak çıkarırken benim Tsuru'nun hissesini alıp genişletmemi sağladı. Beş dakika sonra hayatta olacağını nereden biliyorsun?"

"Gizli silahlarımı unutuyorsun."

"Hiç de değil! Merakım tavana vurmuş durumda."

"İlk silahım tavana vurmuş merakın, Nagasaki. Eski günlerde bile, ateş etmeden önce konuşurdun."

"İkinci silahın da birincisi kadar korkutucu mu?"

"Bayanlar size" diyor, sonraki kelimeyi anlamam çok zor, "NimQ6'yı takdim ediyorum."

"'Nim-Q-6 mı?' Sihirli ve sidikli bir goblin mi bu? Lavabo açıcı mı?"

"İsrail gizli servisi tarafından geliştirilmiş bir plastik patlayıcı."

"Hiç duymadım."

"Tabii ki duymadın. İsrailliler *Times*'a reklam vermiyor. Ama NimQ6'nın mikro hücreleri tutmakta olduğunuz silahların tetiklerinde bulunuyor, beyinsiz maymunlar sizi! Gösterişli Kevlar kasklarınızın içine bu maddeden serpiştirilmiş. Meslektaşım Bay Suhbataar Rus askeri silah tedarikçisinden aldığınız ekipmanları gözden geçirdi."

Nagasaki'nin adamlarından bazıları patronlarına bakıyor.

Nagasaki kollarını bağlıyor. "Elinde gerçek kartları olmadan blöf yapan hazin ahmakların hazin hikâyesinde, seninki en hazin ve ahmakça blöf, Morino. Tsuru'yu yok etmek için hangi silahları kullandım sence? Bu bubi tuzağında bir nebze doğruluk olsaydı çoktan farkına varmıştık."

"Farkına varmadınız, çünkü Tsuru grubunu tarihe gömmen gerekiyordu. Bu yüzden teşekkür ederim sana..."

"Yalan söylemeye yeten cesaretin kurşun deliklerinden sızarken de teşekkür etsene bana. Şimdi, yönetmem gereken bir şehir var. Motorlardan uzak durun köpekler. Bu arabaları ortak arkadaşımız Moğol'dan kendim sipariş ettim ve boyaya zarar gelmesini istemem."

Morino purosunu arabanın üzerinde söndürüyor. "Kes sesini ve dinle. Bir nebze doğruluk demiştin. NimQ6 mikro hücreleri bir gramın yirmide biri ağırlığındadır. Sayfadaki bir nokta kadar. Devamlı ateş halinde bile kusursuz derecede patlayıcıdır, ta ki, işte olayın güzelliği burada, belirli bir VHF frekansında duraksayana kadar. Sonra mikro hücre vücudu parçalayacak kadar büyük bir güçle patlar. Suriye'nin doğusundaki tek osilatör cep telefonuma yerleştirildi." Otuz metre yükseklikte, muhtemelen başıma nişan alınmış bir halde titreyen bana pek ikna edici gelmiyor bunlar.

Nagasaki sıkılmış görünüyor. "Bu sözde bilim saçmalığı yetti Morino, ben..."

"On saniye daha dalga geç benimle. NimQ6 geleceğin maddesi. Şifreyi giriyorum, bu gece buraya gelmeden önce bunu yaparak önlem aldım ve ara tuşuna basıyorum. İşte böyle..."

Patlama tomurcukları patlıyor, alevleniyor ve gürüldüyor.

Ben kafamı ördek gibi eğiyorum.

Şok dalgaları havayı kaplıyor.

İkinci patlama dağlarda yankılanıyor.

Sonunda korkuluğun üstünden bakıyorum. Nagasaki'nin adamları durdukları yerlerden etrafa saçılmış. Farların ışıklandırdığı alanların dışındaki adamlar gölge yığınları ama ışıktakiler mezbaha zemini gibi kırmızı. Gövdelerin çoğunun hâlâ bacakları var ama silah tutan elleri uçmuş. Kaskın içinde patlayan başlarıysa artık yok. Bunu anlamak için gerekli kelimeleri asla öğrenmedim. Sadece savaş filmlerinde değil, korku filmlerinde: Kâbuslarda. Cadillac'ın kapısı açılıyor ve Meyvelibuz dizleri üzerine düşüyor. Banyoda örümcek görmüş gibi tiksinerek ciyak ciyak bağırıyor. "Iyyyyyy!" Kertenkele terbiyesizce taklit ediyor. "Iyyyyyy, kahrolası ıyyyyyyyy!"

Nagasaki hâlâ hayatta –kafatasını yok edecek bir kaskı yoktu– ayağa kalkmaya çalışıyor. İki kolu da dirseklerden itibaren parçalanmış. Morino çalım satarak megafonunu düşmanının kulağına yaklaştırıyor. "Bilim mükemmel değil mi?" *Bam*!

Megafon bana dönüyor. "Mevsimlik havaifişekler, Miyake. Şimdi dinle. Gece yarısını geçtik. Yani Cadillac'taki evrak dosyası senin. Evet. Baba sözünü tutuyor. Ne yazık ki zor kazandığın bu bilgiyi değerlendiremeyeceksin, çünkü lanet olası bir dodo kuşu gibi yok olacaksın. Seni buraya, Nagasaki, babanı inzivaya çekildiği yerden alıp getirmiştir belki diye getirdim. Geri zekâlıya kurnaz olacağı konusunda boş yere güvenmişim, bu durumda anlaşmada gerekli olabilecek mal yerine geceye şahitlik eden fazladan bir şahidimiz var. Bay Suhbataar kurşunu senin başına koymamı söyledi ve büyük planımın başmimarı o, nasıl hayır diyebilirdim? Hoşça kal. Eğer seni mutlu edecekse söyleyeyim; sıkıcı, boğucu ve renksiz bir hayat sürecek, tamamen unutulabilir bir çocuksun. Ve evet, baban da boş bir herif. Tatlı rüyalar."

◆

Neden canımı sıkayım? Ölmüş ölmüştür.

"Kendi güvenliğin için çömelmelisin" diye ısrar ediyor katilim.

Korkum cevabımı parçalayıp ölü doğan bir öfkeye dönüştürüyor.

"Hayır mı?" Dericeket silahını çekiyor. "Peki, seni uyardım."

Elinde tabanca değil de cep telefonu var. Bir numara tuşluyor, korkuluğun üzerinden eğiliyor, Cadillac'ları işaret ediyor ve çömeliyor.

Gece bağırsaklarını deşiyor, ben garip bir ses duvarıyla yere yığılıyorum, köprü sallanıyor; metalik, taş gibi bir dolu yağıyor, alevli bir araba parçasının başımın üzerinden kavis çizerek uçtuğunu görüyorum bir an; babamın bulunduğu evrak dosyası kül oldu. Gecenin fermuarı yeniden açılıyor. Patlama büyük bir hızla dağlarda yankılanıyor. Çakıl taşları yanağıma batıyor; şaşırarak doğrulur gibi oluyorum, vücudum hâlâ çalışıyor. Cadillac'ların park edildiği yerlerdeki kraterlerden duman çıkıyor.

Dericeket cep telefonuna bir numara daha giriyor. Havaya uçuracak başka bir şey kalıp kalmadığını merak ederek çömeliyorum – kendi delillerini patlatan bir yürüyen bomba mı bu adam? Ama bu sefer cep telefonu sadece cep telefonu. "Bay Tsuru? Suhbataar. Bay Nagasaki ve Bay Morino'yla ilgili dilekleriniz yerine getirildi. Gerçekten, Bay Tsuru. Bir araya geldikleri an ortadan kaldırıldılar." Telefonunu cebine koyup bana bakıyor.

Yangın ve çatırtılar.

Isırdığım dudağım kanıyor. "Beni öldürecek misin?"

"Düşünüyorum. Korkuyor musun?"

"Çok, çok korkuyorum."

"Korku illa da zayıflık değildir. Zayıflığı küçümserim ama asıl israfı küçümserim. Hayatta kalmak için kendini bu gecenin başka birinin kâbusu olduğuna ve senin bu kâbusa kazara girdiğine ikna etmelisin. Şafak sökene kadar saklanabileceğin bir yer bul, uzun bir süre ortalarda gözükme. Eğer herhangi bir şekilde polise yardım edersen hemen öldürüleceksin. Anlıyor musun?"

Başımı evet anlamında sallıyorum ve hapşırıyorum. Yukarı bakıyorum, duman geceyi yutuyor.

Beş

Hikâye çalışmaları

Boşluklar

Keçiyazar yıldızsız geceyi izledi. Nefesiyle ön cam buğulandı. İlk kırağı eidelweiss şarabında buz tabakası yüzdürdü. Keçiyazar üç ses saydı. Yazma masasında cızırdayan mum, uykusunda savaşan Bayan Comb: "Umursamamak, umursamak için icat edilmiştir, Amaryllis Broomhead!"; ve tekerleklerdeki hamağında horlayan Pitekantrop.[23] Dördüncü ses yani Keçiyazar'ın beklediği fısıltılarsa hâlâ uzaktaydı; Keçiyazar da dokuzuncu yüzyılda Prenses Nukada tarafından yazılmış şiirlerin bulunduğu kitaba göz atmak için saygıdeğer gözlüklerini aramaya koyuldu. Keçiyazar bu kitabı gök gürültülü bir perşembe günü Delhi'de keşfetti. Yaz dönümünden beri her gece aynı geçiyordu. Kutsal fayton gelirdi, Keçiyazar uyanırdı ve hiçbir şey tekrar uykusunu getiremezdi. Bir, iki, üç saat sonra fısıltılar gelirdi. Keçiyazar uykusuzluk hastalığından kimseye bahsetmemişti, Pitekantrop'a bile söylemedi ve şikâyetten daha kötü ve iğrenç bir çare önerecek olan Bayan Comb'a da tabii ki... Keçiyazar, fısıltıların yakındaki Aberdeen şelalelerinin sesi olduğuna inandı önce, ancak fısıltılar başka yerlerden de gelince bu teori çürüdü. Keçiyazar delirdiğini düşündü sonra. Ancak zihinsel yetilerinden hiçbiri etkilenmeyen Keçiyazar fısıltıların dolmakaleminden –Leydi Şonagon'un on üç bin yeniay önce başucu kitabını yazdığı ka-

23. Evrim teorisine göre iki ayağı üzerinde durabilen, maymunla insan arası tür. (ç.n.)

lemden– kaynaklandığına inanmak zorunda kaldı. Keçiyazar sessizliği dinledi, bir hışırtı duydu ve kalbi daha hızlı atmaya başladı. Prenses Nukada'yı rafa geri koydu ve kulağını kalemin gövdesine dayadı. Evet, diye düşündü, işte geliyorlar. Ancak bu gece kelimeler daha belirgindi – dinlesene! Bir "tuhaf" burada, bir "ırmak" şurada, bir "abanoz kısrak" her yerde. Keçiyazar dolmakalemi aldı ve yazmaya başladı; kelimeler birer birer geldiği için başta yavaştı ama sonra cümleler kabarmaya, dolmaya ve taşmaya başladı.

"Ah bayım, baş döndürücü sınırdır bu!" Bayan Comb güneşlikleri açtı. "Geceleri gezip tozacaksanız, sıkı giyinin! Yine romatizmanız azarsa taşıma işlerinizi Muggins'in yapması gerekecek; demedi demeyin."

Keçiyazar ovuşturduğu gözlerini açtı. "Huzursuz uyku, Bayan Comb; sonsuza dek çarşamba günü sabahının yaşandığı bir deltadaki Norse dokuz genleri için me-metal dedektör gördüm rüyamda."

Bayan Comb önlüğünün bağlarını sıkılaştırdı. "Size bunu doksan dokuz kez söyledim bayım, '*Balla krema, şu rüyalar ne komik ama!*' Ama siz Devonshire tipi akşam yemekleri konusunda ısrar ediyorsunuz. Şimdi, kalkın lütfen. Kahvaltınız hazır. İstediğiniz gibi ızgarada pişirilmiş Zanzibar ringaları ile Earl Grey." Bayan Comb dışarıya, manzaraya baktı. "Çok kasvetli bir nokta, kuşkusuz öyle."

Keçiyazar monokl tarihçesi üzerinde kelebek gözlüğünü buldu ve taktı. Kutsal fayton şimdi daha ağaçsız olan fundalıkların en ağaçsız bölgesine ilerlemişti. "Simsiyah mamanzara, hamur gibi bir gökyüzü. Boşluklarda olduğumuzdan şüpheleniyorum, Bayan Comb." Hawthorn iyice büyümüş boşluklarda sıkıştı.

"Sıkıcı bir yer için sıkıcı bir isim" diye yorum yaptı Bayan Comb.

"Toprak rengin kök salamayacağı kadar asitli. Bir keresinde ma-marjinal bir dük bir nergislik kurmaya çalıştı ama sarı nergisler kurudu gitti. Daima yeşil olan ağaçlar bile hiç yeşil olmadı. Hiç kuş sesi duyulmadı, hiç karga geçmedi."

"Evet, efendim. Ringalarınız soğuyacak."

Keçiyazar kaşlarını çattı. "İlginç ama iştahtan yoksunum, Bayan Comb. Sizden balığı bir tabağa koymanızı rica edeceğim, sonra yiyeceğim. Şu an biraz çay kâfi..." Keçiyazar cümlesinin sonunu unuttu. "Ne üzücü! Dün gece onlarca sayfa yazdım ama şimdi nerede bu sayfalar?" Masasının üstüne, yanına, altına baktı ama sayfalar yoktu. "Bu bir felaket! Gerçekten anlatılmamış bir hikâyeden bölümler yazmıştım!"

Bayan Comb onlarca yıllık hizmetine rağmen ringalar konusunda kızgındı. "Sanırım bir yazı rüyası daha görmüşsünüz, efendim. Rüyanızda *Sefiller*'i yazdığınızı hatırlıyor musunuz? Editörünüzün sizi Victor Hugo'nun kamçılanması için mahkemeye vermeme konusunda ikna etmesi bir hafta sürmüştü." Kapı çarpılarak açıldı ve rüzgâr içeri girdi. Tarihöncesi çağlara ait korkutucu bir yaratık kıllı ve çamurlu gövdesiyle odayı doldurdu. Çamur ve kan dilinde defalarca homurdandı. Bayan Comb acımasızca parladı. "Temiz halıyı çamurlarınla kirletmeye nasıl cüret edersin?"

"Sana da mu-mutlu sabahlar Pitekantrop." Keçiyazar kayıp sayfalarını unuttu. "O elinde tuttuğun nedir sevgili dostum?"

Pitekantrop ellerini Bayan Comb'a doğru açtı. Nazik beyaz bir çiçek kökünün bulunduğu toprak parçasından aşağı sarkıttı boynunu. "Vay be!" dedi Keçiyazar. "Bir Snowdonia kardeleni! Eylülde hem de! Ne ilginç! Ne nadir!"

Bayan Comb pek etkilenmemişti. "Kirli yaban otlarını söküp başka yere götürmen için teşekkür edeceğim sana! Böyle bir şey görmedim!

Çıkarken kapıyı kapa ayrıca! Erken ölmesini istediğin ben miyim, beyimiz mi?"

Pitekantrop huysuzca homurdandı ve kapıyı kapadı.

"Kıllı bir yabandan başka bir şey değil." Bayan Comb ringa tavasını yıkadı. "Yaban!" Keçiyazar arkadaşı için üzüldü ama Bayan Comb ve öfkesi arasına girmemesi gerektiğini biliyordu.

ᘓ

Yine tanımadığım bir tavana bakarak uyanıyorum, amnezi oyunuma başlıyorum. Uyuşmuş durumdayım ve böyle kalmak istiyorum. Bu oyunu Anju gittikten sonra oynamaya başlamıştım. Dayılarımın misafir odalarında, pirinç öğüten şiltelerinde –Eiji geliyor bu ay– ve herhangi bir tartışma sırasında atom başlığını elinde tutan kuzenler –"Burayı beğenmiyorsan büyükannenin evine dön!"– arasında geçen dokuz senem başladığında... Her neyse, oyunun amacı nerede olduğumu bilmediğim hissine mümkün olduğu kadar tutunmaktır. Ona kadar sayıyorum ama hâlâ bir fikrim yok. Büyük cumbasını soluk perdelerin kapladığı oturma odasının ortasındaki şişme bir kanepede uyumuşum. Toynak izi büyüklüğünde bir ağız ülserim var. *Bam* diye patlıyor hafıza bombası. Bowling kulvarındaki kafalar. Morino'yu purosuyla görüyorum. Bitmemiş köprüdeki Moğol. Tutulmuş kaslarımı esnetiyorum. Burnum ve boğazım kötü bir soğuk algınlığının en kötü safhasında, vücudum kendini geri zekâlı beyninden ayırmak istiyor. Ne kadar zamandır uyuyorum? Kedi'yi kim besledi? Sehpanın üzerinde Lark sigarası kutusu var. Sadece üç tane kalmış, kibritle yaktığım sigaraları art arda içiyorum. Dişlerim kaplama hissi veriyor. Oda ılık. Kıyafetlerimle uyumuşum, kasıklarım ve koltuk altlarım pişmiş. Pencereyi açmalıyım ama o kadar hareket edebileceğimi düşünemiyorum. Ben burada yatarken hiçbir şey başlayamaz ve otuz, kırk adamın ölümüyle aramdaki mesafe gittikçe çoğalıyor. Feryat ediyorum. Görmüş olduklarımı görmezden gelemem. Uluslararası haberlere çıkmazsa, ulusal haberlere çıkacaktır. Yakuza savaşları, şu andan itibaren yeni yıla kadar. Feryat ediyorum. Adli tıpçılar ellerinde cımbızlarla savaş alanını inceleyecekler. Ağır Suçlar Birliği, Xanadu müşterileriyle konuşacak. Zaten ünlü olmuş Paçinko salonunda çalışan bir kız, Bay Ozaki ikinci kattaki güvenlik penceresinden fırlatılmadan hemen önce müdürün oğlu olduğunu iddia eden bir hilekârdan bahsetmiş olacak. Polis ressamlar karakalem taslaklar çizecekler. Ne yaparım? Görülmemiş Bay Tsuru bana ne yapılmasını isteyecek? Mama-san'a ve Maça Kızı'na ne oldu? Hiçbir planım yok. Sigaram yok. Burnumu sileceğim bir mendilim bile yok. Kulak kesiliyorum ve hiçbir şey duyamıyorum.

Sigara içmeyi kessem sabah mahmurluğumu nasıl atardım? Bağırsak sarsıcı, dalgalı ve bronz reklamlarda asla görülmeyen kalitede bir sigara çeşididir. Kotumla uyuduğum için pişmanım ama kapının vurulduğunu duyarak uyanırsam ve kapıyı açmam gerekirse diye soyunmaya korktum. Hâlâ korkuyorum. Bu, depremi beklemekten daha kötü. Ya içeride biri olduğunu anlarsam? Saklanır mıyım? Nereye? Bu evin kaç kat olduğu konusunda hiçbir fikrim yok. Kalkıyorum: İlk durak, tuvalet. Bir kâse acı otun bulunduğu alaturka tuvalet. Temiz ve güzel bir doğum; Batı'daki tuvaletler komplikasyon riskini artırıyor. Niagara Şelalesi gibi bir sifon. Mutfak, kırmızımsı kahverenginde ve çok temiz; unlu parmakların kirlettiği yemek kitaplarından anlaşıldığı üzere mutfağın sahibi yemek pişirmeyi seviyor. Her mutfak aracı kendi kancasına asılmış. Pencereden, üstü kapalı yanları açık bir garaj ve ön bahçe görüyorum. Güller, otlar ve tahta bir kuş yuvası. Yüksek kurtbağrı çalıları evi dış dünyadan saklıyor. Temizlik dolabı iyice doldurulmuş ama içine saklanamayacak kadar meydanda. Oturma odası Japon tarzında döşenmiş: Tatami döşeme, yakında ölmüşlerin fotoğraflarının bulunduğu bir Budist mihrabı, çiçek aranjmanları için ayrılmış bir raf ve okumak istesem başımı ağrıtacak kanji alfabesiyle yazılmış asılabilir bir rulo. Televizyon, radyo veya telefon yok; sadece geniş bir kitap rafının üzerinde duran ahizesiz faks var. Kitaplar eski, resimli hikâyelerden oluşuyor: "The Moon Princess" "Uraşima Taroo" ve "Gon the Fox". Bu ev çocuklu olamayacak kadar düzenli. Perdeleri birazcık aralıyorum. Birileri arka bahçeyle gurur duyuyor olmalı. Havuz büyükanneminkinden büyük, sazanın yeşil renkte gizlenmeye çalıştığını görebiliyorum. Yusufçuklar su mercimeklerini yalayarak uçuşuyor. Taş fener bir adanın üzerinde duruyor. Lavanta saksıları ve içine saklanılabilecek kadar yüksek bir bambu topluluğu var. Beyaz kayın ağacına çakılmış turuncu posta kutusuna kuşlar yuva yapmış. Bu bahçeyi saatlerce izleyebilirsiniz. Durmadan büyüyor ve güzelleşiyor. Televizyon olmamasına şaşmamalı. Yukarı çıkıyorum. Kar gibi beyaz kilim ayaklarımı rahatlatıyor. Denizatı şekilli muslukların bulunduğu gösterişli bir banyo. Büyük yatak odası; dekorasyon orta yaşlı bir çifti işaret ediyor. Diğer yatak odasını sadece misafirler kullanıyor. Güzel. Burada saklanacak yer yok. Sıradan bir evde saklanacak güzel yerler bulabilmek için dokuz yaşında olmalısınız. Anju bir keresinde çamaşır makinesine saklanarak kazanmıştı. Gezimin tamamlandığını sanıyorum, ancak o sırada merdiven sahanlığının sonunda panjurlu bir dolap kapısı görüyorum. Kapı kolu açılamayacak kadar sert ama kapı her nasılsa açılıyor. Rafları raf değil de çok dik basamaklar. Tavandan asılabilmeniz için sıkıca düğümlenmiş bir halat sarkıyor. Üçüncü basamakta kafam tavana çarpıyor ve tavan yükseliyor. Kontrplak tabakayı iterek kaldırınca oluşan çatlaktan gün ışığı giriyor. Yanılmışım. Burası saklanmak için düşündüğümden de iyi bir yer. Gördüğüm en kalabalık kitap nüfusunun bulunduğu kütüphane/çalışma odasına geliyorum. Kitap duvarlar, kitap kuleler, kitap caddeler, kitap sokaklar. Kitap döküntüleri, kitap molozu. Cepkitapları, kalın kapaklı kitaplar, atlaslar, elkitapları, almanaklar. Dokuz yaşamlık kitap. İçine saklanacak bir igloo inşa etmeye yetecek kadar kitap. Oda kitap havasıyla dolu. Aynalar kitap sayısını çift gösteriyor hatta küpünü alıyor. Çin Seddi bolluğunda kitap. "Ben de kitap mıyım acaba?" diye düşünmeme sebep olacak kadar çok kitap. Işık yukarıdaki üçgen bir pencereden içeri giriyor. Hasırdan geçen ışık gibi bir ışık sarkıyor aşağı. Kütüphaneler ve çökmek üzere olan kitap rafları dışında odadaki tek mobilya içinde notlarınızı ve faturalarınızı kaybedebileceğiniz kare delikleri olan eski tarz bir yazı masası. Büyükannemin de vardı bundan. Hâlâ var, sanırım. Yazı masasında iki kâğıt yığını var: Biri kolalı gömlekler gibi siyah ve beyaz, diğeri özel lake bir kaba yerleştirilmiş bir elyazması. Kendime hâkim olamıyorum. Oturup birinci sayfayı okumaya başlıyorum.

ꭥ

Keçiyazar şafaktan önce fısıldanan gerçekten anlatılmamış hikâye bölümlerini bir araya getirmeye çalışarak bütün sabah çalıştı, ancak bu, altın hurdalığında iz aramak kadar zordu. Bayan Comb buruşuk çarşafları düzeltti. Pitekantrop kutsal faytonun motorunu getirdi. Keçiyazar sözlüğünde *zwitterion* sözcüğünün doğru yazılışına bakmak için nihayet yazı masasından kalktı, ancak *gustviter*'e takıldı, sonra da *durzi* ve *theopneust*'a ilerledi. Rehavet tuzak kurmuştu. Keçiyazar'ın son düşünceleri sözlüğün yalancı yastık veya yalancı yastığın sözlük olduğuydu.

Keçiyazar şekerlemesinden uyanıp yazı masasına döndüğünde hâlâ rüya görmekte olduğunu sandı. Şekerleme öncesi yazdığı sayfalar yoktu! Bu imkânsızdı! Bayan Comb'un yazı masasına asla dokunmadığını biliyordu, bunun tek bir açıklaması vardı.

"Hırsız!" diye bağırdı Keçiyazar. "Hırsız! Hırsız!"

Bayan Comb mandalları düşürerek odaya koştu. "Efendim! Ne oldu?"

"Soyulduk, Bayan Comb, ben uyurken soyulduk!"

Pitekantrop elinde Fransız anahtarıyla odaya daldı.

"Gerçekten anlatılmamış hikâyeler üzerine çalışmalarım gizlice alınmış!"

"Ama nasıl olur efendim? Ben dışarıda çamaşırları asıyordum ama hiçbir şey görmedim!"

"Belki de hırsız minicik bir şeydir, egzoz borusundan girip çıkmıştır!" Bayan Comb'a zorlama bir düşünce gibi geldi bu ama Keçiyazar ve Pitekantrop'un peşinden dışarı çıkarak kutsal faytonun arka tarafına gitti. Pitekantrop dizleri üzerine çöküp lastik izi bulunan çamuru kokladı. Homurdandı.

"Yıkanmamış bir kemirgen mi?" dedi Keçiyazar. "Fareden birazcık büyük? Aha! O zaman hırsızın küçük kirli bir sıçan olduğu sonucuna varabiliriz! Gelin, arkadaşlar! Bu hergeleyi yakalamalı, ona yayın hakları hakkında bir iki şey öğretmeliyiz! Canım Pitekantrop, sen önden git!"

Pitekantrop kırışık alnıyla yeri okudu. Örs biçimli masif bir bulut tembelce geçti. İzler asıl yoldan ayrılıyor, kullanılmayan bir patikaya girip acı sintine suyunun üzerinden kayboluyordu. Onu ilk gören Bayan Comb oldu. "İleride bir şey var!" "T"ye çakılmış, üzücü bir şekilde kazığa bağlanmış bir korkuluktu bu. Gözleri ve kulakları gagalanmış, yan tarafındaki bir yaradan rüzgâr zahmet edip de estiği zaman saman akmıştı. Keçiyazar korkuluğa yaklaştı. "Öhöm. İyi günler, korkuluk."

Korkuluk başını biçilmiş çayırların üzerinde yükselen aydan daha yavaş kaldırdı.

“Sizi rahatsız ettiğim için korkunç derecede üzgünüm” diye başladı Keçiyazar, “ama çalınmış bir elyazması sayfaları taşıyan telaşlı küçük kirli bir sıçan gördünüz mü?”

Korkuluğun ağzı menekşelerin menevişlenmesinden daha yavaş oynadı. “Bugün...”

“Mükemmel!” dedi Keçiyazar. “Hırsızın hangi yoldan gittiğini söyleyebilir misiniz bana?”

“Bugün... Babamla cennette oturacağız...”

Tam bu sırada, iki zebani kazığı çevreledi, salyalı dişlerini sapladıkları korkuluğu T'sinden ayırdılar ve yırtarak rüzgârda uçuşan bez parçalarına dönüştürdüler. Keçiyazar korkutma amacıyla atılan bir pençeyle geri gitti. Pitekantrop atladı ve Bayan Comb'u kolları arasında sürükledi. Korkuluktan geriye kalan, ağaca çakılı bez parçalarıydı. Keçiyazar kuduz köpeklere ne yapılması ve ne yapılmaması gerektiğini hatırlamaya çalıştı, ölü taklidi mi yapmalıydı? Gözlerinin içine mi bakmalıydı? Son hızda koşmalı mıydı?

“Bu ona” diye hırladı esas köpek, “romanı vermeyi öğretecek!” “Bu üçünü ne yapacağız, patron?” derken havayı kokladı figüran köpek.

Keçiyazar köpeklerin nefesinin sıcaklığını hissetti. “İyi köpekçikler sizi.”

“Bu bir yazar gibi konuşuyor” diye hırıldadı figüran köpek. “Birinin ‘biri’ olduğu kokusunu alıyorum.”

“Zamanımız yok” diye havladı esas köpek. “Yapımcımız uzaklaşıyor.”

“Önce Sakallı üzerinde çalışmak istiyorum!”

Pitekantrop arkadaşını savunmak için hazırlandı ancak zebaniler buruşmuş ufukta leke olana kadar boşlukların iniş çıkışlarından zıpladı. “İşte böyle!” dedi Bayan Comb. Sonra Pitekantrop'un kollarında oturduğunu anladı. “Beni hemen bırak, seni pis hödük!”

ର

Aşağıda bir kapı çarpılıyor ve elyazması hızla arka plana atlıyor. Kalbimde deprem oluyor ve nefes almayı kesiyorum. Burada biri var. Burada beni bilen biri var. Buntaro olsa çoktan bağırırdı. Bu kadar çabuk mu? Beni nasıl buldular? Morino tarafından parçalanmış yaşama içgüdüm şimdi şiddetleniyor. Oturma odasını, mutfağı, bahçeyi, köşe bucağı arıyorlar. Çoraplarım, kanepede bıraktım. Boş sigara kutusu. Kontrplak tabakayı yerine koydum ve halatı çektim ama panjur kapıyı kapadım mı? Teslim olabilir, merhamet umabilirim. Unut bunu. Yakuza merhamet göstermez. Burada, kitapların altında saklan. Ama bir kitabın kaymasına neden olursam işim bitti demektir. Burada silah işlevi görebilecek bir şey var mı? Raflarda ayak sesleri duymaya çalışıyorum, hiçbir şey duyulmuyor. Ya gelenler çok sessiz çalışıyor ya da sadece bir kişi gelmiş. Varsayılan stratejim şöyle: Üç tonluk üç cilt *Japonlara Eleştirel Bir Bakış "Ben" Romanı*'nı kapının arkasına koymak ve arkadaki adamı yere sermeyi umut etmek. Atla, üstüne çık –silahı varsa başım belada demektir– kaburgalarına vur ve kaç. Bekliyorum. Ve bekliyorum. Konsantre ol. Bekliyorum. Kapının çarpıldığını duyduğumdan emin miyim? Arka pencereyi iki üç santim açık bıraktım, acaba sadece rüzgâr mıydı? Konsantre ol. Bekliyorum. Kimse yok. Kollarım ağrıyor. Buna dayanamıyorum. "Kimse yok mu?"

Şiddet fırtınası asla gelmiyor.

Kendime anlattığım bir hikâyeden korkmuşum. Yanlış yoldayım.

Günün ilerleyen saatlerinde aşağı iniyorum. Misafir odasında çarşaf ve havlular buluyorum ve bunları panjur kapının arkasındaki basamak raflara özenle koyuyorum; böylece davetsiz misafir içeri girdiğinde burayı çamaşır ve havlu dolabı sanacak. Bana dair her şeyi topluyorum ve plastik bir torbanın içine koyup eviyenin altına saklıyorum. Bıraktığım bütün izleri anında toplamalıyım. Aç olmalıyım, en son ne zaman yemek yedim? Midem kaybolmuş sanki. Sigara istiyorum ama dışarı çıkarak kendimi riske atamam. Kahve iyi olurdu ama sadece yeşil çay bulabiliyorum, bir fincan yeşil çay yapıyorum. Burnumu siliyorum –işitme duyum geri geliyor, ama yine burnumu çekiyorum– cumbayı açıyorum ve merdivende çayımı içiyorum. Havuzdaki aynalı sazan bir görünüp bir kayboluyor. Döngüler oluşuyor ama sıvı gökyüzünü delemiyorlar asla. Yakut boyunlu bir kuş solucan bulmak için etrafı dinliyor. Karıncaları izliyorum. Ağustosböcekleri cırcırrrrrrcırcırrrrrrrcırrrrrrlıyor. Evin hiçbir yerinde tek bir saat veya takvim yok. Bahçede bir güneş saati var ama gün net bir gölgenin olamayacağı kadar puslu. Saat üçümsü gibi geliyor. Rüzgâr değişiyor ve bambu yapraklarını titretiyor. Bir tatarcık dizisi havuzun üzerinde uçuşuyor. Çayımı yudumluyorum. Dilim hiçbir şeyden tat alamıyor. Bana bakın. Dört hafta önce sabah feribotuyla Kagoşima'ya gidiyordum, yanımda Portakal Teyze'nin verdiği yolluk vardı. Haftası dolmadan babamı bulacağıma emindim. Onun yerine kimi –neyi– bulduğuma bakın. Ne felaket, ne kötü bir sonuç. Yaz bitti gitti, birçok şey de öyle. Faks makinesi bipliyor. Sıçrıyorum ve çayımı döküyorum. Buntaro'dan bir mesaj geliyor, trafik izin verirse altıda geleceğini söylüyor. Saat altı şimdiye ne kadar uzak? Saatlerin anlamlanması için diğer saatlere ihtiyaç var. Faks makinesinin üzerindeki duvarda muhtemelen ellili yaşlarındaki bir adamla kadının istiridye şeklinde bir çerçevede bulunan fotoğrafı asılı. Sanırım bu evin sahipleri onlar. Güneşli bir günün gölgesinde bir kafenin masasında oturuyorlar. Adam kadının söylediği bir şeyler yüzünden kahkaha atmak üzere. Kadın, hikâyesini gerçekten eğlenceli mi bulduğumu yoksa sadece nazik mi olmaya çalıştığımı anlamak için tepkilerimi inceliyor. İlginç. Kadının yüzü tanıdık. Tanıdık ve ona yalan söylemek imkânsız. "Doğru" diyor, "önceden tanışıyoruz." Bir süre birbirimize bakıyoruz, sonra kadının yusufçukların hayatını yaşadığı bahçesine gidiyorum biraz.

“İzlerin bu çamurlu yaprak yığınında son bulduğuna...” diye aceleyle sordu Keçiyazar, “gerçekten emin misin, sevgili do-dostum?” Pitekantrop bir evet homurdandı, çamurun içine yürüdü ve bir şey aldı. “Ringa balığı kemikleri!” diye acı bir çığlık attı Bayan Comb. “O halde” dedi Keçiyazar, “avımızın peşinden yatağına kadar geldik.”

“Göze çirkin görünüyor” dedi Bayan Comb, “ve ayakkabılara kötü koku sinmesine neden oluyor.” Daha yakından incelenen yeridikkatle inşa edildiği anlaşıldı. Teneke kutu, tava ve benekli şişelerden tuğlalar; patates kabuğu, kızarmış pirinç kabuğu ve “Oyunuzu Bana Verin” broşüründen harç. Bir bisiklet çamurluğu Hackensack yağmurluğu kadar siyah bir deliğe sokulmuş. Keçiyazar gözlerini kısarak içeri bakıyor. “Yani hırsız bu stilton peyniri gibi iğrenç kokan mezbelede ikamet ediyor.”

“*Mezbele*?” Öfkeli bir konuşma geliyor karşılık olarak. “Mezbelemi bana ver ve modası geçmiş paslı kova otobüsünü ayın herhangi bir günü doldur!”

“Aha! Yani evdesin, seni hırsız! Elyazmalarımı derhal geri ver!”

“Önce ☠☝ve çetin bir yürüyüş yap, seni JoeSchmoe!”

“Sabun ve su!” diye iç geçirdi Bayan Comb.

Keçiyazar boynuzlarını düşürüyor. “İblis, burada bayanlar var!”

Kalabalığın içinde küçük bir el ortaya çıktı ve parmağında ışık çaktı. “Şu sıska kuş ‘bayan’sa ben de Frank Sinatra’nın ! ☠☝!’yım. Seni uyarıyorum, beşe kadar saydığımda buradan kaçmış olmazsan sana öylesine hızlı taciz davası açarım ki salıdan sonra X!X£’lerini bilmezsin!”

"Yasallık. Gerçekten. Çok tartışmalı bir konu! Bizim kutsal faytonumuza izinsiz girdin, Zanzibar ringalarını ve gerçekten anlatılmamış hikâyemi çaldın! Dahası, Girton'a eli boş dönmeyi düşünmüyoruz!"

"Aaaaaah, tehdit! Altıma 📢!💣!"

Pitekantrop sabırsızca homurdandı, çöp yığınına ilerledi ve üst tarafını yararak açtı. İçeride şok olmuş bir sıçan vardı, bir an sonra kızgın bir fareye dönüşecekti. "*IXXX* 💥 deli misin sen? Neredeyse beynimi patlatıyordun, seni eklem malalı mağara adamı!"

Keçiyazar kelebek gözlüklerinden baktı. "İlginç; hırsızın *mus musculus domesticus*'un[24] akrabası olduğu çok açık."

"Ben evcil filan değilim, serseri! Ben tek, yegâne olanım, Fenasıçan'ım ben. Tamam, tamam, bayat ringalarının tadına baktım; ama bu yalan da ne, dostum? Hiç hikâye filan kaldırmadım. *Japon Bilimsel Balina Avcıları* dergisini *!*● deliğimi silmek için aldım. Ve yemin ederim, şahsıma bir iftira daha atarsan avukatım seni mahkemeye verecek *!* 🚨 👂 evet *!#X$*!"

"Bulaşık teli! Deterjan!" Bayan Comb kulaklarını tıkadı.

Fenasıçan bütün gücüyle bağırdı. "Yaşına göre hareket et, hayalarına göre değil! Gerçek dünya boşluklarındasın burada!" Fenasıçan bir parmağıyla selamladı. "Sonsuza dek sıçanlar! Sendikayla bir araya geldik! Fenasıçan asla, asla, asla yok olmaz!" Bunu söyleyen kemirgen zorlukla inşa ettiği yığınının kıvrımlı bağırsaklarında kayboldu.

Pitekantrop bir soru homurdandı.

"Katılıyorum, bayım" dedi Bayan Comb. "Umursamamak umursamak için icat edilmiş olmalı."

Keçiyazar başını üzgünce iki yana salladı. Romatizması acı veriyordu. "Arkadaşlar, Fenasıçan fazlasıyla nahoş bir karakter kuşkusuz ancak görgü kurallarının kısa bir süre için ol-

24. Ev faresi. (ç.n.)

maması suç değildir. Sanırım kayıp elyazmamın gizemi çözülemiyor. Haydi kutsal faytonumuza dönelim. Boşlukları bu gece terk edeceğimize inanıyorum."

Boşluklardaki akşam karşılıksız bir ağıt gibiydi. Bayan Comb, Keçiyazar'ı neşelendirmek için dulavratotu peri keki pişiriyordu ve Pitekantrop çatıdaki bir deliği tamir ediyordu. Keçiyazar son sayfasını okuyarak düzeltti ve elyazmasının bulunduğu kaba koydu. Yeniden yazdığı kısımda, gerçekten anlatılmamış hikâyeden hafızasında kalanlarda bulunan ihtişamlı parıltı eksikti.

"Akşam yemeğine çok az kaldı" diye bağırdı Bayan Comb. "Açlıktan ölüyor olmalısınız, efendim."

"Bunu söylemem tuhaf olacak ama tek bir lokma istemiyor canım."

"Ama efendim! Tüm gün boyunca hiçbir şey yemediniz!"

Pitekantrop çatıdaki delikten endişeyle homurdandı.

Keçiyazar düşündü. "Evet, yemedim."

"Hâlâ kayıp hikâyelerinize mi üzülüyorsunuz, efendim? Boşlukları, hırsızları ve bunun gibileri geride bırakacağız."

Pitekantrop sonradan anladı ve kendinden geçerek homurdandı.

"Iyyy, seni ilkel! Şu deliği kapat! Beyefendi bu halinden yeterince rahatsız!"

Keçiyazar kaşlarını çattı. "Canım arkadaşım, sana bu kadar sıkıntı veren şey nedir?"

Bayan Comb yemek kitabını düşürdü. "Efendim! Ne yiyorsunuz?"

"Ne olmuş yani, sadece biraz kâğıt çiğniyorum..." Keçiyazar'ın çenesi durdu. Gerçeği anlamıştı. Bayan Comb dile getirdi. "Efendim! Sayfaları yazdıkça yiyordunuz!"

Keçiyazar'ın sözcükleri boğazında kaldı.

ᘝ

Akşam olduğunda tüm ışıkları kapatıyorum ve mutfakta Buntaro'nun gelmesini bekliyorum, böylece kimse burada olduğumu bilemeyecek ve ben Buntaro'nun geldiğini görecek, gelenin başka biri değil de o olduğunu bilebileceğim. Dakikalar fırıl fırıl dönüp ölürken duvardaki sarmal fayansları izliyorum. İşte Buntaro'nun arabasının farları geliyor ve bir o yana bir bu yana sallanarak park yerine giriyor. Buntaro'nun Akan Yıldız'ın tezgâhının dışında bir yerde bulunduğunu düşünmek hâlâ çok garip. Birine veya bir şeye ihtiyaç duymaktan nefret ediyorum. Son dokuz yılı ihtiyaç duymaktan kaçınmaya çalışarak geçirdim – cömertlik, yardımseverlik, şefkat, sempati, para. Ve geldiğim noktaya bakın. Ön kapının kilidini açıyorum. "Selam."

"Kusura bakma geç kaldım. Trafik çok yoğundu. Ateşin geçti mi?"

"Gribe döndü."

"Demek bu yüzden sesin papağan gibi çıkıyor. Al, sana acil durumlar için altılı Ebisu Export ve paket servis Hokka-Hokka getirdim. Soğumadan ye, yoksa yapıldığı şey gibi tat vermeye başlar." Sandaletlerini çıkarırken poşeti bana uzatıyor. "Biraz da sigara getirdim. Ne içtiğinden emin olamadım, o yüzden Peace aldım."

"Teşekkürler... "Kusura bakma ama iştahım yok."

"Önemli değil. Nikotin arzunun azalmadan şiddetlendiğini sanıyorum?"

"Peace güzeldir."

"Neden bütün ışıkları kapattın böyle?"

"Sebebi yok." Oturma odasına geçtiğimizde ışıkları açıyorum.

"Vay!" Buntaro mor gözüme bakıyor. "Hoş olmuş!"

"Akan Yıldız'da kim duruyor?"

"Karım. Kim olacağını düşünüyorsun?"

"Ama o işin kolayına kaçıyordur. Hamile ya, onu demek istedim."

"Hamileden daha kötü, hem hamile hem canı sıkkın. Aslında bugün küçük bir tartışma yaşadık. Kendisine hastalıklı bir balina gibi davranılmasından sıkıldığını, şurup şişelerinden nasıl geleneksel bebek yapıldığını gösteren bir gündüz programı daha izlerse silah alacağını söylüyor. Eğer merak ediyorsan, evet, ne olduğunu biliyor. Ama iyi haber; koca dünyada ne olduğunu bilen tek kişi o gibi görünüyor."

"Ne?"

"Haberlerde bir şey yok. Gazetelerde bir şey yok."

"İmkânsız."

Buntaro omuz silkiyor. "Evlat, böyle bir şey asla olmadı."

"Oldu."

"Haberlere çıkmadıysa olmadı."

"Bana inanıyor musun?"

"Hey! Bütün gece araba kullandım, hatırlasana, salak seni."

"Peki tüm bu olanlar... Silahlar, patlamalar?

"Sansürlendi. Veya polis duymadan önce tamamen temizlendi. Yakuza kendi bokunu temizler, tabii ne kadar yediğini saklamak için sadece. Haline şükret, evlat. Bu durum endişelenecek şeyleri biraz azaltıyor."

"Peki ya paçinko salonu müdürü?"

"Kim biliyor ki? Ampul değiştirirken camdan düştü."

Dışarı çıkıp merdivende sigara içiyoruz. Akşam karanlığı görünürlüğü azaltıyor. Bir sazan devamlı tükürüyor. Böcekleri uzakta tutmak için ışıkları kapıyorum. Kurbağalar vıraklıyor. "Kurbağalar ve kara kurbağalar arasındaki fark nedir, taşralı çocuk?" diye soruyor Buntaro.

"Kara kurbağalar sonsuza dek yaşar. Kurbağalar ezilir."

"Vergilerim senin eğitimine gitti."

"Buntaro, bir şey daha var. Sana bir kediden bahsettiğimi hatırlıyorsundur..."

"O hayvan mı? Evet, o ve karım dost oldular bile. Geleceği garanti altında. Balığı besleme vakti." İçeri girip aynen Hokka-Hokka paketi gibi kokan beyazımsı bir şeyin bulunduğu kutuyla geri dönüyor. Sırayla havuzun içine bir çimdik bu şeyden serpiştiriyoruz. Sazan su yüzüne çıkıp şapırdatıyor.

"Buntaro, sana gerçekten teşekkür etmem gerek."

"Balık yemi için mi? Çok ucuzdu."

"Balık yeminden bahsetmiyorum."

"Ah, sigaralar. Sonra verirsin parasını."

Pes ediyorum.

Aç şehir

Bayan Comb bu hafta son kez yumurtladı. Yumurtasını ham pamuklara sardı, hasır sepetine diğerlerinin yanına koydu ve kurulama beziyle bütün yumurtaların üstünü kapadı. Sonra son bir kez alışveriş listesine göz attı: Dokuz numara örgü şişi, bit şampuanı, Hint çiviti mürekkep, Polonya pavuryası, Zanzibar taze badem ezmesi, iki kutu kanaryalı Kanada kandili. Odasının kapısının tıklatılmasını Keçiyazar'ın "Öhöm"ü takip etti.

"Buyrun, efendim?"

Kapı gıcırdayarak açıldı ve Keçiyazar gözlerini kısarak baktı.

"Sanırım pazara gitme günü geldi yine, Bayan Comb?"

"Evet, efendim. Yumurtalarımı satmaya gidiyorum."

"Mü-mükemmel, mü-mükemmel. Buralarda kısa hikâyenin kahredici derecede kıt olduğunu hissediyorum. Belki kitaplarımdan birini pazara götürür ve bir hikâye simsarı gelir mi diye bakarsınız diye düşünmüştüm. Asla bilemezsiniz. Arz, talep ve bunun gibi şeyler..."

"Çok haklısınız, efendim." Bayan Comb bu konuda şüpheliydi ancak Keçiyazar'ı incitmek istemedi bu yüzden kitabı önlüğünün cebine koydu. Kapı çarpılarak açıldı ve rüzgâr içeri girdi. Pitekantrop eşikte duruyordu, Bayan Comb'a bir soru homurdandı. "Evet" diye cevap verdi kadın, "şimdi gidiyorum. Ve hayır, benimle gelemezsin. Marakeş bataklığında olduğu gibi bütün müşterileri kaçırmanı istemiyorum." Pitekantrop bir rica homurdandı ve ellerini Bayan Comb'a doğru açtı. Kadın neredeyse sepetini düşürüyordu. "*Solucan*! Benim odamda! Saygıdeğer, iyi beslenen insanlar yaşıyor bu bölgelerde! Kimse *solucan* yemiyor! Bu tiksindirici yaratıkları sevimli taze yumurtalarımın yanına koymayı düşünmeye nasıl cüret edersin? Hemen buradan uzaklaş! Hödük!"

Bayan Comb, yanmış çalıların içinden geçerken 'Sen kabartılmış tüylerimi koru!' diye düşündü. Buraya ne olmuştu böyle? Manzara bir zamanlar güzeldi, ama şimdi ekinler kurumuştu ya da kuruyordu, ağaçlar sökülmüştü; kavrulmuş, yanmış yerlerde çukurlar vardı. Paslı ve patlamış tankerlerdeki uranyum kabuğu deliklerine kırmızı ve sıcak küsküler saplanmıştı. Devedikenleri ıslık çalıyordu. Bir boru kablo yığınına lağım damlatıyordu. Keskin ve pis koku Bayan Comb'un burnunu mendille kapatmasına neden oldu. "Iyyyy!"

Gökyüzü son sesiyle çığlık attı birden.

Bayan Comb, önlüğünü kafasına geçiren ve kısa pantolonunun balon gibi şişmesine neden olan patlama sesi gelmeden önce, yumurtalarının bulunduğu değerli sepetini güvenli bir yere koyup kulaklarını kanatlarıyla kapayacak zamanı zor buldu. Şok dalgaları dağıldı. Bayan Comb dışarı baktı ve ayağa kalktı. Yukarı bakınca ilginç bir şey gördü, bir hippi rengârenk sörf tahtasıyla gökten tam da Bayan Comb'a doğru düşüyordu! Refleksleriyle hareket eden Bayan Comb, sepetini kaptı ve "Portakal Vekili" yazılı büyük bir fıçının arkasına saklandı. Hippi son hızla çamura çarptı. Çarpışmanın etkisiyle oluşan krater etrafa taş ve ses banyosu yaptırdı. Kendine bile bir şey söyleyemeyecek kadar şok olmuş Bayan Comb tozun inmesini bekledi. Kraterden bir inilti duydu. "Ah, *ahbap*!" Hippi kenara tutunarak ayağa kalktı. Rastaları kızıl renkliydi, güneş gözlükleri yüzünü sarıyordu ve halesi tam yuvarlak değildi. "*Ahbap*." Bayan Comb'u görünce barış işareti yaptı. "İyi günler bayan."

Bayan Comb dilini buldu. "Fena bir düşüştü bu, kuşkusuz."

"Kahrolası hayaletler! Beni *tamamen* uçurdular! Geldiklerini hiç görmedim. Şehri bombalıyor olmalılar, bombalayacak bir şey bulurlarsa tabii! Ama cephane orada, onu tüketmek zorundalar."

"Bir yeriniz kırıldı mı?"

"Sadece gururum, bayan, sorduğunuz için teşekkürler. Ben ölümsüzüm, anlıyorsunuz ya."

"Pardon?"

"Ölümsüz. Adım Tanrı. Tanıştığımıza çok kudretle memnun oldum."

Bu Bayan Comb'u tedirgin etti. Reverans yapmalı mıydı? "Büyülendim. Ama bir şehir bombalanacaksa bir şey yapmanız gerekmez mi?"

Tanrı halesini düzeltti. "Yapabilecek olsam yapardım bayan, ama askeriye bir şehirdeki İseviliği bombalamaya karar verirse..." Omuz silkti. "Bir zamanlar savaşlar konusunda ilahi vetomuz vardı, ancak yönetici gücümüz yavaş yavaş azaldı ve şimdi kimse bize sormaya zahmet etmiyor."

"Çok ilginç... Savaşı durdurmak için ne gerektiğini sorabilir miyim?"

Tanrı'nın yüzü "bilmiyorum" ifadesi aldı. "Gerçeği söylemek gerekirse, bayan, asla Tanrı olmak istemedim ben. Babam ısrar etti, aile geleneğiymiş filan işte. Ivy League Tanrılık okullarında başarısız oldum ve Kaliforniya'da başladım." Tanrı nostaljik bir havaya girdi. "Dalgalar yüksek, kumlar altındı ve kızlar! Kızlar... Tanrısal müdahale zorunlu bir dersti ama ben derslerin çoğunu Big Sur'daki dalgalar için es geçtim. Savaşları durdurmak mı? Bir kâse vıcık vıcık guacamole'a[25] benzer, bayan. Sonunda mezun oldum, üçüncü sınıfta sicilime işlenen şeyler oldu, benim öğrendiğim tek şey şarabın suya dönüşmesi dümeniydi. Babam kontrolü eline almak istedi ama cennet" Tanrı sesini alçalttı, "adam kayırmacılığın diğer adıdır, bayan. Altın Şehir farmasonları yüksek zekâlı gösterir. Kim oldukları ve nereden geldikleri sizin bildiğiniz gibi değildir. Her şeye kadir olanın kadim dostları istikrarlı demokrasileri alır, savaş bölgelerini ve barışı koruma göreviniyse kimse istemez. Saatiniz var mı bayan?"

Bayan Comb kol saatine baktı. "On bire yirmi beş var."

"*Amanın!* Filmleri dükkâna geri götürmek zorundayım yoksa yine ceza kesecekler bana!" Tanrı parmaklarını şıklattı ve sörf tahtası çarpışmayla oluşan kraterden kalkıverdi. Tanrı sörf tahtasının üzerine atladı ve güneş gözlüklerini düzeltti. "Günün bu saatini sizinle geçirmekten kudretle mutlu oldum, bayan. Eğer bir sorununuz olursa, bana bir kanat ve dua yollayın yeter!" Kung-fu pozisyonunda çömeldi ve sörf yaparak uzaklaştı. Bayan Comb gittikçe küçülen Tanrısallığın kayboluşunu izledi. "Ay. Tamam. Nefesimi tutmayacağım."

Kavurucu sis ve alacakaranlıkta bağırarak uyanıyorum, çünkü siyahlar giyinmiş yaşlı bir kadın üzerime abanıyor. Bir tür spazm geçirerek kanepeden düşüyorum. "Sakin" diyor yaşlı kadın, "Sakin ol, evlat. Rüya görüyordun. Benim, Ueno İstasyonu'ndan Bayan Sasaki." Bayan Sasaki. Gevşiyorum, nefes alıp veriyorum. Bayan Sasaki mi? Sis dağılıyor.

25. Avokadoyla yapılan bir tür Meksika mezesi. (ç.n.)

Gülümseyip başını iki yana sallıyor. "Pardon seni ürküttüm. Yaşayanların topraklarına tekrardan hoş geldin. Buntaro bu sabah geleceğimi söylemeyi ihmal etti, doğru mu?"

Sinirlerim yatışıyor ve derin nefes alıyorum. "Sabah..."

Kadın, spor çantasını yere koyuyor. "Dairenden birkaç parça bir şey getirdim sana. Bunların burada kalmanı daha rahat hale getireceğini düşündüm. Gerçi mor gözünü bilseydim, bir parça da biftek getirirdim." Bayan Sasaki'nin içinde yaşadığım karmaşayı görmüş olmasından rahatsızım. "İtiraf etmeliyim, bu saatte uyanık olacağını düşünmüştüm. Neden misafir odasında uyumuyorsun, aptal genç?"

Ağzım tozlu ve yapışkan. "Aşağıda kendimi daha güvende hissediyorum, sanırım. Bayan Sasaki, Buntaro sizin Ueno telefonunuzu nereden biliyordu? Siz Akan Yıldız'ı ve Buntaro'yu nereden biliyorsunuz?"

"Ben onun annesiyim." Bayan Sasaki şaşırmama gülüyor. "Hepimizin bir yerlerde bir annesi var, anlarsın ya. Buntaro'nun bile."

Taşlar yerine oturuyor. "Nasıl oldu da ikiniz de hiçbir şey söylemediniz?"

"Hiç sormadın ki."

"Sormak hiç aklıma gelmedi."

"O zaman söylemek neden bizim aklımıza gelsin?"

"Peki ya işim?"

"Görüşmeyi sana Buntaro ayarladı ama işi kendin aldın. Bunlar sorun değil. Ueno'daki pozisyonunu kahvaltıda tartışalım. Her şey sırayla. İlk olarak temizlenip tıraş olman gerek. Ueno Parkı'ndaki evsizlerle bir hafta kamp yapmış gibi görünüyorsun. Kök salmayı kesmenin zamanı çoktan geçmiş. Sen duş alırken ben de yemek pişiririm, benden çok yemeni umut ediyorum. Açlık grevine gireceksen seni saklamanın anlamı ne?"

Kemik iliğim ısınıp parmaklarım buruşana kadar asırlarca duşta kalıyorum. Tepeden tırnağa üç kez şampuanlıyorum kendimi. Dışarı çıktığımda gribim bile hafiflemiş, kilo kaybetmişim. Şimdi tıraş oluyorum. Şanslıyım, haftada bir tıraş olmam yetiyor. Lisede sınıfımdaki çocuklar ne kadar sık tıraş oldukları konusunda övünürlerdi, ancak kıl foliküllerim üzerinde çelik sürüklemeye tercih edeceğim yüz tane şey var. Ayrıca Bayan Sasaki'nin tavsiyeleri emir gibidir. Para Dayı birkaç yıl önce elektrikli bir tıraş makinesi vermişti bana ama Asfalt Dayı bunu görünce güldü ve gerçek adamların jilet kullandığını söyledi. Atılabilir Bic'lerimin hâlâ ilk paketini kullanmaktayım. Soğuk suyu açıyorum ve jiletimi duruluyorum – Asfalt Dayı soğuk suyun jileti büzüştürerek keskinleştirdiğini söyler. Her tıraş olduğumda onu düşünürüm. Ice Blue tıraş jelini sürüyorum, üstdudak ve burun arasındaki oyuğa –buranın neden bir adı yok?– çenemdeki yarığa ve genelde kestiğim altçene döngüsüne iyice sürmeye dikkat ediyorum. Jel yakmaya başlayana kadar bekle. Sonra en az acıyan bölge olan kulakların yanındaki düzlüklerden başla. Bu acıyı seviyor gibiyim. Çekilme, kökünden sökülme. Bazen acının üstesinden en güzel üstüne gidilerek gelinir. Burnun çevresi. Ay! Duruluyorum, yapışkan sakalları tapa deliğine kadar takip ediyorum. Biraz daha soğuk su. Mor gözüme acı verene dek dokunuyorum. Temiz çamaşır, tişört, şort. Yemek kokularını alabiliyorum. Aşağı iniyorum, tıraş takımlarımı spor çantama yerleştiriyorum. İstiridye fotoğraftaki kadınla göz göze geliyorum. "İşte, şimdi daha iyi misin? Çok fazla kaygılanıyorsun. Burada güvendesin. Ne olduğunu anlat bana. Hikâyeni anlat. Konuş. Anlat bana."

Moğol havaya karışıp kayboldu. Yanan Cadillac'lar şiddetli bir alkış koparıyor. Duyularım, nereden bilinmez, geri geldi, oradan bir an önce uzaklaşmam gerektiğini biliyordum.

Köprüden aşağı yavaşça koşmaya başladım. Tüm gücümle koşmuyordum, önümde uzun bir gece olduğunu biliyordum. Duvarın üzerinden tekrar bakmadım, arkama bile bakmadım. Öfkelenmemiştim bile. Yoğun duman plütonyumla karışıyor. Ürününün uzaklık olduğu bir makine olmaya niyetleniyorum. Çevre yolunda yavaş koşarak yüz adım atıyorum, yürüyerek yüz adım atıyorum, bir yüz, bir yüz daha atıyorum araba görmek için ay ışığının aydınlattığı uzakları tararken. Bir şey gelirse toprak setin altına saklanabilirdim, rampa içi boş olan prefabrik beton bloklardan yapılmıştı. Korku, şok, suçluluk, rahatlama: Hislerim bunlardan biriydi muhtemelen ama ben hiçbirini hissetmiyorum. Tek hissettiğim kendimle gördüğüm her şey arasına bir mesafe koymamın gerekliliğiydi. Yıldızlar güçsüzleşiyordu. Yakalanıp bakir topraklardaki suçlara alet olacağım korkusu tahammülün acil servis girişlerini sarsıyordu ve ben yüz-yüz sistemine çevre yolu, yol engelinden kıvrılıp Xanadu'ya giden sahil yoluna devam edene kadar devam ettim. Şafak ufku yakıyordu ve Tokyo'ya giden ana caddedeki trafik yoğunlaşıyordu. Aspirin ay ılık sabahta eriyordu. Şoförler ve yolcular bana bakıyordu. Burada kimse yürümez, kaldırım yoktu, sadece buldozerle kabartılmış bir yükseklik vardı – insanlar akıl hastanesinden kaçmış olduğum sonucuna vardılar. Otostop çekmeyi düşündüm ama bunun ilgi çekmeme sebep olacağını düşündüm. Burada ne yapıyor olduğumu nasıl açıklayacaktım? Yaklaşan polis sirenleri duydum. Şansa bir aile restoranından geçiyordum, girişte saklanıp telefonla konuşuyor gibi yapabilirdim. Yanılmıştım; polis arabası filan yoktu, sadece iki ambulanstı bunlar. Ne yapmalıydım? Ateş, beynimde Japon davulları çalıyor. Buntaro'yu arayıp yardım için dilenmekten başka bir planım yoktu ancak Buntaro on bire kadar Akan Yıldız'a gelmezdi ve ev telefonu da bende yoktu ve kimlerle arkadaşlık ettiğimi öğrenince eşyamı kapıya koymasından korkuyordum. "İyi misin, hayatım?" diye sordu kasanın arkasındaki garson. "Gözün konusunda bir şeye ihtiyacın var mı?" Bana öylesine şefkatli baktı ki, ağlamadan durabilmemin tek yolu cevap vermeden oradan ayrılmaktı. O kadının oğlunu kıskanıyorum. Yol sanayi bölgesinden geçiyordu, en azından yürüyebileceğim bir kaldırım vardı. Bütün sokak lambaları aynı anda kapattı kendilerini. Fabrikalarsa sonsuza kadar çalışmaya devam etti. Bütün fabrikalar diğer fabrikalar için bir şeyler imal ediyordu: Raflar, ambalajlar, forklift paletleri. Davul sesleri hafifledi, ancak ateş kafatasımın içindekileri buharlaştırıyordu şimdi. Her şeyi tüketmiştim. "Aile restoranına geri dönmeli ve merhamet meleğinin kucağına yığılmalıyım" diye düşündüm. Yığılmak mı? Hastaneler, doktorlar, sorular? Yirmi yaşındaki insanlar yığılmaz. Restoran çok geride kalmıştı. Kiremit izolasyon malzemesi imal eden bir fabrikanın önünde bir bank vardı. Buraya kim neden bank koyar bilemiyorum ama minnettar kalarak oturup Nike marka devasa bir spor ayakkabısının gölgesine giriyorum. Nefret ediyorum bu dünyadan. NIKE. BİTİŞ ÇİZGİSİ DİYE BİR ŞEY YOKTUR. Yabani otlarla dolu boş bir arazinin karşısında Xanadu ve Valhalla'yı görebildim. Bir yerlerde bir silah patladı ve güneş koşarak geldi. Bir kuş ıslık gibi bir tonla uzun bir şarkı söylüyordu, sonra kuştan geriye sadece toz bulutu kaldı. Tekrar tekrar oldu bu. Aynı kuş Yakuşima'da da yaşıyor, yemin ederim. Kalkıp Akan Yıldız'a telefon edebilene kadar havalandırma ve uyuyacak bir yer bulabileceğim Xanadu'ya kadar gitmek istedim. İstedim ama vücudum hareket etmiyordu. Beyaz bir araba yavaşladı. Bip, bip. Bipli beyaz araba. Git buradan. Kapı içeriden açıldı ve şoför yolcu koltuğuna yaslandı. "Bak, delikanlı, ben Zizzi Hikaru ve daha iyi bir teklif geleceği konusunda şüphelerin varsa arabaya atlamanı tavsiye ederim." Bir an şoförün Buntaro olduğunu algıladım. Bezgin, stresli bir Buntaro.

Nasıl, kim, ne zaman, neden diye düşünemeyecek kadar bitkindim. Otuz saniye içinde uyuyakaldım.

ก

Pazaryeri, tonoz molozu ve ağaçsız dağ eteğinden oluşan harap bir labirent gibiydi. Tepedeki cami tam isabet almıştı, iç organları dışarı dökülmüş, pencereleri patlamıştı. Bina şehre boş gözlerle bakıyordu. Tramvaylar devrilmiş ve sökülmüş. Terk edilmiş çocuklar yol kenarlarında yatıyordu ve fırlamış kemikleri büzüşmüş bir deri çevreliyordu. Sinekler göz pınarlarından içmişti. Akbabalar tüylerindeki rüzgârı duyacak kadar yakın daireler çiziyordu ve sırtlanlar hendeklerinde pusuya yatmıştı. Bir barış örgütünün beyaz Jeep'i bir sürü fotoğraf çekerek ve haber için bilgi toplayarak geçip gitti, neredeyse Bayan Comb'u eziyordu. Yıkıntılar üzerinde gezinen Bayan Comb devasa bir heykel gördü. Levhada *Aziz Kumandan* yazıyordu. Kumandanın gölgesinde sıska bir adam ailesi için ateşte solucan pişiriyordu. Kaidenin üzerindeki ağır, abartılı, madeni, çatık kaşlı, devasa diktatör arkasındaki sıska ve iskeleti askılardan sarkar gibi duran sıska adamın tam tersi. "Affedersiniz" diyor Bayan Comb, "pazar yerini arıyordum."

Adam kadına dik dik baktı. "Üzerinde duruyorsunuz."

Bayan Comb adamın çok ciddi olduğunu anladı. "Bu harabe mi?"

"Hâlâ fark etmediyseniz söyleyeyim bayan, burada savaş var!"

"Ama insanların yine de yemek yemesi gerekiyor, değil mi?"

"Ne yiyecekler? Kuşatma altındayız."

"Kuşatma mı?"

Sıska adam oğlunun ağzına bir solucan sarkıttı, çocuk da solucanı yemek çubuklarından nazikçe alıp ifadesizce çiğniyor. "Bugünlerde 'kuşatma' yerine 'yaptırım' kullanılıyor. Bu tahammül etmesi daha kolay bir sözcük."

"Mükemmel... Savaş tam olarak kimler arasında?"

"Şşşşş!" Adam etrafa bakındı. "Bu gizli. Bu gibi sorular sorduğunuz için tutuklanacaksınız!"

"Askerlerin ne zaman savaştıklarını kuşkusuz biliyorsunuzdur?"

"Askerler mi? Hiç savaşmazlar! Yaralanabilirler! Askerler bir centilmenlik anlaşması yaptı: Asla bir üniformalıya ateş etme. Savaşın amacı mümkün olduğunca çok sivil öldürmektir."

"Sarsıcı!" Sonra Bayan Comb daha da saçma bir şey söyledi. "Bu durumda, yumurtalarımı satamayacağım galiba."

Bir gübre torbası açıldı ve sıska adamın karısı sürünerek dışarı çıktı. "Yumurta mı?" Sıska adam onu susturmaya çalıştı ama kadın haykırdı. "Yumurta!" Hendeklerden kolsuz yetimler çıktı. "Yumurta!" Yaşlı kadınlar bastonlarını yere vurdu. "Yumurta!" Boş göz yuvaları açlıkla dolmuş adamlar kapısız koridorlardan geldiler. "Yumurta!" Tehditkâr bir kalabalık heykeli çevreledi. Bayan Comb ortamı sakinleştirmeye çalıştı. "Şimdi, şimdi, aslında gerek yok..." Kalabalık dalgalandı, ürüyen gürültülü köpek pençeleri dalgası Bayan Comb'u sıkıştırdı ve sepetini alıp götürdü. Kalabalık kükredi. Yumurtaları yuvarlanıp kabuk parçalı sarı ve beyaz olarak yere düşen Bayan Comb acı acı bağırdı. Bayan Comb kanat çırptı ve kalabalığın üzerinde yükseldi; piliç olalı beri uçmamıştı ve birkaç saniyeden fazla havada kalamıyordu. Tünenebilecek en yakın yer aziz kumandanın palabıyığıydı. Kalabalık merakla Bayan Comb'u izledi. "Uçtu! Kadın uçtu!" Kalabalığın sadece çok küçük bir kısmı kırılmış yumurtaların içindekiler için savaşabilecek kadar yakındı yumurtalara. Diğerleri Bayan Comb'u izliyordu. İlkin küçük bir çocuk konuştu. "Kadın değil bu!"

"Tabii ki kadınım!" diye karşılık verdi Bayan Comb. "Babam sözü geçen bir adamdı!"

"Kadınlar uçmaz! *Tavuk* bu!"
"*Kadınım* ben!"
Bu sözcük, ateşin Thales'in dikenli çalılıklarını yutması gibi yuttu aç kasabayı. "Kadın" değil, "piliç" değil ama: "Tavuk! Tavuk! Tavuk!"

ຄ

Bayan Sasaki tencereden vernikli kâseye kepçeyle miso çorbası koyuyor. Koivaşi balığı ve tofu küpleri. Anju koivaşi severdi, büyükannemiz de böyle yapardı bunu. Miso hamuru dipte yüzüyor, okyanus tortusu gibi. Sarı japonturpu turşusu, yosuna sarılmış somonlu pirinç topları. Her şeyiyle güzel bir yemek. Kapsülümde tost ve yoğurtla yaşıyorum, o da yeterince erken kalktığımı düşünürsek: Bu da çok zor bir şey. Kurt gibi aç olmam gerektiğini biliyorum ama iştahım hâlâ saklanıyor. Bayan Sasaki'yi mutlu etmek için yiyorum. Büyükannemin köpeği Caesar ölürken sadece büyükannemi mutlu etmek için mama yedi. "Bayan Sasaki, birkaç sorum var."
"Ben de öyle olacağını düşünmüştüm."
"Neredeyim ben?"
Kâseyi bana uzatıyor. "Buntaro'ya sormadın mı?"
"Dün çok garipti, doğru düşünemiyordum. Hem de hiç."
"Peki, kız kardeşimle kocasının evinde kalıyorsun."
"Faksın üzerindeki istiridye fotoğraftaki çift onlar mı?"
"Evet. O fotoğrafı ben çektim."
"Şimdi neredeler?"
"Almanya'dalar. Kardeşimin kitapları Almanya'da iyi satıyor, bu yüzden yayıncısı onu edebiyat turu için oraya götürdü. Kocası Avrupa dilleri uzmanı, kardeşim yazarlık görevlerini yerine getirirken o da kütüphanelere kapanır."
Çorbamı höpürdetiyorum. "Çok güzel. Yazar mı? Kardeşiniz tavan arasında mı çalışıyor?"

"'Efsane yazarı' denmesini tercih ediyor. Çalışma odasını bulup bulamayacağını merak ediyordum."

"Girmemin sakıncası olmayacağını düşündüm. Hatta yazı masasının üzerinde bulduğum hikâyeleri okumaya bile başladım."

"Kız kardeşimin itiraz edeceğini sanmıyorum. Okunmamış hikâye hikâye değildir."

"Kardeşiniz çok özel biri olmalı."

"O pirinç toplarını bitir. Neden öyle söyledin?"

"Bu ev. Tokyo'da böyle bir ev olabilir ama ancak Kofun döneminde ve bir ormanda. Telefon yok, televizyon yok, bilgisayar yok."

Bayan Sasaki gülümserken dudaklarını büzüyor. "Bunu ona söylemeliyim. Çok hoşuna gidecektir. Kardeşimin telefona ihtiyacı yok, doğuştan sağırdır, anlıyorsun ya. Ve kocası da dünyanın daha fazla değil, daha az iletişime ihtiyacı olduğunu söylüyor." Bayan Sasaki doğrama tahtasında bir portakal doğruyor ve kabuktan sıvı püskürüyor; sonra oturuyor. "Miyake-kun, Ueno'ya geri dönmemen gerektiğini düşünüyorum. O insanların veya ortaklarının seni bulmak istediklerine dair bir kanıt yok elimizde, ancak istemediklerini de bilemiyoruz. Ben risk almamamız taraftarıyım. Cuma günü seni nerede bulacaklarını biliyorlardı. Önlem olarak Ueno'daki kayıtlarının yanlış dosyalandığının düşünülmesini sağladım. Bence hafta sonuna kadar burada durmalısın. Birileri Akan Yıldız'a gelip seni sorarsa Buntaro şehirden kaçtığını söyleyecek onlara. Eğer sormazsa kara göründü demektir."

Bu mantıklı geliyor. "Tamam."

"Gelecek hakkında gelecek haftadan itibaren endişelen." Bayan Sasaki çay dolduruyor. "Bu arada dinlen. Çoğu problemi onu yaşarken çözemezsin."

Arpalı yeşil çay köpürüyor. "Siz ve Buntaro bana niçin yardım ediyorsunuz?"

"'Kim' 'niçin'den daha önemlidir. Yemeğini ye."

"Anlamıyorum."

"Boş ver, Eiji."

*

Aynı gün ilerleyen saatler. Kapı zili çalıyor ve yüreğim hop ediyor. Elyazmasını elimden bırakıyorum. Buntaro değil, Bayan Sasaki değil, öyleyse kim? Tavan arasındaki çalışma odasındayım ama ön kapıda bir anahtarın döndüğünü duyuyorum. Bu evi dolduran sessizlikleri öğreniyorum, kafamda olanları ve olmayanları biliyorum; işte kapı açılıyor, antrede ayak sesleri. Kitaplar duymayı zorlaştırıyor. "Miyake! Sakin ol! Bu, Yuzu Daimon! Dışarı çık, her neredeysen dışarı çık! Anahtarı ev sahibin verdi bana." Merdivenlerde buluşuyoruz. "Son gördüğümden daha iyi görünüyorsun" diyorum. "Yolda ezdiğim hayvanlar bile benden iyi görünüyordu geçen cuma" diye cevap veriyor. "Ama sen daha kötü görünüyorsun. Şşşşşş! Bunu gözüne onlar mı yaptı?" Tişörtünde *Daha çok malla ölen kazanır* yazıyor. "Senden özür dilemeye geldim. Küçük parmağımı kesebileceğimi düşündüm."

"Ne yapayım senin küçük parmağını?"

"Ne istersen. Salamuraya yatır, sırlı bir mücevher kutusunda sakla: Kibar bir toplulukta burnunu karıştırmak için ideal. Nasıl konuşma konusu ama: 'Bu parmak, yaramazlıklarıyla ünlü Yuzu Daimon'undur aslında.'"

"Kendi parmağımı kullanmayı tercih ederim, teşekkürler. Ve..." deyip elimi belli belirsiz sallıyorum, "geriye dönmek benim fikrimdi, senin değil."

"Aman peki, sana geçici olarak yardım etmek için on paket sigara aldım" dedi. Onu öldürmek isteyip istemediğim konusunda hâlâ kesin bir karara varmış olmadığını görüyorum. "Özür dilemem gereken her durumda bir parmağımı kesmek zorunda kalsaydım, şimdiye omzuma kadar gelmiş olurdum. Marlboro. Kaderin ağlarını ördüğü o gece, bilardo salonunda Marlboro içtiğini hatırladım. Ve ev sahibin gitarının sana arkadaşlık edebileceğini düşündü, o yüzden gitarını da getirdim. Girişe bıraktım. Nasılsın?" Nasılım? Bir garibim ama kızgın değilim. "Teşekkürler" diyorum. Omuz silkiyor. "Peki, mademki..." Omuz silkiyorum. "Bahçe sigara tüttürmek için güzel bir yer..."

Bir kez başladığımda –onu taksiye bindirdiğim noktadan– kendimi durduramıyorum– Buntaro'nun beni arabasına bindirdiği noktaya kadar. Hiç bu kadar uzun konuştuğumu hatırlamıyorum. Daimon sigaralarımızı yakmak ve bira almak için buzdolabına gitmek dışında hiç bölmüyor konuşmamı. Ona babamı ve Tokyo'ya neden geldiğimi bile anlatıyorum. Bitirdiğimde güneş batmış oluyor. "Beni asıl şaşırtan" diyorum, "bunların hiçbirinin kayıtlara geçmemiş olması. Kırk insanın, sessizce değil tıpkı aksiyon filmlerindeki gibi öldürülmesi ve bu durumun hiçbir şekilde kayıtlara geçmemesi nasıl mümkün olabilir?"

Arılar salınan güzel kokunun etrafında duruyor. "Yakuza savaşları polisin pislik gibi görünmesine, iktidar peşinde koşan politikacıların boyun eğer gibi görünmesine neden oluyor ki bunlar herkesin de bildiği gibi doğru. Ama bunlar itiraf edilirse, Tokyo'daki oy sahipleri neden vergi ödediklerini merak edip öğrenmek isteyebilirler. Bu yüzden bunlar TV'den uzak tutulur."

"Ama ya gazeteler?"

"Gazeteciler dağ yamaçlarından yükseklerde kazanılmış ve kaybedilmiş savaşlar hakkında bilgilendirilir. Zeki ve hikâye kokusu alan gazetecilerse kara listeye alınır, haber görüşmelerine alınmaz, gazeteler de onu bünyelerinde tutamaz. Kurnazca, değil mi?"

"O zaman haberleri ciddiye almak neden?"

"İnsanlar çizgi romanları ve uyku hikâyeleri olsun ister. Bak! Bir yusufçuk! Eski şair-rahipler yusufçukların –ne denirdi ona– gövdelerinin rengine ve parlaklığına bakarak ayın hangi haftasında olduklarını bilebilirlerdi." Çakmağıyla oynuyor. "Ev sahibine başına gelenlerin sansürsüz versiyonunu anlattın mı?"

"Şiddeti biraz azalttım. Karısına yönelik ölüm tehditlerini de çıkardım, çünkü tehditlerin sahibi artık ölü. Neyin doğru olduğunu, onu neyin korkutacağını ve delirteceğini hâlâ bilmiyorum."

Daimon başıyla onaylıyor. "Bazen doğru şeyi yapacaksın diye bir şey yoktur ve en iyisi en az kötü olanı yapmayı ummaktır. Bunu rüyanda görüyor musun?"

"Pek uyumuyorum." Bira kutusunu açıyorum. "Sen ne yapmayı düşünüyorsun?"

"Babam bir süre ortadan kaybolmam gerektiğini düşünüyor ve ilk defa bir konuda anlaşıyoruz. Sabah Amerika'ya geri dönüyorum. Karımla birlikte."

Birayı fışkırtıyorum. "*Evli* misin sen? Ne zamandan beri?"

Daimon saatine bakıyor. "Beş saat oldu."

Bu Daimon'un samimi gülümsemesi. Sadece bir kez ve bir an görüyorum.

"Miriam mı? Kang Hyo Yeoun mu?"

Gülümseme kayboluyor. "Gerçek adı Min. Çok insan bilmez gerçek ismini ama sana özür borçluyuz. Sana ünlü tekmesini gösterdiğini öğrendim."

"Bunları sonraya bıraktım. Min mi? Adı hiç aynı kalmıyor."

"Bundan sonra kalacak."

Biralarımızı tokuşturuyoruz. "Tebrikler. Hızlı düğün."

"Gizli evlenip kaçmada önemli olan budur."

"Bana birbirinizden nefret ediyormuşsunuz gibi gelmişti."

"Nefret." Daimon ellerini inceliyor. "Sevgi."

"Annen baban biliyor mu?"

"On yıldır ayrı yaşıyorlar; birbirlerine olan saygılarını asla kaybetmediler tabii ki. Fakat bana ilişkiler konusunda tavsiye verme hakkından..." Daimon çakmağıyla oynuyor, "vazgeçtiler sanki."

"Şu an hımm, Min-san'la olman gerekmiyor mu?"

"Evet. Uçak biletlerimizi almak üzere gitmem gerekiyor. Ama gitmeden önce babanın fotoğrafını gösterecek misin bana?" Fotoğrafı cüzdanımdan çıkarıyorum. Daimon ona dikkatlice bakıyor, ancak başını hayır anlamında sallıyor. "Üzgünüm, bu adamı hiç görmedim. Ama babama Morino'nun devamlı çalıştığı dedektifin iletişim bilgilerini bulup bulamayacağını soracağım. Yakuza genelde bir iki güvenilir adamı kullanır. Söz veremem; belediye binasındaki polis departmanı cehennem gibi, kimin eli kimin cebindedir bilinmez; Tsuru'nun da Singapur'dan döndüğü belli, anı yığınları ve akıl sağlığında büyük eksiklikler var ama mevki sahibi olması açısından işe yarayabilir. Deneyeceğime dair söz verebilirim yani. Sonrasında yalnız başına olacaksın ama en azından B Planı'na geçebilirsin."

"G Planı. Hiç yoktan iyidir."

Antreye giriyoruz. Daimon sandaletlerini giyiyor. "İyi o zaman."

"İyi o zaman. Balayınız iyi geçer umarım."

"Sende sevdiğim şey bu işte, Miyake."

"Ne?"

Porsche'una biniyor ve bana el sallıyor.

"Sıkıca bağlayalım onu!" diye bağırdı kalabalığın bir kısmı. "Yağlayalım onu!" diye bağırdı diğerleri. "Patatesle kızartalım!" Pitekantrop'un harabelerin ortasından koşarak gelip kendisini emniyete taşımasını nasıl da istedi Bayan Comb. Pitekantrop'un saçında bit bulsa bile şikâyet etmezdi. "Tavuk parçaları!" diye bağırdı sıraya girmiş çocuklar. "Patates kızartması!" Bir merdiven göründü ve Bayan Comb'u aziz kumandanın heykeline tırmanıp kendisini fırına taşıyacakları korkusu sardı bir anda. Keçiyazar onsuz ne yapardı? Açlıktan ölürdü. O anda Keçiyazar'ın verdiği kitabı hatırladı Bayan Comb. "Durun bakalım!" diye ciyakladı. "Tel tel olmuş bayat tavuktan daha lezzetli bir şey yiyebileceksiniz!"

Kalabalık bekledi.

Bayan Comb kutsal kitabı salladı. "Hikâyeler!"

Aşüfte bir fahişe fırladı. "Hikâyeler *karnımı* asla doyurmadı!"

Merdiven daha da yaklaştı. Bayan Comb yutkundu. "Belki doğru hikâyeleri hiç duymamışsınızdır, o zaman."

"Kanıtla!" diye bağırdı kül ve çuval bezi içindeki kurtadam. "Bize bir hikâye anlat ve karnımızı doyurup doyurmadığını gör!" Bayan Comb, Keçiyazar'ın yazısının kargacık burgacık olmamasını umarak birinci sayfayı çevirdi. "'Zamanın birinde bir ip cambazı gelmiş ve muhtemelen gelecek, en iyi cambazlık gösterisini yapmak üzere Satürn'deki çağlayanları ziyaret etmiş. Uzun zamandır beklenen gece gelmiş ve cambaz ölüme meydan okuyan denge gösterisi için ipe adım atmış. Artistin sahip olduğu cesaretin her gramına ihtiyacı olacakmış. Başının üzerinde bir sürü uydu dönüyormuş. Ayağının altında Satürn'ün bitmeyen kataraktı sonsuz okyanusa düşüyormuş, düşüyormuş, düşüyormuş, sesin çıkmadığı derinlere düşüyormuş. İp cambazı bu haşmetli sessizliğin yarısında ipte dolaşan bir kız görünce çok şaşırmış. Rüyalarının kızını tarif etmek niye? Nasıl göründüğünü siz nasıl olsa biliyorsunuz. 'Neden buradasın?' diye sormuş ip cambazı. 'Hayaletlere inanıyor musun diye sormaya geldim.' Cambaz kaşlarını çatmış. 'Hayaletler mi? Neden ki, sen hayaletlere inanıyor musun?' Rüyalarının kızı gülümsemiş ve 'Tabii ki inanıyorum' diye cevapvermiş. Ve sonra ipten atlamış. Korkudan çarpılmışa dönen cambaz, kızın yavaşça düşüşünü takip etmiş; ama kız suya çarpmadan önce ay ışığına dönüşmüş...'" Kaldırım taşı Bayan Comb'u iki santim farkla ıskaladı. "Ben hâlâ açım!" diye bağırdı kül ve çuval bezi içindeki kurtadam. Merdiven aziz kumandanın gövdesine dayandı. Kalabalık tırmanabilmek için dişiyle tırnağıyla savaşıyordu. "Bekleyin, bekleyin, bunu duyunca gülmekten katılacaksınız." Bayan Comb kanat çırptı, kızdı ve dokuzuncu sayfayı açtı. "'Baba! Baba! Neden beni yüzüstü bıraktın?'"

Öğlen güneşi kahverengileşti, grileşti, kızardı ve koyu kızıla döndü.

Kalabalık sessizleşti, daha da öfkelendi ve karıştı.

"Hayaletler!" diye bir ağızdan bağırdı kalabalık. "Bomba sığınaklarına koşun!" Adamlar, kadınlar ve çocuklar yarıklardan, çatlaklardan ve arklardan içeri girip yok oldular; Bayan Comb aziz kumandan ve kafatası kaldırım taşıyla delinmiş kara borsacıyla baş başa kaldı. "Aman yarabbi" dedi Bayan Comb.

"*Büyük* ateş topları!" dedi Tanrı sörfüyle yaklaşırken. "Bayan."

"Tanrı?"

"Sanırım sen çağırdın?"

"Öyle mi yaptım?"

"Buralar eskisi gibi değil, bayan. Sizi başka bir yere götürmeme ne dersiniz?"

Bayan Comb rahatlayarak gıdakladı. "Oh, Tanrım! Tam zamanında geldiniz. Bu bölgedekiler yamyamdan başka bir şey değil, yamyamdan başka bir şey değil! Çok zahmet olmayacaksa, beni kutsal faytona geri götürürseniz size minnettar olurum."

"Buraya çıkın, bayan." Tanrı sörfünü aziz kumandanın

palabıyıklarına yaklaştırdı. "Ve sıkı tutunun!" Bayan Comb başörtüsünü sıktırdı ve arkasında kalan aç kasabayı izledi. Neden insanlar güzel ve iyi olanı hor görürdü? Neden en çok ihtiyaç duydukları şeyleri yok ederlerdi? Bayan Comb insanları anlayamadı. Gerçekten anlayamadı.

ꝭ

Balkonun eşiğinde bir sigara daha yakıyorum. Marlboro kutusu fazla ağır. Kutunun içine bakıyorum. Yuzu Daimon'un platin çakmağı. Bir tarafına İngilizce bir şeyler yazılmış, ben de yazıların ne anlama geldiğini anlamak için bir sözlük alıyorum: *General MacArthur'a, yetmiş beşinci doğum günü sebebiyle, Ocak 1951, Ayçi Memleketine Geri Dönen Vatandaşlar Komitesi, SSCB'de Esir Alınmış Vatandaşlara Yardım Etmesi İçin En Derin Ricalarımızla...*Yani çakmak çok değerli! Para etmeli... Ne kadar? Çok para. Çok fazla. Antreye dönüyorum ve ön kapıdan bakıyorum, ancak Daimon gitmiş. Bir spor arabanın sesi –belki onunki, belki değil– öğlen havasına karışıyor. Bu, küçük bir parmaktan daha fazla. Üzücü de. Kaç Ayçi vatandaşının eve dönebildiğini merak ediyorum.

ꝭ

Kraliçe Bürümce'nin ağı

Pitekantrop faytonun altındaki hamaktan dışarı baktı. Kutsal fayton sarsıcı gece gezintisindeydi. Beyaz çizgiler ve kedi gözleri öndeki bulanık karanlıktan hiperuzay nehrindeki somon balığı gibi çıkıyordu. Pitekantrop hamağın fayton sarsıldıkça ninni gibi sallanmasını ve saçlarını tarayan rüzgârı seviyordu. Siyah beyaz bir tavşan, şaşkın, şişik ve sıkışık bir halde tekerleklerin arasından zıpladı hiç zarar görmeden, burnu neredeyse Pitekantrop'unkine değdi. "Sert hareket!" diye düşündü bunca olaydan sonra hayatta kalabilen tavşan. "Ölüm meleği çirkin bir yaratıktır! Akrabalarıma anlatana kadar bekle!" Çok geçmeden Pitekantrop esnemeye başladı; hamağında kaykılıp kırık lades kemiklerinin tortusu, düz piller, yağlı çaputlar ve Stilton kabuğunun içine yerleşti. Son düşüncesi dünyanın üzerinde hareket edenin kutsal fayton olmadığı, bu durağan antika tekerleklerin altında dönenin dünya olduğuydu.

Bayan Comb'a ait üstteki odada çalıştırılan elektrikli süpürge, Pitekantrop'u sabah rüyalarından ayırdı ve Pitekantrop mutlu bir erken insan olarak uyandı. Kutsal fayton durmuştu. Pitekantrop alt takımda bulunmasına rağmen Sahara saksafon altılısından daha sıcak bir yere park ettiklerini söyleyebilirdi. Kızarıp kurumuş çekirgeleri çiğnedikten sonra sürünerek dışarı çıktı ve çakıl taşı, kayalık ve rengi açılmış dev hayvan kemiklerinin bulunduğu kuru bir orkestra çölüne ayak bastı. Güneş çıplak gözünü hiç kırpmadan bakıyordu kuru sıcakla kızarmış gökyüzünden. Çöl rüzgârı gezindiği toprakları serinletmek için hiçbir şey yapmıyordu. Yol, matematiksel bir hesap kadar düz gidiyordu kaybolma noktasına dek. Pitekantrop güçlü pazılarını esnetip üç fıçı genişliğindeki göğsüne vururken güçlü bir şekilde uluyunca büyük bir grup kanguru etrafa kaçıştı. Faytonun kapısı açıldı ve Bayan Comb kahvaltı masasının örtüsündeki kırıntıları silkeledi. "Ne aşırı bir karışıklık!" Keçiyazar merdivenleri indi ve çöl havasını kokladı. "Günaydın."

Pitekantrop bir selam ve soru homurdandı.

"Sanırım" diye cevap verdi Keçiyazar, "Kuzey'deyiz. Ama Avustralya'nın mı yoksa Ma-Mars'ın kuzeyinde miyiz, bilemiyorum. Eğer biri sorarsa..."

Keçiyazar cümlesini bitiremedi, çünkü mitolojinin sohbet konusu olduğu günden beri görülmemiş kuşların nereden çıktığı bilinmeyen gizemli girdabı geldi ve ciyaklama, öfleyip püfleme ve papağanımsı çığırma sesleri çıkararak kutsal faytonun etrafını doldurdu. "*Arkeopteriks*!" diye açıkladı Keçiyazar. "Kaslı kaz! *Quetzalcoatlus*! Büyük ve işe yaramaz martı! Gündüz gözü gece kuşu! Dinleyin! Sesleri dinleyin! Cümleler! Cümleler duyuyorum!" Keçiyazar gözlerini kapadı ve uyuşturucu gülümsemesi yüzünü kapladı. Pitekantrop da kuşları izledi ve fosilleşmiş ormanlardaki çocukluğunu hatırladı. Bayan Comb saklanmak için kutsal faytonun altına girmişti. Kuşlar bir anda bir oraya bir buraya gidip dağıldı. "*Olağan*üstü kuş türleri!" diye açıklama yaptı Keçiyazar. "Dışarı çıkabilirsin, Bayan Comb! Biliyor musun, gerçekten anlatılmamış hikâyeden cümleler duydum. Kuşlar şarkı gibi söylüyordu bu cümleleri! Affedersiniz dostlarım, acilen yazı ma-masama dönmeliyim!"

ᔕ

İki ya da üç gün hiçbir şey olmadı. Günlerimi şöyle geçirdim: Geç kalkıyorum, bahçede sigara içiyorum, çay ve tost yapıyorum. Rengi açılan mor gözümü izliyorum. Oturma odasını ve mutfağı temizliyorum, çöpleri saklayıp tavan arasına gidiyorum okumak için. Kendimi en güvende hissettiğim yer orası. Okuma makinesine dönüşüyorum. Kogoro Akeçi'nin dedektif hikâyelerini okuyorum. Banana Yoşimoto'nun *Mutfak*'ını okuyorum ve kitaptan nefret ediyorum, nedenini bilemeden. Juniçiro Tanizaki'nin kitabı *Makioka Kardeşler*'i okuyorum ve seviyorum. Japonya ve Almanya'nın İkinci Dünya Savaşı'nı kazandığı paralel bir evrende Amerika ve İngiltere'nin kazandığı paralel bir evren hakkında yazılan romanın anlatıldığı garip bir Philip Dick romanı okuyorum. Osamu Dazai imzalı *Artık Değil*'i okuyorum ama kahraman kendine o kadar üzülüyor ki atlamasından çok önce atlamış olmasını istiyorum. Anju okurdu, bense asla. Geriye bakıyorum da, kitaplarını onlara verdiği saatler yüzünden kıskanırdım. Lisede de okuma zevkini baltalamak için Japonca derslerimiz vardı bizim, *"Babam son kez yelken açtığında martıların kederli çığ*lıkları dalgaların üzerinde kayboldu." cümlesini okuduğumuzda his*settiğimiz duyguyu en iyi anlatan sözcüğü işaretleyiniz. a) nostaljik b) dokunaklı c) özlem dolu d) esrarengiz e) duygulu"* gibi sorular sorulurdu devamlı. "Bizim." Bu "Bizim" refleksi de ne? Benim hiç arkadaşım yoktu ki. Bu sabah *Le Grand Meaulnes* isimli Fransızca bir roman okuyorum. Kitapla besleniyorum. Öğün aralarında atıştırma olarak Bayan Sasaki'nin kız kardeşinin Keçiyazar hikâyelerini okuyorum. Onlarca hikâye var. Bayan Sasaki, kız kardeşinin bu hikâyeleri yeğeni Buntaro için o küçükken yazdığını söylüyor; Buntaro'nun bir çocukluğu var mıydı? Garip. Şimdi de sabahları ısınmak için yazıyormuş. Okumak insanı acıktıran bir iş. Yemek vaktinin geldiğini hissettiğimde aşağı mutfağa iniyorum ve buzdolabından bir şeyler alıp yiyorum, bir elma veya muz. Sonrasında havuza düşmüş yaprakları büyük bir ağla topluyorum ve balıkları besliyorum. Sonra yine tavan arasına çıkıp hava kararana kadar biraz daha okuyorum. Üçgen pencereyi siyah kâğıtla kapatıyorum ve Buntaro veya Bayan Sasaki gelene kadar gitar çalıyorum. Yemek yiyip sohbet ediyoruz, Akan Yıldız'a veya Ueno'ya beni soran kimse gelmemiş. Şimdiye kadar. Akşam yemeğinden sonra kapıyı kilitliyor, sürgülüyor, zincirliyorum ve bir sürü şınavla mekik çekip duş alıyorum. Aşağıda kanepede uyuyorum, çünkü burada eve girebilecekleri bana ulaşmadan önce duyabilme şansım var. Günün ilk saatlerine kadar okumaya devam ediyorum ve sonunda uyuyakalıyorum. Rüyalarım, yüzeysel ve değişken, mesafeyi ayarlayan mercekler, park edilmiş arabalar, beni tanıdıklarını belirterek gülümseyen insanlar...

Yeniden koku alabiliyorum. Kokuları şimdiki kadar fark etmemiştim hiç. Evin haritasını tekrar çıkarıyorum, bu kez kokuları kullanarak. Oturma odası cila, tatami, tütsü. Mutfak yağ, paslanmaz çelik, kuru üzüm. Yatak odası çarşaf, yasemin, vernik. Bahçe yaprak suyu, havuz hayatı ve duman öbeği. Bu ev çok sessiz! En küçük bir sesin bile, metrolardaki ciyaklama dolu cep telefonu konuşmaları gibi duymazdan gelinmesi imkânsız. Normalde hiç farkına varmadığım şeyleri duyuyorum. Damarlarımda gezinen sıvılar, basamak rafları çıkarken takırdayan eklemlerim, arabaların titreşmesi. Birkaç sokak ötedeki kargalar ve kapılar, pencere camına çarpan bir sinek, çırpılan bir şilte.

Faks makinesi bipliyor. *Le Grand Meaulnes*'i elimden bırakıyorum, aşağı inip yerde uzanan faksı alıyorum. MİYAKE. MORİNO'NUN DEDEKTİFİ AŞAĞIDAKİ ADRESE YOLLANAN MEKTUBU ALACAK. DİKKATLİ OL. EMİN OLANA KADAR ADRESİ VERME. UÇUŞUMUZ 30 DAKİKA SONRA. UMARIM ADAMI BULURSUN. Devamında Edogavabaşi'deki bir posta kodu var. Kodu sigara kutusu parçasına yazıyorum, cüzdanıma saklıyorum ve faksı General Douglas MacArthur'un çakmağıyla kül tablasında yakıyorum. Bu fazla dramatik bir hareket ama alevleri severim. Bayan Sasaki'nin kız kardeşinin fotoğrafına bakıyorum. Kadehindeki şarap soğuk ve etrafa güzel bir koku yayıyor. "Şimdi" diyor "sonraki bölümde ne oluyor?"

Keçiyazar yazı masasına oturdu. Enfes cümleler kafasından birkaç santim yüksekte dönüp dolaşıyor, yazarın kendilerini kâğıda çivilemesini bekliyorlardı. Keçiyazar kalemini aradı. "Çok ilginç" diye düşündü, "Pitekantrop'un öğle öncesi homurdanmasını duyduğumda kalemi buraya, defterin üstüne koyduğumu çok iyi hatırlıyorum..." Olması gereken her yere baktı, sonra olabileceği ve en son da asla olamayacağı yerlere baktı. Bu da geriye yalnız bir sonuç bıraktı. "Hırsız!" diye bağırdı Keçiyazar. "Hırsız! Hırsız!" Pitekantrop ve Bayan Comb koşarak geldiler; kadın ne yapması gerektiğini tam olarak biliyordu. "Yine olamaz, efendim. Bırakın açıklayayım. Atıştırmalık kâğıdınız burada, yazılarınız ve diğer zımbırtılar..." Keçiyazar hissizleşmiş bir şekilde başını salladı. "Hayır, Bayan Comb! Kayıp olan yazılarım değil, dolmakalemim! Hayal gücümün dili! Leydi Şonagon'un on üç bin yeniay önce başucu kitabını yazdığı kalem! Kuşlar, hırsız işini görürken yem yerleştirmek gibi didaktik bir taktik izlemek dışında hiçbir şey yapmadılar!"

"Dünya nereye gidiyor?" dedi Bayan Comb. "Komşundan çal!"

Pitekantrop bir soru homurdandı.

"Kim? Yardım ve yataklık yapan şeytani rakiplerim yazma yetimi yok etmeye niyetli!" Keçiyazar gözleri yaşlı bir halde homurdandı. "Dolmakalemim olmazsa kariyerim bitmiş demektir, bitmiş gitmiş demektir! Eleştiriler beni oku-na-maz-laş-tı-ra-cak!"

"Cesedimin üzerinden geçmeleri gerekir, efendim! Siz korkmayın! Daha önce kendimize bir hırsız bulduk ve yine bir tane bulacağız! Öyle değil mi?" Pitekantrop, Bayan Comb'un kendisinden direkt olarak bahsetmesine öyle sevindi ki keyifle homurdandı, çamurlu boşluklarda iz sürmenin kolay olduğuna ama rüzgârlı bir çölde iz sürmenin tamamen farklı bir durum olduğuna dikkat çekmek istemiyordu.

"Bayan Comb, her zamanki gibi" dedi sakinleşmek için kendini zorlayan Keçiyazar, "haklısınız. Bu ikileme ma-mantık uygulayalım. Kalemim kayıp. İnsan nerede kalem bulur? Cümlelerin sonunda. İnsan cümlelerin sonunu nerede bulur? Satırların sonunda. Şimdi, insan çölde kaç satır bulabilir?"

Bayan Comb pencereden baktı. "Dışarıda sadece bir satır var, efendim."

"Nedir o, sevgili Bayan Comb?"

"İşte efendim, şehrin merkezine giden şu satır!"

Keçiyazar toynaklarıyla alkışladı. "Savaş zamanı, arkadaşlar! Savaşa gidiyoruz!"

*

Bayan Comb yorgundu, şemsiyesinin altında terliyor, bir sonraki yumurtasının hazırlop olup olmayacağını merak ediyordu. Pitekantrop çok terliyordu ve yol, ayaklarında yaralar açılmasına neden olmuştu. Keçiyazar donup eriyen cümle serapları görüyordu. Acımasız güneş gün ortasında öldürücü sıcak ışınlar atıyor. Zaman tekerrür etti ve tekleyip çöktü. Keçiyazar alnını ıpıslak mendiliyle sildi ve gördüğünü sandığı şeyin doğru olup olmadığını kontrol etti. "İşte! Yüreklenin, dostlarım! Beyaz satırlar yoldan sapıyor, dolmakalemim çok uzakta olamaz!" Bayan Comb atlı arabayla çöle girmeden önce firavun-incirli tatlı yemeleri konusunda ısrar etti. Yol gösteren beyaz satırlar olmasa, Pitekantrop bile bu ateşli taşlar, çentikli çıkıntılı uçurumlar ve koca kayalar arasında yolunu kaybederdi. Sürüngenler sadece ayaklarını değiştirerek hareketsiz duruyordu. Pitekantrop izlendiklerini hissetti ama Bayan Comb'un canını sıkmak korkusuyla hiçbir şey söylemedi. "Size söylüyorum" dedi seferin başındaki Keçiyazar. "Burada... gibi görünüyoruz." Üçü derin olduğu kadar geniş de olan porselen bir kraterin ağzında yan yana geldi. Ortada bir kara delik vardı. "İlginç" diye mırıldandı Keçiyazar. "Radyoteleskopu geliştiren ilkel bir kültür ve dış dünya tarafından bilinmiyor..."

"Siz ona radyotelbilmemne diyebilirsiniz, efendim ama ben bulaşık lavabosunu nerede görsem tanırım. Bunu cilalamak bir ayın tüm pazartesilerini alır ya da..."

"Ciiiiiiyyyyyyk!" Şeytan gözlü, testere dişli ve keskin gagalı bir pterodaktil ortaya çıktı ve Keçiyazar'ı kargılayıp kraterden düşürecek kadar yakından uçtu. "Efendim!" diye ciyakladı Bayan Comb; Keçiyazar'ın toynakları seramik yüzeyde çekiş gücünü kaybetmişti. "Efendim! Geliyorum! Sizi kurtaracağım!" Bayan Comb hızla kesişebilecekleri bir noktaya kaydı ama Keçiyazar karanlığın içinde kayboldu. Gagasını geri çekemeyen Bayan Comb da hemen ardından karanlığın içine daldı. Pitekantrop, yeni bir saldırı için havada daireler çizen pterodaktili izliyordu. "Ciiiiiiyyyyyyk!" Pitekantrop dinozorlardan –veya başka bir şeyden– korkmuyordu ama Bayan Comb'un tehlikeyle tek başına yüzleşeceği düşüncesi kafatasının endişeyle zonklamasına neden oluyordu. Kraterden aşağı atladı. Dipsiz karanlık yarıldı.

Yeni yazılmış bir sayfayla yazı masasında oturuyorum, mektubum bir an için mükemmel görünüyor. Babamın fotoğrafı da yazı masasının üzerinde. Gerçek bir özel dedektife nasıl mektup yazarsın? *"Sayın Bay, beni tanımıyorsunuz, ama"* – olmaz. *"Sayın Bay, Merhum Bay Morino'nun özel asistanıyım ve size yeni bir iş için yazıyorum"* – olmaz. *"Sayın Bay, adım Eiji Miyake, kısa bir süre önce beni izlemiştiniz"* – olmaz. Kurnaz olmamaya, samimi davranmaya özen gösteriyorum. *"Bayım, lütfen Eiji Miyake'nin kimlik dosyasının bir kopyasını posta kutusu 333* Tokyo Evening Mail*'e gönderin. Teşekkürler."* İşe yarayacaksa yarar, yaramazsa yapabileceğim hiçbir şey onu ikna edemez zaten. Bahçeye inip önceki üç mektubu yakıyorum, Buntaro veya Bayan Sasaki bulursa Morino'yla bağlantısı olan birine yazdığım için deli olduğumu düşünür ve tabii ki haklı bir düşünce bu. Ama bu adam bir tehlike oluştursa çoktan haberdar olurduk kuşkusuz. Morino için kapsülüme girmiş yani adresimi zaten biliyor. Notu bir zarfa koyuyorum, adresi yazdığım zarfı yapıştırarak kapatıyorum. Bu, kolay olan bölümdü. Şimdi dışarı çıkıp mektubu postalamak zorundayım.

Beysbol şapkamı iyice indiriyorum, anahtarı kapının yanındaki askıdan alıyorum ve ayakkabılarımı giyiyorum. Ana kapıdaki sürgüyü çekiyorum ve gerçek dünyaya giriyorum. Fren yok. Gizemli araba yok. Dik bir yokuşun dibinde kurulmuş sessiz yerleşim alanının caddesi. Bütün evler otomatik kapılı yüksek duvarlarla caddeden ayrılmış. Birçoğunda kamera var. Her bina için Yakuşima'daki bir köyden daha fazla para harcanmış muhtemelen. "Yağabilirim" diyor hava, "ama yağmayabilirim de." Ay İmajo'nun da bu tür bir caddede, bu tür bir yatak odası penceresiyle, bu tür bir kurtbağrı çalılığının üstünde yaşayıp yaşamadığını merak ediyorum. Bir kızın güldüğünü duyuyorum ve caddeden arka tekerlek jantlarında kız arkadaşının ayakta durduğu bir bisikleti süren bir liseli geçiyor uçarak. "Ne *iğrenç* bir hikâye!" diyor kız devamlı, gülerken bir yandan da saçını arkaya atıyor. "*İğrenç*!"

Yokuş iki tarafında dükkânların dizili olduğu kalabalık bir caddeye gidiyor. Bütün bu hareket ve gürültü çok garip. Her taşıtın bir amacı var. Asla mutlu olmadığım bir yeri tekrardan ziyaret eden bir hayalet gibi hissediyorum kendimi. Mango ve papayaların ayrı ayrı kurdeleyle sarıldığı bir süpermarketi geçiyorum. Çocuklar reyonların arasında kovalamaca oynuyorlar. Süpermarketin otoparkında adamlar arabalarında televizyon izliyorlar. Bir kadın küçük köpeğini bisikletinin sepetine koyuyor. Benim yaşlarımda hamile bir kız elleri göbeğinde yürüyor. İnşaat işçileri güçlükle kirişlere tırmanıyorlar, bir alev lambası tıslayarak magnezyum yayıyor. Bir çocuk yuvasının yanından geçiyorum; renkli şapkalar giymiş çocuklar amaçsızca koşuşturuyorlar. Ne için? Dışarıda garip hissetmemi sağlayan bir şey de görünmez olmam. Kimse durup bakmıyor bana, hiçbir araba çarpmıyor, üzerime kuş düşmüyor, kimse "Hey! Baksana! İşte, üç dört gece önce otuz veya daha fazla adamın gangsterler tarafından havaya uçurulmasına şahit olmuş çocuk bu!" demiyor. Askerler de savaştan geri döndüklerinde böyle mi hissediyorlar? Bayağı normalliğin bayağı garipliği. Postane ağlaşan bebekler ve içlerindeki boşluğa bakan emeklilerle dolu. Toplumun bir numaralı düşmanlarına ait olduğu düşünülen estetik ameliyatlı yüzlerin bulunduğu "Bu adamı gördünüz mü?" posterlerine bakarak sıramı bekliyorum. "Bu kişileri yakalamaya çalışmayın. Silahlı ve tehlikeli olabilirler." Arkamdaki kişi beni dürtüyor. Görevli üçüncü ya da dördüncü kez soruyor. "Buyrun efendim?"

"Şey, bunu postalamak istiyordum."

Ücreti ödüyorum, o da bana para üstüyle pulu veriyor. Doğru. Geçen cuma olanlar kafamın içinde kilitli ve yüzüm hiçbir şey göstermiyor. Pulları yalayıp yapıştırıyorum ve zarfı posta kutusunun ağzında tutuyorum. Bu mantıklı mı? Mektubu bırakıyorum; kâğıttan bir tokat sesiyle içeri düşüyor. "Mantıklı" ne zaman ortaya çıktı ki? İlerleyelim, G Planı. Kameranın gözünün içine bakıyorum. Dışarıda hava demin olduğundan daha yoğun ve rüzgârlı, damlalar yavaş yavaş düşüyor. Diğer bir kamera süpermarketin otoparkını izliyor. Bir diğeriyse akan trafiği sakinleştirmek için köprüye yerleştirilmiş. Hızla geri dönüyorum.

Akşam ağır çekimde yağmur getiriyor. Yine tavan arasındayım. Azalan ışıkta kâğıdın beyazlığı maviye dönüştü, şimdiyse mürekkep kadar gri neredeyse. Suyollarının pencere camlarından sızmasını izliyorum. Susamış şehrin yağmuru sünger gibi çekerken çıkardığı köpürme sesini neredeyse duyabiliyorum. Yakuşima'da yağmur konusunda böbürlenirler. Paçinko Dayı ayda otuz beş gün yağmur yağdığını söyler. Burada, Tokyo'da en son ne zaman yağmur yağdı? Gözlendiğim günkü yaz fırtınası. Ne salaktım ama. Morino beni uyandıran bir bomba oldu. Ya babam aslında benimle tanışmayı düşünmüyorsa? Ya o da Yakuza'ysa? Suyolları bazen birbirini takip ediyor, bazen de ayrılıyor. O halde babam bunu bana kendi söylemeli. Mesleği –hayata bakış açısı bile– söz konusu değil. Dışarıdaki caddede, sıradan kocaların arabaları sıradan evlere doğru yol alıyor. Dışarıda bir araba motorunu durduruyor ve barış anlayışım akıp gidiyor. Üçgen pencereden dışarı bakıyorum, Buntaro'nun eski Honda'sı. İşte, başının üzerinde gazete tutan kurtarıcım su birikintilerinin üzerinden atlayarak geliyor. Kafasındaki kellik yağmurda parlıyor.

Önce noodle'ımı bitiriyorum, sonra konuyu açıyorum. "Buntaro, para konusunda konuşmamız lazım." Buntaro yemeğini tempura batter'a[26] buluyor. "Ne parası?" Tam isabet. "Gelecek ayın kirası. Bunu sana nasıl söyleyebileceğimi bilemiyorum ama... Param yok. Şimdi Ueno'dan gelen para da kesildiği için... Biliyorum bunu senden istemem çok fazla ama bu ayın kirasını depozitomdan düşer misin?" Buntaro kaşlarını çatıyor; bana mı, kıvamını tutturması zor tempura'ya mı? Devam ediyorum. "Senin ve Bayan Sasaki'nin benim için yaptıklarınızdan sonra bunu söylemekten gerçekten utanıyorum. Ama bunu şimdiden bilmeni istedim, ya da bilemiyorum, kapıyı gösterirsen yani çıkmamı istersen anlarım seni gerçekten..."

"Yakaladım seni!" Buntaro karidesi yemek çubuklarının arasında tutuyor ve nazikçe kafasını koparıyor. "Karımın daha iyi bir fikri var, delikanlı. Havayollarının uçağa binmesine izin vermeyeceği kadar hamile olmadan önce tatile çıkmak istiyor. Bilirsin ya, buralardan en son ne zaman bir haftalığına uzaklaştığımızı düşünmek zorunda kaldık. Bil bakalım ne zamanmış? Hiçbir zaman! Tam anlamıyla hiçbir zaman. Akan Yıldız'ı devir almadan önce hep çok fakirdik, sonra da... İşte, bir video

26. Japon usulü sebze, balık ve deniz ürünü kızartmalarının batırıldığı sos. (ç.n.)

dükkânı asla uyuyamaz. Ben çalışırken o dinleniyor, o çalışırken ben dinleniyorum. Dokuz yıl böyle geçti işte. Karım bu sabah Okinava'daki birkaç otele telefon etti; ölü mevsim olduğu için çok ucuz fiyat teklifleri aldı. Şimdi, sana teklifimiz: Gelecek hafta dükkânda durman, ekim ayı kiranı karşılar bu."

"*Bütün* ekim mi?"

"Çalışma saatleri rezildir; sabah ondan gece yarısına kadar, yedi gün. Hesapladığında saat başına çok küçük bir miktara denk geliyor. Ama başka bir işe başlamadan önce kafanı boşaltman için nefes almış olacaksın."

"Dükkânı tamamen bana mı bırakacaksın?"

"Al Pacino'ya benzeyen birinin gelip seni sorduğu yok. Burada saklanmak akıllıcaydı ama artık dışarı çıkabilirsin."

"Hayır, demek istediğim, iş konusunda bana güveniyor musun?"

"Karım güveniyor, ben de... Ayrıca önceki işvereninden heyecan verici bir referans aldım." Buntaro kürdanla dişlerini temizlemeye başlıyor. "Dükkânı işletmek çocuk oyuncağı, her şeyi otuz dakikada öğretebilirim sana. Annem de kasadaki parayı almak ve muhasebeyi yapmak üzere her akşam uğrayacak. Ne dersin? Karıma cennetteki otelimizi ayarlamasını söyleyeyim mi?"

"Tabii ki. Teşekkür ederim."

"Hiç gerek yok, delikanlı. Haydi, iki tarafın da yararına olan bu anlaşmayı imzalamak için merdivende Marlboro içelim. Ama karıma söyleme. Kodai'nin büyük açılışında sigarayı bırakmış olmam bekleniyor." Dışarı çıkıyoruz ve kurbağalarla havuzdaki yağmuru dinleyerek paketin büyük bölümünü içiyoruz. Yağmur ve duman sivrisinekleri uzak tutuyor. "Bu arada" diyor Buntaro, "Ay İmajo ismi bir şey ifade ediyor mu sana?"

Başımı kaşıyıp evet anlamında sallıyorum.

"Dost mu düşman mı?"

"Dost, umarım. Neden ki?"

"Sanırım bu sabah Ueno kayıp eşya ofisine gidip kayıp bir Eiji Miyake bildirmiş. Annem ailevi nedenlerle Tokyo'dan ansızın ayrıldığını söylemiş. Genç bayan 'bana haber vermesi büyük kibarlık' ifadesini takındıktan sonra anneme teşekkür etmiş ve gitmiş." İfadesiz bir suratla kalakalıyorum. "Evet" deyip Buntaro ayağa kalkıyor, "gidip karıma iyi haberi vereceğim." Onunla antreye kadar yürüyorum. Buntaro tozu kontrol ediyormuş gibi yapıyor. "Bunu söylemek zorundayım, bu evi bir saray kadar temiz ve düzenli tutuyorsun. Lüks çatı katından daha temiz, her neyse." Gömleğinin cebine hafifçe vuruyor. "Delikanlı, ben gerçekten mankafayım. Tamamen unuttum. Bu piktogram gibi şey sana geldi bugün! Çok özür dilerim. Mutlu rüyalar!" Buntaro gidince piktogramı salona götürüyorum ve lambanın yanında inceliyorum. *Nagano, Cennet Dağı.* Bir şey bana Buntaro'nun hafıza kaybının sebepsiz olmadığını söylüyor – bu annemden geliyor ve Para Dayım tarafından iletilmiş. Oturuyorum ve piktogramı dizimde dengeliyorum. Hiç ağırlığı yok ama öylesine ağır ki. Gökyüzü karla grileşiyor, dağ yamaçları kiraz ağaçlarıyla pembeleşiyor, kar ve gökyüzü turkuaz, mutlu yürüyüşçüler, mutlu kayakçılar. Daha samimi suç atma açıklamaları. Keçiyazar'ın yaratıcısı kabuk çerçeveli karanlıklardan bana bakıyor. Gözlerini göremiyorum ama sesini duyabiliyorum. "Adil davrandığını sanmıyorum. Devam et. Hemen aç şunu ve bizi ıstıraptan kurtar." Tıpkı Bayan Sasaki gibi sempatik ve aynı derecede katı. "Ah" diye iç geçiriyor, arkadaki uyuşuk deniz de iç geçiriyor, "şu gençler."

♌

Pitekantrop'un uzun süren düşüşü ağa benzeyen tel ve kablolara çarpmasıyla son buldu. Çok yukarılarda bir iğne deliğinden ışık geliyordu, ilkel adamın gözleri gece görüşüne alıştı. Pitekantrop homurdandı. "Evet" diye cevap verdi Keçiyazar yalpalarken, "benim düşüşüm geçirgen doldurmanın güzelce geçiştirilmesi sonucu önüne geçilemez bir şeydi. Bayan Comb, Bayan Comb, beni duyabiliyor musunuz?" Kâhya kadın gıdakladı. "İçimdekileri dışarı çıkarmak için bundan fazlası gerekecek! Yaşlı bir kuş olabilirim ama kanatlarımı hâlâ kullanabiliyorum. Peki, bu etrafımdaki örümcek ağı gibi şey de ne? Zar zor hareket edebiliyorum!"

Işıktan bir duvar açıldı ve bir kadın sesi ışıldayarak dışarı geldi: "Hoş geldiniz!" Bir kadın yüzü gözüktü. "Hoş geldiniz!" Fazla renkli bir taç takmış, vatkalı bir takım elbise giymişti. Sarı saçları ışıldıyordu, dudakları parlıyordu ama iki boyutlu görünüyordu, çünkü öyleydi. Duvar ekrandı, elektrik kablolarıyla dolu bir odayı aydınlatıyordu. Deri döküntüleri ve kirpiklerle dolu zemin yumuşaktı. "Hoş geldiniz, Sayın Keçiyazar! Ben Kraliçe Bürümce! Bu benim web sitem."

"Ma-majestelerinin" diye başladı Keçiyazar, "soyuna aşina değilim."

"Benim geçmişim medya! Krallığım da gelecektir!"

"Çok güzel, kuşkusuz" dedi Bayan Comb, "ama biz çalınan bir dolmakalemi arıyoruz ve burada olabileceğinden şüphelenmek için sebebimiz var."

"Gerçekten de öyle." Kraliçe Bürümce, Bayan Comb'a bakmaya tenezzül etti. "Ben çaldırdım onu."

"Bir kraliçeye nasıl da yakışan bir davranış!" diye öttü Bayan Comb. "Gizlice içeri girip üstüne vazife olmayan şeyler yaparak iyi ahlaklı insanların mallarıyla sıvışmak! Geldiğim yerde sizin gibilere *hırsız* diyoruz!"

"Kraliçe Bürümce onu kendisi çalmadı, seni ince pirzola!" diye bir kemirgen sesi geldi. "Majesteleri fırtınayı dijitalleştirirken değersiz kaleminizi burnunuzun dibinden kaçıran bendim!"

Pitekantrop şaşkınlıkla homurdandı. "Fenasıçan!" diye

bağırdı Keçiyazar sıçan Kraliçe Bürümce'nin yanında ekranda belirince. Fenasıçan pis pis sırıttı ve sakalını sıvazladı. "Benden 'Önceleri Fenasıçan Diye Bilinen Sanatçı' olarak bahsedebilirsiniz." Bayan Comb öfkelendi ve gıdakladı. "Ama sen buraya nasıl geldin?"

"Boşluklara itilmek sıkıcıydı! Sizin mağara adamı meskenimi mahvettiğinden beri sizin ■⌛ külüstürünüzle seyahat ediyorum! Bu sabah majesteleri" kraliçeden yirmi dört karat bir gülümseme, "bana dürüst hiçbir sıçanın reddedemeyeceği bir teklifte bulundu. Sizi onun web sitesine çekeceğim, o da beni dünyanın bir numaralı sıçanı olarak dijitalleştirecek!" Kraliçe Bürümce, Fenasıçan'ın kulağını okşadı, sıçanın kuyruğu neşeyle titredi.

"Ama neden" Keçiyazar'ın çenesi bir şey çiğniyormuş gibi oynadı, "maddi varlığından sanal olan için isteyerek vazgeçesin ki?"

"Neden mi? Neden! İnternet benim sıçan deliğim, Keçicik! Bir zamanlar kablolarda ışık hızında hareket ediyordum kemirmek için dişlerimi *!*☺☹zedeledim. Kısa keseyim. Kraliçe Bürümce siz dinleyicilere de aynı teklifi yapma lütfunda bulundu, Keçicik." Kraliçe Bürümce, kaleydoskop gözleri ekranı doldurana kadar yakınlaştı. "Gerçekten de öyle Sayın Keçiyazar. Sizi ekranın bu tarafına, geleceğin beklediği tarafa yüklemeyi teklif ediyorum! Sizi sanal komisyoncularla, e-kitabevleriyle tanıştırabilirim. Basılı kitap ölüyor!" Sesi arzunun işleyebilme sınırını aştıkça saçından statik çatırtılar geliyordu. "Hikâyelerinizi sanal bir cennette yazın! Sanal komisyoncunuz ben olacağım ve..."

"Vay" diye mızmızlandı Bayan Comb, "asıl konu bu demek."

"Sessiz ol tavuk! Keçiyazar, dijitalleştirme seni mükemmelleştirecek! Konuşmandaki şu p-p-problemi yok edecek! Cümleler engelli ma-maratonu hızında değil ışık hızında olacak!"

Keçiyazar gururla parıldadı. "Kekelemem dostlarımı düşmanlarımdan, dalkavuklardan, düzenbazlardan, dolandırıcılardan ayırmamı sağlıyor. Reddediyorum!"

Kraliçe Bürümce tırnaklarını törpülüyordu. "Ne kadar pozitifsiniz öyle. O zaman sizi nasılsa dijitalleştireceğim, sanal beyninizin kapasitesini yükseltip yazabileceğiniz her hikâyeyi üreteceğim ve artık baytları sıkıcı arkadaşlarınız Bay Id ve Bayan Ego'yla çöpe atacağım!" Kraliçe Bürümce göğsüne bastırdı. "Oh, avanslar! Telif hakları! Fenasıçan! Dijitalleştiriciyi ekrana getir!" Kraliçe Bürümce'nin görüntüsü FenaSıçan'ın ekrana getirdiği muhteşem yarısilah/yarıjeneratör makineye yer açmak için arka plana geriledi. "Yükleme için hazırlan, Keçicik!"

Keçiyazar hareket etmeye çalıştı ancak kablo ağı onu sımsıkı tutuyordu. "Bir başkasının hikâyelerini kendi hikâyelerin gibi göstermede yaratıcılık hazzı nerede?"

Kraliçe Bürümce kafası karışmış görünüyordu. "'Yaratıcılık hazzı! Yazmak 'yaratıcılık hazzı'yla ilgili değildir! Yazmak 'hayranlık'la ilgilidir! Cazibeyle ilgilidir! Ödüllerle ilgilidir! Sadece bir insanken 'yaratıcılık' yüzünden aldandım. Yazarların dilini öğrendim ve evet, 'bitiş' ve 'düşünce' yerine, 'son' ve 'idea' dedim. 'İyi parça' yerine 'gövde gösterisi' dedim, 'bu saçmalık asla satmaz!' yerine 'kült klasik' dedim. Bu bana yaratıcılık hazzı verdi mi? Hayır! Meçhullük ve karşılıksız çekler getirdi! Ama beynini ele geçirirsem edebi kâinat benim kokteyl tezgâhım olacak, Keçiyazar! Sayın Fenasıçan! Ateş etmeye hazır ol!"

"Tek bir sözünüze bakar, kraliçem!"

Keçiyazar boynuzlarını düşürdü. "Bir şeyi unutuyorsunuz, majesteleri!"

"Bu duruşunla beni tehdit etmeyi mi düşünüyorsun, seni çiftlik hayvanı!"

"Kötü Kraliçe Yasalarının bilmece maddesi!" diye alıntı yaptı Keçiyazar. "'Kötü Kraliçe ve esiri arasında çıkan herhangi bir anlaşmazlık kraliçenin esire bir bilmece sormasıyla çözülecektir. Eğer bu bilmece uygun bir şekilde sorulmazsa, esiri isteği ve yayımcılarının izni olmadan erişim ortamında tutmak, herhangi bir şekilde, elektronik veya mekanik, çoğaltmak, kaydetmek kanuna aykırıdır.' Senet gibi açık ve net."

Kraliçe Bürümce'nin soğuk gözleri ekranı doldurdu. "Fenasıçan! Öyle olmadığını söyle!"

Fenasıçan sakalını sıvazladı. "Eski bir formalite sadece, majesteleri. Bana bırakın. Hemen bilinemezbilmeceler@kotukraliceler.sup.org adresine e-posta atıp bir numaralı beyin /*** en bilmeceyi öğreneceğim! Sakin olun! Çantada keklik! Bir Bangkok /☠Φ karşısında hiçbir /Ψ🏟 şansı olamaz!" Kraliçe Bürümce sanal orgazm yaşıyormuş gibi zevkle gözlerini kapadı. "Aynen öyle yap! Ve sonra" hikâyeleri dumanlı renkler patlayıp dağıldı, kafasını arkaya attı, "film ve yirmi yedi dilde yayım hakları" kahkaha atan ağzı ekranı kapladı ve web sitesini bronşit siyahına dönüştürdü, "hepsi benim olacak! Benim! Beniiiiiim!"

Bu arada Pitekantrop kablo ağından kurtulmuştu – vahşi ormanlar hakkında bilgi sahibiydi –büyük ve derin web sitesinin sınırlarını keşfediyordu– büyük ve derin yerler hakkında da bilgi sahibiydi. Bütün kabloların aynı devasa fişe gittiğini fark etti. Bu fişin üzerinde devreleri serin tutmak için bir vantilatör dönüyordu ve bu vantilatörün kafesinin üzerinde bir raf dolusu Philips tornavidanın arasına saklanmış halde Keçiyazar'ın çok sevdiği dolmakalemi duruyordu. Pitekantrop kafesin içini gece görüşünü kullanarak görebiliyordu, bir mil ötedeki merdiveni de böyle gördü. Düşünceli bir halde homurdandı ama Fenasıçan'ın yine ekrana geldiğini görünce ekrana döndü. Fenasıçan bilgi yarışmasında soru soranlarınkine benzeyen parlak bir ceket giymişti ve elinde

"1 Milyon Bilmece" yazan bir zarf vardı. "Aldım majesteleri! Milenyumun bilmecesi!"

"Açık konuşalım" dedi Kraliçe Bürümce. "Cevap vermeyi başaramazsan yayım hakların bana geçer."

"Ama efendim, doğru cevap verirse" Bayan Comb kuyruk tüylerini titretti, "özgürüz, bayın dolmakalemi de alırız."

"Evet, tırmalayıcı ayakları olan bir hizmetçi için" Kraliçe Bürümce alay etti, "çok canlı bir hayal gücü. Fenasıçan! Bilmeceleşme başlasın!"

Fenasıçan zarfı diken gibi dişleriyle açtı. Gizli hoparlörlerden gelen davul sesleri eşliğinde: "En matematik hayvan hangisidir?"

"Yuh artık." Bayan Comb kanatlarını bağladı. "Bu ne saçma bir sınav böyle?"

Fenasıçan koca bir tükürük attı ve tükürük ekrandan aktı. "Bir dakikan var, fetapeyniriistifçisi!" Altmış saniyelik bir kronometre belirdi ekranda. "Şimdi!" Geri sayım müziği başladı. Keçiyazar bir şeyler çiğniyormuşçasına çenesini oynattı. "En matematik hayvan... Beyin ağırlığı/vücut oranına bakılırsa yunuslar kazanır. Ancak, bolas örümceğinden daha akıllı bir Öklid geometricisi yoktur... Ama hayvan krallığında Kartezyen oval mercekleri konusunda midyenin üzerine yoktur..." Fenasıçan pis pis güldü. "Otuz saniyen var!" Kraliçe Bürümce coşkuyla alkışladı ve düzenbaz diliyle düstürsuzca dans etti. "Yayın konusunun konuşulduğu yemeklerin tadını alabiliyorum! *New Yorker* eleştirmenlerinin kendinden geçişlerini duyabiliyorum!" Kaygılanan Bayan Comb ilham verecek bir atıştırmalık bulmak umuduyla el çantasını araştırdı ama tek bulabildiği bayat bir kestane oldu. Pitekantrop, Bayan Comb'un kanadına hafifçe vurup Keçiyazar'ın dolmakalemini kadının çantasına atmak için bu anı seçti. Bayan Comb'un keskin gözleri ekranın ışığında en korkunç kâbusundan Pitekantrop'un kaşları arasında zıplayan detayı seçti. "Pire!" diye ciyakladı. "Biliyordum! Başından beri biliyordum! Pire!"

"Evet, vay vay vay, evet!" diyerek toynaklarını birbirine vurdu Keçiyazar. "Tabii ki! En matematik hayvan piredir!"

Kraliçe Bürümce'nin dansı bitti. Fenasıçan'ın pis gülüşü kesildi. "Neden olduğunu da söylemek zorundasın, yoksa sayılmaz!"

Keçiyazar boğazını temizledi. "'Pireler neşeyi eksiltir, ilgiyi böler, sefaleti katlar ve devamlı çoğalırlar.'"

Fenasıçan ekran idolüne baktı. "Bazıları kazanır majesteleri, bazıları da..."

Kraliçe Bürümce, Fenasıçan'ı iki tıkla sessize aldı. "Başarısız olmama sebep oldun, seni yozlaşmış, aşağılık *sanalhaşarat*! Bu suça sadece bir ceza yakışır!" Kraliçe Fenasıçan'ı çöp kutusuna sürüklerken sıçanın "hayıııııır"ı gittikçe azaldı. Kraliçenin hiddeti şiddetlendi. "Sana gelince, Sakallı, kanun saçmalıklarının istediğimi ele geçirmemi engelleyebileceğini düşünüyorsan..." megabaytlar çatırdarken gözleri tehditkâr bir soğuklukla küçüldü, "bir yazar için bile inanılamayacak kadar *geri zekâlısın* demektir. Dijitalleştirme için olduğun yerde kal!" Ekrana dijitalleştiriciyi getirdi. "Beş, dört..."

"Efendim!" Bayan Comb çırpınıyordu ama hâlâ sımsıkı bağlıydı kablolara. "Efendim!" Keçiyazar kablo bağlarına karşı savaş veriyordu. "Kör, korkak, kötü şeytan!" Kraliçe Bürümce'nin dişleri silikonla parladı. "Üç, iki..." Pitekantrop fişi çekti. Ekran gitti, web sitesi sanki hiç var olmamış gibi kayboldu; aslında hiç olmamıştı bir bakıma, Keçiyazar, Bayan Comb ve Pitekantrop kendilerini güneş ışığıyla kaplı çölde otururken buldular, kafiyeli tek bir şey söyleyemeyecek kadar şaşkındılar.

◆

17 Eylül

Nagano Dağları'nda, kayak merkezlerinin bulunduğu bir kasaba

Eiji,

Ben Miyazaki'deki klinikten çıktıktan sonra benimle iletişime geçmeye çalıştıysan, bu çok hoş ama orada daha fazla kalamadım. Kyuşu'daki herhangi bir yer rahat edemeyeceğim kadar yakın Yakuşima'ya. (Eğer beni aramadıysan seni bir an suçlamam. Zaten bunu yapmanı da beklemiyordum aslında.) Sorunlarım olabilir ama oradaki hastalar öylesine korkunç ki şansımı büyük kötü dünyada denemeyi düşündüm. (Dışarıda bıçak ve çatal veriyorlar en azından.) Yazdığım son mektubu yak. Yak, lütfen. Senden tek bir şey bile istemeyeceğim ama bunu yapmanı istiyorum. Doktor Suzuki'nin bana öğrettiği tek şey şu oldu: Hayatında öyle bir noktaya gelirsin ki, bu noktayı geçtikten sonra değişemezsin. Neysen osundur, iyi olsun kötü olsun ve bu böyledir işte. Merdiven kazasından bahsetmemeliydim sana. Benden nefret ediyor olmalısın. Ben ederdim çünkü. Bazen gerçekten de ediyorum aslında. Kendimden nefret ediyorum, yani. Hukukçulara, terapistlere, başhekimlere karşı dikkatli ol. Etrafta dolaşır, her şeyi parçalarlar, nasıl bir araya getireceklerini düşünmeden. Mektubu yak. Bunun gibi mektuplar var olmamalı. (Özellikle de Yakuşima'da.) Yak.

Ve Nagano'dayım işte. Bu dağlarda ne gün batımları oluyor ama! Otel, Hakuba Dağı'nın eteğinde ve dağ odamın manzarasını yutuyor. Geçen her günü anlatmak için farklı bir sözcüğe ihtiyaç var. Nagano'yu bir ara görmelisin. Edo döneminde başkentteki tüm misyonerler sıcaktan kaçıp yazlarını burada geçirirlermiş. Sanırım bu dağlara "Japon Alpleri" dedikleri için teşekkür etmeliyiz misyonerlere. Neden insanlar her şeyi yurtdışındakilerle karşılaştırmak zorunda ki? (Kagoşima'ya Japonya'nın Napolisi denmesi gibi, bu beni hep sinir etmiştir.)

Alpler'i hatta Avrupa'yı bilen biri gelmeden önce yerlilerin bu dağları nasıl adlandırdığını kimse bilmiyor. (Bunun üzücü olduğunu düşünen tek kişi ben miyim?) Yıllar yıllar önce sizi büyükannenize bıraktıktan sonra Tokyo'da yaşarken tanıştığım bir arkadaşımın açtığı küçük bir otelde para ödemeyen bir misafir olarak kalıyorum. Kendisi kodaman bir hotelci şu an, ona çok pahalıya patlayan iki boşanmasını saymazsak durumu çok iyi ve eminim bu zenginliği hak ediyordur. (Hayatın somutlaştığı o kritik noktaya gelmeden önce değişti.) Sıfırdan inşa etmek istediği bir otel için yer bulma konusunda kendisine yardım etmemi istedi ama ne çok içtiğimi henüz bilmiyor ya da beni "kurtarabileceğine" dair ikna etmeye çalışıyor kendini. En sevdiği iki sözcük "proje" ve "risk" bu ikisi de aynı anlama geliyor gibi görünüyor. Kar kasımın başlarında yağmaya başlar (sadece altı hafta var; bir senenin daha ayağı çukurda). Kışa kadar iyi günlerin hatırını bitirmiş olursam, daha ılık iklimleri aramaya gidebilirim. (Eski bir Çin atasözü: Konuklar balık gibidir, üç gün sonra kokmaya başlarlar.) Monte Carlo'nun "kışı geçirmek" için uygun olduğunu duydum. İngiltere Prensi Charles da orada olabilirmiş diye duydum.

Dün gece rüyamda Anju'yu gördüm. Anju, metroda koşarak yanımdan geçen bir Sibirya kaplanı (Sibirya kaplanı olduğunu biliyorum, çünkü sarı çizgiler beyazdı) ve mermer bir yumurtayı kütüphaneye saklamak zorunda olduğun bir oyun. Anju beni rahat bırakmayacak. Yatıştırıcı ritüeller için papazın birine bir servet ödedim ama parayı tüm faydası için Fransız şarabına yatırmalıymışım. Seni rüyamda hiç görmüyorum, aslında Anjulu rüyalarımın dışındakileri hatırlamıyorum. Neden? Doktor Suzuki düşünmüştü ki... Of, kimin umurunda. Sadece mektubu yak, lütfen.

ያ

Hikâye çalışmaları

Dolaşık dulavratotlarıyla dolu akşam karanlığının ardında yarasalar uçuşuyordu. Keçiyazar yazı masasının başında yosun ormanlarını izlerken derin düşüncelere dalmıştı, gölgeler dans edene kadar izledi yosunları. "Yemin edebilirim ki, söylüyorum ki..." diye başladı Keçiyazar. Bayan Comb merdivene oturmuş ayakkabıları cilalıyordu. "Şu lağım ağızlı Fenasıçan gibi değildir umarım, efendim." Keçiyazar Sei Şonagon'un dolmakalemine dokundu. "Yemin edebilirim ki bu ormanın dingin ruhunda... uzaklarda ve derinlerde... gerçekten anlatılmamış hikâyenin parçaları parıldıyor." Keçiyazar sesli mi düşünüyordu yoksa sessizce mi konuşuyordu, anlaşılamıyordu. "Kutsal fayton izlerin izin verdiği ölçüde girdi bu ormanın içine ve yedi gündür hiç kıpırdamadı, emsalsiz bir durum... Bize bir şey söylemeye çalıştığına inanıyorum..."

Akşam hava serinledi ve Bayan Comb titredi. "Akşam yemeğinde fokstrot pudingi var, efendim. Gözlerinizi biraz dinlendirin ve bir el Kör Adam Scrabble'ı oynayın." Kutsal faytonun bu gece hareket etmesini umuyordu ancak bunu yapacağından şüpheliydi de.

Sonraki sabah Pitekantrop elmas bulma umuduyla çatırdayan derin kömür yarıklarını kazıyordu. Bayan Comb'un doğum günü yaklaşıyordu, birkaç gece önce kutsal faytonun yanından elmasların bir kızın nasıl en iyi arkadaşı olduğundan bahseden bir şarkının çaldığı radyosuyla geçen üstü açık bir arada geçmişti. Bayan Comb kız değildi, doğruydu bu ama Pitekantrop arkadaşlık kısmının kendi iyiliğine işlemesini umuyordu. Lezzetli solucanlar, mantarlar ve kurtçuklarla dolu çukurlar kazan Pitekantrop ölüler, köstebekler, sersem yılanlar ve porsukları geçtikten sonra çok sıcak toprağın kendi ritmini duyabildi. Bu kadar uzun saatler boyu kazmak mümkün değildi ve Pitekantrop zamanın izini kaybetmişti.

Çok sonraları, çok çok uzaklardaki "Seni hurda hödük" sesi onu buldu. "Sana ihtiyaç duyduğum bir anda sen neredesin?" Bayan Comb! Pitekantrop gevşek toprakların içinden hızla kurbağalama yüzdü yukarı doğru ve bir dakikada yüze çıktı. Bayan Comb kafasız bir tavuk gibi daireler çizerek kanat çırpıyor, elinde de bir not sallıyordu. "Sonunda geldin! Kriz anında toprak eşeliyorsun!" Pitekantrop homurdandı. "Efendim kalkıp yollara düşmüş! Dün gece kendinde olmadığını biliyordum ve bu sabah yazı masasında bu notu buldum!" Kadın, notu inleyen Pitekantrop'a uzattı – bütün o eğri büğrü yazılar kâğıtta oradan oraya kayıyordu. Bayan Comb iç geçirdi. "Okumayı öğrenmek için üç milyon yılın oldu! Mektup, efendimin bu pis ormana gittiğini yazıyor! Kendi başına! Bizi tehlikeli bir yere sürüklemek istemediğini söylemiş. Tehlikeli mi? Ya vahşi hayvan gibi bir yamyamla karşılaşırsa? Ya kutsal fayton bu gece yola çıkarsa? Efendimi asla göremeyiz! Ayrıca astım spreyini de unutmuş!" Bayan Comb gözyaşlarını önlüğüne silmeye başladı, Pitekantrop'un büyük kalbi sıkıştı. "Önce hikâyesini, sonra dolma kalemini, şimdi de kendini kaybetti!" Pitekantrop yalvararak homurdandı.

"Emin misin? Bu sık ağaçlıklı ormanda efendimin izini sürebilir misin?"

Pitekantrop güven vererek homurdandı.

◆

Buntaro'nun aşağı indiğini duyuyorum. "Bekle" diye bağırıyorum, "hemen aşağı geliyorum!" İki olmuş saat; bugün kaçaklığımın son günü. Yine yorgun hissediyorum kendimi; dün gece yağmur yağdı ve dolgun parmaklar tüm gece uyanık kalmaya zorladı beni. Devamlı birilerinin pencerelerden birini zorladığını düşündüm. Elyazmasının sayfalarını yazı masasında bulduğum gibi düzenledim ve kitaplarla kapan kapı arasındaki yolu geçtim. Aşağıya bağırdım: "Üzgünüm Buntaro! Zamanın izini kaybettim!" Hoşça kalın hikâye çalışmaları. Oturma odasına iniyorum ve karanlık bir gölge arkamdan kapıyı kapıyor. Kalbim boğazıma fırlıyor. Orta yaşlı bir kadın bu; korkusuzca ve merakla okuyor beni. Saçları kısa, sert ve bir müdireninki gibi beyaz. Sıradan, doğrudan satış kataloğundaki fotoğraf kadar anonim kıyafetler giymiş. Yanından yüzlerce kez geçseniz de fark etmezdiniz onu. Oturma odanızda ansızın belirivermedikçe tabii. Amma baykuş gibi ve korkutucu kadın! Burada olmaya hakkı varmış, davetsiz misafir olandan –benden– bir açıklama bekliyormuş gibi bakıyor. "Siz kimsiniz?" Sonunda başarabiliyorum. "Beni siz davet ettiniz, Eiji Miyake." Sesini asla unutmazdınız. Hasır gibi pütür pütür, kurak mevsim gibi kuru. "İşte geldim."

Geçerken uğramış bir deli mi bu? "Ama ben kimseyi davet etmedim ki."

"Hayır ettiniz. İki gün önce posta kutuma bir davetiye attınız."

Bu o mu? "Morino'nun dedektifi misiniz?"

Başını evet anlamında sallıyor. "İsmim Yamaya." Hançer bıçağı gibi dostça bir gülümsemeyle zararsız hale getiriyor beni. "Evet, kadınım ben, travesti değilim. Benim işimde görünmezlik çok büyük bir avantajdır. Ancak, burada olmamın sebebi çalışma biçimimi tartışmak değil, öyle değil mi? Bana oturacak bir yer göstermeyecek misiniz?" Çok garip. "Tabii. Lütfen buyrun." Bayan Yamaya kanepeye oturuyor, ben de camın yanına yere oturuyorum. Çok dikkatli okuyucu gözlerine sahip, bu da beni kitap yapıyor. Arkama bakıyor. "Güzel bahçe. Güzel ev. Güzel muhit. Güzel bir gizli delik."

Bana söylüyor gibi görünüyor. Daimon'un getirdiği sigaraların son kutusundan sigara ikram ediyorum ona ama başını hayır anlamında sallıyor. Kendi sigaramı yakıyorum. "Beni nasıl takip ettiniz?"

"Adresini *Tokyo Evening Mail*'den aldım."

"Size adresimi mi verdiler?"

"Hayır, *aldım* dedim. Sonra dün akşam Bay Ogiso'yu izledim."

"Bununla beraber Bayan Yamaya, sizden bir dosya istedim, beni ziyaret etmenizi değil."

"Bununla beraber Bay Miyake, gerçekçi olun. Gizemli birinden, silahlı geceden üç gece önce rahmetli Ryutaro Morino için hazırladığım dosyanın aynısını toplamamı isteyen bir mektup alıyorum. Ne tesadüf. Ben hayatımı tesadüfleri ayıklayarak kazanıyorum. Mektubunuz köpek balıklarıyla dolu bir havuza düşen yaralı kuzuydu. Üç teorim vardı: Ne kadar profesyonel olduğumu test etmeye çalışan potansiyel bir müşteriydiniz, Eiji Miyake'yle ilgili muhtemelen kâr getirecek bir sebepten dolayı ilgileniyordunuz veya Eiji Miyake'nin babasıydınız. Üçü de izini sürmeye değer teorilerdi. Ben de öyle yaptım ve babanın oğlu olduğunuzu anlıyorum."

Bahçeden gak gak gaklayan bir karganın sesini duyuyorum. Bayan Yamaya'yı bu kadar üzen ve katılaştıran olayı merak ediyorum. "Babamı tanıyor musunuz?"

"Sadece uzaktan."

Sadece uzaktan. "Bayan Yamaya, bunu size daha zekice ve dolambaçlı yoldan sormak isterdim ama babam hakkındaki dosyayı bana verir misiniz lütfen?"

Bayan Yamaya uzun ve güçlü parmaklarıyla kafes çiziyor. "İşte neden burada olduğum konusuna geldik. Tam da bu soruyu konuşmak için."

"Ne kadar?"

"Lütfen Bay Miyake. Finansal durumunuz hakkında ikimiz de yeterince bilgi sahibiyiz."

"O halde neyi konuşmak için buradasınız? Dosyaya layık olup olmadığımı mı?"

Karga balkona hopluyor ve içeri bakıyor. Bir kartal kadar

büyük. Bayan Yamaya'nın mırıltısı bir stadyumu susturabilir. "Hayır, yolumdaki insanlar 'layık olma'nın denklemlerine girmesine asla izin vermemelidir."

"Denklemlere ne girer?"

"Sonuçlar."

Zil çalıyor ve birden kalkıyorum, sıcak kül bacaklarıma dökülüyor. Zil tekrar çalıyor. Ne saldırı ama! Özel olarak tasarlanmış bir lamba hızla yanıp sönüyor, bu sanırım Bayan Sasaki'nin kız kardeşinin sağırlığı nedeniyle yapılmış. Sigaramı söndürüyorum. Sönük bir halde yatıyor orada. Zil tekrar çalıyor, belli belirsiz bir kahkaha duyuyorum. Bayan Yamaya hareket etmiyor. "Kapıyı açacak mısınız?"

"İzninizle" diyorum, kadın başıyla onaylıyor.

Kapının zincirini takmayı düşünemeyecek kadar aptallaşıp telaşlanıyorum ve iki genç adam beni gördüklerine öyle mutlu oluyorlar ki panikliyorum; bu Bayan Yamaya'yla kurulmuş bir tuzak ve ben tam içine düştüm. "Merhaba!" diyor sevinçle. Hangisi konuştu? Lekesiz beyaz gömlekler, koyu renk kravatlar, parlak ve bilgisayar kaynaklı saçlar – tipik Yakuza kılığına benzemiyor. Sağlık ve pozitif elektrik yayıyorlar. "Selam, dost! Kötü bir zamanda mı geldik? Çok güzel haberler getirdim çünkü!" Ya silahlarını çıkaracaklar ya da inanılmaz bir kimono indiriminden bahsedecekler.

"Öyle mi?" Arkama bakıyorum.

"Tabii ki öyle! Yüce İsa tam şu anda *kalp* kapınızda bekliyor, kalbinizin kilidini açıp sevgisinin içeri girmesine izin verirseniz sahip olacağınız mutluluğu anlatabileceği birkaç dakikanız olup olmadığını bilmek istiyor." Rahat bir nefes alıyorum, bunu "evet" olarak alıyorlar ve coşkulu seslerini daha da yükseltiyorlar. "Kalbiniz belaya yabancı görünmüyor, dostum. Burada Çağdaş Azizler Kilisesi'yle beraberiz; belki misyonerlik çalışmalarımızı duymuşsundur?"

"Hayır, hayır. Duymadım aslında." Aptalca bir söz daha. Sonunda bu mezhep üyelerinin gülümsemeleri kesilip de kapıyı kapattığımda odaya dönünce kimseyi bulamıyorum. Şaşırmış bir halde balkon kapılarını açıyorum. Merhametsiz ziyaretçiyi hayal mi ettim ben? “Bayan Yamaya?” Karga da gitmiş. Çok katlı vızıltılar, yaz cızırtıları ve tıslamaları dışında hiçbir şey yok. Açgözlü bir kelebek beni çalılıkla karıştırıyor. Onu izliyorum ve anlar hızlanıp dakikalara dönüşüyor. Odaya girdiğimde başta gözden kaçırdığım şeyi görüyorum: Bayan Yamaya’nın oturduğu koltukta duran kahverengi bir zarf. Babamın evrak dosyasını bıraktığına dair en küçük bir umut bile hemen yok oluyor, zarfın üzerinde “Tokyo Evening Mail, Posta kutusu 333” yazıyor. İçinde çok yaşlı birinin elinden çıkmış kargacık burgacık yazıyla bana yazılmış bir mektup var. Oturup zarfı açıyorum.

Yosun perdelerin çok kalınlaştığı yerde Keçiyazar daha ileri gidemedi ve şırıltılı dereye daldı. Dere yuvarlanan taşlar arasından değil de yemek tabaklarının arasından akıyordu gürültüyle. Su, çay rengindeydi. Keçiyazar bir yudum aldı, kaliteli ve serinletici çaydı bu. Doyana kadar, kafası boşalana kadar içti. “Bilinç akışı!” diye bağırdı mutlulukla. “Darjeeling eteklerinde olmalıyım şu an!” Keçiyazar akıntıya karşı yüzdü. Kurumuş aspidistranın arkasındaki ayna orkideleri öğle kasvetinde tomurcuklanmış. Kanatları opal uçlu sinek kuşları şurup akıtan incirleri sondalıyordu. Orman gölgeliğinin ilerisi güneş ışığında kireç tozuyla doluydu. Bu rastgele ışık izleri sözcükleri şekillendiriyor gibi geldi Keçiyazar’a. “Gerçekten anlatılmamış hikâyeyi hayatım boyunca gizli olanda, derin olanda aradım. Donkişotvari derdimin dermanı dibimde mi duruyordu? Derinlik aşikâr olanda mı gizlenir?”

Keçiyazar güneş ışığıyla sisli ormanın çıplak arazisinde ilerledi. Lepiska saçlı bir kız sallana sallana başlangıcı ve adı olmayan bir şarkı söylüyordu. Keçiyazar kızın ağacının köklerine uzandı. Kızın sesi yaşlı keçinin yaz ortasından beri her gece duyduğu fısıltılardı. "Gerçekten anlatılmamış hikâyeyi arıyorsun sen." Kız ileri doğru sallandı ve Antarktika ölçülemez kilometreler boyunca sürüklendi.

"Evet" diye cevap verdi Keçiyazar.

Geriye doğru sallandı. Küçükayı yükseldi. "Anlatılmamış hikâyeler dağlık yerlerdedir."

"Bu dağlık yerleri nasıl bulabilirim?"

"Dönemeçten dolanıp kutsal havuza git, şelalenin üstünden duvarı tırman."

"Şelalenin üstünden..."

Lepiska saçlı kız ileri doğru sallandı. "Ödeme için hazır mısın?"

"Tüm hayatım boyunca ödedim."

"Evet Keçiyazar ama... Henüz her şeyi ödemedin."

"Ödenecek ne kaldı, yalvarırım söyleyin?"

Salıncak yavaşça toprağa düştü.

Keçiyazar kutsal havuza geldiğinde su serpintilerini silmek üzere gözlüklerini çıkardı ve şaşırarak gözlüksüz daha iyi gördüğünü anladı. Bu yüzden, gözlükleri mermer taşın üzerinde bıraktı ve havuza dikkatle baktı. Tuhaftı. İlk olarak şelale sessizdi. İkincisi su yukarıdaki uçurumdan aşağı akmıyordu; baş döndürücü bir şekilde, yalpalanarak, kudurarak, sessizce ve şiddetle yukarı doğru akıyordu. Keçiyazar yukarıdaki kayaya doğru hiçbir yol göremiyordu. Kendi kendine konuşuyordu ama hiç sesi çıkmıyordu. "Artık çocuk değilim. Sembolik maceralar için fazla yaşlıyım." Bu on birinci saatte geri dönmeyi düşündü. Geri dönemezse Bayan Comb perişan olurdu, ama bakması gereken ve ona bakacak Pitekantrop vardı. Hayvan vücudundaki yazar iç geçirdi. Gerçekten anlatılmamış hikâyeyi düşündü ve mermer taştan atladı. Havuz ölüm gibi soğuk ve aniydi.

◆

20 Eylül Çarşamba
Tokyo

Sevgili Eiji Miyake,

Bu mektubun ani, alışılmadık ve muhtemelen davetsiz oluşunu umarım affedersiniz. Dahası siz ve mektubu alması planlanan insan muhtemelen aynı kişi değilsiniz; bu da büyük sıkıntıya neden olacaktır. Her şeye rağmen bu riskin alınmaya değer olduğunu hissediyorum. Şöyle açıklayayım.

14 Eylül tarihli *Tokyo Evening Mail*'de özel ilanlar sütunundaki ilanınıza cevaben yazıyorum size. İlanınız bu sabah beni ziyaret eden bir arkadaşımın sayesinde dikkatimi çekti. Geçirdiğim kalp kapakçığı ameliyatından dolayı iyileşme sürecinde olduğumu açıklamalıyım belki de. Siz Eiji Miyake'nin herhangi bir akrabasının ilanınıza cevap vermesini istemişsiniz. Baba tarafından dedeniz olabileceğime inanıyorum.

Yirmi yıl önce oğlumun gayrimeşru ikiz çocukları oldu; bir kız, bir de oğlan. Oğlum çocuklarının aşağı tabakadan olan annesiyle ilişkisini kesti ve bildiğim kadarıyla ikizleri bir daha asla görmedi. Çocukların nerede ve kim tarafından yetiştirildiğini bilmiyorum; anne ve akrabaları tarafından diye düşünüyor insan. Kızın on bir yaşında boğulduğunu duydum, oğlansa şimdi yirmi yaşında olmuştur. Annelerinin ismini bilmiyorum, gayri meşru torunlarımın resmini de görmedim. Oğlumla ilişkilerim asla herkesin istediği gibi samimi olmadı, evliliğinden sonra daha da az haberleştik. Ancak her nasılsa babası olduğu ikizlerin adını öğrendim: Bu mektubu bu yüzden yazıyorum. Kızın adı Anju, oğlanınkiyse Eiji, bilinen tarzda değil de ("zeki" ve "iki" veya "yönetmek" için kullanılan kanji harfleriyle) "büyülü" ve "dünya" için kullanılan en garip kanjilerle yazılıyor. Seninki gibi.

Kanji "kanıtı" pek ikna edici olmadığından mektubu kısa kesmek istiyorum. Yüz yüze bir görüşme bu belirsizliği sonlandıracaktır sanırım, fiziksel benzerlik noktaları bulacağımıza eminim. 25 Eylül Pazartesi günü Righa Royal Oteli'nin (Harajuku İstasyonu'nun karşısında) dokuzuncu katındaki Amadeus Çayevi'nde adıma rezerve edilmiş masada olacağım. Elinizde anne babanıza ait herhangi bir kanıt varsa, onunla birlikte sabah saat 10'da orada olun lütfen.

Bu konunun hassaslığını ve bu aşamada iletişim bilgilerimi verme konusundaki isteksizliğimi anladığınıza inanıyorum. Aynı kanji harflerine sahip başka bir Eiji Miyake iseniz ümitlerinizi gereksiz yere ayaklandırdığım için en samimi özürlerimi kabul edin lütfen. Eğer umduğum Eiji Miyake iseniz konuşacak çok şeyimiz var.

Saygılarımla,

Takara Tsukiyama

Tokyo'ya geldiğimden beri ilk kez tam anlamıyla net bir mutluluk hissediyorum. Babamın babası bana mektup yazdı. Düşünsenize, babamla birlikte büyükbabamla da tanışmak. "Konuşacak çok şeyimiz var"! Babamla iletişime geçmenin hayal ettiğim kadar kolay olmasını düşünürken bunun imkânsızlığıyla umutsuzluğa kapılıyordum. Pazartesi, sadece iki gün uzakta! Büyükbabam özenli bir dil kullanıyor, aile ilişkileri konusunda paranoyak üvey annemden kesinlikle daha etkili. Kendime yeşil çay yapıyorum ve bir Kent'le beraber içmek üzere bahçeye götürüyorum, bütün Marlborolar bittiğinden Buntaro'nun seçimi olan Kent içiyorum. Tsukiyama –güzel ad– "ay" ve "dağ" için kullanılan kanjilerden oluşuyor. Bahçe güzellik, doğruluk ve yaşamla vızıldıyor. Keşke on beş dakika içinde pazartesi olsa. Saat kaç ki? İçeri girip Bayan Sasaki'nin hafta ortasında getirdiği saate bakıyorum. Buntaro'nun gelmesine hâlâ üç saat var. Deniz kabuğu çerçevesindeki kayıp ev sahibimle göz göze geliyoruz. "Şansın sonunda döndü. Ay'ı arasana. Özel ilanlara ilan vermek onun fikriydi, hatırlıyor musun? Hadi. Şafaktaki mahcubiyet bir şekilde şirindir ama sandıkta saklanan mahcubiyet hiçbir şekilde işine yaramaz."

"Kafiye yapmaya mı çalışıyorsun?"

"Konuyu değiştirme! Dışarı çık, bir telefon bul ve ara kızı."

Süpermarketteki karmaşa son gelişimden beri hiç değişmemiş ama ben değiştim. Dünya ikincil olay örgülerinin düzenli bir akış şemasıdır zaten. Birbirinin yanından geçen ama asla çarpışmayan bütün şu arabalara bakın. Düzeni görmek zor ama işte orada, kaosun altında. Yani, cehennem gibi on iki saat geçirdim, ne olmuş? İnsanlar cehennem gibi on iki yıl geçiriyorlar ve hikâyelerini anlatmak için yaşıyorlar. Hayat devam ediyor. Devam ettiği için şanslıyız. Uniqlo'daki acil çıkış merdivenlerinin altında bir telefon kulübesi buluyorum. Cep telefonları dünyayı ele geçirdikçe bu kulübeler gaz lambası kadar nadir hale gelecek. Ahizeyi kaldırıyorum ve donuyorum. Seni korkak! Önce saçımı kestirmeye karar veriyorum –sen omurgasız bir solucansın Miyake– ve Berber Genji'nin merdivenlerini çıkıyorum. Kırmızı, beyaz, lacivert çizgili boyanmış merdivenlerden bunlar, Anju çizgilerin nerede başlayıp nerede bittiğini anlayabileceğim konusunda umutsuzdu. Oysa onun için bu oldukça anlaşılırdı. Genji'nin yeri çok dar ve küçük, havalandırma nedeniyle kış gibi soğuk. Tek müşteri benim ve burası en son Japonya teslim olduğunda boyanmış. Sessiz bir televizyon at yarışlarını gösteriyor. Hava saç spreyi ve tonik kokusu nedeniyle o kadar yoğun ki kibrit çaksanız muhtemelen tüm binayı havaya uçurursunuz. Genji burun kılları fışkırmış yaşlı bir adam, titrek elleriyle yeri süpürüyor. "İçeri gel, evlat, içeri gel." Boş sandalyeyi gösteriyor. Oturuyorum ve omuzlarıma masa örtüsü yayıyor. Kafam vücudumun geri kalanından ayrılmış gibi görünüyor aynada. Valhalla bowling kulvarını hatırlayarak ürküyorum. "Neden suratını astın, evlat?" diye soruyor Genji makasını düşürürken. "Seni ne rahatsız ediyorsa etsin, hayatın son müşteriminki kadar kötü olamaz. Takım elbisesine bakılırsa işleri gayet iyi giden bir işadamı ama hayatımda görmediğim kadar sefil ve aşağılık bir adam!" Genji tarağını düşürüyor. "Ben 'Haddime değilse affedin beni efendim ama aklınızı kurcalayan bir şey mi var?' dedim. Müşteri derin bir nefes alıyor ve sonunda 'Çintzivu geçen hafta öldü' diyor. 'Çintzivu kimdi? Köpeğiniz mi?' diye soruyorum." Genji makasla kesmeye başlıyor. "'Hayır' diyor müşteri, 'karımdı.'" Genji bir şişe saki açmak için duruyor. Şişenin yarısını bir dikişte içiyor ve şişeyi aynanın rafına koyuyor. "'Ne üzücü, efendim' diyorum, 'Umarım teselliyi çok çalışmakta bulabiliyorsunuzdur.' 'Dün işten atıldım' diyor müşteri. 'Ne korkunç, efendim' diyorum. 'Kaybınızın getirdiği depresyon nedeniyle mi kovuldunuz?' 'Pek değil' deyip derin bir nefes alıyor, 'casusluk yapmam nedeniyle kovuldum.'" Genji, sakisini bitirmek için ara veriyor, el yordamıyla bulduğu saç toniği şişesini dikip farkına varmadan çoğunu içiyor. "Bunun beni şaşırttığını söyleyebilirim! 'Casusluk mu? Daha önce hiç casus oturmadı bu koltuğa. Kimin için çalışıyordunuz? Çin mi? Rusya mı? Güney Kore mi?' 'Hayır' diyor adam gururla. 'Dünya üzerindeki en güçlü ülke için. Tonga Krallığı için.'" Genji elektrikli tıraş makinesinin düğmesine basıyor, hiçbir şey olmuyor, o da kordonu çevirerek açıp makineyi tezgâha vuruyor. Makine homurdanarak hayata dönüyor. "Neyse ben 'Tonga Krallığı mı?' diyorum. 'Gizli servisleri olduğunu bile bilmiyordum, anlarsınız ya.' 'Kimse bilmiyor. Zekice, öyle değil mi?' 'Evet, efendim, sanırım orada ulusal bir kahramansınızdır. Neden oraya göçmüyorsunuz? Size kucak açacaklardır.'" Genji kulaklarımın etrafını tıraş ediyor. "Müşteri kaşlarını çatıyor. 'Üç gün önce saray darbesi oldu. Militaristler yönetimi ele geçirdi ve beni iki tarafa birden casusluk yapmakla suçladılar ve dün idama mahkûm oldum.' 'Neyse efendim, en azından sağlığınız yerinde.'" Genji tıraş makinesini yerine asıyor ve makası alıyor eline. "İşte tam bu sırada müşteri öksürük nöbetine tutuluyor ve ben kanı aynadan silmek zorunda kalıyorum. 'Şey belki de eski işinize dönmelisiniz, anlarsınız ya, ajan olmadan önceki işinize.' Yüzü ilk kez aydınlanıyor. 'Eskiden pilottum' diyor. 'İşte efendim, neden havayollarındaki bir pozisyona başvurmuyorsunuz?' diye öneride bulunuyorum. Hapşırıyor ve sana yemin ediyorum evlat, sağ gözü dışarı fırlıyor! Odanın öbür ucuna yuvarlanıyor! 'Kahretsin' diyor, 'bu en sağlam gözümdü!' Bense gittikçe çaresizleşiyorum tahmin edebileceğin gibi. 'Otobiyografinizi yazmaya ne dersiniz, efendim? Hayatınız Oscar alacak bir trajediye dönüştürülebilir.'" Genji kırpıyor, kırpıyor, kırpıyor. "'Hakkımda yaptıkları film üç Oscar kazandı.' 'Ne güzel efendim! Tünelin sonunda ışık olduğunu biliyordum!' 'Temsilcim senaryomla kaçtıktan on sekiz ay *sonra* üç Oscar kazandı. Milyonlarca dolarlık bir film ve ben bir yen bile kazanamadım. Daha da kötüsü beni kim oynadı sence? Johnny Depp'i kabul edebilirdim ama Bruce Willis de nesi?' Kısa mı keseyim, evlat?"

Bu arada yosun ormanında Bayan Comb ve Pitekantrop kendilerini bir kaya, çıkmaz yol ve yapraklı topraklar arasında buldular. Pitekantrop kafasını kaşıdı ve homurdandı. Gerçek, Keçiyazar'ın ayak izlerinin kutsal ineklerinki ve beyaz fillerinkiyle karışarak takip edilemez hale geldiğiydi ama Pitekantrop, Bayan Comb'un moralini bozmaktan korktuğundan hiçbir şey söylemedi. Bayan Comb mantar tüylü bir ağaç kütüğüne tünedi. "Efendimin on birdeki atıştırma saati çoktan geçmiş olmalı... Keşke beni gezmeye gideceği konusunda uyarsaydı, bir şeyler hazırlayabilirdim..."

Arasından geçilemez bitki örtüsünün içinden bir adam çıkageldi ve ayaklarının dibine uzandı. Bayan Comb ciyaklayarak çıkmaz yola gitti şaşkın bir şekilde ve Pitekantrop, Bayan Comb ve adam arasında kaldığı pozisyonunu değiştirmedi. Adam ayağa kalkıp deri dirseklikli tüvit ceketinden toprakları temizlemekte ve plasterle tutturulmuş kemik çerçeveli gözlüklerini takmakta bir sakınca görmedi. Bu vahşi ormanda çok duygusal bir piliç ve *Homo sapiens*'in nesli uzun zaman önce tükenmiş atasını görünce de şaşırmadı. "Onları gördünüz mü?"

Bayan Comb, adamın gelişigüzel tavrından dolayı biraz kızmıştı. "Kimi gördük mü?"

"Sözcük tazılarını."

"Boşluklarda gördüğümüz kaba, salyalı, konuşan köpekler değil bunlar, değil mi?"

"Onlar." Korkarak parmağını dudağına bastırdı ve Pitekantrop'a baktı. "Bir şey duyuyor musun?" Kafanı çarpabileceğin sessizlik ışınları. Pitekantrop bir "Hayır!" homurdandı. Yazar, tacından uzun bir diken çıkardı. "Yıllar önce başarılı bir roman yazdım. Birinin onu yayımlamak isteyeceğini hiç düşünmemiştim ama yayımladılar işte, benden kaçırdılar onu ve ben mevcut her kopyanın toz olmasını diledikçe o berbat şey daha çok sattı. Hataları, tutumu, haddini bilmezliği! Tüm kitapları üst üste yığıp yakmak için ruhumu bile satardım. Ama kahretsin ki şeytan faksıma cevap vermedi ve salıverdiğim sözcükler o zamandan beri taciz ediyor beni."

Bayan Comb konuşmaya ağaç kütüğünden katıldı. "Neden geri çekilmiyorsunuz?"

Yazar kayaya yaslandı. "Keşke o kadar kolay olsaydı. Düşünce okullarında, karmaşık mecazlarda, bilinmeyen eyaletlerin havaalanlarındaki yolcu salonlarında saklandım ama eninde sonunda uzaklardan gelen tırmalayıcı sesler duyuyorum ve sözcüklerimin peşimde olduğunu biliyorum..." İfadesi kederli bitkinlikten şüpheliye döndü. "Peki, *sizi* bu yosun ormanının derinliklerine getiren tam olarak nedir?"

"Arkadaşımız gezmeye çıktı, onu gördünüz mü? Boynuz, sakal ve toynaklar?"

"Eğer bizzat şeytan değilse, yazar veya deli olmalı o."

"Yazardır. Nasıl bildiniz?"

"Ormanın bu kadar derinlerine gelmek için üçünden biri olmak gerekir. Şşşşşş!" Gözleri korkuyla büyüdü. "Uluma! Bir uluma duymuyor musunuz?" Pitekantrop yavaşça homurdandı ve başını hayır anlamında salladı. "Yalancılar!" diyerek tısladı yazar. "Yalancılar! Siz de tazılarla işbirliği içindesiniz! Oyununuzu biliyorum! Ağaçlardalar! Geliyorlar!" dedikten sonra sık bitkilerin arasından koşmaya başladı. Bayan Comb ve Pitekantrop birbirlerine baktılar. Pitekantrop homurdandı. Bayan Comb "Üşütük" diye Pitekantrop'a katıldı, "yün başlık gibi kafayı sıyırmış!" Pitekantrop yaprak yığınındaki deliği inceliyordu. Homurdandı. İleride sessiz bir dere vardı.

"Acele etsene, tembel!" Pitekantrop takırtılı yemek tabaklarının üzerinden çay renkli sığ derede ilerlerken Bayan Comb kayadan kayaya kanat çırpıyordu. Bu yüzden kutsal havuza ilk ulaşan Bayan Comb oldu. İki saniye sonra Keçiyazar'ın mermer taşın üzerinde duran saygıdeğer gözlüklerini fark etti. Üçüncü olarak da en sevdiğinin, canının suda yüzen vücudunu gördü. "Efendim! Efendim! Ne yapmalıyız?" Yukarı doğru akan şelaleyi veya susturucu sessizlik eldivenini fark etmeden havuzun içine doğru dört ayak uçtu. Beşinci kanat vuruşunda Keçiyazar'ın eline ulaştı. Pitekantrop'un altıncı hissi kutsal havuzun ölüm demek olduğunu söylüyordu, Pitekantrop bir uyarı homurdandı ama sesi çıkmadı; sevgilisinin kayıp kanadının kenarını suya daldırarak Keçiyazar'ın yanına cansız bir şekilde düşmesini çaresizce izleyebildi sadece. Pitekantrop yedi kere zıplayarak mermer kayanın üstüne çıktı, burada sessiz kederin sekiz çığlığıyla dövündü. Yumrukları kanayana kadar kayaya vurdu. Ve maymun-insan birden sakinleşti. Saçlarındaki yapışkan mırıltıları temizledi ve çıkışa varıncaya kadar kayaya tırmandı. Keçiyazar'ın ona öğretebildiği en yüksek sayı olan dokuza kadar saydı ve arkadaşlarının arasındaki noktaya düşmek üzere atladı. Güzel bir atlayıştı, on numaralıktı. Pitekantrop kutsal havuza girerken kafasını hiçbir düşünce meşgul etmiyordu. Huzur hiç bilmediği bir sözcüktü ama hissettiği huzurdu.

♌

"İyi günler. Jüpiter Kafe. Nagamimi ben."

Eşek. Sanırım. "Şey, merhaba. Bayan İmajo'yla görüşebilir miyim, lütfen?"

"Üzgünüm, bugün çalışmıyor."

"Ah. Sonraki vardiyasının ne zaman olduğunu söyleyebilir misiniz peki?"

"Üzgünüm ama yapamam."

"Ah, güvenlik sebebiyle mi?"

Eşek neşeyle anırıyor. "Hayır, o yüzden değil. Bayan İmajo'nun son vardiyası pazar günüydü."

"Öyle mi..."

"Kendisi müzik öğrencisi ve üniversitesi açılıyor, bu yüzden derslerine odaklanmak üzere yarı zamanlı işini bırakmak zorunda kaldı, anlıyorsunuz ya."

"Evet, anlıyorum. Onunla konuşmayı umuyordum. Bir arkadaşıyım."

"Evet, anlıyorum, arkadaşıysanız..."

"Yani sizde telefon numarası var mı? Form veya kayıt gibi bir şeyde?"

"Form veya kayıt gibi şeyler tutmuyoruz burada. Bayan İmajo sadece bir aylığına buradaydı." Eşek düşünürken duraklıyor. "Burada dosya gibi şeyler tutmuyoruz, yerimiz olmadığı için. Vestiyerimiz bile sihirbazların kılıç soktuğu türden kutulardan küçük. Bu adil değil. Yoyogi şubesinde öyle büyük bir vestiyerleri var ki..."

"Yine de teşekkürler, Bayan Nagamimi, ama..."

"Bekleyin! Bekleyin! Bayan İmajo bana telefonunu bıraktı ama sadece Eiji Miyake adlı biri ararsa vereyim diye."

Şimdi öldür beni. "Evet. Adım Eiji Miyake."

"Gerçekten mi?" Eşek neşeyle anırıyor.

"Gerçekten."

"Ne ilginç! Ne tesadüf ama, öyle değil mi?"

"Ya öyle."

"Bayan İmajo sadece Eiji Miyake adlı biri ararsa dedi. Siz de arıyorsunuz ve adınız Eiji Miyake! Her zaman dediğim gibi 'Hakikat gerçeklikten daha ilginçtir'. O pis adama kafa attığınızı gördüm. Acımıştır herhalde!"

"Bayan Nagamimi, lütfen bana Bayan İmajo'nun telefon numarasını verir misiniz?"

"Doğru ya, bir saniye bekleyin, nereye koymuştum acaba..."

Ay İmajo'nun telefon numarası 10 rakam. Dokuzuncuya geliyorum ve korku felcinin kolumdan aşağı sürüklendiğini hissediyorum. Ya aramam onu rahatsız ederse? Ya onu rahat bırakmayacak iğrenç bir adam olduğumu düşünürse? Ya telefonu erkek arkadaşı açarsa? Ya babası açarsa? Ya Ay İmajo açarsa? Ne derim? Çevreme bakınıyorum. Alışveriş edenler, çalışanlar, meydan. İşaret parmağım son rakamı tuşluyor. Numara bağlanıyor. Uzaklarda bir binadaki telefon çalmaya başlıyor. Biri kalkıyor, belki oyunu durduruyor, belki yemek çubuklarını bırakıyor, bu bölünme yüzünden küfrederek...

"Alo?" Bu o.

"Şey..." Konuşmaya çalışıyorum ama spastik sesi çıkıyor.

"Alo?"

Bunu daha iyi planlamalıydım.

"Alo? Sizi tanıyor muyum?"

Sesim kendiliğinden geri geliyor. "Alo, Ay İmajo'yla mı görüşüyorum?" Aptalca soru. Ay İmajo'yla görüştüğümü biliyorum. "Ben, şey, benim, şey..."

Sesi keyifli geliyor. "Parlayan zırhlı şövalyem."

"Nereden anladın?"

"Sesinden tanıdım. Numaramı nereden buldun?"

"Jüpiter Kafe'deki Bayan Nagamimi verdi. Sonunda. Konuşmak için uygun bir zaman değilse ben daha sonra..."

"Hayır, çok uygun bir zaman. Seni, çalıştığını söylediğin yerde, Ueno'daki kayıp eşya bürosunda aradım ama aniden şehri terk ettiğini söylediler bana."

"Şey, Bayan Sasaki söyledi."

"Akrabalarınla ilgili bir şey miydi?"

"Sayılır. Aslında hayır. Bir açıdan da evet."

"Peki, konu kapanmıştır öyleyse. Geçen hafta sonu Xanadu'dan nereye kayboldun?"

"Birçok organizatör ve müzik adamının gelip seninle konuşmak isteyeceğini düşündüm."

"Kesinlikle! Bazılarına kafa atmana ihtiyacım vardı. Başın nasıl bu arada? Beyninde kalıcı hasar olmadı ya?"

"Hayır, beynim normal, sayılır."

Ay İmajo bunu komik buluyor.

Aynı anda konuşmaya başlıyoruz.

“Önce sen” diyorum.

“Hayır önce sen” diyor.

“Şey...” elektrikli sandalye bile bundan daha hoştur, “merak ediyordum da acaba sakıncası var mı, nasıl desem, benim...” geri çekilmek için yolun yoksa asla askerlerini öne sürme, “seni aramamın sakıncası var mı?”

Duraksıyor.

“Yani beni aramanın sakıncası olup olmadığını sormak için mi beni arıyorsun Miyake?”

Bunu gerçekten daha iyi planlamalıydım.

Keçiyazar romatizmalı vücudunu kutsal havuzda bıraktığından, yürümek hoştu. Bambular geçmesine izin vermek için bir o yana bir bu yana salınıyor, dalsız söğütler titreyerek sallanıyordu. Başını kaldırınca bir ev gördü. Lapsang Souchang platosunda görülmesi ilginçti bu evin. Mahmur bir banliyöde etrafında yusufçukların uçuştuğu su mercimeği dolu havuzuyla yersiz görünmezdi. Ada üzerinde parlayan taş bir fener. Şamatalı tartışmanın karmaşa aşamasında kayıplara karışan alacalı bir tavşan. Çatının üzerinde açık üçgen bir pencere vardı. Fısıltılar havayı dolduruyordu. Keçiyazar ön kapıya giden yolu yürümeye başladı. Kilitsiz kapının kolunu boş yere döndürdü, kapı açıldı ve Keçiyazar çatıya çıkan aydınlık merdivenleri tırmandı. “İyi günler” dedi yazı masası. “Selamlar” dedi Sei Şonagon’un kalemi.

“Ama sizi kutsal faytonda bıraktım ben!” diye bağırdı Keçiyazar.

“Senin gittiğin her yere biz de gideriz” diye açıkladı yazı masası.

“Konuşmayı ne zamandan beri biliyorsunuz?”

"Kulaklarını engellememeyi öğrendiğinden beri" diye cevap verdi Sei Şonagon'un kendi ucunu asıl sahibinin zekâsının bileyi taşında sivrileştirmiş kalemi. "Başlayalım mı?" diye öneride bulundu yazı masası. "Bayan Comb ve Pitekantrop kısa bir süre sonra burada olacaklar." Keçiyazar beyaz bir sayfa aldı. Dışarıda, dağların, düzlüklerin, yağmur ormanlarının, kenar mahallelerin, binaların, adaların, ovaların, pusulanın dokuz köşesinin üzerine yavaşça barış düştü sisli gökyüzünden. Gerçeklik sayfadır. Yaşam sözcüktür.

Altı

回天

Kai ten

Amadeus Çayevi bir düğün pastası dünyası. Şekerlemeli, oluklu veya kıvrılan. Para Teyze burayı en yüksek madalyasıyla ödüllendirirdi: "Heyecan Veren." Bense kaymak gibi halılarını, sütlü duvarlarını ve yağ gibi döşemelerini sprey boyayla boyamak istiyorum. Righa Royal Oteli'ni hemen buldum, bu da Harajuku'nun etrafında yürüyerek geçirdiğim bir saat bıraktı bana. Rüya gibi tezgâhtarlar sabah serinliğinde butik camlarını siliyordu ve çiçekçiler kaldırımları yıkıyorlardı. Suyumdaki buzu dürtüyorum. Büyükbabam on beş dakika içinde burada olacak. "Büyükbaba" yeni bir anlam kazanacak sözcük olarak. İlginç, sözcükler nasıl da anlam kazanıp kaybediyor. Geçen haftaya kadar "büyükbaba" büyükannemin aile sunağında çekilmiş damarlı fotoğraftaki adam demekti. Uzun zaman önce ölmüş kocası hakkında bize tek söylediği "Deniz onu aldı" olmuştu. Yakuşima yerel kültürü onu bir hırsız ve rüzgârlı bir gecede rıhtımın sonunda kaybolan bir sarhoş olarak hatırlıyor.

Amadeus Çayevi bir şef garson çalıştıracak kadar lüks bir yer. İnci gibi kapılardaki sütunların arkasında duruyor, rezervasyon defterini inceliyor, garsonlara emirler veriyor ve parmaklarını oynatıyor. Şef garsonlar şef garsonluk okuluna gidiyor mu? Ne kadar maaş alıyorlar? Parmaklarımı oynatma çalışması yapıyorum ve tam da o an şef garson direkt bana bakıyor. Ellerimi indirip şiddetle utanarak pencereden dışarı bakıyorum. Komşu masalarda zengin kadınlar ticaret sırlarını tartışıyorlar. İşadamları çizelgeler inceliyor, serçe büyüklüğündeki laptop klavyelerini tuşluyorlar. Borazan üfleyen margarin meleklerle çevrelenmiş Wolfgang Amadeus Mozart tavan resminden aşağıya bakıyor. Şişkin ve solgun görünüyor; genç ölmesine şaşmamalı. Fena halde Clark'larımdan birini içmek istiyorum. Mozart'ın panoramik pencereden gördüğü manzara kesinlikle mükemmeldir. Tokyo Kulesi, PanOptikon, pis adamların teleobjektif lensleriyle gezindiği Yoyogi Parkı. Yükselen krom bir blokun üstünde dev bir vinç kendi maketini inşa ediyor. Su depoları, antenler, çatılar. Hava, lekeli haki bugün. Gümüş bir çay kaşığı ince porselen bir fincana ritmik olarak çarpıyor – hayır, bu, şöminenin üstündeki saatin on olduğunu bildiren sesi. Şef garson eğilerek selam veriyor ve yaşlı bir adamı bu tarafa yönlendiriyor.

Bu o!

Büyükbabam bana bakıyor –hazırlıksız yakalanarak aniden telaşla kalkıyorum– ve bir yabancıyla buluşmalarınızda kullandığınız "Evet, o *benim*" bakışını atıyor. Bana benzediğini söyleyemem ama benzemediğini de söyleyemem. Büyükbabam bastonla yürüyor, lacivert pamuklu bir takım elbise giymiş ve ayakkabı bağı gibi bir kravat takıp iğneyle tutturmuş. Şef garson ileri atılıyor ve sandalyeyi çekiyor. Büyükbabam dudaklarını büzüyor. Derisi hastalıklı bir gri ve lekeli, yürümenin ona nelere mal olduğunu gizlemeyi başaramıyor. "Eiji Miyake, tahmin ediyorum?" Yerlere kadar eğilip selam verirken söylenecek doğru sözleri arıyorum. Büyükbabam da neşeli bir halde hafifçe eğiliyor. "Bay Miyake, en başta size söylemeliyim ki ben büyükbabanız değilim."

Doğruluyorum. "Ya."

Şef garson geri çekiliyor ve yabancı beni ayakta yalnız bırakarak oturuyor. "Ancak burada büyükbabanız adına Tsukiyama ailesiyle alakalı konuları konuşmak üzere bulunuyorum. Lütfen oturun." Her hareketimi izliyor, kaşları çökmüş ama altındaki gözleri lazer keskinliğinde. "Adım Raizo. Ben ve büyükbabanız yıllardan beri tanışıyoruz. Sizi biliyorum, Miyake. Aslında özel ilanlar sütunundaki ilanınızı dostuma gösteren bendim. Şimdi. Bildiğiniz gibi, büyükbabanız geçirdiği önemli kalp ameliyatı sonrasında nekahet döneminde. Doktorunun tahminleri fazla iyimserdi ve hastanede üç gün daha kalmak zorunda. Bu yüzden onun yerine ben buradayım. Sorunuz var mı?"

"Onu ziyaret edebilir miyim?"

Bay Raizo başını hayır anlamında sallıyor. "Üvey anneniz ona refakat ediyor ve... Bunu nasıl anlatabilirim?"

"Tsukiyamaların parasını sömürmek isteyen bir sülük olduğumu düşünüyor."

"Tam olarak evet. Sadece kayıtlara geçmesi için: Niyetin bu mu?"

"Hayır, Bay Raizo. Bütün istediğim babamla tanışmak." Bunu daha kaç kez söylemeliyim?

"Büyükbaban bu noktada gizliliğin üvey annenin şüphelerini engellemek için en akıllıca strateji olduğuna inanıyor. Genç bayan!" Bay Raizo yanımızdan geçen garsona işaret ediyor. "Şu devasa kanyaklarımdan bir tane, lütfen. Sen hangi zehirden istersin, Miyake?"

"Ah, yeşil çay, lütfen."

Garson bana iyi çalışılmış bir gülümseme gönderiyor. "On sekiz çeşit..."

"Of, çocuğa sadece bir çaydanlık çay getir, kahrolası!"

Garson eğilerek selam veriyor, gülümsemesi kayboluyor. "Peki, Amiral."

Amiral mi? Kaç tane amiral var burada? "*Amiral* Raizo mu?"

"Bu uzun yıllar önceydi. 'Bay' yeterli."

"Bay Raizo. Babamı gerçekten tanıyor musunuz?"

"Dobra sorulara dobra cevaplar verilir. Ondan nefret ettiğimi gizlemem. Şirketinden yıllar boyu uzak durdum. Tsukiyama kılıcını sattığını öğrendiğim günden beri. Bu kılıç beş yüz yıldır onun, yani senin ailendeydi, Miyake. Beş yüz yıl! Babanın Tsukiyamaların –doğacak olanlardan bahsetmiyorum bile– beş yüz yılını hiçe saymış olması çok büyük bir hata! Çok büyük! Büyükbaban, Takara Tsukiyama, soya, nesle inanan bir adam. Babansa Formoza'daki anonim şirketlere inanan bir adam. Tsukiyama kılıcının şu an nerede olduğunu biliyor musun?" Amiral sinirleniyor. "Nebraska'da bir tarım ilacı fabrikasının toplantı odasında! Buna ne diyorsun, Miyake?"

"Utanç verici gibi, Bay Raizo, ama..."

"Bu suçtur Miyake! Baban şereften yoksun bir adam! Anneden ayrıldığında kadını geleceğini hiç düşünmeden sevinçle başıboş bıraktı! Anneni ekonomik açıdan destekleyen büyükbabandı." Bu benim için yeni bir haber. "Metreslerle uğraşırken bile uyulması gereken ahlak kuralları vardır. Akrabalık söz konusu, Miyake! Soylar yaşamsal bir konudur. Kim olduğunla alakalıdır! Nereden geldiğini bilmen kendini bilmen için gereklidir." Garson gümüş bir tepsiyle geliyor ve içeceklerimizi dantelli servis altlıklarına yerleştiriyor.

"Soyların önemli olduğu konusunda size katılıyorum, Bay Raizo. Bu yüzden buradayım."

Amiral mutsuzca kanyağını kokluyor. Bense sabunumsu çayımı yudumluyorum. "Neyse, Miyake, doktorlarım bu konulara boş vermemi söylediler. Ama ben yaşlılık hastalıklarıyla ilgilenen doktordan çok yaşlılık hastalıklarıyla ilgilenen denizci tanıyorum." Bir yudumda içkisinin yarısını içiyor, kafasını arkaya atıyor ve her molekülün tadına varıyor. "Üvey kız kardeşlerin tamamıyla boş insanlar. Bir çift tiz sesli terbiyesiz, salak bir üniversitede okuyorlar. Sabah on birde kalkıyorlar. Beyaz ruj sürüp astronot çizmeleri giyiyor, kovboy şapkası ve Ukraynalı köylülerin atkılarından takıyorlar. Saçlarını lağım rengine boyuyorlar. Dedenin umudu erkek torununun, yani senin, son modayla evli o tiplerden daha yüce prensiplerin olması."

"Bay Raizo, beni affedin, ama umarım büyükbabam beni, şey, vârisi olarak görmüyordur. Tsukiyama soyağacına zorla girmek gibi bir amacım yok derken, ciddiyim."

Bay Raizo sabırsızca gurulduyor. "Kim - demiş - ne - nerede - ne zaman - neden - kimin... Bak, büyükbaban bunu okumanı istiyor." Masaya siyah kumaşla kaplanmış bir paket koyuyor. "Ödünç bu, hediye değil. Bu günlük onun en değerli hazinesidir. Hayatın pahasına koru ve büyükbabanla yedi gün sonraki randevuna getir. Burada. Aynı saatte, saat onda, aynı masada. Soru var mı?"

"Hiç tanışmadık, bu kadar değerli bir şeyi vermesi..."

"Aşırı derecede çılgınlık, diyorum. Kopyala dedim o inatçı aptala. Orijinali bir çocuğa emanet etme. Ama ısrar etti. Kopyası ruhunu, eşsizliğini sulandırırdı. O söyledi, ben değil."

"Ben, şey..." Siyah pakete bakıyorum. "Şeref duydum."

"Şeref duymalısın. Baban bu sayfaları asla okumadı. Bunu muhtemelen en yüksek fiyatı verene satardı internetinde."

"Bay Raizo, büyükbabamın ne istediğini söyler misiniz bana?"

"Bir dobra soru daha." Amiral kanyağının kalanını içiyor. Kravat iğnesindeki mücevher, okyanus derinliği mavisi ışıklar saçıyor. "Sana bunu söyleyeceğim. Yaşlanmak, kazanılması mümkün olmayan bir kampanyadır. Bu savaş boyunca çirkin sahnelere şahit oluruz. Gerçekler dolaplara dönüşür. İnanç yalancılar arasındaki alaycı hareketler olur. Fedakârlıklar gereksiz aşırılık sayılır. Kahramanlar yaşlı dangalaklara döner, yeni dangalaklar kahraman olur. Etik, spor giyimdeki logolara dönüşür. Büyükbabanın ne istediğini mi soruyorsun? Söyleyeyim. Ne istiyorsan onu istiyor. Ne daha fazlası, ne daha azı."

Kadınlar meclisi vahşice gülerek bölüyor her şeyi.

"Nedir o?"

Amiral Raizo ayağa kalkıyor. Şef garson hemen bastonla geliyor. "Anlam."

Ω

1 Ağustos 1944

Sabah, bulutlu. Öğlen, hafif yağmur. Nagasaki'den gelen trendeyim. Yamaguçi bölgesindeki Tokuyama'ya olan seyahatim daha saatler sürecek ve gideceğim yer olan Otsuşima Adası'na yarın sabaha kadar varamayacağım. Geçen hafta sonu iki söz arasında kalmıştım, Takara, bir sözüm sanaydı: İmparatorluk Donanması'ndaki eğitimimle ilgili her şeyi sana anlatmak. İkinci sözümse ülkeme ve imparatoraydı: Taarruz kuvvetleri eğitimim hakkındaki her şeyi kayıtsız şartsız gizli tutmak. Bu günlüğü tutmamın amacı ikilemimi çözmek. Bu sözcükler senin için. Sessizliğim imparator için.

Sen bu sözcükleri okurken Anne seni ölümümden ve sonrasında terfi ettiğimden haberdar eden bir telgrafı çoktan almış olacak. Belki sen, Anne ve Yaeko ağlıyorsunuzdur. Belki sen ölümümün ne anlama geldiğini merak ediyorsundur. Belki sen külüm, kemiğim, aile mezarlığında bir yerim olmamasına üzülüyorsundur. Bu günlük avuntum, anlamım ve vücudum. Deniz güzel bir mezar. Ağlarken aşırıya kaçma.

Bırak ben başlayayım. Savaş durumu hızla kötüleşiyor. İmparatorumuzun kuvvetleri Solomon Adaları'nda büyük kayıplar verdi. Amerikalılar Ryuku Adaları'nı ele geçirmek amacıyla Filipinlere saldırıyorlar. Merkez adaların tahrip olmasını önlemek amacıyla olağanüstü tedbirler alındı. Bu yüzden İmparatorluk Donanması kaiten programını geliştirdi.

Kaiten, modifiye edilmiş tip 93 torpidosudur: Pilot için kokpiti olması dolayısıyla dünyanın en iyi torpidosudur. Kaiten yönlendirilebilir, hizalanabilir ve su düzeyinin altından düşman gemisine gönderilebilir. Hedefin yok edilmesi teorik açıdan kesindir. Teknik bilgiden hoşlandığını biliyorum, Takara, işte geliyor. Bir kaitenin boyu 14.75 metredir. 550 beygir gücünde bir motoru vardır ve yüzeyde hava kabarcığı oluşturmayan likit oksijenle çalışır, bu da saldırının görünmez olmasını sağlar. Kaiten 25 dakika boyunca saatte 56 kilometre hızla ilerleyebilir, böylece en büyük gemilerden bile daha hızlı gidebilir. Kaiten 1.55 tonluk TNT savaş başlıklıdır, büyük bir güçle patlar. I-sınıfı denizaltılara dört kaiten monte edilebilir. Denizaltılar düşmanın saldırılabilir uzaklıkta demirlenmiş araçlarına yaklaşıp kaitenleri fırlatacak. Bu yeni ve tayfalı torpido Büyük Doğu Asya Ortak Refah Alanı'ndaki kayıpların tarafını değiştirecek, Amerikan Donanması'nı kaygılandıracak ve sonunda yok edecek. Pasifik Okyanusu, Japon gölü olacak.

Nara ve Tsuçiura'daki deniz hava üslerinde kaiten programı için 1375 gönüllü yaşamını ortaya koydu. Zorlu seçim prosedürlerini sadece 160 kişi geçti. Tsukiyama adının nasıl şerefleneceğini ve hatırlanacağını görüyorsun ya kardeşim.

2 Ağustos

Sisli sabah, sıcak ve bulutsuz bir öğle. Tokuyama'daki askeri polis kışlasının hücrelerinde kaiten kursiyerleriyle beraber uyandım, konaklama yerleri geçen ayki bombalı saldırılarda yok edilmiş. Bir bomba yakıt deposunu tahrip etmiş, ilerleyen saldırılarda liman ve kasabanın büyük bölümü yerle bir olmuş. Büyük bir sandal bizi bu harabeden alıp Otsuşima'ya götürdü. Kısa bir seyahat, sadece 30 dakika sürüyor ama tezat daha kesin olamaz. Otsuşima pirinç tarlalarıyla çevrilmiş huzur dolu ormanların bulunduğu dağlık bir bölge. Kaiten merkezi ve torpido çalışmaları adanın deniz seviyesine inen "boynunda."

Asteğmen Hiroşi Kuroki ve Asteğmen Sekio Nişina, kaitenin iki mucidi, sandalımızı karşılayarak paha biçilemez bir şeref verdiler bize. Bu adamlar yaşayan efsane, Takara. Deniz Kuvvetleri komutanı başta taarruz kuvvetlerinin kullanılması konusunda isteksizmiş ve Asteğmen Kuroki ve Asteğmen Nişina tarafından sunulan kaiten önerisini geri çevirmiş. Bu iki kişi, Deniz Kuvvetleri Komutanı'nı samimiyetleri konusunda ikna edebilmek için tekliflerini kendi kanlarıyla yazılmış olarak tekrar sunmuşlar. Bütün bunların yanında neşeli ve alçak gönüllü arkadaşlar. "Otsuşima Oteli" diye espriler yaparak kışlalarımızı gösterdiler. Dönüşte, günün geri kalanı boyunca süren teknik konuşmalar yaptılar ve merkez gezisini yarına ertelediler.

3 Ağustos

Rüzgârlı hava şartları. Deniz dalgalı. Kaiten merkezini çevreleyen duvarlar yaklaşık olarak altı beysbol sahası büyüklüğünde bir alanı içine alıyor, burada 500-600 kişi çalışıyor. Güvenlik çok sıkı; adada yaşayanlar bile merkezin asıl amacından habersiz. Merkezde bir kışla, bir yemekhane, üç torpido fabrikası, tip 93 torpidoları kaitene dönüştürmek için bir atölye, bir idman sahası, bir tören meydanı, yönetim binaları ve liman var. Atölyeden başlayan dar bir demiryolu 400 metre kayanın oyulmasıyla bu gece eğitimin başladığı kaiten fırlatma rıhtımına ulaşan bir tünele giriyor. İlk kaiten çalışması Asteğmen Kuroki'nin co-pilotluğunda yapılacağı için Nara'daki sınıf arkadaşım Takaşi Higuçi'yle taş-kâğıt-makas oynadım. Taşı benim makasımı kırdı! Her neyse, benim sıram yarın gelecek.

4 Ağustos

Bunaltıcı, nemli, sıcak hava. Facia çok erken geldi. Dün gece Asteğmen Kuroki ve Teğmen Higuçi, Otsuşima'nın kuzey tarafındaki çalışmalarından geri dönemediler. Kurbağa adamlar geceyi onların kaitenini arayarak geçirdiler. Sonunda şafaktan hemen sonra, fırlatma rıhtımının 300 metre açıklarında deniz dibi çamuruna gömülü halde bulundu; fırlatılalı 16 saat olmuştu. Kaitenlerde iki acil çıkış kapısı olmasına rağmen, bunlar sadece suyun üstünde açılabiliyor. Sualtında sudaki basınç onları sımsıkı kapalı tutuyor, asla açılamıyorlar. Bir kaitende 10 saatlik hava bulunur; iki pilot, bu zamanın yarıya inmesi demektir. Bu ölümcül arızayla ilgili 2000 karakterlik teknik veri ve gözlem yazarak fedakârlıklarının boşuna olmadığını gösterdiler. Kâğıtları bittiğindeyse sözcükleri kokpit duvarına tornavidayla kazımışlar. Yakma törenlerinden henüz döndük. Asteğmen Nişina zafer kazanacağı kaiteninde Kuroki'nin de küllerini taşıyacağına yemin etti. Tabii ki ağır bir havası var ama kardeşlerimizin hayatlarının boş yere harcanmadığını gösterme kararlılığıyla hırçınlaştık da. Benim kalbimse suçluluk duygusuyla ağır. Kumandan Ujina'ya özel bir görüşme için yalvardım ve ona Higuçi'nin ruhuna karşı nasıl özel bir sorumluluk duyduğumu söyledim. Kumandan Ujina ricamı göz önünde bulunduracağına ve ilk kaiten saldırısına benim de katılacağıma dair söz verdi bana.

9 Ağustos

Hava aşırı derecede sıcak. Bu kısa sessizliği affet, Takara. Eğitim tam gaz devam ediyor, gün içinde oturup günlüğüme yazmak için on dakika bulmak bile imkânsız. Geceleri de başımı yastığa koyduğum an uyuyakalıyorum. Süper haberlerim var. Sabah yoklamasında ilk kaiten saldırılarında görevli isimler bildirildi ve "Tsukiyama" bu isimlerin arasında! Bölüğümüzün amblemi kikusui. Bu, İmparator Godaigo'nun savaşçısı Masaşige Kusunoki'nin asalet arması olan suda yüzen krizantemdir. Minatogava Savaşı'nda Kusunoki'nin 700 savaşçısı 35.000 Aşikaga haininin saldırısına karşı savaştı ve Kusunoki 11 derin yara aldıktan sonra kardeşi Masause'yle birlikte seppuku yaptı. Sembolizm açık. Biz 700'üz. Sevgili imparatorumuza bağlılığımız en üstün olandır.

Dört donanmadan her biri 4 kaiten taşıyacak. Kumandan Zenji Orita'nın kaptanlığını yaptığı *I-47*, Asteğmen Nişina, Sato, Watanabe ve Teğmen Fukuda'yı taşıyacak. *I-36*, Teğmen Yoşimoto, Asteğmen Toyozumi, İmanişi ve Kudo'yu taşıyacak.

I-37'de Teğmen Kamibeppu ve Murakami ile Asteğmen Utsunomiya ve Kondo olacak. Kaptan Yokota'nın yönetimindeki *I-333* Asteğmen Abe ve Goto ile Asteğmen Kusakabe ve Tsukiyama Subaru'yu taşıyacak. Bildirimden sonra aynı donanmadakiler aynı odada uyuyabilsinler diye kışladaki yerlerimiz yeniden düzenlendi. *I-333* ikinci katta ve en sonda, pirinç tarlalarına bakıyor. Geceleri kurbağa sesleri dökümhanenin sesini bastırıyor. Nagasaki'deki odamızı hatırlıyorum.

12 Ağustos

Hava serin ve sakin. Deniz, maket yatlarımızı yüzdürdüğümüz Nakajima nehri gibi dümdüz. Bugün eğitimimiz hakkında yazacağım. Kahvaltıda Krizantemler ve Kurular olarak ikiye ayrıldık. Eğitim için sadece 6 kaiten olduğundan çalışma sırasında bize öncelik veriliyor. Saat 08.30'da kaiten fırlatma rıhtımına giden tünele giriyoruz. Kaitene girdikten sonra bir vinç bizi denize indiriyor. Genelde bir kokpitte iki kişi oluyoruz. Tabii ki yer yok ama iki kişi olmak yakıttan tasarruf etmemizi sağlıyor, "bir damla petrol bir damla kan kadar değerli." Eğitmenimiz gövdeyi yumrukluyor, biz de başlamaya hazır olduğumuzu göstermek için içeriden yumrukluyoruz. İlk olarak inişlerin üzerinden geçiyoruz. Sonra kronometre ve jiroskoplu pusula kullanarak navigasyon sorununun üstesinden geliyoruz. Hedef bir gemi tespit ediyoruz ve pruvanın altından geçerek saldırı simülasyonu yapıyoruz. Geminin omurgasındaki üst parçayı kırmamaya dikkat etmek gerek; P üssündeki 2 kaiten pilotu bu şekilde öldü. Ayrıca Asteğmen Kuroki ve Teğmen Higuçi gibi çamura saplanmaktan da korkuyoruz. Böyle bir şanssızlık olursa, TNT'den çok deniz suyuyla dolu olan savaş başlığına basınçlı hava vermek gerekiyor ki kaiten su yüzeyine çıkabilsin. Bu su yüzeyine çıkma teorisini kimse test etmek istemiyor. En çok korktuğumuz şey ise eğitim kaiteni ziyan olduktan sonra hayatta kalmak. Bu beş gün önce Yokohamalı talihsiz bir kursiyerin başına geldi. Hemen atıldı ve ondan bir daha bahsedilmedi. Rıhtıma veya ana limana döndükten sonra, kursumuza bağlı olarak, gözlemlerimizi Kurularla paylaşmak üzere oturumlara katılıyoruz. Öğlen sıcağı geçtikten sonra sumo güreşi, kendo, atletizm ve rugby çalışmaları yapıyoruz. Kaiten pilotlarının fizik kondisyonu birinci sınıf olmalıdır. Babamızın sözlerini hatırla, Takara: Vücut beynin en dış tabakasıdır.

14 Ağustos

Hava başta iyiydi ama öğlene doğru bulutlandı. Bugünkü eğitimim motordaki bozukluk yüzünden iptal edilince sana *I-333* kardeşlerim hakkında yazmak için bir saatim oldu. Liderimiz Yuka Abe 24 yaşında, Peers mezunu ve Tokyolu. Babası 1905 yılındaki Tsuşima Deniz Savaşı'nda *Şimantogava*'daymış. Abe her konuda mükemmel olan bir süper insan. Kürek, navigasyon, haiku yazmak. Son dokuz yıldır oynadığı her satranç maçını kazandığını ağzından kaçırdı. Onun kaiteninde "İmparatorun Tam İsabet Oku" yazıyor. 22 yaşındaki Şigenobu Goto, Osakalı tüccar bir aileden geliyor, süründürmeden öldüren bir zekâya sahip. Hemen her gün farklı kızlardan aşk mektubu alıyor ve üste kadınların az olmasından şikâyet ediyor. Abe tek bir sözcükle karşılık veriyor: Saflık. Goto herkesi ve her şeyi taklit edebiliyor. İstek bile alıyor: Tuvalette yılan saldırısına uğramış Çinliler, tuba içine fırlatılan Tokohulu kadın balık satıcısı. Satranç oynarlarken Abe'nin dikkatini dağıtmak için seslerini kullanıyor. Goto'nun kaiteninde "Yankee'lere İlaç" yazıyor. Üçüncü üyemiz İssa Kusakabe. Kusakabe benden bir yaş büyük, sessiz ve eline geçen her şeyi okuyor. Teknik kullanım kılavuzları, romanlar, şiir, savaş öncesine ait dergiler. Her şey. Bayan Oşige (Otsuşima'daki "anne"miz, yeni bir denizaltını test ettiğimize inanıyor) Kusakabe'ye her hafta okul kütüphanesinden bir kitap getirmesi için bir çocuk ayarlardı. Onda bir cilt Shakespeare bile var. Abe, modası geçmiş bir Batılının eserlerinin Japon bir savaşçı için uygun olup olmadığını sordu. Kusakabe, Shakespeare'in İngilizce kabuki[27] olduğunu açıkladı. Abe, Shakespeare'in ayartıcı etkileri olduğunu söyledi. Kusakabe, Abe'ye hangi oyunları düşünerek böyle söylediğini sordu. Abe cevap vermedi. Sonuçta ahlakı herhangi bir şekilde sorgulanabilir olsaydı, kaiten pilotu olmak için gönüllü olmazdı Kusakabe. Onun kaiteninde bir slogan değil de bir mısra yazıyor. "Düşman on bin kez bağırabilir, biz tek bir söz söylemeden fethederiz." Bizim bölüğün şef mühendisi Kaygan'dan bahsetmeden geçmemeliyim. Lakabı devamlı yağlı ve siyah olan ellerinden geliyor. Kaygan üsteki en yaşlı adamlardan biri. Yaşı konusunda kesin bir cevap vermiyor, ama babamız olacak yaşta. Goto muhtemelen babamız olduğu konusunda şakalar yapıyor. Kaygan'ın gerçek çocukları, kaitenleri. Bu arada kaitenime bir şey yazmamaya karar verdim. Fedakârlığım, benim sloganım ve anlamı olacak.

◆

Gözlerimi biraz dinlendirmek üzere günlüğü Akan Yıldız'ın tezgâhına koyuyorum, sayfalar iyi durumda ancak kalem darbeleri solarak hayalet satırlara dönüşüyor. Ayrıca çoğu kanji harfi belirsiz, bu yüzden devamlı sözlüğe başvurmak zorundayım. Bir kutu diet Pepsi açıyorum ve yeni imparatorluğumu inceliyorum: Film masaları, yığınları, rafları. Sümüklü uzaylılar, parıldayan gladyatörler, gıcırdayan idoller. Soft rock iyi para kazandırıyor. Burada olmadığım hafta Fujifilm'in yanındaki eski ayakkabı tamircisi Kentucky Fried Chicken satış noktasına dönüştürülmüş. Dışarısın-

27. Geleneksel Japon tiyatrosu. (ç.n.)

da gevşek bir "Yakında Açılıyor" pankartının altında Albay Sanders'ın bire bir boyutlu korkunç bir heykeli duruyor. Albay, tapınaktaki Ebisu heykeli gibi şişman ve sırıtkan. KFC insanı bu kadar şişmanlatıyor mu?

Buntaro ve Maçiko şimdi JHY uçağında, Pasifik'in üstünde bir yerdedirler. Bay Raizo'yla buluşmadan döndüğümde taksinin gelmesine daha doksan dakika varken bile Buntaro çılgın gibiydi. Ya bilgisayar çökerse? Ya monitör bozulursa? Ya yağmur balıkları sıçratırcasına yağarsa? Maçiko onu taksiye bindirdi. Monitörde ne olursa izleyebilirim ama seçemeyeceğim kadar çok film var burada, ben de aynı Tom Hanks filmini bütün gün döndürüyorum. İki ile beş arasında iş oldukça sakin, ofisler ve okullar dağılmaya başlayınca meşgul oluyorum. Düzenli müşteriler beni görünce şaşırıyor, hemen Maçiko'nun düşük yaptığı sonucuna varıyorlar. Onlara Ogisoların tatilde olduğunu söyleyince Buntaro'yla Maçiko'ya çaydanlık olup Tibet'e uçmalarını söylemişim gibi davranıyorlar. Kim olduğum biraz hassas bir soru, benim anlaşılmaz ev sahibim kapsülümü vergi bürosunu düşünmeden başkasına devrediyor. Öğrenciler korkunun etrafında kümeleniyorlar; çalışan bayanlar sarışın yıldızların oynadığı Hollywood filmlerini, erkek işçilerse *Sessiz Pam Amsterdam*'da ve *Sosisli Akademi* gibi filmleri kiralıyorlar. Çoğu müşteri filmleri geç getiriyor, tarihleri hep kontrol etmek zorundasın. Bayan Sasaki 7.30'da geliyor; Ben, kediyi beslemek üzere yukarı; sonra da kendimi beslemek üzere yandaki KFC'ye koşturuyorum. Albay Sanders'ın tavuğu talaştan yapılıyor. Bayan Sasaki Ueno'daki görevime başka birinin alındığını söylüyor ve bu eski işim konusunda nostalji hissetmeme neden oluyor. *Tokyo Star*'ı bana bırakıyor, pazartesi günü iş ilanları eki var. Yemek taşıyıcılığı, tele-satış, raf düzeltme veya posta kutusu doldurma alanlarında kariyer yapmak istersem Tokyo dünyadaki cennet. Kedi merdivenlerde görünüyor, saklanarak geçirdiğim hafta boyunca kapsül kapımı nasıl açabileceğini öğrenmiş. Ona geri gitmesini söylüyorum ama beni duymazlıktan geliyor, iade edilmiş filmlerden birini yerine koyduktan sonra kediyi tezgâhın yanındaki sandalyeye kurulmuş buluyorum ve sallanan sandalyeye oturmak zorunda kalıyorum. Fujifilm saatin 10.26 olduğunu söylüyor. İş bitiyor.

Ω

2 Eylül

Hava sıcak ama şimdilerde akşamları serinliyor. Bugün mektubunu ve Anne'yle Yaeko'dan gelen, bin ilmik kemerinin bulunduğu paketi aldım, Takara. Görevimin gerektirdiğini göz önünde bulundurursak kemere işlenmiş beş sen'lik bozukluklar beni ölümden korumayacak, ama kaitenimden her çıktığımda saracağım onu belime. Abe, Goto, Kusakabe ve ben evden gelen mektuplarımızı sesli okuyoruz, onlara erkek kardeşimin kurşun fabrikasında binbaşı yardımcısı olduğunu söylediğimde Tengu gibi gururlandım. Sizin oyunlarınız askeri eğitime benziyor: Rooseveltlere ve Churchillere bambu süngülerle hücum etmek. Ayrıca paraşüt fabrikasındaki Yaeko da devamlı aklımda. İlmikleri Nara Deniz Hava Akademisi'ndeki sınıf arkadaşlarımın hayatlarını kurtarabilir. Tsukiyama hazinelerini pirinçle değiştirmen Anne için çok zor olmalı ama Baba'nın ve atalarımızın anlayacaklarını biliyorum. Savaş, kuralları değiştiriyor. Patlamalardan korunmak için pencereleri bantlarla kapatman akıllıca olacaktır. Nagasaki hep şanslı bir şehir olmuştur, düşman saldırırsa şehrin bizim yaşadığımız tarafını değil tersaneleri hedef alacaktır. Her şeye rağmen tüm önlemleri almak gerekir.

Sana çok yakında cevap yazacağım. Artık cevaplarımda sorduğun her soruya neden karşılık bulamadığını biliyorsun.

9 Eylül

Hava ılık, yumuşak ve güzel. Bugün 20 yaşıma girdim. Ulusal buhran zamanında doğum günümü kutlamak uygunsuz olurdu, ben de savaş başlığı dersinden sonra, akşam yemeğinden önce gizlice diğerlerinden ayrıldım. Günbatımını doğum günü hediyem olarak kabul ettim minnetle. İçdeniz'de gün batımı öylesine güzel ki. Bu akşamki Yaeko'nun erik reçelinin renginde. Uraşima Taro'nun hikâyesini hatırlıyor musun? Dev kaplumbağayı kurtarıp denizaltı sarayında üç gün kalmasını ama döndüğünde üç neslin gelmiş olmasını? Bu yerin doksan sene sonra nasıl görüneceğini, Daha Büyük Doğu Asya Savaşı'nın geçmiş bir olay olup olmayacağını merak ettim. Savaş kazanıldığı zaman çocuklarını Otsuşima'ya getir. Karagöz balığı lezzetli, İçdeniz midyesi de öyle. Yemekhaneye dönmek üzereydim ki, Abe, Goto ve Kusakabe yanıma geldi. Abe bir şekilde doğum günümü öğrenmiş ve Bayan Oşige'ye söylemişti, kadın da tavuk şiş hazırlamayı başarmıştı. Kusakabe ateş yaktı ve akşam yemeğini sahilde yedik, Goto'nun kantin görevlisinden aldığı ev yapımı sakiden içtik. İçki suratlarımızı felç edecek kadar sertti ama hiç bu kadar lezzetli bir yemek yememiştim, Anneninkiler dışında tabii.

13 Eylül

Ilık bir sabah, bunaltıcı bir öğle. Üste grip salgını var. Ben 24 saattir 39 derece ateşle revirde yatıyorum. Şimdi iyileşmeye başladım. Garip rüyalar gördüm. Bir rüyamda, düşman uçak gemisi bulmak amacıyla kaitenimle Solomon Adaları'nın etrafında dolaşıyordum. Her şey öylesine maviydi ki. Kendimi köpek balığı gibi güçlü hissediyordum. Birden Bayan Şiomi'nin oğlunun –kendini bir bombayla Nomonhan'daki bir Rus tankının altına atan çocuk– kaitenimde olduğunu gördüm. "Kimse sana söylemedi mi?" dedi. "Savaş bitti." Kimin kazandığını sordum ve sonra Şiomi'nin gözlerinin olmadığını gördüm. "İmparator Amerikalıları saray bahçesinde ördek avlatarak eğlendiriyor. Böylece kendini kurtarmayı umuyor." Tokyo Limanı'na gidip en azından bir düşman gemisini batırmam gerektiğine karar verdim ve kaitenimi kuzeye yönlendirdim. Hızlanmam vücudumu geriye itiyordu ve uyandığımda geçmişi veya geleceği, doğumumu veya ölümümü hatırladığımı hissettim. Daha sonra Kusakabe ve Goto ziyaretime gelip navigasyon dersinde aldıkları notları verdiler ama rüyam hakkında hiçbir şey söylemedim.

2 Ekim

Bütün gün çiseledi. Bu öğleden sonra gizli bir toplantıyla Kikusui hedef bölgeleri bildirildi.

I-47 ve *I-36* sadece Filipinler'de bulunan, 10 gün önce Amerikalılar tarafından ele geçirilmiş büyük bir lagün olan Ulithi'ye gidecek. *I-37* ve *I-333* Palau Adaları'nda demirlenmiş Kossol Gemisi'ne saldıracak aynı anda. Bu çifte saldırının amacı düşman kuvvetlerine mümkün olduğu kadar çok zarar verildiğinden emin olmak. Baba'nın atlasında Palau Adaları'nı bul, Takara. Denizlerin nasıl canlı bir mavi olduğunu görebilirsin. Nerede olduğumu merak ettiğin zaman hatırla: Kardeşin denizin mavisinde.

Abe ve Kusakabe arasındaki geçimsizlik gittikçe büyüyor. Bölük liderimiz Kusakabe'ye satranç maçı oynamayı teklif etti ama Kusakabe geri çevirdi. Abe onunla alay etti: "Kaybetmekten mi korkuyorsun?" Kusakabe ilginç bir cevap verdi: "Hayır, kazanmaktan korkuyorum." Abe gülümsemeye devam etti ama kızdığı belliydi. Beraber ölecek kardeşler bu şekilde tartışmamalı.

10 Ekim

Hava açık. Bu sabah çimlerde çiy vardı. Bu öğleden sonra Kaygan, adamları ve ben kaitenimizi tünelden fırlatma rıhtımına doğru iterken hava baskınını bildiren sirenler çaldı. Bu konuda hiçbir talim yapılmamıştı. Kumandan hoparlörlerden emirler yağdırırken tünel fırlatma rıhtımından gelen adamlarla doldu. TNT derinlerdeki bir sığınakta güvendeydi, denizaltılar koydan çekilmişti ve gergin bir şekilde B29'ların sesini bekledik. Bombalardan biri atölyelerden birini vurursa, proje çok kritik haftalar boyunca gecikebilir. Kaygan, kara saldırısının Amerikalıların Okinawa'ya saldırdığı anlamına gelip gelmediğini sordu. Çok fazla dedikodu duyuyoruz ve güvenilir haberler çok az. Gergin geçen kırk dakikadan sonra tehlike geçti sireni duyuldu. Belki heyecanlı bir gözcü bizim Zerolarımızı düşman uçaklarıyla karıştırdı.

13 Ekim

Mutluluk verici öğleden sonra güneşi. Akşam gelen bulutlar. Bu günlüğü tekrar okuyunca üssün havasını anlatmayı başaramadığımı fark ettim. Tecrübelerime göre eşsiz bir hava bu. Mühendisler, eğitmenler, pilotlar ve öğrenciler, herkes aynı sonra doğru çalışıyor. Hayatımda hiç bu haftalardaki kadar canlı hissetmedim kendimi. Hayatımın bir anlamı var: Anavatanımı savunmak. Disiplin çok sıkı. Her askeri üste olduğu gibi aynı talim ve soruşturmalardan geçiyoruz. Ama sıradan kamplardaki acemilerin taciz edilmesi, askerlerin baş aşağı asılıp dövülmesi gibi aşırılıklar Otsuşima'da yoktur. Düzenli olarak sigara, şeker ve gerçek beyaz pirinç payımızı alırız. Tek pişmanlığım yemeklerimi seninle, Anne'yle ve Yaeko'yla paylaşamıyor olmam. Şekerleri senin için yastığımda biriktiriyorum ve Goto'yla veya öğrenci kardeşlerimle şekerine kumar oynamayı reddediyorum.

18 Ekim

Bütün gün sağanak yağmur. *Zuikaku* hâlâ suda ve Baba da muhtemelen hayatta! Abe, Anne'ye hemen telgraf çekebilmem için askeri hatları ayarladı. Haberi bugün Otsuşima rıhtımına yanaşan *I-333*'ün kaptanı Tsuyoşi Yokota'dan aldım. Kaptan Yokota yedi gün önce Leyte Körfezi'nde keşif gezisi yaparken *Atago*'dan Amiral Kurita'yla konuşmuş. Baba'nın hâlâ hayatta olduğu ve bizi düşündüğü kelimelerle anlatılamaz bir mutluluk veriyor bana. Bir gün bu günlüğü elinde tutabilir! Kaptan Yokota, *Zuikaku*'nun Pearl Harbor'dan sonra büyülü bir gemi olarak değerlendirildiğini söylüyor. Güney Pasifik Okyanusu'na gönderilen sivil mektupların öncelik sırasında çok aşağılarda olduğunu unutma, bir şey gelmezse cesaretin kırılmasın. Bu akşam, Kikusui Grubu üyelerinin hedef bölge için ayrılmadan önce 4 günlük bir tura çıkacağı bildirildi.

20 Ekim

Güzel bir gün, serinletici meltemler esiyor. İyilik eden iyilik bulur. Kumandan Ujina akşam yemeği boyunca haberleri hoparlörden okudu, biz de dün Filipinlerde kazanılan olağanüstü kamikaze başarısını duymuş olduk. Beş Amerikan uçak gemisi ve altı muhrip batırıldı! Tek bir işaretle! Tabii ki Amerikalı vahşiler bile iç adalara saldırmanın umutsuzluğunu anlayacaktır. Teğmen Kamibeppu sandalyesine çıktı ve yaşamlarını Sevgili İmparator Hirohito'ya feda eden cesur havacılarımızın ruhuna kadeh kaldırdı. Bu kadar duygulu bir konuşmayı çok nadir duyarım. "Sadece ruh mu yoksa metal mi? Hangisi daha güçlüdür? Ruh metali büker ve delikler açıp mahveder. Metalse dumandan bir ipi kesen makastan daha fazla zarar veremez ruha." Aynı kadehin bizim ruhlarımıza da kaldırıldığı günü hayal ettiğimi itiraf etmeliyim.

28 Ekim

Bugün hafif yağmur var. Yeni *I-333*'ler bugün kullanılmaya başlandı. Yeni kaitenler, eğitim kaitenlerinden daha hadisesizler. Beklenenden daha uzun süren bir test döneminden sonra yağmurda koşarak idman sahasından geçerken erzak hangarına yaslanmış bir halde sahayı dikizleyen Kusakabe'yle neredeyse çarpışıyordum. Dikkatini neyin çektiğini sordum. Kusakabe çamur gölünü gösterdi ve kısık sesle konuştu. "Bir saniye önce doğan daireler yaşarken yeni daireler doğuyor. Bir saniye önce doğan daireler, yeni daireler doğunca ölüyor." Tam bir Kusakabe yorumu. Ona gezgin bir şair-papaz olarak doğması gerektiğini söyledim. Bir zamanlar belki de öyle olduğunu söyledi. Bir süre çamur gölünü seyrettik.

2 Kasım

1944 yılının öldürücü sıcağı. Nagasaki'den son kez döndüm. Bu hatıralar sana da ait, bu yüzden onları burada anlatma gereği duymuyorum. Anne'nin yaptığı yokan'ın[28] ve Yaeko'nun kabak kızartmasının tadını hâlâ alabiliyorum. Tren yolculuğu uzun zaman aldı, çünkü motor devamlı bozuldu. Askeri otomobile yüksek rütbeli askerler tarafından el konuldu, bu yüzden ben de Mançukuo'dan gelen mültecilerle dolu bir otomobilde yolculuk etmek zorunda kaldım. Sovyet vahşetini ve Çinli uşaklarının ihanetlerini anlatan hikâyeleri korkunçtu. Baba'nın geçen yirmi yılda kolonicilere katılmadığına öyle minnettarım ki. Senden bir yaş küçük bir kız Tokyo'daki teyzesini bulmak için tek başına yolculuk ediyordu. Japonya'ya ilk kez geliyordu. Boynunun etrafında bir ceset külü kabı vardı. Bu kapta Mukden'de ölen babasının, Karafuto'da ölen annesinin ve Sasebo'da ölen kız kardeşinin külleri vardı. Uyuyakalıp yaşadığı sınır kasabası gibi küçük bir yer zannettiği Tokyo'yu kaçırmaktan korkuyordu. Teyzesini insanlara sorarak bulabileceğini sanıyordu. Tokuyama'da paramın yarısını mendile sarılmış bir şekilde

28. Barbunya, deniz yosunu jölesi ve şekerle yapılan yoğun bir Japon tatlısı. (ç.n.)

verdim ona ve reddedemeden önce oradan ayrıldım. Onun için korktum. Hepsi için korktum.

◆

Gece yarısı sonrası karanlığında kapsülümde duş almış bir halde çıplak yatarken "Golemler" diyorum telefonun öbür ucundaki Ay'a, "zombilerden tamamen farklıdır. Tabii ki ikisi de ölüdür ama golemi mezarlık çamurundan aşağıda gömülü ölünün biçiminde yoğurursun, sonra da vücuduna gizemli bir işaret bırakırsın. Golemleri sadece bu işareti silerek öldürebilirsin. Zombileri kafasını keserek veya alev makinesiyle ateşe vererek kolayca öldürebilirsin. Zombileri genelde morgdan çalınan vücut parçalarıyla yaparsın veya kısmen bozulmuş vücutları canlandırırsın."

"Nekrofili, Kyuşu liselerinde zorunlu ders mi?"

"Şu an bir video dükkânında çalışıyorum. Böyle şeyleri bilmek zorundayım."

"Konuyu değiştirsene."

"Tamam. Neden bahsedelim?"

"Önce ben sordum."

"Peki, hep hayatın anlamının ne olduğunu bilmek istemişimdir."

"Macadamia fındıklı dondurma yemek ve Debussy dinlemek."

"Ciddi bir cevap ver."

Ay pozisyon değiştirirken mırıldanıyor. "Sorun cidden yanlış."

Onu uzanırken hayal ediyorum. "Sorum ne olmalıydı peki?"

"'Sana göre hayatın anlamı nedir?' olmalıydı. Bach'ın *Well-Temper'd Clavier* eserini ele alalım mesela. Bana göre moleküler uyum demek bu beste. Babama göre bozuk bir dikiş makinesi. Bach'a göre mumcuya ödenecek para. Kim doğru söylüyor? Bireysel olarak hepimiz. Genel olarak hiçbirimiz. Hâlâ büyükbabanı ve onun kaitenini mi düşünüyorsun?"

"Galiba. Ona göre hayatın anlamı çok net ve değerli."

"Ona göre, evet. Yaşamını askeri grubun aşırı gururu için feda etmek benim 'geçerli' kavramıma uymuyor, ama dedene göre de beynim, sinirlerim ve kaslarımın izin verdiği ölçüde iyi piyano çalmayı öğrenmek çok gereksiz." Bu noktada kedi içeri giriyor. "Belki hayatın anlamı onu arama eyleminde gizlidir." Kedi susatıcı ay ışığında su içiyor.

◆

"Çok yer var!" Rüzgârlı bir sabah Buntaro telefona bağırıyor. "Bu kadar yerle ne yaparsın? Neden buraya yıllar önce gelmedim? Uçak dişçimden daha az zamanımı aldı. En son ne zaman Tokyo dışında tatile çıktığımı biliyor musun?"

"Hayır." Esnememi bastırıyorum.

"Ben de bilmiyorum, delikanlı. Tokyo'ya yirmi iki yaşında geldim. Şirketim transformatör üretiyordu, beni eğitime gönderdiler. Trenden Tokyo İstasyonu'nda iniyorum ve çıkışı yirmi dakika sonra buluyorum. Hayatımı bu cehennem deliğinde geçirmek düşüncesinden bile nefret ediyor muydum? Sanırım. Yirmi yıl geçti ve bak ne yaptım. Cennetteki tatilleri hiç unutma, delikanlı. Hiç yapmadığın şeyler konusunda çok fazla düşünüyorsun."

"Cennette herkes bu kadar erken mi kalkar?"

"Karım benden önce uyanmıştı. Kumsaldaki palmiye ağaçlarının altında geziniyordu. Okyanus neden bu kadar... anla işte... mavidir? Dalgaların kırıldığını balkonumuzdan duyabiliyorsun. Karım bitkin bir denizyıldızı buldu. Gerçek, yaşayan bir denizyıldızı."

"Sana göre deniz bu. Açıklamamı istediğin belli bir konu var mı?"

"Evet. Sorunlarını kısaca anlatırsın diye düşünmüştüm."

"Hangi sorunlarımı düşünmüştün?"

"Dükkânla ilgili sorunlarını."

"Akan Yıldız mı? Herhangi bir sorunum yok."

"Hiç mi?"

"Bir tane bile yok."

"Peki."

"Cennete dön, Buntaro."

Uyumaya çalışıyorum, sabah üçe kadar Ay'la telefondaydım, ama beynim dişlilerini döndürüyor. Fujifilm 07.45 diyor. Kedi su içiyor ve işe gidiyor. Sabah kendi fişini takıyor. Bir süre blues ezgileri karalıyorum, son üç Lucky Strike'ımı içiyorum, küf kolonisini kaşıkla aldıktan sonra yoğurt yiyorum ve *Milk and Honey* dinliyorum. Güneş ışığından bir uçurtma Anju'nun üstüne çöküyor.

İki gün boyunca kayıp olarak sınıflandırıldı ama kimse bana umudumu kaybetmememi söyleyecek kadar acımasız değildi. Doğrudur, turistler Yakuşima'da hep kaybolur ve çoğu zaman bir iki gün sonra ortaya çıkarlar veya kurtarılırlar. Ama yerliler asla o kadar aptal olamaz, on bir yaşındakiler bile, hepimiz Anju'nun boğulduğunu biliyorduk. Veda etmedi, gitti sadece. Sonraki sabah büyükannem on yıl yaşlanmıştı ve beni çok az tanıyormuş gibi bakıyordu bana. O gün ayrılırken önemli bir şey olmadı. Mutfak masasında otururken Kagoşima'ya gitmemiş olsam torununun hayatta olacağını söylediğini hatırlıyorum –ki ben de bunun fazla doğru olduğunu düşünmüştüm– düşünüyorum. Anju'nun kıyafetleri, oyuncakları ve kitaplarıyla çevrili olmak dayanılmazdı, ben de Portakal Dayı'nın çiftliğine gittim ve yengem uyuyabilmem için bir köşeyi temizledi. Akşamüstü Anju'yu arama çalışmalarının sonlandırıldığını bildirmek üzere polis memuru Kuma aradı. Portakal kuzenlerimin hepsi kızdır ve benden büyüktürler; ağlayabileceğimi, ne hissettiğimi anladıklarını, Anju'nun ölmesinin benim hatam olmadığını, hep iyi bir kardeş olduğumu söylediler devamlı. Sempati dayanılmazdı. Kardeşimi asla tekrarlanamayacak bir golle değişmiştim. Bu yüzden kaçtım. Yakuşima'da kaçmak kolaydır: Yaşlı kadınlar ayaklanmadan, sis denize inmeden önce yola çıkarsınız, rüzgârlı vadilerde sessizce yürürsünüz, sahil yolunu geçersiniz, çay tarlalarını ve portakal bahçelerini aşarsınız, bir çiftlik köpeğini havlattırırsınız, ormana girersiniz ve tırmanmaya başlarsınız.

Gök Gürültüsü Tanrısı'nın başı okyanusta kaybolduktan sonra büyükannemin evinin üstündeki bayırı aşıyorum. Hiçbir ışık yanmıyor. Yağmurun daima on dakika uzakta olduğu bir sonbahar günü. Tırmanıyorum. İsimsiz şelaleler, cilalı yapraklar, yeşil yığınlardaki kirazlar. Tırmanıyorum. Dallar sarkıyor, eğreltiotları havalanıyor, kökler dolanıyor. Tırmanıyorum. Yeteri kadar yükseğe ve derine tırmanabileceğimden emin olmak için fıstık ve portakal yiyorum. Bacağımda sülük var, sessizlik ürpertiyor, gün pıhtılaşıp gri bir öğlene dönüşüyor, zaman kavramı yok. Tırmanıyorum. Ağaç mezarlığı, ağaç boşluğu, ağaç savaşı. Ter serinletiyor. Tırmanıyorum. Bu kadar yukarıda her şey yosunla kaplı. Çoğu keder kadar hayat dolu, kar kadar boğucu, tarantula bacakları kadar tüylü. Burada uyusan yosun seni de sarar. Ayaklarım tutuluyor ve yalpalamaya başlıyorum, bu yüzden oturuyorum ve ormanın tepesinden puslu bir ay geliyor. Üşüyorum ve sedir ağacının tarihi bir gemi batığına benzeyen oyuğunda battaniyeme sarınıyorum. Korkmuyorum. Korkmak için kendinize değer vermeniz gerekir. Yine de üç gündür ilk defa bir şey istiyorum. Ormanın sahibi beni sedir ağacına çevirsin istiyorum. Çok yaşlı denizciler derler ki, ormanın sahibi, geceleri ağaçlarını sayarken ormanın derinliklerindeyseniz sayıma sizi de dahil edip ağaca çevirirmiş. Hayvanlar uluyor, karanlık kaynaşıyor, soğuk parmaklarımı iğneliyor. Anju'yu hatırlıyorum. Soğuğa rağmen uyuyakalıyorum. Yorgunluğuma rağmen uyanıyorum. Beyaz bir tilki, devrilmiş bir tomruğun yanından ilerliyor. Duruyor, başını çeviriyor ve insandan-daha-insan gözleriyle beni tanıyor. Dallarım arasındaki boşluklardan pus sarkıyor, bir zamanlar kulağım olan yere kuşlar yuva yapıyor. Ormanın sahibine teşekkür etmek istiyorum ama artık ağzım yok. Boş ver, aldırma. Bir daha hiçbir şeye aldırma. Uyandığım zaman kaskatıyım, ağaç değilim, sümüğü akan bir çocuğum, boğazım acıyor, ağlıyorum ve ağlıyorum ve ağlıyorum ve ağlıyorum ve ağlıyorum ve ağlıyorum.

Milk and Honey bitti, discman'im duruyor. Güneş ışığından uçurtma, hamamböceğinin duyargalarını tıngırdatarak beni izlediği ıvır zıvır rafına kaymış. Ayağa fırlayıp böcek öldürücüyü kapıyorum ama hamamböceği zeminle duvar arasındaki delikten içeri koşuyor; kutunun üçte birini içeri boşaltıyorum. İşte mamut avcısı pozunda, her şeyden yoksun bir halde kalakalıyorum. Anju on ikinci doğum gününden önce ölecektiyse neden hücre hücre, gün gün benimle birlikte büyüdüğünü anlamak için derinlere kaçtım. Cevabı asla bulamadım. İnişim sonraki gün kazasız bir şekilde oldu –Portakal evi topluca gülüyordu bana– ama geriye baktığımda düşünüyorum, derinlerden ayrıldım mı hiç? Eiji Miyake Yakuşima'da derinlere kök salmak, puslu bir dağ tarafında sedir ağacına dönüşmek demek değil mi? Babamı aramam belirsiz... geçici... bir şey değil mi? Fujifilm çalışmaya hazır bir halde Akan Yıldız'a gitmem gerektiğini söylüyor. Bütün bunların ne anlama geldiği konusunda endişelenemeyeceğim kadar hareketli bir gün daha. Şükürler olsun.

Ω

7 Kasım

Yumuşak bir hava, balık pulu gibi bulutlar. Gidiş ziyafetimizden sonra odamdayım. Balık, beyaz pirinç, kuru yosun, zafer kestanesi, konserve meyve ve bizzat imparator tarafından sunulan sakiyle doluyum. Bugün hava güzel olduğu için Kikusui mezuniyet seremonisi dışarıda, idman sahasında yapıldı. Kumandan Ujina'dan en düşük rütbeli mutfak görevlisine kadar üsteki herkes oradaydı. Üsteki, gemilerdeki ve denizaltılardaki yükselen güneş bayraklarının hepsi göndere çekilmişti. Bir bando Kimigayo[29] çaldı. Kaiten bölüğüne özel dikilmiş üniformalar giyiyorduk: Siyah, kobalt süslemeler, sol göğse işlenmiş yeşil krizantemler. 6. Filo'dan Amiral Yardımcısı Miwa özel adresini vererek bizi onurlandırdı. Eşsiz bir deniz taktikçisi olduğu kadar iyi bir konuşmacı da, sözleri kalbimize yazıldı. "Siz babalarınızı öldürüp analarınıza şiddet uygulayanlardan yüz yüze intikam alacak olanlarsınız. Başarısız olursanız barış asla sizin olamayacak! Ölüm tüyden hafiftir ama görev dağdan ağırdır! 'Kai' ve 'Ten', 'Dönüş' ve 'Cennet' anlamına geliyor. Bu yüzden size tavsiyem şudur, cennete dönün ki Tanrıların toprağında ışık yeniden parlasın." Tek tek kürsüye çıktık; amiral yardımcısı her birimize eski samuraylar gibi başımıza bağlamamız için Haçimaki, yaşamlarımızın imparator hazretlerinin iyeliğinde olduğunu hatırlatmak ve teslim olma felaketinin düşmanları vurmamızı engellemesi ihtimalini defetmek için seppuku kılıcı verdi. Kapanıştaki kimigayo boyunca imparatorun portresi önünde eğildik. Sonra bir rahip zafer için dua etmek üzere bizi şinto tapınağına götürdü.

Abe, Goto ve Kusakabe ailelerine mektup yazıyorlar, ben de öyle yapacağım ve yakılması için saç ve tırnaklarımı keseceğim. Sana son sözlerimi mektupta yazabilirim ama burada da yineleyeceğim: Takara, babam dönene kadar Tsukiyama ailesinin başı sensin. İleride ne gibi sınavlar olursa olsun, kılıcı koru. Oğullarına ve onların oğullarına Tsukiyama

29. Japon ulusal marşı. (ç.n.)

soyunun birliğini ve saflığını anlat. Ruhum yüceldikten sonra, yaşamlarını benim gibi imparatora veren sayısız kardeşimle birlikte Yasukuni tapınağında yaşayacak. Dua etmeye gel, kılıcımızı getir ve ışığın kılıç üzerinde dans etmesine izin ver. Bekliyor olacağım.

8 Kasım

Hava; güzel ve puslu. Akçaağaç yaprakları alev kırmızısı. *I-333* Otsuşima'dan ayrıldı. Çıkış seremonisi saat 09.00'da rıhtımda yapıldı. Çıkışımızın haberini yapmak üzere bir kamera ekibi de oradaydı. Sen veya arkadaşlarınız beni Nagasaki'deki sinemada görürsünüz diye geçerken kameraya el salladım, Takara. Teğmen Kamibeppu, Kikusui birimi adına bir konuşma yaparak eğitimcilerimize teşekkür etti ve hatalarımız için özür diledi; her kaiten pilotunun ülkemizin bizimle gurur duymasını sağlamak için elinden geleni yapacağını söyledi. Daha sonra her birimiz Bayan Oşige'ye teşekkür ettik. Kadın duygulandı ve konuşamıyordu ama sözcükler yüreğin mesajını lekeleyebilir. Subaylar şerefimize omiki[30] ile kadeh kaldırdılar ve denizaltıları çok yaşa tezahüratlarıyla yolcu ettiler. Bizler kaitenlerimizin üzerinde durduk ve Otsuşima'nın batı tarafından dönene kadar kıyıdaki sınıf arkadaşlarımıza el salladık. Balıkçı tekneleri ve eğitim kanolarından oluşan küçük bir filo bizi açık denizde gördü. Goto, Kusakabe'nin dürbünüyle balıkçıların kızlarına baktı. Abe demin bakım kontrolümüzün bir saat ileri atıldığını söyledi, yani sana *I-333*'ten bahsetmek için yarına kadar bekleyeceğim.

9 Kasım

Hava: Sabah yağmur, kabarık dalgalarla dolu bir öğlen. Kelimelerle arası iyi olan Goto, denizaltı hayatını "metal bir mataraya konup sele fırlatılmak" şeklinde tanımlı-

30. Sadece tanrılara sunulan saki. (ç.n.)

yor. Bu metal mataraya ön torpido odası, subayların odaları, ön akümülatör, pompa odası, gözetleme kulesi, kontrol odası, yemekhane, 60 adam için mürettebat odaları, baştan kıça kadar motor odaları, torpido odaları da dahil. Kaygan, *I-333*'ü demirden bir balinaya benzetiyor. Mürettebata şaşıyorum: Savaşın başlangıcından beri aktif görevdeler ve sadece 10 gün karaya ayak basmışlar! Ben bir gün sonra, koşmak veya beyzbol oynamak için yanıp tutuşuyorum. Otsuşima'daki şiltelerimizi özlüyorum; *I-333*'te düşmemizi engellemek için yanları yüksek dar raflarda uyuyoruz. Hava küf kokuyor ve her yer loş. Mürettebatın dayanıklılığına gıpta ediyorum. Yürümek bile kıvrılıp bükülmeyi gerektiriyor, özellikle de yolculuğun başında koridorlar yiyecek depolama için kullanılırken... İnsanın yalnız kalabileceği yalnızca iki yer var. Birincisi denizaltının içinden, denizaltı güvertesi ve kaiten alt ağzı arasına özel olarak yerleştirilmiş tüpler sayesinde ulaşılabilen kaitenler. Diğeriyse tuvalet. (Ancak denizaltı tuvaletlerinde oyalanmaya gelmiyor.) Ayrıca, Kaptan Yokota şartlar elverdiğinde köprüyü kullanmamıza izin verdi. Tabii ki güverteye çıktığımda görevli subaya bildirmeliyim, böylece acil dalış yapmamız gerekiyorsa öğrenebilirim. Akşam jimnastiğinden sonra gözetleme görevindeki sancak ekibine katıldım, gözetleme kulesinin sancağına çıktım. Geceleri kontrol odası, "karanlık için gerekli donanımlarla donatılıyor" sadece kırmızı ışığa izin var, böylece Kaptan veya gözcüler görüş kaybı olmadan güvertenin altını veya üstünü görebiliyorlar. Pruvadaki beyaz dumanı ve arkadaki köpükleri izledim. Ay ışığının olduğu gecelerde bu gibi şeyler bombacılar için gammaz işaretler. Sancak görevlisi bana sağdaki kıyının Kagoşima bölgesindeki Sata-misaki Burnu olduğunu söyledi. Japonya'nın sonu kırmızı bulutlarda kayboldu.

◆

"EjjjMyake!" Masanobu Suga ışıklı gecenin içinden Akan Yıldız'a dalıyor, içeride bir tur atıp yere düşüyor. Yeri kokluyor ve bana sırıtıyor; o kadar sarhoş ki beyni canının ne kadar acıdığını anlayamıyor. Suga tek dizi üstüne çöküyor, sanki elimi eline alıp evlenme teklif edecek. Gözlüklerini ezip parçalara ayırmadan önce almak için koşarak tezgâhın öbür tarafına geçiyorum. Suga onu kaldırmaya çalıştığımı düşünüyor ve "bırrrrrkben!" diyerek beni dirsekliyor. Yeni doğmuş bir zürafa kadar dengeli bir şekilde ayağa kalkıyor ve savaş filmleri yığınının içine arkaüstü düşüyor. Yığın devriliyor ve yüz film kutusu etrafa saçılıyor. Şansımıza sadece bir müşteri var, o da yarımay gözlüklerinden öldürücü bakışlar fırlatıyor bize. Suga film yığınına dik dik bakıyor. "Ruhlarrr yaşyo buda, Miyake. Hemem hemem budan çıkmam geeeek..." İp cambazı gibi tezgâha yürüyüp başını ekrana doğru kaldırıyor. "*Kazablankaa.*" Film aslında *Bladerunner*. Yığını düzenleyip film kutularını topluyorum. Suga kafasını kırılmış kukla gibi sallandırıyor. "Myaki."

"Suga. Hoş, ah..."

Suga tükürük kontrolünü kaybediyor. Tükürük sarkıtını *Tokyo Post*'la kırıyorum. "Sahoşdeğilim, sahoşolmam, yapmamben. Mutlu, mutlu, mu-mu-mutluyum, evet, belki, amaasla kontolden çıkmam." Dizleri üzerine çöküyor, elleriyle tezgâhı sımsıkı kavramış. Viski âlemindeki Paçinko Dayı bile bu kadar kötü değildir. "Sengömekistedi, Baybayan Sasakaki ayıldıynı söledi. BaybayUenobaybay, kayıpveunutulmuş yetimlerin savaşı sonlandıdığı kötü kötü Ueno, bunu biliyo muydun? Sinek gibi öldüler küçüzavalıküçüzavalı..." Suga'nın gözlerinde yaşlar tomurcuklanıyor ve bir tanesi kabartılı yanağından aşağı iniyor. Kütüphanede tecavüz alarmı sahibi Ölümcül Işın gözlük tiz sesle bağırıyor: "Yeter artık! Siz gençlerin bugünkü davranışı kusmak istememe neden oluyor!" Özür dilemeye başlayamadan çıkıp gidiyor. Bir an Suga'nın kendinden geçmesini diliyorum; onu tanımıyormuş gibi yaparım ve bir ambulans onu alıp götürür belki. "Suga! Eve gitmen gerek! Çok içmişsin!"

Suga burnunu çekiyor ve şişkin köpekbalığı gözleriyle bana bakıyor. "Ben mahvodum!"

"Taksi için paran var mı?"

"Mahvoldum ben."

"Bana adresini söyleyebilir misin, Suga?"

Gözlerini sımsıkı kapıyor ve başını tezgâhın ön tarafına tüm gücüyle kasten vuruyor, ama boyun kontrol fonksiyonu şansına çalışmıyor, böyle olduğu halde bile yüzü acıyla aydınlanıyor. Başını tutuyorum, beni itiyor. "Ben mahvodum, Miyake! Anlamıyonmuuu? Mavhodum. Bir poğaça! Kaholasu bi poğaça! Küççocu, anaokluçocuğ, fırnın kapsının yanda bekliyodu, aalıyodu..." Gözyaşları yeniden başlıyor ve Suga titriyor. Soğuktan titreyen korkmuş bir köpek gibi.

"Suga, odam yukarıda, ben şimdi..."

"Bir" küt! "küçük" küt! "poğaça. Kapıyı açtım, çocu hızhızhzlıhızlı dışrı koştu." Suga'nın gözleri acıyla kısılıyor. "Batman-Robin var tişötünde, küççocu, yol ortasınd..." Suga hıçkırıyor, nefesi kesiliyor ve duruyor. "Ben ne yaptınbil, Miyake? Kutarmay koştuuum, bölemi düşnüyosun? Hayı, Miyake, hayıhayıhayı, durdum, dudum, öööyle dudum. O an Miyake. Gördüm. Duydum. İzledim. Araba. Fren. Küççocu. Küt, küt, küt. Uçtu, küççocu, çanta pazarı gibi uçtu, bowlin topu gibi düştü, yolda kan, tebeşir izi..." Suga'nın parmakları yüzünde çekebileceği bir paraşüt ipi arıyor; ellerini avuçlarıma alıyorum. Suga direnme isteğini kaybediyor. "Anne, çılıklarla gejtibeni koştubeni. AaaaaaaAaaaaaAaaaaaa... Koştum. Koştum koştum koştum... Koştum Miyake, hiç dumadım hiç, koş, Suga koş, sen KATİLsin... Katil Suga." Suga keder taşı yutuyor. "Bahsegirerm zehilendiğim düşünüysun, dimi? Sence bu piza peyniri rendesi deryi nası edindm? Mahvodum. Yolugejtim, Küççocuu gödüm. Küççocuu gödüm, Küççocuu gödüm. Mahvodum. Mahvodum." Gözleri yavaşça kendilerini kapatıyor.

Anlıyorum.

Kasadan anahtarı alıyorum ve Suga çuvalını yukarı taşıyorum. "Tuvalet! Şilteme işersen bilgisayarlarını yakarım, tamam mı? Suga? Beni duyuyor musun?" Suga başıyla onaylıyor, dilbilgisinin ötesinde mırıldıyor. "Aşağıdayım ben." Kasada inek baskılı tişört giymiş bir kız elinde dükkândaki tüm Brad Pitt filmleriyle bekliyor. Saatine bakıyor ve hafifçe iç geçiriyor. "Beklettiğim için özür dilerim" diyorum. Beni duymazdan geliyor. Suga'nın kustuğunu duyuyorum. Birinci öğürtü, İnekkız şaşkın görünüyor. İkinci öğürtü, İnekkız iletişimsizliğe son veriyor ve soruşturmacı gözlerle bana bakıyor. Üçüncü öğürtü, İnekkız "Bir şey duyuyor musunuz?" diyor. Ona deliymiş gibi bakıyorum. "Hayır. Neden?" Gidiyor ve ben düşmüş film kutularını yerlerine koyuyorum. Birden telaşa kapılıyorum. *Bladerunner*'da kimin insan kimin android olduğunu göremedim. Suga bu mahvoluşunu kaç sene taşır merak ediyorum. Dünyadaki diğer insanların da bir şeyler kırdığını unutuyorum. Saat on bir civarında ve gece serinleyeceğine dair hiçbir belirti göstermiyor. Yukarıdan bir veya iki kez düşme sesi geliyor: En azından mağazada Buntaro'ya açıklamak zorunda olduğum bir ceset yok. Su şakırtısı sesi duyuyorum ve bir an sıcağın yağmura dönüştüğünü düşünüyorum. Sonra öyle olmadığını anlıyorum, üç hafta önce sorduğu soruya cevaben Suga düz işeyemiyor. Yarın sabah kullanılacak bir durum daha. Klimayı bir seviye artırıyorum ve büyükbabamın günlüğüyle kanji sözlüğümü alıyorum tezgâhtan. Subaru ve küçük kardeşi Takara arasındaki yakınlık babam ve büyükbabam Takara arasındaki uzaklığın tam tersi. Amiral Raizo'nun "anlaşmazlık"tan bahsetmesi beni rahatsız ediyor. Yakuşima teyzeleri sonsuz kibar savaşlarında beni memnuniyetle cephane olarak kullandılar ve başka bir savaş bölgesinin kenarında olduğum hissinden kurtulamıyorum.

Ω

10 Kasım

Şartlar köprüye çıkılmasına izin veremeyecek kadar kötü. Abe bize kaitenlerimizin değiştirilemez parçaları olduğumuzu hatırlatıyor. Dahası, *I-333* kaitenlerimizde bakım kontrolü yapılmasına izin veremeyecek kadar çok hareket ediyor. Bizler kendimiz ve *I-333* mürettebatı arasında bariz bir soğukluk hissettik. Belli bir mesafe belki doğal ama onların davranışları çoğu zaman soğuklukla sınırlı. Örneğin, haberleşme bölümündeki radyo operatörü Hosokava'nın Nagasaki'de büyüdüğünü öğrendim ve yemekten sonra koridorda karşılaştığımızda yerel lehçemizle konuştum. Çok şaşırdı ve bana çok sert ve resmi bir dille cevap verdi. Abe kaiten pilotlarının yapılacak işler konusunda yardım edebileceğini söyleyince, Kaptan Yokota kısa ve öz bir cevapla, teklifimizin cömertçe ama tasavvur edilemez olduğunu söyledi. Abe insanların bizi yüce ve yükümlü Tanrılar olarak gördüklerine ve fazla saygı konusunda sorun yaşadıklarına inanıyor. Goto üç buçuk yıl derinlerde seyretmenin insanın akli melekelerini etkileyeceğine dikkat çekti. Kusakabe adamların bizim deli olduğumuzu düşünebileceklerini söyledi. Bu Abe'yi kızdırdı. Kusakabe sakince bizler ölüme atlamayı beklerken denizaltıcıların yaşamlarını ölümün çemberinden kaçarak geçirdiklerini söyledi. Abe, mevkiinden istifade ederek bu tür düşünceleri asla dillendirmemeyi emretti Kusakabe ve Goto'ya. Çünkü bu şekilde ev sahiplerimizin fedakârlığını ve vatanseverliğini küçümsemiş oluyordu. Ortam bozulmasın diye bir şey söylemedim ama aslında Goto'ya katılıyordum. Mürettebatın en genç üyelerinde bile yaşlı adam gözleri var.

11 Kasım

Hava güzel. Deniz ısındıkça termometredeki cıva yükseliyor. Bir kez fırlatılan kaitenlerin tekrar denizaltı güvertesine yerleştirilmesi imkânsız, bu yüzden kaitenlerimizde test sürüşü yapamıyoruz. Ancak motorları ve diğer sistemlerin mükemmel çalışıp çalışmadığını kontrol etmek için kaitenlerimizde vakit geçiriyoruz. Kaiten periskopundan denizi izlemek çok eğlenceli, özellikle de *I-333* su altındaysa. Güneye doğru gittikçe hayvanların değiştiğini fark ettim. Mesela bugün bir denizayısı gördüm. İnek gibi yüzüyordu. Altın, beyaz ve lila renkli tropikal balıkların bulunduğu bir sürünün içinden geçtik. Bu sabah iki yunus gördüm, bizimle beraber yüzdüler. Bu yaratıklar hayvanlara özgü bir şekilde gülüyorlardı sanki. Talih de tıpkı bu balıklar gibi gülsün yüzümüze. Goto bilmece sordu. "Çinli bir haydut, Amerikalı bir emperyalist ve İngiliz bir general bir binadan aynı anda atlasalar, yere düşen ilk hangisi olur?" Kimse bilemedi, Goto da cevabı söyledi. "Kimin umurunda?"

12 Kasım

Hava gök gürültülü ama henüz yağmur yok. Kaptan Yokota, Tokyo hükümetini eleştirirken çok açık sözlü, en kibar şekilde böyle söylenebilir. Böyle saygısızca konuşan bir sivil olsa kuşkusuz tutuklanır gizli servis tarafından. Bu gece yemekte kaptan bir şişe rom açtı. Bu içkiyle çocukluğumda okuduğum korsan hikâyeleri dışında hiç karşılaşmamıştım. Kesinlikle çeneyi düşürüyor. En az Abe içti, kolay sarhoş oluyormuş çünkü, ama Kaptan Yokota sıcak bir günde içilen buzlu çay gibi fondip yaptı. Kaptan saldırı haberlerini sindirip bu sözcüğü bir tabu haline getirmek yerine Midway fiyaskosundan ders almayı beceremeyen deniz kuvvetlerine saldırdı. "Deniz kuvvetlerimizin tek stratejisi düşmanı 'Anlaşmazlığa Son Verecek Bir Deniz Çarpışması' olacağına dair cezbetmek, Ruslarla yapılan Tsuşima Savaşı'nda olduğu gibi" diyor

Kaptan Yokota. "Ama bu savaşta öyle olmayacak. Amerikalılar o kadar aptal değil." Başbakan Tojo ıssız Alaska adalarına saldırı emrini verdiği için "askerlerin en aptalı": "Ne için? Deniz kuşlarını Anglosakson zulmünden kurtarmak için mi?" Prens Higaşikuni "o kadar aptal ki, nasıl yapılacağı topukta yazıyorsa çizmeden sidiği boşaltamaz." Goto güldü, Kusakade gülümsedi ve Abe hafifçe pembeleşti. Bense uygun tepki konusunda kararsızdım. Kaptan Yokota, ordudaki kanatlar birbirleriyle değil de birlikte savaşmış ve radar teknolojisi gerçekten geliştirilmiş olsaydı "Hindistan ve Malaya'daki petrol alanları şu an hâlâ Japon toprağı olurdu" diye iddia ediyor. Şimdi radar sistemi için Almanlara yalvarmaya başlamalıymışız. İmparatorun ordusunu asları imparatora haber vermeden Rabol'da ve düşman kuvvetlerinin çevrelediği adalarda zor durumda kalmış birlikleri desteklemek için "el arabası" gibi kullanmakla suçluyor. En endişelendiricisi de kaptanın şifrelerimizin kırıldığına olan inancı. Abe aceleyle söze girip şifrelerin Tokyo Kraliyet Üniversitesi'ndeki bir kriptolog tarafından, Batı zekâsınca deşifre edilememesi göz önünde bulundurularak geliştirildiğini söyledi. Kaptan Yokota hiçbir Tokyo Kraliyet Üniversitesi kriptoloğunun açık denizlerde, gemisinin koordinatlarını tamamen bilen bir düşman gemisi tarafından pusuya düşürülmediği cevabını verdi.

Ω

"Peki" telefon kordonunun düğümlerini açıyorum, "senin dediğin gibi anlam beynin 'yaptığı' bir şeyse, neden farklı insanlar farklı anlamlar çıkarıyor hayattan? Neden bazı insanlar bir anlam çıkaramıyor? Veya başta çıkardıkları anlamı unutuyorlar?"

"Tecrübeler, etkiler, hastalıklar, boşanmalar. Bu ses de ne?"

"Suga horluyor."

"Hangi kedi böyle sesli horlar ki?"

"Suga insan. Sayılır."

"Ah. Suga kız mı erkek mi?"

Gereksiz kıskançlık belirtileri peşindeyim. "Erkek. Evinden uzağa düşmüş sarhoş bir arkadaş. Yerde uyumasına izin verdim ama şiltemi aldı. Sen bir şeyler söylüyordun."

"Unuttum...Hatırlarım. Benim hakkımda özel bir şey duymak ister misin?"

Oturuyorum. "İsterim."

"Ben Tip 1 diyabetim. Hayatımın son on üç yılında her akşam koluma insülin enjekte ettim. Bir beslenme planına uyuyorum. Eğer uymazsam kan şekerim düşer. Bu hipoglisemi çok fazla olursa ölebilirim. Hayatımın anlamı ölümle şekeri dengelemek. Genlerine saatli bomba yerleştirilmemiş olanların hayattan aynı anlamı çıkarması mümkün değil. Belki de insanlar arasındaki fark tam olarak şudur: Burada neden bulundukları konusunda ne düşündükleri."

Suga uykusunda homurdanıyor. Sigaramın ucu kızarıyor. "Mmmm."

"Bu gece senin neyin var, Miyake?"

Sigaramın külünü bira kutusu kül tablasına silkiyorum. "Benim hayatımın anlamı babamla tanışmak oldu. Şimdiyse onunla tanıştıktan sonra ne yapacağımı düşünüyorum."

"Neden şimdiden endişeleniyorsun?"

"Bilmem. Her şey için endişeleniyorum ve duramıyorum asla."

"Eiji Miyake, hemen şimdi seninle sevişmek istiyorum."

Bir ciğer dolusu dumanla tıkanıyorum. "*Ne*?"

"Şakaydı. İstersen endişelenmeyi kesebileceğini kanıtlamak istedim. Her neyse, Debussy hayatının anlamı konusunda hiç endişelenmezdi."

"Debussy mi? Hangi gruptaydı o?"

"Claude Debussy. Şaka yapıyorum de."

"Claude Debussy, Jimi Hendrix için davul çaldı, öyle değil mi?"

"Kutsal olana şakacıktan bile olsa sövme yoksa kartallar ciğerini deşer. Yarınki seçmelerde ondan bir bölüm çalacağım. Dinlemek ister misin?"

"Tabii ki." Bu bir ilk.

Kalkıp yürüdüğünü duyuyorum. "Arkana yaslan ve yıldızlara bak."

"Kita Senju'nun üzerinde gökyüzü zifiri karanlık."

"O halde sana *Et la lune descend sur le temple qui fut* çalayım."

"İmdat."

"'Ve ay tapınak kalıntıları üzerinde kaybolur.'"

"Diğer her şeyin yanında Fransızca da mı biliyorsun sen?"

"Altı yaşımdan beri Fransa'ya kaçmayı planlıyorum, unutma."

"Fransa. Ne zarif bir hayat anlamı."

"Sessiz ol yoksa yıldızları duyamayacaksın."

◆

Tavadaki yağ tükürüyor. İkinci yumurtayı kırıyorum, kabuk parçalarını parmaklarımda hissediyorum; menimsi kütle iç tavaya düşüyor. Akın sarıyı bir deri gibi çevrelemesini seviyorum. Tostu neredeyse zamanında kurtarıyorum ve kömürü lavaboya kazıyorum. Şiltemdeki yığın canlanıyor, "Aaaaaaahhhhh." Suga, sudan çıkmış bu akciğerli balık kafasını kaldırıyor ve kapsülümü inceliyor. Philip Morris'imi yumurta kabuğunda söndürüyorum, perdeleri açıyorum ve pis gün ışığı üç gündür yıkanmamış bulaşıklarımla çorap ve kâğıt döküntülerimin üzerine akıyor. Suga güzel değil. Boynu haşlanmış ahtapot pembeliğinde ve sinek ısırıklarıyla dolu volkanik bir ada olan çenesi tüm yüzüne yayılıyor. Gözlerini kırpıştırıyor. "Miyake? Ne işin var burada?"

"Burada yaşıyorum."

"Ah. Benim ne işim var burada?"

"Dün gece burada öldün."

Dinozor gibi işemem gerek. Hela nerede?" Başımla gösteriyorum. Suga kalkıp gidiyor. Gidiyor ve gidiyor. Derin derin nefes alıyor fermuarını çekerek çıkarken. "Tuvaletin Ueno kadar kötü kokuyor. Kusmuk kokuyor."

"Kahvaltı olarak lezzetli yağda yüzen, iyi kızartılmış yumurtaya ne dersin?"

"Dün gece kustum mu *ben*?"

"Çoğunlukla kibarca tuvalete kustun. İstediğin zaman buyur."

"Bir yüzme havuzu içmem gerek."

Bira bardağını musluk suyuyla dolduruyorum. Suga maraton koşmuş gibi kafasına dikiyor. "Teşekkürler. Kahve var mı acaba?" Suga'ya kendi kahvemi veriyorum ve bir kap su daha ısıtmaya başlıyorum. Suga şiltemi katlayıp kütük yapıyor, masaya oturuyor, "aaaaaaah" yapıyor ve egzamasını saklamak için gömleğinin kollarını aşağı indiriyor. "Gitar çaldığını bilmiyordum. Salıncaktaki şu çocuk kız kardeşin mi?" Yeterince yaklaştı. "Evet." Yumurtaları tostun üzerine koyuyorum, kalabalığı toplayıp masaya oturuyorum. "O halde şu komik güneş gözlüklü adam da baban?" Yumurta sarımdan sarı kanlar boşanıyor. "Pek sayılmaz. John Lennon o." Suga başparmaklarını şakaklarına bastırıyor. "Duymuştum adını. Beach Boys'da, değil mi? Neyse, tam olarak neredeyim ben?"

"Kita Senju'da bir video dükkânının üzerinde."

"Buraya ne zaman geldim?"

"Dün gece on bir gibi."

"Sen işyerinin üzerinde mi yaşıyorsun? Yol parası çok tutuyordur."

"Leşini sürükleyebileceğim yakın bir yer olduğu için dua et, yoksa çöplükte bir köpek yüzüne işiyor olurdu şimdi. Dün gece nasıl geldin buraya? İstasyondan buraya taksi mi tuttun? O kadar yolu yürüyecek durumda değildin."

Suga boş boş sallıyor başını. "Gerçekten hatırlayamıyorum."

Yumurta güzel olmuş. "Peki neden beni ziyarete geldin?"

Suga omuz silkiyor. "Miyake, dün gece körkütük sarhoşken... Saçma sapan hikâyeler filan anlattığımı sanmıyorum? İçince fena saçmalarım. Bir şeyler söylediysem tek bir kelimesi bile gerçek değil, anlarsın ya. Her şey tamamen yalan. Söylediğim her şey. Ya da söylemiş olabileceğim."

"Anlaşıldı."

"Aslında böyle şeyler söylemedim, değil mi?"

"Hayır, Suga. Hiçbir şey söylemedim."

Suga kendinden emin bir şekilde onaylıyor. "Evet, ben de öyle düşünmüştüm. Ben ve alkol. Üfff." Kedi dolaşmaya başlıyor ve Suga'yı yumuşak bir dokunuş gibi tanıyor hemen. "Merhaba güzelim!" Kedi yemek durumunu incelerken Suga kediyi seviyor. "Bu şüpheli karakterle nasıl birlikte yaşıyorsun?"

"Minnettarlığın duygulandırıyor beni."

"Neden Ueno'yu müebbet hapisten sadece iki hafta sonra bıraktın?"

"Aile meselesi. Neyse, bugün seminerin var mı?"

Suga omuz silkiyor. "Bugün günlerden ne?"

"Perşembe."

"Bugün nereye gideceğimi bilmiyorum."

"Kutsal Kâse'yi aramayacak mısın?"

"Anlamsız." Suga gözlüklerini çıkarıyor ve burnunun üstündeki köprüyü çimdikliyor. Bu ifade altmışlı yaşlarda görünmesine neden oluyor. "Ciddi zaman kaybı. Hack'lemeyi bıraktım."

"Doğru mu duyuyorum?"

"İki hafta önce gizlice Pentagon'a girdim. Ne oldu tahmin et?"

"Kutsal Kâse yok mu?"

Suga elleriyle saçını tarıyor. "Dokuz milyar Kutsal Kâse

var. Birinin içine baktım. Dokuz milyar Kutsal Kâse daha buldum. Ve hepsinin içinde?"

"Dokuzar milyar Kutsal Kâse mi?" İş için hazırlanmam gerek.

Suga iç geçiriyor. "Bütün bunlar hükümetin teknik tipler için hazırladığı bir eşek şakası. Hack'lemek için harcadığım her saat –ki aylara tekabül ediyor– parmaklarımı daha yararlı işler için kullanabilirdim. Bilgisayara bakmak bile hasta ediyor beni."

"Peki üniversitede ne yapıyorsun?"

"Bir şey yapmıyorum. Yürüyorum. Uyuyorum."

"Neden hack'leyecek başka bir site bulmuyorsun?" Çamaşır askısından bir tişört getiriyorum. Kuru ama buruşuk, bu yüzden ütüyü fişe takıyorum.

"Hacker'lar için" Suga derin bir nefes alıyor, "yani en iyi hacker'lar için, hack'lemenin *anlamı* Kutsal Kâse'dir. Hacker olmayanlar bunu anlayamaz. Baban olduğunu düşündüğün kişinin baban olmadığını ansızın keşfettiğini düşün. Haberleri yaymaya bile cesaret edemiyorum. Bana inanmayacaklar zaten. Öbür tarafa geçtiğimi düşüneceklerdir."

Tabağımı bulaşık koleksiyonuna ekliyorum ve birbirine benzeyen iki çorap bulmaya çalışıyorum. "Dokuz milyar Kutsal Kâse'yle dolu dokuz milyar Kutsal Kâse." Ütü masamın ayaklarını çıkarıyorum ve masayı kuruyorum. "Kutsal Kâse'yi saklamak için ne mükemmel bir yer." Bu düşünmeden konuştuğum bir andı, Suga cevap vermek üzere ağzını açıyor ama fikrini değiştiriyor. Dakikada doksan kez mırlayan kediyi okşuyor. Ütüm duman soluyor. Suga ağzını açıyor. "Hayır" diyor. "Dosya alanının her yerinden yüzlerce kâse dosyası örneği inceledim. Kutsal Kâse sonsuzlukta bir alıştırma sadece. Anlamsızlıkta."

Ω

13 Kasım

Hava şu an bilinmiyor. Sessizce yol alıyoruz. Gözetleme kulesi on dakika önce Şimşek filolarının dümdüz bu tarafa geldiğini bildiren alarmı çaldı. Alarmı, tatbikatı yapılmış karmaşa takip etti; mürettebat *I-333*'ü tespit edilmemizden önce sualtına indirmek için hazırlandı. "Periskoplar yukarı! Dalıyoruz!" Abe, Goto, Kusakabe ve ben ranzaralarımıza döndük. "Ağızlar kapalı!" Safra tankı deniz suyuyla doldu. Hava yukarı delikten dışarı atılırken tiz bir çığlık duyuldu. *I-333* burnunu 10 derece döndürdü. Ampuller patladı. Kulaklarımda acı veren bir uğultu var. Hayatımız mürettebatın ellerinde şimdi. En fazla 80 metre derindeyiz. *I-333*'ün gövdesi hiç duymadığım bir şekilde inliyor. Hiç kimse ses çıkarmaya cesaret edemiyor. Kaptan Yokota düşmanın etrafa sonar içeren şamandıralar bıraktığı ve denizaltıları tespit edip vurmak için akustik güdümlü mermilerden yararlandığı dedikodusundan bahsetmişti bize. Belki de Kaptan Yokota haklıdır: Bir asker için en yüce nitelik cesarettir ama teknoloji de iyi bir muadildir. Üstümüzdeki suyu düşünüyorum devamlı. *I-333*'te en nefret ettiğim şey koku: Köprüden her dönüşümde duyularıma hücum ediyor bu koku. Ter, dışkı, çürümüş yiyecek ve adam. Adam, adam, adam. Karada sürprizler sık olur. Sıkıcı rutini kırıp heyecan getirirler. Seyir halindeki bir denizaltında sürprizler ölümcül olabilir. Bunları kafamı dağıtmak için yazıyorum. Abe meditasyon yapıyor. Goto dua ediyor. Kusakabe kitap okuyor. Kaiten pilotu denizcilik tarihindeki en tehlikeli yok edicidir, ama şu an öyle savunmasız hissediyorum ki kendimi.

14 Kasım

Hava kötüleşiyor. *I-333* yolunu yarıladı. Abe ve Kusakabe'nin arası daha da kötüleşti. Dün akşam Abe, Kusakabe'yi satranç maçına davet etti ve Kusakabe reddedince "Kaiten pilotunun oyunu kaybetmekten korkması garip geliyor" dedi. Bu ithamı şaka gibi söylemişti ama her şakada bir gerçek vardır. Bence Abe, Kusakabe'nin bizimle paylaşmayı reddettiği özel alanını kıskanıyor. Kusakabe tek kelime etmeden kitabını bıraktı ve satranç tahtasını kurdu. Senin altı yaşında bir çocuğu mahvedeceğin gibi mahvetti Abe'yi. Her hamlesi on saniye sürdü. Abe'nin hamle yapması daha çok zaman aldı, yüzü giderek ekşidi ama oyunu bırakmayı kendine yediremiyordu. Abe'nin şahı çaresiz bir şekilde köşede beklerken üç kez piyonu vezire çıkardı. Abe sonunda şahını devirdiğinde "Umarım son görevin de satranç oynaman gibi başarılı olur" diye espri yaptı. Kusakabe cevap verdi; "Amerikalılar yenmesi güç rakiplerdir, Teğmen." Goto ve ben bu hakaretlerin şiddete neden olabileceğinden korktuk ama Abe sessizce satranç takımlarını topladı. "Amerikalılar bitkin bir korkak soyudur. Silahsız Yankee hiçbir şeydir." Kusakabe tahtayı katladı. "Bu savaşı kendi propagandamızı yutarak kaybettik. Kabiliyetlerimizi zehirliyor bu." Abe kontrolünü kaybetti, satranç tahtasını kaptı ve bölmemizin öbür tarafına savurdu. "O halde tam olarak neden buradasın, kaiten pilotu?" Kusakabe bizden üst rütbeli subaya meydan okuyan bakışlar atıyor. "Benim fedakârlığımın anlamı Tokyo'nun daha az alçaltıcı bir şekilde teslim olmasına yardım etmektir." Abe öfkeyle tısladı. "Teslim olmak mı? Bu sözcük Japon ruhuna okunan bir lanettir! Malaya'yı on haftada kurtardık! Darwin'i bombaladık! İngilizleri Bengal Körfezi'nden attık! Seferlerimiz Doğu'da Cengiz Han'dan bu yana eşi benzeri görülmemiş bir refah ortamı sağladı! Bir çatı altında toplanmış sekiz köşe!" Kusakabe kızgın da değildi pişman da. "Japon ruhunun çatının üzerimize çökmesini nasıl engelleyebileceğimizi söylemiyor olması yazık." Abe boğuk sesiyle bağırdı. "Sözlerin üniformandaki rütbeleri aşağılıyor! Bulunduğun bölüğe hakaret ediyor! Otsuşima'da olsak kışkırtıcı düşüncelerinden dolayı rapor ederdim seni. İyi ve kötüden bahsediyoruz! İlahi adalet her şeyi gösterecek!" Kusakabe dik

dik bakarak karşılık verdi. "Bombanın ağırlığından bahsediyoruz. Bir düşman gemisi batırmayı diliyorum ama sizin için değil, teğmen, askeriye için değil, Tokyo'daki mavi kanlılar veya palyaçolar için de değil; daha az Amerikalı Japonya'ya bomba yağdırsın diye, kız kardeşlerimin bu aptal savaştan kurtulma şansı yükselsin diye." Abe sağ eliyle Kusakabe'nin yüzüne iki kez vurdu, sonra da sol eliyle çenesini yumrukladı. Kusakabe sendeledi ve "Çok mantıklı bir hareket, teğmen" dedi. Goto, aralarına girdi. Ben hareket edemeyecek kadar şaşırmıştım. Abe, Kusakabe'ye tükürdü ve dışarı çıktı ama denizaltında kaçacak pek fazla yer yoktur. Bereye koymak için bir bez parçası buldum ama Kusakabe hiçbir şey olmamış gibi kitabını aldı. O kadar sakindi ki Abe'yi kendisini rahat bırakması için kışkırttığından şüphelendim neredeyse.

15 Kasım

Hava: Yağmur ve rüzgâr, tayfuna benziyor. Hafif bir ishal geçiriyorum ama revirden çok etkili ilaçlar verdiler. Aynı görevdeki kardeş denizaltımız *I-37*'den haber alamıyoruz. Bütün sistemlerin gözden geçirildiği bir kaiten bakımı bütün günümüzü aldı. Dünkü olaydan sonra Abe zorunlu olmadıkça konuşmuyor. Kusakabe katı bir nezaketle konuşuyor onunla. Sol gözü morararak yarıya kadar kapandı. Goto mürettebata Kusakabe'nin ranzasından düştüğünü söyledi. Kusakabe'ye İngilizce kabuki kitabını alabileceğim teklifinin hâlâ geçerli olup olmadığını sordum, o da tabii ki diyerek Roma'daki en iyi askerle ilgili bir oyunu tavsiye etti. Şöyle: "Bırakın savaşayım, derim; gün geceyi nasıl geçerse savaş da barışı öyle geçer; hayat doludur savaş, teyakkuzdur, gürültüdür ve risktir. Barışsa felçtir, tembelliktir; yıllanmıştır, sağırdır, uyuşuktur; savaşın yok edici adamları yerine piç çocuklar edinmektir." Abe bölmemize geldiği zaman bile okumaya devam ettim. Batı'nın askeri değerleri daha karmaşık. Asker Coriolanus şereften bahsediyor ama Romalıların kendisine ihanet ettiğini hissettiği zaman, itirazını harakiri yaparak göstermek yerine firar edip düşman adına savaşmaya başlıyor! Şeref bunun neresinde? Bu öğlen yalnız bir Amerikan şilebi görüldü ancak Kaptan Yokota kaiten görevi tamamlanana kadar torpido fırlatmama konusunda kesin emirler almış. Goto, Kaptan Yokota bu emre karşı gelse kimsenin Amiral HQ'ya bir şey söylemeyeceğinden çok emin. *I-47* iki düşman gemisinin 20 kilometre güneybatıda olduğunu bildiren bir mesaj gönderdi. Goto ve ben kartondan bir savaş gemisi yaptık ve sözde bir periskopla kaiten varış açılarını çalıştık. Sonra havadan sudan konuşmak gibi öylesine "Tsukiyama, karımla tanışmanı istiyorum" dedi. İlk defa çok ciddiydi. Ayrılmamızdan önceki son hafta sonu evlenmişti. "Ölümümden sonra tekrar evlenmek isterse" dedi, benden çok kendisiyle konuşuyordu, "desteklerim onu. Onun birden çok kocası olabilir ama benim daima bir karım olacak sadece." Sonra Goto neden özel taarruz kuvvetlerine gönüllü olduğumu sordu bana. Bu konuyu Otsuşima'da veya Nara'da hiç konuşmamış olmamız sana garip gelebilir ama akıllarımız "niçin"i anlayamayacak kadar "nasıl"da takılmış durumda. Cevabım kaiten projesinin doğma sebebim olduğuna inandığımdı, inandığımdır.

◆

Suga paldır küldür aşağı iniyor. "Selam."

"Selam." Günlüğü kapatıyorum. "Nasılsın?"

"10 megatonluk bir baş ağrısı."

"Patronum bir yerlerde ilk yardım çantası saklıyor..."

"Ağrı kesicilere karşı bağışıklığım var. Tuvaletini temizledim. Daha önce hiç tuvalet temizlememiştim. Umarım doğru bezleri ve malzemeleri kullanmışımdır."

"Sağ ol."

Suga burnunu çekiyor ve bir süre ekrana bakıyor. Bu rastgele seçtiğim bir Amerikan filmi –çoğu öyle değil çünkü– adı *Subay ve Centilmen*. Kutusundan, Pasifik savaşı ve büyük amcamın savaştığı donanma hakkında olabileceğini düşündüm ama çok yanılmışım. Üzgün bir kemirgen suratına sahip başrol oyuncusu 80'li yıllarda bir acemi birliğine düşüyor. "Evet" diyor Suga, "Ueno'dan neden vazgeçtiğini anlıyorum. Bütün yaptığın bu mu? Kıçının üstüne oturup bütün gün film seyretmek?"

"Senin kıçının üstüne oturup bilgisayar monitörü izlemenle aynı şey."

Suga yeni çıkanlar kısmını inceliyor. "Bu video dükkânlarının ömrü tükeniyor. Çok yakında insanlar tüm filmleri internetten indirecek. DCDI formatında. Teknoloji zaten var, pazarlamanın kendisine yetişmesini bekliyor sadece. Sormak istediğim: Peşinden koştuğun şu Koreli hatun ne oldu?"

"Başkasıyla karıştırmışım."

Popüler müzikle zonklayan kriptonik yeşil bir Jeep kaldırıma yerleşiyor. Şoför koltuğundaki çıtır pencereden dışarı vişne çekirdeği tükürüyor, bu sırada bir elinde pembe-yeşil bir papyon takmış beyaz tüylü bir gelincik, diğer elinde üç filmle Dalai Lama içeri giriyor. "*Jason and the Argonauts* bizi korkuttu, *Sinbad* moralimizi bozdu, *Titanik* öldürdü. Efsaneler eskisi gibi değil artık. Bilirim ben, ben yazdım onları." Teslim tarihlerini kontrol edip teşekkür ediyorum ona. Dalai Lama ayda yürür gibi dışarı çıkıyor ve gelinciğin patisini bize sallıyor. Gelincik esniyor. Jeep jet hızıyla yok olurken müziği bulanık sese dönüştürüyor. Suga kapıdan onu izliyor. "Keşke böyle bir arkadaşım olsaydı. Kendimi uyumsuz hissettiğim her an aslında ne kadar normal olduğunu kendime hatırlatmak için onu arardım." Suga esniyor, gözlüklerini tişörtüyle siliyor ve gökyüzüne danışmak üzere dışarı çıkıyor. "Evet, yeni bir gün."

"Seçme salonundaki bekleme odaları anaokulu gibi, delilere özel" diyor Ay, rüzgârın sesi anlaşılmaz statik bir çıtırtı, "veya psikolojik savaş öğrencilerine. Müzisyenler masanın altından birbirlerini yumruklayan dünyaca ünlü satranç oyuncularından da beterdir. Toho müzik okulundan bir çocuk sarımsaklı yoğurt yiyip bir yabancı dil kılavuzundan Fransızca argo sözcük okuyor. Sesli. Bir diğeri annesiyle Budizm'in kutsal kitabından ilahiler söylüyor. İki kız baskıyı kaldıramayarak intihar eden müzik akademililerden en sevdiklerini tartışıyorlar."

"Eğer müziğin dün gece bana hissettirdiklerinin yarısını jüriye hissettirirse sen seçilirsin."

"Bana torpil geçiyor olabilirsin, Miyake. Boyuna puan vermiyor onlar. Her neyse, kimse kolayca kazanamaz Paris Konservatuarı bursunu. Tırnaklarınla kazıyarak gelirsin buraya, boğazlanmış umuttaşlarının üzerinden geçerek gelirsin. Romalı gladyatörler gibi, kaybettiğinde kibarca sırıtıp güçlü düşmanını tebrik etmen dışında tabii. Telefondaki sana çalmak geleceğimi, rüyalarımı ve insan olarak anlamımı elinde tutan ve anlamı olmamakla beraber A-sınıfı savaş suçlusuna benzeyen kişilerle dolu jüri heyeti önünde performans göstermekle aynı şey değil. Eğer bu seçmeleri geçemezsem, ölene kadar şirin Hello Kitty kızlarına özel ders vereceğim."

"Gelecekte başka seçmeler de olacak" diyorum.

"Yanlış bir şey söyledin."

"Sonuçlar ne zaman açıklanacak?"

"Bugün beşte, son aday da performansını sergiledikten sonra. Jüri yarın Fransa'ya dönüyor. Bekle, biri geliyor..." Statik hışırtılı bir konuşma ve üstü kapalı bir geveleme duyuyorum. "Bu iki-dakika-kaldı çağrımdı."

Güçlü, cesaret verici ve mantıklı bir şeyler söyle. "Şey, iyi şanslar."

Yürümeye başlayınca nefes alıp vermesi değişiyor. "Demin düşünüyordum da..."

"Neyi?"

"Hayatın anlamını, tabii ki. Fikrimi yine değiştirdim."

"Öyle mi?"

"Hayatının anlamını bir dizi sınavdan geçerek veya kalarak bulursun."

"Bu sınavlardan kim geçirir veya bırakır seni?"

Ayak sesleri yankılanıyor ve statik hareket ediyor. "Sen."

Müşteriler geliyor, müşteriler gidiyor. Dünyanın sonu hakkındaki filmler devamlı hareket halinde, bu konu popüler galiba. Ay'ın seçmede neler yaptığını merak ediyorum. İyi gitar çaldığımı sanıyordum ama ona kıyasla parmaksız bir amatörüm. Kavgacı bir anne geliyor ve çocuklarının çenesini bir saat kapalı tutacak bir film tavsiye etmemi istiyor. Ona *Sessiz Pam Amsterdam'da*'yı vermenin cazibesine direniyorum –*Her neyse*, bayan, çenelerini kapalı tuttu ama, değil mi?– ve *Sky Castle Laputa*'yı veriyorum. Kapıya çıkıyorum; gökyüzünde o opal reçeli günbatımlarından biri var. Bir Harley Davidson geçiyor homurdayarak, gezinen bir aslan gibi. Motorun krom yerleri kuyrukluyıldız gibi parlıyor, şoförü de deri pantolonlu, KAHRETSİN ÇOK İYİYİM yazan yırtık tişörtlü ve üzerine ördek karikatürü kopyalanmış polis kasklı bir çocuk. Mükemmel kollarının tişörtte kaybolduğu kız arkadaşı gün ışığında parlayan sarı saçlara sahip ve bu kız Kahverengi'den başkası değil. Aşk otelindeki Kahverengi! Aynı somurtkanlık, aynı iki farklı zaman dilimine ait bacaklar! Ken Takakura posterinin arkasına saklanıyorum ve tıkanık trafikte zikzaklar çizerek ilerleyen motosikleti izliyorum. Kesinlikle Kahverengi bu ya da kopyası. Şimdi o kadar da emin değilim. Kahverengi'nin Tokyo'da milyonlarca kopyası var. Oturup büyükbabamın günlüğünü açıyorum. Subaru Tsukiyama bugünkü Japonya için ne söylerdi? Ölmeye değer miydi? Belki bu Japonya'nın uğruna öldüğü Japonya olmadığı cevabını verirdi. Uğruna öldüğü Japonya hiç var olmadı. Olası bir gelecekti, şimdiki zaman tarafından öngörülüyordu ama diğer rüyalarla beraber reddedildi. Seçilen Japonya'yı görmüyor olması belki de iyi bir şey. Gelecek pazartesi dedemle görüştüğümde nasıl bir bakış açısına sahip olmam gerektiğini merak ediyorum. Keşke Daimon gibi bakış açıları geliştirebilsem. Keşke Amiral Raizo yol gösterseydi bana. Samuray ruhunu alkışlamalı mıyım? Önemli mi bu? Dedemden tek istediğim beni babamla tanıştırması. Başka bir şey değil. Savaşta ne yapardım merak ediyorum. Metal bir balinanın içinde ölümüme doğru seyrederken sakin olabilir miydim? Büyük amcamın öldüğü yaştayım. Sanırım ben şimdiki "ben" olmazdım. Başka bir "ben" olurdum. Benim kendimden veya anne babamdan değil de doğan Japonya'dan mamul olduğum düşüncesi çok garip. Subaru Tsukiyama teslim olarak ölen bir Japonya'dan mamuldü. Takara Tsukiyama gibi ikisinin ortak mamulü olmak zor olmalı.

Ω

18 Kasım

Hava: Tropikal sıcak, kör eden güneş. Bu sabah periskopların ilerisindeki gözetleme platformunda otuz dakika durdum. Gözcü bana dürbününü verdi. Ulithi mercan adasının 60 kilometre batısındayız. Truk'tan bir yüksek irtifa uçağı, aralarında 4 de taşıyıcının bulunduğu 200 düşman gemisi bildirdi. Düşmanın radyo haberleşmesi her zamankinden yoğun. Kaptan Yokota, son haberleşmemizin üzerinden 5 gün geçtiği için *I-37*'yi beklememe kararı aldı. Düşman kalesine bu kadar yakınken VLF[31] radyodan onu aramak tehlikeli olurdu. Umarım sadece geç kalmıştır. Hedef bölgeye bu kadar yaklaşmışken batırılmak kaiten pilotları için acımasız

31. Very Low Frequency: Çok Alçak Frekans. (ç.n.)

bir ironi olur. *I-36* ve *I-47*'ye iyi avlanmalar diledikten sonra Palau Adaları'na doğru batıya döndük. *I-333* Peleliu'ya 18.00 sularında ulaştı. Bu takımada efsanelerdeki yerler kadar güzel ama defterime çiziktirdiğim manzaralar gibi tuhaf. Mercan adacıkları, yeryüzüne çıkmış kıvrık kayalar, koyaklar, tepeler, bataklıklar ve sahiller gördüm. Savaşın verdiği zarar ortada. Kwantung Ordusu'nun 14. Bölüğü bu adaları istila eden düşmana yaptıklarını ödetmiştir. Üsler ve havaalanları savaş zamanı çarpışmaya en hazır yerlerdi, çünkü Palaus 1919'daki Milletler Cemiyeti mandasından beri Japon toprağıydı. Ancak düşman Kossol Geçidi'nde demirlemenin gerçek değerini tahmin edemez. Gözcü, bir düşman keşif uçağı tespit etti ve daldık. Bu geceki yemeğimiz muhtemelen son yemeğimiz olacağı için, Kaptan Yokota kurmalı gramofonunu ve iki plağını çıkardı. Babamın, ayartıcı etkisi nedeniyle caz yasaklanmadan önce çaldığı bir melodiyi hemen tanıdım. Müzisyenin ismi Jyu Keringuton. Amerikalıları öldürmeye gitmeden önce Amerikan cazı dinlemek ne garip.

19 Kasım

Hava: Güzel, durgun koşullar devam ediyor. Sakin bir son gece. *I-333* denizaltında periskopla çevreyi gözlüyor. Kaygan, Nagasaki'yi ziyaret edeceğine ve bu günlüğü sana elleriyle teslim edeceğine dair söz verdi bana, Takara. Kikusui arkadaşlarım son mektuplarını yazıyorlar. Kusakabe yazmakta olduğu bir haiku'da kullanacağı muğlak bir kanji harfi konusunda Abe'nin fikrini sordu. Abe nefretle cevap verdi. Benim şiir yazma yeteneğim yok. Kaygan, kaitenlerimizi son kez kontrol ediyor şu an ve kaiten fırlatma mekanizmaları test ediliyor. Kaptan Yokota yavaş yavaş Kossol Geçidi'nin ağzına yaklaşıyor. Özel tapınakta dua ettik ve tapınağın Tanrılarına hediye olarak tütsü bıraktık. Goto kartondan uçak gemisini yaktı ve külleri sundu. Hedef bölgenin haritasını derinlikleri de konuşarak çalıştık. Son yemeğimizde mürettebata bizi buralara güvenli bir şekilde getirdikleri için teşekkür ettik. Yaşasın nidalarıyla görevimizin başarısına ve imparatora içtik. Ayı ve yıldızları son bir kez görmek için köprüye çıktım ve bir sigarayı sancak görevlisiyle paylaştım. Parlak bir dolunay vardı. Anne'nin ve Yaeko'nun makyaj yapmak için kullandığı aynayı hatırlattı bana. Bu ay üç saat sonra hedefi seçmeme yardım edecek. Üç saat. Her şey yolunda giderse hayat çizgimin sonlanacağı yer bu. Düşüncelerim öldürücü bir vuruş yapabilmek için eğitimimi en iyi nasıl değerlendirebileceğim konusuyla dolu. Şimdi bu günlüğü Kaygan'a vereceğim.

Hayatımı benim yerime yaşa, Takara, ve ben de senin yerine öleceğim.

Çok yaşa, küçük kardeşim.

◆

Ay'ın sesinin bu kadar kederli olduğunu duymadım hiç. Repertuarında olduğunu hiç düşünmedim. Kediyi okşuyorum. "Baban konservatuarın senin için ne anlama geldiğini biliyor mu?"

"O Adam ne anlama geldiğini tam olarak biliyor."

"Peki ne kadar az burs verildiğini biliyor mu?"

"Evet."

"Gitmeni neden yasakladı? Neden gururlanmıyor?"

"Niigata yeteri kadar iyiydi onun için, bu yüzden Niigata yeteri kadar iyi olacak benim için de. Müzik sözcüğünü kullanmayı reddediyor. 'Tını' diyor müzik yerine."

"Annen ne düşünüyor?"

"Annem? 'Düşünmek?' Balayından beri yapmadığı şey. Söylediği 'Babana itaat et!' Devamlı. Cümlelerini babamın bitirmesine izin veriyor ama babamın başlamasına da izin verir oldu artık. Babamı bağırmak zorunda bıraktığı için özür diliyor ondan. Kız kardeşim Japon Denizi sahillerindeki en büyük betonların sahibiyle evlendi, çünkü babam öyle yapmasını söyledi, şimdi de anneme dönüşüyor. Korkunç bu. Avusturya'da büyük ozon delikleri olduğunu duymuş..."

"Avusturya mı? Avustralya demek istemiyor mu?"

"Japonya'nın dışındaki dünyaya ait bilgileri yüzebildikleri uzaklıkla sınırlı. Sert konuştuysam özür dilerim. Sonra erkek kardeşim askere yazılmıştı. O Adam'ın şubelerinden birini işletiyor; ne kadar sempatik olduğunu tahmin edersin. Ailedeki uyumu bozduğumu söyledi. Fransız yemekleri diyabetimi dengesizleştirecekmiş – diyabetimi umursuyor sanki. Endişe annemin tansiyonunu yükseltecekmiş, annem gerçekten patlayabilirmiş. Sonra o Adam'a itaat etmediğim gibi Anne'yi patlatmaktan da sorumlu olacakmışım. Bu ses ne? Yine mi Suga?"

"Bu sefer kedi. Annen senin için üzülüyor, iyice düşünülmemiş gibi gelmeyecek ne söylese bilemiyor. Her şeyin yoluna gireceğini umuyor."

"Teşekkür et ona. Bu gibi zamanlarda keşke sigara içsem diyorum."

"Ağzını ahizeye yaklaştır, hattan duman üfleyeceğim."

"Çocuklar genelde anne babasının gerçek anne babası olmadığını düşlerler. Bu akşamdan sonra sebebini anlayabiliyorum. Gerçek şu ki o Adam ona ihtiyacım olmadığı düşüncesinden nefret ediyor. Dünyayı uygun gördüğü gibi döndürmek istiyor. Çalışanlarının, kendi kızını kontrol edemediğini öğrenmesinden korkuyor. Nasıl bir kum biti ailesinden geliyorum böyle! Yemin ediyorum, bazen yetim olsam daha iyi olacaktı diye düşünüyorum. Of. Of... Üzgünüm, Miyake..."

"Hey, endişelenme."

"Bugün benim nezaket çipimi patlattı. Kendimi kapatıp seni rahat bırakmalıyım. Otuz dakikadır şikâyet etmekten başka bir şey yapmıyorum."

"Bütün gece şikâyet edebilirsin. Öyle değil mi, kedi?" Kedi, çok yaşasın, doğru yerde miyavlıyor. "Gördün mü? Hadi, şikâyet et."

◆

"Beş yıl gençleşmiş görünüyorsun" diyorum pazar akşamı Okinawa'dan dönen Buntaro'ya ve gerçekten öyle görünüyor. "Yani dört kez tatile gitsem yirmilik bir çocuk gibi mi görüneceğim?" Platik kılıfa üflediğinizde Zizzi Hikaru'nun elbiselerini çıkardığı bir anahtarlık uzatıyor bana – çoğu yıldız gibi Zizzi de Okinavalı. "Hey, sağ ol" diyorum, "nesilden nesile geçecek bu. Döndüğüne memnun musun?"

"Ee-vet." Buntaro Akan Yıldız'ı inceliyor. "Hayır. Evet."

"Tamam. Maçiko-san eğlendi mi?"

"Hem de çok. Oraya taşınmak istiyor. Yarın."

Buntaro kafasını kaşıyor. "Kodai'nin yakında doğacak olması... her şeye farklı bakmana neden oluyor. Tokyo'da büyümek ister miydin?"

Annemin ilk mektubunu hatırlıyorum, balkonlu olanı. "Hayır galiba."

Buntaro başıyla onaylayıp saatine bakıyor. "Yapmak istediğin binlerce şey vardır, delikanlı." Yok, ama kayıtları kontrol etmek istediğini anlıyorum, kapsülüme çıkıp kirli çamaşırları topluyorum. Ay'ı arıyorum, cevap veren olmuyor. Cehennem sesleri apartmanı titreştiriyor bu gece. Haykıran koca, ağlayan bebek, dönen çamaşır makinesi. Yarın pazartesi, dedeler günü. Şilteme uzanıyorum ve günlüğün son üç sayfasını çözmeye başlıyorum. Bunlar farklı bir kâğıda yazılmış buruşuk mektuplar, okumak daha da zorlaşıyor. Kâğıdın üstünde kırmızı mürekkeple İngilizce damgalanmış, "SCAP"[32] (sözlüğümde yok) ve "Military Censor."[33] Kalemle Japonca yazılmış

32. Security Content Automation Protocol: İçerik Otomasyonu Güvenliği Protokolü. (ç.n.)

33. Askeri sansür. (ç.n.)

silik yazıda: "... bu sözcükler... manevi mülkiyet... Takara Tsukiyama..." Nagasaki'de bir adres, bana göre okunaksız.

Ω

20 Kasım

Hava: Bilinmiyor. Öldüm ama hâlâ hayattayım. Kaitende yalnızım. Son 6 saat. 02.45'te Kaptan Yokota bölmeye geldi, kaiten saldırısının 15 dakika içinde başlayacağını bildirdi. Daire olduk ve herkes yanındaki kardeşinin haçimaki'sini bağladı. Goto: "Bir eğitim koşusu daha, çocuklar." Abe, Kusakabe'ye: "Sen ifrit bir satranç oyuncususun, Sancak." Kusakabe: "İfrit sizin sol yumruğunuzdur, Teğmen." *I-333*'ü turladık; bizi buraya güvenli bir şekilde getirdikleri için teşekkür ettik. Herkesi tek tek selamladık. Kanalların içinden geçip kaitenlere girmeden önce el sıkıştık. Kaygan, kapıları üstümüze kapattı. Gördüğüm son yüz onunki oldu. *I-333* son yolculuk için daldı. Radyo operatörü Hosokava telefon hattını fırlatma anına kadar açık tuttu, son dakika bilgilendirmesi yaptı. Abe 03.15'te bırakıldı. Kıskaçların gevşediğini duydum. Goto 03.20'de bırakıldı. Kusakabe 03.35'te özgür kaldı. Sonraki 5 dakika bir sürü şey düşündüm, odaklanmak çok zordu. Hosokava, Nagasaki lehçesiyle "Seni düşünüyor olacağım. Zafer seninle olsun" dedi. Duyduğum son insan sesi. Ön kıskaçlar açıldı. Özgür kaldım. Gözetleme kulesinden/periskoplardan kaçarak sola döndüm sertçe. Derinliği 5 metrede tutarak doğu güneydoğuya yöneldim. 03.42'de su yüzüne çıkıp tahminimle pozisyonumu teyit ettim. Düşman donanması liman ışıklarını işaret ediyordu. Asker taşıyıcılar, nakliye gemileri, yakıt tankerleri, en az 3 savaş gemisi, 3 destroyer, 2 ağır kruvazör. Asker taşıyıcılar dışında bir sürü güzel hedef var. Yemek yiyen, uyuyan, sıçan, sigara içen, içki içen, konuşan Amerikalılar. Ben onların celladıyım. Garip bir his. *I-333*'teki strateji toplantısında ilk kaitenlerin uzaktaki gemileri vuracağı konusunda anlaşmıştık, tahmin gerekiyor. Çocukların sayışma şarkısını kullandım: Do-re-ni-şi-ma-şo-ka? Ka-mi-sa-ma-no-yu-to-patlama. Şok dalgaları kaiteni salladı. Periskopu sabitleyince yakıt tankerini gördüm, ateş almıştı ve duman yıldızları gizlemeye başlamıştı bile. İkinci patlama. Turuncu. Güzel, korkunç, insan gözlerini alamıyor. Alevler yükseldi, Geçidi gün ışığından daha çok aydınlattı. Yakalandım, daldım. Hayal ettim. Olmayı, yapmayı değil. En yakın gemiyi seçtim ve uygun açıya manevra yaptım. Kornalar, motorlar, kaos. Büyük bir patlama daha – kaiten, yakındaki deniz bombası, bilmiyordum. Karakol gemisi? Titreşimler yaklaştı, yaklaştı, yaklaştı –8 metreye daldım– geçti. Sancak tarafında kıymetli bir patlama. Yalnızlık – kardeşlerimin beni ırkımdan gelmeyen düşman yabancılarla yalnız bırakmasından korktum. Hızımı saatte 2 kilometreye düşürdüm, pozisyon kontrolü için yüzeye çıktım. Ateşler/dumanlar/patlamalar var iki yerde. Batıya doğru açılmayı seçtim, hafif kruvazör? 150 metre. Gözlerim projektör yüzünden kamaştı, ama kaostan yararlanarak sahile saklandım. 6-7 metreye daldım. Saatte 18 kilometreye çıktım. Uçuyordum, hava garipti. Birden durdum. Son kontrol için su yüzüne çıktım. Kruvazör geceyi doldurdu. 80 metre. Akan figürler gördüm. Karıncalar. Ateşböcekleri. 5 metreye daldım. Savaş başlığını hazırladım. Tek bir şey vardı aklımda: "Bu benim son düşüncem." Gaz manivelasını maksimum hıza getirdim. Hızlanma bedenimi arkaya itiyordu, şiddetle... 70 metre yaklaşıyor, 60, 50, 40, 30, 20, darbe bir saniye sonra, darbe şimdi

Tapınak çanı gibi metal bir çınlama sesi. Delice dönüyorum; yukarı=aşağı, aşağı=yukarı, yararak ilerliyorum, sola sağa yukarı aşağı savruluyorum, her şey uçuyor, ben de uçuyorum. Ciğerlerim boşaldı. Yani ölüm bu diye düşünüyorum, sonra yine düşünüyorum, ölüler düşünebilir mi? Kafamdaki acı halkaları daha fazla düşünmemi engelliyor. Çatırdayarak yalpalıyorum>aşağı doğru asılı kalıyorum>sarsılarak duruyorum. Motordan iniltiler geliyor, dümen ölmüş ve özgür bir şekilde ellerimde duruyor, motordan çığlık sesleri geliyor, sıcaklık artıyor, yanmış yağ kokusu var, o an ölmediğimi anlıyorum ve motoru durdurmalıyım, motor ölüyor. Başarısızlık. Savaş başlığı infilak etmedi. Kaiten gövdenin dışına çıktı=bambu mızrağın metal miğferden çıkması gibi. Periskop görüşü yüzü yardı, burnu kırdı. Durup yüzeyden gelen sesleri dinledim. Kasasına cıvata anahtarıyla vurarak TNT'yi elimle patlatmayı denedim. Bu sırada tırnağımı çıkardım. Darbe kronometreyi kırdı. Dakikalar veya saatler, bilemiyorum. Periskop siyahlığı>mavilik şimdi. Viski şişesi. İçip bu sayfaları şişeye koyacağım. Takara. Ölü köpekbalığının içindeki şişedeki mesaj. Bu şarkıyı biliyor musun, Takara?

Cesetler sürükleniyor, cesetler şişkin
Cesetler başıboş denizde yatalak
Cesetler düşler dağlardaki otlakları
Öleceğiz, öleceğiz, imparator için öleceğiz
ve asla arkamıza bakmayacağız

Başıboş denizde yatalak. Hava azaldı. Veya havanın azaldığını düşlüyorum. Şimdi ne mi olacak? Dalgıçlar beni keşfedebilir, tayfun beni sallayıp sahile atabilir veya sonsuza kadar burada kalabilirim. Kaiten şerefli ölüme giden yol değildi. Kaiten ceset külü kabı. Denizse mezar. Öğleden çok önce ölen bizleri suçlama.

◆

"Maalesef hayır" diye cevap veriyor Ay olmayan kadın. Gece yarısı ama sesi kızgın değil de neşeli çıkıyor. Belirgin bir Osaka aksanı var. "Üzgünüm."

"Peki. Bayan İmajo'nun ne zaman geri geleceğine dair bir tahmininiz olup olmadığını sorabilir miyim?"

"Tabii sorabilirsiniz, ama benim cevap verip vermeyeceğim başka bir soru."

"Bayan İmajo ne zaman geri gelecek? Lütfen?"

"Ve bu gecenin son dakika haberi: Ay İmajo, kendisine diplomatik çözümsüzlüğü sonlandırmak üzere verilen son savunma hakkı için ataları tarafından Niigata'ya çağrıldı. Gazeteciler cüretkâr Ay İmajo'ya zirvenin ne kadar süreceğini sorduklarında 'Ne kadar sürerse' cevabını aldılar. Bizden ayrılmayın!"

"Gün olarak peki?"

"Sıra bende. Karate kid misin sen?"

"Hayır. Kafa atan çocuğum ben."

"Aynı çocuk işte. Bedensiz sesinle sonunda tanışabildim, karate kid. Ay, sana kafa atan çocuk diyor ama karate kid daha komik."

"Ah, tabii. Ay dönünce rica etsem..."

"Ninemden altıncı his geçti bana. Arayanın sen olduğunu biliyordum. Benim kim olduğumu bilmek istemiyor musun?"

"Ay'ın çekingen ve utangaç ev arkadaşı olabilir misiniz acaba?"

"Tam isabet! Peki. Ay bir insanla mı çıkıyor yoksa yine psikopat bir şeytanla mı?"

"Pek çıkmak denemez..." Zokayı yutuyorum. "'Psikopat şeytan' mı?"

"Gerçek şu ki Ay'ın hayranlarının yüzde sekseni korku filmi endüstrisinde başarılı oluyor. Sonuncusu Kara Göl'ün Canavarı'ydı. Ağlarla dolu, yumuşak, su geçirmez, mavikantaronları diliyle yakalar. Gece yarısı telefon eder, şafağa kadar vıraklardı. Volvo kullanır, parlak düğmeli blazer giyerdi, içinde kendi söylediği şarkılar olan CD'ler verirdi bize ve Ay evde olmadığını söylemem için yalvardığında akla hayale gelmeyecek rüyalarını benimle paylaşırdı. Ay'la Tokyo Disneyland'de evlenecekler; adları Delius, Sibelius ve Yoyo olan üç oğullarıyla Atina, Montreal, Paris'e gideceklerdi. Bir defasında annesi aradı, Ay'ın Niigata'daki ailesinin telefonunu istedi, böylece evlilik işlemlerini direkt üreticiyle başlatabilirmiş. Ay ve ben, Ay'ın son hayranını hafiften boğarak hapse girmiş bir erkek arkadaş uydurmak zorunda kaldık."

"Annemin asla aramayacağına dair söz veriyorum. Ama..."

"Hiç pizzacı mutfağında çalıştın mı, karate kid?"

"Pizzacı mutfağı mı? Neden?"

"Ay yarından itibaren işe ihtiyacın olduğunu söylüyor."

"Doğru ama mutfakta çalışmadım daha önce."

"Önemli değil. Şempanzeler bile yapabilir bu işi. Aslına bakarsan tüylü ve ağaçta yaşayan bir sürü gelişmiş primat işe aldık geçmişte. Saatler kötü –gece yarısından sabah sekize kadar– mutfak güneşin çekirdeğinden daha sıcak ama gece vardiyasında iyi para kazanırsın. Yeri de merkezi; efsane kafa atıcının yeri Jüpiter Kafe'nin karşısındaki Nero'nun Yeri. Ayrıca benimle çalışacaksın. Ay adımı söyledi mi sana?"

"Şey..."

"Tabii ki aklındaki son şeyim ben şu an. Saçiko Sera. '*Che sara sara*, whatever lay-lay lay-lay'daki gibi.' Yani benziyor. Yarın akşam başlayabilir misin? Pazartesi akşamı?"

"Saçma sapan konuşup sizi ihtiyacım olan bir işi bana vermekten vazgeçirmek istemem, Bayan Sera, ama önce benimle tanışmak istemez misiniz?"

Saçiko Sera mezardan gelen bir sesle konuşuyor. "Eiji Miyake, doğma büyüme Yakuşimalı... Hakkında *her şeyi* biliyorum..."

◆

"Bay Miyake?" Amadeus Çayevi'ndeki şef garson parmaklarını oynatmayı kesiyor. Yay gibi kaşları var: Garsonluk kaşlarda bitiyor. "Beni izleyin lütfen. Tsukiyamalar sizi bekliyor."

Tsukiyamalar mı? Büyükbabam babamı da gelmeye ikna etmiş olabilir mi? Burası geçen haftadan daha kalabalık –cenaze merasimi var ve müşterilerin çoğu siyahlar içinde– bana benzeyen yaşlı bir adamla orta yaşlı bir adamın bulunduğu masayı tespit etmekte güçlük çekiyorum. Bu yüzden şef garson bir kadınla benim yaşlarımdaki bir kızın oturduğu masanın sandalyesini çekince, bir yanlışlık yaptığını düşünüyorum. Kaşları bana yanlışlık olmadığını söylüyor, kadınlar bana değer biçerken ben de aptal aptal bakıyorum. "Bir fincan daha alır mıydınız, bayan?" diye soruyor şef garson. Kadın onu "tabii ki hayır" bakışıyla def ediyor. Kız "Bu hergele U dönüşü mü yapacak?" bakışı atarken hafızam bir benzerlikle sarsılıyor... Anju! Şişko, katlı ve somurtkan Anju. Kaşlarımız aynı. "Eiji Miyake" diyor ve ben soruya cevap verirmiş gibi başımla onaylıyorum. "Üzgünüm, utanmaz bir sürüngensin sen." Bir anda anlıyorum. Üvey kız kardeşim bu. Üvey annem boynundaki bronz kolyeyle oynarken iç geçiriyor, o kadar kalın bir kolye ki bu sallanan bir baltayı durdurabilir. "Bu buluşmayı mümkün olduğunca kısa ve acısız tutalım. Oturun, Bay Miyake."

Oturuyorum. Amadeus Çayevi ekrandaymış gibi devam ediyor arkada. "Bayan Tsukiyama" kibar sözcükler arıyorum, "geçen ayki mektubunuz için teşekkürler."

Şaşırma taklidi. "'Teşekkürler' mi? Açılış hamleniz ironi mi, Bay Miyake?"

Etrafa bakınıyorum. "Şey... Büyükbabamı bekliyordum ben aslında..."

"Evet, biz de biliyoruz bunu. Küçük randevunuz günlüğüne not edilmişti. Üzülerek söylüyorum ki kayınpederim katılamayacak."

"Ah... Anlıyorum." Dolaba mı kilitlediniz?

Üvey kız kardeşimin tokat gibi bir sesi var. "Dedeciğim üç gün önce rahmetli oldu."

Çat.

Ahududulu peynirli kek dilimleriyle dolu tepsisiyle garson bir kız geçiyor.

Üvey anne gülümser gibi yapıyor. "Geçen pazartesi ne kadar hasta olduğunu anlamamana gerçekten şaşırdım. Emrine amade bir halde etrafında dolaşıyor, komplolar üretiyorsun. Umarım kendinle gurur duyuyorsundur."

Bu çok anlamsız. "Ben geçen pazartesi onunla tanışmadım ki."

"Yalancı!" diye tokat atıyor Üvey kız kardeş. "Yalancı. Annem söyledi ya sana; randevu defteri bizde! Bil bakalım kimin ismini bulduk bir hafta önce buradaki bir buluşma notunda!" Bu kızın ağzını yer döşemesine yapıştırmak istiyorum.

"Ama büyükbabam geçen pazartesi hâlâ hastanedeydi."

Üvey anne ellerin-üzerinde-dinlenen-baş pozisyonu alıyor. "Yalanlarınız gerçekten utanç verici, Bay Miyake. Kayınpederimin geçen pazartesi sizinle buluşmak üzere hastaneden ayrıldığını biliyoruz! Görevli hemşireden izin almamış, çünkü alamazdı. Çok hastaydı."

"Yalan söylemiyorum ben! Büyükbabam gelemeyecek kadar hastaydı, bu yüzden arkadaşını yolladı."

"Kimmiş o arkadaş?"

"Amiral Raizo."

Üvey anne ve üvey kız kardeş birbirlerine bakıyorlar. Üvey kız kardeş kesik kesik gülüyor, Üvey anne de ona bakıp gülümsüyor ve ağzı büzüşüp rujlu bir uca dönüşüyor. Bu dudaklar babamı öpüyor. "Yani dedeciğimle tanıştın" diye tokat atıyor üvey kız kardeş, "ama onu tanıyamayacak kadar salaktın!" Sinirlerim geriliyor. Bir açıklama için üvey anneye bakıyorum. "Kayınpederimin son eşek şakası."

"Neden büyükbabam Amiral Raizo adlı biri gibi davransın ki?"

Üvey kız kardeş masayı yumrukluyor. "Senin 'büyükbaban' *değil* o!" Onu duymazdan geliyorum. Üvey annenin gözleri savaş duygusuyla parlıyor. "İmzalaman için evraklar verdi mi size?"

"Neden" diye tekrarlıyorum, "büyükbabam başka biri gibi davransın ki?"

"Bir şey imzaladın mı?"

Böyle gitmez. Ellerimi başımın arkasına koyuyorum, arkama yaslanıyorum ve sakinleşirken tavanı inceliyorum. "Evet dostum" diyor Mozart, "bir sorunun var. Ama senin sorunun bu. Benim değil." Fena halde sigara içmek istiyorum. "Bayan Tsukiyama, bu kan davası gerekli mi?"

"Kan davası" diye mırıldanıyor üvey kız kardeş. "Güzel tabir."

"Tek isteğimin babamla tanışmak olduğunu kanıtlamak için ne yapmalıyım?"

Üvey anne başını kaldırıyor. "Sakin olun, Bay Miyake..."

Bu beni delirtiyor. "Hayır, Bayan Tsukiyama, sakin olmaktan yoruldum! Ben..."

"Bay Miyake, siz..."

"Kes sesini ve beni dinle! Paranızı istemiyorum! İyilik de istemiyorum sizden! Ve *şantaj*! Size *şantaj* yapmak istediğimi de nereden çıkardınız? Öz babamı bulmak için bu şehirde sürünmekten çok, çok, çok, çok sıkıldım! Beni küçük görmek istiyorsanız, olur, yaşayabilirim bununla. Sadece bırakın tanışayım onunla –sadece bir kez– beni bir daha görmek istemediğini bana kendisi söylerse hayatlarınızdan çıkacağım ve kendi hayatımı yaşamaya başlayacağım. Hepsi bu. Bu kadar. Anlamak zor mu bunu? Çok fazla şey mi istiyorum?"

Tükendim.

Üvey kız kardeşim sıkılgan.

Üvey annem o dayanılmaz alaycılığını sonunda çıkarıyor.

Sanırım kendimi dinlettim onlara. Ve Amadeus Çayevi'ndeki müşterilerin yarısına.

"Aslında evet." Üvey anne kendine ve somurtkan domuzcuk kızına açık çay dolduruyor yivli bir çaydanlıktan. "Çok fazla şey istiyorsun. Aileme zarar vermeyeceğini kabul ettiğimi düşünelim, Bay Miyake. Hatta durumun nedeniyle sana yakınlık duyduğumu düşünelim. Esas durum yine de değişmiyor."

"Esas durum."

"Bunu söylemenin nazik bir yolu yok. Kocam seninle tanışmak istemiyor. Seni babandan uzak tutan karanlık bir komplo olduğuna inanıyorsun sanki; doğru değil bu. Burada bulunmamızın sebebi yolunu dolambaçlandırmak değil. Kocamın emriyle onu rahat bırakmanı *rica* ediyoruz. Bakım masraflarını gelecekte bir araya geleceğiniz umudunu sürdürmek için değil, mahremiyet haklarını satın almak için ödedi. Anlamak zor mu bunu? Çok fazla şey mi istiyor?"

Ağlamak istiyorum. "Neden bunları kendisi söylemiyor?"

"Tek kelimeyle" üvey anne çayından bir yudum alıyor, "utanç. Senden utanıyor."

"Tanışmayı reddettiği oğlundan nasıl utanır?"

"Kocam kim olduğundan değil, ne olduğundan utanıyor."

Uzak bir köşede bir müşteri birden ayağa kalkıyor ve sandalyesini arkaya kaydırıyor.

"Ona, bize, kendine acı çektiriyorsun. Lütfen dur artık."

Garson kız sandalyeye çarpıyor. Fincanlar, ahududulu peynirli kekler tepsisinden kayıyor ve kaliteli porselen "Aaaaaa"lar eşliğinde parçalara ayrılıyor. Üvey anne ve üvey kız kardeş de benimle beraber seyrediyorlar. Şef garson temizleme operasyonunu izlemek üzere paraşütle iniş yapıyor. Özürler, karşı özürler, sözler, emirler, yer süngerleri, faraşlar. 60 saniye sonra büyük peynirli kek krizinden geriye hiçbir kanıt kalmıyor. "Tamam" diyorum.

"Tamam mı?" Üvey kız kardeş döndü.

Babamın evlenmeyi seçtiği kadını muhatap alıyorum. "Tamam, siz kazandınız." Bunu beklemiyordu. Ben de öyle. İpucu bulmak için yüzümü inceliyor. Hiçbir şey yok. "Babam benimle asla iletişime geçmeyerek niyetini uzun zaman önce belli etti. Ben... Ben... Bilemiyorum, hiç inanmak istemedim buna. Ama ona..." cam damla vazonun içinde kayısı renginde bir karanfil duruyor, "selamımı söyleyin. Selam söylüyorum ve hoşça kal diyorum."

Üvey anne bakışlarını benden ayırmıyor.

Gitmek üzere kalkıyorum.

"Bunu dedeciğimden mi aldın?" diye tokatlıyor üvey kız kardeş. Siyah kumaşla kaplı kaiten günlüğüne bakarak başını sallıyor. "Eğer öyleyse Tsukiyamalara ait çünkü."

Bu Anti-Anju'ya bakıyorum. Kibarca söylese, razı olup günlüğü ona verirdim. "Bu benim öğle yemeğim. İşe gitmem gerekiyor." Günlüğü yanıma alıp arkama bakmadan ayrılıyorum Amadeus Çayevi'nden. Şef garson asansör çağırıyor ve kapılara kapanırken eğilerek selam veriyor. Asansörde bir tek ben varım, fonda Carpenters'dan *On The Top of the World* çalıyor; dişlerimi zonklatan bir şarkıdır bu ama şu an bir şeyden nefret edemeyecek kadar tükenmiş durumdayım. Demin verdiğim karardan dolayı şaşkınım. Kat sayılarının düşmesini izliyorum. Ciddi miyim? Babam benimle tanışmak istemiyor... Bu yüzden onu aramam... doğru değil mi? Bitti mi? Anlamım iptal mi oldu? Sanırım, evet, ciddiyim. "Zemin kat" diyor asansör. Kapılar açılıyor ve meşgul insan kalabalığı içeri doluşuyor. Kapılar kapanmadan önce çıkmak için savaş vermek zorunda kalıyorum ve geldiğim yere gönderiliyorum.

Yedi

♠

İskambil oyunları

Dört haftada üçüncü patronum olan Saçiko Sera abartmıyormuş: Nero mutfağı cehennem gibi sıcak ve pizza düzenleme işimi bir maymun da yapabilir. Mutfak çok hareketli, beş adım uzunluğunda ve sonunda dolaplarla sandalyelerin bulunduğu kafes gibi bir şey var, pizza teslimatçıları burada bekliyor. Saçiko ve Tomomi telefonla veya gelen müşterilerden sipariş alıp fişleri ön tezgâhtaki aralıktan bana veriyorlar. Ben hamuru bütün duvarı kaplayan devasa çizelgedeki hiç okuma öğrenmemiş maymunlar için renkli figürlerle kodlanmış pizza isimlerine bakarak doğru malzemelerle süslüyorum. Örneğin, büyük bir daire içine alınmış "Chicago'da Silahlı Çatışma"da domates püresi, misket köfte, sosis, acı biber, kırmızı ve sarı biber, peynir resimleri var; "Hawaii'de Balayı" domates, ananas, ton balığı, hindistancevizi; "Neromanyak" amerikan salami, ekşi krema, kapari, zeytin ve karides. Sonra hamur çeşitleri var: Kalın, kıtır, otlu ve mozzarella dolgulu. Malzemeler mağara büyüklüğünde bir buzdolabında yaşıyor; her kabın kapağında içindeki malzemenin resmi var. Malzemeleri yerleştirdikten sonra pizzaları iki şeritli gaz ocağından bir cehenneme sürüyorsunuz. Şeritler erimiş iç organlarıyla pizzanın dakikada on santimetre kadar ilerlemesini sağlıyor ama siparişler birikiyorsa forsepsi içeri sokup pizzaya erken doğum yaptırabilirsiniz. "Marifet zamanlamada" diyor Saçiko, saçını arkaya atarken. "İdeal olan, teslimatçı siparişini teslim edip de döndüğü an pizzanın kutuya gitmiş olmasıdır, sipariş fişini kapağa bantlamayı da unutma." Yarım saat sonra Saçiko işi bana bırakıyor. Eğlenceli bir iş; siparişler hiç bitmiyor, gece 1'de veya 2'de bile, yani Ueno kayıp eşya ofisinde veya Akan Yıldız'daki durumun tersine, düşünmeye vaktim olmuyor pek. Müşterilerimiz arasında öğrenciler, kumarbazlar, gece çalışan işadamları var; Şincuku geceleri orman gibi. Litrelerce su içiyorum, litrelerce terliyorum ve bir kez bile işeme ihtiyacı duymuyorum. Araba vapuru gibi gürültülü bir aspiratör ve 1980'lere takılmış bir kanaldan başka bir şey çekmeyen bir radyo var. Biz cehennem kölelerini gidemeyeceğimiz ülkeleri ve farklı renkli kadınlarını düşündürerek rahatsız etmek için yapışkan bir de dünya haritası var. Saat ileri doğru sendeliyor. Saçiko telefonda konuşurken hayal ettiğim gibi: deli, düzenli, nörotik, istikrarlı. Tomomi, Amiral Perry Eski Edo Körfezi'ne girdiğinden beri Nero'nun Yeri'nde çalışan kötü bir kocakarı ve terfi alarak rahat yaşamını altüst etmeye hiç niyeti yok. Telefonda arkadaşlarıyla sohbet ediyor, seçkin motosikletlilerle flört ediyor, asla kaydolmayacağı sanat dersleri seçiyor, Nero'nun Yeri'nin sahibiyle bilmem kaç yıl önce yaşadığı ilişkiye ve memnuniyet verici dengesi bozulma tehlikesiyle karşı karşıya kalsa adamın evliliğine verebileceği zarara dair ipuçları veriyor. Sesi demiri kesebilir ve kahkahası gösterişli ama sahte. Motosikletliler her hafta değişiyor, bu gece Onizuka ve Dai var. Onizuka'nın ince dudakları ve hardal sarısı saçları var, Nero Pizza üniforması yerine kuru kafalı bir motorcu ceketi giyiyor. Saçiko bizi tanıştırdığında bana şöyle diyor: "Senden önceki siparişlerin içine ederdi. Müşteriler de ağzıma sıçardı. Siparişlerin içine etme." Tohoku'dan geliyor ve ham petrol kadar yoğun bir kuzeyli aksanı var; bu, havayla ilgili bir yorumu ölüm tehdidiyle karıştırırsam diye endişelendiriyor beni. Doi yaşlı, kırkın üstünde, topallayarak yürüyor ve suratında çarmıha-gerilen-İsa ifadesi var. Acı çeken, ekran koruyucusu gözler, kafasında az olmakla beraber yanaklarında fazlaca bulunan kıllar. "Onizuka'nın seni ezmesine izin verme, dostum" diyor bana. "O iyi biridir. Motorumu bedavaya tamir etti, dostum. Sigara içer misin?" Hayır dediğimde üzülerek kafasını sallıyor. "Zamane gençliği, dostum, en önemli yıllarınızı boşa harcıyorsunuz, yaşlanınca pişman olacaksın, dostum. Eğlenmeyi iyi bilen arkadaşların var mı? Birinci kalite, sağduyulu hizmet." Tomomi kafese giriyor; konuşmaları gizlice dinlemekte çok yetenekli. İmparatorun sarayının üzerinde *Görevimiz Tehlike* müziği çalan kilometrelik bir UFO kadar sağduyulu. Sabah saat üçte Saçiko kimyanın elde ettiği en koyu kahveden bir fincan getiriyor –o kadar koyu ki içine batırdığınız kalemler olduğu yerde kalır– kahve vücuduma ne kadar yorgun olduğunu unutturuyor. Onizuka koşuşturmamın son durağı olan personel bölümünde bekliyor ama benimle hiç konuşmuyor. Dükkânın önünde iki kez JPS içiyorum. PanOptikon manzarası var burada. Uçaksavar ışıkları karanlıktan şafağa göz kırpıyor. Aynı Gotham şehri. İkisinde de sigaramı bitiremeden geri çağırıyor beni cehennem. Ben cehennemden sağlık merkezi –kuşkonmaz, ekşi krema, zeytin, patates parçaları, sarmısak– çıkmasını beklerken Doi boşluktan içeri eğiliyor. "Ne kadar aç olduğumu biliyor musun, Miyake?"

"Ne kadar açsın, Doi?"

"Başparmağımı kesip yutacak kadar açım gerçekten."

"Gerçekten açmışsın o zaman."

"Şu bıçağı versene bana."

"Bunu yapmak zorunda mıyım?" ifadesi veriyorum yüzüme.

"Bıçağı versene, dostum, açlık krizi bu."

"Dikkatli ol. Çok keskin."

"Öyle olmasa neden isteyeyim ki dostum? Doi sol başparmağını kesme tahtamın üzerine yerleştiriyor, bıçağı parmağın üzerine getirip sağ yumruğuyla indiriyor. Bıçak, eklemi kolayca kesiyor. Tezgâhın üstüne kan fışkırıyor; Doi rahat bir nefes alıyor. "İşte, çok da kötü değildi!" Başparmağını sağ eliyle alıyor ve ağzına atıyor. Gluk. Sek havayla gargara yapıyorum. Doi yavaşça çiğniyor, tadından hoşlanıp hoşlanmadığına karar veriyor. "Kıkırdak gibi dostum, ama kötü değil!" Doi başparmağının iyice kemirilip parlatılmış kemiğini tükürüyor. Tuttuğum her neyse elimden düşürüyorum. Saçiko aralıktan bakıyor; işaret edip yutkunuyorum. "Doi!" diye azarlıyor Saçiko. "Seni kaprisli başrol oyuncusu! Seyretmekten başka çaresi olmayan insanlar gördün mü dayanamıyorsun, öyle değil mi? Özür dilerim, Miyake, seni Doi'nin hobisi hakkında uyarmalıydım: Sihirbazlık okulu." Doi kung-fu misillemesi gibi hareketler yapıyor. "Kutsal İllüzyonist Akademisi hobi değildir, sayın reis. Gün gelecek insanlar yaptıklarımı görmek için Budokan'ın dışında kuyruk olacak." Yerinde duran iki başparmağını bana doğru sallıyor. "Şiyake'nin sihirli sanatlara ihtiyaç duyan bir adamcağız olduğu gözlerinden okunuyor." "Miyake" diye düzeltiyor Saçiko. "Onun da gözlerinden okunuyor" diyor Doi. Bütün bu olanlara nasıl cevap vermem gerektiğini bilemiyorum kanın aslında domates suyu olmasından dolayı çok rahatladım. Saat beş. Sabah, yerleşmek üzere geliyor. Saçiko biraz salata hazırlamamı istiyor, ben de marul ve kiraz domates yıkıyorum. Pizza siparişleri yine çoğalıyor – kim kahvaltıda pizza yer ki? Saçiko hemen geri geliyor ve mahkeme salonu sesiyle konuşmaya başlıyor. "Eiji Miyake, İmparator Neron'un bana verdiği yetkiye dayanarak müebbet cezanızın on altı saatliğine ertelendiğini bildiririm. Ancak yine sekiz saatlik kürek mahkûmiyeti için gece yarısında bu askeri cezaevinde hazır bulunacaksınız." Kaşlarımı çatıyorum. "Ne?" Saçiko saati gösteriyor. "Saat sekiz. Gideceğin bir evin vardır herhalde?" Dükkânın kapıları açılıyor. Saçiko etrafa bakıyor ve "İşte!"

bakışıyla bana dönüyor. "Mahkûmun kapının dışında bekleyen bir ziyaretçisi var."

Ay, Jüpiter Kafe dışında herhangi bir yer diyor, bu yüzden hafif bir şeyler yiyebileceğimiz bir yer bulabilmek için Şincuku'ya doğru yürüyoruz. Konuşmak biraz garip, Jüpiter Kafe'deki o günden sonra yüz yüze görüşmedik ama geçen hafta telefonda yirmi dört saatten fazla konuşmuşuzdur. "Hava bundan biraz daha nemli olsaydı yağmur yağıyor olurdu" diyerek risk alıyorum. Ay, başını gökyüzüne kaldırıyor. "Yağıyor zaten." Niigata'dan dün akşam arabayla döndü ve yol yorgunu görünüyor. Bense genelev yatağı gibi darmadağınım ve ter kokuyorum. Hayal kuruyorum. "Babanla işler nasıl gitti peki?" Ay mırıldanıyor. "Saçma. Böyle olacağını..." diye başlıyor. Doğru zamanda doğru sesleri çıkarıyorum, ama insanlar ailevi problemlerinden bahsettiği zaman olduğu gibi sahip olmadığım bir organın durumu hakkında tıbbi bir açıklama dinliyormuşum hissine kapılıyorum. Ama Ay benimle kahvaltı etmek için buluşmaya geldiğinden yine de mutluluktan çatlıyorum. Küçük bir tapınağın yanından geçiyoruz; Ay, ağaçlara, tori kapısına, ip parçalarına ve bükülmüş kâğıtlara bakmak üzere konuşmasına ara veriyor. Bir portakal, bir şişe Suntory viskisi ve kasımpatılarla dolu bir vazonun arkasında bir jizo heykeli duruyor. Yaşlı bir adam huşu içinde dua ediyor.

"Müzisyenlerin batıl inançları var mıdır?"

"Hangi enstrümanı çaldıklarına göre değişir. Teknik olarak piyanistleri de kapsayan yaylı çalgıcılar, biz doğru çalana kadar prova yapabilme lüksüne sahiptirler çünkü yapacağımız hatalar genelde orkestra tarafından kapatılır. Tahtadan yapılmış nefesli çalgılar ve özellikle de pirinç enstrümanların işi daha zordur. Ne kadar iyi olursa olsun, tek bir talihsiz nefesi Bruckner'ın dokuzuncu senfonisini son orkestra şefimin osuruk mermisi diye tabir ettiği şeyle mahveder. Tanıdığım çoğu trompetçi sabah kahvelerinin yanında kurabiye yerine beta-bloker alır. Yakuşima pizza şeflerinin batıl inançları var mıdır?"

"Tapınağa son gidişimde amacım, şey, Tapınak Tanrısı'nın başını kesmekti."

"Şimşekle mi?"

"Sadece küçük bir marangoz testerem vardı."

Ciddi olduğumu anlıyor. "Tanrı sana istediğini vermemiş miydi?"

"Tanrı bana istediğimi tam olarak vermiştir."

"Başını bu yüzden mi kestin?"

"Evet."

"Vay, sana istediğini verme konusunda dikkatli olmalıyım."

"Ay İmajo, ben Eiji Miyake, başını asla kesmeyeceğime yemin ediyorum."

"Oldu o halde. Elde yapılmış dini eserleri tahrip etmek cezaevinde sonlanacak bir suç değil midir ama?"

"Bu sabaha kadar kimseye söylememiştim."

Ay, bana doksan dokuz anlama gelebilecek bir bakış atıyor. Mc Donald's'ın kapısında kaç sandalyenin boş olduğunu gösteren elektronik bir levha var; küçük şekiller devamlı yanıp sönüyor. Sandalyelere dedektörler yerleştirilmiş sanırım. Ay kendisi kuyruğa girerken yukarı çıkıp boş bir masa bulmamı söylüyor ve tartışamayacak kadar yorgunum. McDonald's leş gibi McDonald's kokuyor ama en azından duş almamış mutfak kölesi Miyake'nin kokusunu gizleyecek. Yukarıda hemşirelik öğrencileri sürüsü sigara içip zırıldıyor, bir yandan da cep telefonlarına acı acı bağırıyorlar. Kazandığım parayı düşünüyorum ve kendimi daha az yorgun hissediyorum. McDonald's'ta Avrupa haftası – duvara bir ekran monte edilmiş ve Roma görüntüleri uyku getiren bir müzik eşliğinde sunuluyor. Ay elinde tepsiyle merdivenlerin başında görünüyor, beni arıyor. El sallayabilirim ama onu izlemekten zevk alıyorum. Siyah tayt, çilek suyu renkli ipek bir gömleğin altında gök mavisi bir tişört ve kehribar küpeler. Ay hemşire olsaydı çalıştığı hastanede bir yatak sahibi olabilmek için büyük bir kemiğimi kırardım. "Çikolatalı milkshake kalmamış" diyor, "ben de muzlu aldım. Hemşire üniforması fetişin var, görüyorum ki."

"Benden sonra geldiler galiba."

Ay, kamışı içeceğime takıyor. "Eminim öyledir, her neyse, peynir kokuyorsun. Saçiko müşterilerinizin çoğunun hemşire olduğunu söylüyor – yolun karşısında eğitim alıyorlar da. Şu gri güdük bina Senso-ji Hastanesi."

"Ben oranın hapishane olduğunu düşünmüştüm. Sadece yeşil çay mı içiyorsun?"

"Beslenme planımın öğle yemeğine kadar izin verdiği tek şey yeşil çay."

"Ah, yine unuttum. Üzgünüm."

"Üzülmene gerek yok. Diyabet medikal bir durum, günah değil."

"Ben öyle demek..."

"Tamam, tamam; biliyorum. Ye yemeğini."

Pencerenin üstünden büyük bir robot nehri akıyor, bölüm şefleri kendi masasına varmadan önce masalarına varmak için koşuşturan devlet memurları. "Bir zamanlar" diyor Ay, "insanlar Tokyo'yu yarattı. Şimdi Tokyo insanları yaratıyor."

Milkshake yudumunu dilimde eritiyorum. "Babana geri dönelim: Onu dinlemeyip Paris'e gidersen Niigata'ya asla geri dönemeyeceğini söyledi."

"Ben de ona 'İstediğin gibi olsun' dedim."

"Yani Paris'e gitmeyecek misin?"

"Paris'e gidiyorum. Ama Niigata'ya asla geri dönmeyeceğim."

"Baban söylediklerinde ciddi miydi?"

"Bu beni değil annemi hedef alan bir termonükleer tehlike. 'Yaşlılığında kızın sana baksın istiyorsan, kalmasını sağlarsın.' Hatta babam bunu söyledikten hemen sonra paçinko oynamak üzere dışarı çıktı. Annem gözyaşı fırtınasına tutuldu, babam da böyle olacağını biliyordu. Bense düşünüyorum: Hangi yüzyıldayız? Niigata'da yirmili gruplar halinde Filipin yerlisi kızlar ithal eden dağ köyleri var, çünkü bu bölgede yaşayan kızlar reşit olur olmaz kaçıyorlar. Erkekler de bunun nedenini merak ediyor."

"Yani kazandın. Paris'e gidebilirsin."

"Üzülerek de olsa gidiyorum."

Bir JPS yakıyorum. "Sen çok katısın, Ay." Başını hayır anlamında sallıyor. "Diğer insanların seni nasıl gördüğü ve senin kendini nasıl gördüğün arasındaki uçurum tam bir muamma bence. Bence katı olan sensin. Ben milkshake'in kadar katı olduğumu düşünüyorum; sırası gelmişken söyleyeyim, o milkshake dokuz ölçü domuz yağı içeriyor. Umutsuzca, ailemin benimle gurur duymasını istiyorum. Gerçek güç her an başkalarının onayına ihtiyaç duymak değildir." Bir akşamüstü balkondaki kız çömlek vazoya günebakanlar koyuyor. Kameramanı görünce kaşlarını çatarak bakıyor, surat asıyor, saçını arkaya atıp ortadan kayboluyor. Ay, çay poşetini sıcak suya daldırıp çıkarıyor. "Bir kız üniversitesinde iki yıllık kozmetik programına katılıp aile dişçisiyle evlensem ve bir sürü bebek doğursam çok daha mutlu olurlardı diye düşünüyorum gerçekten. Müzik. Sen onunla besleniyorsun ama o da seninle besleniyor. Yiyip bitiriyor seni." Kıymalı-patatesli yemeğimi yiyorum. "Yine de... Miyakelerle karşılaştırıldığında senin ailen *Neşeli Günler*'deki Von Tripps'ler gibi kalır."

Ay, çay poşetiyle daireler çiziyor. "Von Trapps."

Beş yaşlarında bir çocuk masamıza geliyor ve Ay'a bakıyor. "Bebekler annelerinin karnına girmeden önce nereden gelirler?"

"Leylekler getirir onları" diyor Ay.

Çocuk düşünceli görünüyor. "Leylekler onları nereden buluyor peki?"

"Paris'ten" diyorum ve Ay'ı güldürmeye çalışıyorum. Küçük kızın babası elinde renkli bir tepsiyle merdivenleri çıkıyor ve kız ona koşuyor. Adam iyi bir babaya benziyor.

Ay bana bakıyor. Yüzünde hem çok yaşlı bir kadın hem de çok küçük bir kız görüyorum. Anju'yla "önce-kim-gözünü-kırpacak" oyunlarımızdan beri kimsenin gözlerine bu kadar uzun süre bakmadım. McDonald's'ta değil de sinemada olsak şu an öpüşüyor olurduk. Belki böylesi daha samimi. Sadakat, keder, iyi haberler, kötü günler. "Peki" diyorum sonunda ve Ay, "Neye peki?" diye sormuyor. McTeriakiburger kazıkazanını kazıyor başparmağıyla. "Bak. Küçük bir robot yemek kabı kazandım. Bu iyiye işaret. Sana yeni bir beysbol şapkası almama izin verir misin?"

Fikrimi değiştirmeden önce "Bu Anju'nun hediyesiydi" diye cevap veriyorum.

Ay kaşlarını çatıyor. "Kimin?"

"İkiz kız kardeşimin."

Ay kaşlarını daha da çatıyor. "Tek çocuk olduğunu söylemiştin."

Artık geri adım atamam. "Yalan söyledim sana. Sadece bir tane. Şimdi doğrusunu anlatmak istiyorum. Ayrıca sana anlatacağım birçok şey daha var: Vermemi tavsiye ettiğin kişisel ilan sayesinde büyükbabam benimle iletişime geçti, üvey annem ve üvey kız kardeşim de benimle tanıştı. Aslında bu tanışmadan çok tuzak gibiydi. Ayrıca beni tanımak istemeyen birini bulmaya çalışmak bu kişi babam bile olsa beni acınacak duruma düşürecek, ben de vazgeçtim... Ne oldu?" Ay hiddetle kızarıyor. "Bu tam da *senlik* bir davranış, Miyake!" Anlamaya çalışıyorum. "Ne benlik bir davranış?" Ay parmaklarıyla alnına vuruyor. "Peki, peki. İkiz kız kardeşinle başla. Sonra üvey annenle devam et. Hadi."

Öğle sularında ışık dalgası gibi hareketli bir halde Akan Yıldız'a dönüyorum. Ay'ın bütün gün dersleri var, bu yüzden kapsülüme yarın gelebilecek... Çarşamba – hangi günde olduğumuzu hatırlamak için durup düşünmek zorunda kaldım. Saatte yaklaşık doksan kez Ay'ı düşünüyorum. Şincuku'da ayrılışımız çok komikti; o beni takip ederken ben de onu takip ettiğimden kaybolduk. Kita Senju İstasyonu'ndan yaptığım yürüyüş bugün huzur vericiydi. Çalılıklar, sonbahar ağaçları, pusetlerde lolipop yalayan çocuklar... bugün bunlar Tokyo'nun iğrenç çirkinliğini gizliyor. "Günaydın Eiji-kun" diyor Maçiko memnuniyetle, "peynir kokuyorsun." Okinava'da geçen bir Beat Takeşi filmi seyrediyor. "İyi yönetmen, ancak gerçekten iyi aktörler iyi olmayan rollerde oynamaya cesaret edebilir." Maçiko bana tatil fotoğraflarını gösteriyor ve beğendiğim yağmur bulutlu tepelere uzanan bir portakal bahçesinin resmini veriyor. Bir süre Nero'nun Yeri'nden bahsediyoruz. Maçiko bana ilginç olduğumu hissettirebilme yeteneğine sahip, ona neredeyse Ay'dan bahsedecek oluyorum ama aşırı duygusallaşmaktan korkuyorum, ayrıca anlatacak fazla bir şey yok henüz, ben de kapsülüme çıkıyorum.

"Eiji-kun! Bunu sana vermeyi unuttum. Bu sabah geldi."

Paketi almak için geri dönüyorum; şu korumalı zarfların en küçüğünden. Alıcı Hokkaido, Hakodate'de yaşayan Bay Fujin Yonda – kim? Zarfın üzerinde YANLIŞ ADRES damgası var. Arkasında GÖNDEREN başlığının altında adım ve adresim yazıyor. "Bir şey mi oldu?" diye soruyor Maçiko.

Sakin olmaya çalışıyorum ve "Hayır" diyorum. Bir şey oldu, çünkü ben böyle bir mektup postalamadım. Kapsülüme çıkınca, parçalanmış bir kurulama bezi gizemli zarfı aklımdan çıkarıveriyor. Kesin kindar kedi yaptı, dün gece yalnız kaldı ya. Tişörtlerime geçmeden önce parçalamayı kesmesini umuyorum. Duş alıyorum, bez parçalarını topluyorum ve gitarımla *All You Need Is Love*'ın Howlin' Wolf versiyonunu çalmaya çalışıyorum. Yorgunluktan bayılmam gerekiyor ama uyumaya karşı bağışıklık kazandım. Sonra birden zarfı hatırlıyorum. Açıyorum. İçinden bir mektuba sarılmış CD çıkıyor. Bir bardağa buzluktan buz çıkarıyorum ve üstüne su dolduruyorum. İçinde çatlaklar oluşan buzların çıkardığı sesi seviyorum.

Tokyo

1 Ekim

Adım Kozue Yamaya. Hayatımın dokuz yılının bu muhasebesi ne kadar inanılmaz veya acımasız görünse de sonuna kadar okumanı istiyorum. Son vasiyetnamem senin ellerinde. Senden yasal olarak vasiyetimi yerine getirmeni istiyorum.

Sonlar kolaydır ancak her başlangıç önceki başlangıcın sayesinde olur. Benim seçtiğim başlangıç dokuz yıl önce yağmurlu bir mevsimdeki gece. O günlerde adım Makino Matani'ydi. Makino Matani, iki yaşında oğlu olan bir ev hanımıydı ve bir finans şirketinin sahibiyle evliydi. Kobe'deki iyi bir kız üniversitesinin işletme bölümünden yeni mezun olmuştu. Her yeni yılda dişçiler, hâkimler ve devlet memurlarıyla evli eski sınıf arkadaşlarına kart atar, onlardan kart alırdı. Sıradan bir hayat. Yağmurlu mevsim geldi. O son anları her şeyiyle hatırlıyorum: Oğlum plastik bir tren setiyle oynuyordu ve ben de duş kabinindeki yağmurlu mevsim küflerini temizliyordum. Japonya'nın batısındaki sel ve heyelan haberlerini veren televizyonun sesini duyabiliyordum.

Zil çaldı. Kapıya koştum, üç adam kapıyı zorladı ve kocamın kullanmamı söylediği zinciri kırdılar. Kocamın nerede saklandığını bilmek istiyorlardı. Bense onların kim olduğunu bilmek istiyordum. İçlerinden biri bana dişimi kıracak kadar sert vurdu. "Kocanın davasının memurları" diye homurdandı, "ve soruları biz sorarız." O ve adamlardan bir diğeri tüm evi aradı, üçüncü adamsa ben çığlık çığlığa ağlayan oğlumu sakinleştirmeye çalışırken başımda bekliyordu. Kocamın nerede olduğunu söylemezsem oğlumu sakatlamakla tehdit etti beni. Kocamı işten aradım ve o sabah arayıp hasta olduğu için işe gelemeyeceğini bildirdiğini öğrendim. Kocamı cepten aradım ve numaranın kullanım dışı olduğunu öğrendim. Çağrı cihazına çağrı bırakmaya çalıştım; kapalıydı. O an neredeyse kriz geçiriyordum; eşkıya bana kocamın viskisinden verdi ama yutamadım. Oğlum olanları korkudan büyümüş gözleriyle izliyordu. Diğer iki eşkıya kocamın özel eşyası ve mücevherlerimle dolu bir kutuyla geri döndüler. Sonrasında kara haberler gelmeye başladı. Kocam, Yakuza tarafından desteklenen bir kredi organizasyonuna elli milyon yenden fazla borç yapmıştı. Kocamın intihar etmesi durumunda hayat sigortamızdan faydalanacak tek isim bu organizasyondu. Kocam ödemeleri zamanında yapamazsa ev ve içindekiler onların malı olacaktı. "Ve bu kural" dedi üç eşkıyanın en acımasız olanı, "seni de kapsıyor." Oğlum yan odaya gönderildi. Bana kocamın borçlarından sorumlu olduğum söylendi. Beni dövüp tecavüz ettiler. "Sadakatimi garanti altına almak" için fotoğraflarım çekildi. Oğlumun hatırına bu işkenceye sessizce katlanmak zorunda kaldım. Onların emirlerine uymayı reddedersem fotoğraflar adres defterimdeki tüm isimlere gönderilecekti.

Bir ay sonra, Osaka'nın Buraka bölgesindeki penceresiz bir odada yaşıyordum. Bir geneleve satıldım ve evden çıkmam veya müşterilerimle seks yapmak dışında dış dünyayla iletişime geçmem yasaktı. Yirmi birinci yüzyıl Japonyası'nda seks köleliği diye bir şey olmasından şüphe duyabilirsin. Bundan habersiz olman imrenilecek bir şey, ancak inanmaman bu köleliğin serbestçe ilerlemesinin asıl nedeni. Ben kendim de saygıdeğer kadınların orospuya dönüşebileceğinden şüphe ederdim ama kontrol sahiplerin elinde. Bana kim olduğumu hatırlatacak, eski hayatıma dair her şey elimden alınmıştı –oğlum dışında. Oğlumun yanımda kalmasına izin verilmişti– bu da beni intihar ederek kaçmaktan alıkoydu. Müşterilerim esaretimi bilmekle kalmıyorlar, bundan zevk alıyorlardı ve bu suç açığa çıksa iştirakçi sayılacaklardı. Benimle toplum arasındaki son ve muhtemelen en yüksek olan duvarsa psikologların "rehine sendromu" diye tabir ettikleri olaydı: kaderimi hak ettiğim, hiçbir suçun işlenmediği inancı. En nihayetinde artık orospuydum; eski arkadaşlarımı veya annemi yardım isteyerek utandırmaya ne hakkım vardı? İflas etmiş kocamla denizaşırı ülkelere kaçtığıma inanmaya devam etmeleri daha iyiydi. Evimi oğlumdan küçük üç çocuk ve altı kadınla paylaşıyordum. Bana tecavüz eden adam pezevengimizdi; yemek, ilaç ve hatta bebek bezi için ona yalvarmak zorundaydık. Ayrıca makul miktarda uyuşturucu da sağlardı, aşırı dozda almayalım diye kendisi dağıtırdı. Kendimize takma isimler bulduk ve zamanla eski hayatımız dönüştüğümüz şeyden tamamen koptu. Hepimiz gelecekteki belirsiz bir noktada kaçtıktan sonra sahibi öldürmeyi hayal ediyorduk ama hepimiz Osaka'ya dönmeye cesaret edemeyeceğimizi biliyorduk aslında. Anneleri çalışırken çocuklara bizim bakmamız isteniyordu. Pezevenk, ailemizin borcunu ödeyemeyen üyelerinin kullandığı parayı karşılayacak miktarda çalıştıktan sonra özgür olacağımızı söylüyordu, yani müşterilerimizi mutlu etme konusunda ne kadar sıkı çalışırsak o kadar çabuk kurtulacaktık buradan. Sonbaharda, iki yıldır genelevde çalışan bir kız salıverilmişti. Ya da biz öyle düşündük.

Benim "salıverilmem" daha da çabuk oldu, çünkü yeni yılın hemen sonrasında direncimi kaybettim ve sinir krizi geçirdim. Müşteriler, pezevenge çaba göstermediğim konusunda şikâyette bulundular. Pezevenk benimle konuştu. İstediği zaman nazik olabiliyordu. Silahlarından biri de buydu. Alacaklılarımla konuştuğunu ve o gece oğlumla birlikte başka bir alana transfer edileceğimi söyledi. Kutlamak için cin ve tonik içtik.

Karanlık ve havasız bir yerde bir battaniyeye sarılmış bir halde uyandım. Sersemlemiştim, uyuşmuş gibiydim. Oğlum yanımda değildi. Üzerimde hâlâ genelev geceliğim vardı. Bir an diri diri gömüldüğümü sandım, ama etrafı inceleyince steyşın bir arabanın arkasında olduğumu anladım. Bir kriko buldum ve çıkışı zorladım. Kilitli bir garajdaydım. Arabanın yan aynasında pezevengi gördüm ve olduğum yerde kaldım. Uyuyordu. Sonra burnunun olmadığını gördüm. Biri burnuna silah dayayıp tetiği çekmişti. Oğlum ortalarda yoktu. Koşmaya başladım ama garajdan çıkmadan önce aklım başıma gelmeye başladı. Nerede olduğumu bilmiyordum, parasızdım ve beni tanıyan herkes ortadan kaybolduğuma inanıyordu. Sahiplerim pezevengi öldüren çete tarafından kaçırıldığım veya öldürüldüğüm sonucuna varacaklardı. Bir an tereddüt ettim ama sonra geri döndüm, pezevengin ceketini cüzdanını bulmak üzere karıştırdım. Kasıklarına doladığı bir çanta buldum. Çantada onlarca santim kalınlığında bir on bin yen destesi vardı. Hiç bu kadar çok para görmemiştim. Kilidi açıp dışarı çıktığımda kendimi geniş bir alana yayılmış Osaka merkez hastanesinin etrafında buldum, gece kıyafetleri içindeki soluk renkli bir kadının araya rahatça karışabileceği tek yerde...

*

Sonraki yıllarda ne yaptığımı uzun uzun anlatmaya zamanım yok. Bir yıl kadın sığınma evlerinde, ucuz otellerde yaşadım. Banka hesaplarım uydurma isimlere aitti. Hayatımın anlamı oğlumu aramak olmuştu. Eski kocam artık hiç düşünmediğim bir hayaletti. Beni hapseden Yakuza çetesini araştırması için özel bir dedektif tuttum. Dedektif verdiğim avansı bir hafta sonra iade etti; uyarı almıştı. Sempati ve suçluluk duyması nedeniyle beni sekreter/muhasebeci olarak işe aldı. Bu akıllıca bir karardı, çünkü müşterilerinin dörtte üçü boşanma anlaşmalarını daha da şişirmek için kocalarını takip ettirmek isteyen kadınlardı. Bu kadınlar iğrenç detayları yine bir kadınla konuşmayı tercih ederdi. Jinekolojide olduğu gibi evlilikte sadakatsizlik de kadınlar arasında daha rahat konuşulurdu. Bu kadınlar ajansımızı arkadaşlarına tavsiye ettiler böylece işimiz gittikçe büyüdü. Patronuma alan çalışmasında da eşlik etmeye başladım. Bu işte, kadınlar hemen hemen görünmez, en paranoyak erkeklere bile. (Dahası, genelev organizasyonunun bana ve oğluma dair tüm bilgisayar kayıtlarını sildiğini keşfettim. Görünmez bir kadın olmanın verdiği ayrıcalıkları kullanıyorum.) Genelevdeki hayatım beni yaraladığı kadar güçlendirmişti de. Üç yıl sonra patronum bana ortak olmayı teklif etti, kanserden öldüğünde de işi ben devraldım. Bütün bu süre boyunca, Makino Matani ve oğlunu öldürüp Kozue Yamaya'yı yaratan organizasyonu araştırdım. Çok büyük, isimsiz ve çok başlı bir iş bu. Adı yok. Altı binden fazla üyesi var. Liderlerle tanıştım, hatta çocuklarının düğünlerine davet edildim. Serbest zamanlı araştırmacı olarak işe girdim yanlarında. Yarı içerden olmam sırlarına ve devamlı saptırılan izlerine ulaşmamı sağladı.

Oğlum, organlarını Japonya'nın aşırı zengin ve umutsuz anne babalarına satmak amacıyla öldürülmüştü. Yurtiçi pazar en kazançlı olandı, çünkü anne babalar saf ve yurtiçinde yetişen soylar için para ödüyordu, ancak yurtdışı piyasası olarak Asya, Kuzey Amerika ve Rusya da önemliydi. Bu kader, çocuklar ve genelevlerde tutsak edilen kadınlar tarafından paylaşılıyordu. Bu zarfa koyduğum CD'de bu organizasyona liderlik edenlerin, onları koruyan kanun adamlarının, ameliyatları gerçekleştiren cerrahların, operasyonların üzerini örten politikacıların, parayı aklayan işadamlarının, organları dondurup nakleden adamların ve gümrük memurlarının isimleri, görüntüleri ve özgeçmişleri bulunuyor.

Yarın 2 Ekim. Her şeyi kamuya açıklamayı planladığım gün. Elimdeki verileri polis ve medyadaki bağlantılarıma vereceğim. İkisinden biri olacak; medya bas bas bağıracak ve Japon kamuoyu ve politik hayatı Kyuşu'daki hastanelerden parlamento binasına şok dalgaları gönderen bu skandalla sarsılacak veya teşhir etmeyi umduklarım tarafından öldürüleceğim. Eğer ikincisi olursa bu CD'nin ve mektubun kopyalarını çok farklı nedenlerle seçtiğim insanlara gönder.

Şunu bil: Ölü bir kadından gelen bir mektup tutuyorsun elinde. Kadınları ve çocuklarını organları için iğfal eden adamlardan intikamımı alamadım. Umudum ve tüm hayatıma mal olan çalışma şu an senin ellerinde. Gözünü aç ve vicdanın sana ne diyorsa onu yap. Sana bu konuda tavsiyeler veremem, en büyük girişimim başarısızlıkla sonuçlandı zaten. Yakuza eyaletimizde doksan bin üyesi bulunan bir güç. Polise gitmeyi seçersen tek başarın kendi ölüm emrini kendin alman olacaktır. Oynamak isteyip istemediğinin sorulmadığı tehlikeli bir oyunda yüksek bir kart tutuyorsun elinde. Ama bu insanlar tarafından öldürülen oğlum Eiji Matani'nin ve geçmişteki, şu anki ve gelecekteki sayısız kurbanın ruhlarının huzura kavuşması için sana yalvarıyorum.

Lütfen.
Kozue Yamaya

Neden ben? Oğlunun ve benim adımda aynı kanji harfleri var, sihir anlamına gelen *ei* ve dünya anlamına gelen *ji*. Bu kombinasyonla daha önce hiç karşılaşmamıştım ama Kozue Yamaya'nın beni güvendikleri listesine koymasının tek nedeni bu olamaz. İpucu bulmak üzere tanıştığımız anı düşünüyorum, ama hiçbir şey bulamıyorum.

Nasıl bulacağımı da bilemiyorum. Aşağıya bağırıyorum. “Maçiko? Bugünkü gazetelerde önemli bir haber var mı?”

"Ne?" diyor Maçiko. "Duymadım deme sakın!"

"Neyi?"

Maçiko manşeti okuyor: "'Dürüstlük Örneği Sevilen Politikacı – 'Rüşvet Almıyorum!' Bakan Tarafından Açığa Çıkarılanlar Meslektaşlarını Şaşırttı!'"

Gülümsemeye çalışıp kapıyı kapatıyorum. Yani Kozue Yamaya öldü. Hikâye çalışmalarındaki haftam boyunca beni ziyaret eden o yaralı insana acıyarak kötü hissediyorum kendimi. Ama buna karışmak aptallık olur. Bu CD'yi saklamak da intihar eğilimi gibi tehlikeli. Ne yapacağıma karar verene kadar CD'yi evimin en kullanılmayan köşesine –çoraplarımın altındaki prezervatif kutusuna– saklıyorum. Eğer aklıma kusursuz bir fikir gelmezse, nehre atmalı ve diğer alıcının daha güçlü bir konumda olduğunu ummalıyım. Tedirgin bir şekilde tüm alıcıları bir köprüye dizilmiş olarak hayal ediyorum, hepimiz aynı korku güdüsüyle CD'lerimizi nehre fırlatıyoruz. Kedinin suyunu değiştiriyorum, vantilatörü açıyorum, şiltemi yayıp uyumaya çalışıyorum. Yirmi dört saattir uyumamış olmama rağmen devamlı Bayan Yamaya'yı düşünüyorum. Önümde garip bir hafta olduğunu hissediyorum. Nabzım hızlanıyor. Delinemez bir sipere çarpan kırılmaz bir mızrak gibi.

◆

Salı son nefeslerini verirken işe geliyorum. Önlüğümü giyip beyaz bandanamı taktığımda çarşamba doğuyor. Görevini tamamlamış taksiciler ofis partisi verilebilecek kadar çok pizza sipariş ediyor, bu da beni doksan dakika meşgul ediyor. Radyo kanalı keyfince değişiyor Çince, İspanyolca ve diğer dillerin konuşulduğu ülkelerde dolaşıyor. "Tagalog[34] bu"

34. Filipinler'in resmi dillerinden biri. (ç.n.)

diye tahminde bulunuyor Doi. "Stratosferik hava bu gece çok temiz, sinüslerimde hissedebiliyorum." Pizzaları almak için cehennemin başında, kendi imalatı bir sigarayı içerken kafesin içinde bekliyor. Gözünü ovuşturuyor. "Miyake, burada köşede bir şey sıkıştı; bana bir kürdan verebilecek misin dostum?" Endişelerimi yok sayarak kürdanı veriyorum. "Teşekkürler." Doi kürdanı gözkapağının içini karıştırmak için kullanıyor. "Yok olmadı. Bir bakar mısın? Galiba küçük bir sinek girmiş içeri." Ona doğru yürüyüp gözüne bakıyorum. Doi aniden hapşırıyor, kafası sarsılınca kürdan gözüne saplanıyor. Yüzüme beyaz bir sıvı sıçrıyor. "Kahretsin!" diye bağırıyor Doi. "Kahretsin! Böyle olmasından *nefret ediyorum*!" Gerçeğin bu derece kaba olduğuna inanamayarak orada öylece duruyorum. Saçiko geliyor. Ben saçma sapan konuşmaya başlıyorum, o başını olamaz anlamında sallıyor, ben de konuşmayı kesiyorum. "Ona bir kez inanmak şirinlik göstergesidir Miyake, ama aynı golü iki kez yemek avanaklıktır. Doi bu kahve kremalarını böyle boşa harcamaya devam edersen beni müdür olduğumu hatırlatmaya ve masrafı maaşından kesmeye zorlamış olacaksın. Ciddiyim." Doi kesik kesik gülüyor ve ben yine kandırıldığımı anlıyorum. "Duydum ve itaat ediyoruuuum, reis." Saçiko cehennemin üzerindeki doğaüstü bir merciye hitap ediyor. "Her hayatımda her şeyi doğru yapana kadar durmadan tımarhane gibi yerler idare etmek benim karma felsefesiyle yönetilen kaderim mi? Miyake; bir büyük Titanic, puf tabanlı, ekstra köpekbalığı etli." Doi'nin pizzasını hazırlıyorum. Doi ortamdan zafer duygusuyla ayrılıyor. Devamlı Bayan Yamaya'dan gelen zarfı düşünüyorum. Tomomi sonsuz kahve molalarından birinde kafesin içine sıvışıyor. Hayatının ne kadar hareketli olduğunu söylüyor –"hareketli" onun en sevdiği sözcük kuşkusuz– sonra Ay'ın sevişirken orgazm taklidi yapıp yapmadığını nasıl bildiğimi soruyor, çünkü Bay Nero'yla yaşadığı ilişkide genellikle işleri *hareketli* bir hale getirmek zorunda hissediyormuş, çünkü erkekler performans konusunda kendilerine güvenmiyorlarmış. Tomomi bende pantolonda tarantula etkisi yapıyor. Tırnaklarını törpülerken cevap almak için beni kışkırtmaya devam ediyor. İçeri giren oyuncak helikopter boyutundaki eşekarısı bir yerde beni kurtarmış oluyor; Tomomi feryat figan "Öldür onu! Öldür onu!" diye bağırıp ön tarafa koşuyor. Açık olan kapılar kapanıveriyor. Eşekarısı vızıldayarak bir dakika kadar dolaşıyor, çoklu gözleriyle dikkatlice inceliyor beni ve Laos'a konuyor. Pizzalara konsantre olmam zorlaşıyor ama Tomomi'ye tercih ederim arıyı. Tezgâhın üzerine çıkıp Güneybatı Asya'nın üzerine plastik tüple vuruyorum. Eşekarısı kornalı ölüm sesi çıkarmaya başlıyor ve tüpe delik açmaya uğraşıyor. Ben dayanılmaz bir şekilde kaşınmaya başlıyorum ve taşınabilir bir eşekarısı kurtarma kutusu yapmak yerine tüpü yarı panik bir halde duvara monte aspiratörün üstünden atıyorum. "Aksiyon kahramanlarının sonuncusu" diyor Onizuka altdudağındaki şişkinlikle oynarken. Kafese hep hayalet gibi sessizce gelir ve öyle sessizce konuşur ki dudaklarını okumak zorunda kalabiliyorum. Pizzanın kutulanmayı beklediği cehennemde uyuklamaya başlıyor. "KDD Binası'na gidecek Eskimo Quinn'im bu mu? Müşteriler pizzaları soğuksa burnumdan getiriyorlar." Kapı aralanıyor. "Öldü mü?" diye soruyor Tomomi. "Eşekarısı iyi" diyor Onizuka, "ama Miyake aspiratörden çıkmaya çalışırken ezildi." Tomomi beni sinirlendirip sinirlendirmediğini anlamak için şirin bir şekilde gülümsüyor. Onizuka bir kelime daha etmeden pizzayı alıp çıkıyor. Bir dakika sonra Doi geliyor; dün *sol* bacağının aksadığına yemin edebilirim ama bugün sağ bacağı aksıyor. Tomomi ona hemen eşekarısından bahsediyor. Uyuşturucu satıcısı ve bütün kötülüklerin anası, bir canlının ölümünden sorumlu olup olmadığımı tartışıyor. "Sadece eşekarısıydı" diyorum, "geldiği yerde çok fazla var." Bu Tomomi için yeterince iyi bir cevap değil: "Bizim geldiğimiz yerde de çok fazla insan var, bu, adam öldürmeyi kabul edilebilir mi kılıyor yani?" Bu tartışılamayacak kadar saçma –özellikle de "Öldür onu! Öldür onu!" diye bağıran Tomomi'yken– ben de cehennemdeki pizzaların kabarmasını seyrediyorum. Muhabbete geri döndüğümde Doi ve Tomomi'yi kargalar hakkında konuşurken buluyorum. "İstediğini söyle" diyor Tomomi, "kargalar şirindir." Doi başını hayır anlamında sallıyor. "Kargalar kanatlı Nazilerdir. Apartmanımızın kapıcısı süpürgeyle bir karga kovalamıştı. Sonraki gün aynı karga bomba gibi tepesine iniyor ve kafasını kanatacak kadar sert gagalıyor. Karga? Üniformalı bir kapıcıya saldıran bir karga? Korkunç, dostum. Kısa devre yaptırıyor insana." Tomomi göz kaleminin ucunu sivriltiyor ve el aynasını açıyor. "Zayıflar yemdir, güçlüler yiyendir."

◆

Ueno'dan Kita Senju'ya gitmek trafiğin en yoğun olduğu zamanda bile kolaydır, çünkü gidiş yönündeki sualtı trenlerinde sadece gece işçileri ve tuhaf milyarderler olur. Diğer yöndeki trenlerse insan dolu yük vagonları gibi. Tokyo seri big-bang teorisinin bir modelidir. Öğleden sonra beşte insanlık patlar ve dış mahallelere yayılır, ancak sabah beşte insanlık çekimi yine devreye girer ve her şey sonraki günün patlamasında harekete geçmek üzere merkeze yuvarlanır. Benim iş ve ev arasında gidiş gelişim Tokyo'nun doğasına aykırı. Kendimi ölü gibi hissediyorum. Babamdan vazgeçmek alışmayı gerektiriyor. Ay provadan sonra kapsülüme gelecek, öğleden sonra beş sularında. Onun akşam yemeği benim kahvaltım. Yemekleri yapmayı önererek beni rahatlattı; diyabetten dolayı ne yiyeceğini kendi seçmeyi tercih ediyor. Mutfak repertuvarıma "sınırlı" demek fazla övünmek olur. Kita Senju'dan Akan Yıldız'a yürürken, garip bir bulut gökyüzünün yarısını kaplıyor. Bisikletliler, bebek arabalarını iten kadınlar, taksi şoförleri buluta bakmak için duruyorlar. Gökyüzünün yarısı açık ve masmavi, diğer yarısı karanlık bir huni gibi karışık fırtına bulutuyla dolu. Plastik poşetler girdaba kapılıp gözden kayboluyor. Buntaro tatil haftasından bugüne kadarki muhasebeyi incelemek için erken gelmiş. Bana bakıp havayı kokluyor. "Biliyorum" diyorum, "peynir kokuyorum." Buntaro tüm saflığıyla omuz silkiyor ve hesap makinesine geri dönüyor. Ben sürünerek yukarı çıkıyorum. Kedi bana günaydın diyor ve yerine çekiliyor. Mama kâsesini yıkayıp suyunu değiştiriyorum, duş alıyorum ve Ay için temizlik yapmaya başlamadan önce kısa bir süre kestirmeye karar veriyorum.

Suratım şekilsizce erimiş. Dilim ponza taşı gibi. Dil kökümdeki olukta biriken salya yastığıma akıyor. Masamda Ay havuç ve elma doğruyor. Bir an Ay'la evlendiğimi –dokuz çocuğumuza yemek hazırladığını– düşünüyorum ama sonra elma ve muskat kokusunu alıyorum. Kedi patilerini yalayarak beni izliyor. Buntaro Ay'ı yukarı çıkarıyor, Ay kapıyı çalıyor ama ben uyanamayacak kadar derin bir uykudayım, Buntaro kesinlikle içeride olduğumu söylüyor, Ay içeri bakıp beni görüyor, salata yapmak için bir şeyler almak üzere dışarı çıkıyor. Hayat istediği zaman sırf mutluluk oluyor. Ay bana güveniyor olmalı giyinikken –veya değilken– her nasılsam işte, benimle kapsülümde yalnız kaldığına göre. Güvenilmek beni güvenilir bir insan yapıyor. Elma ve havuç bir arada süper gidiyor. Ay üzümleri ve cevizleri doğruyor –şu ana kadar cevizi hiç sevmezdim– sonra da bunları marulun üstüne serpiştiriyor. Yıpranmış bir kot ve solup teninden de açık bir renge dönmüş sarı bir tişört giyiyor, saçlarını toplamış. İşte o efsane boyun. Kabukları çöp poşetine soyuyor. Ona garip bir şekilde yakışan siyah kalın çerçeveli bir gözlük takmış. Ay, karşısındakini asla ama asla etkilemeye çalışmaz, bu de beni *çok fazla* etkiliyor. Gümüş küpeler takmış. "Hey, Kyuşu yamyamı" diyor; tüm bu süre boyunca onu izlediğimin farkında olduğunu anlıyorum; akordumu la bemolden re minöre çeviriyor. "Neden mektuplarını buzlukta saklıyorsun?"

"Dikkatli ol" diyor Ay, "balıklarda kılçık olabilir."

"Tadı çok güzel."

"Sen hep hazır yemek mi yiyorsun?"

"Beslenmemi pizzayla çeşitlendiriyorum, Nero sağ olsun. Salatayı bitirsem olur mu?"

"Tabii, iskorbüt olup ölmeden önce hemen bitir. Manzaradan hiç söz etmemiştin bana."

"Manzara değil ki bu. Yakuşima'nın manzarası var."

"Benimle Saçiko'nun manzarasına beş basar. Evimiz eskiden yarıaçık bir cezaevinin antrenman sahasına bakardı. Çok hoş bir şeydi bu. Pencereleri açık bırakıp art arda Chopin valsleri çalardım. Bir sabah dersten döndüğümde sahanın yerinde kahvaltıdan itibaren çok katlı bir otopark türediğini gördüm. Şimdi yirmi santim ötemizde beton bir yapı var. Taşınmak istiyoruz ama depozito ödememiz mümkün değil. Tam bir aptal olmadığı sürece en dürüst emlakçı bile derini canlı canlı yüzer. Ayrıca yangın çıkarsa pencereden atlayıp yavaş yavaş nefes alıp vererek güvende olabileceğimizi bilmek güzel."

Telefon çalıyoooooor. Açıyorum. "Alo?"

"Miyake!"

"Suga? Neredesin?"

"Aşağıda. Bay Ogiso yanında arkadaşın olduğunu söyledi, ama gelsem olur mu?"

Olmaz, dürüst olmak gerekirse. "Olur tabii."

Suga kapsüle girince ağzım açık kalıyor. Vücut nakli yaptırmış. Egzaması geçmiş. Muhtemelen on bin yene patlamış şekilli bir saç kesimi var. Milanolu elmas hırsızlarının takımından giymiş ve elektronik folk şarkıcılarının dikdörtgen gözlüklerinden takmış. "Görüşmeye mi gidiyorsun?" diye soruyorum. Suga duymazdan geliyor ve çekinerek eğilip Ay'ı selamlıyor. "Merhaba, ben Masanobu Suga. Siz Miyake'nin Koreli kız arkadaşı mısınız?"

Ay bir kereviz sapının kafasını koparıyor ve sorgulayan gözlerle bana bakıyor.

"Hayır" diyorum bozularak, "Suga, bu Bayan İmajo."

Ay kerevizi katır kutur çiğniyor. "Horlayan Suga mı bu?"

Şimdi Suga şaşkın görünüyor. "Ben... şey... Miyake?"

"Ah... Başka zaman."

"Uzun bir zaman için başka zaman olmayacak – hoşça kal demeye geldim."

"Tokyo'dan ayrılıyor musun?" Oturması için yere bir minder atıyorum. "Uzağa mı yakına mı?"

Suga ayakkabılarını çıkarıyor ve oturuyor. "Saratoga."

"Hangi bölgede orası?"

Ay bu adı daha önce duymuş. "Saratoga, Batı Teksas, değil mi?"

"Çölün kalbi."

"Güzel" diyor Ay, kerevizi çiğnerken, "ama çılgınca."

Temiz fincan gibi bir şey buluyorum. "Neden gidiyorsun çöle?"

"Nedenini kimseye söylememe izin yok."

Çayını dolduruyorum. "Nedenmiş?"

"Bunu söylememe de izin yok."

"Bunların Kutsal Kâsenle bir ilgisi var mı?"

"Geçen hafta buradan ayrıldıktan sonra ofisime gittim ve beynimi tekrar vitese taktım. Apaçık saldırı gibiydi. Arama programı yazdım, gizlice dosya alanına soktum ve Kutsal Kâse sitesi oralarda bir yerde mi saklanıyor diye bakmak için dokuz milyar dosyayı taradım. İlk denemem geri tepti. Megabayt diliyle Çin'i Sumida Tüneli'nden geçirmeye çalışmak gibiydi bu. Pentagon güvenlik sistemi programı yabancı olarak tanımlar, çökertir ve takip programı gönderir. Ben tam zamanında çıkarım." "Pentagon mu?" diye soruyor Ay. Ay, alçakgönüllü ve mütevazı bir halde parmaklarıyla oynuyor. "Birkaç gün bu sorunla yatıp kalktım, sonra derinlerdeki dahi kapıyı kırıverdi. İlham şafak baskını yaptı. Pentagon güvenlik sistemine girdim, kendi işletim sistemini etkisiz hale getirdim, hatta aksine çevirip koruması gereken dosyaları aramasını sağladım! Düşmanın av köpeğini sahibinin saklandığı yeri göstermesi için eğitmek gibi. Böyle anlatınca kolay gibi görünüyor, biliyorum, ama önce altı farklı cep telefonu ağından altı farklı isimle uçuş planımı ayarlamam gerekti. Sonra..."

"Gerçekten yaptın mı bunu?"

Suga detayları anlatmaya devam ediyor. "Yaptım. Ama kontrol edilmesi gereken Kutsal Kâse sayısı gerçekten sonsuzdu. Bir düşünün. Her biri dokuz milyar dosyadan oluşmuş dokuz milyar dosyanın tepesinde dokuz milyar dosya – bu da ulaşmaya cesaret edebildiğim kadarı. Arama programımı serbest bıraktıktan sonra uyuyakalıyorum. Derin Uyku Şehri'ndeyim. Saat sabahın on biri ve ben önceki akşam yediden beri bilgisayardaydım. Peki ya sonra? Uyanıyorum ve ofisimi araştıran üç adam buluyorum karşımda. Öğle vakti, şok oluyorum. Hacker olduğunu sandığım bir adam tüm kişisel dosyalarımı elindeki sürücüye yüklüyor, böyle bir sürücü daha önce görmedim. Lider gibi duran diğer adamsa donanımımı inceliyor. Üçüncüsü başında kovboy şapkası olan şişman ve yanık tenli bir yabancı, Zax Omega mangalarımı okuyor ve biramı içiyor. Korkamayacak kadar şaşkınım. Lider bana bir kimlik kartı fırlatıyor –Veri Koruma Ajansı diye bir şey duydun mu?– Japonya/Amerika Birleşik Devletleri Karşılıklı Savunma Anlaşması'nı ihlal ettiğimi, sessiz kalma hakkına sahip olduğumu ama en yakın askeri üste Amerikan hukukuna uygun bir şekilde yargılanmak istemiyorsam hayatta kalmak için dizlerimin üstüne çöküp her şeyi anlatmam gerektiğini söyledi."

"Bunlar doğru mu?" diye soruyor bana Ay.

"Bunlar doğru mu?" diye soruyorum Suga'ya.

"Yalan demeyi öyle çok isterdim ki. *Esaretin Bedeli*'ndeki tecavüz sahnesi gözümün önünden gitmiyor. Lider kibrit kutusu büyüklüğünde bir kayıt cihazı çıkarıyor ve soruları ateşlemeye başlıyor. Bense aletime elektrot bağlamasını bekliyorum. Pentagon'a nasıl girdim? Antivirüs işletim sistemini nasıl devreden çıkardım? Yalnız mı çalışıyordum? Olay sonrasında kiminle konuştum? Şu organizasyonlardan herhangi birini hatırlıyor muydum; o an hatırlayamadım. Şimdi bile hatırlamıyorum. Hangi okullara gittiğimi, nerede yaşadığımı, her şeyi biliyorlar. Sonra hacker teknik konuşmalar yapıyor, farklı isim ağımdan etkilendiğini görüyorum. Öyle olsa bile bu işin sonu karanlık görünüyor, bana ne yapmayı düşündüklerini bilemiyorum. Fotoğraf albümlerimi ve *MasterHacker* kitabımı karıştırmakta olan yabancı sonunda liderle İngilizce bir şeyler konuşuyor. Asıl sorumlunun o olduğunu anlıyorum. Tuvalete gidip gidemeyeceğimi soruyorum. Genç hacker bana eşlik ediyor; biraz daha bilgi alabilmek için ona sorular soruyorum ama başını olmaz anlamında sallıyor. Ofisime döndüğümüzde lider bana iş ya da çok korkutucu gelen bir yasa altında koruma teklif ediyor. Ücret de vaaaaaay! Yapay zekâ, füze kalkanı sistemleri..." Suga dudağını ısırıyor. "Ayy. Verebileceğim tek bilgi bu. Kimseye hiçbir şey söyleyemem."

"Peki ya IBM ve üniversiten?"

"Evet, benim sorum da bu oldu. Lider, yabancıya bakıp başını tamam anlamında salladı; yabancı, cep telefonundan bağırarak emir verdi. 'Halloldu bile, Bay Suga' dedi lider bana. 'Anne babanız eğitiminiz konusunda endişeleniyorsa size bir doktora programı ayarlayabiliriz. MIT uygun mudur? Diğer detaylar daha sonra konuşulur.' Yarından sonraki gün uçuyorum, yani yapmam gereken milyonlarca iş var. Sana bir hediye getirdim, Miyake. Tropik meyve gibi ama biraz daha özel. İşte." Kare bir kutu çıkarıyor, içinden çıkardığı düz siyah bir şeyin kapağını açıyor. "Bu benim en iyi el yapımı bilgisayar virüsüm." İki gündür ikinci defa CD veriliyor bana. "Şey... Teşekkürler. Daha önce kimse bana virüs vermemişti." Ay bir şeyler mırıldanıyor sonra konuşuyor: "Böyle şeyler hastane sistemlerine bulaşınca insanların hayatı tehlikeye giriyor. Bunu hiç düşünmüş müydün?" Suga başını evet anlamında sallıyor ve çayını höpürdeterek yudumluyor. "Etik sanal kâşifler sorumluluk sahibidir. Onlar makinelerdeki hayaletlerdir, yağmalamayı seven inekler değillerdir. Biz genişleyen bir soyuz. Üst düzey sistem kâşiflerinin yüzde altmış beşten fazlası etiktir." Ay, Suga'ya karanlık bir bakış fırlatıyor. "Tüm istatistiklerin yüzde seksen beşten fazlası da konuşma anında uydurulur." Suga yılmayıp devam ediyor. "'Postacı' adını verdiğim şu virüsü ele alalım mesela, mesajınızı adres defterindeki tüm adreslere ve gönderdiğiniz kişinin adres defterindeki tüm adreslere gönderiyor. Sonra çoğalıp o adres defterlerindeki adreslere de gönderiyor kendini; doksan dokuz nesil böyle devam ediyor. Saf değil de ne şimdi? Ve tamamen zararsız." Ay ikna olmuş gibi görünmüyor. "Gereksiz bir mesajı on binlerce insana yaymak pek etik gelmiyor bana." Suga'nın yüzü gururlu baba gibi aydınlanıyor. "Gereksiz mesaj değil! Miyake on binlerce insana istediği barış ve sevgi mesajını yayabilir. Saratoga'nın çok gizli bir araştırma üssü olduğunu düşünürsek Teksas'a götürebileceğim bir şey değil bu, bozulup giderse de çok yazık olur."

Suga gidiyor, ben salatayı bitiriyorum ve tatlı olarak kavun kesiyorum. Buntaro'ya kavun götürüyorum, tavanı işaret edip soru sorar bir tavırla küçük parmağını sallıyor. Anlamazlıktan geliyorum. Ay'a pas verecek değilim. Aramızda bir henüz değillik var. Ben kendimle konuşurken, Ay masada yer açıyor. "İnsülin saatim. İzlemek ister misin yoksa insan derisini delen iğneleri görünce miden mi bulanıyor?"

"İzlemek istiyorum" diyerek yalan söylüyorum.

Çantasından bir kutu çıkarıyor, şırıngasını hazırlıyor, önkolunu dezenfekte ediyor ve iğneyi sakince batırıyor. Ürküyorum. İnsülin kan dolaşımına karışırken onu izleyişimi izliyor. Birden kendimi aciz hissediyorum. Ay'a pas vermek bir çiçeğe acele etmesi için bağırmak kadar kaba bir davranış. Ayrıca beni reddederse kendimi mikrodalga fırında yok etmek zorunda kalırım. "Evet, Miyake" diyor Ay, iğneyi çıkarırken. "Sonraki hamlen nedir?"

Kuru kuru yutkunuyorum. "Ne?"

Sterilize pamukla bir kan damlasını siliyor. "Babanı takip etmek konusunda fikrini değiştirdiğine göre Tokyo'da kalacak mısın?" Yerimden kalkıp kızartma tavamı siliyorum. "Bilmiyorum. Herhangi bir şey yapmadan önce paraya ihtiyacım var, bu yüzden karşıma daha iyisi çıkana kadar Nero'nun Yeri'nde çalışmaya devam edeceğim muhtemelen... Sana annemin bana yazdığı mektuplardan birkaçını göstermek istiyorum."

Ay omuz silkiyor. "Olur."

Plastikteki buz granüllerini temizliyorum, ben bulaşıkları yıkayıp duş alırken Ay mektupları okuyor.

"Duşun uzun sürdü."

"Şey... Duş alırken Yakuşima'ya gitmişim gibi hissediyorum. Ilık yağmur." Mektupları işaret ediyorum. "Ne düşünüyorsun?"

Ay mektupları nazikçe zarflarına yerleştiriyor. "Onlar hakkında ne düşündüğümü düşünüyorum." Fujifilm saat on diyor. Çıkmak zorundayız, Ay avcılar barlardan çıkmadan önce evde olmak istiyor ve ben de gece yarısı olmadan önce işte olmak zorundayım. Aşağıda, Buntaro Pringles yiyor ve robot, motosiklet ve makine dolu bir film izliyor. Öyle masumca "Salata iyi miydi bari?" diye soruyor ki onu öldürebilirim. Başımla ekranı işaret ediyorum.

"Ne izliyorsun?"

"Sinematografinin iki kuralını test ediyorum."

"Neymiş o kurallar?"

"İlk kural: Adı –cı'yla biten filmler saçma sapandır."

"Peki ya ikincisi?"

"Bir filmin kalitesi, içindeki helikopterlerle ters orantılıdır."

Kita Senju İstasyonu'na vardığımızda "Bir açıdan" diyor Ay, "bana o mektupları göstermemiş olmanı dilerdim."

"Neden?"

Ay bozuk paralarını sayıyor. "Gerçekten ne düşündüğümün hoşuna gideceğini sanmıyorum." Sonbaharın son pervane böcekleri titrek ışığın etrafında dönüyorlar.

"Sana mektupları göstermemin sebebi gerçekten ne düşündüğünü duymaktı."

Ay biletini alıyor, ben geçiş kartımı gösteriyorum ve peron boyunca yürüyoruz. "Annen hayatında istiyor seni, öyle olunca senin hayatın da zenginleşecek. İlgisizliğin ikinize de bir şey kazandırmıyor. O mektuplar barış anlaşması aslında."

Bu, kafamı karıştırıyor. "Eğer onunla iletişime geçmemi istediyse, neden bana Nagano adresini vermedi?"

"Sana onu reddetme gücünü vermekten korkmuş olabileceği aklına geldi mi hiç?" Ay gözlerimin içine bakıyor. "Ayrıca nerede olduğunu söylemiş, 'Hakuba Dağı .'"

Bakışlarımı özgürleştiriyorum. "'Hakuba Dağı' bir adres değil ki."

Ay birden duruyor. "Miyake, senin gibi zeki biri böyle söylüyor." Dıııııııııııııt! yapıyor alaycılık dedektörüm. "Sen kendini kandırma virtüözüsün. Hakuba Dağı'nın eteklerinde en fazla on otel vardır. Tokyo'da adını bile bilmediğin bir adamı bulmakla kıyaslandığında anneni bulmak çok kolay bir iş. Eğer gerçekten istiyorsan onu yarın akşama kadar bulmuş olursun."

Şu an Ay'ı ikna etmem mümkün değil. Konuyu kapatmam gerektiğini biliyorum ama bunu yapamam. "Peki, istemediğimi düşünmenin sebebi tam olarak nedir?"

"Senin psikiyatristin değilim ben." Ay sertçe omuz silkiyor. "Sen söyle. Kızgınlık mı? Suçluluk mu?"

"Hayır." Ay olanları bilmiyor. "Bizi bulmak için yedi yılı, beni bulmak için bir dokuz yılı daha oldu."

Ay kaşlarını çatıyor. "Tamam, ama sorunların hakkında ne düşündüğümü bilmek istemiyorsan özel mektuplarını göstermek yerine havadan sudan konuş benimle. Ve kahretsin Miyake..." Ona bakıyorum. "Ne?" Ay, homurdanıyor gibi. "Sigara *içmek* zorunda mısın?" MacArthur çakmağımı yerine koyuyorum ve Parliament'imi gömleğimin cebine geri atıyorum. "Canını bu kadar sıktığını bilmiyordum." Sözcükler ağzımdan çıktığı an kötü niyetle söylendiklerinin farkına varıyorum. Ay durmadan homurdanıyor. "Nasıl canımı sıkmaz? Pankreasım beni öldürmesin diye kolum dokuz yaşımdan beri iğnelik gibi. Yılda iki kez hipoglisemi komasına giriyorum; sense Marlboro Man gibi görünmek için ciğerlerini ve rüzgârına maruz kalan herkesin ciğerlerini kanserle dolduruyorsun. Evet, Miyake, sigara içmen gerçekten canımı sıkıyor."

Söyleyecek bir şey bulamıyorum.

Bu akşam darmadağın oldu.

Tren geliyor. Ueno'ya giderken yan yana oturuyoruz, ama farklı şehirlerde oturuyor gibiyiz. Keşke öyle olsak. Reklam ülkesinin mutlu vatandaşları uydurma gülüşleriyle dalga geçiyorlar benimle. Ay bir şey söylemiyor. Ueno'nun hiç olmadığı kadar sessiz Ueno'da iniyoruz.

"Seninle istasyona kadar yürüsem olur mu?" diye soruyorum barış isteğiyle.

Ay omuz silkiyor. Uzay yolundaki geçici ölüm koridoru gibi geniş bir koridordan yürüyoruz. İleriden ritmik ve şiddetli bir vurma sesi gelmeye başlıyor; turuncular giymiş bir adam kauçuk çekiç gibi bir şeyle bir yere vuruyor. Ne veya kim kıyılıyorsa artık şu kolonun arkasına gizlenmiş. Adamı rahatsız etmemek için ikimiz de yönümüzü değiştiriyoruz, Ay'ın trene bineceği yere ulaşabilmek için adamın yanından geçmek zorundayız. Birini öldüresiye dövdüğünü düşünüyorum ciddi ciddi. Ama adam sadece deliğe fazla büyük bir kaldırım taşı yerleştirmeye çalışıyor. Bam! Bam! Bam! "İşte" diyor Ay, muhtemelen kendi kendine konuşuyor, "hayat bu." Tünelden gelen bir tren kurt gibi uluyor ve Ay'ın saçları rüzgârda dalgalanıyor. Kendimi çaresiz hissediyorum. "Şey... Ay..." diye başlıyorum ama Ay sinirle kafasını sallayarak beni susturuyor. "Seni ararım." Bu "Tamam, endişenlenme" mi demek, "Ben seni arayana kadar beni aramaya cüret etme" mi demek? Paris Konservatuvarı'nın burslu öğrencisine yakışır mükemmel uyum. Tren geliyor, Ay binip oturuyor, kollarını bağlıyor ve bacak bacak üstüne atıyor. Hiçbir şey düşünemeden el sallıyorum ve diğer elimle gömlek cebimden Parliamentlerimi çıkarıp trenle istasyon arasına fırlatıyorum. Ama Ay gözlerini kapamış bile. Tren hareket etmeye başlıyor. Hiçbir şey görmedi.

Kahretsin. *İşte*, diye düşünüyorum, *işte hayat bu.*

◆

Bay Nero yarış kulvarı her akşam daha da küçülüyor. Cehennem giderek sıcaklaşıyor. Saçiko, Ay hakkında hiçbir şey söylemiyor. Şu ana kadar en yoğun gece çarşamba gecesi oldu. Saat bir, saat iki dönüp duruyor. Duygular ne kadar yorucu. Sanırım bu yüzden onlardan kaçıyorum. Bir şey iyi olduğu an lanetleniyor. Doi buz küpleri emiyor, burnunun içini parmağıyla yırtıyor ve iskambil kâğıtlarını karıyor. "Bir kart çek" diyor, "herhangi birini." Kafamı iki yana sallıyorum – havamda değilim. "Hadi! Bu üç bin yıllık bir Sümer sihirbazlığı. Bir kart çek." Doi yavaşça salladığı kartları neredeyse ağzıma sokuyor. Ben de bir kart çekiyorum. "Aklında tut ama sakın ne olduğunu söyleme." Karo dokuzlu. "Tamam mı? Kartı desteye ekle ve karıştır. Bir şekilde, nasıl yaparsan yap, kartı çok iyi sakla." Ben de desteyi karıştırıyorum – Doi'nin görmesi mümkün değil. Tomomi ağzın oraya kuruluyor. "Miyake! Üç Şişko Denizkızı, ekstra yosun ve kalamar. Doi burnunu karıştırmak senin yaşında bir hippiye hiç yakışmıyor." Doi elini burnundan çekiyor. "Şu kır saçlının çenesini kapatmalı, ahbap... Senin burnunun içinde sivilce çıkmadı mı hiç?" Tomomi ona bakıyor. "Burnumun içinde şu an bir sivilce var. Adı da Doi. Şu doktorun partisine gitmesi gereken sipariş yedi gün gecikmiş; şikâyet etmek üzere telefon ederlerse onlara kulağının içindeki kulaklığı göstereceğim, negatif enerjileriyle de sen başa çıkarsın. Ahbap." Doi'nin yüzünde bir vaaay! ifadesi beliriyor. "Hanımefendi, şu an bir sihirbazlık gösterisinin tam ortasındayım." Tomomi içinden ıslık çalıyor. "Bay Nero'ya motosiklet kutundaki aromatik malzemelerden bahsetmemi *ister* misin?" Doi oyun kartlarını kutusuna koyuyor ve giderken bana fısıldıyor: "Korkma, ahbap, bu numara devam edecek..." Dakikalar aşağıya inen yürüyen merdivenlerde koşarak yukarı çıkmaya çalışıyor. Onizuka uzun mesafe bir servisten sonra mola alıyor. Kafeste oturuyor ve greyfurtu parçalayarak yiyor. Tikka tavuğu ve mini salatayı sonraki servisi için paketliyorum. Geceyi hızlandırmak için süre yönetimi uyguluyorum: Saate bakmadan önce saatin kaç olduğunu düşünüyorsam yirmi dakika öncesini söyleyerek kendime oyun oynuyorum, böylece gerçek saat sürpriz oluyor ve seviniyorum. Ama bu gece kesin dediğim tahminlerim bile fazla iyimser kalıyor. Doi tekrar kafese geliyor, radyoda dinlediği şarkıdan dolayı çok memnun. "*Fırtınadaki Şoförler* çalıyor, ahbap..." Büyük bir ormanda kuş sesleri dinlemek çok hoşuna gidebilir. "Pizza motosikletimdeki ben gibi." Matarasından kusmukla yağ arası bir kıvamdaki Tibet çayını içiyor ve kartları kulaklarından çıkarmaya çalışıyor. Yarım kalan numarasını unuttu, ben de hatırlatmıyorum. "İnsanın durumu kart oyunu gibidir, ahbap. Elimiz rahimde dağıtılır. Çocukken birkaç kart atar, birkaç tane alırız. Reşit olunca, çok kart alırız; iş, harcamalar, krizler, evlilik... Kartlar gelir, gider. Bazı günler elin iyi olur. Bazı günlerse oyunun süresi kötü gong sesleriyle biter. Bahse girersin, oynarsın, blöf yaparsın." Saçiko mola vermiş, kafese giriyor. "Peki, bu oyunu nasıl kazanırsın?" Doi kartları açıp yelliyor. "Kazanırsan kurallar değişir ve kaybettiğini anlarsın." Saçiko ayaklarını Nero ketçaplarıyla dolu bir kutunun üzerinde dinlendiriyor. "Doi'nin metaforları simgeledikleri soyut şeyden daha çok bulandırır beynimi hep." Tomomi Satanica siparişi veriyor, ince tabanlı ve üç misli kaparili. Tabanı yayıyorum ve Ay'ı rüyasında Paris'i görürken düşlüyorum. Suga Amerika hayalleri kuruyor. Kedinin rüyalarında başka kediler var. Pizzalar gelip gidiyor. Tamamlanan siparişlerin fişleri dağ gibi oluyor. Dışarıdaki dış dünyada bir ılık şafak daha parlamaya başlıyor. Saat sekiz yeni aşçıyı getirene kadar salatalık soyuyorum, sonra sırtıma vuruluyor ve dokuz desibel bir ses "Miyake, eve git!" diyor. Çiyoda hattından Kita Sen-ju'ya gidip discman'ime bağlanıyorum. Müzik yok. İlginç, pilleri dün değiştirdim. *Eject* tuşuna basıyorum – içinde CD yok, bir iskambil kâğıdı var sadece. Karo dokuzlu.

Kapsülümdeki telesekreterde bir mesaj var. Ay'dan değil. "Ah... şey, merhaba, Eiji. Ben senin babanım." Gülünç. Donuveriyorum; marttan beri ilk defa üşüyorum. "Hey, söyleyebildim. Ben senin babanım, Eiji." Derin bir nefes alıyor. Sigara içiyor. "Çok zor değilmiş. Her neyse. Öylesine karmaşık ki. Nereden başlasam?" "Öf" sesi. "Birincisi, inan bana, beni aramaya Tokyo'ya geldiğini bilmiyordum. O sadist Akiko Kato benimle değil karımla irtibata geçmiş. Konferanslar ve iş nedeniyle ağustostan beri Kanada'daydım, Tokyo'ya geçen hafta döndüm." Derin bir nefes. "Bugünün gelmesini umdum hep, Eiji, ama ilk adımı bir türlü atamadım. Buna hakkım olduğunu düşünmüyordum çünkü. Umarım sana mantıklı geliyordur. İkincisi, karım. Bu çok utanç verici, Eiji – sana Eiji diyebilir miyim? Başka bir şey demem yanlış olur gibi geliyor. Karım seni uyarmak için yazdığı mektuptan ve geçen haftaki buluşmanızdan hiç bahsetmedi bana... Kızım bir saat kadar önce ağzından kaçırınca öğrendim her şeyi." Aklı karışık. "Her neyse, çok kızdım ve seni arayabilecek kadar sakinleşmeyi bekledim. Çok adice. Çok yanlış. Seni benden uzak tutmaya ne hakkı vardı? Hem de ölmüş babamı kullanarak... Nasıl bir aile olduğumuzu düşündüğünü düşündükçe ürperiyorum. Aslında düşüncelerinde haklı olabilirsin. Ben ve karım... evliliğimiz, aslında pek de... Neyse, boş ver." Durdu. "Üçüncüsü. Ne üçüncüsü? Neyse unuttum. Geçmiş geçti. Gelecek, Eiji. Eğer merak ediyorsan, seninle tanışmayı çok istiyorum. Mümkünse şu an. Bugün. Konuşacak çok şeyimiz var, nereden başlasam? Nerede dursam?" Garip bir kahkaha. "Bugün kliniğime gelsene, annen sana söylememiştir belki, ben estetik cerrahım. Karım veya düşmanlar bizi rahatsız etmez ya da bu mesajı aldığında hâlâ yemek yemediysen birlikte bir restorana gidebiliriz... Bak, öğleden sonraki ameliyatımı iptal ettim. Saat birde gelebilir misin? Bu benim kliniğimin numarası." Numarayı alıyorum. "Edogavabaşi Metro

İstasyonu'na gel ve asistanım Bayan Saraşina'yı ara –ona güvenebiliriz– o gelip seni alacak. Metro, kliniğime sadece bir dakikalık uzaklıkta. Evet. Bugün saat bire kadar..." Şaşkın ama sevgi dolu bir ses. "Yıllar, yıllar, yıllardır bugünün gelmesi için dua ediyordum...Tapınağa her gittiğimde dua ettim... Çok zor..." Gülüyor. "Bu kadar yeter, Eiji! Birde! Edogavabaşi Metro İstasyonu'nda!"

Hayat tatlı, bereketli ve adil.

Ay İmajo'yu unutuyorum, Kozue Yamaya'yı unutuyorum, arkama yaslanıp mesajı her sözcüğü ve tavrı ezberleyene kadar tekrar tekrar dinliyorum. Babamın resmini çıkarıp yüzünü hareketlendiriyorum, böylece karşımda konuşuyor. Saygı uyandıran eğitimli, samimi ve tok bir ses. Benimki gibi genizden gelmiyor. Buntaro ve Maçiko'ya söylemek istiyorum, ama hayır beklemek istiyorum. Bugün ilerleyen saatlerde, Akan Yıldız'ın kapısından yanımda gizemli bir adamla sakince gireceğim ve "Bu arada, seni babamla tanıştırayım Buntaro" diyeceğim. Yerinde oturan kedi dikkatlice izliyor beni. "Gün bugündür, kedi!" En güzel gömleğimi ütülüyorum, duş alıyorum ve bir saatliğine uyumaya çalışıyorum. Mümkün değil. John Lennon'ın *Live in New York City*'sini dinliyorum, iyi ki çalar saati kurmuşum; çünkü gözümü açtığımda saat on bir buçuk ve alarm kulaklarımın içinde çalıyoryoryoryoryoryor. Giyiniyorum, kediye bağırıyorum ve babamla buluştuktan sonra doğruca işe gitmem gerekirse diye yemeğini altı saat önceden veriyorum. Şansıma, Buntaro telefonda dağıtımcıyla konuşuyor; böylece neşeli olmam konusunda soru soramaz.

Edogavabaşi İstasyonu. Öğle ortası kalabalığını öyle bir inceliyorum ki kadını bulamıyorum. "Affedersiniz? Sanırım siz Eiji Miyake'siniz, beysbol şapkanızdan tanıdım." Ne genç ne de yaşlı olan, şık giyimli kadına bakıp başımı evet anlamında sallıyorum. Siyah üzüm dudaklarıyla gülümsüyor. "Ben Mari Saraşina, babanızın asistanıyım, şimdi telefonda konuştuk kendisiyle. Gelmeniz çok memnuniyet verici."

Eğilerek selam veriyorum. "Beni almaya geldiğiniz için teşekkür ederim, Bayan Saraşina."

"Hiç önemli değil. Kliniğe çok yakınız; bugün babanız için çok özel bir gün. Randevularla dolu bir öğleden sonrayı tamamen boşaltmak..." başını iki yana sallıyor, "altı yıldır olmadı böyle bir şey. Kendi kendime 'İmparator mu gelecek?' diye düşündüm. Sonra oğlunun geleceğini söyledi! O söyledi, ben değil. Ben de 'İşte! Her şey açıklığa kavuştu' dedim. Sizi Edogavabaşi İstasyonu'ndan kendi alacaktı ama son anda çok heyecanlandı, aramızda kalsın, duygularını göstermekten korkar falan... Bu kadar dedikodu yeter. Beni takip edin." Bayan Saraşina dümdüz konuşuyor ve yürüyor. Yanımızdan kedi büyüklüğünde bir köpek geçiyor. Karşı taraftan gelen yayalar ve bisikletliler ona yol veriyorlar. Marka olmayan butikler ve sanat galerileriyle dolu yan yollara dikkatle bakıyor. "Babanızın kliniği, güzellik dünyasında en son teknolojinin yeridir. Sadık ve memnuniyetini her fırsatta herkese söyleyen bir müşteri portföyüne sahibiz, bu yüzden düşük nitelikli estetik cerrahi merkezleri gibi gösterişli reklamlar yapmaktan kaçınıyoruz." Yanımızdan fare büyüklüğünde bir kedi geçiyor. "İşte geldik; buralardan bihaber geçip gitmiş olabilirsiniz." Büyük, adsız bir bina; gösterişli komşularının arasında sıkışmış. Zemin katta kuyumcu var, randevuyla gelebiliyorsunuz. Kısa bir koridorun sonunda çelik bir kapı var. Mari Saraşina pirinç bir levhayı işaret ediyor. Bu bizim klinik – *Juno*. Zeus onu kuğuya çevirmiş." Parmakları güvenlik klavyesinin üzerinde dans ediyor. "Yoksa boğa mıydı?" Kamera bizi izliyor. "Güvenlik çok sıkı, farkındayım ama müşterilerimizin arasında televizyon starları falan var. İğrenç paparazziler..." Mari Saraşina'nın gözleri parlıyor, "tek bir kare için neler yapıyorlar, inanamazsın. Babanız, sağlık bakanlığı müfettişi kılığına girmiş bir muhabir müşteri dosyalarını karıştırmaya çalıştıktan sonra güvenliği gözden geçirmek zorunda kaldı. O insanlar çakaldır. Sülüktür. Sahte kimlik ve görev kartı vardı. Babanızın avukatı Bayan Kato normal olarak içlerini kuruttu mahkemede; gerçi artık eskisi kadar sevilmiyor Bayan Kato, siz de biliyorsunuz." Asansör geliyor. Mari Saraşina 9'a basıyor. "Manzarası güzeldir." Güven verici bir şekilde gülümsüyor. "Gergin misin?"

Gerginliğin verdiği boşluk hissiyle başımı evet anlamında sallıyorum. "Biraz."

Kol ağızlarındaki tüyleri temizliyor. "Çok normal." Suflörlük yapıyor sanki. "Baban senden üç kat daha gergindir. Ama sakin ol." Kapılar zambaklarla süslü bembeyaz resepsiyona açılıyor. Parfümlü antiseptik. İnce çizgili kanepeler, cam masalar, sonsuz bir nehirdeki iki kuğunun resmedildiği bir kilim. Duvarlar sarmal ve zarif bir şekilde kıvrımlanarak tavana çıkıyor, kulağın içindeki kemikler gibi. Klima sesine arpla çalınan Kelt müziği eşlik ediyor. Bayan Saraşina hızla telefona sarılıyor: "Doktor Tsukiyama? Tebrikler, oğlunuz oldu!" Bana dönüp mükemmel dişlerini gösteriyor. "İçeri göndereyim mi?" Babamın sesinin cızırdadığını duyuyorum. Mari Saraşina gülüyor. "Peki, doktor. Geliyor." Bayan Saraşina bilgisayarının önünde oturuyor ve başıyla çelik bir kapıyı işaret ediyor. "Hadi Eiji. Baban seni bekliyor." Hareket ediyorum ama aslında zaman "durdu". "Teşekkürler" diyorum. "Hiç önemli değil" ifadesi var yüzünde. Bir kapı ileride, şimdi! Kapının kolunu çeviriyorum, geri dönüş yok. Çelik kapı öpücük sesiyle açılıyor.

Kollarım arkamda bağlanıyor, vücudum duvara çarpılıyor, bacaklarıma tekme atılıyor ve soğuk zemin kaburgalarıma çarpıyor. Bir grup el, kolumu bükülmesi mümkün olan açıdan çok daha fazla bükerken bir başka grup el üstümü arıyor; bu acı rekor kıracak cinsten. Yine Yakuza. Gizli bir bıçağım olsa bu kadar aptal olduğum için kendime saplardım. Kozue Yamaya CD'sini kendiliğimden anlatmayı düşünüyorum, ta ki sırtıma inen bir ayak bu düşünceyi kafamdan atana kadar. Fırlatılıyorum ve ayaklarımdan sürükleniyorum. İlk başta, tıp konulu bir dizinin setinde olduğumu sanıyorum. Bir araba dolusu cerrahi malzeme, uyuşturucu ilaçlarla dolu bir dolap, ameliyat masası. Karanlık köşelerde yüzlerini seçemediğim on veya on bir adam var. Sosis kokusu alıyorum. Bir adam beni kameraya çekiyor ve büyük bir ekranda kendimi görüyorum. Vücutları olimpik güllecilerinki gibi olan iki adamdan her biri bir kolumu tutuyor. Kamera beni zumluyor ve yüzümü farklı açılardan çekiyor. Yaşlı bir adamın "Işık!" diyen sesi duyuluyor ve göz yuvarlaklarıma beyazlık doluyor. Birkaç adım ileri sürüklenip oturtuluyorum. Yeniden görmeye başladığımda kendimi oyun masasında buluyorum. Mama-san ve üç adam var yanımda. Dokunabileceğim yakınlıkta duvarın büyük bölümünü kaplayan bir isli cam ekran var. Ses sistemi açılıyor ve Tanrı'nın sesi odayı dolduruyor. "Bu acınası adam o mu?"

Mama-san isli cama bakıyor. "Evet o."

"Morino'nun bu kadar zor zamanlar geçirdiğini" diyor Tanrı, "bilmiyordum."

Artık başımın gerçekten belada olduğunu biliyorum. "Telefondaki adam kimdi?" diye soruyorum Mama-san'a.

"Bir aktör. Seni almaya birini göndermek derdinden kurtardı bizi."

Kollarımı canlanmaları için ovuyorum ve oyun masasında oturan üç adama bakıyorum. Duruşlarından ve yüzlerinden anladığım kadarıyla onlar da istemedikleri halde buradalar. Ter nedeniyle parıldayan, lokma tatlısı gibi yuvarlak ve tombul suratlı bir astımlı, yüzü ateş hattındaymış gibi seğiren bir adam ve bir zamanlar yakışıklı olduğu anlaşılan yüzünde ağzının köşesinden başlayarak açılmış yaraların alay ederek gülüyor ifadesi verdiği yaşlı bir adam. Bay Lokma, Seğiren ve Gülenyüz gözlerini masadan ayırmıyorlar.

"Bugün burada" diyor Tanrı, "borçlarınızı bana ödemeniz için toplandık."

Nereden geldiğini bilemediğim bir sese hitap edemiyorum, bu yüzden Mama-san'a dönüyorum. "Ne borcu?"

Tanrı cevap veriyor. "Pluto Paçinko'ya verilen zarar. Açılış günündeki kâr kaybının telafi edilmesi. İki Cadillac. Sigorta primleri, temizleme masrafları ve genel giderler. Elli dört milyon yen."

"Ama bu zararı veren, Morino."

"Ve siz de" diyor Mama-san, "grubunun yaşayan yegâne üyelerisiniz."

Kusmak istiyorum. "Bildiğiniz gibi ben onun grubunun üyesi değildim."

Tanrı hoparlörü zangırdatıyor. "Sözleşmen elimizde! Senin kanınla imzalanmış! Bundan daha geçerli bir mürekkep var mıdır?"

İsli cama bakıyorum. "Peki ya o?" diyorum Mama-san'ı işaret ederek. "O da Morino'nun muhasebecisiydi."

Mama-san neredeyse gülüyor. "Evlat, ben casustum. Şimdi kes sesini ve dinle yoksa bu kötü bela adamlardan biri bir neşter alıp dilini ikiye böler."

Sesimi kesip dinliyorum. "Bay Tsuru en umutsuz borçluları olan sizleri bir kart oyunu oynamanız için seçti. Basit bir oyun, üç kazanan ve bir kaybeden. Kazananlar bu masadan özgür olarak ayrılacaklar, tek bir peni bile borçları olmayacak. Kaybedense organlarını ihtiyacı olan hastalara bağışlayacak. Bir akciğer..." bana bakıyor, "bir retina ve bir böbrek."

Odadaki herkes bu çok normalmiş gibi davranıyor.

"Yani şimdi benden..." Yeniden başlamak zorunda kalıyorum, çünkü ilk konuştuğumda sesim çıkmadı. "Yani şimdi benden 'Tamam, olur, haydi organlarımla kumar oynayalım' demem mi bekleniyor?"

"Kabul etmemekte özgürsün."

"Ama?"

"Ama kaybeden sen olursun o zaman."

"Kabul etme, evlat" diye alay ediyor karşımda oturan Seğiren. "Prensiplerinden ödün verme."

Hardal ve ketçap kokusu alıyorum. Bütün bunlarla savaşacak bir mantığa sahip değilim artık. "Oyun mu?"

Mama-san bir deste iskambil kâğıdı çıkarıyor. "Karıştırma sırasına karar vermemiz için desteyi keseceksin. As hepsinden büyüktür, en büyük kartı çeken en önce karıştırır, sonra da saat yönünde diğer oyuncular karıştırır. Asıl oyuna bundan sonra başlayacağız. Maça kızı çıkana kadar aynı sırayla en üstteki kartı açacaksınız."

"Maça kızını seçen" diyor Tanrı, "kaybeder."

Bowling kulvarında nasıl hissettiysem öyle hissediyorum kendimi.

"Bu ses onun mu?" diye soruyorum Mama-san'a. Ses tellerim kupkuru. "Bu konuşan Bay Tsuru mu?"

Seğiren alaycı bir şekilde alkışlıyor.

Yani, Tsuru Tanrı. Tanrı Tsuru. Vakit kazanmaya çalışıyorum. "Sen bile" diyorum Mama-san'a, "bunun çılgınlık olduğunu düşünüyor olmalısın."

Mama-san'ın ağzı ince bir çatlak oluyor. "Emirlerimi şirket başkanından alırım. Sense emirlerini benden alırsın. Kes."

Ellerim tuğla gibi ağır sanki. Maça beyi.

Bay Lokma, karo onlu çekiyor.

Seğiren, sinek ikiliden kesiyor.

Gülenyüz, maça dokuzluyu çeviriyor.

Tsuru isli camın arkasından "İlk karıştıran çocuk olacak" diyor.

Oyuncular bana bakıyor. Hafif titreyerek desteyi karıştırıyorum hantalca. Ekranda, ellerimin kat kat büyüğü eller de aynı şeyi yapıyor. Şans getirsin diye dokuz kez karıyorum.

Bay Lokma, ellerini gömleğine siliyor. Kartlar sırayla jimnastik yapıyormuşuz gibi elden ele dolaşıyor.

Seğiren, üç parmağıyla sihirli bir hareket yapıyor ve desteyi bir çırpıda kesiyor.

Gülenyüz, desteyi sert ve dairesel hareketlerle karıyor.

Mama-san desteyi masanın merkezine koyuyor. Deste orada masumca duruyor. Bombaya bakarmış gibi bakıyorum ona, aslında tam olarak bomba o. Bir patlama, deprem, silah sesi, "Polisler!" narası bekliyorum.

Izgaraya yağ sıçratan sosislerin sesini duyuyorum.

Adamların yavaşça nefes almasını...

"En üstteki kartı çek" diyor Tsuru'nun sesi, "yoksa bir fedai göz kapaklarını çıkaracak ve bir daha asla gözlerini kapayamayacaksın, hatta kırpamayacaksın."

Karo dokuzlu çekiyorum.

Astımı kötüleşen Bay Lokma'nın nefes alması çok rahatsız edici bir hal alıyor. Sinek as çekiyor.

Seğiren kartı çekmeden önce üç kez *Namu amida butsu* diyor –Budist eğitimi almış– ve maça asla kurtuluyor. "Teşekkür ederim" diyor.

En sakinimiz Gülenyüz. Soğukkanlı bir şekilde maça yediliyi çeviriyor.

Yine benim sıram. Miyake, Miyake'yi kumandayla yönetiyormuş gibi hissediyorum. Ekranda kendime bakıyorum. Kendim de bana bakıyor, böyle göründüğümü bilmiyordum. Elim uzanıyor...

İsli camda dar bir kapı açılıyor ve şirin bir labrador ağzında bir sosisle sekerek dışarı koşup cilalanmış mermerde kayıyor. "Onu geri getir!" diye bağırıyor Tsuru, gerçek sesi kapıdan geliyor; mikrofon ve hoparlörler gerçek sesinin sadece yarısını alıyor. "Karnı tokken koşmamalı! Sindirimi çok hassas!" Fedailerden ikisi köpeği sahibine götürmeyi başarıyor sonunda.

"Bizler" diye mırıldanıyor Gülenyüz, "kahrolası yaşlı deli için akşam yemeği yenirken izlenen televizyonuz."

Odadaki tüm gözler yine bende.

Dilimin altında garip bir şey var.

Kupa altılı çeviriyorum.

Önkolumu yalayıp tuz tadı alıyorum ve küçük siyah bir böcek görüyorum.

Bay Lokma'nın kolu çuhada ter izi bırakıyor. Karo üçlü.

Seğiren Buda'ya dua ediyor ve joker çekiyor. "Teşekkür ederim."

Gülenyüz derin bir nefes alıyor ve sinek beşli çekiyor.

Elli iki, jokerleri de sayarsak elli dört karttan on ikisi gitti.

İpucu olsun diye en üstteki kartın arkasına bakıyorum, iki yamuk göz de bana bakıyor. Bu gözleri biliyorum.

Organlarımın yarısı olmazsa hayat nasıl olur?

Hayır, Tsuru kaybedenin yara izleriyle dolu bir gövde ve bu durumu kanıtlayacak deliklerle gidip olanları insanlara anlatmasına asla izin vermez. Şanslı kazananların sessiz kalacağına güvenilebilir ama kaybedenin sonu aynen Kozue Yamaya'nın oğlu gibi olur.

Buraya nasıl geldim?

Ekrandaki Miyake'ye bakıyorum. Onun da verecek cevabı yok.

Mama-san beni tehdit etmek üzere ağzını açıyor...

Kartı çeviriyorum ve kara kızla göz göze geliyorum.

Oda bir köşeden diğerine sarsılıyor.

"Kahretsin" diyor Seğiren, "çocuğun kaltağı çektiğini düşünmüştüm, kız kardeşini değil."

"Çocuk da" diyor Gülenyüz, "aynı senin gibi düşünüyor."

Ne diyorlar? Gülenyüz masada duran ölüm ilanıma başıyla işaret ediyor. "İyi bak."

Bu sinek kızı, maça kızı değil. Sinek.

Bay Lokma "Astım spreyime ihtiyacım var" diyor. Mama-san başını olur anlamında sallıyor ve adam spreyi ceket cebinde daldırdığı eliyle çıkarıyor. Kafasını geri atıp püskürterek teneffüs ediyor, sonra da dışarı veriyor. Sonra maça kızını çekiyor.

Kimse bir şey söylemiyor.

Bay Lokma ölmekte olan bir veba hastasından daha kötü terliyor.

Bana gelince, titriyorum ve rahatlama, suçluluk ve acıma duygusuyla harap olmuş durumdayım.

Mama-san boğazını temizliyor. "Kızınız geldi, Bay Tsuru."

Hoparlörlerden ses gelmiyor.

"Bay Tsuru?" Mama-san kaşlarını çatarak isli cama bakıyor. "Kız çekildi."

Cevap yok.

Mama-san uzanıp isli cama vuruyor. "Bay Tsuru?"

Bir fedai burnunu buruşturuyor. "Şimdi ne pişiriyor?"

Diğer bir fedai kaşlarını çatıyor. "Sosis olmadığı belli..."

Ekranın en yakınındaki fedai kapıyı iterek açıyor ve içeri bakıyor. "Bay Tsuru?" Karnını gelecek bir karate vuruşu için kasmış gibi kesik kesik nefes alıyor. "Bay Tsuru!" Olduğu yerde kalıyor ve boş bir ifadeyle bize dönüyor.

"Evet?" diyerek olanları öğrenmek istiyor Mama-san.

Çenesi oynuyor ama konuşamıyor.

"Ne?"

Yutkunuyor. "Bay Tsuru'nun yüzü elektrikli ocağa yapışmış."

Doğaçlama tiyatrolarda görülen türden bir isyan çıkıyor. Benim tek yapabildiğim gözlerimi kapamak.

"Bay Tsuru, Bay Tsuru, Bay Tsuru! Beni duyabiliyor musunuz?"

"Kafasını kaldırın!"

"Gazı kapatın!"

"Dudağı eriyip metale yapışmış!"

"Ambulans, ambulans, ambulans, biri ambulansa..."

"Kahretsin! Gözü patladı!"

"Gömleğine sil!"

"Şu lanet köpeği çıkarın buradan!"

Biri sesli bir şekilde kusuyor.

Köpek neşeyle havlıyor.

Mama-san isli cama metal bir şey sürüyor. Çıkan ses dayanılacak gibi değil ve oda sessizleşiyor. Mama-san mükemmel derecede sakin, sanki bu senaryoyu yıllar önce yazmış ve o zamandan beri çalışıyor. "Bay Tsuru'nun eğlencesi *zamansız bir müdahaleyle* engellenmiş. Anlaşılan o ki çok heyecanlanmış, bu da ikinci bir krizi tetiklemiş ve sevgili patronumuz ocağının üzerine düşmeyi seçtiğinden ambulansın buraya ne zaman geleceği pek önemli değil artık." Yaşça kendinden büyük iki veya üç adama hitap ediyor. "Kendimi bu organizasyonun lideri ilan ediyorum. Bana karşı çıkarsınız veya itaat edersiniz. Niyetinizi belli edin. Şimdi."

Bu an hesaplamalarla dolu.

Adamlar bize bakıyor. "Onları ne yapacağız, Mama-san?"

"İskambil kâğıtları artık şirket politikası değil. Kapıyı gösterin onlara."

Bu gelişmeye güvenmeye cesaret edemiyorum, dışarı çıkıp koşmaya başlayana kadar inanamayacağım. Mama-san bize hitap ediyor. "Herhangi biriniz polise gidip yeni mezun bir dedektifi deli olmadığınıza bir şekilde inandırabilirseniz sırayla üç olay gerçekleşir. Bir: İhtiyati tutuklanma kararı çıkar. İki: Sonraki altı saat içinde kafanıza mermi sokulur. Üç: Borçlarınız en yakın akrabanıza transfer edilir ve sizi temin ederim ki yaşamları mahvolacaktır. Bu bir tehdit değildir, standart prosedürdür. Şimdi anladığınızı göstereceksiniz."

Başımızı evet anlamında sallıyoruz.

"Otuz yıldır bu işin içindeyiz. Çıkarlarımızı koruma yeteneğimiz konusunda kendi çıkarımlarınızı yapın. Şimdi hemen çıkın buradan."

Sinema ağzına kadar dolu. Çiftler, öğrenciler, robotlar. Ekranın neredeyse kafanıza değeceği en ön koltuklar boş sadece. Tokyo'daki her şey dolu, dolu veya fazla dolu. Odanın dışındaki resepsiyonda Mari Saraşina'dan hiçbir iz yoktu. Asansörün kapısı kapanınca "Yerinizde olsaydım" diyor fedailerden biri, "hemen bir piyango bileti alırdım, çocuklar." Yanımdaki koltukta bir kız var; erkek arkadaşının eli kızın koltuğunun köşesinde. Asansör yavaş ve uzun düşüşüne başlıyor. Bay Lokma sigaralarını düşürdü. Bizler düştüğü yerde duran sigaraları öylece seyrettik. Bay Lokma titremeye başladı, bir yandan da korkudan mı nedendir bilinmez, kahkaha atmaya başladı. Gülenyüz, gözlerini kapadı ve kafasını geri yasladı. Bense gözümü azalan kat numaralarından ayırmıyordum. Seğiren, yerden bir sigara aldı ve yaktı. Bu film vahşet dolu, adi ve uydurma. Vahşet dolu senaryolar yazan insanlar gerçek vahşetle karşı karşıya kalsalar bir daha bu tür sahneler yazamayacak kadar tiksinirlerdi. Asansörün kapıları açılınca tek bir kelime etmeden öğlen kalabalığına karıştık. Güneşli hava kötü bir eşek şakasıydı. Sokak sanatçılarının balonları büküp timsah ve zürafalar yaptığı bir yere geldim, ağlamamı engellemek için tırnaklarımı koluma batırmak zorunda kaldım. Film bitiyor ve seyirciler dışarı çıkıyor. Ben kalıp jeneriği okuyorum. Set teknisyenleri, hayvan eğitmenleri, yemek şirketleri. Yeni seyirciler geliyor içeri. Filmi beynim eriyene dek tekrar tekrar seyrediyorum. Baloncu adamdan sonra kalabalığın nerede en yoğun olduğunu merak ediyorum. Morino'dan sonra Tokyo'dan ayrılmadığım için lanet ediyorum kendime. Tahmin etmeliydim. Fuayede Ay'ı arıyorum ve telefonu açtığı an hemen kapatıyorum. Yamanote trenine binip robotlarla oturuyorum. Keşke ben de sıradan bir robot olsam. İstasyonlar geçiyor, geçiyor, geçiyor ve devamlı kendilerini tekrarlıyorlar. Bir daha uyuyamayacak kadar korku kirliliği doluyum.

Bir kondüktör beni nazikçe sarsıyor. "Altı tur attın evlat, seni uyandırmam gerektiğini düşündüm." Gözlerinde şefkat var ve oğlunu kıskanıyorum.

"Gece mi oldu yoksa yeraltına mı girdik?"

"On bire çeyrek var, ayın beşi ve günlerden perşembe. Hangi yılda olduğumuzu biliyor musun?"

"Evet, biliyorum."

"Trenler hâlâ çalışırken eve dönmelisin."

Keşke. "İşe gitmek zorundayım."

"Ne iş yapıyorsun ki, mezar hırsızlığı mı?"

"O kadar ilginç bir iş değil... Beni uyandırdığın için teşekkürler."

"Önemli değil."

Kondüktör, kompartımandan çıkıyor. Karşıdaki koltukların üstünde, hareket halindeki tutamakların arkasında bir internet reklamcılığı şirketinin reklamı var. Bir bilgisayar çipinden elma ağacı çıkıyor ve ağacın bilgisayar çipi meyvelerinden bir sürü elma ağacı çıkıyor ve o ağaçlardan da yine bilgisayar çipleri çıkıyor. Orman reklamın çerçevesinden taşıyor ve iki yanındaki reklam alanlarını da işgal ediyor. Beynimin bir kısmının Kozue Yamaya'nın CD'sini düşündüğünden habersizdim ancak aklıma büyük bir fikir geliyor. Birden uyanıp ayılıyorum.

◆

Aklım burada değil ama Nero'nun Yeri'nde çalışırken akla ihtiyaç duymuyorum ki. Perşembenin son anlarında işe geldiğimde, Saçiko bana bir garip bakıyor – Ay'la tartıştığımızı biliyor ama bunun beni endişelendirmesi pek mümkün değil. Yirmi dört saat önceki Eiji Miyake'yi düşünüyorum, tavuk gibi kafese tıkılmış, yine Tokyo'nun üç metreye bir metrelik bu parçasında pizzalarını dünyaya getiren çocuğu... Şanslı, kör, lanetli aptalı. Keşke onu uyarabilseydim. Uykusuzluğu savuşturmak için bir enerji içeceği yuvarlıyorum ve yığılmış siparişler üzerinde çalışmaya başlıyorum. "Benim için bir karo dokuzlun var mı, ahbap?" diye soruyor Doi teslimattan geri dönünce. Unutmuşum. "Hayır. Yarın." Doi kendini tebrik ediyor. "Sihirbazlık tesadüflerin el yordamıyla yönetilmesidir, ahbap. Bu hayatta güvenebileceğin tek şey bu tesadüflerdir." Ellerimi ve yüzümü yıkıyorum. Kapı her açıldığında, Tsuru'nun eşkıyalarından birinin gelmesinden korkuyorum. Telefon her çaldığında Saçiko ve Tomomi'nin ağza gelip ahizeyi uzatarak: "Telefon sana, Miyake. İsmini vermedi" demelerinden korkuyorum. Doi bu gece çok konuşkan, son işinden nasıl atıldığını anlatıyor bana. Ölülerin küllerinin küçük kilitli tapınakların haznelerinde saklandığı çok katlı bir mezarlıkta gece bekçiliği yapıyormuş. Kendi istediği müziği Budist cenaze mantrasının kasetiyle değiştirdiği için atılmış. "Düşündüm ahbap, sonsuza kadar bir kutunun içinde kalacak olsam hangisini tercih ederdim? Umulan telefon faturasından daha pahalıya açılış yapan rahiplerin iniltilerini mi yoksa rock'n'roll'un altın çağını mı? Tereddüt bile etmedim! Grateful Dead kasetimi koyduğum an mekândaki atmosferin değiştiğini *hissedebiliyordum*, ahbap." Doi boğazını işaretparmağıyla yarıyor. Onu gerçekten dinlemeden duyuyorum. Teslim edeceği pizza geliyor. Pizzayı kutuya koyuyorum ve Doi gidiyor. Radyoda "I Heard It on the Grapevine" çalıyor; sıcak, entrika dolu bir şarkı. Saçiko ağza geliyor, "İsmini vermeyen biri seni arıyor, üçüncü hatta!"

"Ay mı?"

"Hayıııır."

"Kim?"

"Özel bir görüşme olacağını söyledi." Saçiko mutfak duvarındaki telefona uzanıyor, bir tuşa basıp ahizeyi bana uzatıyor.

"Alo?"

Arayan cevap vermiyor.

Korku sesimi keskinleştiriyor. "Artık size hiçbir borcum yok!"

"Sabahın ikisi günaydın mıdır, iyi geceler midir, Eiji? Pek emin olamıyorum." Orta yaşlı bir kadın, Mama-san değil. Sanırım benim kadar gergin.

"Bakın, lütfen bana kim olduğunuzu söyler misiniz?"

"Benim, Eiji, annen."

Tezgâha dayanıyorum.

Tomomi ağızdaki açıklıktan beni izliyor. Ağzı tamamen kapatıyorum.

"Şey, sürpriz oldu."

"Mektuplarımı aldın mı? Erkek kardeşim mektupları sana ilettiğini söyledi. Şu an Tokyo'da yaşadığını da söyledi."

"Evet."

Evet, mektuplarını aldım. Ama sendeki yaraları iyileştiren terapi bende yaralar açıyor.

"Yani..." diye başlıyoruz aynı anda.

"Sen söyle" diyor.

"Hayır, sen söyle."

Derin bir nefes alıyor. "Bir adam bana evlilik teklif etti."

Umurumda mı? "Ah." Tomomi kapıları hafifçe aralıyor. Ben de sertçe kapatıyorum. O kaltağın burnunu kırmış olmayı umuyorum. "Tebrikler."

"Evet. Nagano'daki şu otelci, sana son mektubumda anlatmıştım ya."

Otelci demek? İyi kısmet. Özellikle de seninki gibi bir geçmişe sahip olanlar için.

Bunu bana neden söylüyorsun şimdi?

Bizim ne düşündüğümüzü hiç umursamadın. Bir nebze bile.

Senin adına mutlu olmamı mı istiyorsun? "Anne, süper bir haber bu" dememi mi?

İkimizi de bu ıstıraptan kurtarmak için neredeyse kapatacak oluyorum.

"Nereden arıyorsun?" diyorum sonunda.

"Miyazaki'deki kliniğe geri döndüm... Alkol yüzünden, biliyorsun ya. Uzun bir süredir yokluk çekiyordum. Bu yüzden... Ama şimdi –otelci, adı Ota bu arada– evlendikten sonra sorunlarımın onun da sorunları olacağını söylüyor... İyileşmek istiyorum. Bu yüzden geri geldim buraya."

"Anlıyorum. İyi. İyi şanslar."

"Bayan Ota." Sıradan, evli, saygıdeğer. SIFIRLANDI. Yeni bir hami, yeni kredi kartları, yeni elbiseler. Güzel. Ama soruma cevap ver: Bunu bana neden söylüyorsun şimdi?

Anlıyorum.

Bay Ota bizi bilmiyor. Ona bizden hiç bahsetmedin. Küçük kirli sırlarını saklamayı kabul edeceğimden emin olmak istiyorsun. Doğru mu düşünüyorum?

"Seninle tanışmak istiyor, Eiji."

Bay Ota pek iyi biriymiş. Bu otel sahibiyle ben neden tanışmak isteyeyim ki?

Sorumluluk sahibi anneyi oynamaya başlamak için yirmi yıl kadar geç kaldın, Anne.

Gerçek şu ki beni hep mutsuz ettin. Şu anda da mutsuz ediyorsun.

Tamam işte. Alkol probleminden kurtul, evlen, sonsuza dek mutlu yaşa ve beni rahat bırak. Seni nevrotik, açgözlü, hain kaltak.

Ağız açılıyor –beyaz bayrağın sallandığı bir kalem çıkıyor– Saçiko'nun dokunulamaz Doreamon fincanı kahve parçacıkları saçarak tezgâha iniyor. Ağız kapanıyor.

"Eiji?"

DJ "I Heard It on the Grapevine"ı kısa kesiyor.

O an söylediklerimi asla açıklayamıyorum, kendime bile.

"Anne, yarın... Miyazaki'ye gelip seni görsem nasıl olur?"

Açıklamamı bitirdiğimde Saçiko başıyla onaylıyor. "Önünde durup engelleyebileceğim hayırseverlik gösterilerinden biri değil, değil mi? Ama büyük Nero ordusundaki çavuşun olarak sana son emrim şudur: Tokyo'dan ayrılmadan önce ev arkadaşımı ara."

"O bir şey söyledi mi sana?"

"Ruh halini piyano çalışından anlayabiliyorum. Ona telefon ettiğin geçen hafta boyunca Chopin ve güzel şeyler çaldı. Dün akşam işe gelmek üzere hazırlanırken Erik Satie'nin komşularını kaçırmak için yazdığı saçma bestelerini çaldı."

"Her şeyi berbat ettim, Saçiko."

"Ay da Yirmi Dört Saat Neşe Saçan biri değil. Hayat kısa, Miyake. Ara onu."

"Bilemiyorum..."

"Hayır. 'Bilemiyorum' kabul edilemez. 'Anlıyor ve itaat ediyorum, Bayan Sera' diyeceksin."

"Ben gerçekten..."

"Kapa çeneni, benim sana söylediklerimi söyle, yoksa bu şehirde bir daha asla pizza yapamazsın."

"Anlıyor ve itaat ediyorum, Bayan Sera."

"Tomomi yoğun bir gün geçirdiğini söylüyor, ahbap..." Doi elinde küçük bir karıştırıcıyla kafesin ağzında bitiveriyor. "Atmosferdeki kötü havayı azaltmak için ne yapıyorum biliyor musun, ahbap?"

Ona dönüyorum. "Doi, bu son gecem. Merhamet et."

"Sihirbazlık yapmayacağım, ahbap. Sadece sihirli bir antistres kokteyli..." Bu öğlen organlarımın alınmasından bir kartla kurtulduğumu bilse bütün bunları yapar mıydı bana? Muhtemelen, evet yapardı. "Önce, çilekler!" Karıştırıcıya bir kâse dolusu çilek boşaltıyor. Karıştırıcının üzerine siyah kadife bir başlık kapatıp çilekleri sıvılaştırıyor. Başlığı ve kapağı kaldırıyor. "Sonra, domatesler!" Çileklerin içine üç tane fazla olgun domates koyuyor. "Kırmızı yiyecekler stres dalgalarını uzaklaştırır. Yeşil yiyeceklerse stres dalgalarını yoğunlaştırır. Tavşanlar ve vejetaryenler bu yüzden çok sinirlidir... Sırada ne var? Ahududu suyu... Çiğ tonbalığı... Azuki fasulyesi... Tüm ana yiyecek grupları." Doi kapağı ve kadife başlığı yerleştiriyor ve karıştırıyor. "Ve son olarak, en önemlisi..." Gösterişli hareketler yaparak bir mendilin içinden küçük pembe bir muhabbetkuşu çıkarıyor. Kuş kanat çırpıyor, göz kırpıyor ve cıvıldıyor. "Sen de içeri gir bakalım küçük bey!" Kuşu yavaşça parlak kırmızı karışıma sokuyor, kapağı ve kadife başlığı yerleştiriyor. Bunun aptalca bir numara olduğunu biliyorum ve şaşırmış görünmeyi reddediyorum. Karıştırıcıyı kafes ve yarış kulvarım arasındaki düzleme indiriyor –belki burada karıştırıcıları değiştiriyordur– sonra karıştırıcının haznesini radyodaki Hawaii tarzı gitar ezgileri eşliğinde kokteyl barmeni edasıyla karıştırıyor.

"Doi!" Saçiko elinde mandallı kâğıt altlığıyla kafese geliyor.

Doi yerinde sıçrayıp elinde tuttuğu şeyi suçluluk duygusuyla yere bırakıyor.

"Bu sinir bozucu 'çalışma' muhabbetiyle sana zahmet vermekten nefret ediyorum ama..."

"Hâlâ molamdayım, şefim! Üç dakikam daha var! Miyake'ye barış iksirimi gösteriyorum..." Karıştırıcının haznesini alıyor, başlığıyla birlikte otuz saniye daha karıştırıyor.

Mağlup olan Saçiko oturuyor. Doi başlığı ve kapağı çıkarıyor ve çorbamsı sıvıyı hemen içiveriyor. "Lezizzzz."

"Vaaaay..." Saçiko elinde diğer karıştırıcıyla ayağa kalkıyor –biliyordum– ama bunun kadife başlığı yok. "Bu imitasyon muhabbetkuşunu sen mi yaptın? Gerçek gibi duruyor." Saçiko gerçekten etkilenmişe benziyor.

"Patroniçe! Sihirbazlık gösterimi mahvettiniz!"

"Sen de araç gerecini ortalarda bırakma o zaman!"

"Tutuma araç gereç demeyin! Muhabbetkuşlarının da duyguları vardır, tamam mı?"

"Tutu canlı bir muhabbetkuşuna göre pek hareketli gözükmüyor." Saçiko, kuşu kırmızı yapışkan maddeden çıkarıyor. Kafası pudra yağmuru eşliğinde kopuyor.

"Doi" diyorum, "bunun gösterinin bir parçası olduğunu söyle bana."

Doi'nin gözleri panikten şişiyor. "Aman Tanrım..."

Ambulans Doi'yi midesinin yıkanması ve kuduz aşısı için hastaneye götürdükten sonra teslimatları kendim yapmayı öneriyorum. Saçiko kendisinin yapması gerektiğini, çünkü bölgeyi daha iyi bildiğini söylüyor. Tomomi telefonları tek başına idare ediyor. Onizuka geri gelene kadar üç tane puf tabanlı, gorgonzola peynirli, baharatlı salamlı, domatesli ve fesleğenli el gringo hazırlayıp paketliyorum. Tomomi, Onizuka'ya Doi'nin başına gelenleri anlatıyor; bir an için Onizuka'nın prensiplerinden vazgeçerek gülümseyeceğini düşünüyorum ama tehlike geçiyor ve Onizuka kendi umutsuz haline dönüyor. İşler biraz aksıyor. Saat 7.30'da kahvaltı haberleri özetini ezberlemiş oluyorum. Ticari konuşmalar, zirveler, ülkeyi ziyaret eden üst düzey kimseler. Tüm toplumları kontrol etmenin yolu bu işte: Haberleri örtbas etme ama öyle aptalca ve sıkıcı sun ki kimse ilgilenmesin. Cuma günkü hava, 6 Ekim'de bulutlu, öğlen yüzde 60 olasılıkla yağmur yağacak, akşam yağmur yağma olasılığı ise yüzde 90. Sonraki otuz dakika sipariş gelmemesini umarak tezgâhları ovup temizliyorum. Miyazaki'ye en ucuz yoldan nasıl gidebileceğimi bulmalıyım. Cehenneme bakıyorum, altı pizza kızararak pişiyor. Radyo "I Feel the Earth Move under My Feet" adlı bir şarkı çalıyor. Radyolar ve kediler yanlarında biri olsun olmasın kafalarına göre hareket ediyorlar. Gitarlar öyle değil, kutularını kapattığınızda gitar değiller artık. Saçiko yarış kulvarımın tezgâhına bir zarf koyuyor.

"Kasadaki paradan aşırdım ama Nero'nun sana olan borcu bu değil."

"Seni aniden bıraktığım için üzgünüm."

"E tabii, haberler duyulunca Nippon hisseleri düşecektir ama bir şekilde paçayı kurtaracağız artık. Merkez ofis birini yollayamazsa aşçı önlüğünü kendim bile takabilirim. Daha önce de oldu böyle şeyler. Tokyo'ya döndüğünde beni ara, buradaki işi senin için bekleteceğime dair söz veremem ama eleman ihtiyacı olan herhangi bir yere yerleştirebilirim seni."

"Çok teşekkür ederim."

"Ne kadar kalacağın hakkında bir fikrin var mı?"

"Birçok şeye bağlı... Eğer annemin iyileşmesine yardımcı olursam..."

Zarfı katlayıp açlıktan ölmek üzere olan cüzdanıma koyuyorum.

"Ay'ı ara. Ona şehirden ayrıldığını söyleyen kişi olmak istemiyorum."

"Şey, ben şu an ayın arkadaşı olduğumu pek düşünmüyorum."

"Ay'ın ayın arkadaşı olan bir arkadaşı yok, seni salak. *Ara* onu."

Tomomi ağızdan başını sarkıtıyor. "Mutlu ailenle bir araya gelmeden önce son bir pizza hazırlamaya enerjin varsa, Osugi ve Bosugi'deki adam her hafta sipariş ettiği kamikazesini söyledi." Sipariş fişini düzleme hızla bırakıp kayboluyor. Kaşlarımı çatıp Saçiko'ya bakıyorum, ayaklarımın altındaki yer kayıyor sanki. "PanOptikon'daki Osugi ve Bosugi mi?"

"Zamanın başlangıcından beri verilen bir sipariş. 'Kamikaze' mönümüzde olan bir pizza değil, Tokyo'da başka hiç kimsenin ağzına süremeyeceği bir pizza olduğundan bu pizzayı yapmaktan pek hoşlanmıyoruz. Mozzarella, muz, bıldırcın yumurtası, midye, acı biber ve mürekkepbalığı mürekkebi."

"Doğranmamış acı biber."

"Diğer aşçılardan biri mi söyledi?"

Nereden bildiğimi ben de bilmiyorum. "Sanırım..."

"Unutulmaz bir kombinasyon. Şimdi aklıma geldi de gidip Doi'nin kaza raporunu yazmalıyım." Böylece sipariş fişine bakarken yüzümün aldığı şekli görmüyor. Tomomi'nin el yazısı kasten itinayla yazılmış gibi. *Tsukiyama, Osugi & Bosugi, PanOptikon.*

Önce inanamayarak gülüyorum.

Sonra düşünüyorum: Yeni bir tuzak bu.

Sonra düşünüyorum: Tuzak falan yok. Babamın adını bildiğimi kimsenin bilmediği gerçeğinin yanı sıra Tsuru öldüğünden beni tuzağa düşürmek isteyecek biri kalmadı artık. Mama-san da gitmeme izin verdi zaten. Tuzak falan değil bu ama Tokyo'nun yaptığı bir sihirbazlık gösterisi. Nasıl yapıldı? Aşama aşama inceleyelim. "Kamikaze"yi biliyorum çünkü... Hatırlıyorum. Haftalar önce, kedinin geri döndüğü gece, bir adam yanlışlıkla aramıştı beni. Kapsülümün pizzacı olduğunu sanmış ve bu pizzayı sipariş etmişti. Aslında yanlışlıkla aramamıştı. O adam benim babamdı.

Gerisi kolay. Babam Akiko Kato'nun müşterisi değil, ortağı.

Akiko Kato, PanOptikon'u Jüpiter Kafe'den izlememin sebebi.

Jüpiter Kafe, Ay İmajo'yla tanışmamın sebebi.

Ay, Saçiko'yla tanışmamın sebebi.

Saçiko Sera, şu an Nero'nun Yeri'nde çalışmamın ve babam için bir pizza hazırlıyor olmamın sebebi.

Yanlış yönlendirilmeler, zorla yapılan çıkarımlar, yalanlar yok artık. Babam için altmış saniyelik bir eğlenceydim. Sonra da bir hiç oldum. Şu an gerginim. Kendimi çok, çok... aptal hissediyorum. Pizzasını hazırlıyorum. Malzemeler sayılırken olduğu kadar iğrençmiş. Pizzayı cehenneme veriyorum ve siyah yapışkan maddelerin kor olup turuncuya dönmesini izliyorum. Neden "aptal"? "Kızgın"a ne dersin? Akiko Kato'ya yazdığım mektuptan beri benimle nasıl iletişime geçebileceğini biliyor babam. Morino'yu, Tsuru'yu, her şeyi... Keşke iki ay önce gitmemi söyleseydi bana. Tabii ki hayal kırıklığına uğrardım ama söylediğini yapardım. Bu kez neler olacağına ben karar veriyorum. Onunla karşılaştığımda ne yapacağımı bilmiyorum ama madem Tokyo bu adamı meydana çıkardı, onu görmeye gideceğim. Ağzı açıyorum. Tomomi ortalarda yok. Saçiko, tükenmezkalemi dişliyor. "Vahşi bir muhabbetkuşunun kendi isteğiyle karıştırıcının içine uçtuğunu söylesem merkez ofis inanır mı bana sence?"

"İnanmak isterlerse."

"Çok yararın dokundu."

"Bu Kamikaze'nin teslimatını ben yapabilirim senin yerine."

Saçiko saatine bakıyor. "Vardiyan iki dakika sonra bitiyor."

"PanOptikon, Şincuku'ya giderken yolumun üzerinde."

"Sen cennetten gönderilmiş iki ayaklı bir nimetsin, Miyake."

PanOptikon'un kapısı aralıksız dönüyor. Bronz saksılarda palmiye ağaçları var. Aşırı gösterişli, insan yiyen orkideler yanlarından geçerken bana bakıyorlar. Birbirinin aynısı dokuz deri koltuk işgalcileri bekliyor. Bir bacaklı bir adam cilalı zeminde koltuk değneğiyle yürüyor. Kauçuk gıcırdıyor, metal şıngırdıyor. Danışmada iki ay önce Akiko Kato'yu görmeye çalıştığımda beni dışarı atan tombiş güvenlik görevlisi oturuyor. Bir kulağının altında tıraş köpüğü lekesi var. Yanına yaklaşırken esniyor. "Evet, evlat?"

"Osugi ve Bosugi'den Bay Tsukiyama için pizza getirdim."

"Öyle mi?"

Elimdeki kutuyu kaldırıyorum.

"'Korkma, gelen Nero!' Kutuda bomba yok, değil mi? Siz uluslararası teröristler silahları pizza kutuları kullanarak sokuyorsunuz binalara." Bunun gerçekten çok eğlenceli olduğunu düşünüyor.

"İsterseniz tarayıcıdan geçirin."

Copunu asansörlere doğru sallıyor. "Doğu asansörü, dokuzuncu kat."

Osugi ve Bosugi resepsiyonu terk edilmiş görünüyor. Dosya yığınlarıyla dolu bir masa, güneş açlığından dolayı ölmekte olan bitkiler; sanal bir yüzün kızgından şaşkına, kıskançtan neşeye, kedere ve sonra yine kızgına dönüştüğü ekran koruyucusuna geçmiş bir monitör. Tek bir koridor sabah ışığının içeri girdiği bir pencereye uzanıyor. Bir fotokopi makinesi aralıklarla ses çıkarıyor. Nereye gideceğim? Uyku bataklığından bir insan kafası yükseliyor. "Evet?"

"Günaydın. Bay Tsukiyama'nın pizzasını getirdim."

Kadın kendini daha yüksek bir bilinç seviyesine sürüklüyor, kulağına kulaklık takıyor ve masasındaki bir tuşa basıyor. "Bay Tsukiyama, ben Momoe. Pizzacı çocuk kahvaltınızı getirdi. İçeri göndereyim mi yoksa hâlâ müşterinizle toplantıda mısınız?" Babam cevap verirken Momoe dudaklarını yiyor. "Anladım, Bay Tsukiyama." Parmağıyla koridorun sonunu gösteriyor ve kulaklığını çıkarıyor. "Koridoru geç ve sonunda sağa dön. Bay Tsukiyama en son odada. Önce kapıyı çal!"

Halı yıpranmış, havalandırma sistemi eskimiş ve duvarların boyanması gerek. Ansızın ilerideki bir kapı açılıyor ve tel bir sepette badminton topları taşıyan Akiko Kato çıkıyor. Gümüş denizkestanesi küpeleri sallanıyor. Onu gizlice bana bakarken yakaladığımda beni gizlice ona bakarken yakalıyor. Yasadışı bir şey yapmadığımı kendime hatırlatarak yürümeye devam ediyorum. Koridorun sonuna varıyorum ve ayakkabısını giyen bir kadınla neredeyse çarpışıyorum. Benim yaşlarımdaki bu kadının bacakları Zizzi Hikaru'dan daha seksi. Parfüm ve şarap kokusu alıyorum. Dengesini sağladıktan sonra benim geldiğim yolu yürüyor. İlerde tek bir kapı var ve aralanmış – *Daisuke Tsukiyama, Ortak*. İçerdeki adam –babam sanırım– telefonda konuşuyor. Kulak misafiri oluyorum. "Sevgilim, *biliyorum*! Aşırı tepki gösteriyorsun, sen, sadece, sevgilim, *beni dinle*! Dinliyor musun? Teşekkürler. Geceyi burada geçirmek zorundaydım, çünkü eğer bu işi çalışanlarıma verirsem mahvedecekler ve sonra ben karışıklığı gidermek için burada çok daha fazla gece geçirmek zorunda kalacağım, müşterim de mahvolacak ve hesabını daha gösterişli bir yere transfer edecek, böylece benim primim azalacak; sonra o lanet olası midillinin parasını nasıl öderim sence? Kes – kes şunu, sevgilim – evet, tüm arkadaşlarının midillileri olduğunu biliyorum, ama arkadaşlarının tümünün babaları İsviçre'den daha fazla parası olan hâkimler... Sence saatlerce köle gibi çalışmaktan *hoşlanıyor* muyum? Sence ben neden hoşlanıyorum, ne? Ne? Evet, evet, aslında bahsettiğimiz şey *bu*, değil mi? Paranoya geri geldi! Sana öyle mi geldi, *sevgilim... Ne*? Yapmadım de. Hayır. Yapmadım de. Yaptın demek. Peki, sabah haberlerin bu demek. Özel bir dedektif. Seni salak kadın. *Tabii* ki özel dedektifler saçma sapan bilgiler verecek sana! Neden? Çünkü işi devam ettirmek isterler! Bu konuşmaya..." dosya dolabı çarpılıyor, "devam edemeyecek kadar kızgınım. Yönetmem gereken bir şirket var. Madem böyle oyunlara savuracak paran var, yaşlı herifin bıraktığı hisseleri neden satalım ki? Evet, sana da iyi günler. *Sevgilim*." Telefonu kapatıyor. "Ve lütfen kendini balkondan at, *sevgilim*."

Derin bir nefes alıyorum…

Beni tanıyabilir…

Beni tanımayabilir ve ona ben söyleyebilirim…

Beni tanımayabilir ve ben de ona söylemeyebilirim…

Kapıyı tıklatıyorum. Sessizlik. Sonra neşeli bir "Girin!" Babamı Morino'dan aldığım fotoğraftan tanıyorum. Geniş bir kanepeye uzanmış, üzerinde pijama var. "Pizzacı çocuk! Telefonda konuştuklarımı duydun mu?"

"Duymamak için elimden geleni yaptım."

"Sana ders olsun duydukların."

"Üzgünüm, ben..."

"Unutma: Midilliyi samanlar içinde yaşatmak, orospuyu kürkler içinde yaşatmaktan daha pahalıdır."

"Bunu hatırlamaya ihtiyaç duyacağımı zannetmiyorum."

Babam sırıtıyor –istediğini almak için kullandığı bir sırıtış bu– sonra beni yanına çağırıyor. Arka tarafta gökdelenlerin oluşturduğu mükemmel bir manzara var, her detayı aklıma kazıyorum. Çok siyah saç. Dolabındaki ayakkabı rafı. Masasındaki fotoğraf, kuğu rolünde bir balerin olan üvey kız kardeşim. Ellerinin biçimi. Dimdik durması. Vücudu şirketinden daha bakımlı görünüyor, sanırım spor salonuna gidiyor. "Sen Onizuka değilsin, Doi de değilsin."

Hayır değilim, ilk metresinden olan oğlunum ben. "Hayır."

"O halde?" Babam bekliyor. "Kimsin sen?"

"Aşçıyım."

"Aha! Yani o nefis kamikazeleri sen yapıyorsun."

"Sadece bu hafta için. Geçiciyim ben."

Pizza kutusunu başıyla işaret ediyor. "O halde daha önce benim kamikazem gibi bir şey görmediğine eminim, doğru muyum?"

Kutuyu sehpanın üzerine koyuyorum. "Garip bir kombinasyon."

"Garip mi? Eşsiz."

Parfüm ve şarap kokusu alıyorum.

Babam aynı anda hem gülümsüyor hem kaşlarını çatıyor. "İyi misin?"

Ya şimdi söylerim sana ya da sonsuza dek çekilirim.

Sırıtıyor. "Neredeyse benimki kadar kötü bir gece geçirmişsin gibi görünüyorsun."

Kendini ne kadar da seviyorsun. "Hoşça kalın."

Alaydan kaynaklanan şaşkınlık. "Bir yerleri imzalamamı istemiyor musun?"

"Ah. Evet. Buraya, lütfen..."

Babam faturayı karalıyor.

Kafatasını golf kupanla parçalamak istiyorum.

Bağırmak ve galiba ağlamak istiyorum.

Bilmeni istiyorum. Neden olduğun sonuçları, verdiğin zararı, öldürdüklerini... Seni balinaya benzeyen kayanın oradan denizin dibine sürüklemek istiyorum.

"Heeeeey!" Babam elini sallıyor. "Doi gelecek hafta gelecek mi dedin?"

Yutkunuyorum, başımı evet anlamında sallıyorum ve bir daha asla karşılaşmayacağım adamın yanından ayrılıyorum. Bir kez dönüp arkama bakıyorum, dişleri siyah pizzaya geçerken gözleri kapanıyor.

PanOptikon'dan çıkınca bir paket Hope alıyorum, bir taşa oturarak trafiğin sıkışıp açılmasını izliyorum. İki dakikaya çevrilmiş yirmi yıl. Bir, iki, üç sigara içiyorum. Bulut atlas sayfalarını çeviriyor. Kargalar çöp yığınını ayrıştırıyorlar. Tokyo pis bir silgi gibi. Yaz, adresini bırakmadan terk etti şehri. Jüpiter Kafe'deki robotlar kahvaltılarına girişmiş. Yoldan geçen birini durdurup bu altı haftanın hikâyesini anlatmak istiyorum, PanOptikon gözetiminden şu ana kadar... Kendimi nasıl hissediyorum? Of, başlayamayacağım. Anju, sözümü tuttum ama. Keşke Ay bugün Jüpiter Kafe'de çalışıyor olsa. *Subay ve Centilmen*'deki Richard Gere gibi Harley Davidson'umla gelirdim, Ay atlardı ve güneye giderken dar yolda kaybolurduk. Yeşil adam izin verince yayaların *kitle halinde* karşıya geçmesini izliyorum. Onlara katılıyorum. Kita Caddesi'nden geçiyorum; babamızın tam da delillerin işaret ettiği gibi biri çıkmasından dolayı hayal kırıklığı yaşıyorum. Adamın yeşile dönmesini bekliyorum. Omekaido Yolu'ndan geçiyorum –kanının damarlarımda olmasından utanıyorum– adamın yeşile dönmesini bekliyorum. Sonra tekrar Kita Caddesi'nden geçiyorum; aradığım şeyi bulduğum için üzgünüm ama bulduğum şeyi artık istemiyorum. Bekleyip yine Omekaido Bulvarı'ndan geçiyorum. Özgürleştiğimi hissediyorum. Bir, iki, üç tur yapıyorum. Şimdi gidebilirim. Adımı duyuyorum. Onizuka, Nero motosikletiyle durmuş. Şaşırmaya karşı bağışıklık kazandım, şimdi ve sonsuza dek. Ne istediğini bilmiyorum ama beni böbreklerimden bıçaklarsa diye Onizuka'dan uzaklaşarak tedbir alıyorum. "Gel buraya." Onizuka dilini çıkarıp tükürüyor. "Seni arıyorum."

"Buldun işte."

"Meydanlarda dolaşıp seni aradım."

"Meydanlarda değil caddelerdeyim."

Dudağındaki şişkinlikle oynuyor. "Sana bir şey sormak istiyorum."

Yaklaşıyorum.

Eliyle Nero'nun Yeri'ni işaret ediyor. "Düşükçene Tomomi, Miyazaki'ye gideceğini söylüyor."

"Düşükçene Tomomi doğru söylüyor."

"Annen mi hasta?"

"Evet."

"Parası mı yok?"

Nereye gidiyor bu konuşma? "Ben de Japon Bankası sayılmam pek."

"Üvey babamın nakliye şirketi var. Şoförlerinden birinin

seni Osaka'ya götürebileceğini ve Fukuoka'ya giden bir gemide yer ayarlayabileceğini söyledi." Onizuka asla şaka yapmaz, şu an da yapmıyor. Bana bir kâğıt uzatıyor. "Harita, adres, telefon numarası. Öğleyin orada ol."

Bir şey söyleyemeyecek kadar şaşkınım, minnettarım. Ona doğru dürüst teşekkür edemeden gidiyor Onizuka.

Akan Yıldız'a adımımı atar atmaz "Miyazaki'deki anneni ziyarete gitmek istiyorsun ama ne zaman döneceğinden emin olamıyorsun" diyor Buntaro. Ev sahibim haftalık *Okinawa Emlak* gazetesini kıvırıyor. "Sanki 'Hayır!' diyebilirmişim gibi. Annem öldürür beni. Tamam, karım kediye bakar. Eskiden olduğu gibi... Kiran ekimin sonuna kadar ödendi zaten, depoziton da kasımın sonuna kadar idare eder, sana vermemi istemiyorsan tabii, eğer depozitonu vermemi istersen banka hesabına yollarım, eşyanı kutularım ve depoya koyarım. Planlarının ne olacağına karar verdiğinde Miyazaki'den ara beni. Akan Yıldız bir yere gitmiyor. Karım sana yolluk hazırladı." Buntaro altın dişini ovalıyor, bu dişin Buntaro'nun şans tılsımı olduğunu anlıyorum. "O halde işbaşına" diyor. "Git hazırlan." Kapsülüm yirmi saat önce bıraktığım gibi. Çoraplar, yoğurt kutuları, şekilsiz yastıklar. Garip. Kedi dışarıda ama hamamböceği pencere kenarında bekliyor. Öldürücü spreyi alıyorum, ona doğru yavaşça yaklaşıyorum ve... hamamböceği hareketsiz. Rüya mı görüyorum? Kurabiye paketiyle dürtüyorum onu. Hamamböceği kuru bir kabuk.

Onizuka TransJaponya Limited Şirketi, Toei Mita hattındaki Takaşimadaira İstasyonu'nun yanında. Kapıların içinde duvarlarla çevrili bir yükleme yeri ve üç orta boy kamyon var. Saat daha on bir. Büyük bir elektronik mağazanın açıldığı istasyona geri dönüyorum. İçerisi şubat ayındaki geceler gibi soğuk. Danışmada birbirine tıpatıp benzeyen iki resepsiyonist mükemmel bir uyumla aynı anda "Günaydın" diyor, hangisiyle konuşacağımı bilemiyorum. "Şey, bilgisayarlar hangi katta, acaba?"

"Zemin kat, üçüncü bölüm" diye cevap veriyor Bayan Sol.

"Sırt çantamı size bıraksam olur mu?"

"Tabii ki olur" diye cevap veriyor Bayan Sağ.

Aşağı yürüyen merdivenlere biniyorum. Alışverişçi ruhlar da benimle beraber biniyor. Sonbaharın gelişini bildirmek için her yer gösterişli akçaağaç yapraklarıyla örtülmüş. Küçük televizyonlar, stereo sistemler, akıllı mini fırınlar, dijital kameralar, cep telefonları, iyonize özellikli dondurucular, rutubet giderici ısıtıcılar, elektrikli battaniyeler, masaj koltukları, rezistanslı bulaşık makineleri, 256 renk yazıcılar. Yürüyen merdiven beni sarı çizgilere basmama ve yaşlılarla çocuklara her zaman yardımcı olma konusunda uyarıyor, kaliteli alışveriş yapmanın tadını çıkarmamı emrediyor. Eşyalar rafta oturmuş onlara bakan bizleri izliyorlar. Tek bir pencere bile yok. Bilgisayar bölümünde, klipsli kravat takmış uysal bir Suga tarafından karşılanıyorum. Teni jelatin kâğıdı parlaklığında. Burada doğal ışık yetersizliğini telafi etmek için B vitamini yayan neon lambaları satıp satmadıklarını merak ediyorum. "Kararını vermiş birine benziyorsunuz, efendim!"

"Evet, bilgisayarlarımdan birini yükseltmeyi düşünüyorum."

"Seçenek konusunda sizi şımartacağımıza dair söz veriyorum. Bütçeniz nedir?"

"Şey... Araştırma yardımı alıyorum. Modemim yirmi beşinci yüzyıldan, şu an tek ihtiyacım modeme uyum sağlayacak bir donanım."

"Tamamdır. Modeminiz nedir?"

Fazla abarttım. "Şey... Çok hızlı bir modem."

"Evet, efendim ama markası ne?"

"Şey, Suga Modem. Saratoga Cihazları."

Blöf yapıyor. "Çoooook iyi makinedir. Hangi üniversitedesiniz?"

"Şey, Waseda."

Sihirli bir sözcük kullandım. Kartını çıkarıp ayakkabılarımı yalayacak kadar eğiliyor önümde. "Fujimoto, hizmetinizdeyim. Akademik indirim kampanyamız var. Peki. Siz istediğiniz gibi karıştırın, yardımcı olabileceğim bir şey olursa beni çağırırsınız."

"Olur."

Birkaç makinenin özelliklerini okuyormuş gibi yapıyorum, bir deste kadar broşür topluyorum ve bir makine seçip oturuyorum. İnternete girip Tokyo Büyükşehir Polis Teşkilatı sitesinin e-posta adresini buluyorum. Adresi elime yazıyorum. Beni izleyen bir gizli kamera olmadığını umarak etrafıma bakınıyorum. Suga'nın CD'sini bilgisayara yüklüyorum. `Postacı virüsünden candan bir hoş geldiniz!` Suga, virüsünü kendi olmadığı kadar kullanıcı dostu yapmış. `Kitlelere göndereceğiniz mesajı klavyeden mi girmek istersiniz, CD'den mi yüklemek istersiniz?` D'ye basıyorum. `Tamam. CD'nizi yerleştirin ve TAMAM'a basın.` Suga CD'sini çıkarıyorum, Kozue Yamaya CD'sini takıyorum ve Tamam'a basıyorum. Virüs programı devreye giriyor. Sürücü vızırdayarak yanıp sönüyor. `Tamam. Şimdi şanslı alıcının adresini girin.` Elimde yazılı polis e-postasını giriyorum. `Pulu yalamak için TAMAM'a basın.` İmleç yanıp sönüyor, parmaklarım titriyor –bu tuşa basmanın sonuçları üşüşüyor– TAMAM'a basıyorum. Fikrimi değiştirmek için artık çok geç. `Postacı mektubunuzu ilk adrese teslim ediyor... Postacı mektubunuzu ikinci dereceden alıcılara iletiyor...` Kısa bir duraksama. `Üçüncü dereceden alıcılara...` Uzun bir duraksama. `Dördüncü derece, (esneme).` Ekran temizleniyor. Postacı 99. dereceden alıcılara dek devam edecek. Mesaj kayboluyor. Şimdi çık/suç mahallini terk et/deli gibi koş. Bip. Güle güle. Güle güle, Suga. Yamaya CD'sini çıkarıyorum ve gömleğimin cebine sokuyorum. Salgın hastalığı yaydım işte. Ama bu salgın hastalık bir şeyleri iyileştiriyor. "Affedersiniz." Daha yaşlı bir satıcı hızla yürüyerek yanıma geliyor. "Sistemimize tam olarak ne yüklediniz?" İnanılır bir yalan bulmaya çalışıyorum ama hiçbir şey bulamıyorum. "Ah, evet. İnsanları kaçırıp kesen ve organlarını çalan bir Yakuza çetesi hakkında bilgiyi gerekli yerlere gönderme gereği hissettim. Bilgisayarınızı kullanmak bu bilgileri ortaya dökmenin en hızlı yolu gibi geldi bana. Sakıncası yoktur umarım?" Satıcı adam ciddiyetle başını sallıyor, deliliğin zararsızdan bıçaklamaya uzanan yolunda nerede olduğumu anlamaya çalışıyor. "Yardımcı olabildikse ne mutlu, efendim." Birbirimize teşekkür edip eğilerek selam veriyoruz ve yürüyen merdivenlerle yavaşça yukarı çıkıyorum. Danışmadan sırt çantamı alıyorum, hiçbir zorluk çıkmıyor ve ılık trafik dumanının içine karışıyorum. İki CD'yi ilk gördüğüm yağmur suyu ızgarasına atıyorum. Onizuka TransJaponya'nın yakınındaki bir telefon kulübesinden Ay'ın evini, sonra cebini arıyorum ama ikisi de açılmıyor. On ikiye çeyrek var. Onizuka'nın üvey babasını bulup kendimi tanıtsam iyi olacak. Öyle yorgunum ki hiçbir şey gerçek gelmiyor.

Sekiz

Dağların dili yağmurdur

Futbol topumu Tokyo'nun merkezindeki bir alışveriş merkezinde sürüyorum. Gösterişli ve çekici mağazaların bulunduğu bir yer değil; bütün mağazalar düşüşte, yığılmış bulaşık süngerleri, otuz yıl öncesinin bluzları ve uydurma egzersiz aletleri satılıyor. Işık, eski denizlere ait denizanaları nedeniyle loşlaşmış. Bu futbol topunun hâkimiyeti bana nasıl ve ne zaman geçti bilmiyorum ama işte burada benimle; bu bir nimet değil, bir lanet çünkü düşmanın kale direği Japonya'nın herhangi bir yerinde saklı olabilir. Topu elime alırsam, hakem ellerimi paslı bıçaklarla kesecek. Topu düşmana kaptırırsam, öleceğim güne kadar okul çocukları bana tükürecek ve köpekler beni ısıracak. Ama oyuncular seçilir, onlar seçemezler. Düşman kalesini bulmalı ve topu içeri fırlatmalıyım. Alışverişçilerin girdabında tanıdık isimler dönüyor etrafımda; Kagoşima'daki bir müzik dükkânının sahibi, babamın sekreteri, parmaklarını makas gibi oynatıp kesiyormuş gibi yapan berber Genji... Ama düşman oyunculardan birinin topu çalabilmek için ihtiyaç duyduğu tek şeyin konsantrasyondaki bir anlık dağılma olduğunu biliyorum. Alışveriş merkezine bataklık sisi çöküyor ve hava serinliyor. Denizanaları yere düşüp ölüyorlar. Su kaybederken şapırdayan şeffaf vücutlar arasında topu dizimde sektirerek yürümeye çalışıyorum. Düşmanın beni Nazi Almanyası'ndan alınma radar sistemiyle izlediğini biliyorum, o halde neden bölgelerinin derinlerine kadar girmeme izin veriyorlar? Bataklık zemininde kar ayakkabılarıyla yürüyen Claude Debussy geliyor. "Hâkimiyet sizde mi, Mösyö Miyake? *Fantastique*!" Suflörlük yaparmış gibi sessizce konuşuyor: "Büyük dayınızdan gizli bir mesaj getirdim size. Takımdan biri hainlik etti! Kimseye güvenmeyin, bana bile!"

"Buntaro?"

"Maçiko-san?"

Akan Yıldız yıllar önce terk edilmişti. Ucuz posterler iğneyle asılmıştı etrafa. Kapıyı arkamdan sürgülüyorum – düşman oyuncular maskelerini indirip kaldırımda toplandığından bu akıllıca bir önlem, sanırım. Düşmanın kale direklerini kapsülüme saklamasının nedeni dükkânın bu metruk hali. Topu ayağımla tezgâhın arkasına götürüyorum ve hayal ettiğimden dokuz kat daha büyük olan merdiven sorunuyla karşı karşıya kalıyorum. Topu ayağımın üstüne alıyorum ama düşüyor. Bu arada düşman Kahkaha Tanrısı'nın odundan bir heykeliyle camı kırmaya çalışıyor, cam esniyor ama kırılmıyor. Topu ayaklarımın arasına alıyorum ve amfibi kıvraklığıyla basamak basamak yukarı çıkıyorum. Camın kırıldığını duyduğumda merdiveni neredeyse tamamen çıkmış oluyorum. Daha hızlı zıplarsam top düşecek ve düşmanın eline geçecek. Düşman kükreyerek trafik haberlerini bildiriyor, en üst basamaktayım, düşman hızla yukarı çıkıyor, kapıyı bilardo istekalarıyla sürgülüyorum.

Kapsülüm kasvetli bir depo, moloz yığınları dışında bir şey yok içeride.

Zaferim ileride işte – düşmana atacağım gol.

Bay İkeda kulağıma fısıldıyor: "Ne yaptın sen?"

Dönüp babamla yüz yüze geliyorum. "Gol atmaya geldim."

"Bu gol bize atılıyor, düşmana değil! Seni hain! Onlara yolu gösterdin!"

Bilardo istekaları kopup parçalanıyor.

♠

Bir canavar bir eliyle dizimi sarsarken diğer eliyle de direksiyonu tutuyor. "Rüya görüyordun, evlat. Mırıldanıyordun." Üzgün bir canavar bu. Etrafıma bakıyorum, nerede olduğum konusunda hiçbir fikrim yok. Mabet ve tapınaklardan alınmış tılsımlar kamyonun şoför mahallini süslüyor. Canavar'ın bilardo topu gözleri farklı yönleri hedef alıyor. "Ne mırıldanıyordun kim bilir? Ben bilemem. Mantıklı şeyler söylemiyordun." Birden Eiji Miyake olup son yedi haftayı hatırlıyorum. "Kaydedilmiş dillerin herhangi birinde de bir anlama gelmezdi" diye devam ediyor adının Honda olduğunu sandığım canavar, pek emin değilim ama adını sormak için artık çok geç. Garip bir hafiflik hissediyorum. Bu sabah babamla tanıştım. Kayıp verdiğimi hissediyorum, zafer kazandığımı hissediyorum ama en önemlisi de özgürleştiğimi hissediyorum. Ve şimdi, hayal ettiğimin tam tersine, altı yıldır ilk defa annemi görmek için Miyazaki'ye doğru yol alıyorum. Saatte 5 kilometreden az bir hızla... Dört şerit var ve hepsi sümüklüböcek hızında ilerliyor. Gösterge tablosundaki saat 16.47 diye yanıp sönüyor. Üç saattir uyuyorum ama uyku bankasına hâlâ çok fazla borcum var. Suga'nın postacısı övündüğü kadar varsa, Kozue Yamaya'nın CD'si doksan dokuz dereceden tüm adres defterlerindeki e-posta adreslerinin adres defterlerindeki e-posta adreslerine çoktan ulaşmıştır. Bu da... Japonya'daki tüm bilgisayarlardan daha çok bilgisayar demek, sanırım. Birilerinin örtbas edebileceğinin çok çok ötesi. Her neyse, benim elimden çıktı. "Hadano'dan sonra hızlı gidemeyiz" diyor canavar. "Trafik haberleri az ileride bir süt kamyonunun devrildiğini söylüyor." Tokyo kenti bölümlere ve planlı pirinç tarlalarına bölünmüş. "Güzel bir günde" diyor canavar, "sağ taraftaki Fuji Dağı'nı görebilirsin." Çiseleyen yağmur dış dünyayı dolduruyor. Yağmurdan yıldızlar ön cama çarpınca yıldız patlaması oluyor ve dokuz patlamada bir siliniyorlar. Radyo mırıldanıyor. Islak Tomei otobanının üzerinde lastikler tıslıyor. Engelli çocukların eğitim gördüğü bir okulun öğrencileriyle dolu bir minibüs bizi solluyor. Çocuklar dalgalanıyor. Canavar, ön farlarını yakıp söndürüyor; çocuklar çıldırıyorlar. Canavar kıkırdıyor. "Çocukları neyin gıdıkladığını kim bilebilir? Ben bilmiyorum. Çocuklar çok garip." Yanımızda sürü sürü seralar geçiyor. Üzerime düşeni yapmak için konuşmayı canlandırmam gerektiğini hissediyorum ama başladığım an bir esneme yüzümü ortadan ikiye bölüyor. "Çocuğun var mı senin?"

"Çocuğum yok, bana göre değil. Ben ve evlilik, kaderimde yok. Çoğu kamyoncunun her limanda sevgilisi vardır. Ya da öyle söylerler, her neyse. Ama ben?" Canavarın bir hikâyesi var ama soru sormak kabaca bir davranış olur. "Sigara?" Canavar bana Cabin paketini uzatıyor, sigarayı yakmak üzereyim ki birden hatırlıyorum. "Üzgünüm, bırakacağıma dair söz verdim bir arkadaşıma." Ben de canavarın sigarasını yakıyorum ve sigara içme isteğimi söndürmeye çalışıyorum. Trafik çok yavaş ilerliyor. Canavar sigaranın dumanını içine çekiyor, direksiyona doğru eğilip külü silkiyor. "Bir keresinde senin yaşındayım, ister inan ister inanma. Şova-Shell'de iş buldum, devasa tankerleri sürüyorum. Ne kadar devasa? Devasa işte. Nakliye departmanının kendi verdiği bir eğitim programı vardı – o bebekler sizin bildiğiniz o sıradan motorlara benzemez, anlıyor musun? Yurtlar, Yamagata'nın dışındaki yıkık dökük barakalardı. Soğuk ve kasvetli bir yerdi, martta bile kar yağar, don olurdu. Uzun bir koridoru paylaşan on dört genç oğlan, özel yaşama pek yer yok, anlıyor musun?" Gözlerimi ovuşturuyorum. Minibüsteki çocukları solluyoruz. Çocuklar cama yapıştırdıkları yüzlerine çeşitli şekiller veriyorlar. Bense denizaltılarında boğulan adamları düşünüyorum. "Şimdi, hayatımda hiç uyurgezer olmadım. Hiç. Yamagata'daki ilk geceme kadar tabii. Sadece yürümedim de bir şeyler de yaptım. Diyelim memleketimde dolaştığımı görüyorum rüyamda: Koridor boyunca yürüyüp 'İyi günler. Hava da pek güzel. İyi günler' diyorum. Rüyamda ünlü bir sanatçı olduğumu görüyorsam, uyandığımızda aynalara sıkılmış diş macununu görüyoruz. Kimseye zararım dokunmuyordu. Yaptıklarımı da her zaman temizlerdim. Diğer işçi adayları da gülüyordu bana. Beni hiç uyandırmazlardı, nedenini kimse bilmese de kuralı herkes biliyordu, 'Uyurgezeri asla uyandırma'." Radyo harekete geçiyor ve ayarı bozuluyor. Canavar kanalı ayarlamaya çalışıyor. "Nedenini öğrendim – hayatımın en kötü altmış saniyesiydi. Bir keresinde, sıcak bir günde Çin'deki gölgelik bir pazarda geziniyordum. Hemen sonrasında kendime geliyorum ve iki kişi üstümde oturuyor, her biri bir elimden tutuyor ve bağırıyorlar, iki kişi de parmaklarımı açmaya çalışıyor. Elimde ne var? Satır. Kantinden almışım herhalde. Donmuş cesetlerin parçalanabildiği türden ölümcül, lanet olası bir satır. Bölmeden bölmeye yürüyüp tüm arkadaşlarımı kafalarına vurarak uyandırmışım." Yolun ilerisindeki ambulansın ışıkları yavaşça çöken akşam karanlığında yanıp sönüyor. Gümüş renkli bir konteyner yan yatmış. Şoför mahalli ezilip parçalanmış. Bir otomobil, çekicinin üzerine kaldırılıyor. Trafik polisleri el işaretleri yaparak üç şeridi bire indiriyorlar. Ellerinde ışıklı çubuklar, üzerlerinde floresan ceketler var. Diğerleriyse yolu yıkıyorlar. Canavar bir tılsıma vuruyor. "Taş, kaya; dünyanın bundan ibaret olduğuna inanıyorsunuz. Sonra her şey zangırdıyor, sarsılıyor ve eriyip kayboluyor." Trafik, koni biçimli dar bir geçitten ilerlemeye çalışıyor ve canavar el yordamıyla Cabin kutusunu bulmaya çalışıyor. "Çakmağın var mı?" Hikâyenin bitip bitmediğini merak ederek bir sigara yakıyorum ona. "Rüyam. Çin'deki çok sıcak gün. Ben susuzluktan kavruluyordum. Bir karpuz pazarına denk gelmiştim. Tatlı ve soğuk karpuzlar. Bir karpuz için ruhumu satardım. Annem kulağıma fısıldadı: 'Dikkatli ol, oğlum! Sana çürük meyve satmaya çalışacaklar!' Tozun içine yarısı gömülmüş bir şey takıldı gözüme; bir kama bu, arkeologların kullandığı türden bir şey. Tezgâhtan tezgâha yürüyüp kamanın sivri tarafıyla karpuzlara vurmaya başladım. Çıkan sesten karpuzun çürük veya sağlam olduğu sonucuna varıyordum. Bulduğum ilk sağlam meyveyi o an ortadan ikiye kesip yiyeceğimi biliyordum." Dar geçitten geçiyoruz ve canavar vitesi yükseltiyor. "İlaç tedavisi uyurgezerliği durduruyor. Ben de artık zararsızım. Ama ehliyetimde yazıyor ve sendika işleriyle tehlikeli madde taşıyıcılığı yapamıyorum. Ve bir eşimle çocuklarımın olması? Eğer uyurgezerliğim nüksederse gecenin birinde onlara yapabileceklerimden çok korkuyorum. Yani anlarsın ya..." Canavar sigaradan tüm yaşamı çekiyor içine. "Rüyalarında ne gördüğün konusunda çok dikkatli ol."

"Bilim adamları buna Ay İmajo Etkisi diyorlar." Sesi öylesine net ki yan odada olabilir. "Psikoloji alanındaki en parlak zekâlar bu gizemi çözmek için ellerinden geleni yaptılar ama sonuçlar hâlâ kesin değil. Neden, neden yemeğe çıkabileceğim bir adam bulduğumda kendisi Tokyo'dan ayrılan ilk kamyona atlıyor?"

Şaka yapmasını beklemiyordum. "Bu sabah aradım seni."

"Ruh halimin devamlı değişmesi konusunda eski dostum diyabeti suçlamak çok akıllıca olur ama aslında eski dostum beni suçlamam gerek."

"Hayır, Ay, ben..."

"Kes sesini. Hayır. Benim hatamdı."

"Ama..."

"Ya özrümü kabul edersin ya da arkadaşlığımız biter. Ben, bütün bu insanların içinde ben, sana annene nasıl davranman gerektiği konusunda nutuk atıyorum."

"Haklıydın. Annem beni Miyazaki'den aradı. Dün gece."

"Saçiko söyledi. İyi olmuş, ama haklı olmak nutuk atmış olmamın bahanesi olamaz... Her neyse, piyano sandalyemde oturmuş ayak tırnaklarımı cilalıyorum. Sen neredesin, kaçak?"

"Genelde kamyoncuların uğradığı Okaçan'ın Yeri adlı bir kafede sivrisinekler tarafından canlı canlı yeniyorum."

"Okaçan'ın Yeri adlı on binlerce kamyoncu kafesi vardır."

"Hiçbir yerle... hiçbir yer arasındakindeyiz."

"Gifu olmalı."

"Galiba gerçekten öyle. Kamyon şoförlerinden biri beni buraya bıraktı, Maymunbalığı adında bir arkadaşını aradı ve ondan beni buradan alıp Fukuoka'ya bırakmasını istedi. Ayrılmadan önce, karısıyla ilgili uygunsuz tekliflerde bulunan kambur bir benzin istasyonu çalışanıyla yumruk yumruğa kavga etti."

"Dua edelim de bilincini kaybetmeden kazansın. Zavallı Miyake, Nikkatsu yapımı kamyoncu filminde sıkışıp kalmışsın."

"Kyuşu'ya gitmek için en hızlı yol değil bu ama en ucuzu. Haberlerim var."

"Neymiş?"

"Tırnak cilanı bir yerlere bırak. Piyano tabureni lekelemeni istemem."

"Söylesene?"

"Son dokuz yıldır, Japonya'nın en sakin bölgesindeki en sakin adanın en sakin köyünde büyüdüm ben. Hiçbir şey olmadı. Çocuklar bunu her zaman söyler ama Yakuşima'da bu gerçekten doğrudur. Seni son gördüğümden beri, olmayan hiçbir şey, oldu. Yaşadığım en garip gündü. Bu sabah kiminle karşılaştığımı söyleyince..."

"Benim seni aramam gerektiğini bildiren bir ses çıkıyor. Numarayı ver bana."

"Eiji!" Yüksek pencere eşiğine oturmuş, bacaklarını karnına çekmiş. Bambu gölgeleri tatami ve solgun fusuma üzerinde sallanıyor. "Eiji! Çabuk gel!" Kalkıp pencereye yürüyorum. Diş ipinden örümcek ağları. Büyükannemin evinin penceresinden Ueno Parkı'nı görüyorum, parkta kimsecikler yok, herkes evine gitmiş. Bir tek Anju var, yaşlı sedir ağacının enkazı önünde diz çökmüş. Dışarı çıkıyorum. Anju'nun güneş ışığından uçurtması en yüksekteki dallara takılmış. Koyu altın sarısı renginde parlıyor. Anju çok üzgün. "Bak! Uçurtmam yakalandı!" Onun yanına diz çöküyorum –gözyaşlarını görmek dayanılmaz– onu neşelendirmeye çalışıyorum. "Neden onu özgür bırakmıyorsun? Sen ağaçlara çıkma konusunda çok başarılısındır!" Anju henüz aldığı nefesi bırakıyor. "Şeker hastasıyım, seni dahi çocuk, hatırlayabildin mi?" Aşağısını işaret ediyor; bacakları şırıngalar, serumlar ve benzeri işkence aletleriyle dolu iğnelik gibi. "Onu benim için özgür bırak, Eiji." Ben de tırmanmaya başlıyorum; parmaklarım sürüngen derisine benzeyen ağaç kabuğunu parçalıyor. Uzaklardaki bir köyde koyunlar meliyor. Bir yerlerde unuttuğum çoraplarımın bir çiftini buluyorum, kurtarılamayacak kadar kirliler. Bir ömür sonra hava kararıyor, rüzgâr esiyor, kargalar yumuşak bir yer aramaya geliyor. Güneşli uçurtma, ben ulaşamadan önce yırtılıp didik didik olacak korkarım. Bu yaprak fırtınasının neresinde olabilir ki? Dakikalar sonra en üst dalda buluyorum onu. Yüzü olmayan sessiz bir adam. "Ağacıma neden tırmanıyorsun?" diye soruyor bana. "Kız kardeşimin uçurtmasını arıyordum" diye açıklıyorum. Kaşlarını çatıyor. "Uçurtmaların peşinden gitmek kız kardeşinle ilgilenmekten daha mı önemli?" Birden Anju'yu yalnız bıraktığımı fark ediyorum, büyükannemizin evinde kim bilir kaç gündür aç ve susuz. Konserve yiyeceğini kim açacak? Aşağının ne kadar viran olduğunu görünce endişelerim artıyor; her yerde çalılar bitmiş, sert bir kış evi devirebilir. Dokuz yıl oldu mu gerçekten? Kilitsiz kapının kolu boşuna dönüyor, kapıyı tıklatınca tüm kapı içeri düşüyor. Kirişlerin ardında kedi gölgeleri geçiyor. Gitar kutum kapsülümde. Anju da gitar kutumda. Kutuyu içeriden açamaz ve havası azalıyor. Kutunun duvarlarına durmadan vurduğunu duyuyorum, aceleyle koşup kutuyu açmaya çalışıyorum ama kilitleri öylesine paslı ki...

◆

"Uyandım ve gördüm ki hepsi rüyaymış!" Maymunbalığı'nın teni ve içindeki tişörtü gösterge tablosunun ışıklarında parlıyor. Karga gibi gülüyor, bir iki üç. Hiçbir insanda olmayan en kauçuk dudaklar onda. Yağmurlu evrende yer değiştiren başka bir kamyondayım. Bir trafik işareti yavaşça uçup gidiyor: Meyşin otobanı *Otsu çıkışı 9 km.* Gösterge tablosu 21.09 diye yanıp sönüyor. "Rüyalar komik şeyler" diyor Maymunbalığı, "Honda uyurgezerlik hikâyesini anlattı mı sana? Saçmalık. Gerçek olansa kadınların onu itici buldukları. Kısa ve net. Rüyalar. Rüyalarla ilgili bir sürü şey okudum. Kimse gerçekten ne olduklarını bilmiyor. Bilim insanları anlaşmazlığa düşüyorlar. Bir grup, hipokampusun beynin sol tarafındaki anılar arasında gezindiğini söyler. Sonra beynin sağ tarafı bu uzun hikâyeleri birleştirmek için kabaca birbirine bağlar." Maymunbalığı bir şey söylememi beklemiyor, burada olmasam Zizzi Hikaru bebeğiyle de yapar bu konuşmayı. *Kyoto çıkışı 18 km.* "Rüya görmekten çok senaryo yazmak gibi. Her neyse." Tüylü bir sinek ön camda geziniyor. "Rüya hikâyemi anlatmış mıydım sana? Herkesin bir rüya hikâyesi vardır. Senin yaşlarındaydım. Âşıktım. Veya kafadan kontaktım. Aynı şey. Her neyse. Kızın adı Kirara'ydı ve kutuda yetiştirilmiş nazenin kızlardan biriydi. Aynı yüzme kulübüne gidiyorduk. O zamanlar vücudum çok güzeldi. Babası kötü niyetli bir organizasyonun faşist yöneticisiydi. Neydi adı? Evet, Eğitim Bakanlığı. Bu da Kirara'nın ait olduğum sınıfın çok üstünde olmasına neden oluyordu. Bir şey fark etmiyordu. Kafayı takmıştım. Okuldaki bir kitaptan bir aşk şiiri aldım. Öpücük kazandım! Doğru dürüst seks isteğim hâlâ sürüyordu ve Kirara direnmedi. Havuzda geçireceğimiz saatleri kuzenimin arabasında geçirmeye başladık. Yıldızları saydık. Kirara'nın doğum lekelerini saydık. Hiç o kadar mutlu olmamıştım, asla da olamayacağım. Ama sonra cilveleşmemiz babasının kulağına gitti. Prensesine uygun bir prens değildim ben. Her neyse. Babasının ağzından çıkan tek bir kelimeyle hastalıklıymışım gibi bıraktı beni. Yüzme kulübünü bile değiştirdi. Ben Kirara için yavaşça yenecek bir başlangıçtım sadece, o ise benim aşk restoranımdaki tüm menüydü. Perişan oldum. Çıldırdım. Ona şiirler gönderdim. Kirara ilgilenmedi. Uyuyamadım, yemek yiyemedim, düşünemedim. Bağlılığımı kendimi öldürerek kanıtlamaya karar verdim. Fuji Dağı'nın eteklerindeki Ağaçlar Denizi'ne yürüyüp uyku hapları içmeyi planladım. Pek orijinal bir fikir olmadığını biliyorum ama on sekiz yaşındaydım ve amcamın orman içinde bir kulübesi vardı. Yola çıktığım sabah, Kirara'ya bir mektup yazıp onun sevgisi olmadan yaşayamadığımı, bu yüzden de ölmekten başka çarem kalmadığını söyledim ve intihar edeceğim yeri tarif ettim – kimse bilmezse aşk için ölmenin anlamı yok, değil mi? İlk trene binip sessiz bir istasyonda indim ve yürümeye başladım. Hava kararsızdı ama ben değildim. Verdiğim hiçbir karardan bu derece emin olmamıştım. Amcamın kulübesini buldum, geçip bir açıklığa kadar yürüdüm. Burası olacaktı, karar vermiştim. O sırada havada ne gördüm bil bakalım."

"Şey... Kuş mu?"

"Kirara! Sevgilim, boynunda da bir kement var! Ayakları boşlukta dönüp duruyor. Ne görüntü ama! Şişmiş ve pislenmiş, kargalarla kurtçuklar da çoktan işe başlamış."

"Bu..."

"Dehşet içinde uyanıyorum, Fuji Dağı'na giden trendeyim hâlâ. Olanlara bak! Sonraki istasyonda indim ve eve gelen trene bindim. İntihar notumu açılmamış ve okunmamış bir halde paspasımın üzerinde buldum, üstüne kırmızı kalemle *Gönderene İade* yazısı karalanmıştı. Kirara –veya babası– mektubu okumadan iade etmişti. Kendimi aptal gibi hissettim mi? Sonra Kirara üniversiteye gitti ve..." Maymunbalığı yavaşlayıp bir kamyonun geçmesine izin veriyor. Şoför el sallıyor. "Kirara'yı yıllar sonra tekrar gördüm. Kansai Havaalanı'nda, uzaktan. Göz kamaştırıcı bir koca, sallanan altınlar, bebek arabasındaki şımarık bir çocuk. Bil bakalım ne geçti aklımdan?"

"Kıskançlık mı?"

"Hiçbir şey. Sadece bir şey hissettim. Onun için kendimi asmaya hazırdım ama onu sevmemiştim bile. Gerçekten. Sadece sevdiğimi düşünmüştüm." Yankı ve hava tüneline giriyoruz. "Bu tür hikâyelerin manevi yönü vardır. Bu da benim maneviyatım. Rüyalarına güven, düşüncelerine değil."

◆

Başka tüneller, köprüler, servis istasyonları. Şafak sökerken kamyon Çugoku otobanında sarsılıyor. Yirmi birinci yüzyılın otuz dakikası, önceki yüzyılların günlerine denk geliyor asiller ve din adamları için. Hafif yağmur, hafif sis, hafif sesler çıkararak çalışan ön cam silecekleri. Şekiller adlarını geri alıyor, adlar da şekillerini... Nehir ağızlarındaki adalar. Balık avlayan balıkçıllar. Nehir yataklarını tıkayan lavantalı beton mikserleri. Dağ eteklerindeki tuğla tüneller. Ütopya gibi düzenli ve sonsuz bir bira kasası deposu. Yüzlerce kilometre uzaktaki annemi düşlüyorum, uzanmış beni düşünüyor. Kendimi Miyazaki'ye nasıl davet ettiğim konusunda hâlâ şaşkınım. O da bu kadar şaşırdı mı? O da benim gibi gergin mi? *Okayama çıkışı.* Fabrika yığınlarından yükselen duman. Maymunbalığı durmadan bir şarkı mırıldanıyor. Karayollarının hâkimleri araçlar, şoförler değil; kamyonlar şoförlerini yağ gibi kolay değiştiriyorlar. Annemizin Yakuşima'ya yaptığı ziyaretler tam bir eziyetti. Bizi terk etmesi ve Anju'nun boğulması arasındaki zamanda yılda bir kez gelirdi. *Fukuyama çıkışı.* Sisli bir alanın köşesini alevler yalıyor. Arazi bir haftada ağaçlardan yoksun kalır, bir ayda düzleştirilir, bir gün asfaltlanır – her şey unutulur. Tomurcuklandı, yeşillendi, boğuldu ve kökünden koparıldı. Direkten direğe sarkıp gerilen kablolar ve hatlar, telleri gevşek bir gitarda doğaçlama yapan parmaklar. Büyükbabam onu görmeyi reddederdi bu yüzden annem geleceği zaman bir gece öncesinden Paçinko Dayı'nın merkez liman Kamiyaku'daki evinde kalırdık. Devamlı okul üniformamızı giyerdik. Paçink Yenge de bizi özellikle berbere götürürdü. Herkes biliyordu tabii ki. Paçinko Dayı'nın eviyle berberin arası yürüyerek on dakikadan az olmasına rağmen arabalı vapurun oradan taksiye binerdik. Paçinko Yenge en iyi odaya alınır, havadan sudan konuşmalarındaki gereksiz detaylara müthiş bir ilgi gösterilirdi. *Hiroşima çıkışı.* Maymunbalığı silecekleri durduruyor. Panolar, aylar önce batmış bir bankanın reklamını yapıyor. Dağlar, Japon Denizi'ne doğru uygun adım yürüyor yıllardır. Yeniden canlandırılmış şehirlerin renksiz varoşları. Asfalt Dayı yıllar sonra bir gün –altı bira devirdikten sonra– Paçinko Dayı'nın annemin ziyaretine anneme gönderdiği nafakanın bir şartı olarak razı olduğunu öğreniyorum. Sanırım bizim bu buluşmalara zorlanmamızın yanlış olduğunu düşünüyordu. Biz annemizin sorduğu sorulara cevap veriyorduk. Hep aynı sorular, rizikolu sorular yok: Okulda en çok hangi dersleri severdik? Okulda en az hangi dersleri severdik? Okuldan sonra ne yapardık? Müfettiş ve teftiş edilen tarzında konuşuyorduk. Samimiyetten eser yoktu. *Tokuyama çıkışı.* Büyük dedem Subaru Tsukiyama Japonya'daki son haftalarını burada geçirdi. Bugünkü Yamaguçi'yi tanıyamazdı. Bir tepenin patlatılıp yeşil bir örtüyle kaplanmasıyla oluşan bir golf sahası. Mikro figürler etrafımda dolaşıyor. Postacı virüsünü tekrar hatırlıyorum ve Kozue Kamaya'nın üzücü haberlerini hâlâ yayıp yaymadığını merak ediyorum. Artık benimle hiçbir alakası yok. Görülen sonuçlar buzdağının tepesi gibidir; çoğu eylemin çoğu sonucu fail tarafından görülemez. Çamaşır suyu damlamış gökyüzünün pis bir parçası sabah yağmurun yağdığını unutuyor, tıpkı yıllarca süreceğini düşündüğü küskünlüğü hemen unutan bir çocuk gibi. Anju annemizle daha çok konuşurdu sanırım, ama güvensizliğimi hissetti ve bu istediğini bastırdı. Annemiz bir sigarasını bitirmeden ikinciyi yakardı. Onunla ilgili her görüntü sigara dumanı yüzünden bulanık. Paçinko Yenge anneme kişisel sorular sormazdı hiç, en azından bizim yanımızda yapmazdı, bu yüzden tek bildiğimiz, duvarlar ardından duyduklarımızdı. Sonra annem öğleden sonraki deniz otobüsüyle Kagoşima'ya dönerdi ve herkes rahat bir nefes alırdı. Bir keresinde iki gün kalmıştı; Anju, annemizin yüzüğünü yuttuğunu bu ziyaret sırasında görmüş olmalı. Ziyaretlerin uzatılması bir daha hiç tekrarlanmadı. *Yamaguçi çıkışı.* Rüzgârsız bir tepede bir ağaç kendi başına hareket ediyor. Dağlar alçalıyor. Anju'nun cenazesine gelmedi. Köyümüzün av sporu olan dedikodu, annemizin Anju ölmeden bir gün önce "iş" nedeniyle Guam'a gittiğini ve acil durumlarda aranacak bir telefon numarası bırakmadığını söylüyordu. Daha nahoş başka hikâyeler de vardı. Ben kendimi ona karşı on santim kalınlığında bir kayıtsızlıkla zırhladım. Son görüştüğümüzde –ilk kez Anju yanımızda değildi– on dört yaşındaydım. Kagoşima'da, Para Dayı'nın eski evinde görüştük. Saçı kısaydı ve mücevherleri gösterişliydi. Siyah gözlük takıyordu. Aldığım emirler doğrultusunda gitmiştim oraya. Aynı şey onun için de geçerliydi, sanırım. Ayaklarımı sürüyerek odaya girip oturduğumda "Büyümüşsün Eiji" dedi bana. Aykırı olmaya kararlıydım. "Sen büyümemişsin." Para Yenge hemen söze girip "Eiji son aylarda çok gelişti. Müzik öğretmeni de doğuştan gitarist olduğunu söylüyor. Keşke gitarını getirseymişsin, Eiji. Annen nasıl çaldığını duymak isterdi."

Gözlük camlarının arasındaki köprüye konuştum. "Anne mi? Benim annem yok, yenge. Anju boğulmadan önce öldü o. Bir yerlerde bir babam var ama annem yok. Bunu biliyorsun."

Annem kendini sigara dumanına gizledi.

Para Yenge çay doldurdu. "Annen seni görmek için çok uzaklardan geldi, bence özür dilemelisin." Kalkıp gitmeye hazırdım ama annem benden önce davrandı. Çantasını alıp Para Yenge'ye döndü. "Hiç gerek yok. Karşı çıkacağım hiçbir şey söylemedi. Benim asıl karşı çıktığım ortada bir aile ve konuşulacak bir şey yokken bu aile toplantılarının devam ettirilmesi konusunda zorlanmamız. Bunu iyilikle yaptığınızı biliyorum ama verilen zarara bakarsanız iğrençlik iyiliği geçer. Kardeşime selamımı söyleyin. Tokyo'ya giden bir gece treni elli dakika içinde kalkacak ve o trende olmayı planlıyorum." Geçen yıllar senaryoyu biraz değiştirmiştir belki ama söylediklerinin özü buydu. Belki kara gözlüklerini de ben ekledim, annemin gözlerine dair hiçbir bilgi yok hafızamda.

Maymunbalığı önce bir kutu kahve, sonra radyoyu açıyor. O sırada güneş de açıyor, Şimonoseki Köprüsü'nün üzerinden geçiyoruz. Kyuşu'ya döndüm. Sebepsiz yere gülümsüyorum. Vücuda dönüşen bir ruh, her şeyin yolunda olduğunu görerek vazgeçti; böyle hissediyorum. Kırık çitler, yabani çiçek isyanları, parsellenmemiş yerler. Kyuşu, Japonya'nın yabani yeraltı dünyası. Tüm efsaneler Kyuşu'dan çıkar, kaynaklanır veya yüzerek gelir. Maymunbalığı burada olduğumu hatırlıyor. "Yaşlı annemin her sabah söylediği gibi 'Erken kalk, ilk saat cennetten bir hediyedir'. Her neyse. Kitakyuşu'ya yirmi dakikalık yolumuz var..."

♦

"Bay Oyama! Taziyelerimi kabul edin lütfen, ölmüşsünüz."

Bay Oyama dürbününü indiriyor ve odaklanmakta güçlük çekiyor. JD üniforması giyiyor ama Ueno'da hiç gözükmediği kadar saygıdeğer gözüküyor. "Ölüm o kadar da kötü değil, Miyake, özellikle de gerçekten gerçekleştiği zaman. Ödeme almak gibi. Ayrıca seni casuslukla suçladığım için özür dilemeliyim."

"Unutun bunu. Stres altındaydınız. Besbelli."

Bay Oyama üstdudağına dokunuyor. "Bıyığımı kestim."

"İyi yapmışsınız, İstasyon müdürü. Dürüst olmam gerekirse size hiç yakışmıyordu."

"İnsanın hayatındaki dönüm noktalarını kutlaması gerektiğine inanıyorum."

"Ölümden daha büyük bir dönüm noktası olamaz."

"Gerçekten öyle, Miyake."

"Size nasıl öldüğümü sorabilir miyim?"

"Sen sapasağlamsın! Vücudun Kitakyuşu-Miyazaki arabasında. Bu sadece bir rüya."

"Daha önce hiç... rüya gibi olmayan bir rüya görmemiştim."

"Yaşayanların rüyaları tanıdıkları ölüler tarafından ayarlanabilir. Yakından bak..."

Uçuyoruz. Bay Oyama Superman tarzı uçuyor. Bende de sırtıma bağlanmış bir Zax Omega jetpack'i var. Üstümüzde pembe beze gibi bulutlar var. Toprak yığınları çözülüyor. "Biz ölülerin sahip olduğu bir diğer ayrıcalık, yaratılanın efendisine şaşmak için verilen sınırsız özgürlüktür."

"Sen benim babam mısın?"

"Ben seni işe aldım, sen de beni aldın."

"Anju neden hiç gelmedi?"

"Sessiz ol." Bay Oyama saatine bakıyor. "Bu konu inceleniyor."

"Ölüler gerçekten yaşayanların arasına karışıyor mu?"

"Çok önemli bir şey değil."

"Gerçekten... her şeyi görebiliyor musunuz?" Zizzi Hikaru özel oturumlarımı hatırlıyorum.

"Eğer istersek. Milyar tane kanalın olduğu bir televizyonu izlemekle uğraşır mıydın? Öyle az şey dikkat çekiyor ki... Yanlış işler yapanlar kirli suçlarının eşsiz olduğuna inanıyorlar ama keşke bilebilselerdi. Hayır. Bu sabahki rüyanda amacım af."

"Şey... Sizin affedilmeniz mi, benim mi?"

"İkimizin de. Ueno'da kötü davrandım sana. Sen benim çaydanlığıma tükürmüş olsan da..."

"Bu konuda kendimi kötü hissediyorum."

Bay Oyama dürbünüyle bir yerlere bakıyor. "İki gün gazeteler inanılmaz derecede kötü olacak. Bak. Af yaklaşıyor." Bay Oyama aşağıda bir noktayı işaret ediyor. Bulutlar eski yazılardaki gibi ayrılıyor ve gizli kumsalı ve balinaya benzeyen kayayı görüyorum. Balinaya benzeyen kayanın üzerinde bir kız oturuyor, kambur gibi ve yapayalnız. Tabii ki Anju. "Bitmemiş bir işin var, Miyake."

"Anlamıyorum."

"Anlayacaksın."

Jetpack'im tekliyor ve duruyor. Annem, korku filmi kapağındaki bir yüz; o ve dokuzuncu kat balkonu çoktan Tokyo semalarına savrulmuş. Dönüyorum, son hızla bana doğru gelen bir oyun alanını görüyorum ve hatırlıyorum ki ona çarpmadan önce uyanmazsam...

"Aaaaaaah!" sesiyle bir arabanın arka koltuğunda uyanıyorum; araba sendeleyerek ilerlerken kapalı kapılar tıslıyor. Gözlerimi kırpıştırarak doğruluyorum. Evet, araba. Maymunbalığı birkaç Kitakyuşu kamyoncusuna beni güneye Miyazaki'ye götürüp götüremeyeceklerini sormayı teklif etti ama annem beni öğlene bekliyor. Geç kalma riskini almak istemiyorum. Ben arka koltukta uyuyakaldıktan sonra yanıma yaşlı bir kadın gelmiş. Örgü ören kadının ay gibi yusyuvarlak ve pütürlü bir suratı var; ayrıca aromaterapi yapıyor galiba çünkü adını hatırlayamadığım bir otun kokusunu alıyorum. Güneşte yanıp parlak turuncu bir renk almış. Aramızda bir sepet dolusu japonhurması var. Tokyo'daki gibi sulu değil bu hurmalar, masallardakilerden. Büyücülerin gazabı göze alınarak çalınmaya değer hurmalar. Salyalarım akıyor, bir buçuk gündür doğru dürüst bir şey yemedim. "Takas yapmayı öneriyorum" diyor Bayan Hurma. "Rüyana karşılık bir hurma."

Utanç verici. "Mırıldanıyor muydum?"

Gözlerini ilmiklerinden ayırmıyor. "Rüya topluyorum da."

Böylece Anju'nun kız kardeşim olduğu bilgisini atlayarak rüyamı anlatıyorum ona. Örgü şişleri uzak bir tepede çarpışan kılıçlar gibi ses çıkarıyor. "Eksik ödeme almam, genç adam. Nedir bana söylemediğin?" Anju'nun ikiz kız kardeşim olduğunu itiraf ediyorum. Bayan Hurma düşünüyor. "Bu bahtsız ne zaman ayrıldı?"

"Nereden ayrıldı?"

"Bu taraftan, tabii ki..."

"Neyin bu tarafı?"

"Hayatın." Hayır, örgü şişleri kör bir adamın bastonu gibi ses çıkarıyor.

"Dokuz yıl önce. Nasıl anladın?"

"Perşembe günü seksen bir yaşına basacağım." Kafası burada değil, bir yerlerde geziyor, benimkiyse ağır ağır ve zorla ilerliyor. Bayan Hurma esniyor. Küçük beyaz dişler. Kediyi düşünüyorum. Bir ilmeği çözüyor. "Rüyalar, manevi okyanusla madde toprağının buluştuğu kıyılardır. Geleceklerin, geçmişlerin ve asla gelmeyeceklerin, var olanların arasında yürüdüğü kumsallardır. Batıl inançlara sahip saygıdeğer bir kadın olduğumu ama muhtemelen delirdiğim için tekmelendiğimi düşünüyorsun." Ben bu kadar iyi anlatamazdım. "Tabii ki delirdim. Yoksa bildiklerimi nereden bilecektim?"

Onu kızdırmaktan korkuyorum, bu yüzden rüyamın anlamı konusunda ne düşündüğünü soruyorum.

Dişlerini göstererek gülümsüyor. Onu hor gördüğümü biliyor. "Aranıyorsun."

"Aranıyor muyum? Kim arıyor beni?"

"Bedava danışmanlık vermiyorum. Hurmanı al, evladım."

Tokyo'dan sonra Miyazaki oyuncak gibi geliyor. Otobüs durağında, annemin kaldığı kliniği sormak üzere turist danışma ofisine gidiyorum. Kliniğin adını kimse duymamış ama adresi gösterdiğimde Kirişima'ya giden bir otobüse binmem gerekeceği söyleniyor. Otobüsün kalkmasına bir saatten fazla var, ben de istasyonun tuvaletine gidip dişlerimi fırçalıyorum, bekleme salonunda tatlı ve soğuk bir kahve içerken gelip geçen yolcuları ve otobüsleri izleyerek oturuyorum. Miyazaki halkı salınarak yürüyor. Bulutların acelesi yok ve bir pınar palmiye ağaçlarının altında gökkuşağı yapıyor. Puslu gözleri olan yaşlı bir köpek merhaba koklaşması için geliyor. Çok hamile bir anne gevşek ve yay topuklu çocukların kontrolünü kaybetmemeye çalışıyor. Hurmamı hatırlıyorum –büyükannem hamile kadınların asla hurma yememesi gerektiğini söylüyor– hurmamı çakımla soymaya başlıyorum. Parmaklarım yapış yapış oluyor ama meyve inci gibi ve kusursuz. Parıltılı çekirdekleri tükürüyorum. Çocuklardan biri ıslık çalmayı yeni öğrenmiş ve bunu sadece bir ezgide yapabiliyor. Anne çocuklarının plastik sandalyelerden atlamalarını izliyor. Babalarının nerede olduğunu merak ediyorum. Kadın sadece çocuklar yangın söndürücüyle oynamaya başladıklarında bir şey söyleme ihtiyacı duyuyor: "Ona dokunursanız, otobüsçü amcalar kızar!" Yürüyüşe çıkıyorum. Hediye dükkânlarından birinde 1950'lerden beri bekleyen, solmuş plastik meyvelerle dolu, gülen yüz desenli bir kâse buluyorum. Kâseyi Buntaro için Zizzi anahtarlığımın karşılığı olarak alıyorum. Lawsons'tan bir tüp şampanya bombası alıyorum ve otobüs gelene kadar dergi okuyorum. Sanırım gergin olmalıyım ama enerjim yok. Hangi günde olduğumuzu bile bilmiyorum.

Kasabanın dolaylarında, otoparkı ve tekerlekli sandalye rampaları olan şık bir enstitü bekliyorum, ama otobüs sayfiye tarafındaki dar sokaklara saptı. Bin yen sonra bir çiftçi bana aşağılardaki bir yolu gösteriyor ve yol patikaya dönüşene sonra da patika bitene kadar yürümemi söylüyor. "Farkına varmadan geçemezsin" diye ısrar ediyor, bu durum genelde felaketi beraberinde getirir. Bir tarafta çam ağaçlarıyla dolu bir tepe manzarası var, diğer tarafta ilk pirinç toplanıyor ve kuruması için asılıyor. Patikada büyük, yassı ve yuvarlak bir taş buluyorum. Cırcırböcekleri ötüyor ve mors alfabesiyle haberleşiyorlar. Taşı sırt çantama koyuyorum. Evren açık mor, fuşya ve beyaz renklerde çiçekleniyor. Bütün bu toprak. Bütün bu gökyüzü. Yürüyorum ve yürüyorum. Endişelenmeye başlıyorum, yirmi dakika sonra yolun sonunu görüyorum ama görünürlerde hâlâ klinik yok. Korku komedi bostan korkulukları pis pis sırıtıyor. Büyük kafalar, kemikli boyunlar. Yolda asfalt yok artık ve patika bir ilkgüzü yaşayan bir dağın eteğindeki bir grup çiftlik evinin orada sonlanıyor. Bel kavisimde ter birikiyor – burada yaşam olamaz. Yanlış bir durakta indim de otobüs şoförü beni uyarmadı mı acaba? Çiftlik evlerinden birine sormaya karar veriyorum. Bir tarlakuşu şakımayı kesiyor ve her yere sessizlik hâkim oluyor. Bostanlar, ayçiçekleri, güneşe serilmiş mavi çarşaflar. Çimden bir sedirle örtülmüş bir kayanın üzerinde, geleneksel yöntemlerle inşa edilip sazlarla örtülmüş bir çayevi yükseliyor. Elle yazılmış tabelayı gördüğümde kapıyı çoktan geçmiş oluyorum. Miyazaki Dağı Kliniği. Yaşam belirtilerinin tersine etrafta kimse yok. Ön kapının yanında zil veya tokmak göremiyorum, bu yüzden kapıyı açıp –temizlikçi?– beyaz üniformalı bir kadının dosya dağlarını tepelere indirgediği havadar bir resepsiyon odasına giriyorum. Bu bir kaybetme savaşı. Beni görüyor. “Merhaba.”

“Merhaba. Sorumlu hemşireyle görüşebilir miyim, lütfen?”

“İsterseniz benimle görüşebilirsiniz. Suzuki. Doktorum. Siz de...”

“Ah, Eiji Miyake. Annemi görmek için buradayım; hasta kendisi. Mariko Miyake.”

Dr. Suzuki bir ahaaaaaa sesi çıkarıyor. “Çok hoş gelmiş bir misafirsiniz Eiji Miyake. Yardımsever kız kardeşimiz bütün sabah diken üstündeydi. Umarım çok yapay bulmazsınız ama ‘hastalarımız’ yerine ‘üyelerimiz’ sözcüğünü tercih ediyoruz. Miyazaki’den telefon etmenizi bekliyorduk: Zor buldunuz mu bizi? Korkarım çok uzaktayız. Düşmanlar tarafından çevrelenmiş hayatımızda yalnızlığın tedavi edici olduğuna inanıyorum. Bir şeyler yediniz mi? Herkes yemekhanede öğle yemeği yiyor.”

“Otobüste pirinç sarma yedim...”

Doktor Suzuki annemle birileri bize bakarken buluşma konusunda gergin olduğumu anlıyor. “O halde neden çayevinde beklemiyorsunuz? Çayevimizle gurur duyuyoruz, üyelerimizden biri çay erbabıdır. Çayevimizi, Senno-Soyeki’ninkinden kopyaladı. Gidip annenize ziyaretçisinin geldiğini söyleyeyim.”

"Doktor..."

Doktor Suzuki tek ayağı üzerinde dönüyor. "Evet?"

"Yok bir şey."

Sanırım gülümsüyor. "Kimseniz o olun sadece."

Ayakkabılarımı çıkarıp dört buçuk kilimlik havadar kulübede oturuyorum. Vızıldayan bahçeyi seyrediyorum. Arılar, çalıfasulyesi, lavanta. Miyazaki'de aldığım bir şişeden –artık ılıklaşmış ve köpürmüş– arpa çayı içiyorum. Tavanda diz çökmüş bir papirüs kelebeği kanatlarını açıyor. Arkama yaslanıp bir an için gözlerimi kapıyorum.

♠

Kar ve gri kargalar dalgalanıyor New York'ta. Büyük sarı taksimin şoförünü tanıyorum ama adı ben onu aradığım zaman kaçıyor. Gazeteciler ve böcek gözlü fotoğraf makinelerinin arasından güçlükle yürüyerek John Lennon'ın arpa çayını yudumladığı kayıt stüdyosuna geliyorum. "Eiji! Gitarın umudunu tamamen kaybetmişti." On iki yaşımdan beri bu yarı tanrıyla tanınmak istiyorum. Rüyam gerçekleşti ve İngilizcem ummaya cesaret ettiğimden yüz kat daha iyi ama tek düşünebildiğim "Üzgünüm, geciktim, Bay Lennon" demek. Bu büyük adam, Yuzu Daimon gibi omuz silkiyor. "Şarkılarımı öğrenerek geçirdiğin dokuz yıldan sonra bana John diyebilirsin. Ne istersen diyebilirsin hatta. Paul dışında." Buna hepimiz gülüyoruz. "Seni grubun geri kalanıyla tanıştırayım. Geçen yaz Karuizava'da tanıştığın Yoko, bisikletlerimizdeydik..." Yoko, Maça Kızı gibi gergin. "Tamam, Sean, geçti" diyor bana, "Mummy's only looking for her hand in the snow." Bu hepimize çok komik geliyor. Sonra John Lennon piyanoyu işaret ediyor. "Ve klavyede, bayanlar ve baylar, Bay Claude Debussy." Besteci Debussy hapşırıyor ve bir diş fırlıyor, bu da yeni bir kahkaha krizine neden oluyor; dişler düşmeye devam ederken kahkahalar da çoğalarak sürüyor. "Piyanist arkadaşım, Ay İmajo..." diyorum Debussy'e, "eserlerinize tapıyor. Paris Konservatuvarı'ndan burs kazandı ama babası gitmesine izin vermedi." Fransızcam da mükemmel! "O halde babası frengili pis bir domuz" diyor dizleri üstünde dişlerini aramakta olan Debussy. "Ve Bayan İmajo da çok ayrıcalıklı bir kadın. Gitmesini söyleyin ona! Asyalı kadınlara düşkünlüğüm olmuştur hep."

Ueno Parkı'nda, evsizlerin yaşadığı çadırlarla çalılıkların arasındayım. Bunun röportaj için biraz uygunsuz bir yer olduğunu düşünüyorum ama fikir John'dan çıktı. "John, "Tomorrow Never Knows" tam olarak neden bahsediyor?"

John filozof tavrı takınıyor. "Asla bilemedim."

Elimizde olmadan gülüyoruz. "Ama şarkıyı sen yazdın!"

"Hayır, Eiji, ben asla..." Gözyaşlarını kuruluyor. "O beni yazdı!"

O sırada Doi çadırın kapağını kaldırıyor ve bir pizza uzatıyor. Pizza kutusunu açıyoruz, içinde çürümüş hintkeneviri var. Resim Kadın –onun misafirleriyiz galiba– cilalı bir gelinlik kurukafasının bulunduğu bir kek bıçağı çıkarıyor. Hepimize ince bir dilim sunuluyor – tadı yeşil çay gibi. "En sevdiğin John şarkısı hangisi, Eiji-kun?" Resim Kadın'ın aslında gizli görevde olan Kozue Yamaya olduğunu fark ediyorum, hepimiz buna gülüyoruz.

"9 Numara Rüya" diye cevap veriyorum. "Bir başyapıt olarak değerlendirilmeli bu şarkı."

Cevabım John'un çok hoşuna gidiyor, Hint Tanrısı edasıyla "*Ah, bowakama pousse pousse*" diye şarkıyı söylüyor. Bilim müzesinin dışındaki şaşırtıcı balina bile kıkırdıyor. Ciğerlerim kahkahayla doluyor ve nefes almakta ciddi bir güçlük çekiyorum. "Gerçek şu ki" diye devam ediyor John, "'9

Numara Rüya', 'Norwegian Wood'un devamıdır. İki şarkı da hayalet hikâyesidir. 'Norwegian Wood'daki 'O kadın' seni yalnızlıkla lanetliyor. '9 Numara Rüya'daki 'Garip bir şekilde dans eden iki ruh' barışla kutsuyor. Ama insanlar yalnızlığı barışa tercih ediyorlar."

"Adı ne anlama geliyor?"

"Her sondan sonra başlayan dokuzuncu rüya."

Bir bilge çok kızıyor. "Aydınlanma arayışınızdan neden vazgeçiyorsunuz?"

"Gerçekten o kadar kozmiksen" diye alay ediyor John, "nedenini biliyorsundur!"

O kadar çok gülüyorum ki...

"Uyandım. Annem çayevinin girişinde duruyordu."

Ay müziğini kapatıyor. "Kıkırdayarak kendini mi uyandırdın? Annen ne düşünmüştür acaba?"

"Daha sonra nöbet geçirdiğimi sandığını itiraf etti. Daha da sonra Anju'nun küçükken uykusunda güldüğünü söyledi."

"Çok uzun süre mi konuştunuz?"

"Üç saat. Öğlen sıcağında. Miyazaki'ye henüz gelmiştim."

"Söyleyecek bir şey bulamama durumu söz konusu olmadı yani?"

"Bilmem... Bir tür sözsüz anlaşma oldu. O bütün 'Anne' rollerini bir kenara bıraktı, ben de bütün 'Oğul' rollerini..."

"Bana anlattığın kadarıyla bu tür rolleri hiç oynamadın."

"Doğru. Demek istediğim, onu 'Anne' standartlarına göre değerlendirmemeyi kabul ettim, o da beni 'Oğul' standartlarıyla karşılaştırmamayı kabul etti."

"Peki... Şu an hangi noktadasınız yani?"

"Sanırım başlangıç noktamız, şey..."

"Arkadaşlık mı?"

"Bu aşk ve barış festivalleriyle dolu bir yazmış gibi davranmak istemiyorum. Konuşmaktan kaçındığımız konularla dolu bir mayın tarlası var ve biz bir gün bununla yüzleşmek zorunda kalacağız. Ama... ondan hoşlandım sanki. Gerçek bir insan o. Gerçek bir kadın."

"Bunu sana ben bile söyleyebilirdim."

"Biliyorum ama onun şunu *yapan* ama gerçekte hiçbir şey hissetmeyen bir dergi parçası olduğunu düşünmüştüm hep. Bugünse Yakuşima alaylarındaki dedikodu makinesinin söylediği gibi kolay bir hayat yaşamamış, kırklarında bir kadın gördüm. Konuştuğu zaman sözcüklerinin arkasında duruyor. Mektuplarındaki gibi değil. Alkolizmi ve insana yaptıklarını anlattı bana. Onu suçladığı falan yoktu, bir hastalığı analiz eden bilim insanı gibi konuşuyordu. Ve tahmin et ne oldu? Gitarım aslında onunmuş! Bütün bu yıllar boyunca benim gitarım onun gitarıymış, onun gitar çaldığını da bilmiyordum."

"Naganolu otelci orada mıydı?"

"İki haftada bir geliyormuş, o gün gelmeyecekti. Ve gelecek pazar onu tekrar ziyaret edeceğime söz verdim."

"İyi. Adamın niyetinin iyi olduğundan emin ol. Peki ya gerçek baban?"

"Bu mayın tarlasındaki konulardan biriydi. Belki başka zaman. Tokyo'yu sevip sevmediğimi ve arkadaşlarımı sordu bana. Arkadaşlarımdan biriyle övündüm, hani şu dahi piyanist."

"Çok elit bir grup. Bu gece nerede kalıyorsun?"

"Dr. Suzuki bir yerlerde bir şilte bulabileceğini söyledi ama dayımla kalmak üzere Kagoşima'ya giden bir trene bineceğim..."

"Para Dayı, değil mi? Yarın sabah da Yakuşima feribotuna binip kız kardeşinin mezarını ziyaret edeceksin."

"Nereden biliyorsun?"

Acil bulutlar beyazperde gibi gökyüzünde dalgalanıyor.

"Bana Anju'dan ve rüyalarından bahsettiğinde dinliyorum, anlarsın ya. Kulağım çok hassastır."

◆

Canı sıkılan ufuk esniyor. Gelgit dalgaları, Bungo Boğazı'nın güneyindeki Hyuga Nada Denizi'ne değiyor. Büyük dedem *I-333*'teki son seyahatinde buradan geçmiş. Dürbünün gücü 1940'lı yılları göstermeye yetseydi, büyük dedemle birbirimize el sallayabilirdik. Belki onu da rüyalarımda görürüm. Dikkatli ve tetikteki gerçeklikte her şeyin aynı anda olmasını engelleyen şey zaman olabilir ama rüyalarda kurallar farklıdır. Sonbahar meyvelerinin kokusunu alıyorum. "Dünya ne küçük" diyor Bayan Hurma. "Tekrar merhaba. Buraya oturabilir miyim?"

"Tabii ki." Sırt çantamı üstteki boşluğa atıyorum.

Yara almaktan korkar gibi oturuyor. "Hurmamı beğendin mi?"

"Şey, çok lezzetliydi. Teşekkür ederim. Rüyamı beğendiniz mi?"

"Daha iyilerini gördüm." Garip kadın örgüsünü çıkarıyor.

"Rüyaları toplayıp ne yaptığınızı sorabilir miyim?"

"Sen hurmalarla ne yapıyorsun?"

"Ben hurmaları yiyorum."

"Yaşlı bayanların da beslenmeye ihtiyacı vardır."

Bir açıklama bekliyorum ama Bayan Hurma hiçbir şey söylemiyor. Yanımızdan bir nükleer enerji santrali, demirlenmiş bir fırkateyn, yalnız bir rüzgâr sörfçüsü geçiyor. Nazik bir şekilde konuşmam gerektiğini hissediyorum. "Kagoşima'ya mı gidiyorsunuz?"

"Şuraya buraya."

"Akrabalarınızı mı ziyaret ediyorsunuz?"

"Konferanslara katılıyorum."

Seksenliklerin ne tür konferanslara katıldığını anlatmasını bekliyorum – meyve yetiştiriciliği mi, örgü mü? Ama o örgüsüne yoğunlaşıyor. Dağılan atomları düşünüyorum. "Siz rüya tercümanı gibi bir şey misiniz?"

Gözbebeksiz gözlerine çok uzun süre bakmak pek güvenli değil. "İşin maddi kısmıyla ilgilenen küçük kız kardeşim mesleğimizi 'kanalcılık' olarak tanımlıyor."

Yanlış duyduğumu düşünüyorum. "Kan alıcılık mı?"

"Hemşireye benziyor muyum?"

Yeniden dene. "Kanalcılık mı? Bu bir mühendislik dalı mı?"

Bayan Hurma başını sabrı tükenmeye başlamış gibi iki yana sallıyor. "Kız kardeşime söyledim. Bu kelime oyunları insanların kafasını karıştırıyor. Cadıyız biz, dedim ona, bu yüzden kendimize 'cadı' dememiz gerekir. Bu sıraya yeniden başlamak zorundayım. Bu atkıyı büyükannem için örüyorum. Kusursuz olmazsa mızıldanır."

"Affedersiniz, cadı olduğunuzu mu söylediniz siz?"

"Beş yüz yaşına girdiğimden beri yarı emekliyim. Yenilere yer açmak gerektiğine inanıyorum."

Beni çok zekice kandırıyor ya da gerçekten çılgın. "Hiç aklıma gelmezdi."

Örgüsüne doğru çatıyor kaşlarını. "Tabii ki gelmezdi. Senin dünyan televizyonla aydınlanıyor, uydularla örülüyor ve bilimle kaplanıyor. Yaşamlarının kaynağını rüyalarda açığa çıkan enerjiden alan kadınlar olduğu düşüncesi senin de söylediğin gibi gerçekten çılgın."

Uygun bir cevap arıyorum.

"Önemli değil. İmansızlık iş için iyidir. Akıl çağı bu kıyılara eriştiğinde en rahat nefes alan bizlerdik."

"Siz rüyaları nasıl yiyebiliyorsunuz?"

"Anlayamayacak kadar modernsin. Rüya, ruhla maddenin kaynaşmasıdır. Bu kaynaşma sırasında enerji açığa çıkar, bu yüzden rüyaların görüldüğü uykunun yenileyici etkisi vardır. Aslında rüyalar olmasa aklın bir haftadan fazla dayanamaz. Benim kadar yaşlı bayanlar senin gibi sağlıklı gençlerin rüyalarıyla beslenirler."

"Bütün bunları insanlara anlatmak doğru mu?"

"Neden olmasın? Bunun doğru olduğu konusunda ısrar eden herkes kilit altına alınır."

O hurmayı yediğime pişman oluyorum sanki. "Şey, tuvalete gitmem gerek." Tuvalete yürürken, tren yerinde duruyormuş ama ben ve zemin aynı hızda uçuyormuşuz gibi hissediyorum. Yol arkadaşım beni korkutmaya başlıyor; söylediği şeyler değil de söyleyiş tarzı korkutuyor. Onunla nasıl başa çıkmam gerektiğini merak ediyorum. Koltuğuma döndüğümde onu göremiyorum, gitmiş.

Kızıl veba dünya üzerindeki insan yaşamını tamamen yok etti. Son karga da son kemikteki son eti aldı. Doğal bağışıklığımız sayesinde sadece Ay ve ben kaldık hayatta. Amadeus Çayevi'nde yaşıyoruz. Uydular giderek daha alçakta dönüyorlar ve şu an balkonumuzun etrafında elektronik sallar yüzüyor, elimizi uzatsak dokunacağız. Ay ve ben Tokyo'da uzun yürüyüşlere çıkarak oyalanıyoruz. Ben Ay için pırlantalar seçiyorum, o da bana en iyi gitarları alıyor. Ay, Debussy'nin *Arabesque*'ini Budokan'da canlı çalıyor, sonra ben Lennon repertuarımın üzerinden geçiyorum. Sırayla seyirci oluyoruz. Ay, hâlâ lezzetli salatalar yapıyor ve bunları televizyon tabaklarda servis ediyor. Uzun bir süre böyle kardeş kardeş yaşıyoruz.

Bir gün balkonda bir biiiiiip sesi duyuyoruz. Biiiiiip. Araladığımız pencereden dışarı bakıyoruz ve ağır ağır bize doğru gelen çirkin bir kuş görüyoruz. Domuz gibi büyük, hindiye benziyor ve tüyleri akbaba gibi kabarık. Gagası, demir testeresi keskinliğinde. Alkolik gözleri kan çanağı gibi. Birkaç adımda bir göz yuvarlağı büyüklüğünde bir yumurta kusuyor, sonra üstüne oturduğu yumurtayı popo deliğine sokmak için kıvranıyor. "Çabuk!" diyor Ay, "Camı kapa! İçeri girmek istiyor!" Ay haklı ama ben tereddüt ediyorum – gagası bir harekette bileğimi koparabilir. Çok geç! Kuş içeri hopluyor, sandalyeden düşüp halıya yuvarlanıyor. Ay ve ben korkarak bir adım geri çekiliyoruz ama meraklıyız da. Çok kötü bir şey olabilir ama çok iyi bir şey de olabilir. Kuş çalım satarak yürüyüp dekora potansiyel müşteri gibi eleştirel bir gözle bakıyor. Sonunda bir düğün pastasının üstüne tüneyip Doi'nin sesiyle konuşuyor: "Tavandaki peruklu kedi gidecek, ahbap, bu sadece başlangıç. Anladın mı?"

◆

"Yine mi sen, Miyake" diyor Ay, ama sesinden mutlu olduğu anlaşılıyor. "Haberlerde izledim, Kagoşima'ya yaklaşan bir tayfun var. Sen gittin mi oraya?"

"Henüz gitmedim." Levhayı okuyorum ve "Miyakonojo'da tren değiştirmem gerek."

"Hiç duymadım böyle bir yer."

"Sadece makinistler biliyordur. Bir şeyleri bölmüyorum ya?"

"Domenico Scarlatti isimli çok seksi bir İtalyan'la öpüşüyordum."

"Claude ve beni kıskandırıyorsun."

"Scarlatti, Debussy'den daha da ölü. Ama onun sonatları..."

"Bir rüya gördüm, sen vardın, bir de kabuklu hindi..."

"Eiji Miyake ve öldüren cazibesi. Beni bu yüzden mi aradın?"

"Hayır aslında, uyandığımda sana muhtemelen âşık olduğumu fark ettiğimi ve bunun senin de bilmen gereken bir şey olduğunu düşündüğümü söylemek için aradım."

"Bana *muhtemelen* âşık olduğunu mu? Bir erkeğin bana söylediği en romantik şey olmalı bu."

"'Muhtemelen' dedim, çünkü fazla girişken görünmekten korkuyordum. Ama ısrar edersen, evet, sana kesinlikle âşığım."

"Neden şimdi söylüyorsun bunu bana, binlerce kilometre uzaktayken? Kapsülüne geldiğimde neden pas vermedin?"

"Vermemi mi isterdin?"

"Kita Senju'ya yemek öncesi sohbetin için mi yürüdüğümü düşünüyorsun?"

Tepemde bir yumurta kırılıyor ve mutluluk sarısı damla damla akıyor. "Neden hiçbir şey söylemedin?"

"Erkek sensin. Haysiyetini ve kendine olan saygını tefecilere emanet etmek zorundasın."

"Bu hiç adil değil, Bayan İmajo."

"Adil değil mi? Bir ara kadın olmayı dene."

"Hoşuma gitti bu. Beni ziyarete geldiğin zaman bilmiyordum. Demek istediğim, bilsem seni kesinlikle dışarı çıkarmazdım... ama sonra gidip mektupları gösterdim sana ve..."

"Kokmuş hindili bir rüyaya mal oldu."

"Kabuklu, kokmuş değil. Ayrıca şirindi de. Umurunda mı ki?"

"Scarletti sana sol minörden K.8 çalmama izin verdi. Allegro."

Al, telefon kartım bitene kadar çalıyor. Sanırım benden hoşlanıyor.

Dünyanın sonundaki akşam karanlığında tren Kagoşima İstasyonu'na geliyor. Sol minörden çalınmış K.8 hayaletleri kafamın içinde tango, vals ve tavuk dansı yapıyor. Ay'ı her düşündüğümde kalbim mürekkepbalığı gibi mürekkep bırakıyor. Kondüktör, tayfun nedeniyle tüm tren seferlerinin en erken yarın sabah gelecek ikinci bir emre kadar iptal edildiğini söylüyor. Yolcuların yarısı hep birlikte inliyor. Kondüktör otobüs ve tramvay seferlerinin de geçici olarak dur-

durulduğunu ekliyor. Yolcuların diğer yarısı hep birlikte inliyor. Aşkın çözemeyeceği acil bir sorunum var. Para Dayı Kagoşima'nın kuzeyindeki tepelerin sırtında yaşıyor; oraya yürüyerek gitmek iki saat sürer. Gelip almaya ikna etmeyi umarak dayımı arıyorum ama hat meşgul. Sanırım limana yürümeli ve denizotobüsü terminalinde uyumalıyım. Güçlü rüzgâr otogarda kick-box yapıyor. Palmiye ağaçları geriliyor, bayraklar sancaklara dolanıyor, karton kutular kaçıp canlarını kurtarıyorlar. Dışarıda kimse yok ve işyerleri erkenden kapanıyor. Köşeyi dönüp Liman Bulvarı'na girince muazzam bir rüzgâr tarafından neredeyse uçup Nagasaki'ye fırlatılıyorum. Yürüyebilmek için rüzgâra doğru eğiliyorum. Volkanik bir dağın bulunduğu Sakurajima yerinde duruyor ama bu gece pek gerçek gibi gözükmüyor. Karanlık deniz dalgalarla çıldırmış. Yüz metre sonra başımın gerçekten dertte olduğunu anlıyorum – elektronik levha tüm terminalin kapalı olduğunu söylüyor. Para Dayı'nın evine taksiyle gidebilirim ama parayı o ödemek zorunda kalacağı için bu çok utanç verici. Otelde kalabilirim ama o zaman da sabah ödeme yapamam. Fakir olmak bazen çok iğrenç oluyor. Polis kabininde merhamet dilenebilirim; hayır. Çarşı kapısına sığınabilirim; belki hayır. Sonunda Para Dayı'nın evine yürümeye karar veriyorum, saat dokuz gibi orada olacağım. Dokuz yıl önce, kısa süren kariyerimin tek golünü attığım okul sahasından geçerek kestirmeden gidiyorum. Kum taneleri sürüyle hücum ettikleri gözlerimi tırmalıyorlar. İstasyonu geçiyorum ve sahil yolundan yürümeye devam ediyorum ama güçlükle ve yavaşça ilerleyebiliyorum. Hiç araba yok. Telefon kulübesinden Para Dayı'yı aramaya çalışıyorum ama hatlar gitmiş galiba. Aerodinamik olmayan nesneler –araba örtüleri, bira kasaları, üç tekerlekli bisiklet– uçarak yanımdan geçiyor. Deniz yükseliyor, rüzgâr feryat ediyor, tuzlu su deniz setini selamlıyor ve püsküren su bana çarpıyor. Çatısı olmayan kapalı bir otobüs durağının yanından geçiyorum. Evlerden birinde durup girişte uyuyup uyuyamayacağımı sormayı düşünüyorum. Gövdesine otobüs durağı çatısı girmiş bir ağacın yanından geçiyorum. Sonra bir vuuuuuuş sesi duyuyorum. Refleks olarak çömeliyorum ve siyah bir hayvan zıplayarak geçiyor üzerimden, traktör lastiği bu! Şimdi de bunlar gibi havalanmaktan korkuyorum. İso-teyen bahçesinin düzeyine eriştim. Okul gezilerinde buraya getirilirdim ve sığınabileceğim hücrelerin bulunduğu tuğla binaları hatırlıyorum. Duvara tırmanıyorum; rüzgâr beni tepeden aşağı düşürüyor ve mahvolmuş begonvillerin üzerine iniyorum. Huzur dolu yaz bahçesi, şeytanın her şeyi ele geçirmeye çalıştığı filmlerden birine dönmüş şimdi. Çılgın bir kadın durmadan kapıyı çarpıyor. İlerliyorum, –yumrukluyorum ve yüzerek uzaklaşıyorum– uçan dallar yüzüme batıyor. Dik bir yokuşun sonundaki bir kulübeye giriyorum. Komposto kokusu, tente, sicim; bahçıvan kulübesindeyim. Kapının mandalı kırılmış ama bir toprak çuvalını sürükleyip durmadan hareket eden kapıyı sıkıştırmayı başarıyorum. Kulübe şiddetle sarsılıyor ama nasıl olursa olsun içerisi dışarıdan iyidir. Gözlerim karanlığa alışıyor. Mala, bel, tırmık ve kürekle dolu bir teçhizat deposu. Duvarların birinin dibinde dar bir bölme var ama etraf ilerisini göremeyeceğim kadar karanlık. Önce kapları topluyorum ve rüzgârın içeri izinsiz girmesiyle oluşan hasarı elimden geldiğince tamir ediyorum. Sonra geçici bir yatak hazırlıyorum. Üçüncü olarak Miyakovbilmemne'de aldığım bir şişe yeşil çayı içiyorum. Sonra uzanıyorum, tayfunun bu eski yapıyı kamçılamasını dinleyerek endişeleniyorum. Daha sonra endişelenmeyi bırakıp bu çılgınca kükreyen korodaki her bir sesi tanımaya çalışıyorum.

Mesanem vücudumun dışına çıkmış – embriyo şeklinde altın bir kese. Acı vererek kasıklarımdan sarkıyor. Liverpool'dayım, bunu küçük arabalar ve arı kovanı şeklindeki saç şeklinden anlıyorum. Tuvalet arıyorum. Yerçekimi İngiltere'de daha güçlü; kendimi bu katedralin basamakları boyunca yukarı taşımak beni çok yoruyor. Mesane bebeğim güvende olsun diye sırtüstü yatıp işimi merdivenlerde kendimi sürüklüyorum. "Bir saniye, Kaptan!" diyor Laozi tel ızgaranın arkasından. "Giriş biletine ihtiyacınız var."

"Havaalanında ödeme yapmıştım zaten."

"Yeteri kadar ödeme yapmamışsınız. Bir on bin yen daha sökülün."

Bu aşırı bir fiyat ama ya ödeyeceğim ya da pantolonuma işeyeceğim. Güçlükle cüzdanımı çıkarıyorum ve içinden aldığım banknotu ızgaradan içeri gönderiyorum. Laozi banknotu ikiye ayırıyor, buruşturup burun deliklerine sokarak burun kanamasına tampon yapıyor. "Şimdi. Tuvalet nerede?" diye soruyorum. Laozi kabarmış mesaneme bakıyor. "Size yolu göstersem iyi olacak." Liverpool Katedrali çinilerle döşenmiş bir labirent. Laozi göbeğinin üzerinde sürünüyor. Bense onun peşinden sırtüstü gidiyorum. Duvardan perde gibi su akıyor. Serpintiler bazen suratıma dökülüyor. Mesane bebeğim, istemeden karaya sürüklenmiş bir fokun sesiyle inlemeye başlıyor. "Hâlâ gelmedik mi?" diye soruyorum soluk soluğa. Bir mağarada ayağa kalkıyorum. Sarkıtlardan su damlıyor. Üniformalı bir grup adam pisuvarları işgal ediyor. Bekliyorum. Bekliyorum. Ama adamların hiçbiri kımıldamıyor.

"Albay Sanders!" General MacArthur omzuma vuruyor. "Yerlilerden biri platin çakmağımı çalmış! Hazine değerindeydi, kahrolsun! Dedikoduları duydunuz mu?" Kaiten projesi hakkında bir şey bilip bilmediklerini öğrenmek için genel karargâhta casusluk yapan bir korkağın vücuduna hapsedilmişim. Bu kadar şişman olmak ne garip. Sözcüklerin ötesinde görünmeyen anlamlar olduğunu biliyorum ama şarkı söyleyen bir mesaneyle konsantre olmak çok zor. "Hayır mı?" General MacArthur bir fıskiye hapşırıyor. "Seni limana bırakayım." Amerikan Jeep bizi Kagoşima Limanı'na götürüyor. Şu an mesanem belime yapışan bir çocuk. Jeep aniden sallanınca patlamasından korkuyorum ama terminale kazasız belasız varıyoruz. Ne yazık ki bu kompleks savaştan sonra tekrar inşa edilmiş ve tüm tabelalar körler alfabesiyle yazılmış. Bir çöp kutusuna işemeyi düşünüyorum ama manşetlerden korkuyorum: "Köylü Miyake Tuvalet Eğitimini Unuttu." Bir koridorda tökezleyerek ilerliyorum. Ölmek üzere olan bir casustan nabız eşliğinde idrar akıyor. Mesanem neredeyse taşınamayacak kadar ağır. "Bu yoldan" diye tıslıyor görünmez bir arkadaş. Havaalanı kadar geniş yepyeni bir tuvalet buluyorum. Yerler, duvarlar, tavan, tesisat, lavabolar, pisuvarlar, kapılar... Her şey kar beyazlığında. Tuvaletteki tek insan uzakta bir nokta. Bir avukat. En yakın pisuvara gidip altın ikizimi duvara doğru tutuyorum ve...

Avukat "Beautiful Boy" adlı şarkıyı öyle korkutucu bir şekilde mırıldanıyor ki mesanem tıkanıyor. Ona bakıyorum ve şaşkınlıkla irkiliyorum, hemen yanımda durmuş işiyor. Hâlâ yüzü yok.

◆

Bir geminin korkunç bir sesle çok yakınlarda bir yerde karaya oturması üzerine kriz geçirmekte olan bir mesaneyle uyanıyorum. Toprak çuvalını çektiğimde tayfun hemen kapıyı zorluyor. Yarıktan dışarı işiyorum. İdrar uçuyor ve muhtemelen Çin Denizi'ne ulaşıyor. Tente yuvama geri dönüyorum ama bu gecenin şiddetinde hiçbir şey uyuyamaz. Gök Gürültüsü Tanrısı Kagoşima'da yürüyor, beni arıyor. Rüyalarımın neden bu kadar net olduğunu merak ediyorum; genelde gözümü açtığım an buharlaşırlar. Anju-sonrası seri amca ziyaretlerime başladığımda, buralarda bir yerdeki reklam dünyası evinde ve ailesinde gerçek Eiji Miyake'nin yaşadığını hayal ettim. O beni her gece rüyasında görüyordu. Ve ben gerçekte oydum – gerçek Eiji Miyake'nin rüyası. Ben uyuyup rüya gördüğümde o uyanıyor ve benim yaşamımı rüyası gibi hatırlıyordu. Bu durum benim için de geçerliydi. Tayfun yine geliyor, haneye tecavüzü bu sefer hafif bir esintiyle gerçekleştiriyor. Bahçıvan kulübesi uçmayacak. Yuvarlanıp çok sert bir şeye çarpıyorum ve orta boy, yassı, yuvarlak bir taş buluyorum. Taşı sırt çantama koyuyorum. Esinti sert bir rüzgâra dönüştüğünde bahçıvan kulübesinin içinde bir horultu duyarak şaşırıyorum! Kalkıp dar bölmenin arkasına bakıyorum. Bir kadın bu, hâlâ uyuyor! Bahçıvana benzemiyor, o da bu tayfun yüzünden buraya tıkılmış bir ziyaretçi olmalı. Belki bana burada olduğunu söyleyemeyecek kadar korkmuştu ama sonra uyuyakaldı. Uyandırsam mı? Bu onu korkutur mu? Gözleri açılıyor. "Şey..." diye başlıyorum.

"Sonunda beni buldun." Bir çırpıda kalkıyor ve kimonosu açılıyor. Konuşamayacak kadar şaşkınım. Garip bir an, onu Ueno'da kaybolduğunu söyleyen Yuki Çiyo'nun annesiyle karıştırıyorum. Islak parmaklarını meme uçlarımda kuruluyor, diğer eli de boxer'ımın içinde keşfe çıkıyor; bu doğru değil, çünkü Ay'a onu sevdiğimi söyledim ama dudakları benim için aralanıyor ve bir milyon küçük gümüşbalığı yön değiştiriyor. Bununla savaşamam. Kımıldayamıyorum, uzaklara bakamıyorum, cevap veremiyorum.

İşte geliyorum.

Omzunun üzerinden Bayan Hurma'yı görüyorum. Toprak çuvalının üzerine tünemiş, hurmaların özünü emiyor. Parıldayan taşlara tükürüyor.

◆

Aydınlık bahçe, Tanrıların cümbüşünden sonra mahvolmuş. Yeşil damarlardan dökülmüş sular huzur dolu havaya güzel kokular yayıyor. Kopmuş tomurcuklar, kırılmış dallar, kökünden kopmuş çalılar. Küçük, yassı, yuvarlak bir taş buluyorum ve sırt çantama atıyorum. Kalıp biraz havuzu izlemek isterdim ama bahçıvan kulübesinin sahibinden çekiniyorum ve Yakuşima feribotu doksan dakika sonra kalkıyor. Mahvolmuş begonvillerin arasından zorlukla yürüyorum ve duvarın üstünden atlayıp oradan geçen otobüsteki bir kız öğrenciyi şaşırtıyorum. Tek şahidim bu kız. Arkamdaki evlerde komşularım uyanmış, çitleri tamir etme konusunu tartışıyorlar. Bir Lawson's bulup içeri giriyorum ve bir şişe Minute Maid greyfurt suyuyla bir kap çinlahanası turşusu aromalı ramen alıyorum ve oradaki kızdan sıcak su eklemesini rica ediyorum. Yemeğimi rıhtımda yiyorum. Sakurajima berrak gökyüzüne kül püskürtüyor ve deniz ütülenmiş gibi dümdüz. Tayfunlar dünyayı mahvediyor ama sonraki sabah dünyaları temizliyor. Para Dayı'ya hâlâ hayatta olduğumu söylemek için telefon ediyorum –geceyi Kagoşima'daki arkadaşlarımda geçirdiğimi söylüyorum– sonra limana yürüyorum. Feribot bekliyor, otomobil ve kamyonlar bayraklı ve düdüklü liman çalışanları tarafından feribota bindiriliyor. Biniş kartımı dolduruyorum, ücreti ödüyorum, yıkanıp dişlerimi fırçalıyorum ve bir telefon aramaya koyuluyorum.

"Tayfun haberlere çıktı" dedi Ay, "ama güvercinler yüzünden pek ilgi çekmedi."

"Manşetleri güvercinler mi kapıyor?"

"Dün bütün gün, tüm Tokyo'da güvercinler evlere girdi, arabalarla çarpıştı. Korkunç bir felaket filmi gibi. Televizyon kanallarını dolaşan söylenti, teori ve uzmanları tahmin edebiliyorsundur. Gizli hükümet deneyleri, kuş gribi, Aum tarikatı üyeleri, manyetik dalga değişimleri, deprem felaketinin habercisi. Sonra ay yirmi yedi yıldır dün geceki kadar parlak olmamış hiç. Atmosferdeki buz kristallerinin güvercinleri nasıl etkileyebileceğini kimse bilmiyor ama genel ürkünçlüğü artırıyor bu konu. Ve bu sabah, kahvaltı için kahve almaya gittiğimde, hapishanenin önündeki ağacın kargalarla dolu olduğunu gördüm! Prova yapan bir nefesliler orkestrasından da beterdi! Cidden, karanlıklar prensi her an gelebilecek gibiydi."

"Benim adi tayfunumdan çok daha ilginç."

"Biplemeler başlamadan önce konuyu değiştirmeme izin ver. Saçiko'yla işe gitmeden önce konuştum dün gece. Tokyo'ya geri döndüğünde kalacak bir yer bulman gerekirse, burada kalabilirsin. Kanepede. Ben öyle dersem. Üç günde bir temizlik yapman ve yemek pişirmen gerek. Ve Saçiko'nun dedesi arar da senin Saçiko'yla yaşayan sevgilisi olduğunu düşünür diye telefonları açmamalısın."

"Hey..." En çok "Ben öyle dersem"e seviniyorum. "Teşekkürler."

"Hemen karar verme. İyi düşün."

Feribota binince birçok köylü tanıyor beni. Okul arkadaşlarımın anneleri, kuzenlerimin arkadaşları, Para Dayı'mla iş yapan bir şeker kamışı ve meyve toptancısı. Kibarlıktan çok merak ettikleri için Tokyo'daki yaşamı soruyorlar bana. Havalar soğumadan önce kışlık giysilerimi almak için döndüğümü söylüyorum onlara. Tayfundan, tamirlerin ne kadara mal olacağından ve kimin neyi ödeyeceğinden bahsediliyor. İkinci mevki salonuna saklanıyorum ve biraz kestirmek için sırt çantamı koruyucu bir bariyer olarak kullanıyorum. Kansai Kadınları Gezi Kulübü'nün üyeleri etrafımı kaplıyorlar. Pazen bluzlar, süveterler, mevsimlik pantolonlar, aptalca şapkalar ve rahat ayakkabılar giymişler. Haritalar ve güzergâh notları çıkarıyorlar. Adalıları kolayca ayırabilirsiniz, sıkılmış görünüyorlar. Dün deniz seferleri yapılmadığından feribot yolcularla dolmaya devam ediyor. Tazı gibi bir çenesi ve elmacık kemikleri olan bir adamla feribotun Yakuşima'daki ana liman olan Kamiyaku'ya kaçta varacağını sorması üzerine konuşuyorum. Bu bilginin ödemesini kabuklu fıstıkla yapıyor. Nazik olmak adına birkaç tane alıyorum ama çok kötü alışkanlık yapıyorlar. Yol boyunca çantadaki fıstıkların çoğunu yiyoruz ve bir kabuk yığını çıkıyor ortaya. Tazı, Oçiai'de yayıncı ve Ueno kayıp eşya ofisini biliyor. Edebi bir yemekte Bayan Sasaki'nin kız kardeşiyle tanışmış. Motor gürrrrrrrleyerek hayata dönüyor, kadınlar aaaaaaay! oluyor ve manzara dönüp kaymaya başlıyor. Dokuz haberleri çöken koalisyon sonrası istifası beklenen bir diğer başbakanın istifasından bahsediyor. "Hiçbir şey bu sabahın haberlerinden daha eski değildir" diyor Tazı "... ve hiçbir şey Perikles'ten daha yeni değildir." Hemen sonra feribot mürettebatı haberlerin sesini kısıyor ve Kirişima-Yaku Milli Parkı'nın videosu gösteriliyor. Tüm adalılar senaryoyu ezberlemiş. Bu deniz yolculuğunda ninni gibi geliyor bize.

Tüm Japonya betonlaştırıldı. Son kutsal ormanlar da yemek çubukları için kesildi, içdenizler dolduruldu ve milli otopark ilan edildi, bir zamanlar dağların olduğu yerde şimdi apartmanlar karışıyor bulutlara. İnsanlar yirmi yaşına gelince bacakları kesiliyor ve vücutlarına direkt gelişmiş kaykaylara –ev ve ofis kullanımı için– veya büyük araçlara –uzun seyahatler için– takılabilecekleri arabirimler yerleştiriliyor. Yirminci doğum günüm eylüldeydi, yani bu geçiş operasyonu töreni için geç kaldım. Ama bacaklarım kalsın istiyorum, bu yüzden direniş hareketine katıldım. Liderlerime takdim edilmek üzere arabalardan uzakta bir yer olan Miyakonojo'ya götürüldüm. Onların vücutları da operasyon görmüş, kamuflaj olsun diye. Kafaları yakıcı güneşin altında bir sıra halinde oturuyor. Boyunları bir bowling sahasının köşesine sıkıca bağlanmış ve ben buraya Gunzo, Nabe ve Kakizaki'den daha önce getirildiğimi anlıyorum. Şansıma beni gördüklerinde heyecanla gözlerini kırpıştırıp "Mesih! Mesih! Mesih!" diye bağırıyorlar. Bu kafamı karıştırıyor. "Emin misiniz?" Emin görünüyorlar. "Mesaj sana gelecek! İnsanlığın bu çok hızlı düşüşünü tek başına sonsuz bir acıya dönüştüreceksin!" Kulağa hoş geliyor. "Nasıl?" Kakizaki'nin altçenesi düşüyor ama şu sözleri söylüyor: "Tıpayı çıkar."

Ayaklarımın yanında parlak zincirli bir banyo tıpası var. Çekiyorum. Altı toprak – asfaltlama kurallarından dolayı toprak yasak. Toprak karışıyor ve bir solucan gözüküyor, delikten çıkıyor. Solucanı bir diğer solucan, bir diğeri, bir diğeri takip ediyor. Son Japon solucanları. Kıvrılarak dokuza dokuz bir ızgarada daha önce takdir edilmiş pozisyonlarını alıyorlar. Bu ızgaradaki her şekil fırça darbeleri yerine solucan vücutlarıyla yazılmış bir kanji veya Japon harfi. Bu sözler en kutsal metin. Ayrıca solucanların ölümü anlamına da geliyorlar, katranlı makadamla kaplanmış zemin solucanları pişiriyor. Cızırdadıkça tonbalığı ve mayonez kokuyorlar. Ancak fedakârlıkları boşuna değil. Seksen bir harfli gerçeği okuyorum; yüreğimizin ve aklımızın, her zerremizin ve sevgimizin, huzurumuzun ve zamanımızın sırrını... Gerçek alevli bir şekilde parlıyor hafızamın retinasında. Bu bilgeliği susuz soyuma aktaracağım ve çorak çöller çiçeklenecek.

◆

"Miyake! Miyake, seni soysuz! Uyansana!"

Eski spor hocam Bay İkeda'nın suratı tersyüz olmuş bir halde üstümde duruyor. Yarısı yenmiş tonbalıklı ve mayonezli bir sandviç var elinde. Sıkıntı çığlığıyla sarsılıyorum.

Bay İkeda uyanamadığımı düşünüyor. Bir şey hatırlamalıyım... "Seni feribot terminalinde gördüm ama kendime 'Hayır, Miyake çok uzaklarda!' dedim. Neden hemen döndün? Büyük şehirde yaşamak çok zor, değil mi?"

Bir şeyi unutuyorum. Neydi? "Pek değil, efendim. Aslında ben..."

"Evet, Tokyo'da genç olmak. Zaten gitmiş olmasam seni çok kıskanırdım. Hayatımın en güzel yıllarından ilk ikisini Tokyo'da geçirdim. En iyi spor akademisine girdim, sen bilmiyorsundur, çok da çılgın bir gençtim. Ah o günler! Ah o geceler! Bayanlar arasındaki ismim sana her şeyi anlatır. As. As İkeda. Sonra ilk öğretmenliğimde Japonya'nın gördüğü en iyi lise futbol takımlarından birini bir araya getirdim. Hakem bunak, kör, sakat, namussuz bir salyangoz pisliği çuvalı olmasaydı ulusal kupayı bile kazanabilirdik. Benim ve çocuklarımın takma ismi neydi biliyor musun? Yenilmezler!" Bay İkeda "Yakuşima Ortaokulu" formaları içindeki çocuklara tiksinerek el sallıyor, "Bu soysuzlar grubu gibi değillerdi onlar."

"Dostluk maçından mı dönüyorsunuz, efendim?"

"O bağırsak solucanına benzeyen şişko ibne Kagoşima antrenörünün dostluk bir tarafı yok. Dün geceki tayfun sırasında patlayıcı madde taşıyan bir kamyonun evine çarpması için dua ettim."

"Skor neydi, efendim?"

Bay İkeda yüzünü ekşitiyor. "Kagoşima Uyanıkları yirmi-Yakuşima Soysuzları bir."

Bu bıçağı çevirmekten alıkoyamıyorum kendimi. "Bir gol mü? Umut verici, efendim."

"Kagoşima Uyanıkları kendi kalelerine gol attılar." Bay İkeda çaktırmadan sıvışıyor.

Turist videosu bitiyor, Yakuşima'nın yayın alanında olmalıyız. Pencereden bakıp yatay bir şekilde kayan adayı görüyorum. Başbakan, liderliği doğrultusunda ülkenin süper güç haline geleceğine dair söz veriyor. Tazı bir fıstık kırıyor. "Politikacılar ve spor antrenörleri oyuna yön verecek kadar akıllı, bunun önemli olduğunu düşünecek kadar aptal olmalı."

Rüyamı hatırlıyorum.

"Miden mi bulanıyor?" diye soruyor Tazı. "Yoksa o senin eski spor hocan mıydı?"

"Ben... rüyamda Hindistan'dan Budist metinler taşıyan bir çeşit Sanzohoşi olduğumu gördüm. İnsanlığı kendinden kurtarmak için gerekli bilgi veriliyordu bana."

"İlk on bin kopya için yüzde altı, ondan sonrakiler için yüzde dokuz veririm."

"Ama sadece bir kelime hatırlayabiliyorum."

"Nedir?"

"'Kabakulak'"

"Yani..."

"Boğazının şiştiği hastalık."

"'Kabakulak' ne?"

"Kabakulak... devamı yok."

"Anlaşma iptal." Tazı çantayı sallıyor. "Son fıstığı ben yedim."

Başka bir yere baktığınız an büyümeye başlıyor Yakuşima. Bir yerden gitmek çok garip ama oraya dönmek daha da garip. Sekiz haftada hiçbir şey değişmemiş ama hiçbir şey aynı değil. Kamiyaku nehri köprüsü, taşlanmış kadife dağlar, hapishane grisi sarp kayalıklar. Okuduğunuz kitap okumadan önceki kitap değildir artık. Seviştiğiniz kız birlikte yatağa gittiğiniz kız değildir belki. İşte iskele, halat fırlatıcılardan biri bana bağırıp el sallıyor. Asfalt Dayımın mah-jong oynayıp içki içtiği arkadaşlarından biri. İskele indiriliyor ve inen yolculara katılıyorum. Gidip ailenin reisi Paçinko Dayı'ya saygılarımı sunmalıyım. Ama bu yolculuğun amacı Anju'ya saygılarımı sunmak. Feribot gişesinin dışına bir minibüs yanaşıyor ve Portakal Dayı'mla iş yapan bir toptancı beni istediğim yere götürmeyi teklif ediyor.

"Anbo'ya kadar gidiyor musunuz?"

"Atla."

Yola çıkıyoruz. "Hava ılık" diyorum. "Yağmur yağacak" diye cevap veriyor. Yağmur Yakuşima'da hep kazandıracak bir bahistir. Toptancı sessiz bir adam ama sıkıcı sessizlikler olmuyor. Adanın en büyük ihraç ürünü ve Asya'nın olmasa da Japonya'nın en lezzetli meyvesi olan ponkan portakalı dolu çuvaldan alabileceğimi işaret ediyor. Yakuşima'ya geldiğimden beri on bin ponkan portakalı yemişimdir herhalde. Beni kesseniz ponkan suyu akar. Memleketimin unutulmuş detaylarını izliyorum. Turist localarının yanındaki paslı yağ varilleri, küçük iniş pisti, can çekişen bıçkıevi. Bu kadar güneybatıda ağaçlar hâlâ eski püskü yaz yapraklarına sahipler. Düzenli bir grup bisiklet yarışçısının yanından geçiyoruz, tropik balık renklerinde giysiler var üzerlerinde. Yol burada sonlanıyor. Köprüden şelalenin üstünden geçiyoruz ve işte Anbo Köyü.

Mezarlık böcekler tarafından parçalanıp kesiliyor. Ağaçlar karıştırıyor, öğlen de pişiriyor. Eski bir ekim tarifi. Miyake Ailesi köşesi en iyi bakılanlardan biri; büyükannem hâlâ her sabah temizleyip süpürmeye ve yabani otları ayıklamaya gelir buraya. Büyük gri mezar taşının önünde eğiliyorum ve Anju için dikilmiş küçük siyah taşı görmek için etrafından dolaşıyorum. Taşın üzerinde rahibin Anju için seçtiği ölüm ismi yazılı ama bence bu yaslı aileden biraz daha para koparmak için yapılan bir şey sadece. Kız kardeşim hâlâ Anju Miyake. Üstüne maden suyu döküyorum. Mezar taşındaki kaba çiçek demetini yerleştiriyorum, büyükannemin koyduklarının yanına. Keşke çiçeklerin isimlerini bilseydim. Grup halinde beyaz yıldızlar, pembe kuyrukluyıldız kuyrukları, vişneçürüğü renginde titrek kirazlar. Ona bir şampanya bombası sunuyorum, kendime de bir tane açıyorum. Sonra tütsüyü yakıyorum. "Bu" diyorum, "annemizden bir hediye. Parayı o verdi, Miyazaki İstasyonu'nun yanındaki bir tapınaktan aldım." Üç yassı taşımı çıkarıp bir piramit inşa ediyorum ona. Sonra yükseltiye oturup bir şey duyabilecek miyim diye kulağımı cilalı taşa dayıyorum. Karanın köşesindeki deniz huzurla nefes alıp veriyor. Mezar taşını öpmek istiyorum ve öpüyorum, tek şahidim gül gözlü koyu renkli bir kuş. Arkama yaslanıyorum ve şampanya bombası patlayana kadar özel bir şey düşünmüyorum, hemen patlıyor zaten. Dağlar, klasikleşmiş şarkılar ve gerçek arkadaşlık. Sis Miyanora Dağı'ndan aşağı iniyor, güneşin ışığını kesip mavi denizin bira gibi görünmesine neden oluyor. Büyük dedemizin kaiten günlüğünü bazı bölümlerini Anju'ya okumak için yanımda getirdim, çünkü ikisi de denizde öldüler. Burada veya herhangi bir yerde, içimden okusam bile Anju net olarak duyacak bence. Tokyo'da olanlar hakkında hiçbir şey söylemek zorunda değilim. Onun için, benim için, bizim için, var olmak söylemekten daha yüksek sesli. Karıncalar, Anju'nun şampanya bombasını keşfettiler. "Hey Anju. Bil bakalım kimi göreceğim şimdi?"

Bu yolu en son yürüdüğümde maçın adamı kupamı taşıyor, bir taşa vurarak ilerliyordum. Şu anki boyumun üçte biri kısaydım. On bir yaşındaki halimle karşılaşmayı umuyorum sanki. Otlar yolun yarısını kolonileştirmiş. Etrafta tek bir ruh bile yok. Bir bülbül öbür dünyadan bahsederek şakıyor, bir maymun bu dünyadan bahsederek çığlık atıyor. Tori kapısını ve taştan aslanları geçiyorum. Gök Gürültüsü Tanrısı'nın tapınağına asla gelmemiştim bir daha. Kaybolan kafanın yerine yenisini yapmak için ünlü bir usta geldi Kyoto'dan ve turist departmanı yeni yüzünü broşürlere bastırdı. Ormanın, dik patikayı neredeyse örttüğünü görüyorum. İnananları her kış daha da azaldı. Yani pop starlar ve kız kardeşler gibi Tanrılar da ölüyor. Asma köprü artık güvenli görünmüyor. Ayak seslerim gümlemekten öte patlıyor, döşeme her an çökecekmiş gibi. Aşağıdaki nehir dün geceki yağmurla yükselmiş. Köydeki pirinç tarlalarının yarısı kullanılamaz hale gelmiş. Çiftçiler de ölüyor ve oğulları Kagoşima'da, Kitakyuşu'da veya Osaka'da para kazanıyorlar. Pirinç tarlaları ve eski ambarlar çökebilir – tayfunlar inşaatçılardan daha ucuza geliyor. Köy şu an böceklere ait. Taşlara vuruyorum. Büyükannemin evinin saçaklarında dağınık otlar bitmiş. Sis yoğunlaşıp yağmura dönüşürken bu eski yeri izliyorum. Huysuz bir kadındır ama Anju'yu kendince severdi de. Bir resmi terk etmek tüm çerçeveyi görmenizi sağlıyor. En kötüsü gitmem için bağırır bana ve son yedi haftadan sonra bu çok da kötü gelmez.

"Nine?"

Bahçeye girip çimlerin arasından yürüyorum ve kadınların peşinden koşan kocasını beklerken yün eğiren büyücünün anlatıldığı eski bir masalı düşünüyorum. Ev çürüyor ama kadın bir gün bile yaşlanmıyordu. Yosunlu taşların arasında inci gibi parlayan bir şeyin hareket ettiğini görüyorum – bir yılanın büklümleri! Kafası da kuyruğu da görünmüyor ama büklümleri kolum kadar kalın. Yılan, paslı toprak frezesinin arkasında kayboluyor. Anju bir keresinde solgun bir yılandan mı bahsetmişti? Yoksa ben rüyamda mı gördüm? Büyükannemin küçük bir kızken depoda yaşayan bir yılandan bahsettiğini ve yılanın ailede ölüm habercisi olduğunu söylediğini hatırlıyorum hayal meyal. Batıl inanç. Yılanlar yetmiş yıl yaşamaz. Sanırım. Kapıyı tıklatıyorum ve inatçı kapıyı zorluyorum. Radyonun sesini duyuyorum. "Nine? Eiji ben."

Sinekliği kenara çekiyorum, içeri girip derin bir nefes alıyorum. Pişen pirinç, rutubetli ahşap ve tuvalet kimyasalı. Tatami odasından gelen tütsü. Yaşlı insanların özel bir kokusu var, sanırım onlar da aynı şeyi gençler için söylüyorlardır. Bir fare koşarak kayboluyor. Radyo büyükannemin evde olmadığı anlamına geliyor. Radyoyu köpek için açık bırakma alışkanlığını edinmişti ve köpek öldüğünde radyoyu ev için açık bırakmaya başladı. "Nine?" Birinin henüz öldüğü hissini dikkate almayarak tatami odasına bakıyorum. Tüy bir toz alıcı aile sunağının dibine dayanmış. Sonbahar yaprakları tomarları, çiçeklerin vazosu, ömürlük bir adadan alınmış incik boncuk ve süs eşyasıyla dolu bir dolap. Yakuşima'dan asla ayrılmadı. Yağmur sinekliğe çarpıyor, bu yüzden camı kapatıyorum. Eskiden bu odadan korkardım. Anju'dan değil. O-bon bayramı boyunca içeride gizlenip bekler ve büyükannemizin yemeleri için kiraz bıraktığı ruhları görebilmek amacıyla ansızın içeri dalardı. Siyah lake dolaptaki ölüye bakıyorum. Yağmurluklar, takım elbiseler, üniformalar, fotoğrafçıdan kiralanmış kostümler giymiş. Ve işte kız kardeşim, ilkokulun ilk gününde dişsiz.

"Nine?"

Mutfağa gidip bir bardak su alıyorum ve Anju'yla benim havalandırmaya çalışıp başaramadığımız kanepeye oturuyorum. Sebebin benim telekinezik güçlerimin cılızlığı olduğunu söylerdi, çünkü kendisi telekinezik güçleriyle çay kaşığını bükebilirdi. Ona yıllarca inandım. Koltuk boingggggggliyor ama yapış yapış bir günde yapılan uzun bir yürüyüşten sonra çok rahat geliyor, fazla rahat...

♠

Rüyamda, rüya gören herkesi görüyorum, hepinizi.
Tapınak çanındaki kırağı izlerini görüyorum rüyamda.
İzanagi'nin mızrağından damlayan berrak suyu görüyorum.

Japonya dediğimiz adaları güçlendiren damlaları görüyorum.

Uçan balık ve Pleiades'i görüyorum.

Klavye aralarındaki deri döküntülerini görüyorum.

Şehirlerle tohumlukları görüyorum.

Sekiz bölümlü bir zekâ görüyorum.

Şikâyet etmeden yalnız başına boğulan bir kız görüyorum. Çözülüp maviye karışana ve hiçbir şey kalmayana kadar dalgalarla medcezirler arasında dolaşan genç bedenini görüyorum rüyamda.

Balinaya benzeyen kayayı görüyorum, yosun ve midyelere sarınmış.

Kabarcıklarında yazan mesajı görüyorum.

"Bu programı bir son dakika haberi nedeniyle kesiyoruz..."

◆

"Tokyo Büyükşehir bölgesinde bir dakika kadar önce büyük bir deprem oldu. Ulusal Sismoloji Ofisi depremin şiddetinin Richter ölçeğiyle 7,3 olduğunu bildirdi. 1995 yılındaki Büyük Kansai Depremi'nden de şiddetli olan depremin Kanto bölgesinde büyük hasara yol açtığı tahmin ediliyor. Tokyo bölgesinde yaşayan dinleyicilerimizin sakin olmaları, yıkılan duvarlar tehlikesinden uzaklaşmak nedeniyle mümkünse dışarı çıkmaları ve artçılara hazırlıklı olmaları gerektiği bildirilmiştir. Asansörleri kullanmayın. Gazı ve elektriği kapatın. Mümkünse camlardan uzak durun. Acil Deprem Planı Ünitesi tsunami riskinin olduğunu belirtti. Bir sonraki duyuruya kadar tüm programlar iptal edilmiştir. Aralıksız olarak acil güncelleştirmeleri yayımlayacağız. Tekrarlıyorum..."

Oda soğuk. Radyoyu kapatıyorum ve antika telefonu elime alıyorum. Üç kez arıyorum ama Ay'ın numarası ölmüş.

Buntaro'nunki de. Nero'nun Yeri'ninki de. Ueno'dan da cevap gelmiyor. Tokyo operatöründen hiçbir cevap gelmiyor.

Şu an rüya görüyor olmak için her şeyimi verirdim. Her şeyimi. Ülkedeki telefon kullanıcılarının yarısı başkenti aramaya çalıştığı için hava dalgaları ve kablolar mı kilitlendi yoksa Tokyo çimento tozundan bulutlar altında yatan bir moloz yığını mı şimdi? Dışarıda yağmur sessizce yaprakların, taşların ve vadideki çam iğnelerinin üzerine yağıyor. İçeride bir adam acil duruma geçildiğini bildiriyor. Ay'ın yüzüne patlayan bir cam veya piyanosunun üzerine düşen bir kiriş hayal ediyorum. Binlerce şey hayal ediyorum. Çantamı kapıyorum, koridoru geçiyorum, ayaklarımı spor ayakkabılarıma zorlayarak sokuyorum ve inatçı kapıyı açıyorum. Ve koşmaya başlıyorum.

Dokuz